デュ・テルトル夫人
（シャルロット）

コンスタン（23歳）

スタール夫人
（ミネット，ビヨンデッタ）

一八〇四年一月（共和暦十二年）

雨月《プリュヴィオーズ》朔（一月二十二日 日曜日）一八〇四年

特に記すことなし。午餐、会食する者、ベッティヒャー［ワイマールのギムナジウム校長］、驚くべき博識、思慮の人、だが風体鈍重にして没趣味、英国青年ロビンソン［法学者］、ゲーテ、カントの心酔者にして機敏なる心身に英人の野暮と独人の絶対的観念論志向を宿す、イエナの教授フェルノ［美学者］、噂では博学の才人なるが、本人に話しかけその真偽のほどを試すこと控えたり。

午前仕事［ライフワークとなる宗教史論執筆］、はか行かず。社交の午餐、賭事［生涯の情熱］、晩餐。揚り六ルイ。

雨月二日（一月二十三日）

仕事、纔、はか行かず。会見、ゲーテ。繊細、自己愛、苦痛にいたる肉体的過敏症、才気縦横、美目、些か下り坂の面様。サント＝クロワのヴォルフ反論を読む［前者、仏の歴史家。後者、独の古典学者、テキスト分析から『イーリアス』と『オデュッセイア』複数作者説を打出した］。まさにフランス的反論なり、イーリアス、オデュッセイア考察の労を厭い、しかもホメロス［上記二大叙事詩の作者と言われる半ば伝説的大詩人、前八世紀頃活躍］讃の筆をとる、似愚《おろかし》！

社交の午餐。食後、ヴィーラント［独啓蒙主義の代表的作家、ワイマール公子傅育官］、フランス的精神、冷徹なること哲学者のごとく、軽妙なること詩人のごとく。ヘルダー（死していくばくもなし）［一八〇三年十二月十八日没］、論よりも温味《ぬくみ》、ふんわりと温かき夜具、心地よき夢を結ぶに相応し。夜、読書、マイナース［ゲッティンゲン大哲学教授］『真の神について』、益あれど退屈す。

雨月三日（一月二十四日）

仕事、復調。乗馬。午餐、歴史家ミュラー［スイスの歴史家、当時プロイセン王国修史官、対仏同盟交渉使節 P］。精力的才子、自由を愛し現政府に対する構えは革命前の我が国思想家のそれと軌を同じくす。ヨーロッパ情勢に通暁、自己愛のかたまり、だが愛すべき善人と言うべきか。ヴィーラント、根は懐疑家、だが信仰に色気あり。その意《こころ》は己の想像力を詩的想像力に高めたし、それには信仰こそ相応しけれ、また、当人年老いたればさもありなん。

興醒の夜会、興醒の女連中。『アンドロマック』。衣裳の非、枚挙に遑なし！「愛サレテイル身ニシテハジメテ…」［相手ヲ裏切ルコトガデキルモノ］。ラシーヌといえば仏最大の、おそらくは唯一の詩人なるべし、だがその作品で非の打所なきは『アタリー』、政治劇としての『ブリタニキュス』、それに『フェードル』の数場面を措いて他になし。

雨月四日（一月二十五日）

原稿、巻四了。資料を欠けば巻五以下は半にして止む。午餐、ミュラー。アルベルティーヌ［コンスタンとスタール夫人の子であることはほぼ確実、だが親子関係を証すものは一切残されていない、この時九歳］を芝居に連出す。愛くるし。『アンドロス島の娘』［テレンティウス原作の翻案］。忠実な時代考証に拠る衣裳と仮面の効果よし。芝居そのものは感興索然たり。『売家』、仏オペラから翻案の独喜劇。重苦しきドイツ的陽気さ。

晩餐、公太后邸［ブラウンシュヴァイク皇女、ザクセン・ワイマール・アイゼナハ公カール・アウグスト生母、ワイマールをドイツ文化の中核地とするに功あり］。〈パリ新聞〉にヴォルネの名［仏の歴史家］。コルシカ島人につき奇妙な一文［同氏の『米国風土記』中のコルシカ人とアメリカ未開人をめぐりP］。

雨月五日（一月二十六日）

巻五草案に掛る。ベッティヒャーと散歩。八百満《やおろず》の知識！　だがその知識が足枷となりて論まとまらず。ミュラー。同氏の世界史構想、時代区分三十に及ぶ。その最初の時代区分、「大洪水以前世界」で難破の恐れあり。近代区分は、古代史同様、時代に特有の出来事を発見しそれを核として全体を纏むるの要あり、さもなくば読むに耐えざる、とは本人も確と自覚の上、だが自覚は易く実行は難し。

舞踏会、ロイス大公［ロイス公国はチューリンゲンの一小国。チューリンゲンは当時ゲーテ、シラー等を招き独古典文化の中心地であった］。面白き問題、世界創造の有無につきミュラーと談。回答の如何により人類の歩みは両極端の評価を受くべし。創造ありとすれば、悪化の道、なしとすれば、改善の道。

読書、ヘルダー、穏健にしてかつ神憑的論理体系。実証に耐うるものなし。

雨月六日（一月二十七日 金曜日）

巻一冒頭二章修正了。ヘルダー『気候論』抜書開始［『人類の歴史哲学のための諸理念』］。〈パリ新聞〉、ヴィレール［仏革命で独に亡命の元砲兵将校。ゲッティンゲン大で仏文学を講じるかたわらスタール夫人にさきがけ独文学を仏に紹介した。コンスタン昵懇の友 P］投稿［心霊術論］。見かけによらず内容あるべし。午餐、ゴア宅［スタール夫人の英友人、底本はゲーテとする］。フランス人というもの、自国の現状に不満あるとも、外国人を前にしてはその不満を素直に認むる能わず、これ常のことなり。ゲーテ。ゲーテとの会話、当惑せざるなし。ゲーテが独神秘哲学に引きずらるる、嘆かわし！ ゲーテ余に告げて曰く、「この哲学の根本はスピノザ哲学に在り」と。シェリング派神秘主義者がスピノザに繋るとは卓見だが、しかしなぜそこに宗教を、しかも、よりによってカトリック教を取入れようとするのか［シェリング、数学自然科学を研究、フィフテ哲学から出発、イエナ時代一七九六－一八〇三年シュレーゲル兄弟等とドイツロマン主義を確立、後年神秘主義思想に傾く］。連中曰く、「カトリック教は詩的なり」［ドイツロマン主義者の多数やがてカトリックに改宗］。「余がカトリック教を取入れ芝居を面白いものにする、それがまかりならぬとあらば、カトリック教が災いの元となるも厭わぬ」、とはゲーテの言。ゲーテの化学、精密科学信仰、科学的類推の濫用あり。政治に対する無関心。滑稽な逸話、「汝、うすのろの豚児なれば、行って精鋭部隊の指揮を執るべし」［出典不詳］。ミュラーの言、「刑場へ牽かれ行く間も盗み合いをする盗人ども」。

夜、『フェードル』、『アタリー』［ラシーヌ劇、コンスタンとスタール夫人朗読］。

雨月七日（一月二十八日）書簡 エスリンガー

ヘルダー抜書続。実証的事実を欠き、結論ありきの論法。

モンテスキューを読む。瞬時にして見抜く炯眼！ その言たるや、如何なる些細事であれ、すべて我々が日々その正しさを確認するところのものなり。英国外交のあるべき姿についての言葉はまさに現在のそれを予言す。仕事、巻五草案。来信、エスリンガー［フランクフルト書肆］。明日返書のこと。午餐。シェリング弟子ロビンソンと談。確認事項、現在の哲学は基本的にスピノザ哲学であること、連中の意向もそこに行着くこと。カトリック教礼讃は偽善的。いずれカトリック教が連中を袖にするはず。夜、シラー。

雨月八日（一月二十九日）書簡　ナッソー、エスリンガー

発信、ナッソー夫人［コンスタン母妹、一人息子を失い愛情をコンスタンに注ぐ］。エスリンガーに返書。マラダンに為替八百リーヴル送付［パリ書肆］。巻五草案了。終日在宅。

ヘルダー続。やはり、実に豊博な知識に基づく美文調の傑作ならずや。呪物崇拝には道徳と既成宗教存在せずとの余の立証と相容れぬ論、「グリーンランド人の教理問答」［ヘルダー言及のダーフィト・クランツ『グリーンランド史』P］中に二三散見す。事実を検討しその因を探るべし。例外は否定せらるるよりも説明せらるることにおいて面白し。例外の否定は体系的学説の常に好むところのものなり。

雨月九日（一月三十日）書簡　ドワドン［レゼルバージュ管理人］

来信、レゼルバージュ発、後便九通ありと伝えくる。彼の地、嵐被害免る［レゼルバージュはコンスタン所有パリ近郊の領地、難を避け喧噪を逃れる安らぎの場であった］。〈デバ新報〉。ジュヌヴィエーヴ［聖女パリ守護神、ジュヌヴィエーヴ像醵金案内P］。およずれごと！　巻一第三、四章修正了。午餐、公太后邸。

ヘルダー続。チベット教とカトリック教、多種多様性という点まで相似たる両者の奇妙な類似性。寺院の主権、教会の主権を精神世界に限定し部分的に制限する国々があり、チベット教もカトリック教も国により多種多様である。いかなる宗教も字義通りの実践は不可能とのヘルダーの論おもしろし。宗教における理想と実践の兼合。時と場所によりすべて良くもありすべて悪くもある、これまた傾聴すべき意見なり。我が著作にこの真理おおいに生かすべし。

晩餐、ミュラー。執筆にあたっては宗教と道徳の関係は略述にとどむること。科学的記述はすべて避くること。デュピュイ氏の二の舞を踏む恐れあり〔同時代の仏の思想家、その著『祭祀の起源』であらゆる宗教を占星術に結びつけた〕。

雨月十日（一月三十一日）書簡 ロザリー、デュ・テルトル、父、ヴァレ、ベランジエ、ドワドン、タルマ来信、ロザリー〔コンスタンが姉の様に慕い私生活の秘密を打明け多くの書簡を交した従姉〕、デュ・テルトル夫人*、父**、ヴァレ〔コンスタンのローザンヌにおける代理人〕、ベランジエ〔仏政治家、ブリュメール十八日クーデター仕掛人の一人〕、ドワドン。発信、デュ・テルトル夫人、ヴァレ、ベランジエ、ドワドン、タルマ夫人***。巻一第三、四章数所変更。ライプツィヒ行二十四日と決定。実現を祈るばかりなり！
午餐相対で〔スタール夫人〕。食後読書、ヘルダー。南欧の王制と古代エジプトの行《くだり》要領を得ず。ヘルダーがギリシャローマを得意とする、怪し。しかし良書に変りなし。晩餐、公太后邸。娯楽館〔賭場〕。負、一ルイ。

* 独ハノーファー王国ハルデンベルク家出身。先夫マレンホルツ伯爵と一子を儲け離婚、亡命仏貴族デュ・テルトル子爵と再婚。コンスタンと若き日の出会から十数年後パリで再会、情を交すに至り秘密結婚となる（一八〇八年）。スタール夫人を巻込んだ三つ巴の修羅場の様が「日記」に詳述される。

** スイスローザンヌ出身、軍人、オランダ駐留スイス傭兵軍連隊長。麾下の将校連中と反目確執（出身州仏語圏ヴォーと独語圏ベルンの根強い歴史的対立）から訴訟の応酬となり人生後半は裁判に明暮した。晩年はフランスジュラ県の寒村ブルヴァンに定住した。少女の頃から目をかけ養育していたマリアンヌが長ずるに及び秘密結婚し二児を儲けるが、これが父子間の不和の種となり、財産相続をめぐる骨肉相食む争いとなった。なお、初婚の相手アンリエットは初産児バンジャマン出産で産褥熱死した。

*** 名優タルマと再婚、五年後に捨てられる。コンスタンと男女の仲を越えた終生変らぬ特別の友情で結ばれる。初婚で儲けた子三人を次々に亡くし自らも病死（一八〇五年五月五日）、夫人の死の衝撃にコンスタンはこの「本日記」を中断するに至る。

一八〇四年二月

雨月十一日（二月一日）

原稿、第一部草案手直。歴史が入ると事実の詳述避け難く冗長となれば、能うかぎり触れぬを良しとす。モンテスキューの書が「法の精神」ならぬ「法の歴史」とあらば、よく読まれてもファーガソン、ゴゲ並なるべし［前者英の歴史家、『ローマ史』、後者仏の歴史家、『古代民族における法・芸術・科学の起源と発展』P］。新草案に基づき巻一第一章執筆。

夜、芝居『ザーレ川妖精』［歌劇『ドナウ川少女』翻案］。実《げ》に独人の想像力とは妙なり。しっぽりと濡るる妖精、不思議な雅趣あり。涼と閑とでも言うべきか。ゲーテの『漁歌』、劇中劇として添えられたり［スタール夫人訳］。

雨月十二日（二月二日）書簡　タルマ

来信、タルマ夫人、雪月二十一日便に対する返書。されどジョフロワ行過ぎ、フランス革命のすべてを攻撃し世論を敵にまわすの感あり［仏の文芸評論家、〈デバ新報〉で劇評担当］。だが論争筆戦の精神、勝ち負けに関係なく常に良し。

新草案に基づき第一部各章の構成をものす。舞踏会。

雨月十三日（二月三日）

巻一冒頭四章了。ヘルダー続。例えば「ギリシャ・ローマ人論」、主題明確論述曖昧、これヘルダーの常なり。アジア民族論ともなれば、我々も怪しければさほど気にはならず。

雨月十四日（二月四日）

巻一第五、六、八章ものす。フォス〔独詩人、ホメロス独訳者〕の詩『ルイーゼ』読み始む〔独北部農町民の日常生活〕。あるは感嘆すべき素朴さ、ホメロスを手本とす。ホメロス的素朴さを逸脱せし詩句は僅かに一行、《絹ノ絽ノ不実ニ秘ス胸ト肩》。《不実ニ》(verrätherisch) は近代の言葉なるべし。この詩は詩を離れて別の意味でも価値がある。独プロテスタント諸国における田舎牧師《ラントプレーディガ》階層の醇乎素朴なる風俗を描きしものにして、農民層に啓蒙の環を拡ぐるはこの階層のよくするところなり、しかも、よく農民に啓蒙の光を届くるはこの階層を措いて他になし。ドイツでは新教は日増しに制度よりも心のことがらになりつつあり、形式、象徴、義務はなく、儀式はほぼ姿を消し、あるは穏やかな思考と思遣の道徳のみとはなりぬ。それに比してはるか後退せしは英国の新教なり。

ヘルダー。巻十七（キリスト教起源と発展）の思想、驚くべきものあり。まさにシャトーブリアンの愚作〔『キリスト教の精髄』〕の対極をなすと言うも可。ところで、ヘルダーはザクセンの或る地方監督〔旧教の司教にあたる〕を務めし神学者にして敬虔な、いや狂熱的とでも言うべき信者なりき。狂熱的信仰も偽善は仰々しく派手になるが、本物は過度に至ることなし。

封建時代の諸権利をめぐりビヨンデッタ*と口論〔スタール夫人異称。カゾット作「恋する悪魔」中の女の名。女から、別れたいなら別れなさいと言われながら別れられぬ主人公の心境にならい、スタール夫人をビヨンデッタと記す。これに対し愛しいスタール夫人はミネット（幼少時の愛称）と記す〕。無益《むやく》の勇に二害あり、振りまわせば不利は覿面《てき》、しかも甲斐ある勇の道閉ざさるるなり。

＊　作家。スイスの銀行家、仏財務長官ネッケルの娘としてパリに生、幼少の頃からその聡明と早熟は母のサロンにおいて人々の耳目を集めた。スウェーデン大使スタール男爵と結婚、四子を儲けるが第一子を除き父親は特定しがたく、その多情多恨の男性遍歴は多彩を極めた。当初のナポレオンへの思想的共鳴が裏切られ「独裁者ナポレオン」批判へと一変し、権力の座に上り詰めたナポレオンから宿敵視され追放亡命の繰返を余儀なくされた。作品には小説『デルフィーヌ』、『コリンヌ』、論考に『情熱論』、『ドイツ論』、『文学論』、遺稿『亡命十年』等多数を残し仏ロマン主義の先駆者として活躍した。コンスタンとの出会から別れに至る十数年に渉る愛憎半ばする男女の修羅場がこの「日記」記述の中心をなしている。

雨月十五日（二月五日　日曜日）

第一部巻二調整。更に全面的再読と加筆修正の要あり。フォスの『ルイーゼ』読了。心が人一倍疲弊したればなおさらか、この種の作品の素朴なるに魅せられたり。すべてに無関心となりたる人間は生活の克明な事物描写に惹かるるものなり。これらの作品、まず神経に触るること皆無、疲労を覚えず。

晩餐、アメリー・ヘドヴィッヒ「正しくはアマリア。ザクセン・ワイマール后妃侍女、シラーに才を認められゲーテの薫陶を受け世に出た P」。フォス風の詩作品『レスボスの姉妹』の作者なり。ちゃらちゃらと気取りたる女、人並みの器量よし、精神狭量にして魂の深みとは無縁、だが乱れてくずれぬ文章はその精神のよくするところのものなり。余はその気取を憎まず。人間の性質《もちまえ》は一般に言うほどのものにはあらず、本来の性質もさることながらその代用品をも好《よ》しとせん。

雨月十六日（二月六日）

第一部巻三冒頭二章執筆。〈アルゲマイネ新聞〉を読む。〈メルキュール誌〉掲載のゲーテに関する記事の独訳なり。相手は「文士ごろ」、事情に疎きものには狂人とも映るべし「『ヴェルテル』新仏訳書評、署名（Ch. D.）記事。新教ドイツの危険思想を糾弾。筆者は署名から極右政論家シャルル・ドラロか P」。今朝、ミュラー発つ。

旧教擁護の狭量にして従順なる精神性復権を科学、文芸、演劇、小説の中に目論む周到なる計画あり。フランス革命の敵は自らの愚を通して学び、今や昔よりもはるかに賢くなりぬ。この計は人間精神に対する一部の者の挑戦なり。敵に勝目はあるまじ。

ヘルダーを読む。ヘルダーの歴史書二点、翻訳されんか、真の良書となるべし。一は十四日に触れしが、二はローマの『階級制度論』なり。

晩餐、公太后邸、なかなかに愉快なる。

雨月十七日（二月七日）

仕事、巻三、捗らず。先ず冒頭で論ずべきものあり、そを怠れば混乱全体に生ず。宗教の何たるか、道徳の何たるかを明快に説く要あり。ヘルダー『ネメシス』を読む。利用可能箇所なきに等し、だが全体を見る目の論旨、疎かならず。「エジプト動物信仰と秘儀」の書通読。代数式が並び文体はカント哲学のそれ。代数とカント風文体の合体、まことに訳の分らぬ代物なり。著者の学説はもって非なるも論は単純明快、エジプトにおける動物崇拝は、年・月・週・日の象徴に限るとす。ナイル川《ママ》が「年」、メンデス山羊〔山羊神信仰、メンデスは古代の州都〕が「週」、等々ということもあり、エジプト民衆宗教に照せば一貫性なし。およそ「科学的」解釈というもの、お望み次第、洋の東西ないものは無しとなる。

雨月十八日（二月八日）書簡　支払　ドワドン

植栽につき発信、ドワドン。巻一冒頭二章加筆、宗教と道徳の相違を更に明確に論ず。デポール〔ワイマールの貿易商、スタール夫人郵便物宛先〕の支払を済す。芝居。イフラントの『家庭の平和』。町人喜劇のお涙ものでは、独にイフラントあり〔レッシング、ディドゥロに倣った感傷的通俗劇の多くを書き人〕、英にカンバーランド〔感傷的喜劇作家、アリストファネスの翻訳あり〕、仏にメルシエあり〔町人劇の発展に寄与、他に『パリ情景』十二巻〕。低級な笑いと通俗的道徳。イフラント劇、婦人を我々よりもはるかに立派な存在とする傾向あり。かなりドイツ的発想なり。ドイツ人は、文明は別として、祖先の性格を今に受継ぐ民族なり。鄙俗的快楽、狂信的想像力、それに発する婦人崇拝心。

雨月十九日（二月九日）書簡　エスリンガー、マラダン、父、フルコー

来信、エスリンガー。発信、マラダン、エスリンガー、父、フルコー〔公証人、コンスタンとスタール夫人代理人〕。巻三冒頭五章まで。巻三、原稿完成の段階で更に全面的見直の要あり。今は論旨の枠組を定むべき段階なり。

数人の婦人と午餐。何を以て才女と言うか、目的を欠く動きを以て才女とは言う。ひとえに社交的、つまり人工的産物なり。些かの容色ある限り動きは動きとして通用もせん。こちらの関心が多少とも肉体に繋ぎ留めらるる限り、才女

の徒に意味なき動きも苦しくはなし。だが、女も四十となれば今さら社交の器とは言えぬ。残されし次の役は〈おともだち《アミ》〉、それも二番手、三番手の扱いを受けながら、男から秘密を打明けらるれば相談にのる〈退役友人〉とでも言うべし。読書、マイナース「ゾロアスター教論」。

雨月二十日（二月十日）

第一部草案なお練直、全六巻を四巻に鑄直す。南欧北欧の多神教について蒐集せし全資料、各章に分散のこと。独立一章創設は詳が過ぎて煩となる。

晩餐、公太后邸、愉快、宴つきず。シラー、その芸じつに多才なる士なれどその本質は詩人にして詩人に尽く。独の偶詠様式《ポエジイ・フユジイテイヴ》［即興的短詩、エピグラム、マドリガル等］、深みにおいて我らのそれと全く質を異にす。

雨月二十一日（二月十一日　土曜日）

全体の草案練直、主論点を全て分類整理す。ついに下準備成る、我が意に適いたるの感あり。午餐、シェリング門下生ロビンソン［英の法学者、ゲルマン文化心酔者］。そのカント美学論、発想じつに巧みなり。芸術のための芸術にして目的なし。如何なる目的も芸術を害う。しかし、芸術は目的なしに始りながらついに目的に到達すと言う。

読書、マイナースの「ゾロアスター教論」。興湧く。

雨月二十二日（二月十二日）

第一部草案完、各章草案に掛る。妄に細部には入らぬこと。シラーの卓見、「文章において動詞は名詞よりも活写に勝る、〈愛ス〉は〈愛〉よりも、〈生ク〉は〈生〉よりも、〈死ス〉は〈死〉よりも行為《ちから》あり。動詞が常に現在を示すに対し、名詞はむしろ過去に関るべし」。

ゲーテの『ファウスト』。まさに人間と学問全般を愚弄する書なり。ドイツ人はこの書に例になき深奥を見るが、余は見るに『カンディド』には及ばず［仏の啓蒙思想家ヴォルテールの風刺小説『カンディド或は楽天主義』、社会の不正不合理にも拘らず、なお「我が庭を耕さねばならぬ」と希望を失わぬ青年の人生遍歴譚］。不道徳、無味、平板では『カンディド』と同等だが、軽み諧謔の妙においては劣り、趣味の悪さでは遙か上を行く［『ファウスト第一部』一八〇八年刊、『未完ファウスト断片』一七九〇年刊］。

雨月二十三日（二月十三日）

仕事、纔、だが効率悪くなし。〈デバ新報〉。ジョフロワ、『カリスタ』［仏詩人コラルドの悲劇、英戯曲『美女懺悔』翻案］のロタリオ［作中の女たらしの若者］を革命の悪党呼ばわりす。

『或る青年のガラに寄せたる書』［仏政治家ガラの講演に対し寄せられた投書］、宗教の必要性を説くに、マエケナス［ローマ帝政初期の文人・外交家。皇帝アウグストゥスの信厚くその助言者として重用された。文芸の保護者として名を今に残す、メセナ］がアウグストゥス帝に伝えし言葉を援用す、「汝、神々ヲ讃エ、更ニ人ヲシテ神々ヲ讃エサセヨ」（カッシウス・ディオ）［ローマ帝政期の歴史家。「神々」は異端思想］。この言葉、キリスト教徒には絞首刑に価す。投書の主は、この忠告徹底せざりしが遺憾なりしか。〈パリ新聞〉［ジョフロワ批判記事］。対ジョフロワ戦争続く。

読書、マイナース。「ゾロアスター教論」第一部、調査行届く。だが四折判五十四頁に及ぶ展開も約めれば八頁に収まるべし。

雨月二十四日（二月十四日）

序論に掛る。序論はあくまでも無害無色に努め、苟も暗示仄めかしの類は避くべし。

夜、読書、マイナース「ゾロアスター教論」第二部。常に同じ間違を犯すも貴重な事実に溢る。マイナースに閃きは無縁だが、その主張概ね正論なり。アヴェスター［ゾロアスター教聖典］におけるヴーデーヴダート［聖典第三部］はエッダにおけるハヴァマールに等し［前者、ゲルマン神話、英雄伝説の古歌謡集。後者、エッダ中のスカンディナヴィア諸神話詩］。

新作『征服王ギヨーム』検討［仏の史劇作家デュヴァル作、初演二月四日］。エドワード［懺悔王エドワード。一〇六六年没］、遺言に依り英国をギヨームに譲りしが

の、厳密な意味での「歴史」なるもの、実に手に負えぬ代物なり。

雨月二十八日（二月十八日　土曜日）

立論の順を入換え序論の浄書に掛る。『引力体系』の「宗教と道徳」論、実に良し。「政治」論おそまつ極まる。今世紀の時代精神が独裁の歯止となりたる、疑い得ぬ事実なり。だが、この歯止あれば充分とは言えぬ。この時代精神あるとはいえ、歯止を吹きとばすには、一人の「暴漢」［ナポレオン］ありて骨無し政治家どもがその指に止る、これにて足れり。晩餐、公太后邸。

ヴィーラント、愛想まあまあ、不信心甚し。宗教感情と既成宗教は質を異にすとの区別、有難く肝に銘ずべし。この区別かざさんか、無神論の暴戻遠ざかり、しかも自由はまるまる残る。独断的無神論はなべて美しきものの敵にして、宗教における制度はなべて美しきもの、なべて自由なるものの敵なり。

雨月二十九日（二月十九日）

序論浄書了。巻一冒頭三章再見。自讃ながら出来栄まことに良く、これを完成稿とするも可の甘えあり。午餐、ロビンソン、ベッティヒャー、その他。公太后と賭遊、晩餐。

シェリング美学。偉大なる自然哲学、現実の理想への合致。この哲学遍く流行す。新専門用語登場［理想主義哲学］、これにこじつけ類似語種々誕生す。

雨月三十日（二月二十日）書簡　タルマ

来信、タルマ夫人、余の十日便に対する返書。巻一第四章から八章までものす。数所加筆の要、しかし流れ順調にして主要論点すべて収まる。マイナース「エジプト人起源説」読了。主題の論旨かなり明確なり。

『引力体系』、スペイン独裁体制史概略、実に面白し。独裁制強化以前のスペイン人口三千万、それが今や九百万。独裁制勝利というも高くついたものなり。『引力体系』の著者が何故、事実の分析において明晰でありながら一人の人間に権力が集中するを良しとし、コルテス〔スペイン議会〕の廃止をスペインの幸と見るのか理解に苦しむ。人間の頭の仕組とは異なものなり。理性的判断が及ばぬ事柄というもの人間誰にしもあると見ゆ。

ライプツィヒへの出発一週間延期となる〔父ネッケル氏の様態問合せ中のスタール夫人当地に釘付け〕。一週間後の出発あらんことを。

風月《ヴァントーズ》朔（二月二十一日）支払

車の支払をなす。巻一第九章から十三章までものす。数所加筆の要。

マイナース「インド・エジプトカースト制度」を読む。身分差別の依ってきたる因は相次ぐ移民と侵略にあるべし。

ティールマン大尉〔ザクセン軍将校、スタール夫人の愛人ナルボンヌと親交を結ぶ P〕。フランス人化したドイツ人。文学趣味。だが、そのなかなかに悧発な頭になにがしかの狭量あり。ナルボンヌ等の亡命貴族社会に交わりて、己の良い芽、悪い芽を伸ばしたり。

風月二日（二月二十二日）

巻一第十四章ものす。テレンティウスの『兄弟』。勢いを欠く芝居なるも昔の衣裳のおかげで観るに退屈せず。気分はアテナイ、古代の造詣浅からずあれば舞台のすべて古《いにしえ》を偲ぶに興あり。面白き思想あり。寛大な弟、人から愛されたるとの自信あり。気難しく情け知らずの兄、寛大さにおいて弟を追抜かんものと決意す。弟は兄に口説かれ朋輩に富を、奴隷に自由を振舞い、兄はかくして弟を食い物にし寛大な人間に成りすます。忽然諸人こぞりて、古い衣を脱ぎ捨つるかの如き兄の足下に集る。そこで兄、弟に曰く、「お前は人から愛されたると思いしが、人が愛せしはお前の弱さ以外の何物でもなし」。

風月三日（二月二十三日）支払

仕立屋支払。デサリーヌのサント＝ドミンゴ独立宣言［ハイチ島、ナポレオンと仏軍の弾圧と闘い一八〇四年一月一日指導者デサリーヌの下に世界初の黒人共和国創設］。

巻一第十五章、巻二冒頭二章ものす。ハイネ教授［ゲッティンゲンの著名な言語文献学者］のヘシオドス『神統記』論を読む。ヘシオドス体系がホメロスのそれと全く軌を異にするは『イーリアス』や『オデュッセイア』の例を見ても明らかなり。ヘシオドスの神話、三要素から成るべし、一、恐らくはエジプト由来の物質的寓意。二、いわゆるギリシャ神話、つまりエジプト由来の物質的寓意に裏付けられたるジュピター支配。三、ホメロスの影響により宗教が帯ぶるに至りし道徳的観念。

晩餐、公太后邸。

風月四日（二月二十四日）書簡　ドワドン、ロジャール

来信、ドワドン、ロジャール［不詳］。返信、ロジャール、ドワドン。

巻二第三章から五章までものす。ハイネ論文再読。氏の学説、余の見解に違うところなし。晩餐、公太后邸。初期ローマ人における物神崇拝の参考文献。

新旅行計画。ジュネーヴ、一二月滞在のこと。

風月五日（二月二十五日）支払　書簡　ドワドン

フランクフルトのエスリンガー宛郵便物転送のこと、ドワドンに書き送る。

巻二第六章から八章ものす。ハイネの「ヘシオドス論」読了。ヘシオドス『神統記』、まさに昨日の感想と一致、よって原稿修正不要。マイナース「偽宗教起源論考」を読む。余の書、博覧強記の書に堕つべからざる、自戒のこと。マルタンの勘定清算。ドワドンの返書受取るには三月十九日も在フランクフルトの要あり。

風月六日（二月二十六日）

巻三第一章から六章ものす。町にて午餐、賭遊、晩餐。特に記すことなし。小説『ヴァレリー』［露の神秘思想家、仏語系作家クリューデネル夫人（一七六四―一八二四年）のヴェルテル流自伝小説。後年コンスタンはレカミエ夫人征服をめぐりクリューデネル夫人の心霊術占に縋ることになる］、観念と情念の小説、材はクールランド公爵夫人［貴族メデム家出身、艶にして才あり美貌で鳴した。タレイランに乞われその甥に娘を嫁がせた。この頃ベルリン在、スタール夫人を迎えた］の弟、二十歳にして鬱と肺結核で亡くなりしメデム伯爵の「生涯」に借りたると見ゆ。伯爵の「生涯」、その事実の興に惹かれれば、この小説よりも奇なり。

風月七日（二月二十七日）

仏新聞、モロー将軍逮捕［仏将軍、ナポレオンと不仲、王党派陰謀事件に巻込まれ逮捕、国外追放処分で渡米、その後露皇帝軍事顧問となった］。「現政府の偉業は大革命を潰しその革命思想を無に帰せしめたるにある、と記せしは、大革命とそれが由ってきたる革命思想は一体不可分なり、との小生の言の補足説明と確認いがいの何物でもなし」と、ジョフロワ主張す。ジョフロワの深憂、深甚と見ゆ。

ゲーテ訪問。古代人の地理学について面白き話。

巻四第一から四章ものす。夜、シラー宅。『ウィリアム・テル』朗読、二場面。テルの独白は自然らしさと力において見事なり。仏の作家ならこれに二点付加えずにはおくまじ。一、ゲスラー殺害に追詰められしテルに生ずる一種の後悔。二、危険を顧ず命惜しとも思わぬ面の強調。これに対しシラー描くところのテルは以下の如し、この方がはるかに相応しく思わる。迫害され望みの平安を許されざりしテルのゲスラー殺害決意不退転にして、この自らの覚悟に驚きの色はともかくも後悔は見せず、ゲスラー仕留むるに抜かりは禁物、殺害後追手に捕縛せられてはならじと用心おさおさ怠りなし。シラーの手法で感心せしもう一点、或る男を投獄しその妻の訴を退けたる直後のゲスラーが、この女の非難の声に苛立ち、「ここは己の天下、まだまだ自由があり過ぎる」と不満を洩し圧政の強化を企むその瞬間をゲスラー殺害の時点とせしことなり。更にもう一つの感心、最終段で、個人的動機でなさるる殺人とテルが追詰められて行う殺人との違いを強調せんとして、叔父である皇帝の命を狙うオーストリアのヨハンネスとテルを舞台で対決させせし点なり。

風月八日（二月二十八日　火曜日）

巻四と最終巻完了。宵をゲーテ、シラーと過し晩餐を共にす。その精神の陽にして細、強にして汎なる、ゲーテに匹敵する人物、世界広しといえども我は知らず。

風月九日（二月二十九日）書簡　ロザリー、父、マラダン

発信、ロザリー、父。全書類整理。来信、マラダン、雨月十九日便に対する返書なり。晩餐、公太后邸、ゲーテ、ヴィーラント。ゲーテの精神、奇妙多々あり。

ライプツィヒへの出発明日と決定。些かの悲哀を覚えずしてワイマールを去ること能わず。なかなかに心安らぐ二月半の滞在ではあった。学問精進、生活安定、苦痛軽減。余が人生の望、これにとどめをさすべし。

〈デバ新報〉。見るところ、ジョフロワのレドレール［仏政治家、当時上院議員］攻撃よく核心を衝く。これら心卑しき連中の口から出るもの、愚劣を措いて他になし。連中が偏向と称し非難するギボンは懐疑家なれども曾て世にある最も公平無私の作家なりき［ローマ帝国崩壊は「野蛮（ゲルマン人）と宗教（キリスト教）の勝利」とのギボン説］。ギボンが己の学説に反するのも顧ず敢て提示せし論拠、連中はそれを偏重の証拠と称するが、その証拠なるものはそれどころかあらゆる歴史学上の問題の全側面を明さんとして綿密に集められたる歴史的諸事実なのである。

一八〇四年三月

風月十日（三月一日）支払 書簡 タルマ

本日分迄マルタンに支払う。発信、タルマ夫人。ライプツィヒへ発つ。ナウムブルク泊。

風月十一日（三月二日）

午前九時ナウムブルク発。嵐、大荒。雪、車を凌駕す。前進不能。ナウムブルクへ引返す。午後、橇にて同地を再出発。嵐再来。類稀なる狂雪。ナウムブルクへ再度戻る。明日の出立も大いに危ぶまる。

風月十二日（三月三日）書簡 ゲクハウゼン

発信、ゲクハウゼン嬢［ザクセン・ワイマール公妃女官長 P］。自ナウムブルク至ライプツィヒ、一日行程。行路難儀。夜九時到着。

風月十三日（三月四日）書簡 ミュラー

シェリングの宗教論なるもの、奇妙な哲学論なり。シェリング学説の基本はスピノザ哲学であるが、同時にシェリングは、宗教の単一性毀損の廉で新教を激しく攻撃す。シェリングが望みは、人間に何を信ずべきかを命ずる生きた権威なり、自身は己の哲学と己の解す能わざる言葉とともにこの生ける権威の上に君臨せんものと自信満々なり。哲学的独善とでも言うべきか、戯言《ざれごと》と遣過したし、だが看過し得ぬ危険思想でもある。そもそも、シェリング及びその一派がかようなことすら書き得るも新教あればこその自由ではなかりしか。発信、在ベルリンミュラー［スタール夫人ベルリン到着投宿依頼］。ライプツィヒ博物館。畫閣《がかく》壮麗。蔵書八万冊の図書館。エアハルト［ライプツィヒ大法律学教授］、法学博士、見識豊か、自由の味方、反シェリング派。ライプツィヒ知識人の好しとせぬもの、新哲学［ドイツ観念論］、ゲーテ、シラー、等。デュヴォー［ドイツに心酔の仏人。諸侯軍（対仏同盟軍）に従軍後、ワイマールに定住、独語独哲学を究め、ヘルダー、ゲーテ等の翻訳に従事する。一八一〇年帰国、内閣府「翻訳課」課長職に就く］。独思想に精通、無知浅薄、小《こ》生意気なフランス人。更に下劣腹黒き偽者と見たり。プラットナー［ライプツィヒ大哲学教授、ライプツィヒ派でカントの敵］、些か学を衒うところあれども学識豊か、思想穏健なる正統派。会合と晩餐、デュフール宅［商人。ライプツィヒのフランス教会創設者の縁者か］。

ライプツィヒ、孤独に住まうに相応し。ドイツに残り著作に専念、何の迷いかある！

風月十四日（三月五日）

余の仕事につきカルス教授と談［ライプツィヒ大哲学教授］。ドイツでは最も非宗教的人間が、シェリング哲学に毒されねばのはしだが、健全なる思想の持主というのが不思議なり。午餐、相対で［スタール夫人］。カント、フィフテ、シェリングをめぐりプラットナーと哲学談義。余の考うる完全理想主義、この三者の誰一人持たぬものなり。会合、エアハルト宅。新哲学に毒されぬ全てのドイツ人に文明の光遍く照せり。

舞踏会、ゴールドスミスと出会う［英政治評論家、仏革命の熱烈な支持者］。祖国に容れられず身を寄するに敵国しかなしという男の身の上哀れなり。露に仕うるヘッセン小男［ヨハン＝ゴットフリート・ゾイメ、自由を熱愛する愛国的作家］、実に面白し、『シラクサ徒歩旅行』の作者、辛口、才気、独立心、奇人。パリ大司教［カトリック聖職者に許されたナポレオン謁見の折大司教演説をなす］！　マチュー・デュマ［仏将軍参謀本部長、モロー将軍陰謀事件を糾弾、全軍の結束を訴えた］！　マロン［ナポレオンの改革教会長老会議謁見の折、牧師マロン演説をなす。仏新聞所載の両演説コンスタンにとっては愚劣極まり読むに堪えなかった］！　モンセ［仏元帥。憲兵隊中隊長］が逮捕に踏込みし時のモローとその御者の逸話［不詳］。

風月十五日（三月六日）

出立［スタール夫人ベルリンへ］。優しさ、情愛の深さ、才気渙発、献身、他に類を見ず。そしてアルベルティーヌ！　デュヴォー、思いしほどの悪人には非ずと言うべきか、それに輪を掛けし悪と言うべきか、いや、この印象のぶれ、相手の猫被りに因るとあらばまさに大下劣漢なるべし。ゴールドスミス、その人柄の好さは認めざるを得ぬが、値打は認むるに難あり。午餐、デュフール宅。夜、プラットナー宅。

ライプツィヒを離れて二マイル、我が「思いどち《アミ》」［スタール夫人］より来書。深憂。孤独は冷水浴に似て入る瞬間心地良からず。しかしまた旧の孤独に狎《な》るべし。

風月十六日（三月七日）書簡　ミネット

発信、ミネット［スタール夫人］。エアハルトと談。不敬罪犯の子に対するローマ法、信じ難し［財産没収、参政権剥奪］。またしても同じ台詞、法ハ法トシテ守ルベシ。

デュヴォー。なかなかのお人好しと見ゆ。無教養、万事まったく上辺《うわつら》だけの理解。午餐、ゴールドスミス。大方の人間は、政治に限らず、己の不用意なる言動の結果から自説の誤謬を悟るものなり。

本入手とあらば明日ワイマール復。廾*［初出、符牒「肉の快」。「略日記」では数字の①］。晩餐、デュヴォー宅。

＊　原典（直筆原稿）は廾印、底本は士印、全集版は#印、原典に従う。

風月十七日（三月八日　木曜日）支払　書簡　マチュー、フォリエル、エスリンガー、ミネット

発信、マチュー［マチュー・ド・モンモランシー。元米独立戦争参戦兵士、ナポレオンに容れられず、王政復古に時を得て政治外交で活躍した。スタール夫人を崇拝愛慕した］、フォリエル［仏の学者、文芸学、共和主義者としての信念に従いフーシェ私設秘書を辞職、南欧文学研究生活に入る］、エスリンガー、エアハルト。ヘムシュテット、二十五歳の青年、フランス革命讃歌を歌いウィーンで絞首刑。発信、ミネット。午餐、デュヴォー宅。九ルイにて独書数点を購う。

夜、自宅にてデュヴォーと。全体が甘味がちの人相風体、苦虫の筋一本走れどもデュヴォーという男、つらつら思うに実に好人物ではあるまいか。明日ワイマール復。

風月十八日（三月九日）書簡　ミネット

旅程、自ライプツィヒ至ナウムブルク。ライプツィヒで求めし宗教史誌〈マガツィーン〉、有益記事満載。ドイツ新教学者の筆になる「イエス・キリストの教義と人間性《ペルソナ》」をめぐる見解の部分特に抜書のこと。ドイツの学者ヴェントゥリーニ［神学者］との名が見ゆるが、その二書の論の展開、余とほぼ同じ軌跡を辿りしか。一は『古代史概論、世界創造から民族大移動へ』、コペンハーゲン・ライプツィヒ一七九九年刊、二は『宗教哲学論』全二巻。

発信、ミネット。

風月十九日（三月十日）

旅程、自ナウムブルク至ワイマール。シラーの『ウィリアム・テル』、土曜日上演とあらば今週一杯当地逗留の予定。晩餐、公太后邸。仏新聞。ピシュグリュ逮捕［仏将軍、執政政府に容れられず王党派カドゥーダルの陰謀に加担］。謀反人蔵匿罪法。特別法廷［二月二十八日布告の元老院令、第一執政ナポレオン国家安全に対する謀反罪を裁く］。ジョフロワのレドレール攻撃熾烈。「敵に保護の手を差延べ敵方の新聞の発禁回避手段を講じぬ」と自画自讃するレドレールの書簡、まさに噴飯の極なるべし。

風月二十日（三月十一日）書簡　ミネット、オシエ、デュ・テルトル、パリ税務署長（註記　コノ書簡パリニテ再読ノコト）

来信、デューベンよりミネット。同書に返。来信、パリ税務署長、納めたはずの税の減免通知。パリへ戻りしだい調査のこと。有難いことに例のヴェルテル坊主厄介払い、気分爽快。発信、オシエ［参事院内政課秘書。コンスタン、スタール夫人共通の友人、〈デバ新報〉寄稿家］、デュ・テルトル夫人。

清書係お払箱となればものせし抜書全て明日自ら筆写、次にそれを関係各章に振当て最後に原稿全体手直のこと。

風月二十一日（三月十二日）書簡 フルコー、ミネット、エアハルト

発信、フルコー。来書、トロイエンブリーツェンよりミネット。これに返。午前中一杯、抜書筆写。

ゲーテの『イフィゲネイア』観劇［『タウリス島のイフィゲネイア』、人身御供を司る巫女イフィゲネイアは王トアスに残酷な人身御供を中断させたが、求婚を拒絶された王はその再開を迫る、犧牲に供される弟オレステス救済のためイフィゲネイア姦計を謀る］。イフィゲネイアいまだ人身御供に手を染めざるとの想定よし。だが、この芝居、看過できぬ欠点いくつかあり。弟オレステス救命のためトアスを謀らんとする時のイフィゲネイアの躊躇、事は弟の命、一旦緩急の際なれば、条理を欠く。弟は関心の外とあらば、この芝居、語るに落ちたり。オレステス乱心、我が身は黄泉の国、そこに家族全員の姿を認むるくだりの独白は長さにおいて異常なり。普通、錯乱状態は独白になじまず。劇中の或る人物が観客の心の動きに共鳴し更にはその動きを導くがあるべき姿なり。大団円、その甘さにおいて滑稽なり。

晩餐、ヴィーラントと公太后邸。来書、エアハルト、余を讃美の熱き書。

風月二十二日（三月十三日）

午前の大半、抜書筆写。シャルト夫人を訪問［ワイマール宮廷の女性、不幸な結婚生活のなか宮廷の華かな友情に恵まれる。そのコンスタン評「これまで出会った最も素敵な殿方の一人」P］。末枯《すがれ》たる体に、哀れ、心はなおへばりつき弱翼をばたつかするも身のしがらみを解くに由なく、人の憐愍を買うが関の山。哀れはかなき女の宿命。女の幸福とは、男から与えらるる半人前の独立よりも東洋的ともいうべき隠遁ではあるまいか。三十過ぎての自由、女に何ができよう、せいぜいが据膳の振舞《ふるまい》、だが誰も食ってはくれぬ。

夜、ガッテラー［ゲッティンゲン大歴史学教授］の『エジプト神統記』を読みすすめ抜書。余が原稿「東洋宗教論」、我が意に適いつつあり。晩餐、公太后邸、シラー、ヴォルツォーゲン夫人［シラー義妹、小説家、『スイス便り』あり。そのサロンはワイマール屈指の社交場］。

風月二十三日（三月十四日）

ミネット、ベルリン着［オラニエ公、フリードリヒ大公、仏大使等の表敬訪問を受けた］、凱旋と見紛う歓迎ぶり。

ワイマール公の図書館見学〔館長ゲーテ〕。見事と言うほかなし。余の将来の計画と無縁ならざるものあり。読書、マイナース『人身御供』。晩餐、ベッティヒャーと公太后邸。

風月二十四日（三月十五日）書簡　ミネット、エアハルト

発信、ミネット、エアハルト。ゲーテと散歩。新哲学は問題だらけだが、思想界を挙げて鳴動させしはその功績と言うべし。我々に迫りくる神秘主義と旧教の危険性については、起るべくして起るであろう衝突に期待す。新哲学はいまだ雲中の飛廻なれば政府にも宗教にも抵触せぬが、やがて翼の先端が両者に接触、戦闘開始となりぬべし。シャルト夫人より艶書。憐れむべし。晩餐、ヴィーラントと公太后邸。

風月二十五日（三月十六日）

抜書筆写。夜、シャルト夫人宅。晩餐、宮廷。

風月二十六日（三月十七日）

シャルト夫人に暇乞の手紙を認む。哀《かな》しくも情けある返書来。これ、余が望まぬまた一つの哀れはかなき恋情なるも、これにも無縁の時きたるべし。なぜ青春と美がかくも高慢にして、優しさと謙遜が青春と美を失いし者にして初めて持ち得るものなのか。公に暇乞。宮廷諸人に暇乞。エグロフシュタイン〔ワイマール宮廷侍従〕の余に寄する友情の不思議なる、思想性格の拠らしむる友情にあらず、ただ共通するは幼少の思出のみ〔不詳〕。子供時代の思出、実に有難し。『ウィリアム・テル』〔初日、ゲーテ同行〕。シラーの他の戯曲に比し著しく詩的美を欠く作りの悪しき幻灯なり。第五幕オーストリアのヨハンネスの場面は無意味〔テルと対決の場〕。男一人がドイツ的沈着と小槌とをもってなす城砦の破壊、救済院修道士等々、余りに滑稽なる傍流事件。大劇場なら野次口笛避け難し。唯一描写の妙はテルの性格なり。

晩餐、ベッティヒャー、ヴィーラントと公太后邸。

風月二十七日（三月十八日）書簡　ミネット

発信、ミネット。ゲーテに暇乞。奇妙な論法、観客を屁とも思わず、芝居に欠点《あら》は付物、いずれの欠点も、「客はそれに慣れるもの」と言う。この論法はさておき、ゲーテはシラーの荒唐無稽をさほどのこととも思わぬ様子なり。ゲクハウゼン嬢に暇乞。素晴しき女子《おみなご》。

一時出発。九時ゴータ着。明日は当地逗留の予定。

風月二十八日（三月十九日　月曜日）書簡　ミネット、ネッケル氏

発信、ミネット、ネッケル氏［スタール夫人父、スイスの銀行家、革命前後仏の財務長官］。シュリヒテグロル訪問［独の歴史家考古学者、伝記作家として有名］。独文学界第六流に属する小柄な好人物。独の文学者は才気に欠くるとも、仏の同じ六流に比べ、皆教養深く自由思想の持主との点で勝るなり。氏の宗教観は我が国のどの信仰家よりも、また我が国の哲学者の〈八分の七〉よりも正しく真に寛大なり。

読書ベルガー［独の新教神学者］。ヘブライの一章じつに興味深し。これに倣い、有神論《テイスム》が然るべく理論化されていわゆる宗教になる前に、一つの民衆宗教となりし経緯を論じたる章、第一部に移すとす。抜書筆写。

フランケンベルク氏訪問［ザクセン・ゴータ公国大臣　P］。好人物。相似人間鑄型《タイプ》なるもの幾種か世に存在す。小公国の大臣でその眼よく啓きたる者、その一種なり。地位に根ざす偏見を絡ませながら己の「棲息圏」の外に対し、好奇関心の類を寄せ行動に及ぶこともある、その好奇・関心・行動の三位一体姿勢、爽快なり。気骨は見受けられぬがそれに代るものとして、己に直接関係なき一般的問題に対し外の人間に見せんとする頭の閃きと公平無私が挙げらる。人を迎うるに愛想よし、外国人を惹きつけ情報を汲取るには愛想のよさに勝る術なければなり。この世に生き存えば益々はっきり見ゆるは、個性は滅多にお目にかかれぬもの、大方の人間が情況に支配され情況に似せて己の姿を作ることとなり。チュンメル氏訪問

［ザクセン・ゴータ公国大臣 P］、同氏宅で晩餐。

ゴータの世襲大公［四月二十日アウグスト公、父フリードリヒ三世を継ぎ即位］。世評では悪王だが、ドイツで最も聡明な善王というのが余の偽らざる感想である。君主の身分とはまことに反自然的にして、つまらぬ人間は暗君となり、立派な人間は狂王となる。だが、今度の世襲大公、才の片鱗、いや慈悲の一端すら見受けられたり。

ヴェルダー夫人［特定できず］。大柄な美人、すらりとした体形、世間知らずの顔、余の見るところ才女の世評あり、だがその評たるや評判倒れ、これまた余の見るところなり。何故この婦人から悪人呼ばわりされしか。余がなす反撃には当の余自身にも分らぬ何か悪魔的なるものあれば、もともと悪評を持つ身、更に悪評の上塗となるべし。


風月二十九日（三月二十日）書簡　バイガング、ミネット

発信、ライプツィヒのバイガング［不詳］。抜書筆写。訪問客、小シュリヒテグロル。

アイゼナッハへ発つ。ベヒトルスハイム夫人［アイゼナッハの高級官吏夫人、ゲーテ、シラー等と親交あり、仏語で詩文を綴るを得意としたP］。シュトライバー［不詳］。シュライバー［同地の牧師、詩人P］。発信、ミネット。雪、甚多。行路不安定。


風月三十日（三月二十一日）書簡　ミネット、ゲクハウゼン

発信、ミネット、ゲクハウゼン嬢。晩餐、ベヒトルスハイム夫人宅。ドイツ人は、無学者も、会話には良識と心和《な》ぐ落着きというべきもの具うるが、こうしてフランスへ近づくにつれ尚更その良さ意識せらるるなり。余はいま情けある接遇《もてなし》の地、ワイマールと完全に訣別せんとす。触れて慣れにしあの優渥に二度と再びは出会えぬ世界へ戻り行く身なり。もはや求めても見出せぬ公平無私の心と真理への愛、その愛のなんと心地よく有難きことなりしか。将来の生活につき思案すべき問題いくつかあり。生くるに価するか。幸を得るに価するか。相手［スタール夫人］を苦しめながら幸福たり得るか。己の幸福と女の幸福を両立させ得るか。独り身ならば、策の最も賢明なるは家屋敷を売り田舎の土地を人に貸

し、汗牛充棟の書を整理、仕事と安息休心の中、原稿ぶじ上梓の時を待つことなるべし。安息！　休心！　しかし、それを求むるに一人ならず二人の生活破滅も辞さずとも可なりや。いやそれよりも、苦痛に打ちのめされず、快楽に咬されず苦楽とは無縁の境地に入る、これぞ決着をつけ生を了うるに相応しき瞬間なるべし。或は、なお最後の手段あればいま一度戦を挑むべきか［別れと再婚］。

芽《ジェルミナール》月朔（三月二十二日）書簡　ミネット

旅程、自アイゼナッハ至フルダ。〈フランクフルト新聞〉。三月十四日付〈ピュブリシスト新聞〉紙上の「陰謀の下部組織網」という妙な記事。記事を鵜呑みすれば、この陰謀の関係者は数知れず、政府の一部がその主犯格ということになる。さればモロー逮捕の折、国家のいかなる機関も市民のいかなる層も本件に関与せずとの立派な声明やいかに。狙いは恐怖心を煽るということか。フランスの内に在らざればフランスのこと何も聞えず。明後日フランクフルト、書簡にありつくべし。発信、フルダよりミネットへ。

芽月二日（三月二十三日）

旅程、自フルダ至ゲルンハウゼン。愈、明日はフランクフルト。それからウルムへの道。六年ぶり我が懐しきフーバーと久闊を叙さん［独作家、スイスのシャリエール夫人の知遇を得、そこでコンスタンを識った。シャリエール夫人の作品を独訳］。本日学問怠る。千思百考。智慧浮ばず。

芽月三日（三月二十四日）書簡　ドワドン、マリアンヌ、ミネット、ベランジエ、ヴェルノン、タルマ

旅程、自ゲルンハウゼン至ハーナウ。騎士《シュヴァリエ》ブースバイに会う［英詩人、ルソー友人］。畸人の風あり。ヴィルヘルムスバートで四月間詩作と哲学に耽りその間、人と交際一切断ちぬと言う。この業、六十ともなれば若い時よりもなお難かるべし。

フランクフルト着。書簡に接す、一、タルマ夫人、余の風月十日便に対する返書。二、ドワドン、風月四日及び五日

便に対する返書。三、マリアンヌ［コンスタンの父が九歳の時から養育し長じて二番目の妻とし二子を儲けた女。コンスタンの義母、この便は父からの無心状］。四、ミネット、余のライプツィヒ投函二通に対する返書。五、ベランジエ。六、ヴェルノン［コンスタンの債務者、特定できず P］。モーリッツ・ベートマン、シュヴァルツコプフに会う［前者は同地の銀行頭取、芸術愛好家、ゲーテ、スタール夫人と親交を結ぶ。後者はフランクフルト駐在ハノーファー政府弁理公使、夫人は前者の従姉妹の娘 P］。モーリスの所で五十ルイを得る。

芝居、『エミーリア・ガロッティ』［レッシングの市民悲劇］。観劇、最終二幕のみ。生彩無きに呆れ果つ。弁舌爽やかと言うも可、だが人物位置関係のずれ如何ともし難し。棄てられし情婦が男のつれなさを論じ、殺害委託犯に身を任す可能性を論ず。いま恋人を殺害されし娘が官能を論ず。斯く皆が競い論を張る中、父親の娘刺殺行為は娘の弁論を封ぜんがためとしか見えぬ［父親、命よりも操を大事とし娘を殺害］。現代ドイツ演劇が余りに型破り、余りに「騒々し」とすれば、昔のそれは余りに「生彩なし」。レッシングといえば、文句なく、その昔《かみ》天才的とも称さるべき悲劇作家であれば、レッシングを以て批判さるるとあらば、昔の市民劇にとり不名誉なことでもあるまい。廾。

芽月四日（三月二十五日 日曜日）書簡 ミネット、マリアンヌ、ベッティヒャー、タルマ、ドワドン、ルージュモン・シュレール

発信、ミネット。エスリンガーに十三ルイ渡し清算。発信、マリアンヌ、為替千エキュ［三千フラン。牧草地売買契約に関する父親の訴訟費用、二十四日付義母からの無心状に対して］。発信、ベッティヒャー、タルマ夫人。ドワドン、為替十五ルイ同封発送［三百六十フラン］。ルージュモン・シュレール［パリのルージュモン・シュレール銀行頭取 P］。

午餐、ベートマン宅。げに商人根性とは熱《あつ》かわしきものなり。豪商とは態度において王侯に近く、自負と気取において王侯になお近く、浅短さにおいて王侯そのものなり。モーリッツ［ベートマン］はなお最も優れたる、最も教養豊かなる一人なるべし。イルサンジェ［仏外交官］。この在留仏人、余に告げて曰く、「今朝山鴫《しぎ》五羽絞め来りぬ」と。

シュヴァルツコプフ夫人訪問。夫婦喧嘩。余が退散後の情況は推して知るべし、「病気の子供を置いて参るわけにはいきません。そう出来るお方が羨ましい」。哀れ亭主、にやにやしながら軽口たたき懇願し、余と晩餐を共にしたくは

やまやまなるが、この楽しみ、みすみす一人の女のために犠牲に供す能わずとは敢て言出しかぬるも、亭主のこの犠牲、露ほども有難がる女ではなし。夫人は完全にドイツ的感傷の型に属す。薔薇色の飾紐《リボン》、物憂げの眼、甘き声、繊細なる心、些かの夢想癖、傷つきやすき感情、棘々しさ、気難しさ、夫に対する大なる優越感。そしてこれをしも妻としてあらまほしき婦人と世間は見る！　まさに地獄なり。廾。閑話。この種の喧嘩においては亭主の側に立たぬを良とすべし。得るところ何もなし。正義感にかっとなる我が体質を思えば触らぬ神に祟なし。晩餐、ベートマン宅。美味にして退屈。フラヴィニ氏［仏亡命貴族、富豪の銀行家ベートマン一族の娘と結婚 P］。満ち足りたる肉感的凡庸。こちらから害を加えぬ限り善人なり。凡庸は害を加うるに価せず。

芽月五日（三月二十六日）

ハーナウ復。エスリンガーに書籍発送。騎士ブースバイ、詩歌の才驚くべし。その英国風十二音綴《アレクサンドラン》について思いもよらぬ新見解を授かる。この英国風《ぶり》、風刺詩《イャンブ》よりも遙かに生き生きとす。それも慣るれば一本調子気味になる恐れなしと言い得るか。この男の『人間嫌い』［モリエール喜劇『ミザントロプ』］の翻訳、忠実さにおいて驚嘆すべき翻訳なり。英国の現存詩人の中で古典主義詩歌、つまりポープの詩法を巧にするという点では第一人者なるべし。「金銭づく」と題されたる風刺詩、ポープ、アディソンになんら遜色なき詩句あり。ところで、その生涯たるや風浪にもまれ、「席に就く」ことなく、ついに老いさらぼえ年相応の貫禄も有さぬ男である。かく申す余も、明日は我が身となる、自戒せよ、生き存えて二十四年後、その時が見ものなり［この時コンスタン三十六歳、ブースバイ六十歳］。

芽月六日（三月二十七日）書簡　ミネット

旅程、自ハーナウ至オーベルンブルク。発信、オーベルンブルクよりミネット。車中読書、古代人の自殺観。生命、名声、自由を尚ぶの教えを有せし民族が、例外なく、かつは生を賤しみ捨つるを知るべしとの思いを懐きしこと、注目に価する事実なり。自殺否定論者とは、人生は悲惨で恥ずべきものと説く者に他ならず隷属と堕落の擁護者と言うべし。ミルテンベルク着。御者と掛合いウルムまで走らす。

ベルガーの序と第一章を読む。これもドイツ新教徒の著書の大方の例にもれず、なかなかに思想深奥にして自由至上を宗《むね》とす。だが、ドイツ人著書の欠点としてこの著者も結論を結論として充分明確にはせず。むろん結論は求めて探せば見当るべし。この書、益するところ大なるものあり。仕事再開、実に愉快なり。この一週間の怠けぶり恐るべし。

芽月七日（三月二十八日）

旅程、自ミルテンベルク至ビショフハイム。夕刻キットパッハ着。

昨日、シュライバーの件でミネットへ便り認む。氏は、秀顔、朗にして上品、博識。要は、氏が子供の教育もさることながら母親の関心を惹くに足る人物なりやにある［スタール夫人子弟の家庭教師の件］。とにかく、氏がベルリンへ行けばミネットが見て判断せん。余の見るところ、氏はベヒトルスハイム夫人との関係に倦労の体《てい》なるが、夫人が氏を必要とする、夫人に讃められて脂下がる、この二点で女に縛られたり。喩えてみれば、或る種の女が男に執着し、そして実に不思議な現象だが、天下のサン・ベルナール峠で旅人が睡魔に襲わるるごとく男がその魔力に屈すということか。男というもの、その情況を好しとはせぬも、刹那の感覚に流されそれにつれ抵抗力が衰退す。かくて、そのつど覚醒を思い謀らんとするほどに、ついに死の訪れとなるのである。

芽月八日（三月二十九日）書簡　ミネット

旅程、自キットパッハ至エルヴァンゲン。発信、クライルスハイムよりミネット。代償として諸侯に充てられし帝国所領［仏のライン左岸併合により領土を失った独諸侯に対する補償］、教会所領の小都市の例にもれずエルヴァンゲン市民の不満…代償の沙汰取決めの無礼極まりたる、言を俟たず。反面、「啓蒙」という点では、このことドイツには幸いすと言えぬか。かつて帝国の都市や教会領邦にありしもの、人間精神のあらゆる進歩に立ち開《はだ》かる一種の昏迷状態にありたり。偏狭盲信、猖獗を極めたり。代償としてこれら新興国を得たる新教の君主も、「啓蒙」では旧教の高位聖職者に劣らず怪しいものだが、宗教の相違という事実こそ、それだけで啓蒙の因子となり得べし。新教の君主は、新たに臣下となるべき連中の信奉する旧教が臣下の君を憎む因となれば旧教優遇策は採ることとなし、また、特に為すべき事［対宗教政策］のあれば、君主たるものが目指すべき専制への思いも疎かになる、この二点、期せらるべし。

芽月九日（三月三十日）

旅程、自エルヴァンゲン至アルペック。道中読書、ソフォクレスの悲劇三篇、『エレクトラ』と二篇の『オイディプス王』。『コロノスのオイディプス』傑作なり。この戯曲、我々の演劇の約束に合せても寸分違うところなし。約束というは、芝居とは何かの尺度が余りにも極端に狭められたる仏演劇のみに見らるる約束にあらずして、ギリシャローマに造詣の深かりし近代趣味人の目に適う約束を言う。このことで思出すは、余が昔シラーに告げし言葉だが、今でもその正当なること信じて疑わず。「他の如何なる国にもましてフランスは規則のより厳しきを必要とす。フランス人が狙うは「外連《けれん》」（うけのよさ）を措いて他になし。真実、真実らしさ、有用性、誠実も「外連」にあってはひとたまりもなし。その目的のため手段を選ばずとなれば、行着く先は非常識と悪趣味。規則とは向こう見ずの虚栄心に対する防柵なり、斯くして築かれたる防柵は実は観客の虚栄心のしからしむるところのものに他ならぬ。大胆も度が過ぎるとそこには己の実力を恃む自信過剰がちらつく、観客の自尊心はそれを面白しとせず」。

本日一匹の子犬を購う。狂犬にでもならぬ限り余に危害を加うることなしと確信す。人と結ぶ関係、相手を問わず、この確信危うし。

芽月十日（三月三十一日 土曜日）書簡 ミネット、ナッソーウルム着。フーバーと一日過す。才気の人なるも己の妻子にまつわる話題を除いては、冷静にして感情を顕にせず。他人の犯罪に怒る姿を一度なりとこの男に見たし。多くの独文人の例に違わずフーバーもこの種の客気《かっき》に欠けたり。発信、ミネット、ナッソー夫人。

一八〇四年四月

芽月十一日（四月一日）

旅程、至ノイフラッス。なぜかくも数多《あまた》憂思悲懐の余に付きまといたる。つゆ思当る節なけれども、撃退能わず。されば己を律する力ことごとく失いたる身か。余が望みは如何に、この憂悲の因《たね》は如何に。我が運命はまだよく余の手中とするところにあらざるか。仕事への予期せぬほどの意欲回復の事実や如何に。余に欠くるもの、幸福への意志を措いて他になし。三つの決意あらば幸福は約束されん。純粋に学問的生活を営むこと。抜け出でし世事万般、我ながらさすが間然するところなき行動なりしが、これと縁を切ること。光（啓蒙）と安全と自由独立の得らるる国に不動の覚悟で定着すること。以上が為すべきすべてなり。余にはその力と意志あり。されば目指すはこの目標、身心を一丸となして邁進し、もはや徒なこだわりは用なきこと、後悔、過去の思出に自らを逸せざること。この人生設計とビヨンデッタの幸福は折合つくべし、いや、これを措いて折合のつく計はなし。ビヨンデッタを顧ず敢て余自らの幸福を求むる、これ幾多の不幸からビヨンデッタを救う道なるべし。

読書と抜書、ベルガー。

芽月十二日（四月二日）

ドイツの或る将校、名は分らずじまい、もっとも向こうからは名を尋ねられしが、此方は名乗らず、その将校とエーヒンゲンで交せしなかなか面白き学問談義、昨日触るるを忘る。ドイツには至る所、幅広き穏健なる教養を備えながら妄にひけらかしたりはせぬ仁がいるものなり。もっとも相手はドイツならぬオーストリアの将校なりき。

旅程、自ノイフラッス至シュトックアッハ。

昨日の千思百考のおかげか、憂思一部治まりぬ。学問一筋の人生、如何にして確立せん、努むべし。学問あれば我が願はすべて叶いぬ。学んで知り知って学ぶ、また愉しからずや。学問研究をギリシャに限定すとも、百年の命もなお及ばず。

読書、『アンティゴネ』、『トラキアの女たち』。素晴しきかなソフォクレス！

芽月十三日（四月三日）書簡　ミネット、ワイマール公

シャフハウゼ着。発信、ミネット、ワイマール公。馬二頭購い手持の二頭売却す。

読書、ソフォクレスの『アイアス』、『フィロクテテス』。ソフォクレスが人間的に深く尊敬に価する人物なるは論を俟たぬ事実なり。ふと考えて驚くことあり。ソフォクレス、その悲劇作品に依り不死とはなりぬ。その作品の存在は無学者《もの》もまた知るところなり。しかし、ソフォクレスは悲劇詩人にして、かつは将軍、かつは政治家なりき。アテナイ共和国の要職に就き功績に輝く。恐らく当時の人からはその文才よりもその位《くらい》においてはるかに羨望されたはず。今日ソフォクレスの詩人とは別の姿を知る者、学者を措いて他になし。位は忘却の彼方、死して文才を残す。

読書と抜書、ベルガー。

芽月十四日（四月四日）

旅程、自シャフハウゼ至レンツブルク。読書、エウリピデス、『メディア』、『フェニキアの女たち』。ソフォクレスとは全く異質の人間なり。簡潔さではかなり遅れをとり、「うけ」を狙うことでは遙かに先行し、その結果、常道逸脱、主題の矛盾と脱線、多見さる。だが二点において感嘆すべき作家ではある、辛辣なる皮肉《イロニ》、悲痛感情の迸出《ほうしゅつ》。

芽月十五日（四月五日）

読書、エウリピデスの『ヘカベ』、『オレステス』、『キュクロプス』。『オレステス』、忌々しき芝居。『キュクロプス』、野卑に溢れ機知に富む笑劇。

旅程、自レンツブルク至ヒンデルバンク。明後日ローザンヌ入りなるべし。

芽月十六日（四月六日）

ミネットと別れて今日で一月。相手に対する余の気持なんら変化なし。ミネットの利点と難点、すべて余の体得して知るところのものなり。余、現下の情況に不平不満数あれど、そを変うるには時すでに遅し。いかなる情況も、そこに身を置いて初めて知る苦しみを隠し持つこと忘れまじ。結婚の勧誘と誘惑が殺到せんとする今、この真理忘れまじ。

女、家庭、人間関係《しがらみ》、敵の後盾、なにかというとすぐ蒸返さるる昔の不当なる非難告発、相手を思遣る行動と嘘偽りなき心とは裏腹に形式に過つ我が性格、これらが災し、世間は皆乍ら、理は余にあらずと見る。人と争い此方に理ありと言わすには、冷酷か邪道か愚で行くに限る。冷酷なれば相手の痛みは知らぬこと、優勢に乗じて押しまくる。邪道を採り敵の敵に助けを求むれば、馳参じ友も及ばぬ熱の入れよう、あることないこと大袈裟にまくしたててくれる。愚を通せば愚の全軍が味方になる。パイエルヌ着。

芽月十七日（四月七日）書簡 ミネット、ネッケル氏、マリアンヌ、リエ

発信、ミネット。ローザンヌ着。書簡到着分、ネッケル氏より一通、マリアンヌより余の四日便と入違い二通、リエ夫人よりネッケル氏不例を伝えくる一通［正しくはリリエ。リリエ家に嫁いだジャンヌ・マリー、ネッケル氏姪、氏の病床に付添い看病日誌を残す。Nは、スタール夫人幼少の友カトリーヌ・ユベールとする］。不遇中束の間の倖を断たれ痛ましき限りの絶望に塞がるミネット、そを思遣り慄然とす。遅くとも明後日、いや明晩にもコペ訪問のこと。晩餐、ナッソー夫人。結婚、余とミネットの関係切出さる。意志決定において優柔不断なれば曖昧な返答に終始し、それがため、態度からして信用に足る男とは見てくれぬ、これ我が意にあらず。余の事業［農地所有］に関する便りなし、不思議なり、この心配と相俟ってネッケル氏病状の不安さらに募る。読書、エウリピデス。

芽月十八日（四月八日 日曜日）書簡 ミネット、マリアンヌ、ネッケル

発信、ミネット、マリアンヌ。馬を買戻す。ロザリーに会う。午餐、ナッソー夫人宅、従姉妹等同席。夜、ロワ夫人［母方叔母。コンスタンが一時結婚相手として俎上に載せたアントワネットはその娘］。この国が知的資源に恵まれぬこと言うも愚なり。思いの半は胸にの覚悟なければこの地に定住は無理、思想を論じ筆を染むる同好の士との巡合いも不可能、特に余のごとき一所不住の身にはその能力の一部枯渇する恐れあり。何事においても人の理解は得られまい。一方のレゼルバージュ、そこは住むに難し。振出に戻り例の計画となるは常のごとし。もっとも、運命の一撃ミネットを襲い我ら二人再び転覆す、これなしとの前提の上だが、ジュネーヴと当地に二月、レゼルバージュ行、当地へ帰還、夏の終りまで逗留、そして冬はドイツ。余が唯一の関心事、余が唯一の生甲斐なる著作完結の意が涌くはドイツを措いて他になし。しかし、余を脅かす不吉な事態到来となれば我が身の行末一切予見不能。

明日コペに馬の手配方をネッケル夫人に発信［スタール夫人従妹、アルベルティーヌ・ド・ネッケル＝ソシュール、作家・教育者、主著『段階的教育論』、他に『スタール夫人の性格と作品』等］。

芽月十九日（四月九日）

ネッケル氏死す！　ミネットの行末や如何に。絶望の極に始り、やがて来るは恐しき孤立！　行って会い慰めん、いや、せめて支えとならん。哀れ不幸な女よ！　今思出すに二月前の苦痛と不安、そして安堵の感喜［父親の病状の報に一憂一喜］、糠喜に終るとは！　哀れ不幸なる女よ、やがて知る苦しみに比せば、汝、死も厭うべきかは。そして故人のこと、かくも純粋、篤実、高雅の士、余は故人を惜しむ。余は故人に愛されてありき。父なき今、誰が娘の身を率いて行くべきか。苦しみ数限りなし。

芽月二十日（四月十日）書簡　ゲクハウゼン、デュ・テルトル、マリアンヌ、オシェ、フルコー、ネッケル

昨日コペ泊。ネッケル夫人［前出のスタール夫人従妹。ネッケル氏妻は一七九四年没］と愁傷の長物語。夫人は人情に篤く悲しみに敏ですらあるが、他人の不幸となれば、同情心といってもその厚み、薄情と紙一重なり！　夫人が鬱散の傾向を見よ！　一憂に魂を抜かれたる余の姿に意外な顔を見せたり！　情けを我が身よりも先ず他人に向ける、これをよくする者、知る限り余の他になし。余自身の痛みはやがて熄まるものの、熄まらぬは苦中の他人を思遣る心の痛み、憐憫の情捨て去り難く、なお刻々と募るばかりなり。ネッケル夫人、憐れむべきミネット［スタール夫人］の便り多数持参せり。不幸［父の死］は未だ本人の思寄らぬことなり！　娘からの便り父の愉しみであれば、父に書き遣る便りに挿むべき話の種の見聞は娘の愉しみでもありしかな。ミネット、父ネッケルの診断書を余に転送回覧させたり。ミネット、文面は陽にして平安なれど、一週間後如何にやあらん！　哀れミネットよ、娘としての義務を厳しく果さざりし報いなり！　父親の勧め［親許を離れ仏に活路を求めよ］に従いしが故の辛楚［仏国外追放］！　この世に生くる者として最も心すべきはまさに義務なり。義務が大いなる幸福を招来すとは言えぬまでも、義務あるところ大いなる苦痛なし！　ミネットの身を案じその心を気遣う。過去の思出悉くミネットに襲い来らん。ミネット先着の場合、余の到着までワイマールに留置かれたしとの書状をゲクハウゼン嬢に認む。

来信、デュ・テルトル夫人、余の風月二十日便に対する返書。マリアンヌ、芽月五日便の返書［「日記」の発信記録は四日］、礼状、

満腔の謝意見受けらる。オシェ、風月二十日便の返書。オシェ、憂愁［不詳］！ オシェの気分まさに余の気分に相似たり。風月二十一日便の返としてフルコーより。計算一部不明なれども収支決算満足すべきものなり。ネッケル夫人に便り、シモンドの同行を要請せり［通称シスモンディ、スイスの歴史経済学者、その『統制経済論』マルクスに影響を与える］。余の苦しみかくばかりにして孤独に怯ゆればなり。嘆く空《そら》、苦しくあれば助けを求めんとせし次第なり。一時間後、再び筆を執り前言を翻す。何たる朝！

ローザンヌ復。涙を共にする者ありやなし、路上にそを求め探しぬ。ロザリー宅に至る。ナッソー夫人に会う。深愁、鬼心をも泣かしむ、実に真実なれば、余とミネットの仲を非難するに最も強硬なる夫人にしても、「行ってミネットを迎えん」とする余の決意を良しとするに迷いはなし。ネッケル夫人より来書数通。余が第一便の依頼、シモンド喜んで同行の意を示したり。第二便の結果や如何に。シモンド来らば連行かん。道連となれば愉快不快こもごも至らん。気分の浮沈みは余の常のことなり。

フランソワにベルリン行の指示を与う［ネッケルとスタール夫人父娘二代に仕えた下僕。後出ウジェーヌの兄］この男独語を解さねば道中難儀の憂あり。我としたことが指示において充分な配慮を欠いたり。余の心の乱れかくばかりなり。ともかく余がフランソワに先着、遅くとも三十日ワイマール入りを期す。

芽月二十一日（四月十一日）書簡 ネッケル、ドワドン、パテ＝シャケ

発信、ネッケル夫人。ローザンヌ発。ムドンにおいてレゼルバージュ宛発信。思い深痛、されど気力において不足なく目的は達成されん。気力もさることながら、それにもまして余に多く巣食うもの、気の移ろい易さなり。余は高潔、寛大、献身、優れたる長所を有する人間なるが、「一個」の人格というには無理がある。余の内に観察者と被観察者、二個の人間あり、余の猪突猛進も、観察者は、移れば熄むの運命と先刻お見通しである。悲しみ深刻なれども、その気になれば大いに気散じして、癒されぬまでも忘るることは可能なり。しかし、ミネットには余の救いの手のみならず、余が悲痛にうち拉がるる「姿」も必要なれば、気散じも叶わず。パイエルヌ泊。エスリンガー言付の余の書籍につき、

パテ＝シャケに発信［ジュネーヴの取次業者］。

芽月二十二日（四月十二日）書簡 タルマ、ゲクハウゼン、ネッケル、アルガン、マリアンヌ、ベートマン、オシェ

シモンド来たる。同行には及ばぬとの助船を出せば、とびつかんばかりに納得了解。同行せずとの素早い決断、全くもって有難し。どれだけの仕事か大変なものとジュネーヴで言われ、シモンド役目の重大さに恐れをなさんばかりであったという。余が得たる人生一般の教え、感謝は能う限り最小の感謝を以てすべし。こちらが感謝すれば、相手はそれだけで荷が勝つ仕事と思込むからである。立派な仕事を半にして降りた連中を一再ならず目にせしが、立派な仕事をすれば相手は嬉しさ余って感謝百倍、ために連中は役柄の重大さを過大に受けとむるなり。かくしてシモンド引返す。シモンドの携え持来たる書簡、タルマ夫人、余の芽月四日便に対する返書。ゲクハウゼン嬢、風月三十日便返書。ミネット、ワイマール入りとあらば少くとも迎えの心配はなし。ネッケル夫人より一通。夫人は往々にして気難しく、瞬時その意を計りかぬる面あるとはいえ、真に高潔の人なり。アルガンより一通［ジュネーヴの弁護士］。発信、ネッケル夫人、マリアンヌ。アールベルクにて午餐。発信、アルガン、ベートマン。ビューレン泊。

読書、ヴィレールの「宗教改革論」。内容立派、それに対し文章は通俗に走ること頻にして時に乱れを見せ、往々異国風に流る。異国風は著者の長期に渉るドイツ滞在の然らしむるところなるべし。しかし内容は事例、蘊蓄、思索ともに充実、しかも論述は簡にして明晰、説得力あり。解せぬはフランス学士院がヴィレールを会員にせしこと、曾て刊行されし中で最も反カトリック的書ではあるまいか。移れば変る世の中ということか。発信、オシェ。

芽月二十三日（四月十三日 金曜日）

旅程、自ビューレン至レンツブルク。一週間前歴回《へめぐ》りきたりしまさに同じ道を、心境を異にして逆行す、しかも旅と

はいえ、余が最愛の、絶望の極にうち棄てられたる女を行って迎うる旅にしあれば、断腸の哀これにとどめをさすべし。女は未だ身の不幸を知らず。運命が密かに迫り行き女を襲わんとするが目に見ゆ。時を告ぐる音を耳にすれば、恐しき瞬間さらに一歩迫れりと思わざるべからず、我が身は時の定まりたる処刑に駒を進むるに似たりと言うべきか。しかしながら、悲しみによく打克ちたれば、この役回り厭うものにあらず。日に数時間、読書の気晴あり。旅を全うする気力において欠くるところなし。明日を最後に目下の苦痛の一端軽減さるべし。駅馬に乗換え夜を昼になして先を急げば土地の景、場所にまつわる思出、もはや余が心の負担とならざればなり。

芽月二十四日（四月十四日）書簡　ネッケル、フルコー、タルマ

旅程、自レンツブルク至シャフハウゼ。身心あまり快調とはいえず。生来の強健を衰弱させ、並にあらぬ才能を摩滅させ、可惜《あたら》、快楽も名誉も実を結ばずに終らす、これ運命の好んで我になさんとする裁きなり。だが思うに、残されし今の人生を秩序立て、未だ能力の衰え知らぬこの期を無駄にせず、些かなりとも己の形見を後世に伝えんとのその潮時近づきぬ。焦眉の急、そは不幸に喘ぐ女《アミ》を救うことなり。だが、女の身の先行き如何なる形に定まろうとも、我が身の決は学問と自由独立、これを措いて他になし。このこと確と忘るまじ。

五十にしてついに己の場定まらず、己自身に申し訳が立つであろうか。五十まで数えて幾年［この時三十六歳］、レゼルバージュは居住不可能、可能となるには…［自己主張せず性の要求に応えてくれる伴侶あれば］。ジュネーヴ［当時仏領］、スイスは知的資源と競争心を欠く。フランスに住みたしと思えど、立派な著書の一本でも持って行かずばあらず、だが今の我が身、著作は論外の沙汰なり。となれば為すべきは現生活の改革。ワイマール、ワイマール、図書館、欠かせぬ快楽、欠けば身心不調、健全なる財政、そして一度なりとも休心安息。むろん、哀れ汝ジェルメーヌよ［スタール夫人］、我に汝を棄つる心なし、されど我ら二人、共に歩む人生の舵は、汝自身のために、余に取らせ給え。余の舵取りに反対すべき義務、もはや汝に無し。余の決意不退転、不退転とあればその実行において急がず穏やかに行かん。

発信、ネッケル夫人、フルコー、タルマ夫人。

芽月二十五日（四月十五日）書簡　ナッソー

馬を売却。義務とはさても有難きものかな。義務感あれば心に安寧あり、安寧あればいかなる事情の苦しみも半ば消ゆ。今の余の心、悲しくあれど安らか、泰然にして自若。己の計算目論見にほぼ則して事を手掛けし昔の心と今のこの心、両者を較べてみるに、前者は此方も相手も双方義務の縛りが皆無、後者は心は明らかに義務絡み、すべてはこの二つの違いにあり。決断の迷いは処世の大なる苦悶である。この苦悶を免るるには義務あるのみ。ただ己の損得勘定に則し行動すれば、計算の是非は結果を見るまで分らぬが、非と出でたらば、心中いかに言い繕うとも、それまでの苦労は水泡に帰さざるを得ぬ。だが義務に則る限りそもそも間違うということなし。結果と義務の是非が問わるることなし。発信、ナッソー夫人。旅程、駅馬にて自シャフハウゼ至ムースキルヒ。十四里。車輌破損、二時間の足留で済むはず。突貫徹夜行、先を急がん。本人が恐るべき報に接する前日十八日［四月十八日］、余はフルダ入りの見込み、同地でよもや行違はあるまじ。

駅馬に揺られながらの思索、読書エウリピデス。完璧現代詩人なり、つまり、エウリピデスの頭は「うけ」を狙うことで精一杯、ギリシャローマ人の簡潔、誠実、純粋の類は皆無。「うけ」を狙うあまり、思惟転変、猫の目の如し、熱狂的信仰家と思いきや、無信心を標榜す、表現は豊なるも、この表現というやつ、場違の代物多し。政治家、民衆、政府に対する譏謗、当擦、枚挙に遑なし、それも、野心の夢やぶれ、はては民主政に期待を裏切られ、民主政《デモクラティア》そのものに恨みを抱くにいたりし男の当擦の類なり。悲劇詩人として、エウリピデスとヴォルテール、時間と場所をずらせば大いに通ずるところありと余は見る。『タンクレード』［ヴォルテール作、十一世紀シラキューズが舞台のタンクレードとアメナイードの悲恋］、エウリピデスの筆と言うもおかしくはなし。エウリピデスも、さわり部分「恋の哀れ」をきかせ、あの滑稽きわまる一行、「不正ハツヒニ独立ヲ生ムニイタレリ」［タンクレード第四幕。世の法の不正を見て私は私の心の法（精神の独立）を唯一の拠り所とする］を同じ場面に納め、その前後を固むるに同じ詩句を以てしたはずなり。発車。

芽月二十六日（四月十六日）

今夕、ハイデンハイム着。二十八里。

他人に絶大な影響力を有し命令して思通りのことを目の前で遣らす、これ一つの特権と人は見る。力を行使する側の欲求と相手の思惑が一致せぬ時、或は、行使したる力の見返を相手に充分施すこと叶わぬ時、この一時的特権まことに厄介極まる代物となる。人心、面従腹背す。権力者を恐れその権力圏を脱出すべく真剣にならざるはなし。権力者を互いに押しつけ合い躱《かわ》さんとす。権力者本人に真実の全てを伝うること決してなし。力ある者いずれか「怖・敬」を逃れざらん。君主と見紛う気性激しき人間がいる、その人間にありのまま隠さず話せば爆発だ、周囲はそれを恐るるあまり心ならずも嘘を通す。ジェルメーヌの置かれたる情況を思うにつけての余が感想なり。人に抽づる頭と激情気質に周りは圧倒され辟易し、ついに、ジェルメーヌの苦しみとなる類、本人の耳には入れず、また、親しく愛する者は全くの善意から、ジェルメーヌに幻想を抱かせんがため自らに幻想を課す、斯くの如く相成りぬ。されば皆こぞりて尊君の健康をめぐり希望を抱かせし次第なり。よかれと思掛けたる情け、最も恐しき苦痛とは相成りぬべし。

芽月二十七日（四月十七日　火曜日）

メルゲントハイム着。二十八里。齷齪と旅を続ければ旅の目的あやふやとはなりぬ。フランソワ疾駆急行せしと仮定すれば、ジェルメーヌ、今日恐しき悲報に接するの可能性あり。余との再会前に悲報を知る、かくあれかしと時に思うことあり。されば余の到着に気が紛れ気分の転換なるべし。

芽月二十八日（四月十八日）

ブルッケナオ着。二十九里。車輌破損。別の一台と交換、故障なきを祈る。

四日目にして初めて床に身を横たう。目を閉じて眠れば陰気鬱々たる観念と怖しき悪夢に魘さるるを逃れ得ず。げに想像とは摩訶不思議な力なり！　苦痛の呻き、ぞっとする叫号、眠れる余を驚かす、しかも数分の間、身は完全に目醒めたるも、なお耳にしかと響き残りぬ。妄想のなせる業明らかになれば、「今は聞かじ」と思うや叫号ぴたりと止む。哀れむべし、ミネット！　数日後余が耳にするは汝の叫声なり。汝の心痛を我が心痛としそを軽減せん！

芽月二十九日（四月十九日）書簡　ネッケル

旅程、自ブルッケナオ至フルダ。交換せし車輛故障。当地で騎士ブースバイに出会う。英国人一家と旅の途上にあり。ワイマールに暫時滞在とのこと。この男、六十歳の肉体に宿す若盛り変りなし。フランソワ、去る二十五日当地通過なればベルリン入りは昨日、或は遅くとも本日のはず。女《アミ》の不幸なる！

旅程、自フルダ至ファッハ。十六里。新規車輛二度目の故障。ここからベルカまで船にて夜行せんか。窮地脱し難しと告げらる。発信、ネッケル夫人。

芽月三十日（四月二十日）

窮地脱す。七時、アイゼナッハ着。走行に耐うべく更に部品を交換せしむ。ワイマール到着に遅れ生ずべし。だが明日ワイマールを発ちライプツィヒを目指す予定に支障なからん。ジェルメーヌとの出会、二つの可能性あり、ワイマールライプツィヒ間、乃至はライプツィヒベルリン間。ジュネーヴへの途上、この同じ地において同じ「日乗」に、今に異る計画と期待を記してより丁度一月を経たわけである。嗚呼、運命は我らの背後に忍び寄り耳を欹て我らが計画を愚弄す！　情熱の齢《よわい》過ぎ去りなば苦しみ少くしてこの世を去る、これを措いて他に何かは期待せらるべし！

「苦」と言いし序に、余には全く無縁の話ながら、知りたるは二月前、なんともやりきれぬ気分に襲われ、爾来、思起すたびに同じ気持になる一つの思出を是非ともここに記して置かねばならぬ。偽造罪で英国で絞首刑に処せられし二十三歳の女の話である［アン・ハール。イングランド銀行から五百ポンド詐取を謀る］。人間として何の取柄なき女なりき。美形、才気、情け、品、女には全く無縁の沙汰なりき。だが裁判の開始から処刑まで、女の苦悩忍従の仔細は人間の底無しの悲惨であり、沈思して直視すれば驚愕心胆を寒からしむるものがある。現行犯で逮捕、裁判に付されし女、抗弁のあらばこそ、法廷では失神卒倒を繰返すばかりなり。刑の宣告あって獄舎に連戻され、処刑の日までそこに監禁、食物も口にせずじっと一つ場所を動かざりき。人が受くる苦痛は、社会や世論に戦いを挑んだが故の苦しみであれ、とにかく相手が社会と名の付くものであるならば、それなりの苦しみ甲斐はある。しかしこの女の場合、それは、通りすがりの者から一顧だにされぬ孤独と軽蔑の苦痛、容赦なく犠牲《いけにえ》にのみ重くのしかかる苦痛である。そしてついに、刑執行の日、哀れ罪人、素直に曳かれ行き、我が身を取巻く事態に気付く様子もなし、女が見せたる最初にして最後の生の証は、車の底が足もとから抜落つるとき洩らせし一つの長く尾をひく叫声であった。

闘わずして諦め、世の人のかりそめの情けすら頼まず、冷酷無情、社会の鉄拳に打ち砕かるる、弱き者の悲惨の情景、何と言うべきか。類を異にする特殊の憐憫の情こみあげ、なお女を軽蔑するの心なきにしもあらずながら、この景の痛み胸の奥を衝く［本人妊娠中の身であり最後まで情状酌量減刑を期待していたという］。ワイマール着、深夜十二時。

花月《フロレアル》朔（四月二十一日）

ゲクハウゼン嬢に会う。余の二十日［芽月］便、未着とのこと。旅程［ワイマールを通過北上］、至ナウムブルク。途中ミネットに遭遇す。余は当地でミネットに会う気になれず。顔を見せず部屋の隣で三時間を過す。本人、未だ確かな事は何も知らず、なお望みを捨てず一縷の希望に託す。

花月二日（四月二十二日）

ナウムブルクを取って返しワイマールへ向かいぬ。其処でミネットを待つとす。午前、公太后に会見、好奇心の塊。

ワイマール公より懇ろなる伝辞。疲労困憊の域に達す。午餐後を思えば休息ままならず。

ミネット到着す。冒頭、痙攣の様を呈す。周囲の者の寄せんとする同情慰め、愚かしく耐え難し！　世人多くしてよく〈悲しみを知る心〉なきに等し！　余こそその心を欠くとの世人の非難、驚くに当らず！　この語〈悲しみを知る心〉が言わんとする意味、連中が称するところの意味、両者に雲泥の差あり。悲しみを訴うる相手に友人を自称する連中が差延ぶる紋切の挨拶言葉、言うところの悲しみを相手が一日も早く忘れんがための口実をこの挨拶言葉に託し慰めんとす、これが連中の称する意味なり。いや、余が〈悲しみを知る心〉は断じてこの意味にあらず。余が人の苦しみによく心を分《さ》くはこの意味にあらず。人の苦痛は余が畏れ慎むところのものなり。神よ、縁なき慰めの言葉を弄し苦痛の息の根を止めんとの心、余には与え給うな！　斯くの如き瀆神の心、見過す訳にはいかぬ。憐れむべき相手といえども、慰めの言葉に靡くを見れば厳しき態度を取らざるを得ぬ。ミネットのこれと無縁にして周りの恥ずべき慰誘に耳藉さぬ姿、余はこれを見て残酷にも似たる喜びを感ずるなり。

花月三日（四月二十三日　月曜日）

ミネット、目覚めて衰弱はげしく傷悴深刻なり。ミネット、恐しき一夜を明したり。余、傷悴限界に達し病に倒れん。ベルリンからミネットが連来りしシュレーゲル〔フリードリヒ・シュレーゲルの兄、アウグスト、ドイツロマン主義創始者の一人、スタール夫人子息の家庭教師役を引受け夫人に随行ヨーロッパ各地を旅行す〕、それなりに機転をきかし優しく親切に慰むるも、深く悲しみを分かつの心は見受けられず。嗚呼、人間の心の世界の弱きこと！　月並の言葉、つまらぬ慰みも一種の方便となる例、時に目にすることあるにはあらん。だがその効たるや長続きはせぬもの。かくも巨大なる喪失、一種の方便で消し去ることは出来ぬ。不幸はミネットを驚愕動揺さするも未だ深く潜行するには至らず。しかし、脳天を襲いたる苦しみはやがて、今は動顛せるのみの心を突刺し、その本性を現すに至る。かくて痙攣は治まるとも、次に控うるは魂を裂かんばかりの悲痛なり。ここに真の苦しみ始りぬべし。

ワイマール公伺候。冷酷無情と称さるる者が実は人情味溢るると評判の仁よりも遙かに人情家なるものなり。その人る感じやすき心、持運びがいとも簡単、苦とは無縁の代物なり！

花月四日（四月二十四日）

物病になりて終日床に臥す。ベルリンより転送の書。ミネットの今は亡き父より二通〔三月二十四日、四月三日付〕。論旨の混乱、失語、書体の乱れ、死の影処々に見ゆ、しかれども、なお父の娘を思遣る心、一字一句に込められたり。娘の思惟転変、移ろい易き心、杞憂妄想こそなお父の気掛なりしか。ミネットの悲痛、昨日よりも更に一段と辛し。悲痛止《とど》まるところを知らず。だが止まり沈静してからがいわば本番、悲痛その全貌を曝け出すに至るべし。

シュレーゲルと談、話題は哲学と完全可能性論〔ペルフェクティビリテ、完全性をめざす能力、人間と動物を分ける資質〕。シュレーゲル〔シェリングの前妻を娶る〕、シェリングの門下生にして、いやより正しく言えばシェリング〈合唱隊《コルファイオス》〉の長の一人である。文芸の博識を有し頭の回転早し、だが没趣味、自説を曲げぬ偏人なり。新ドイツ哲学派、独特の用語を弄すれば、この派に通暁せぬ者は理解に窮す。余の理解せしところでは、この学派はスコラ学の煩瑣哲学の焼直以外の何物でもなく、実在即概念〔実在論〕の否定と事物即言葉〔唯名論〕の手直、この否定と手直の化合物以外の何物でもなし。ミネット、シュレーゲルの頭を買う、好意を示す、会話に魅せらるる、いずれも大と見ゆ。今この時、故ネッケル氏を語り得るは余を措いて他になし、その余を放り置き行ってシュレーゲルと相語らう、一度二度のことならず。

嗚呼、ミネットよ、余は今もこれからも嫉妬するにはあらず、見て黙して語らずのみ。だが余は再び自由独立の道を行く、もとの独り身を決め込む、大した覚悟は要らぬこと。余を必要とする汝にせがまれて若い身空を惜しまずに与えしは今は昔のこと、ここに誓って言う、意志弱行にして残りの人生をあたら辱むることはすまじと。

花月五日（四月二十五日）

半日寝臥。ロビンソン、ゲーテ、ベッティヒャーに会う。一行は見舞の挨拶献上に来たるなり。ミネット傷悴状態続く。ミネットの自虐自責、責められて然るべき過去のミネットにあること、否定できぬ事実なり。斯くの如き危機的衝撃を以てしてもミネットの性格一向に変るまじ、この確信揺がぬ限り、こちらの厳しさは手控うるに及ばず。今の悔恨を将来に生かす、ミネットのよくせざるところなり。「この悲痛本物にして深甚なり」、ミネットの言に偽りなし。だが、禍転じて悟りを開き料簡を改むるの機となすか、全く怪し。その後悔、不毛の後悔なり。余は今最後の義務を尽すなり。既に献身の十年、なお、その生涯最も悲惨の情況に直面せるミネットに身を尽しそれを以て終りとせん、次は、贅沢は言わぬ、ヨーロッパの何処か、学問と独立自由の得らるればそれでよし、其処を我が余生の在り所とせん。憚りながら、世間の眼、余の罪許されて然るべしと見る、いや世間はともかく、余自身の眼が余を非なしと見る、以て足れり。

花月六日（四月二十六日）書簡　ネッケル、マチュー、マリアンヌ

ミネットの許でワイマール公に暇乞。公、ミネットの悲痛にいたく感じ落涙に至る。公は世間が称して言うところの「非情」の一人なり。

ネッケル夫人より来信、素晴しき書。まさに、深情気韻これにあり。ミネット宛来書多。ミネット、しばし断魂の境を哭吟《さまよ》えり。その悲痛に嘘偽りなし。気力萎え、哀れむべし！　ミネットに代りネッケル夫人とマチュー［モンモランシー］に書を認む。マリアンヌ［義母］に発信。ミネット、先ほどの悲痛の色はともかく、余の見るところ、シュレーゲルに対し色気あり。色気！　しかも時期が時期なり！　シュレーゲルと物語せんとして余を追立てたり。些かの戸惑いは見するも、ついに己の欲するところには克てず余を追立てたり。沈黙、毅然たる態度。何をか悲しむべき。余は義務を全うせざりしか。余は再度自由となるべき身ならざるや。

花月七日（四月二十七日　金曜日）書簡　フーバー

ミネット怪しの思い、昨日に比しやや薄らぐ。父親の最期の仔細をミネットに報ず。ミネット懊悩斯くの如し！　悲痛に嘘偽りなきこと斯くの如し！　シュレーゲルのミネットの心に占むる、露ほどのものと見ゆ。いずれにしろ観察ぬかりなく、事を為すに義務と自尊の命ずるところに従うべし。談たまたま結婚の問題に及べり。この問題に対する余の胸の内は明確なり。余と結婚すれば「低く見らる《デショワール》」（然り、デショワール、言い得て妙なり）というのがミネットの考えであれば、こちらから好んで結婚する気にもなれぬ。となれば一緒の暮し、ミネット宅での同棲、どちらも御免蒙る。ところで今の孤立が辛く余と離れられぬとあらば仕方なし、こちらも覚悟を決め、相手の嫌がる気持というもたかがしれたもの、余との結婚に踏切らすべし。

夜、騎士ブースバイ、ゲーテ、シュレーゲル。騎士ブースバイ、ものの哀れ深く知る男なり。十六年前幼くして亡くしたる娘の死を思えば目は涙川、癒す術なき苦しみを抱えて生き存えたる。シュレーゲル、広博なる文学的素養、文をよくする力量たるや大したものなり。発信、フーバー。

花月八日（四月二十八日）書簡　リエ

終日恐しき頭痛に懊悩す。余が我ら二人の会話に関心を示さぬと言いなかなか派手な夜の喧嘩。発信、リエ夫人。余に対するミネットの理不尽ぶり。苦しみは常に人をして理不尽ならしむるも、ミネットのそれは言うも更なり。その人生の不幸の因は苦痛を堪え忍ぶ術を学ばざりしにある。慰めてはくれるが癒されぬと言っては他人を責むるが、本人の料簡からしていかなる慰藉も不可能なり。

花月九日（四月二十九日）

終日床を離れず。夜、ゲーテ。自作詩朗読の術、感嘆に価す。

花月十日（四月三十日）書簡　シモンド、リエ

来信、シモンド、リエ夫人。傷悴の極み、だが、これ身体の不調というよりも心の病弊と言うべし。今日の如く、今週の如く、今月の如く流れに任せて生くべきにはあらずとの覚悟を決めかぬるは訳があればのことではなし。第一、余にその覚悟の勇あらんや。優柔不断、無為懶惰、相手選ばず望む者に恋に与えとらせて失いし二十年の歳月を追懐すれば［一七八五年最初の恋愛から数えて］、いずれも、自己嫌悪、自信喪失の種とならざるはなく、これを裁《た》つには強き決断と実行あるのみ。幸福になる百千の可能性なお我に残されてあり。幸福配分の権限を持つでもなく、適否を挿む立場にもあらざる連中の許可を仰ぐという受身の姿勢を捨て、堂々と幸福の可能性を摑む、余の能くするところなりや。常に禍の元凶となりしもの、そは口から出ずる言葉なりき、これだけは忘れまじ。余がせっかくの善行も言葉が禍し無に帰するが常なりき。価値観を異にする人の心を言葉を以てして摑まんとする、心得違い、言うも愚かなり。もの言えばつけこまれ、我が身を危うくし痛手を蒙るばかりなり。決断と行動、黙して語らず、これあるのみ。

一八〇四年五月

花月十一日（五月一日）書簡　マチュー、ドワドン

来信、マチュー、ドワドン、芽月四日便に対する返書。ワイマール発。ゴータ着。ミネットと長き語らい。余の類なき優柔不断。ミネットの三嘆おくべからざる才能！　気性の激しさ、乱ごのみ、出世欲、父親が増長させし自尊心！

我々二人の関係において、余の役回りは常に「第二番目《わきやく》」、時に情の御零《おこぼれ》あるとも、「従者」であるは間違なし。一刻値千金の時間、余の年頃には早きこと光陰矢の如き時間、その半をミネットに奪われん、これまた間違なし。ミネット仏国滞在の非情な扱い［ナポレオンと相容れず国内外追放］を巡りこ十年来、請願奔走に充てし思案と時間を、例えば著作活動に向けたらんか、名を挙ぐるになにがしか叶いたるべし、だが時すでにここに至りては脇目もふらず頑張るとも取返はつくまい。

ミネットは天性秀たる人間なり、余の心を理解する者、ミネットを措いて他になし。余に対し不法辛辣の言動少くなしというも、その時、別るる素振を人に見せんか、くだらぬ連中の反ミネット感情に、間接的とはいえ、加担することになる、これ余の能くするところにあらず、望むところにあらず。今の余の心境かくの如し。情ある語らいの小半時あれば足ること、ミネットの貴くも誠実なる資質、精神、余人には見出し難き天性をこの眼と心で確と再認識す。ミネットと結婚すべし。相手が拒む、責任は相手にあり。一年内に我ら二人、結婚さもなくば別離、今ここに自らに誓う。

ゴータ公。狂、才、情の奇妙な絢交。

花月十二日（五月二日）書簡 ドワドン、アミヨ

フランケンブルク氏訪問［ザクセン・ゴータ公国国務大臣］。老家老に若き主君、哀れむべし。発信、ドワドン、アミヨ氏［レゼルバージュの親しい隣人］。旅程、自ゴータ至シュマルカルデン。

ほぼ十一年前のことになろうか（一七九三年六月二日乃至は三日）、ゲッティンゲンからスイスへの途上当地通過、マレンホルツ夫人、現姓デュ・テルトル夫人に夢中とはなりぬ。実に可笑しな事情から焼けぼうくいに火の喩とはなりぬ。相手の心が結婚に傾く頃、余にはこの女すでに厭煩の極みとなりいたるに、「父やかましければこの結婚先に延ばしたし」との女の一言に胸焦るる恋情甦りぬ。自尊心のなせるわざか。思うに、否。去る者と来る者、両者必然的に全くその質を異にす。それが等価に見ゆる者、己の精神構造疑うべし。

ビヨンデッタとの関係については、昨日の記述に徹すべし。この件、「日乗」では触れまじ。この「日乗」、

優柔不断の検証とあらば連日同じ話の繰返となるべし。まさに不退転の決意なり。その素晴しき資質を持ちながら余を平気で欺く相手なれば、なおさら不退転に撤すべし。これを記す今、隣室でビヨンデッタ、余を寝入りたると見て追返す芝居をしてシュレーゲルと款話。

花月十三日（五月三日　木曜日）

旅程、自シュマルカルデン至マイヌンゲン。家僕を待ち終日当地に足留。マイヌンゲン、優麗なる郡《くに》なかに位置す、なかなか美しき町にして優麗なる遊歩道あり。

メリッシュ［ワイマール宮廷付英外交官Ｐ］。結婚とは忌わしきもの。その愚を経験しそれを逃れ得たる、何たる幸せぞ［コンスタン二十一歳で九歳上のブラウンシュヴァイク宮廷官女と結婚、三年後破局離婚］！　余の結婚は、ミネットとの「結婚」を措いて絶対にあり得ぬという例の決意を今一度ここで確認のこと（この結婚、世に言う結婚とは全くの別物なり）。

花月十四日（五月四日）

旅程、自マイヌンゲン至ヴェルネック。当地はヴュルツブルクの前司教の居城《レジデンツ》なり［ヴュルツブルクは早くから司教座が置かれたカトリック司教任在地、前年バイエルンに編入され教会財産没収さる］。政府によるカトリック僧の還俗は確かに将来に益する良策なり。それにより生ぜし不平不満自体が人心の活性化（発酵）を促し、その活性変じてついに福となること間違なし。人心の動きあるところ常に思想の進化あり。

中世の騎士道、その騎士道と時代を共にせしカトリック教、二者を憧憬するシュレーゲル［四年後一八〇八年妻とカトリックに改宗］、ヴェルネックの「主人」［前司教］と聖職廃位に懐《おもい》を共にせんとの期待を抱けり。シュレーゲルが得たるもの、「有難がられしは今は昔の話、カトリック僧すでに旧物と化す、カトリック僧失墜は、そこに至りし情況とは本来関係なく遁れ難き必然なりき」との「主人」ならぬ一人の人間の言葉なり。シュレーゲルの思想体系、もって異《い》なる体系にして、自ら信仰することなき宗教を惜愛し一度廃れし宗教の再興復活を信じいるなり。己の理不尽なる理論を擁護せんとして、氏は実に巧妙なる喩を持出すこと時にあり、例えば曰く、「信ずるためには一堂に会する要あり。この世の事実に合わぬものは疑われ否定せらる、それほどに事実の明証は強力なれば、この力に打克つには電気的伝導性の類を必要とす、そのいわば電気なるものは群をなす人間の結合接触《まさつ》を以て初めて発生するものなり。されば、そのためには人間が会同するところの目に見ゆる教会、人間が共有する信仰が不可欠なり、等々」。問題を教会と信仰に限定して言えば、シュレーゲルの理屈に勝る理屈はあるまい。その言やよし、だが「見ゆる教会」、実践となれば悪が善を凌駕するは必定なるべし。詰記、一昨日自室にシュレーゲルを迎え入れたる事実なし、とミネット余に誓いぬ。孰れを信ずべし、ミネットか余の双耳か。我が決意は不変なり。

花月十五日（五月五日）

旅程、自ヴェルネック至ヴュルツブルク。シェリングの新著［『哲学と宗教』］一本買求むるもその序文の傲慢なること、これにとどめをさすべし。シェリングが困惑の相手、そはシェリングが敵なるはさることながら、それにも増してシェリングが困惑は支持者の傍若無人の振舞なり、「この連中解りもせずに前にしゃしゃり出る善意の馬鹿者」とはシェリングの言なり。

ヴュルツブルク城見学［司教座を独占し富強を誇ったシェーンボルン家の領主司教フランツが居館としてヴェルサイユ宮を模し建てたもの、独バロック芸術の傑作］。大広大美、世にこれに勝る悪趣味あるまじ。パウルスに会う［ヴュルツブルク大神学教授］。新教神学者、余が敬愛してやまぬ「田舎牧師階層」の人［二月四日参照］、あらゆる既成宗教の否定、押付けられし信仰の拒絶、この二点に取組む。パウルスの精神、繊細にして緻密、行い澄まし清徳聳秀の道を行く人物なり。その短所、精力欠乏と冷淡。フーフェラントに会う［独のローマ法学者］。類型、前者と同じくするも、「細《さい》」において劣り、「冷《れい》」においてましなり。光（啓蒙）、自由、経済に関するその論、正論なり。フランク神父の博物コレクション［正しくはブランク、ヴュルツブルク大自然科学教授、その蒐集全独に知れわたる P］、余人の想像を越ゆる不撓不屈の精神、資金捻出で強いられし禁欲的生活下の調査三十年、研究十二年の結実なり。斯くの如き趣味と仕事の幸福。フランク神父の内より清謐、深静、穏順の風薫りきたり。

シェリングに会う。その著書、思想性向、余の好みにはあらざりしが、今その人柄を好まざること、それにも増して更なり。人間にしてかくまでも不快の念を余に与えし者未だ曾てなし。この男、小丈夫にして、横柄な鼻構え、棘々しく吸いつくが如き鋭き視線《めつき》、薄笑《はくしょう》に苦味あり、涸声色気なく寡黙、人の話を聞くに世辞の類なく、あるは敵意の類なり。要するに、その性格は積極的悪意にして、その精神たるやフランス的自惚慢心に加うるにドイツ的抽象論《メタフィジック》、これに尽きたり。

花月十六日（五月六日）

旅程、自ヴュルツブルク至ブラウフェルデン。

シェリング著『哲学と宗教』を読む。これは純粋に新プラトン学派及びグノーシス派の思想なり。段階的にこの思想に辿着きしものと見ゆ。シェリングの定義するところによれば、霊魂の不滅は魂と神の親密とも言える結緊であり、この世において魂が物質から離れゆくにつれ生ぜし結緊なりという。とすれば、今回シェリングが無神論に背を向けしこと、明白なる事実とはなりぬ。氏の従来の著書においてはこの点いまだこれほど明確ではなかりき。しかし、フィフテとは一線を画したしとの思惑あり［フィフテの「自我中心哲学」から出発したシェリングは自我と自然の相互浸透を原理とする「自然哲学」に至り師フィフテとは軌を異にした］、更に、シェリングの煩瑣な議論に叛旗を翻したる啓蒙知識人等に対する不満あり。かくてシェリングはプラトン的神秘主義思想に首まで浸ることとはなりぬ。死を論じ物質からの超脱を巡る夢想的思索にはなみなみならぬ自信のほどが窺え、また筆の運び大したものがある。シェリング、欠点を抱えたる人間なるとも、むろん余はそれを容赦するつもり毛頭なしとはいえ、確かに、偉大なる才能に恵まれし気力溢るる人物ではあるまいか。

花月十七日（五月七日　月曜日）

旅程、自ブラウフェルデン至アーレン。道中読書、ゲーテの即興的短詩《エピグラム》。才の神業に等し。キリスト教に対する注目すべき反感。ゲーテ、一個の普遍的精神にして、輪郭にとどまり全体を描かぬ「スケッチ様式《ジャンル・ヴァーグ》」［エピグラム、ポエジィ・フュジイティヴ等］、史上第一の詩的天才なるべし。

『ドン・キホーテ』を巡りシュレーゲルと論。目撃せしは今回が二度目だが、芸術と詩の研究に深耽熱中の余り、思考が肉体と一体を成すに至り、人からの批判は肉体的苦痛となる。セルバンテスを語るや、顔面蒼白、目は涙満の様を呈す。イタリアの詩を語る、同じことなり。人間は感情の生き物なり、一の戸を閉じれば別の戸から入りくるが感情というものなり。

ミネット、洒落《ユーモア》を巡りシュレーゲルとやり合う。男の洒落の流儀《て》を攻むるは、実はその男の自己愛《うぬぼれ》神経を逆撫でするに似たりとの自覚ミネットになし。これ、男を個人的虚栄心と社会的虚栄心両面において傷つくることとなり。ミネットに他人を思遣る心充分あるとはいえぬが、本心は他人を愛する人間なり。多くの敵、心腹の友、両者を併せ持つはこれに因る。余は、他人を思遣る心ありながら、愛する心は持たぬ身なり。人の恨みを買うは稀にして、人から愛せらるること無きに等しきはこれに因る。

花月十八日（五月八日　火曜日）書簡　フルコー、ドワドン

旅程、自アーレン至ウルム。当地でフルコー及びドワドンの書、それに一通の呼出状、余が資産三分の一を投資せる「貴殿の家作が強制徴収、売却に付さる、それに立会うべし」に接す。この一件、未だ何も聞き及ばぬことなり。

フーバーとその妻君に会う［前出二月二十三日のハイネ教授の娘テレーズ、夫フォルスター死後フーバーと再婚］。妻君、夫をはるかに凌ぐ才女なり。大方の才女は、例の乱脈、目的なき動き、意想混乱に自らを見失い不幸の身空を嘆く、更にそれにも増して男ども、その渦中に巻込まれ泣かせらるるものだが、フーバーの妻君、余の見るところ、長《なが》の心痛憂患、経済的不如意の情況下、才女の性《さが》も出るに由なしと見ゆ。最初の夫が独の革命家［独の医師・旅行家ゲオルグ・フォルスター。仏革命に共鳴、マインツの仏国併合を唱う。祖国に帰れぬまま一七九四年パリに客死。友人フーバーに妻子を託したが妻テレーズのフーバーに寄せる愛に苦しむ。フーバーとテレーズ母子スイスに逃れシャリエール夫人の世話になりコンスタンを識る］。娘のテレーズ・フォルスターと余の結婚が夫人との冗談ばなしに出る［夫人がゲオルグ・フォルスターと儲けた娘、この時十八歳］。噂では、優し

く実に聡明、美形もなかなかの〈素敵なお嬢様〉。冗談から駒、まんざらでもなし！　だが今日は、十五年前一緒になり四年後こちらから解消せし、或はさせられし結婚の記念日なれば縁組ばなし縁起よろしからず。

花月十九日（五月九日）書簡　タルマ、フルコー、ベートマン、ドワドン

来信、タルマ夫人。発信、フルコー、ベートマン、ドワドン。フーバーに暇乞。

旅程、自ウルム至エーインゲン。

花月二十日（五月十日）

旅程、自エーインゲン至ムースキルヒ。

カプチン会修道院。随想の妙。この世の人生は常に苦しみの包囲するところなり。この恐るべき強敵を相手に取るべき姿勢二つ有り。一は、遊び、狂騒、快楽に逃げて敵を躱《かわ》しあくまでも対決は避くべし。二は、相手の首根子を摑み一騎打の勝負に出る、この勝負を憂《うさ》の晴しどころとすべし。二の対処、一に優るとは言えぬか。苦は一匹の蛇にして、蛇の前には如何なる障柵もなく、するりと滑込み我らを見逃すことなし。苦を遁れんと身を動かせば即ち怯えの弱心生じ、ために更なる戦意喪失、捕われの身となる。力と武器において追手と互角なるとも、逃げて追つかれればそれまで、闘おうにも戦闘の構えすらとれず。禁欲的克己主義《ストイシズム》と修道生活は苦に立向かうをその行とし、そこに一種精神的高揚あるに比して、逃亡を謀り生を媮《ぬす》む者の努力はより悲惨、より屈辱的ならん。

花月二十一日（五月十一日）

旅程、自ムースキルヒ至シャフハウゼ。

ビヨンデッタ［スタール夫人］と哀れ悲しき物語。結婚さもなくば別れ、この覚悟貫徹せざる能わず。

花月二十二日（五月十二日）書簡 父、フルコー、タルマ

旅程、自シャフハウゼ至チューリッヒ。来信、在パリ父、フルコー。ネッケル夫人到着［他に夫君とスタール夫人次男アルベール、迎えに馳参じ、一同折返し同行帰国の旅を共にした］。夫人が余に示す好意の久しからんことを心掛くべし。だが夫人には至らぬ欠点多し。人間だれしも利己的なること、大袈裟な利己あり、激しき利己あり、控目の利己あれば気前よき利己あり。余の人格は時に自らを告白し時に自らを忘るることあれば、貶めらるるが常なり。発信、タルマ夫人。

花月二十三日（五月十三日 日曜日）

午前中チューリッヒ。ビュルクリ［政論記者］。チューリッヒ農民の都市に対する恨み［一八〇四年農民一揆］。旧寡頭政治勢力と外国の反自由主義者の同盟。ヴィリ［靴工、スイス傭兵として英仏西等に出た。ナポレオンに減刑嘆願するも容れられなかった］、一揆派の将軍、チューリッヒで処刑。英国に買収されしとの噂あり。捕獲時の所持金、懐中《かくし》に十四スー。チューリッヒ発。バーデン泊。

花月二十四日（五月十四日）

旅程、自バーデン至モルゲンタール。

ネッケル夫人にゲーテの偶詠詩《ポエジィ・フュジィティヴ》数首翻訳。仏詩を読み慣れたる頭に独詩を理解せしむる、至難の業なり。仏詩の狙いは詩的美にあらずして常に他にあり。即ち、道徳、効用、体験、明察、諧謔の類なり、要するに思索を旨とす。仏詩の存在理由はひとえに思想運搬の手段、それ以外の何物でもなし。そこには、感動に理を混じえずして身を委ね夢想に遊ぶ、これが無い、感興の赴くまま無我の境の詩作とも見紛うばかりの人為無縁になせる詠嘯、これを欠く。逆に、仏詩に欠くるもの、これ即ち独詩歌の特徴なり。独詩歌を知るに及び、これぞ詩歌を真の詩歌たらしむる基本的特

徴と余は見るに至りぬ。仏人、英人をして言わしむれば、「見よ、我は事物をかく描けり」。独人ならば、「見よ、我は事物にかく感動《うた》れたり」。一方は、自己観察、自己描写。他方は、自然観察、自然描写。されば詩に詩以外のものを求むるが習い性の読者が独詩歌に同じものを期待する、無いものねだりと言うべし。ある数学者、『イフィゲネイア』を前にして曰く、「これが証明するもの如何」。外国人、独詩を前にして曰く、「行着く先の結論は如何」。

花月二十五日（五月十五日）

旅程、自モルゲンタール至ベルン。

花月二十六日（五月十六日）

終日ベルン。廾。再会、前総裁べ［一七九八年ナポレオンの要請によりヘルヴェティア共和国となったスイスは仏に倣い五人からなる総裁政府をおいた］。スイスが今ある姿を変えずして存続する、所詮不可能と見ゆ［一八〇三年ナポレオンの調停条約により十九のカントンからなる連邦制となるが実質は仏の衛星国家に等しかった］。既に仏革命で破産の憂き目を見たる農民だが、その農民が塗炭の苦しみの代償として革命から貰い受けし一握の財をふんだくろうというのである。更に、斯様な不条理手段を執る政府に与する恐るべき権力、この手段を命じながら一方でそれを非難する権力［ナポレオン］が存在す。

花月二十七日（五月十七日　木曜日）

旅程、自ベルン至パイエルヌ。

宗教心を巡りシュレーゲルと論。新ドイツ哲学派のご多分にもれず、「宗教の源泉を外界の印象に求むる勿れ、源泉は人間の心にあり」というのがシュレーゲルの意見なり。これには一面の真理あり、仏の哲学者が、宗教は即ち外界の影響なり、と論じて犯せし誤謬に照して見るべし。だが独の新プラトン哲学者［新独哲学派］の側にも、外界の作用を認めず宗教の起源を超自然的神秘主義とせし点で誤謬あり。この見解に立つならば、未開民族は言うに及ばず、少からぬ開化民族の宗教心に見らるる「淫邪野卑」の説明には象徴、寓意を仮定せざるを得ぬが、象徴寓意の解釈となれば、それは独断論者の恣になる。全ては雲の中、見たしと思う物は即ち見ゆるものなり。シュレーゲル、先人フィエヴェを引き不条理なる言をものす、「心に宗教を持たぬ者、宗教について筆を執る資格なし」と［フィエヴェは仏作家、王党派新聞に協力。宗教を社会秩序の要としテルミドール派の宗教政策を批判した］。

花月二十八日（五月十八日）

旅程、自パイエルヌ至モルジュ。新哲学につきシュレーゲルと談。余は思索の真似事を始めたる頃、ある考えにとり憑かれしが、後にこの新哲学に接するに及びそを思出すに至れり。人間は「生」しか知らぬものである。而して如何なる偶然により「死」を想定するに至りしか。人間は経験を通さずしてものを知り得ず、されば、如何なる存在物に対しても己自身の存在方法とは別の方法を想い描くのは不可能である。如何にして自然の大部分に全く逆の存在方法を認むるに至りしか。人間は生命を有するものなり、その人間が周囲の有りとし有る事物の殆どを生命無しと見做したのである！　自然を一つの有機体的全体と主張するところの新哲学に立てば、自然界に在って生命無しとされる物体に生命を付与する物神崇拝《フェティシスム》、あながち条理を欠くとも思われず。「宗教史論」巻一第一章加筆修正の際この生死論再考あるべし。

花月二十九日（五月十九日　土曜日）書簡　父、エスリンガー、ブラコン

ロール通過時ナッソー夫人に会う。コペ着。ミネットの状態痛まし。ミネット、一方では、嘘偽りなき悲痛に胸張り裂け動顚す、他方、心の浮気性と矯め難き性格から嬌態虚栄の弱点に溺れ、利己心を恣にし、事を求めて静心《しず》なし。悲痛と浮華、両者の共存まことに異《い》なり。来信、父、エスリンガー。発信、ブラコン［侯爵、全国三部会貴族身分代表、革命で米に亡命。元修道女と結婚、一女を儲ける。一八〇一年帰国、翌年借金で自殺。コンスタン、スタール夫人共通の親友］。

花月三十日（五月二十日）書簡　ヴェルノン、マチュー、ブラコン

ヴェルノンに返書。来信、マチュー、花月六日便に対する返書。昨日の便に対しブラコンより妙に図々しき返あり。書類整理。

再び思索の緒を辿るの心境には至り難し。午餐の退屈なる。この国、如何なる国と言うべきか！　ジュネーヴ人、如何なる人種と言うべきか！　社交場のシュレーゲル恐しく退屈な男なりしが、はねて差しとなるや不思議に愛想よし。

草月《プレリアル》朔（五月二十一日）

ロール行。ナッソー夫人、才に富む人、余に深き愛情を寄す。だが凡庸の郷風《くにぶり》、夫人に重くのしかかれり。凡庸のなせる偏見偏執ことごとく夫人の身に染むところとはなりにけり。かくして二人を隔てる窮屈の壁生じ、余は努力と冗談により辛うじて壁を越えんとするものなり。とこうして温厚との評判を獲得し、将来四面楚歌の憂なく我が生活の立直しを図るに備うる、首尾に違わずとの思いあり。

人生、出発において過たば労苦《いたずき》多し！　人生、法《のり》において品行方正たらば退屈多し！

草月二日（五月二十二日）書簡　ゲクハウゼン、エスリンガー

仕事再開するも為さずに等し〔三月二十日以来二月ぶり〕。中断を経て筆を執れば斯くなること常の例《ためし》なり。本日の仕事、唯一の成果、「宗教思想と英仏独三文学関係論は序論に附記とす」の結論を得たることなり。この関係論、補遺として小論各独立三部を立てる、或は、イタリアを加え四部とするが妥当なるべし。スペイン文学は検討の余地あるもこの題目に特に適うものなしと見ゆ。詳細はともかく、文学宗教関係論を外せば序論の運び簡にして軽捷となるは確かなり。発信、ゲクハウゼン嬢、エスリンガー。

草月三日（五月二十三日）書簡　デュ・テルトル、ルコント、ロザリー

昨日ネッケル氏の「掌篇小説《プティ・ロマン》」［『ただ一回の過ちとその不幸な結末』］と「断章」に触るること失念。小説に、情感深きものあり、緻密に徹したる細部あり。主人公の性格描写やや等閑《なおざり》に過ぎたる感あり、また、主人公の無神経ぶり異常なり、「死のお供をさせ給え」との妻の言を容れる男の神経、戴けぬ。夫妻から見捨てらるる子の話、これまた些か作品の妨となる。だが、月並に堕ちて作品の価値に誤解を与えかねぬ冒頭一頁を除けば、文章の魅力、表現の妙たいしたものなり。

「断章」、織に入り細を穿つ、やや常軌逸すと言うも可、細部に筆を割《さ》く、これまた余りあり。才と実力一筋に社交界の第一線に這い登りたる男が、己の才幹が獲得せし勝利を噛みしめながら上流社会の仕組を限なく観察するその喜びが細部委曲を尽して描写さる。この喜びに加うるに、観察遺漏なき成果を読者に披瀝せんとの喜びあり。斯くして細部描写、なお細を穿つ。観察の対象が些事に渉れば渉るほど、「さすが現場を踏みし者の眼は」との評なお高まればなり。

発信、デュ・テルトル夫人、ルコント［パリの銀行家か P］、ロザリー。

草月四日（五月二十四日　木曜日）

巻一第一章浄書。追加分一部手直の要あり。他は問題なし。

ボセ訪問［コペ近くの城館、城主はスタール夫人の良き隣人］。世人の意見一変す。十年前［ロベスピエールの暴政恐怖政治］恐怖心なくしては口に出す能わざりしこと、今の人平然と口にす［五月十五日ナポレオン帝政樹立、世人その暴政を口にす］。

読書、ヴォルフの『ホメロス入門緒論』。文章簡切にして難解、同時に、論旨の展開、過ぎてなお余りあり。難儀幅輳す。明日いま少しの満足や得られん。本題に入ればなり。

草月五日（五月二十五日）書簡　フルコー、父

巻一第二章浄書。未だ思考の明断回復ならず。ここに在れば一瞬一瞬が中断の連続、回復難し。孤独！　孤独！　孤

独、許さるるならば、余の幸福よりも余の才能のためになお必要なり。来信、フルコー、十九日便に対する返書。余が貸手の破産、心配さらになしとのこと。

散歩、シモンド、シュレーゲル。二人が睨合う姿、狂人のそれに似たり。経験しか認めぬ仏哲学、先験的推論《アプリオリ》しか認めぬ新独哲学、両者、相互理解は言うも愚か、相互説明すら不可能なり。

夜、読書、フォスの手になるオウィディウス翻訳数頁。この訳、余の見るところ、詩の内容よりも字義の正確さ、詩句を一句一句対比させたる正確さの点において素晴し。発信、父。

草月六日（五月二十六日）書簡 フルコー、ベランジェ、ヴィレール

ジュネーヴ行。午餐、アルガン宅。ブラコン。廾。知事に会う〔バラント、当時仏領レマン県知事。スタール夫人にとった温情主義で一八一〇年解任さる〕。

カリオン・ニザの芝居失敗〔『ピエール大公』、作者はナポレオンの信任厚い将校 P〕。新聞雑誌記者と作者の取巻連中、芝居の野次ぜめは内容よりも、作者に寄せられし世間の軽蔑と恨みに因るとの証明に懸命なり。この件、連中の作者に対する肩入なかなかのものなり。

読書、メエの仮綴本〔『仏国ジャコバンと英国政府の同盟』、作者は警察長官フーシェの手先として諜報活動に従事、英仏警察のスパイ P〕。『ジル・ブラース物語』を地で行くものなり〔仏小説家ルサージュ作、当時流行の悪漢小説（ロマン・ピカレスク）風長編物語。十八世紀仏社会が活写されている〕。

来信、ドワドン、花月十九日便に対する返書。発信、フルコー、ベランジェ、ヴィレール。

草月七日（五月二十七日）

巻一第三、四章浄書。ドイツでの既執筆分を先ず全て浄書し、次に追記分は悉く註と参照の形に纏め、今回執筆分はレゼルバージュ帰館前に浄書完了のこと。商業とその姿につきシュレーゲルと論。いわゆる「実生活」というものに一度も手を染めしことなく、法と規制あれば万事治まると考え、以下の事実、「煩雑な法をめぐり市民と当局が争う、ために更に煩苛な法規制が常に生じ、遂には法が全国民の手足を縛るに至る」との事実に想い及ばぬ人間がいるものだ

が、シュレーゲルその一人なり。フィフテの『封鎖商業国家』、これぞまさにかくなる制度の傑作にして、運ぶに重過ぎしかも国外では通用せぬ通貨の導入、鎖国政策、その他により国民の商業活動を国内に限定す、等々の計略なり。為替手形、我々の生活の一部となりし必需品等々、近代文明のただ中にありながら、連中のスパルタ思考、お目出度きかな。これ狂人の類にして、仮に国の政治を任せんか、本人は最大の善政を施す積りなるともロベスピエール流の再開となるべし。

草月八日（五月二十八日）

第五、六章浄書。第七章は全体を鑄直し、ホメロス神話の一章を別に立てて然るべし。さもなくば、オデュッセイア神話イリアッド神話分割の根拠にそのつど筆を割かざるを得ぬ。「日乗」で既に言及の方針、厳守せざるべからず。余の著書は知識の書にあらず、知識の書となるべからず。仔細に及んで知識に走らざるを得ぬ論述は避くべし。既に用意の註は大方を割愛し、頁下段に典拠一覧を付すにとどむべし。

ボンステッテン［スイスの作家、ヨーロッパ文化の問題に深い関心を寄す］、才気豊溢、篤実の士なり。だが年に相応しからぬ軽率皮相の生活を未だ脱し得ぬ者の一人にして、余も同類となるの危険を冒しつつある身なれば、この類《たぐい》、易くは交際《つきあい》がたし。

草月九日（五月二十九日）書簡　ミネット

ロール行。ナッソー夫人、微恙。余と夫人、思想の根本あまりに対立多く共に気持の打解くるなし。発信、ミネット。ローザンヌ泊。

吾人独りたる時の歓愉の情、筆に上《のぼ》し難し。奇妙な状態なり。深くミネットを愛し、アルベルティーヌ愛《いとお》し、だが、絶えざる社交《つきあい》、果てなき遊惰、余を疲弊させ神経を苛立たするなり。才能の半ば無に帰さんとし、それを思えば心安らかならず。この状態の止む時やある。

草月十日（五月三十日　水曜日）

午前中一杯仕事、優。孤独は大いなる特典なり。いつか孤独を我が掌中完全に納むることなきものか。そは結婚によって得らるべし。堅き決意あれば得らるべし。

第七章「原始多神教」の論拠、裏付は全てホメロスに採り、更に「運命論」一章、上出来なるを追加す。原稿の一部レゼルバージュ在、手許になければ全体の見通し立たず。全体の鑄直は後日に回すも可、今は先を進むべし。既に書上げし部分を頭の中で追えば常に新案浮上す。五時外出。ローザンヌの社交の何たる様よ！　我が身朽ち果てなん。

ロザリー。根は親切、だが棘《とげ》あり、素知らぬ振りして憎まれ口を叩くその冷やかな物言《ものいい》の芸、才長けたり。才能惜しむべし。しかしながら四十五歳の傴僂「娘」に温恭柔和を求むるは難し［幼少時階段より転倒、以来成長が止った］！

草月十一日（五月三十一日）書簡　タルマ、ミネット

第七章の一部を浄書し註を付けたるが、註の原則は全体に関るものとする、つまり簡単な付記にとどめ、要にして詳に及ばぬこととすべし。孤独の幸福。発信、タルマ夫人、ミネット。

午餐、ダルラン宅［従姉コンスタンス夫マルク・アントワーヌ、元スイス連隊将校、退役後、ローザンヌの判事］、オーギュスト［従弟。コンスタン父の兄、コンスタン・デルマンシュの息。上記ダルラン夫人コンスタンスは二十二歳上の異母姉］、他あり。居並ぶ御仁《ごじん》、尋常一様の風俗に徹す。身は幸せと言うにはあらねども、外に見する身持の良さはなかなかのものにして、余が何かに躓くことあらば必ずや軽蔑の目を注ぐべし。今年一八〇四年中に身を治め、真正なる生活、或は独立を確立すべし。女の尻に敷かれし代償として体を求むる、これがだめ、体を断られし代償として人格の独立を求むる、これもだめ、どちらもならぬとは余りといえば余りなり。夜、ロワ宅［著名な農学者、妻はコンスタン母の妹ポーリーヌ］。アントワネット［長女十九歳］、優しく愛嬌あり。余が一年後その亭主となることあらんや。

暗殺されし男の人格才能を讃えてその暗殺を弁護する、奇妙な理屈編みださる！　ところが、連中、本気でこの理屈を持出し下手人の情状酌量として犠牲者の徳を殊更に強調するなり［王党派陰謀事件に巻込まれたモロー将軍の起訴状に言及してP］。嗚呼、人間の頭脳！

一八〇四年六月

草月十二日（六月一日 金曜日）書簡 ブリンクマン、ミネット

第七章残、註と共に浄書。ホメロス論に劣らぬ立派な論考を、アイスキュロス、ヘシオドス、ソフォクレス、エウリピデス、ピンダロスからツキディデス、ヘロドトス、クセノフォンに至る諸家に展開し得るならば、余の著書じつに興味深き一本とはなりぬべし。

午餐、セヴリ宅［コンスタン母方同年いとこ］。凡庸にして衒気《てらい》に走らず、ときに気品あり。だが、この凡庸、武器とする勿れ。当地の孤独に倦み始む、されば身を再びミネットの傍らに置く、また愉しからずや。然り、結婚はすまい。余の心、余りに老いたれば新しき関係に開扉すること能わず。何人とも心なき口先だけの語らいに終始する我なり。執るべき道は与えられし情況の最大限利用なれば、ミネットとの「結婚」こそなすべきことなれ［婚姻関係によりスタール夫人との仲を安定させ性の充足は別に考えるとの戦略］。発信、ブリンクマン［瑞典外交官、詩人。パリ駐劄大使スタール男爵の秘書を務めたP］、ミネット。明後日当地出発を期す。

草月十三日（六月二日）書簡 ミネット

ローザンヌ図書館に赴く。ちゃちな図書館、基本図書も何点か欠く有様だが、無いよりまし、役に立たぬこともなし。第八章浄書、新たに設けし「運命論」の章、註と共に。

午餐、オーギュスト宅［従弟］。このオーギュストなる男、身を固めれば大人しくもならんと周囲が所帯を持たせしが、肝腎の道楽一つとして已《や》めざりき。妻君［ルィーズ］、上辺はつまらぬ女に見ゆるがさにあらず。亭主に相手にされぬ胸の憂い解けず、悪口言いたしはやまやまだが、気兼の壁がある、そこで妻君、夫を讃めて愚痴に封をする。

夜、ナッソー夫人。発信、ミネット。

草月十四日（六月三日）

終日独居して仕事、六時に至る。第九、十章、註と共に浄書。ほぼ全面的手直となる。散歩。こちらが年を取るにつれ自然はしだいに冗舌から寡黙となると見ゆ。草木、四辺の万物が発する音の類を耳にせし年頃のことが思出さる。その昔聞えしもの、自然の生命とでも言うべきものではなかりしか。この種の音少くなりぬ、これ本日の印象なり。

ミネットを想うこと頻りなり、しかも深き愛情をこめて。この五日間相手より言騒《いいさわ》ぐことのなければ余の愛情かくも珍しく蘇りぬ。幸福に充されてミネットの許に戻る、なぜならば、命令されずに戻るからである。知と情と心安を糧とする余の生活はミネットなくして成立たぬは明らかなり。ミネットに非ざる人間の余に無縁のこと、そこらの木石に異らず。ミネットか然らずんば無、疑問の余地なし。

草月十五日（六月四日）書簡　タルマ、ルコント、シャトヴィユ

仕事、第十一章。原稿単調に偏するきらいあり、変化を与うという意味でこの章最も面白き章の一つなり。イーリアス、オデュッセウスの二文明の記述、読者には気分転換とはなりぬべし。

旅程、自ローザンヌ至コペ。ミネットの優しき待遇に接す。来書あり、タルマ夫人、F.シャトヴィユ［ジュネーヴの農政学者］。タルマ夫人、その昔《かみ》我らの関心を惹きし「ごろつき金太郎」［ナポレオン］をめぐり余と考えを同じくす。卑劣陋賤救い難く、それを見抜きしこと、我ながら天晴とせん。この男、「人に侮られんとは」と驚愕の体なり［不詳］。

ミネット曰く、「子供の結婚まで二人の結婚あるまじ」。結婚を求むる男の役を演じ年を越して更に待つ、余の能くするところにあらず。支配できぬ運命を支配せんとする、その試み価値ありとあらば、余の企もあながち無謀な企とも言えまい。ドール［ジュラ県ドール市、その近郊ブルヴァンに父親在住］、パリ、次いでミネットのイタリアからの帰国に先んじ冬か春のドイツ旅行。それまでは仕事に全力精進。

草月十六日（六月五日）

ヴォルフ『緒論』抜書［ホメロス論］。この書、構成の妙、文体の生気と力強さ、辛口の文章、並々ならぬものあり。なべてこれを手本とし第十一章に生かすべし。ヴォルフ後に控うるはハイネ［ゲッティンゲンの哲学教授］、ヴィロワゾン［仏のギリシャ語学者、ヴォルフのホメロス論基本資料となるヴェネツィア古写本を発見］抜書なり。古代神話をめぐりシュレーゲルと談。おかげで神話の象徴に関し註一つ思いつき意に適いぬ。

ネッケル氏死後立入ることなかりし客間に於いて、哺時、痛愁。ネッケル氏の死を見届けし者にして、この死の悲しみの深甚なる、余に及ぶ者あるまじ。余が悲しみというは、死者本人にとどまらず、〈露の命が去り行く宿命の闇の戸口〉、〈人間の本性〉、両者をめぐる悲しみなればなり。

凡庸なる人間の誰しもに認めらるる奇妙な連鎖模倣反応。父を失い悲痛のミネットあり、その悲痛に人間の尊厳を認めしオシエ、己の父の十年来病み患うを忘れて顧ざりしが、死期迫る姿を想像し、父公を惜しむの情生じ、その高徳と実直気さくなる人柄を語り始めたり。オシエの尊父、サンドニ街の乾物屋なり、むろん大の正直者たるに何の支障もあらざるが、乾物屋風情には徳声高め難し。実直は乾物屋ならずとも有得ること、別に褒めらるべき話でもあるまい。

草月十七日（六月六日）書簡　シャトヴィユ

余の心の少きことをめぐりミネットと喧嘩。否、余が心、少なることなし。問題は、余の心が深く敏感であること、他人の心と完全には波長が一致せぬことにある。他の連中の心、偏重か偏軽か、両極端を常とし、余の心と衝突す。連中の同情心に真正純深なるものつやつやなし。見るところ、大概《おおむね》他人の苦痛に対する義理付合、恥ずべき同情心とも言うべし。余の心、他人の見する涙と同情に苛立ち傷つくが常であり、ミネットに言わすれば、「敵意の類その苛立に秘められたり」。

昨日ミネット、会話の才をめぐりシュレーゲルと喧嘩［ドイツ人はフランス的社交、会話の才を欠く（スタール夫人『ドイツ論』）］。家庭教師育成の意気込を見する教育狂女［シュレーゲル、夫人の子供の家庭教師役］！　はた迷惑な話なり！　辺り一面しんと静まり返りたる中、二人向合い位置につき、かたやシュレーゲル、己の社交軽視を自讃すれば、こなたミネット、話術の才を自慢す！　居並ぶ観客に供せらるるせめての愉しみと言えば、讃辞の交換どころか、相手を出抜く自画讃《われぼめ》の応酬なり。嗚呼！　余が日毎に自省沈潜を深むること如何ばかりぞ、そを自らに謝すること如何ばかりぞ！　昔の我は激《げき》しやすかりき。相手がこちらを支配せんとし、こちらは相手の命令に反発、烈しく嚙みつくが常なりき。今の我は大人し。己の欲するところを為すのみ、あのおぞましかりし反抗とも縁が切れ、「束縛なき身の自由」を楽しむなり。ヴォルフ『緒論』続行。第十一章着手。

フレデリック・シャトヴィユに返書。この男の弁舌と生活態度に見らるる精神の堕落、つまり利己主義と凡庸、その書簡に見らるる才能と品格、奇妙な綯交なり。余が返事を認めし氏の書簡は、高貴、力、感性において素晴しきものあり。ジュネーヴ暮しを余儀なくされ、等し並の個性を有するこの男、己の個性を磨きながら、かつ「苛《いじ》められぬべく」己を鈍らせし次第なり。

イタリアへミネットに同行し彼《か》の美しき国を見る、これを逃すは惜しとの気持、昨日初めて生ず。しかし、独立か結婚を以てして生の安寧を計らんとする計画とこの旅行、如何にして両立さすべし。

草月十八日（六月七日　木曜日）

ハイネ編「ホメロス」から『イーリアス』第二十四篇を巡る編者ハイネの論考を抜書す。その論、ヴォルフ説とほぼ同じなるも、ただ、ヴォルフから受けし攻撃の恨みからか、その業績評価を減ぜんと欲し、二人に共通する説は努めて軽く扱う態度に出たり。第十一章執筆続。明日中に同章前半部落了のこと。次いで、先を進む前に第七章追記分に掛るべし。この仕事、本格的に取組むにつれ為すべき調査、展開すべき論、拡大の一途を辿る。

草月十九日（六月八日）

第十一章浄書開始、同章後半部執筆続。仕事のし過ぎか気分すぐれず、仕事に対し例になく嫌気生ず。女気を断つこと、余の健康に大なる悪影響あり。これ余が人生における真に解決し難き問題の一なり。伊へミネットに同行せんとの案、思えば愚案なり。行くべき道は仏、次いで目指すべきは独、彼の地で著書完成のこと。

ジュネーヴ社会。退屈これにとどめをさすべし。

草月二十日（六月九日）書簡　ナッソー、モントゥ

発信、ナッソー夫人、モントゥ［ジュネーヴ市議会議員か N］。完全に気力衰退、病気となる。仕事なすこと殆ど不能。第十一章浄書、纔にして止む。

シモンド［スイスの歴史・経済学者］。中世キリスト教論抄［教皇皇帝間抗争］。氏は、百科全書家が「ローマ宮廷」［教皇庁］に唱えし異を言い古されたる言葉で繰返すが、過ぎたる繰返と言うべし。これに比せばヘルダーが如何に優れたるか！

ボンステッテンの著書、ウェルギリウス考証論［『アエネーイス』舞台紀行］。想像力あるもまとまりを欠く。

草月二十一日（六月十日）

未だ心地すぐれず。それにしては仕事捗る。第十一章の『オデュッセウス』と『イーリアス』の「道徳観念の相違点」執筆了。両詩篇の正当性に関する部分未完。僅か三日で済むはずのこの章、難儀して既に一週間を費す。

シュレーゲルの中世文学論抄。当事者双方が正当戦争なりと認め得るは宗教戦争を措いて他になしとは実《げ》に卓見なり。征服・侵略戦争、或は名目の正否はあろうが権利を主張する戦争の場合、何れも必ずどちらか一方が不当である。ところが、宗教戦争は、なるほど理性の眼から見れば双方共に理なしと言い得るが、しかしそれぞれの側の思想信教の眼からすれば、双方共に正当なり。従って宗教戦争こそ最も非犯罪的な、最も崇高なる戦争ということになる。

以前から肝に銘じし一つの真理あり、シュレーゲルその見事なお手本なり。つまり以下の如し、「新思想を唱えんとすれば、その新しさ能う限り表に出す勿れ」、「新説が摩擦少く受容せらるべく旧説の衣を被すべし」、「一部なりとも思

想の斬新部を表に出さざるを得ぬ場合は、既に巷間に多少なりとも流布せる先行新思想を供《とも》として付すべし」、後世に思想を伝え名を残さんとする者にとり以上の三点必須の条件なり。だが、死後忘れ去られ啓蒙の一条の光とならずとも構わぬ、現世で世の耳目を集めんと欲する者には、奇論と公言して憚らぬ奇論、奇論の衣裳をまといたる愚論こそ格好の手段なれ。死後を思う者、上記三点忘るべからず。

草月二十二日（六月十一日）書簡 ドワドン、ナッソー

ジュネーヴ行。ビュティーニ［広くヨーロッパに知られた名医］、余が長年の実感、つまり「女気を断つ、余の健康に害あり」、間違なしと言う。この問題半年以内に然るべき措置を講ずること、絶対的必要性あり。唯一完全なる策は結婚なるべし、だがこの結婚、ミネットは対象外なり。終日、独り旅亭にて。嗚呼、平かなる孤独よ、汝に対する親近の情日毎に募るは如何ばかりぞ！ ナッソー夫人より来書。

紙上モローの談話［仏将軍、ナポレオンと容れず王党派陰謀事件に加担、禁固二年、本人の希望で国外追放、渡米、後年露皇帝顧問］。或る情況に置かれその情況の中で言うべきことを正しく言いたる最初の士なり。

独書関係の書簏到着［三千に及ぶ蔵書を滞在先に移動させるのが常であった］。直ちに抜書すべきもの、マイナース、ベルガー、ラインハルト［独の神学教授、新教牧師。或はインド学教授フィーリップ・クリスティアン・ラインハルトかP］。発信、ドワドン、レゼルバージュの原稿をこちらに送るよう命ず。来信、ナッソー夫人。

草月二十三日（六月十二日）

仕事。第十一章の一部浄書、纔。後半部の草案を決す。ミュラー到着。

以下のこと肝に銘じ己自身に言い置くべし。今の如く生を朽滅させ、健康といい時間といい両者を犠牲にするは既に限界なり。方《かた》を付くる要あり、それには、情勢変じ新たなる問題生ずる前に、「無理からぬ自然の別れ」の機、逃さず摑むべし。独へ行けば容易に得らるる利点、「心身の静息晏如、世の評判、書物の便、著作完成の励となるべき交際社

会の刺激」、これ余が独旅行において確と体験せし利点なり。されば従うべきは我が自然の歩みなり。パリへ出る、そして冬独へ発つ、無しで済せぬものなれば情婦同行、だがこの情婦、我が生活を乱さぬ情婦なること。人間は己の気性と己の要求に則して身を処すべし、さもなくばその人生偽りの人生と言うべし。

マチュー［モンモランシー］来らず。不幸な友［スタール夫人］に思いを馳する一月の旅、マチューのせぬところなり。しかしてこの男、余を非難する急先鋒なり。如何にもあれ。己を知るのは己のみ、己を裁くは己のみ。己と他人の間に立ちはだかるもの、越すに越されぬ障柵なり。この障柵を無きものにし得る「人間の関係」ありと思うは若者の錯覚にして、この柵は倒すともまた立ちはだかる障柵なり。

草月二十四日（六月十三日 水曜日）書簡 父、タルマ

来信、父、草月五日便に対する返書、タルマ夫人、十一日便の返書、レゼルバージュより二通。

第十一章後半部執筆下準備。この調子では十一章脱稿永遠に怪し。ミュラーと談［スイスの歴史家］。その文明度が戦争時代のギリシャ［トロイ戦争、ミケネー時代］に勝るとは言い難き時期に、ユダヤ人が一神教から出発せし事実、或は呪物崇拝から一神教へ進みし事実がありながら、なぜ余がそれを措いて、論を呪物崇拝から多神教への移行に限定するか、ここは註を設けその理由を明らかにすべし。だが、冒頭に「一神論《テイスム》」を持出すは論外なり。持出せば道徳と一神論の比較研究は避けて通れず、草案は土台から崩る。この問題いかに両立さすべきか、検討の要あり。

ゴドー［ヌーシャテル在の露退役軍人］。ガルニエ［レマン県総務部長］、好的漢、ちゃきちゃきのパリっ子。ヴェルソワ散歩。

草月二十五日（六月十四日）書簡 ルコント

ジュネーヴ行。セロン姉妹訪問［アメリーの三従姉妹。ヴィクトワール、アデライード、アンリエット］。アメリーに再会［一時期コンスタンの結婚の対象となったスイス女性、日記「アメリーとジェルメーヌ」に詳述］。色黒、威勢、調子者、全く去年《こぞ》に変らず。人の口車に乗せられ結婚せましかば、今頃は妻なるこの女を怨憎嫌悪すること如何

ばかりならまし！　さならざりしはビヨンデッタ［スタール夫人］の効なりや。ルコント［パリの銀行家］に生存証明書発送［年金関係］。

夜、仕事。或ることを書かんとしてそのことを学んで識る、大なる恵みといわん。ホメロス詩史を学ぶこと数日に及べば、言うべき事の要約を為すの易き、我ながら感嘆す。

草月二十六日（六月十五日）書簡　ルロワ、エスリンガー

哀れ、アルベルティーヌ病気。昨日のアルベルティーヌ、病苦よく己のものとし、苦の中に華ある女《おみな》と見えたり。仕事を続け出来栄に満足す。さても、モロー禁固二年の刑に処せられたり。廾。午餐、ガルニエ宅。パリ風会話。婦人連中の何たる様よ！

ドジェランドの比較思想論［仏の思想家、コンスタン、スタール夫人共通の友人。ナポレオンの信厚く重用さる。著書に『人間知識思想体系比較史』］を巡るフィエヴェの書評を読む。何たる無知、無知に浸りたる何たる自己満足！　またフィエヴェの手合が軽薄さに寄する嗜好の何たることよ、連中、この「軽み」を粋がり信奉するが、野暮の骨頂、言うも愚かなり！　「一篇の喜歌劇に脚色できぬ思想、一篇の物語に纏め得ぬ思想、我ら仏人には馴染まぬ」［フィエヴェ］。

発信、ルロワ［ロワと同一人物か不詳。後述七月十九日参照］。来信、エスリンガー。コペ復。

草月二十七日（六月十六日）書簡　エスリンガー、マラダン

発信、エスリンガー、マラダン［パリ書肆、スタール夫人著書刊行主］、エスリンガー宛書籍伝票同封す。

仕事、予期に反し不満大なるものあり。或ることを論ぜんとするや委曲仔細に足をすくわれ我が身に愛想が尽く、常の例なり。博引旁証、小事の仔細、当を得ぬ博識、これ余が仕事における座礁の要因なり。だが、そを常に反省し本論論述に不可欠の事項以外はすべて註に譲り簡略に徹すれば、暗礁は回避可能なるべし。

ビヨンデッタ［スタール夫人］いささか品位に欠けたる手紙を書きしが、人の目にとまらば当のビヨンデッタに害や及ぶべし

［ナポレオン宛、父ネッケル氏に対する債務弁償を仏国家に要求］。ビヨンデッタとの関係において不都合多々ある中、とりわけ迷惑は、ビヨンデッタが為さんとする行為が賛成し難くとも、相手の生き方の責任は取りたくなく敢て口出はせぬが、身元保証人と言わるるも当然のことをずるずると続けたれば、結局ビヨンデッタの行動は事実上余の責任と見做さる、このことなり。

草月二十八日（六月十七日 日曜日） 書簡 フル・コー（マルタン疑惑）

仕事、第十一章続き。第十章まで数所加筆修正の要あらん。何としても冒頭第一に取上ぐべきは原始宗教をめぐる問題なり。余りに抽象的、かつ余りに言い古されたる問題を俎上に載するを恐れて開けし「穴」によりすべてに狂い生ず。この狂い各頁に波及。先賢に対する余の批判と懐疑の手綱を緩め手柔かにすべきこと、これまた同様なり。折にふれ自信もて先賢の権威を疑うに、回数と自信も度が過ぎれば、「先賢の学説を蔑にし、自説の道を行く」との誹を受くべし。フルコーより期待に違わぬ便り一本到着。

ミュラーと午餐の実に愉快なる。ホメロスをめぐり議論。ペルシャ人をめぐり議論。ギリシャ神話のごとく東方の宗教が自家薬籠中の物となるにはまだまだ学ぶべきこと多し。

下男マルタンの盗ほぼ確証を得たり。本日より一月間監視のこと。

我が計画最終確定、ドール、パリ、ドイツ、だが情況の変化あらばこの限りにあらず。

草月二十九日（六月十八日） 書簡 シャルト、ナッソー

午前中一杯仕事。第十一章完成間近。南北の宗教は別枠に譲り、残りの未完部と合せて刊行すべし。ギリシャローマは纏めて一本とす。微に入り細を穿つの陥穽にはまること、これ余が唯一恐るる点なり。余がギリシャ論の間口の広きこと、我ながら呆れ果つるなり。記述の簡略は避けられぬが現時点では先を進むべし。

ビヨンデッタと悲しくも苦き長物語。ビヨンデッタの不幸深甚なり。「私を慰め救うは他人の義務」と信じ、人生の

荷重に潰されぬためには持てる力を振絞り、打って出て人生を制圧すべしとの第一条件、汝ビヨンデッタが事に非ざるが如し。汝の波乱に富む生活、錯綜する欲求、華かなる地位の嘱望、眼中にあるは物の外面《そとづら》のみ、されば華々しさは憧れの的、老齢を恐るる色気嬌態《コケットリー》、人目に顕《あらわ》れたがる虚栄心、人目に顕れれば敵に打たるる、だがその敵に嚙みつく気性の激しさは持合せぬとくる、周囲の者これを見て如何せん。耐えて苦しむは汝の好まぬところ、外に出て四方風《よもつかぜ》に翼を広げれば樹木に羽を捕られ岩角に身を砕く。余は為す術を知らず。汝その翼を畳まぬ限り、以下の次第を理解せぬ限り、つまり、「まずは身の安定を確保すること、身を最大限生かす云々はそれからのはなし、何時までもどたばたを繰返すよりも、何はあれ身の安定が先決のこと」、汝、このことを理解せぬ限り、余は汝のために何ら為す能わず。しかも余が告ぐることのすべて、汝、女なれば二重の意味であてはまることとなり。男には仕事の道あり、齷齪と奔走するは定まりたる目的のためなり。汝が齷齪奔走するは社交界《サロン》の華々しき脚光を求めんがためなり。この種の成功は泡沫《うたかた》と消ゆるもの、所詮は徒労なり。

発信、シャルト夫人［ワイマール宮廷人］、ナッソー夫人。

草月三十日（六月十九日 火曜日）書簡 タルマ

発信、タルマ夫人。註をいくつか残し第十一章了。今回再度取上げし草案、この冬の考案になるもの、南北の宗教を別に論ずるには余りに詳に過ぎたれば破棄せし原案なり。「日乗」、雨月二十日［二月十日］の項を見る。他の外国神話の論究は挿まず、ギリシャローマ関係全体を一本化する「利点」、それにより生ずる「損失」［南北宗教別枠の煩］、得失の収支、何とも言い難し。いずれにしろ、昨日採用の草案に従うべし。ギリシャローマ限定四巻［第一部全四巻］脱稿時点で南北各章と取組み、それを四の巻に追加挿入可能か、検討に支障はあるまい。

ネッケル氏の「断章」読了。読後、終別《ついのわかれ》とでも言うべきか、いささかの物侘しさに襲われたり。観察の緻密なる、滑稽の太刀先、いずれも大したものなり。

マチュー・ミランパル（昔の同僚なり）［法制審議院委員］、旅をめぐる滑稽な講演録、一七八八年刊。フランスに非ざる地、すべて峙《そばだ》つ森林と一面凍てつく地と見做す、まさに仏人なればの講演なり。氏は、「若者をしてドイツを旅させ、かの地の気候風土の厳しさに触れさせて春機発動《さかり》の時期を遅らせしめよ」と説く。他国を知らぬことにおいて我ら仏人は正に紛う方なき愚民《シノワ》［中国人］なるかな！

知事と午餐。怨恨憎しみは友情の大なる作因なり。知事は曾て余を疎んじたるが、余が嫌う相手［ナポレオン］を好ましく思わざることあれば、爾来、余に対し実に好意的とはなれり。エルヴェシウスが「小人と称する者」［出典不詳］を我ら友人と呼ばん。そは我らが敵の敵なり。

収穫月《メシドール》朔（六月二十日）

第十一章註了。巻二着手。巻二第一章に備えソフォクレス、アイスキュロス、エウリピデス、ピンダロス、ヘシオドス抜書の要あり。

仏では殆ど普及せぬ思想が独に渡りいわば国民思想となる、数を知らず。注目すべき事実なり。これ、就中、宗教において真なり。余が著書の中心思想、フォスの『神話書簡』に見ゆるが、余の思想、事実の仔細に埋没して面目なし。

およそ論争《けんか》と名のつくもの、人間が如何に拘るものか、見るも滑稽なり。フォスのハイネを論駁する、ハイネのヴォルフを風刺言咎する、本人は正に真剣勝負なり！ 世人なべてそれに耳を藉すべき暇と興味を持つかの如し！ 人間が時間の所有者を自認すること、しかも現在の時を我が物としたれば、せめて声なりとも未来に届けんとの幻想を抱くこと、言うも更なり！ 人間がいともたわいなく忘れ去る事実、そは時の懸隔と場所の隔りなり。独善から己を天下の中心となし、目に入るは大きく見ゆる周りの物だけ、ために遠き事物は隠れて見えぬとなる。

ジュネーヴ行、日帰。

収穫月二日（六月二十一日）　書簡　ルニョー、父、フルコー

仕事、エウリピデス、ソフォクレス抜書。草案を更に圧縮、以下の表題で別に一本を起さん、「道徳とギリシャローマ多神教比較関係論」。現行の表題は、歴史的研究というよりもむしろ学術啓蒙書的論考を予想さすかに見ゆるが、今回の改題により歴史形式を鮮明に打出すこと可能なるべし。南欧北欧神話の仔細錯雑は切捨つるも可。相手とするに手の施しようなく、常に頭痛の種となるは間違なし。また、両神話でこれはと思わるるものは捨てずに残しおくべし。斯く余が薬籠中の題材を以てすれば書の完璧なる成るべし。問題は学問的詳述の深みに陥《はま》る愚を避くべき才覚の有無なり。行手に待ち受くる大暗礁、これにあり。懲りずまの浦、今回、またもや暗礁に乗上ぐ。確かに、歴史形式は論述の詳細に走り、その限度わきまえ難し。

学問という点でミネットの存在が如何に有難きものか、今回の経験を通して悟りぬ。余が気性、懶惰にして懐疑的、気性のなせる結果に対し自己嫌悪と余りにも他愛なき自己満足が同時並行す、されば、結果の石塊《いしくれ》にも等しきものあるを余に納得させ、返す手で余を慰藉し、余が窓から玉石ともに捨てんとするを阻止する人物を必要とす。

発信、ルニョー［仏政治家、ナポレオンの信厚くワーテルローまで忠誠を尽す。コンスタン知己、親スタール夫人］、父、フルコー。

収穫月三日（六月二十二日　金曜日）　書簡　ゲクハウゼン、ナッソー

来信、ゲクハウゼン嬢、草月二日便に対する返書、ナッソー夫人、草月二十九日便の返書。

午前中一杯仕事、新草案作成に掛るも遂に首尾を得ず。「ギリシャローマ論」、過ぎたる圧縮。表題を内容ともに歴史形式に相応しきものに変えて旧草案に戻すべし。

収穫月四日（六月二十三日）

草案改編。論述の流れとしては、ギリシャローマ宗教論から一神論へと進め、南北の宗教はギリシャローマ多神教と

の比較論に限定し、両者の顕著な異同に的を絞り、歴史的連関は触れぬ方針なり。廾。

ジュネーヴ行。晩餐、アルガン。

収穫月五日（六月二十四日）

コペ復。原稿、初期ギリシャ論、ホメロス詩論を朗読してミュラーに聞す。出来栄にミュラー満悦す。余は己の自己採点において厳し過ぐるも、他の連中の自己採点ぶりには呆れ果つ。冒頭五章見直して草案をものす。

ギリシャ宗教につきルクレール・ド・セットシエーヌの著書を読む〔『古代ギリシャ宗教論』。十九世紀ラルース大辞典によれば、批判精神に欠けるとある。著者は仏のギリシャ・ラテン学人文主義者。ギボンの『ローマ帝国衰亡史』最初の翻訳者、ただし未完〕。「お歴々」が原典に遡らずして、しかも原典参照が最小必要条件との自覚もなく著作の真似事をする、まさに噴飯物なり。この著者、英仏の書物ことごとく博引旁証するも、古典籍の一書としてなく、その自信のほどには恐入る。実に都合のいい便宜主義的原則論に立つが、このような原則論をとる限り研究はいずれも不正確、実り無きものとなる。この原則論とは、古代宗教研究の出発点を「人類知識の漸進的歩み」に置かず、「知識の体系化」に置くというものである。これは異質部分を寄集め一つの不自然なる集団を捏造せんとするもので、異質部分の空隙をまやかしの解釈と仮説で埋めざるを得ぬ。

余はミネットの正当性を認めざるべからず。その批評、間然するところなく、更にその批判に悄気づく余を立直らする才力をも併せ持つ女である。

収穫月六日（六月二十五日）書簡 ナッソー

来信、ナッソー夫人。序論第一部執筆。英訳ホメロス詩拾読。苦心の作、ポープの訳詩美麗、されど凝りに凝りたる苦心の跡が表現の端々に見られ、それがため原作の持つ情趣とはまさに反対の効果を醸し出せり。また、この彫心鏤骨の壮麗を貫くは千句一律の一本調子なり。

ルクレール・ド・セットシェーヌなる者、滑稽的《ビュルレスク》人物なり。「ギリシャ宗教」を論じ事例を挙ぐるに傍証は必ず「ローマの文献」を以てし、ホメロスの彼岸説を論ぜんとすればウェルギリウス、時にラシーヌ、ラフォンテーヌ、ボワローの引用を以てするなり。

収穫月七日（六月二十六日 火曜日）書簡 ナッソー

序文了。発信、ナッソー夫人。新草案に則り巻一第一章執筆。

「ネッケル氏称頌」と言うべきか、「解説」と言うべきか、スタール夫人の手になるを読む。実に美しき「断章」いくつかあり。政治篇、夫人は思うところあり論及避けたるが、軽々しく扱うには余りに底が深く、仇恨を刺激し友情に水を差す厄介な問題を孕めり。本格的論及はせずとあらば政治篇一部省略すべきか。父親の隠されたる人柄に及ぶや、そを語る娘の真実味、情の細やかさ、飾らぬ心、讃歎に価す。一部に乱れ冗長見らるるも、手を加うれば済む類のものなり。

収穫月八日（六月二十七日）書簡 ルコント

ロール行。ミュラー、ベルリンへ帰るが、推察するに、当地滞在中我々に混じり目の前でシュレーゲルの詭弁に付合わされ、この新ドイツ哲学に対する心酔の緒やや醒めたると見ゆ。なにしろ、新哲学の説く政治論、宗教論、異質と称しながら、まったく我がフランスの「新聞屋《ジュルナリスト》」の恥ずべき主義主張に他ならず、しかもそのことの自覚なしとくる。ジョフロワ、或はその類の「新聞ごろ」が数日前ここに居合せ、自由や旧教を論ぜしと仮定せんか、その言やシュレーゲルと同じなるべし。午餐、ナッソー夫人宅。コペ復。

長年に渉るネッケル氏宛書信［多くの文人思想家と文通した］と同氏について書かれし全文章からなる興味溢るる「文集」ミネットより預る。ヴォルテール、ダランベール、ディドロ等々の書簡あり。来信、ルコント。

収穫月九日（六月二十八日）書簡 ナッソー、メラン

ギリシャ神話の構成要素に一章追加。面白き新説かなり盛込みしか。

預りし「書簡」の第一巻一部に目を通す。ギボンの書簡、ネッケル夫人（当時はキュルショ嬢）［スイスの閨秀作家、ネッケル氏妻スタール夫人母、そのパリのサロンはビュッホン、マルモンテル、ディドロ等が集い名を馳せた。著書に『離婚論』がある］への想い、その冷やかで重くしかも様体《ようだい》ぶりたる文章、両者が織りなす対照のなせるわざと言うべきか、気取と滑稽の書なり。「我が生の幸福は汝の体を所有するにあり」と綴り、その後に「真《まこと》しく格別に御身をもて奉り崇むるいと従順なる僕《しもべ》より、敬白」と記して締めとする。ストーモント卿の書簡の取柄はひとえにその無瑕のフランス語文にあり［英のウィーン宮廷特別駐在外交官 P］。才人が筆にするには余りに陳腐な表現、例えば、「快楽の渦巻」等の類の多用から外国人ということが初めて分る。才人が外国語で書かんとすれば、他に手持の駒のなければ、平凡な語句を駆使せざるを得ぬ。ダランベールが書簡に綴るは常に己自身のこと、物書きならば誰もが自作に添うる、「拙文《ロガトン》」、「駄文《ラプソディ》」、「腰折《パプラス》」といった卑下と謙遜の〈愛の小辞〉なり。これら書簡を見て驚くのは、千篇一律揃いの人生、誰もが人と生れてこの世に張る私利私情、そしてこの千篇一律揃いのどたばたの後に控うる永遠の沈黙なり。様々な人間が死後に残せし手紙の数多くを読み漁るにつれ或る思いに駆らるるなり、そは酔払を見て、「明日は我が身」と言いし百姓の気持に相似たるも、余の場合、明日はいま現在の事なり、ここが異る。

ジュネーヴ行。廾［底本脱漏］。ビヨンデッタと喧嘩。ビヨンデッタの要求にもほどがある。小事も大事も態度を決めかねる女で、同じことを際限もなく繰返す癖があり、相手が出口なき話の堂々巡りに音をあげるや、「関心がない証拠」とからんでくる。昨日はこれに輪を掛けてのからみ様。何時も困惑気味のシュレーゲルもさすがに受けし傷は深かりきと見ゆ。夜中の一時、シュレーゲルに或る事の説明を迫り、余には、「後で話あり、残り給え」と言う。話というもこれまで二人で散々論議をしてきたる話なり。「睡魔耐え難し、それに眼痛」と返した言葉が喧嘩の発端。優しさ、才気、朴直、親和、献身においてビヨンデッタに勝る優れた女性を余は未だ曾て見たことなし、だが、要求に切目なし、本人にその自覚なければ手に負えず、周囲の者の生活を奪取り、有るほどの長所と共に「あく」強き個性を振りまわすビヨ

ンデッタの上を行く女性もこれまた未だ知らず。相手の全身全霊、全時間、それも分単位、全歳月、これを我が物にせんと欲す、さもなくば嵐地震の一斉襲来にも比すべき風波振動の騒となる。我慢もこれまで。来信、ナッソー夫人。発信、メラン［コンスタンがローザンヌの留守を依頼した者で郵便物の宛先ともした］。

収穫月十日（六月二十九日　金曜日）書簡　オシェ、父

「ギリシャ宗教構成要素」の章続。既にものせし草稿、残らず筆の勢いにまかせ浄書し、次に然るべき補遺すべて加筆追加のこと。手直し絶えず、進捗まったく覚束なし。

サン＝ランベール［エルヴェシウス弟子、百科全書共著者］、ドレール［百科全書共著者］両者の書簡［ネッケル夫人宛］多数読む。ドレールの書簡これまでの中でまた最も面白し。ドレール、余が常々の感想を述べて曰く、「独立不羈魂の世に在る姿、或は大広場を舞台の社会的仕事、或は孤高、この二相のみ」。社交《つきあい》の無益なる摩擦軋轢、千辛万苦、忍び難し。

十七巻に及ぶネッケル夫人宛手紙を二、三巻に纏めんか、立派な書簡撰となるべし。直接寄せられし讃辞から抄出せらるるネッケル氏の姿、この書簡撰から浮び上がる世のネッケル氏評、人物像要約としては後者が勝るべし。

今の余の生活耐え難きものとなれり。ミネット、己が事をめぐり騒ぎ立つるが何の進展もなし。僅か一言で済む事、しかじかの情報が手中になき今、動きがとれぬ事柄、いずれも論じなければ夜も明けぬ女、何の結論も出ぬままに何時間も話を引延し、同じ話を散々聞されし相手が初回に劣らぬ関心を示さぬとあれば苛立つ。この女に、余が時間四分の三奪われ、余が思考邪魔され錯乱す。肉の快、社交、学問、名声、政治の舞台、人望、いずれにおいても日に異《け》に「外され行く」との思い生ず。

発信、オシェ。来信、父。

収穫月十一日（六月三十日）書簡 ナッソー、ドワドン

発信、ナッソー夫人。ジュネーヴ行。草月二十二日便に対する返信ドワドンよりあり、依頼せし原稿同着。返認め原稿の第二部、第三部送付依頼す。廾。

我が身の上を千思百考。結婚いがいに関係打破なしとすれば、今の身を嘆き暮すよりも結婚を、これが行着く結論なるべし。仕事を疎かにせず、しかもビヨンデッタの要求に応うるは不可。工夫忍耐いずれも知らぬ〈駄々子〉、己の駄々子ぶりを他人の所為《せい》にするが習い性となりたる人間なり。

一八〇四年七月

収穫月十二日（七月一日 日曜日）

仕事、纔にして不調。心身朽ち果てたり。病眼、煩累、惨めにも耐え難き我が身の上、何れも余の心を散し萎縮さするの種ならざるはなし。悪縁かな！ 健康、幸福、名声、すべてはかかる悪縁の犠牲とはなれり。ビヨンデッタの浅ましくも弱き性格、傍迷惑を顧ず自分のためなら他人の犠牲も厭わぬ我欲、難しく多様に変る要求、未だ曾て他になき例なり。しかもこの短所いずれも、豊才、魅力、天真、情《なさけ》と表裏一体をなすなり。余が不幸の根はここにこそあれ。さても、今しばらくの我慢、決行の時は来らん。なお斯くの如き奴隷の身に甘んずるよりはラップランド〔ヨーロッパ最北部地域〕に渡るも厭わぬ

再度、原稿手直。学術啓蒙書を目指すべし。だが文献に事欠く有様。自家に残し置きしが、許しなければ取りに戻るも叶わぬ身なり。さても我慢と意志堅固。ここで騒ぎを起さんか、これまでの隠忍自重の甲斐あるべくもあらず。相手の伊旅行の時期に我が旅を合せれば悶着も回避可との見通しもあり。

収穫月十三日（七月二日）書簡　メラン

図書館［ローザンヌ図書館］の本一部メランに返送。仕事に掛らんとすれども及ばず。まともな意味ある一行も書けず。『ラップランド紀行』の著者、アチェルビ［伊の博物学者］、冷笑短気のイタリア人にして、耳にせし他人の冗談を繰返す才、かなりのものだが、パリ仕込のフランス風冗談《ユーモア》と言うべきか。一方で思想の幅、心の奥行、学識の厚み、いずれをも欠き、人が真面目な話をするやたちまち氏は駄洒落に陥る。

ビヨンデッタと喧嘩、午前二時に及ぶ。種は余にあり。心の内をすべてビヨンデッタに明すは禁物、まったく不毛の喧嘩を始めて何になる。余が出発の時きたるまで何故穏やかに暮せぬか。理由は何事に対しても余が見する性格の弱さにある。従順逆上、他人の意志に逆らえず屈する、自分の感情に逆らえずその虜となる。十年のうち八年、余を束縛せし女に冷酷無情の言葉を浴《あぶ》する、これだけの年月我が意に反し相手に囚縛せらるる、二つは同根なり。

収穫月十四日（七月三日）

ジュネーヴ行。廿。午餐、ジェルマニィ氏宅［スタール夫人父方の従兄、数学教授］。哀れ、この男、残余の生命一月もなし。夕刻帰宅、ミネットと相対す。余になお頑強一徹の意志あらば、たとえ今の関係を維持すとも、我が身の不幸これほどのことはあるまじ。だが、大事小事を問わず己の好むところを為す術を知らず、「別れ」を遂に相手に告げんとするも妙に臆病風に取憑かれ、女の機嫌を損ぬるとの不安に駆らるれば、言出しかねて疾く退出もままならぬなり。命を捧ぐとも惜しくはなき女を相手とするに等し。

収穫月十五日（七月四日　水曜日）書簡　メラン

発信、メラン。ビヨンデッタ出発して留守なれば仕事捗る［長男、シュレーゲル同行、ローザンヌへ八日まで N］。嗚呼、我が身にして我が身を恣にし得るなら残されし年月の使い道のほど如何ばかりか！　だが正直のところ、置かれたる身の苦しみの責は多分に相手の女よりも余自身にあること認めざるを得ぬ。迷妄を引込め意志を通せばここも「我が家」同様なるべし。しかし、余は奇妙な性格からして、人の欲するを喜んでして遣る気にはなれぬが、さりとて拒む勇もなし、拒めば相手は口には出さぬも恨みを残す、これ余が堪うるところにあらず。

収穫月十六日（七月五日）書簡　エスリンガー、コンドルセ、父、フルコー

仕事、可。仮に半年ミネット戻らぬとあらば、余の仕事、今は怪しき限りだが、その進捗大なるべし。序論の見直は全巻脱稿後一括実施、冒頭部分に限り加筆修正の要あり。出抜けに本論に入り喧嘩腰、この荒っぽさ、限度あるべし。『自然哲学』［一七六九年初版アムステルダム、一八〇四年パリ版］の新版をめぐる収穫月十二日付〈デバ新報〉の憂国の叫び、曰く、「斯くの如き書物の再刊はフランスを滅亡に、永遠の滅亡に導くものなり」。この哲学書の著者［ジャン・クロード・イズアール、別名ドリール・ド・サール、仏の思想家、オラトリオ会脱会還俗］、痴者《しれもの》にしてその書つまらぬ狂書《ラプソディ》なり。だが、この書が信仰家〈軍団〉に恐怖と激怒を与えしこと、余は嬉しくも有難しとす。他方、この書には信仰家に与する面もある。著者は、「無神論者を極刑に処す」と誓う。火刑にも和解の場となる火刑も有るという。愚かなるかな、有神論《テイスム》を標榜するこの男、有神論者が無神論者を火炙にするならば、キリスト教徒が有神論者を火炙にすることもあるべしとの自覚なし！*　人間の本性、所詮斯くの如し。平等、寛容というも自分がありつければよし、後は知らぬとくる。

来信、エスリンガー。発信、コンドルセ夫人、父、フルコー。タルマ夫人音信なきは何故か。その身の上、健康、不吉な予感あり。

＊　有神論　①宇宙を超越して存在する人格神がこの世界を創造し支配する（宗教と道徳）との立場。対立語、無神論、汎神論、理神論。
②一神教、多神教等広い意味で神の存在を認める立場。

収穫月十七日（七月六日）書簡　ミネット、ナッソー

発信、ミネット。終日仕事、可。嗚呼！　有難きかな孤独！　エジプトの植民地がギリシャに及ぼせし影響につき一章ものす、論述、簡にして要、最高の出来栄との感あり。だがこれも加筆修正までの命なり。再読、推敲添竄《てんざん》を加うるまでは原稿に自信持てず。

ミネットよりまずは優しき便り一本落掌。だが二人はとにかく別るべし。思案を巡らすに行着く先は「結婚」なり。

一、結婚によらぬ男女の関係はどれも女の自堕落を招来するの弊害あり、これ余には耐えられぬなり。また、男が女の奴隷に成下がり生恥を晒すことにもなる。親父の例がある［他人の九歳になる娘（俗称マリアンヌ）を親から奪いとり自ら養育教育に当り、長じて情婦兼家政婦とし後に結婚二児を儲けたが女に頭があがらなかった］。

二、ネッケル氏、その「断章」［夫婦関係］の中でいみじくも指摘す、「結婚せし夫婦は生活の場と関心が二人に共通するのに対し、愛人関係のそれは斯くの如き一致はどだい無理なり、同心して話題、仕事、趣味を共有すること愛人間には難し」。

三、この関心の「ずれ」は二人の「所帯」に二つの逆流を生ぜしめ幸福の大なる障害と成るは必定なり。

四、世間の反感は常のこと、男は選んで囲いたる女をめぐり絶えず辱められ面目を失う破目となる。衆人との闘に堪うる力、余にはなし。

五、最後に、余の個人的情況から見て重要なるが、愛人所有という手段によりビヨンデッタから独立自由を獲得できるか覚束なし、だが、妻ということなら確信はある。妻という絆には義務が伴いそれに縛らる、一方、愛人との生活に入れば、ビヨンデッタの叫喚地獄、アルベルティーヌの愛《いとお》しさ、これやそれ、愛人との同棲生活はすべて御破算とならざるを得まい。いま一つの理由、余が愛人を作り囲い女とするも、「余がいずれ愛人関係を絶つ」との期待を捨てきれぬビヨンデッタとの間に騒ぎ絶ゆまじ。ところが、結婚となれば、ビヨンデッタも余と折合をつけ少くとも友人関係程度に踏みとどまるべし。後に退《ひ》けぬ一歩を踏出せば、この一歩余には後悔の種となるかも知れぬが、二人は振出に戻り旧の友人となるべし。

立はだかる問題はただ一つ、金なり。徒に金持女との結婚は望むところにあらず、金で女の尻に敷かるる、露あるべからず。ところで、一万リーヴルの年収、臨時の出費を考慮せずとも、八千までは落込むはず、これでは、かつかつ余裕なし。だが、不如意きたすことあるとも、今の囚縛に強いられたる不幸に勝る不幸はあるまい。自由を取戻す、されば著述なり何なり蓄財の機は幾らでもある。とにかく、やがて四十の歳を迎えんとするに、これからさき「不確かなる」危険に憂身を供し生涯を終《お》うべきか。今冬結婚のこと。発信、ナッソー夫人。

収穫月十八日（七月七日 土曜日）書簡 ゲクハウゼン、ミネット、父

タンテ［耕筆］解雇。主人と同等の立場に在るでもなく、使用人の立場に在るでもなく、しかも主人面《づら》して召使の義務を疎かにする、斯かる「両棲類」を飼って手懐けんとの試みは今回を以て終とせん。

結婚についての「所思」再読。思いは変らず。今冬結婚。

ゲクハウゼン嬢に一筆啓上、タンテ代筆。

仕事、良、八時から四時まで中座なし。この状態半年続けば脱稿間違なし。ラ・アルプ［劇作家、リセを開校文学教育を行った］の『簡約旅行通史』巻一を読む。この著者、いまだキリスト教徒ではなかりしが［一七九四年監禁中『キリストの学び』に触れ信仰に目醒む］、既に、虚栄、大言壮語、月並調みなぎり満ちたり。哲学思想、皮肉、反宗教論、反国王論、ずらり陳列台に存し、各文章《ピリオド》は必ず対照法《アンチテーゼ》を以て結となす。されば、知らず、人を倦ましむる文章にしてラ・アルプに勝るものやある。世上で宗教と称さるる物、世上で王と称さるる輩、余が好まぬこと、神よく知り給う。だがラ・アルプがなせる糾弾、余りにも一本調子に過ぎたると言うべし。

ビヨンデッタより友情の便り一本到着。これにても余の生は治まらず、余に生の証《あかし》なく休心安息の実感なし。

父より来書。パリの裁判に敗訴。「どいつもこいつも敵側に身を売り儂に反対す」と言うあまり、判事全員の心証を害す。オランダの裁判に敗れ十万エキュの罰金、連隊の職を棒に振りし時と同じ轍を踏みぬ。奇人。八十歳にして憑か

れたるかの如き行動力、係争中の裁判四、五件を常に抱え、四辺四方に当散し、政治は貴族政治を主張しながら革命の国［オランダ］で将官におさまり、気位高く貴族風を吹かしつつ家政婦を女房に据えし男なり。書に接し、先ずは父の身の上を案じ次いで我が身を案じ不安深憂募りぬ。つまりは、「この春のお前の尽力水泡に帰さんとす［父親に三月一千エキュ送金］、またの尽力を頼む」となるか。こちらにはその力もはやなし、されば、また例の剣呑な父子関係とはなりぬべし。子としての義務を果しその遂行において全力を尽したるは事実なり。この信念を我が心への言訳とせん。父の期待に応えんか、いずれ遠からず我が身が破産、前々からの予感に違わず現実の問題となりぬべし。人生の首位を占むる二つの囚縛、父とビヨンデッタ、生易しき係累には非ず。

タルマ夫人、音信なし。常に余に喜びを与え未だ曾て悲しみを与えしことなかりしは、世広しといえどもタルマ夫人を措いて他になし。夫人を失うことあらんや。音沙汰なければ明晩にもアラールに便りを認め様子を尋ねん［コンスタン、タルマ夫人共通の友人、パリで経理事務所を営む］。

ジュネーヴ行。廾。

収穫月十九日（七月八日 日曜日）

仕事、ヘシオドスの全詩から抜書、申分なし。我々は知らざるよりも知りたることについて良き判断が下せるものなり！ 言わずもがなのことに非ず。或る事柄、或る書物を他人の解説で知り知ったつもりの人間がいる。これは何も知らぬということなり。言わんとすることあらば、先ずは何事も自ら読解き、もの申すべし。

午餐、ディラン宅［ボセ城館主、スタール夫人の良き隣人］。余には、平凡を自認する人間に慕わるるという一つの特殊な才能あり。ビヨンデッタに強いられし孤立流浪に身を置かざりしかば、安居して近所両隣に慕われたるべし。物事の両面を見てみるに、生来の気紛を考えれば、余には一平凡人の道こそ相応しけれ。だが、弱気に弱気を重ねながら強気に出るが慣いの人間なり。余が習得せし人間観、更に余の怠癖、気紛、疲弊体質、田舎好み、女好き等からすれば、学問も名声もいらぬ、眠食無事の暮しこそ余が性に合うべし、学問名声といえば売込と自説の弁護に明暮れて平和乱さるというのが今の心境なり。だが心境は心境、やはり市井の幸福よりも学問的名誉を好しとす。学問名声の価値や権威に大した幻想は懐かぬが、平凡な暮しに満足せんか、余は自らを軽蔑せん。

ビヨンデッタ帰館。余の振舞に短気冷淡ありと言い些かの不満を洩らす。よその人の優しさときたら、と言う。さもありぬべし、そは触ラヌ神ニ祟リナシ《トランセウンティブス》の優しさなり。

明日父に手紙を書く。前回並の事しか余は為し得ぬ。陰で糸を引く人間［義母マリアンヌ］の意図まる見えなり。前例固執に徹すべし。

収穫月二十日（七月九日）書簡　父、マラダン、アラール

発信、父、マラダン、アラール。あるべき便り来らず、タルマ夫人音沙汰無し。不安募る。

ピンダロスにおける神話関係分、余さず抜書。長さまちまち、主題はいずれも異音同辞、しかも色を添えんと異曲同工の教訓《おしえ》を鏤めたる頌歌、これを四十七篇立て続けに読む、まさに囚役なり。この作業了えたれば愉快このうえなし。

知事と午餐。知事、熱烈崇拝［ナポレオン］返上この方、以前に勝る親近の情を余に寄す。夜、抜書を読む、ベルガー。

貪婪なるビヨンデッタに時間を割くが、相手はなお不満の体《てい》なり。理由は解らぬが、ローザンヌより帰来この方、常よりも冷たし。シュレーゲルか、他の事か、確《しか》とは言えぬ。相手に逆らわず、その優れたる為性《ひととなり》を認むるにやぶさかならずも、正当な権利の名において我が生の「所有権」奪還の気運を養う。快楽《おんな》と名声なくして「所有権」行使の気にはなれぬが、これをビヨンデッタに譲渡する気もなし。

フリードリヒ・シュレーゲルの御託宣、「フランス人は如何なる情況に遭遇すとも的確なる批評解説を得意とすれば、夙に了解済みの人生を実践の場で確認することに真の自己満足を覚ゆるものなり、この楽しみ無かりせば人生は何度も

聞さるるお伽話にも似て、連中には興なく味気なからまし」。

収穫月二十一日（七月十日）

仕事、纔にして不調。エウリピデスの悲劇数篇抜書。独居《ひとりい》断たれ、爾来、意味あること何事も為すに至らず。余が独居の愉とするは時間の多少のみならず邪魔されぬという確信、束縛支配からの独立自由の実感であり、自由あれば我が活力は倍するなり。この独立自由をめぐり余は日に異《け》に精神変調をきたすなり。朝晩の避けて通れぬ会話あり。この会話、手短に切上ぐる主導権我に有りとの思いで臨むなら愉快かもしれぬ、だが相手の有無を言わさぬ延引の意志を見せつけられたれば、この勤行《おつとめ》、思うだけで終日気分すぐれぬこと時にあり。

午餐、ポーランド人サピエア皇子［文士、アレクサンドル・サピエア］。ポーランド人の国民性、軽躁《おろがろ》しきものあり。ポーランド人にして冒険家的傾向を有せざるは無きに等しく、それがため名と精神的富に相応しき尊敬を得ること叶わず。だが、この国民また優れたる特性を有す。例えば自由への愛しかり。常に悲運の愛ながら、何ものといえども奪う能わざる、潰す能わざる愛である。これポーランド国民の十年来、特にここ四年来よく証明せしところなり［一七九四年国民的英雄コシチューシュコによるポーランド初の独立蜂起。一八〇〇年、同氏パリで『ポーランド人独立奪取可能なりや』刊］。

ロール行。十七年前の、単騎英国の田舎を馳せ行きしまさにあの時の我が姿を馬上に見たり。孤独であることのおぎろなき幸福を初めて発見せしはかの旅においてなり［英へ逐電放浪三月、昔のよしみを頼り曾遊の地エディンバラを訪れた］。

晩餐、ナッソー夫人。談、人生、結婚に及ぶ［スタール夫人との］。この叔母から結婚反対の理屈をあれこれ言われたり。叔母はこの結婚を勧むるを本意ととらるるを警戒し始め、今や、「お前は結婚すべきではない」と明言す。人間は、自説の真の根拠、欲求の真の動機の何たるかほぼ永遠に理解する能わず。

収穫月二十二日（七月十一日 水曜日） 書簡 タルマ

旅亭にて午前中一杯仕事、エウリピデス抜書。抜書、『アルケスティス』、『トロイアの女』、『アンドロマック』、『タウリスのイフィゲネイア』。エウリピデスの全作品中、叙述、さらには性格描写からしても、白眉は『アンドロマック』なるべし。明日エウリピデス抜書了のこと。

午餐、ナッソー夫人宅、アントワネット同席［コンスタン母方の従妹］。淑やかで愛想も悪くなし、だが、眉目《みめ》よからず、平凡な女なり。時に立派なことを口にすれども何回も言い古されしを、しかも字句も変えずにそのまま口にしてけろりとしたものである。夫として責任を取らさるるは願下げなり。コペ復。タルマ夫人よりついに書あり、余の三十日便に対する返なり。ソルールに来るという。行って夫人に会わん。これに勝る喜びやある！

収穫月二十三日（七月十二日）

仕事、抜書。エウリピデス了。アイスキュロスの『プロメテウス』抜書。この芝居、明らかに蛮族《ばんぞく》渡来、つまりギリシャ人の言う外国渡来のものにして、寓意的意味を持つ芝居なり。だが、余が研究の目的は寓意を論ずるにあらずして、一堂に会せし観衆がこの芝居をどう受けとめ神々の特徴をどう見るかにある。この見地からすれば『プロメテウス』は完全にホメロス的芝居と言うも可なり。

ボンステッテンと散歩。氏は才器大なるも晩学の士なれば思考に大なる空隙あり。また、夙に知られたる説を新説と見紛うこともある。パリに上りサントノレ街［街娼街］で行き交う娘がいずれも「お姫さま」に見ゆる田舎出の若者に似たりと言うべきか。しかし、宗教心の起源につき着想の面白きを得たるも氏との会話の賜なり。行動的人間は外に出て七人の抵抗《てき》に出会い、諸神を創る、思索的人間は内に籠り漠とした欠乏感に捉えられ、唯一神を創ると言う。

収穫月二十四日（七月十三日）書簡　父

アイスキュロス『テーバイに向かう七将』、『ペルシャ人』、『供養する女達』抜書。

来信、父。彼方《あちら》の情けを信じたるが間違の因と判明せり。彼方の家族ぐるみの狙いは、余がいずれ継ぐべき正当な財産のうち事情ありて余の許に移したる分を奪回することにある［裁判敗訴財産没収を予想し一部を息子の名義に換えた］。その遺口、各人の性格により異る。親父は感情に訴え、自称その妻は媚追従《へつらい》を以てす。実の父を愛《お》しむ心情、切なる時は、努めて善意に解釈することもある。しかし、真実は明白にして論を俟たず。父に返書。

ジュネーヴ行。廾。『物神崇拝論《フェティシスム》』携え帰宅［作家、司法官シャルル・ド・ブロス一七六〇年刊。新語フェティシスム成る］。評判を遙かに上回る良書なり。宗教起源に関する正解すべてこの書に納められたり。

収穫月二十五日（七月十四日）書簡　ナッソー、エアハルト

発信、ナッソー夫人、ライプツィヒのエアハルト。アイスキュロス了。ツキディデスに掛る。ヘロドトスとクセノフォンという名だたる盲信家と篤信家に挟まれしツキディデスが宗教に全く触れぬこと、不思議といえば不思議なり。我が身の上を反省。我が身の辛楚はその定めなさにあるも、逗留安穏の地確保せられざる限り如何ともしがたし。されば、為すべきは一日一日を生き仕事に精進、これあるのみ、仕事を措いて何かはせん。

収穫月二十六日（七月十五日　日曜日）書簡　シャルト、父

仕事、序論冒頭。全体の構成改善す。来信、シャルト夫人、草月二十九日便に対する返書、父、二十日便に対する返書。ワイマール人士の友情を贏《か》ち得たる、真の強味なり。後々、声かかり友情が取結ぶ縁もあるべし。レゼルバージュが住むに不都合、不愉快とあらば、新しき道を拓くに時すでに遅しの老生にとりて、ワイマール、ゴータ、ライプツィヒ、願ってもなき楽土なり。

今回の父の書簡、立派な書簡なれば、余は相手の意図を誤解したるに相違なし。余の得分を取返し二人の子〔異母弟妹〕の財産を増やさんとの企みよりはむしろ、一身の顚落による思考の混乱と漠たる鬱屈を汲み遣るべきか。前便に対する一時的感情の一端たりとも父に披瀝せざりしこと幸とすべし。

収穫月二十七日（七月十六日）書簡　メラン

ローザンヌ図書館の本一部メランに送返す。ロール・ダルラン〔伯父コンスタン・デルマンシュの孫娘、十六歳〕。強いて結婚せんとすれば、十六の娘を好しとす。三四年は継続すべき明らかなる利点あり、この期間、この年頃の娘なれば、人格の独立を訴うることあり得ず、これ一の利点なり。成人となれば話は別、その限りにあらず、それまでに機に乗じ、得べき実益を享受せん、また女房たるの了見を仕込み亭主好みの管理指導も可能なり。この冥利、確実に叶うとは保障の限りにあらず、しかし、既に性格の出来上がりたる女を娶らばこの冥利毫もなし。性格の既に成りたる事実は自明なれども、性格の中身は仔細不明なり。十六の女子の場合、性格の発育成長の様をこの目で追い、「敵」の誕生を看取るも可なり。されば立派な戦略も練れようというもの。さて、以上はすべて、既に人生の見るべきもの許多見て、世にある人間の関係がいずれもその実体は戦闘《たたかい》、程度の差はあれ偽装され平静を装いたる戦闘なりとの事実を悲しくも学んでこれを知りたる者のみが言い得ることなり。一番の巧者は痛手を負わずして戦う者をいい、一番の賢士は敵方に痛手を負わせぬ者をいう。

序論の仕事続行。ツキディデスを読む。夜、読書、ベルガー。有神論確立後の心霊術論《スピリチュアリテ》の隆盛、筆を執らば面白き一章成るべし。

収穫月二十八日（七月十七日　火曜日）書簡　ナッソー

発信、ナッソー夫人。今を去ること十年、独りドイツに在って、妻〔ヴィルヘルミーネ・フォン・クラム、通称ミンナ、ブラウンシュヴァイク公妃付女官、一七八九年結婚、九五年離婚〕と裁判沙汰、旧友の大方から非道きわまる仕打を受け、世間からは無視され、世人の非道に与せぬ連中からは「圧制」に甘んずる余の弱腰を非難され、孤立無援の中、それでも余は全き幸福者なりき。その時の余の幸福の条件たるや何ほどのことにもあらず、孤独と学問なり。明くれば朝毎、何ものも邪魔し得ぬ静寂の数刻約束せらる。暮るれば夜毎、明日もまたかくてありなんと思うて寝に就く喜びこれにとどめをさすべきものなりき。時《とき》今にいたるもなお思出せば愉つきぬ我が人生の一時期なりき。爾来、時に成功、時に失敗の世を渡りきたりしが、静寂、孤独、独立自由、いずれも永久に失うものとはなりぬ。唯一慰みあるとすれば、自ら労して〔スタール夫人の七光に依らず〕獲得せし人脈、パリ出京世に認められたる才能、この二つなるべし。行ってドイツの町に、独り自由の身、数月暮さんか、曾ての幸せ再来すること夢にも非ず。

仕事、序論冒頭。ツキディデスを読む。夜、読書、ベルガー。ホッブズ入手すべし〔英の政治思想家、主著『リヴァイアサン』の過半は宗教論、ツキディデス研究あり〕。その宗教思想、真に新しく刺激的にして正論なり。

収穫月二十九日（七月十八日）

妻を訴えし裁判の進行中に得たる幸福は昨朝記述せしところなり。ところで、この女について余が思置《おもいおき》をここに記し留めおくべし。この女を娶りしは実に浮いた気持からで、財産と言えるものまったく持合せぬ不美人、二歳年上の女〔正しくは九歳〕、投縄に搦め取られし我が振舞はまるで痴愚に等しきものなりき。この女、短気移り気の悍婦ながら小心の臆病者でもあり、余が二十一に非ずして三十の知恵を重ねたる男なりせば、然るべき女房教育も為し得たはず、だが、初端《しょっぱな》から女とその取巻の支配に屈せし次第なり。余が受けし苦しみの如何ばかりなる！　結論、妻、不貞を働き姦婦とはなりにけり。恐しき夫婦の関係を断つべき合法の機会を逸すべからずと思えども、相手を過ぎたる不幸に陥るるは望まざりき。されば、相手の名誉のためすべて泥を被るの覚悟を決めたり、されど「我が自由」は譲らざりき。不実といい弱腰といい、世の人の誹を受けしはこの覚悟に因る。相矛盾する二項両立、醜聞に走りし女の名誉を護り余自身の名誉を汚さぬこと、これぞ余の願いなりしが、どちらも成果は中途半端に畢りぬ。世間に些かの誤解を与うるとも、余の味方と称し余が妻を敵とする連中が勝手に妻の名誉を傷付くるを余は望まず許さざりき。この事が禍し、事態なお悪化せり。援軍に馳参ずる味方のうたい文句、「汝を守ることにおいて、第三者に禍が及ぶこと、助太刀の見返としてこのさい汝の敵に対し過剰攻撃に及ぶこと、これ認められぬとあらば、助太刀は御免こうむる」。友援の条件、熟知せねば余自身かなりの痛手を負いぬ。こちらが別れを望みし相手にも多少の痛手を与えしが、その名誉を著しく損うには及ばざりき。斯くして此方の願いは叶いぬ。別れし妻に小邑渡《わたら》いの小人《しょうじん》の名誉、我に自由。

仕事、序論冒頭再続。未だ満足行かず。気紛のジュネーヴ行。廾。

収穫月三十日（七月十九日）［書簡］タルマ、メラン、父、ロワ

隠密にコペ通過。ロール着。午餐、ナッソー夫人宅。夜、サルガ氏宅［シャリエール夫妻親友］。スイスの貴族、小さな政府の小さな不正は毫も見逃さず立腹す！　大なる不正や如何に。何人も恐れて不平は言わず。然り、人間は、相手が恐るるに足らぬとなるや勇気百倍す。

コペ復。来信、ソルール到着のタルマ夫人、行きて夫人に会わん、父、二十四日便に対する返書、メラン、二十七日便に対する返書、ロワ、草月二十六日便に対する返書［草月二十六日便の宛名はルロワ。ルロワとロワは同一人物か不詳。ロワは弁護士か］。

熱月《テルミドール》朔（七月二十日）［書簡］タルマ、ナッソー、オシエ、フルコー

発信、タルマ夫人。仕事、序論了。発信、ナッソー夫人、ガラタン氏［ジュネーヴの弁護士］、依頼の件につき［土地ヴァロンブルーズ取引］。マチュー到着、余宛のオシエ、フルコー両人の書簡を持参。火曜日［二十四日］ソルール行の予定。エウリピデス照合、今日明日両日にて完了のこと。読書、ベルガー。

熱月二日（七月二十一日　土曜日）［書簡］ナッソー夫人、父、フルコー、フーシェ、ドワドン

発信、ナッソー夫人、父、フルコー。エウリピデス照合了。夜、ツキディデス、ベルガー続。来信、父、ベラン

ジェ、アラール、収穫月二十日便に対する返書。フーシェ宛書簡を父の許に発送。

ドワドンより原稿第三部到着。更に第二部送らする要あり。現行計画による巻七、巻八執筆の必要材料揃いぬ。第二部手許に届けば巻六も進捗大なるべし。既に成りたる原稿手許に揃わば全体を見渡すに利あり。論述の不備欠落の発見容易なるべし。

ジェルマニィ氏、病。難を避けんとして四辺四方に身を屈し窺う老人、その老人に対する自然の苛酷なる！　この世の不可思議、種には「繁殖」、個には「苦」、自然はこの二語しか有さぬかと思えば恐し、もちろん、苦は、「苦あれば時に楽あり、しかも社会の人為的悪なかりせば更に楽しからまし」の苦の謂なり。老と死は常に人生の帰終にあれば、反景の凄まじさ、暮色蒼然として全過去に迫り来。

熱月三日（七月二十二日）

構成を新たにす、これまでのいずれに比すも出来栄よしとの思いあり。これにおいて有神論の部一段と論じ易し。全体の草案なくして本は書けず、然り、各部まとまらねば草案まとまらぬこと、これまた然り。各部まとまり初めて全資料配置の見通し立つべし、されば初めて資料の「顔」明らかとなるべし。

ミネット、ジュネーヴ行。ボンステッテン、ブラコン、シモンド、シュレーゲル、それに我を加え一同午餐するも、鬼の居ぬ間の喩に似たり。不可思議と言えば不可思議なる女！　しかし周囲の者すべてに実に現実的支配力を有する女なり。ミネットに自身を治むる力のあらましかば、既に天下を治むること夢にもあらざらまし。だが、人に銃を供与しその銃口を自身に向けさす、希代いまだ聞かざる行為《わざ》をなせし女なり。ベルガー、読了。

熱月四日（七月二十三日　月曜日）［書簡］ルコント、ロワ、ドワドン、ナッソー、ガラタン

来信、ガラタン氏、ナッソー夫人。発信、ドワドン、ロワ、ルコント（生存証明書送付）。ジュネーヴ行。

夜、読書、マイナースのつまらぬ「未開人思想小論」、それにキリスト教徒と思わるる或る著者の「民衆一神教信仰論」冒頭部分。新哲学をめぐりシュレーゲルと談。予備として「雑」の部に入れし「新哲学の精神」に関する管見、完璧なりとの自信を持つ。

明日ソルールへ発つ。

熱月五日（七月二十四日）

ソルールへ発つ。午餐、ロールにてナッソー夫人宅。アントワネットの素振からするに余を憎からず想うとも見ゆ、また、二人に共通の叔母［ナッソー夫人］が、「あの子がお前を愛する気持は、従兄を慕う、許された清い気持、それ以上のものはなし」とあえて釘を刺したるを見るに、本物かも知れぬ。嗚呼！　アントワネットの美人にあらざること、惜しみて余りあり！　まさに余に御誂向きの女なり！　財あり年若くして淑やか、女房に吹込みおけば好都合の「敬服の心」、余の名声を見て懐けり！　アントワネット相手なら将来の憂なからん！　だが、その顔の仔細曲折まことに酷《ひど》し、慣るれば見らるるの代物には非ず。やがて余は邪念煩悩の虜となり体の必要に駆られ、無しでは済されぬものを漁りて外に出るは必定、醜聞の上塗となるべし。されば、アントワネットの折角の優しき心根も頼るに由なし。

旅程、自ロール至ローザンヌ。或る仏人と言葉を交すも此方はその名を知らず、此方の名は相手の知るところと聞いて些か虚栄の満足を覚ゆ。過去の名声の残滓を拾い集むる他に用なき身とはなるか。かくてはあらじ。

熱月六日（七月二十五日）書簡　ミネット

車上一夜、我が身の上を反省。例に異る問題にあらざれば行着く結論に変りなし。ビヨンデッタと別れか結婚か。問題の解決は、相手が結婚を望まぬとあらば、決然田舎の自家に蟄居、田舎住い堪え難しとなればドイツへ。「ビヨンデッタとの結婚こそが彼《あれ》の変らぬ願いなりけれ」と人は思うはず。かく世間は判断すべし。だが敵は本能寺、醜聞《さわぎ》を起さず薄情と言われずに再度自由の身となる、これぞ余の「変らぬ願い」ではあったのだ。

ベルン着。沐浴。廾。午餐。卓を同じくして定食をとる。我ら人類を知らぬところの、人間とは異種の生き物が居合せたらば、我ら動作の粗暴おさまらず教育《しつけ》の効果あらばこそ、風儀和《にき》びぬ「ヒト科」動物が操る言葉たるや節《ふし》無き叫喚咆哮と聞ゆべし。卓を同じくする者の中から上る口論歓声の喧騒を耳にすれば、水牛の群に紛込みたると思うに何の不思議もなし。また、草を食《は》む鵝鳥が交す会話、女どもが野菜花を売捌く市場の鳴喚、両者に差異は認め難し。

ソルール着。タルマ夫人の子息、見るに病篤し［最初の愛人との子フェリックス・ド・セギュール、既に二子を失い残された唯一の子。陸軍少尉、翌年二月二十八歳で死亡、続いて三月後タルマ夫人死すことになる。いずれも肺結核病死 P］。夫人は幻想を懐いて自らを欺くに似たり。幻想にすがるは人の常なり、少しく神経和らぐべし。夫人が不憫で哀憐禁じ難し。最後に残されし我が子を失うとも不幸の打撃を口にすることはあるまい、しかし胸中に秘められたるその不幸や如何に。自らを忘れんとして痛ましくも孤身を千々に取乱し、こうざま見知らぬ人間の中に在って見知られぬまま、真の生甲斐も持てず深き愛情にも恵まれず命竭くるまで己を衰弱疲労させ行くのである。自然は苛酷なり。幸なるかな、生の安怡《あんい》と美化を望まず、益なき計策に身を虚しうすることなく、幸福を求めず目を内に向け、世に在るは思索を以てして死を待つ者よ！　発信、ミネット。

熱月七日（七月二十六日）書簡　ミネット

よくある話、なぜ女は年をとると男も顔負けの淫猥《わいだん》に及ぶのか、ナッソー夫人を思出しかくのごとき疑問を抱きし次第なり。夫人の過去は常に品行方正、男の噂皆無にして恋情とは全く無縁の女なりき。それが、余も困惑すべきことをアントワネットを前にしてよく口にす。娘時代、慎を金科玉条と教込まれ、爾来こだわりの種となりし玉条なるものを、老いた今、犯すことに或る喜びを感ずるからか。ませた娘は老《こ》ゆるも真面目な娘ほど淫猥にはならぬ。意識もせずに昔から口にせし事を今更言うも興なし。キリスト教徒の場合と相似たり。今更トルコの宗教を貶す気も起らず。人間が若い時の思想に執着し手放さぬこと驚くべきものあり。狂信の類とも言うべし。無信仰の中で育てられしタルマ夫人の、死を迎うる息子が霊魂不滅を信ずることなきを願う思い、火の如し。息子が霊魂不滅に救いを求めんとの態度を見するや、必ずや、論争を死の床の息子に仕掛くべし。夫人は精神世界に生くる立派な義人なり、すべての愛をこの子に捧ぐるなり。嗚呼、人間の性《さが》の不可思議なる！

発信、ミネット。ソフォクレス、アイスキュロス、エウリピデス、各抜書分類。読書、ツキディデス続。

午餐、タルマ夫人。病人、昨日の観察よりも良く見ゆ。だが回復の望みなきはほぼ確実なり。午後、仕事。晩餐、タルマ夫人の許で。子息の心を摑まんと必死の司祭たち。談、我がパリ生活に及ぶ。ドイツの方が良き可能性あり。ビヨンデッタと別れられぬとあらば、余にはパリが全く無縁となるは確実なり［スタール夫人パリ追放の身］。相反する二方向に駒を進めんとし、それがために生ずる誤を犯す女と公然と関係を続けたれば、立つべき計、望むべき首尾なし。ところで、曾て惹かれたる道［政治］を諦め、残されし道が学問を措いて他になしとすれば仕事の場はドイツになるが、「仕上」にはフランスに戻るべし。フランス〈風味《グゥ》〉の勘を取戻すためにも、書上げし仏語がドイツ人向けの仏語とならぬためにも必要なり。とにかく、伊旅行［スタール夫人］実現とあらばそを待つべし。独り自由の身にして財政、暮し、身の上をめぐる全問題の整理に掛るに待つべきは半年なり。

熱月八日（七月二十七日　金曜日）

アイスキュロス、ソフォクレス、エウリピデス、ヘシオドス、ピンダロス抜書最終調整了。レヴェーク［ギリシャ古典籍翻訳家］の「巫呪教《シャーマニズム》」に関する解説を抜書。著者は名を挙げぬが全体がド・ブロスの学説なり［仏の司法官、文人。『イタリア通信』で知られる］。ついでに未開人の祭司団に関し面白き具体例を見つけしが、最初のペラスギ族［ギリシャ先住民族］の神官、例えばドドナ［古代ギリシャの町、ゼウスの神託所があった］の神官が他ならぬ吟遊詩人《ジョングルール》なりしとの余の主張を裏付くるものなり。午餐と晩餐、タルマ夫人。午餐後仕事続行。

熱月九日（七月二十八日）書簡　ミネット

ツキディデス。午餐と晩餐、タルマ夫人の許。夫人に暇乞。せめて夫人が首尾よく子息をパリへ連帰る、これ余が強き願いなり。頼り無く友とて無く、スイスの小巻に在って子に先立たる、如何なる身の上とならん、哀れなり！

二年前まで〈僕のアンナ〉と呼びし女の手紙二三目を通す［リンゼー夫人、アイルランド系移民の子でフランスカレー生、妻子ある男と同棲二子を儲ける、親友のタルマ夫人を通しコンスタンを知る。コンスタンの情熱は約一年で終息（一八〇一年）するが二人の交情は同四年末に再開、散発的に暫く続く］。ミネットとの絆《しがらみ》という妨害のありたればこそ余が犯さずに済みし愚行の一つなりしか。この絆なければ女と二人の連子を背負込む破目に陥りしは確実なり。この女の一生を台無しにし、ために義務として面倒を見ざるは得ず、されば財産、自由、全て失去。我が絆、その支障もさることながら、その利点も忘るべからず。ところでこのアンナ、品格の女《ひと》、心高貴にして頭は的確無比なり。だが繊細と深みに欠け、或る寛大な動機から賛同するにいたりし「自己の利を顧ぬ偏向思想」の持主なり［喜捨行為］。また家庭の仔細においては手荒で短気、些事に拘る質《たち》で、紛う方なき家内《やない》の悪魔と言ってよし。恐らく余を最も愛せし女なり、同時に余を最も不幸にせし女の一人でもある。しかし女の、愛における心と肉体の興奮逆上の全てを余が見知り得たるは実にアンナのお陰なり。発信、ミネット。

熱月十日（七月二十九日）書簡　ミネット

ソルール発。ベルン着。廾。ミネットより便り一本。

有神論《テイスム》思想に一巻を設け草案に追加す。この巻で論ずべきは、神を「慈愛の手を差しのべ人間を導く道案内人」と見る有神論［人格神］と「恒久の法則に則り宇宙を支配する第一因」としか認めぬ有神論［理神論］の二つの立場である。後者の立場を字義通りに解釈すれば宗教と道徳の関係、或は、「人間が懐く宗教以外の関心」と宗教との関係は完全に断たるるを証明し、余の知る限り余すところなくきちんと議論されざりしこの問題を更に煮詰むる要あり。しかし同時に、純粋有神論［理神論］に与する古代及び現代思想家の一部が、本来断たるべき「神と人間」の関係をこの有神論に結びつけし過程を先ず見きわめ、次に、「有神論」が原理的に矛盾を抱えながら、誇り、高潔、静謐の類を含み、あらゆる宗教問題の中でも異彩を放つべき存在なることを論じ明す要あり。

熱月十一日（七月三十日　月曜日）

昨日正午ベルン発。本日午前八時ロール着。

午餐、ナッソー夫人宅、ロワの二従妹同席［アントワネット、アドリアンヌ］。アントワネットが余を愛する確証得たり、またナッソー夫人、余に悟られまいとの警戒心明らかだが、その素振からするに余に嫁がせんとの魂胆と見受けたり。ミネットの伊旅行まで結論はすべて先延しとす。三つの選択肢あり、ドイツでの孤独学問生活、ミネットとの関係継続、結婚。この結婚、身辺の正常化ということから食指動かぬでもないが、遣直しがきかぬ点で恐しくもある。アントワネット、淑やかにして頭も悪くはなし。なお美しくあらば、余の迷い斯くはあるまじ。コペ復。

熱月十二日（七月三十一日）書簡　ベルン宿駅長

発信、ベルン宿駅長、余宛局留便の転送を求む。「来世」の章に掛る。仕事、喜びなく進展なし。ジェルマニィ氏死去［スタール夫人父方伯父］。この事変にミネットの悲痛余すところなく再来す。生と死の悲しくも傷ましき真実、押寄せ来りてミネットの胸中を襲うも、その胸中に思出の美化されて残りてあればこの真実の悲痛なおさらなり。

一八〇四年八月

熱月十三日（八月一日）書簡　デュ・テルトル夫人

コペからジュネーヴへ引越す［ベルフィーユ街三十九番、家主ルブラン夫人、検閲のため偽名で通すP］。芝居、コンタ嬢［女優］。

憂身を嘆き明暮くらすに焦燥苛立募るばかりなり。己の趣味関心を犠牲にし出世の機会を棒に振り、健康も顧ぬ生活、日毎衰えゆく視力その例なり、条理というべきや。こちらが身命抛《なげう》つ犠牲を払うも、「仕合せにはしてくれぬ」と言って嘆く相手のその嘆き、条理というべきや。余は浅ましきまでの性格の弱さに怯えながら動揺するばかりなり。余の優柔不断ほど滑稽なるもの未だ曾てなかりき。結婚、いや、独居《ひとりい》、ドイツ、いや、フランス、何事も決めかねて躊躇するも、身を自由にして得らるる利点いずれも心にそぐわねば、無ければ無しで済すからなり。半年後、なおこの困惑《ためらい》の虜とあらば、困惑はまさに我が心の産物、もって腰抜を自認しもはや心の声きく耳もたぬを良しとせん。

デュ・テルトル夫人より便り！　嗚呼！　またここにも一人、身の自由独立へ想《おもい》を燃やし、二十五歳にして首尾よく獲得するも［最初の離婚］、莫大な財産ありながら男女の柵［再婚］に人生を仕損じ最初におとらぬその柵の重きに今泣き暮るる女あり［一八〇四年一月三十一日参照］。目につくは置かれたる境遇を生かせぬ人間ばかりなり。人間は行くところ敵ありというも、それに勝る敵は心（身）中にあり、獅子身中の虫と言うべし。

熱月十四日（八月二日　木曜日）

仕事、纔にして不調。ジェルマニィ氏葬儀。余命一月もあるまいとこの「日乗」に記して正に一月になる。未亡人［三番目の妻、シュザンヌ・ガンペール］と令息［前妻の子、ジャック］を弔問す。令息、悲痛の面に喜びを隠さんとして難儀す。令息に傷心の自覚なきにあらずして、父の死で転がり込むものすでに棚卸済み、脳の中に収納済みなればなり。形見の衣、遺産の相続嬉しく、整理を手掛くる己はさだめし実務家気取ならん。この嬉しさ、令息にはあくまでも実務の内なり。

ミネットと戻る。両心の通じ合わぬこと、言うに及ばぬ事実なるも、争わずして別れらるるか怪し。実に情けなし！

熱月十五日（八月三日）書簡　タルマ

仕事、何とかこなす。意欲喪失、時に避け難し。ヘロドトス抜書開始。これを終え巻二着手に先立ち、アリストテレス、プラトン再読の要あり。特に第二部の準備は一切措いたまま第一部巻五まで脱稿のこと。第一部を第二部と切離し最初に刊行すべきこと論を俟たず。

夜、コンタ嬢。社交場で目にするよりも舞台で見るが魅力あり、姿形振《みなり》、身を投ぜし世界に磨かれさすが垢ぬけせしが、地《じ》に育ちの悪さ仄《ほの》見ゆ。

来信、タルマ夫人。子息、復調。病人をソルールから移せしとの報に接さんか、余の安堵いかばかりならん。不憫なり、タルマ夫人。夫人は余が愛する人なり、惚れたはれたの愛には非ず、雑念一切無く後悔とは無縁の愛なり。

皇帝検閲官、アンドリュウ〔政治家・演劇人〕、ラクルテル〔ここは弟のジャン、歴史学教授、その反動的著書『仏革命概説』ミシュランに批判さる。兄の法律家ピエールも「日記」に登場するが兄弟の別が判然としない場合がある〕、ルモンテ〔帝政王政復古両時代の検閲官、後年アカデミー会員〕、ブルス＝デフォシュレ〔政治家・演劇人〕。アンドリュウが最近また自誌に、つまり〈旬刊誌《デカード》〉〔観念学派（イデオローグ）・共和主義派の総合誌、アンドリュウは編集者の一人〕に掲載せしものを他誌にも許すところを見れば、検閲も厳しいものにはなるまい。

熱月十六日（八月四日）書簡　タルマ、父

発信、タルマ夫人。折角の朝の時間を無駄にして戯れに駄詩をひねくり仕事に代えたり。来信、父。父の手紙には常に棘《とげ》*と隠されたる不平不満あり。余はその対応《あしらい》に窮す。最も憂慮すべきは、相手の誠実さに疑惑なしとは言えぬとの明されし事実なり。余を慰めんとの心にはあらず、余を辱しめんとの心なり。

知事訪問。晩餐、ビヨンデッタ宅。余が退出唐突なりとの怒り、うまく切抜け幸にして喧嘩に至らず。為す術なし、けりをつくるに如かず。多くて更に三月の我慢、これにてけりをつくべし。

＊　底本 aigreur（苦味）、全集版 aisance（余裕）、原典（直筆原稿）判読区別し難し。後出一月十一日の文脈から前者を採る。

熱月十七日（八月五日）

この「日乗」、振返り遠近《おちこち》拾読す。記《しる》せし雑多な印象感想、突合せ比較してみるに、ビヨンデッタ［スタール夫人］、余が生の日常と化したる苦悩と混乱の張本人なること明白なり。余が間違もあれば、余が正しいこともある、人間なら当然なり。だが、罪を犯さずして今の不幸に終止符打ち得るというに、それをみすみす諦むるは条理とは言えまい。ビヨンデッタ本人が余を放さぬは単に見栄と過去の思出があるからに過ぎぬ。さすがのビヨンデッタも覆し得るとは思えぬ障柵［他の女との結婚］を二人の間に電撃的に打立つとも、ビヨンデッタの受くる痛手はさほどにもあらず。しかし二人の間に争を持込み些かなりとも長引かせ相手の自尊心を逆撫ですれば［結婚計画を知らせること、知られること］、その自尊心一転激情と化しビヨンデッタ痛手を蒙るべし。

以下は、

恒久不変、不退転の

余の計画、

ビヨンデッタのイタリア出発を待ち、一週間ドリニィ在［ローザンヌ郊外、アントワネット一家住む］。アントワネットとの結婚を申込む、持参金は無くともよし、出すと言うなら額にこだわらぬ、幾らでもよし、だが、結婚は可能な限り早期成立を条件とす。結婚許されたらばアントワネットを仏へ連出す。反対なら単身仏へ発ち、送金にまったく頼らず一年間暮せるだけの金を携え独へ向かう。計画の冒頭に立ちはだかる問題は、先方が娘の結婚に慣例《しきたり》を持出し二三月の「婚姻公示」期間を置きたしと言いだすことなり。だが娘を嫁がせたしとの親心に変りはあるまい、アントワネットを懐柔しその気にさせれば、いやいずれも余がどうこうし得るものではなし。ビヨンデッタから敵《かたき》呼ばわりされ、ために売った買ったの喧嘩で二人が死闘を繰返す、そこを二人の仇敵どもに付込まる。このことあってはならじと人生の十年を犠牲に供し棒に振りきたる今、「公示」に乗ぜられ結婚妨害の機会を与え十年の犠牲の揚句のはてが揉事擾乱とはなりぬべし。アントワネットの両親が三週間後の結婚不承知というならば諦むるまでのこと。

仕事、常になくやや調子乗りヘロドトスを抜書。だが、頭の不調おさまらず、ヘロドトスに次いで大作家三人を控え、為すべきその抜書を思えば意欲喪失に陥ること時にあり。目下進行中に区切をつけ脱稿とせねばならぬ原稿を思えば、意欲の喪失、努めて回避すべし。一日の迷いは一日の損失に他ならず。

芝居、ボーマルシエ『罪ある母』［仏劇作家ボーマルシエ最後の作品、登場人物は『セヴィリヤの理髪師』、『フィガロの結婚』に共通］。ボーマルシエのフィガロものの中で最も面白くなし、つまり最悪のフィガロなり。ただ一箇所美しき場面あるも、台詞重く、結末滑稽なり。悲劇は別として、「騙された夫」を高尚文学《ジャンル・ノーブル》に登場さすはどだい無理がある。悲劇は、騙された夫が「不実の妻」を殺害し死によって全てが浄化高揚せらるるなり。ところが正劇の場合［コメディ・セリューズ、喜悲劇の中間劇］、赦しが大団円なれば、結びは常に、「余はそれにも拘らず汝を更に強く愛す」となり、そこで全員めでたし、滑稽な幕引となる。『倶楽部』［仏作家ポワンシネの傑作、一幕物］。時代風俗の変化著しく、曾ては痛快な辛口芝居、今や出番なし。

深更、ビヨンデッタと話す。平穏寧静の疾く得られんことを願いそを得たり、だが眼に影響残れり。

熱月十八日（八月六日　月曜日）［書簡］ドワドン

仕事、ヘロドトス抜書、最近になく捗る。巻八宗教的情熱の草稿浄書。基本的考えほぼ全て収めたり。来信、ドワドン、四日便に対する返書。無くて不如意を託ちし原稿の第二部追付け到着すべし。かくて第二部、全体の鳥瞰可能なり。哀れ、ヴィアルム在ルクレール［コンスタンと同じくパリ近郊リュザルシュ郡ヴィアルムに住む知人、内容不詳 P］！　知事と午餐。

夜、読書、シュトイドリーン［独神学者、ゲッティンゲン大で講じ宗教誌を主宰］。「インド宗教」、具体例興味深く余の説とも一致す。インドの宗教、「神ガ汝ニソヲ命ジ給ウ場合ヲ除キ」との例外幾つか設けてその他の罪を禁ず。

熱月十九日（八月七日）

プレヴォー［ジュネーヴの高名な物理学者、英の王立学士院会員］、ピクテ［ジュネーヴの学者、専門は多岐に渉る］の講義、哲学と化学の「入門準備篇」聴講。プレヴォー氏の講義、退屈にして常識的、深みを欠く。ピクテ氏、明晰平明にして快。プレヴォー氏の精神構造、ピクテよりも現実主義的なるが、旧思想の持主で新思想を快く思わず、また頭の回転に混乱見らる。氏の思考が固定し頭が硬化後出現せし学派［カント哲学］に対し氏は昔者《としより》の闘いを仕掛け、まだまだ多くの点で負けてはいぬが、形式論の斬新さ、人間精神の能力に関する認識の幅広さではこの学派には敵わぬ。「人間精神の能力とは、精神が対象に投影する形式《フォルム》であること、従って、人間は形式を通してしか対象を認識し得ぬこと」、この命題《テーゼ》一つで新哲学は圧倒的優位に立つ。その後、この新学派、逸脱錯誤、過つことありといえども、誤謬は淘汰され豊かな可能性に富む思想自体は残るべし。

仕事、少時にして止む。巻八の一部浄書。ヘロドトス抜書数頁。午餐、知事宅。

ボンタン嬢訪問［ジュネーヴの銀行家の娘、関係は不詳］。相手の関心に応うることにおいて至らざるところなかりしか。行って再会を果さん。己の欲すること知らば、己の為すべきこと明らかとならん。ここ二日間、ミネット、かなり優し。

熱月二十日（八月八日　水曜日）　書簡　タルマ

仕事、纔にして不調。手許の昔の未完稿、現在の執筆の妨となる。昔の自説で改めたるを気付かぬまま書移し、その後思いいたり長時間むだにすること時にあり。時期をまちまちにして書綴りし原稿を寄集めて仕事を進むる、一般に正しき方法《わざ》とは言えまい。この遣方を糺し、我が著書の頭となる部分手直して脱稿とせん。

来信、タルマ夫人。本日中にソルールを発つとある。二週間前の余が予感現実の事とならざるを祈る。

芝居、『女執事』［催涙劇の創始者ラ・ショッセ作］と『女』［仏のオペラ、喜劇作家ドムスティエ作］。嗚呼、叶わぬとなればなお欲するが人情なり！　パリに在れば芝居小屋など覗かぬ我なれど、パリに在らざれば立ちっぱなし六時間、詰らぬ芝居二本につき合いぬ。余が今暮す町にしても未だ曾てあらざる最悪の演技演出ではあった。『女執事』、ラ・ショッセの退屈な芝居の中では最もましな一つなり。『女』、退屈という点ではややましなれども、劇作品として価値なきは同類なり。

熱月二十一日（八月九日）

仕事、良。ヘロドトス巻五了。昔の化学者は、収集と凝固の技術を知らず、気体、ガス状の精《エスプリ》なるものを「野性の精《スピリトゥス・シルウェトゥレス》」と称し馬鹿にして相手にせざりき。「野性の精」なるこのガス、近代化学では最も重要な分子となるに至りぬ。痴者と治者の族《やから》が扱いにてこずり、しかも凡そ人類の中で最も重要な分子であるところの「独立精神の士」を不良分子と呼ぶに至りし事情もこれに似たると言うべきか。廾。

二十年前の今日八月九日、余はスコットランドに在りき、朋輩との生活、エディンバラから三里の田舎の素晴しき家庭生活［コンスタンを遇した家庭ニドゥリのウォチャップ家］を交互に続けながら幸福を満喫せり。友の何人か鬼籍に入りぬ、最愛の莫逆の友は狂人とはなりぬ［ジョン・ワイルド、エディンバラ大で民法を講ず、一七七九年発狂］。ニドゥリの家、代入れ代りぬ。新しき代、余を知らず！

熱月二十二日（八月十日）

仕事、良。巻八浄書続。ここ数日、ミネット妙に愛想よく魅力を増しぬ。相手の流儀が変りしか、余の心証が変りしか、定かならぬが、魅力を見せつけられ余が決意のほど悉皆《しっかい》動揺を来しぬ。だが三日を待たずしてこの「日乗」の記述、様《さま》変りぬべし、賭けてもよし。

熱月二十三日（八月十一日）書簡　ソニエ、ドワドン、父

発信、父、ドワドン（ベランジェ宛為替二百リーヴル同封）、ソニエ［パリの執達吏か］、内金として為替三百リーヴル同封。

家賃一ルイ、ルブラン夫人に支払う。

ロール行。ムール［飼犬］、見知らぬ犬に噛まれたるが、その犬、狂犬病の恐れ無しと言う。四十日間、九月二十日まではムールのこと安心は出来ぬ［潜伏期間十六から六十日間］。晩餐、ナッソー夫人。

熱月二十四日（八月十二日）書簡　ジャネット

ヘロドトス巻七抜書。発信、ジャネット［ボタン嬢。スイス女流作家モントリュウ夫人の妹か、或はロザリーの友人か P］。午餐、ナッソー夫人宅。コペ復。マチュー既に発つ。ミネット、相変らず優しく愛想よし。だがその性格の一端、余が許せぬものあり。自矜《ほこり》を絶対的に欠くこと、権力との和合を必要とすることの二点なり。この和合の必要性、己を律するを知らぬ本人の我儘とおかしく矛盾す。突拍子もなき無分別な行動を懲りずまに繰返す、敵味方両方から油断ならぬ女策士と疑念を持たる、二枚舌で本当に罪を犯すことも時に見らる、本人自身はさることながら周りの友人知己までがその評判、人格、将来を傷つけらる、すべてこれ、この矛盾のなせるわざなり。

熱月二十五日（八月十三日）書簡　タルマ、ゲクハウゼン

巻八浄書続。読書、プラトンの Ion、つまり『詩論』と題さるる対話。訳者を責むべきか、この訳者、無能にして原作者を解さぬこと明らかなり。或は余の批判は訳者と作者両者に向けらるべきか、何とも言えぬが、この対話の目的、浅薄にして出来は並と見る。プラトンとしては二流三流の作品と言うべし、手法は他の作品と同じなり。二人の対話者あり、一方が常に同意し、他方が先ず明白なる事実を積上げ、時に一般的な時に詭弁的な主張を証明していくのだが、相手方の挿む、《然り》・《多分》・《確かに》・《如何にも》・《仰せの通り》との合の手を除けば切目なしの一本調子、終始、理屈列《つら》き行着くところは言葉の濫用にして、言葉の妙に読者が眩惑さるること一瞬たりともなし。

来信、タルマ夫人、ゲクハウゼン嬢、これワイマール到着のタンテ［筆耕］を煩せ届けし余の収穫月十八日便に対する返なり。ビヨンデッタ、こちらが夜更《よふかし》を好まねば不機嫌なり。余が結婚の目的は早寝にあること、今に思知るべし。

熱月二十六日（八月十四日）書簡　ベルン宿駅長、ベッティヒャー、フルコー

発信、ベルン宿駅長（再度）、ドレスデンのベッティヒャー。来信、フルコー、二日便に対する返書。アンリエッ

ト・モナション［シャリエール夫人侍女］。この訪問客、シャリエール夫人*の傍らで過しし往年を余に思起させたり。夫人に最後に会いしは七年前のことなり。余と夫人、二人の関係完全破綻から十年になりぬ。嗚呼、あの頃は、関係の煩なるは後顧の憂なくすべてこちらから断ちたるものなり！　関係は創るも毀すも思いのままと信じて疑わざりき！　我が世の春と浮れたり！　嗚呼、この十年、隔世の感あり！　思うに、何事も脆《あや》うく不安定、余の手を離れ行かんとす。余が手中に残るもの、余の幸とはならず、難儀煩累の種とはなりぬ。「欠くれば満つ」の年齢も今は昔のこと、「欠くれば満さん」の才覚、もはや持たぬこと身に沁みて、何事も手放すを恐るるに至れり。

「人間の心に及ぼす迷信の影響力」をめぐる章開始。ヘロドトス抜書続。シュレーゲルのカント哲学講義。合理性ではシェリング哲学が優る。余は形而上学、道徳に関してはすべてシェリングの立場をとる。だが、なぜ哲学に宗教を絡めんとする、なぜ啓示《ポジティヴ》宗教を求めんとする。

廿。事後、寝に急ぐ余りビヨンデッタと喧嘩。二十二日の予言的中、恐るべし。

＊　シャリエール夫人（イザベラ・ヴァン・ゼーレン・ヴァン・トゥル・ヴァン・スロースケルケン）生地の名に因み「ゼーレン小町」とうたわれた才媛。スイスの没落貴族シャリエールと結婚、夫に従いヴォー州コロンビエに永住。仏語を第二母語とする閨秀作家、代表作に『ヌーシャテル通信』、『ローザンヌ通信』、『カリスト』等がある。一七八六年コンスタン二十七年上の人妻シャリエール夫人と出会う。人間嫌い、皮肉屋という性格の酷似から二人は意気投合、関係は急速に深まった。母を知らぬコンスタンにとって夫人は、先ず母親であり、次いで人生の師、友人、愛人となった（愛人説には異論あり）。一七九四年スタール夫人の出現を機に関係は次第に疎遠となり、遂に事実上終焉した。一七四〇年オランダ生―一八〇五年スイスコロンビエ没。

熱月二十七日（八月十五日　水曜日）書簡　タルマ夫人、デュ・テルトル

発信、タルマ夫人、デュ・テルトル夫人。

折角のイタリア旅行、機に乗じ、こちらはドイツを旅せん、これを見逃すは愚の骨頂なり。相手の干渉なければこの旅、延長も易し。我が身の上、我が事の情況変らぬ限り、仕事完成まで彼の地に滞在し、結婚による我ら二人の新関係

樹立、苦なき不即不離の関係樹立を図るべし〔他の女と結婚し、スタール夫人とは友情関係としたい〕。

巻八浄書。ヘロドトス了。巻六執筆開始、いや寧ろ下書と言うべきか。巻八、なすべき加筆多。一、キリスト教直接批判の筆法を和らげ、内容変えずして激しさ減ずべし。二、事例増やすべし、文章に余裕持たすべし。今の文章、〈喘ぎ〉の文とでも言うべき、書く本人も困憊す。

芝居。『愛なき嫉妬』〔喜劇、アンペール作〕、筋立、感興索然、人物、真実味なし。『二人の小姓』〔歌入りの散文喜劇、ドゼードとマントフェル共作〕。「フリードリヒ大王〔プロイセン王、啓蒙専制君主の代表者とされる〕ノ聖容ナオ感佩ヲアラタニス」。何たる讃辞！

熱月二十八日（八月十六日 木曜日） 書簡 父

巻六執筆続。構成、十巻改め八巻とす。ラルシェ〔有名なギリシャ学学者〕編「ヘロドトス年譜」抜書。

来信、父。悲しきかな、父と子の関係に真実なきこと思知りぬ。だが断つに断てぬは父子の絆なり。

ビヨンデッタからかなり激しき喧嘩しかけらる。今日まで余の全てを恣にせし女なり。友人知己にして最後まで残りしは余一人のみ。その余をつかまえ限りなく言い責め詰難す。事の是非を問えば、「嘘だ、本当だ」の答が返ってこようが、このての頭の人間を相手にしては言うも恐し。触らぬ「真実」に祟りなし！ ビヨンデッタとの別離、まこと後髪ひかるる思いに偽りなきこと神明に誓うも、もはや今の暮しは限界に至りぬ。お陰で学問を棒に振り十年、人生の十年あたら無駄にし、立身出世を犠牲にし、国も棄てたも同然〔仏追放の夫人と行を共にして〕、だが今やフランスに未練はなし。ビヨンデッタ出発後、こちらはフランスへ行き為すべき用事を済す。そこを発ちドイツで冬を、デンマークで夏を過さん。

読書、シュトイドリーン、余の著書、珍しき事例に富むべし。卄。

熱月二十九日（八月十七日） 支払 ドジャン

仕事、優。最終二巻を一巻に纏む。全ては論述方法しだいなり。「宗教は、その個々の優れたる利点を有すとも不合理数多あれば、道徳の基本に据置くべからず」、これ余が論法なり。草案のまま宗教の「不合理」説から始めんか、信仰家連中面白くなく、論が「利点」説に及ぶとも、初端の悪印象あれば先入見なしに先を読み進むる能わず。一方、不信心連中は初端の「不合理」御目に適えば、流れが変り論調後退すれば面白くなし。逆に「利点」から始むるや、不信心家穏やかならざるも、信心家余に好感を持ち、「不合理」に及ぶも論者の立場上やむなしと汲み余の論述を「公平無私」と見做すなり。これを順序裏表《うらうえ》にせんか、信心家に対する攻撃と見做さるべし。

読書、シュトイドリーン。晩餐。

デサリーヌ宣言。* 黒人のこの文章には未開ともいうべきものあり、これを見るに、身分社会の作法と偽善に慣らされたる我々は一種異様な恐怖に襲わる。我彼《われかれ》二つの国の行末、恐怖数知れず！　非は最初に手を下せし者にあり。

ビヨンデッタの許に長居し過ぎて眼を病《いた》む。ドジャン［ジュネーヴの車屋 P］、タンテの送賃として支払六ルイ。

＊　史上初の黒人国家ハイチ独立の指導者、一八〇四年九月皇帝。その軍事・民衆主義的独裁が嫌われ一八〇六年殺害。一八〇四年四月に出された二番目の独立宣言、〈デバ新報〉に八月七日一部掲載。「我々ハイチ国民は〈人食い人種フランス人〉に戦には戦を、罪には罪を、侮辱には侮辱を以て応えたり」との激越な宣言の読後感である。

熱月三十日（八月十八日）

仕事、良。巻七鑄直。確かに宗教感情をめぐる第一章やや曖昧な点あり、この不明瞭避け難し。余が見解に由来せし不明瞭とも言うべし。たとえ余の見解とは無縁にしろ、宗教の悲観主義的感情論的文章に曖昧さが残るもよし、反論は余の望まぬところなり。巻一「ギリシャ」章着手に先立ち、冒頭一章を設け宗教思想の源泉を深く極むるの要不可欠なり。書直すは容易ならず、だが避けて通れず。宗教儀式形成に見らるる人間精神一般法則論の概略にとどむれば首尾い《くだり》くべし。

コンタ嬢訪問。委細なべて相変らずの「姫様気取」。セロン姉妹訪問。アメリー、不器量、色黒。アデル、華あり、等し並の教養あり。
ビヨンデッタ、優しく親切。だが何をか為さん。余が辛苦恐るべし。

実月《フリュクテイドール》朔（八月十九日 日曜日）

デュ・デファン夫人［仏の社交家・書簡文学者。一八一二年三月五日参照］、ポン＝ド＝ヴェルに向かって曰く、「私達は四十年来のお友達、お互いにほとんど愛し合うことのなければ斯くも長く続くのですわ」［グリム書簡中の挿話だがコンスタンの記憶かなり曖昧 P］。余ならば曰く、「余は十年来ミネットの愛人なるが、八年前から愛の絶えたれば斯くも久しく続くなり」。

「余にミネットを愛する心あらば」、その男好き《コケットリー》に泣かされ、煩《うるさ》く干渉もせん、だが相手は聞く耳もたぬ女なれば、遂に或る日、余は袂を分かつ、となりぬべし。ところが、こちらはその「男好きの気性」に念願の我が自由独立を期待し続け、自由放任主義に徹し無視同然の態度に出でたれば、相手の自尊心穏やかならず、かくて、ミネット、二人の関係において愛人に独占せらるるの煩を知らず、他方、余の愛に充分確信が持てず常に不安にさらされ、それが刺激となり愛の倦怠を知らず今に至りぬ。

「余にミネットを愛する心あらば」、じっくりと先を見据え、要領わきまえ身を処せんとの気概も持てたはずだが、現実は、これが最後と自らに言い聞せながら、すべてを容認した次第なり。要領わきまえ身を処せんとの気概のあらば、相手も易くは余を扱いかね、こちらも唯々として命令に屈せねば、早いとこ余に見切をつけ便利な男を探したはず。ところが此方《こちら》は、別れ近しと思えば、相手の強情、要求大小問わずに泣かされながらも、毎日これが最後と遣過したる次第なり。何時でも脱《ぬ》けらる、もう一枚もう一枚と札を張り身上《しんしょう》するまで脱けられぬ賭博者の心境とでも言うべきか。言出せば種にはこと欠かぬ、切りがなし。「余にミネットを愛する心あらば」、余は結婚を強要し、等…等…等。

かくて、結論二つ、「或る事を為さんと欲すれば、事の成るを欲せざること、十中八九これ最善の処方なり」、「女を確と繋ぎ止め置くには近々別れんとの意志《こころ》を常々見せおくこと、これに勝る処方なし」と見たり。

仕事、巻七。この草稿、今週終了を心掛くべし。巻二草稿に入る前に目を通すべきクセノフォン、アリストテレス、プラトン、アリストファネスあり。

晩餐、デオナ宅〔ジュネーヴの政商かP〕。シブール氏〔元露大公妃師傅、スイス人P〕、これまで余は氏と不快の応酬において互角なりしが、今日は与えし不快、余が勝りたるべし。さもなくば、折角の常には過ぎたる余が多弁〔毒舌〕、残念なり。ラプランシュ〔牧師の職を捨て政界に入り第一共和制政府一員となるが統領政府に容れられず野に下る〕、悪評絶えざりし男なれど、思考の閃き本物の知識あり、やや気取りたる才人と見ゆ。ジュネーヴ二流社会〔富裕町民階層〕、退屈という点では一流社会〔貴族特権階級〕より遙かにましなり。

フルールノワ〔スイスの市民権・公安・行政の各委員を歴任P〕、七十八歳の老〈自由主義市民《ルプレザンタン》〉〔十八世紀後半公的自由を追求したジュネーヴ市民〕、一身の関心なお己の過去の政治生活にあり、舞台を降りてからの変化にはどこ吹く風と無頓着な御仁なり。余はこの御仁を見るに、その活動舞台は芝居小屋の域を出でざりしが、その往年の精力に対し一種尊敬の念湧きぬ。

ビヨンデッタの許に戻る。朝方小競合ありしも、宵間、我ら二人、仲合《なからい》申分なし。だが自室に下がるや再び相手の許に行く気分になりきれず床に就きしが、この態度、早速「消息文」に価し曰く、「お前のお陰で一日台無しとはなりぬ」。如何せん、思うに、三十七歳、好きな時に寝る権利有すべし。シブール氏とビヨンデッタ、余が少くとも暫時ドイツに住むべき二大理由なり。

実月二日（八月二十日 月曜日） 書簡 ロワ

来信、ロワ。熱月四日便に対する返書。巻七第二章続。明日終了に努むべし。

ピクテの講義。余の化学の知識、頭の中の他の知識とまったく結びつくことなし。晩学の知識によくあることなり。

読書、アリストファネス。いかなる翻訳も伝う能わざる「滑稽の力」漲り溢れたり。エウリピデス駁撃ということでもこの作家余の好みなり。エウリピデスはギリシャ作家中、余が嫌う第一の作家なればなり。廾。支払、襯衣六ルイ。

実月三日（八月二十一日）書簡 父

発信、父。仕事、辛うじて。巻七第二章草稿了。なお論ずべき点多々あり。「慰藉としての宗教」も未だ白紙状態。ピクテの講義。一六三〇年ベルジュラック近村医師ジャン・レ［仏の近代化学先駆者］による「酸化原因の発見」［死後一六三〇年出版］、二度行方不明となる、この理論が再度日の目を見るに至りしは前世紀も末という事実面白し。

午餐。ベルモンテ王女［後出九月十二日「両シチリア王国」名門の三兄弟の母、コペに来りスタール夫人と交わる］。シモンドと散歩。余がシモンドのみならず何人《なんびと》にも殆ど関心を示さぬこと批判さる。何人《なんびと》も余の秘密を知らねばの批判なり。余が身の上、普通の身の上にあらぬこと、ビヨンデッタとの関係により我が身を自由に処するの気概を失いしこと、女の尻に敷かれし只の影なること、他の影と口は交すが先行きの計を廻らす意志も気力ももはや持合せぬ影なること、何人も知らぬところなり。読書、シュトイドリーン。

実月四日（八月二十二日）支払

支払、ルブラン夫人、追加二ルイ、累計三ルイ五十。巻七第三章草稿了。ミネットと共にその父の「随想」何篇か整理、残るはいずれも未完の断片のみ。ミネットが父親の遺品に寄する愛着、残されし片言隻句を生かさんとの思いには頭下がり心打たるるものあり。

午餐の卓を囲んでプレヴォーと談、ギリシャ文学からドイツ思想へと及ぶ。シェリングの言葉。人間の三つの時期、偶然・自然・神。「神いまだ存在せず」・「だがその存在の兆し現る」・「人間、神を創造す」。空論とも見ゆるが、実は意味深長、正当なる解釈に道を拓くものなり。先ず注目すべきは、この三時期が言わんとするところのものが人間経験の主観的解釈に他ならぬということである。存在物が順次増加していくその経過ではなく、人間知識進展の経緯を辿るものである。さて、第一期、人間がこの世界の物理的法則も精神的法則も未だ知らざりし時期は、人間には偶然の時代、つまり原因が解らぬ結果の時代であり、第二期、物理的《フィジック》法則は明されたが精神的《モラル》法則が未知なる時期とは、自然の時代なり。精神的法則が人間の前に明らかになる時期とともに神の時代に至るのである。ところで、人間が神を知るまで、神は人間にとり存在せぬも同然のものなりき。従ってこの意味において、神の存在が分るにつれて人間が人間の立場から神を創造するに至ると言い得べし。

晩餐、煩、人々アメリーを持出し褒め上ぐ。余がかつて結婚を考えし時、諸人挙《こぞ》りて相手のアメリーを貶せり。

実月五日（八月二十三日）

巻七浄書続。午餐、ファーヴル夫人宅［スタール夫人研究の碩学ギヨーム・ファーヴル母P］。ボンステッテン氏、ミネットに引用されいたく自尊心を擽られれば自作を語って終るところを知らず。物書の自尊心が見する喜悦、肉体的快楽にも相似たり。相好ほころび喜色顔面に溢れ、全身を巡る性悦の擽り目に見えて著《しる》し。

夜、セロン姉妹宅。可惜《あたら》、アメリーの醜なること！　十歳《とお》若くして今ひとつの器量あらば万事めでたしとはなりぬべし。器量は、アデルが遙かに勝ると見ゆ。だが、こちらから惚るるは禁物。アデルを「余ゆえに乱れ染めにし」の心境に仕向け、世間の慣例《しきたり》を経ずして余のものになるとあらば話は別、さもなくば、家族に搦め捕らるるがおちなり。アデルをして乱れ染めさす、これ至難の業《わざ》にして見込なし。

晩餐、ビヨンデッタと相対。我は陽、相手は陰。怒鳴りつけられ、こちらも受けてかっとなりしが、ややあって考え直し左右にかわしながら時を遣過し、二人は涙と悲鳴なくして別れたり。これが現段階における我ら二人の親交の最大値《マクシマム》なり。

実月六日（八月二十四日）

前記せしは真相にあらず。昨日の二人の宵、穏やかと言い得る宵なりき。ミネット、優れた長所を有する女である。強引に摑んで独占すれば、素晴しき女に仕上ぐるも可なりき。余が性格の弱さの秘密を握られたる今となりては、教育は難しさ尚更なり。いずれにせよ、こちらが関心を示せば直ぐにも大いなる愛情以て応ず、相手の欲することのみしてやれば大いなる優しさ以て応ず、これ確かなる事実なり。斯くすれば斯くなるものとは知りつつも将来の不安消し難く残る。優しさ愛嬌もさることながら、ミネット在る限り境遇不安定脱けられず、それがため世に貶めらるるなり。
巻七浄書続。ビヨンデッタと散歩。シュレーゲル帰館。この男のビヨンデッタに懐く友情、恋愛感情と紙一重なり。シュレーゲル、この感情を余に譲らんか、我ら三人の仲まことにうまく治まるべし。

実月七日（八月二十五日）書簡 フルコー

発信、フルコー、委任状送付。巻七浄書続。三日もあれば終了せん。だがこの巻、言葉余りて意足らぬ論述数所あり、簡にして論旨明快は望むところ、されば人に読み聞すべし。クセノフォンのギリシャ史関係二冊、読めども得るところ何もなし。

　シュレーゲルの性格と旅行についての余が寸評。男らしさ、乗馬、勇気、何れも自慢の種なるも、常に変らぬ我が身の可愛さと過ぎたる臆病心、見ものなり。この男、自己愛の塊にして美点、欠点、熱狂、苛立、優しさ、何れも自己愛に根差さざるは無し。ところで、危険迫るや、「肉体の本性」が返咲き自己愛がこの男を見限るに至るが、この自己愛、その「一族郎党」を従え姿を消す。後に残るは書斎生活に精神と肉体を劣弱にされし文士の本性を措いて他になし。

　ベルリンのニコライ誹謗書、フィフテ編を読む〔『フリードリヒ・ニコライの生活とその珍説』。ニコライは指導的啓蒙思想家、出版販売業者、カントの宿敵、レッシングの友人。一七三三―一八一一年〕。まともな洒落も機智も無く、これほどの悪意いまだ曾て知らず。あるのは、悪口罵言の使い古されたる紋切、目につくは底知れぬ辛辣にして、雅量の一つ、情けの一つ有らばこそ。各頁ニコライを非難し、その老耄《おいぼれ》と病骨を論《あげつら》い、その死の近きことを宣告し、あろうことか、老人をして老体を悲しませ、「ニコライが如きの自説の開陳」に復讐せんがため自然の流落老衰を武器として振り翳す。考えてもみよ、まともな良識人にして、まさに斯くの如き攻撃に対し反面教師としてのフィフテに感謝せざる者なしとは、フィフテの手になるこの誹謗書を読む者がそれだけで、「さればなおニコライに分あり」と見るという事実からして明らかなり。以下のニコライの主張をフィフテは誤りとする、「求む、宗教論争の自由が平信徒に許されて然るべき新宗教」、「求めず、信仰上の議論がすべて制限せらるべき宗教」、「求む、言論の自由」。言論の自由？　フィフテ曰く、「ニコライに言わせれば、思想家の言論たるとも一般人の言論たるとも、言論の自由に上下なし、ということか」。シュレーゲル、この誹謗文書の巻頭に二頁に渉る無礼辛辣なる序文を寄せしが、そこでもニコライの老耄長命が揶揄されたり。この序文四年前にものされしが、当のシュレーゲルいたくご満悦、ライプツィヒから態々取寄せたり。人からその語気、悪意を咎めらるるや答えて曰く、「然《さ》はれ、この文学的価値を見給え」。悲しい哉！　当人が何と言おうと、その文学的価値、どれほどのものあるべきか。あるは皮肉と遺恨の紋切なり、人間が角《つの》突合せ憎しみを重ねて以来この種の紋切はすべて意味を失い形骸化せり。

この誹謗文書に接し、余は再び新ドイツ哲学に対し実に悪しき感情を懐くに至れり。二三の立派な思想を擁する哲学ではあるが、その自由迫害の精神の危険性たるや、新哲学が発見を目指すという真理の有益性もこの危険の前では影薄し。然《さ》るは、ほかならぬ真理探求の方法が、虚心黙静、良心的研究とはおよそ正反対のものなればなり。「お歴々」により証明されし真理は誤謬のもたらすあらゆる欠陥を逃れ得ず、また連中は思想家の死体収容場《モルグ》を所有し異端審問官の奸智姦計を己のものとするなり。無神論者フィフテがニコライを無宗教家と呼んで非難する、そは言うまでもなく、ニコライが新教の真の精神に則り広く宗教と称さるるものの検証の自由を要求して止まぬからなり。

サント＝クロワ［仏の歴史家］の『秘儀概論《ミステール》』冒頭部分を読む。著者は「原始ギリシャ史」、「宗教戦争」、「神官論争サトゥルヌス・ユピテル論」を語るが、その語口たるやまるで目撃証人のそれを思わするものあり、次いで、裏付としてディオドロス［ギリシャの神学者、三九〇年頃没］、プルタルコス［プルターク、一二〇年頃没］、フルゲンティウス［アフリカのローマ人司祭、五三三年頃没］等後世の著述家を援用、八百年以上に渉る古代の文献を牽く。余も巻一で著者のこの方式に一言及ぶべきか。また、最終二巻の学術啓蒙書形式なお勝れば、歴史書形式を廃しこの形式に戻すべきか、検討のこと。

実月八日（八月二十六日 日曜日）

『ルツィンデ』［青年ユリウスと女流画家ルツィンデの物語。作者と後にその妻となる人妻の恋愛体験に基づく独ロマン主義理論の実験的小説、現代のアンチロマンの魁とも言える］、シュレーゲル弟の小説。そここ才能の閃なしというにはあらねども抱腹絶倒。時に仰向けに脚をひろげ尻まる見えとなる二歳の我が娘《こ》に自らを準《なぞら》え、人の口端もどこ吹く風の構えなり。作者は世論を鳴蛙《めいあ》に準う。作者曰く、「女の才が男の才に勝るは、女の装束が男の装束に勝るに相通じたり。我々が慎みの境界線《のり》を越え自然の懐におさまる行動はただ一つ有るのみ」、また曰く、「神霊《エスプリ》、天の高みから余に言い給いき、汝は我の愛しの息子にして我、汝に甘心《かんじん》す」。この小説の物語部分、つまりユリウスの青春時代、最良の出来なり。新しさと雄弁に真に価する二人の人物あり、一は、遊女の勤めを続けながらユリウスに想を寄するも軽蔑されて自殺する女優の卵、二は、女主人公ルツィンデなり。

読書続、サント＝クロワ。カベイロイ［ギリシャ神集団］の秘儀、ほぼ余の想像に違わず海神《わたつみ》の祟《たたり》の祓とエジプト寓話の組合せなり。

ユベール［スタール夫人から臨時に借用した下男兼朗読係］に勝る朗読役の人才もがな、余の読書速度増すべし。

実月九日（八月二十七日）

読み書き大目に見れば可、イタリアの若者あり［不詳］。余自らこの若者を教育せん。人間の教育にかけては最も不得手は承知の上だが。生来、人に要求することが苦手、何事も相手を従わするよりも此方を相手に合するが手っ取りばやく便利なり。午前中一杯、この「筆耕」相手に口述筆記。相手に合せんとして大いに難儀す。余に最も欠くる能力、書かずに思考を頭に留《とめ》置くことなり、されば、頭の中で文章化し相手にそれを筆記さする間、一字一句変えずに留置くは余の能力の及ばぬところなり。これから先数年後、持てる能力が突如低下する、成行としてなきにしもあらず。過重過多の生活、ミネットにつき合せらるる喧騒の交際社会のなせるわざ、我が知力の一端頽《くずお》れたり。頭の中が圧迫されかなりの苦痛を感ずること常態となり、頃日、ものは学べど記憶に刻まれ残ることなし。

手掛けし著書、政治論［大国に於ける共和政体の可能性］と宗教史論、少くとも両書完成させ世に行跡《こうせき》を残す、これ余が願なり。巻一草案手直す、出色の出来栄。また欠陥の最後の一つ修正叶いぬ。午餐、同席多数。思詫ぶところあれば馬鹿を言い大いに興じぬ。これ例の余の性格の「因果律」なり。夜、サント＝クロワ『秘儀』を読み口述筆記。すべて余の見解に一致したれば、即ち余の考え真なるべし。晩餐、また も同席多数。会話の味気なき。興ある事柄をめぐる会話ですら得るところ殆どなし。今やあるのは、馬鹿丸出しか気を利かしたつもりの常套句。

ビヨンデッタと喧嘩の初口。「妾《わたし》を相手に話す時は、話題は妾に限り疎かならず話して聞せ給え」と言う女なり。その父、聞き入れしが、父なればのこと、また娘もさすがに父親なればその生を引裂くはせざりき。

実月十日（八月二十八日）

巻一冒頭二章口述筆記。このイタリアの若者、なかなかの書き手なり。折角だが余には既定の別の策あり。読み書き堪能なる人物を手懐け侍らせ、英独語を教込む。この人物器量好しの女なること。目的は一石二鳥にあるが、余が視力弱ければ、人もかくも簡便なる策はおいそれとは非難できまい。

読書、サント＝クロワ。古代の伝統風習をすべて著者の自称宗教戦争説にこじつけんとする余り、解釈において常に同じ誤りあり。

実月十一日（八月二十九日）

巻一冒頭三章残、巻二冒頭二章、口述筆記。草案、然るべき草案の体《てい》を成す。クセノフォン、プラトン、アリストテレス読了後、宗教に道徳が導入せられし経過に関する巻にかかる。次いでこれまでの「抜書」を採りあげ其々関係する箇所に振分く。夜、読書サント＝クロワ。有史時代に近付くにつれなお興湧きぬ、いや正しくは、教えらるること多し。だが、この書の過ぎたる煩冗は以て他山の石とし考証学的委悉詳細は避くべし。

実月十二日（八月三十日 木曜日）

最終章口述筆記。夜、ミネットと散歩。ミネットの交際社会魅力多し。それを断つ、大なる冒険なり、特に現在のその時々《ときとき》の我が身の上の逼迫に左右され感情のおもむくままに断つことは。断つなら五年前余が世にいでし時断つべきではあった［ナポレオンの任命により一七九九年法制審議院委員］。野に下りたる今、身の上の逼迫を堪え忍ぶ今、二人の関係が年輪を重ね「畏《サ》れ多《ク》きも《レ》の」となりたる今や断つは難し。確実に言い得ること、断つは結婚を措いて他になし。斯くなる事情があろうとも、今冬の仕事目的のドイツ旅行は決行可能なり。この旅行、二つの利あり。ミネットなしで何処まで行き得るか体験によって学び、青陽《わかさ》の浅余にすがり些かの回春と独立に縋《あずか》るということである。さて、時は近づきつつあり。二月後、不測の事態なければ、相手は伊へ発つ、後は成行を見守らん。

実月十三日（八月三十一日）支払

支払、ルブラン夫人、更に二ルイ、累計五ルイ五十。仕事、軽少にして止む。最終二章及び目次を口述筆記、目次あれば抜書の仕分容易ならん。

読書、サント＝クロワ。およそ人間にして退屈の極みはこの著者なり。「秘儀」の章、二三の主要論点にとどめ、引用を以て裏付とせん。深入は禁物、留意あるべし。エジプト渡来の殖民が「故国の風習」、「渡海の不思議」を偲ぶ縁《よすが》として秘儀を定めたるというのがこの書の概要である。そこで、論ずべき第一の対象は、エジプトギリシャ両神話の類似性、例えば、ペルセフォネ対ケレス神話［前者ギリシャ神話、冥府の女王、後者穀物と実りの女神］、オシリス対イシス神話［前者古代エジプト神話、後者農業と冥府の支配の女神］、等々。第二の対象は、カベイロイ神［恐しい秘儀で有名］、ディオスクロイ崇拝［ギリシャ神話、双子兄弟カストルとプリュデウケス］、海神の秘儀、等々。文明が啓け進歩するとともに、秘儀はギリシャ神官等の手により新要素が付加さるるに至る。また、交流が容易になるにつれ、エジプト移民団が故国に残置き来りし秘儀が新たにもたらされ、更に、交流容易ならざりし時期に移入されやむなく本義喪失せし秘儀に初めて解釈《いみ》づけがなさるるに至る。エジプトからギリシャに移入せらるる間に多少とも変質せし秘儀が、両国間の日常的交易を通して本来のエジプトの姿を取戻し、更に思想の進化と霊性の導入に伴い新要素が付加さるることになる。

明日頃はフランスより便りあるべし。もとより近隣四方いずれの便りも待ち望むものではある。

一八〇四年九月

実月十四日（九月一日）書簡 タルマ

来信、タルマ夫人。巻五各章草案作成。目次確定。シモンドに指摘され感心することあり。「道徳の真の基盤」と題うつ章を設けんか、読者は明確な結論を期待するだろうが、主題がそこまでは応えられねば、この最終章の歯切の悪さに引掛り全体に悪印象を懐くというなり。冒頭から余分な期待を懐かせざるべく、読者に明確なる結論を与うべく心掛けながら、現行の最終章を鋳直し、道徳の基盤、「人間の関心」［エルヴェシュス論］は勿論のこと、宗教、義務について論ずべき点を加筆のこと。この結論、権力は如何なる口実にせよ宗教に容喙すべからずとの結論なること。「道徳の基盤」という表現避くべきか。「功罪」とすべきか、深入も避けらる。

読書、サント＝クロワ。この種の本、註に本文が中断せらるる、再三なり、人の読む代物にはあらず。だが「秘儀」の項執筆に際し再読の要あり。

ミネットのここ数日の情け愛敬、いたく感心す。時を偕にするの歓再発見。廾。

実月十五日（九月二日）書簡　ドワドン

巻五の章口述筆記。最終部分変更す。発信、ドワドン。余がドワドン、父とも類を異にする人間なる、不思議なり。

夜、セロン姉妹宅。アメリー、見苦しからず。晩餐なかなか愉快なり。

実月十六日（九月三日　月曜日）書簡　ナッソー、フルコー、ルコント

数巻に渉り何章か調整。来信、ナッソー夫人、フルコー、七日便に対する返書、ルコント。ルコントに手形三百三十六リーヴル振出す要あり。午餐、アルガン宅。

読書、サント＝クロワ。この必読退屈の書、読み進むるに難儀す。

晩餐、ベルリンのセザール夫人［従弟オーギュストのベルリン時代知己。夫はプロイセン皇太子ハインリヒの私設秘書　P］。シュレーゲルの得意顔、片腹痛し、伯林子《ベルリンつこ》に出会い心は伯林に在るかのごとし。ミネットの愛想優しさ変らず。

実月十七日（九月四日）書簡　ゲクハウゼン

発信、ゲクハウゼン嬢。ラプランシュ訪問。余との交友切望、大にして世辞を振撒きとどまるところを知らず。利用はしたし、されどこの男の敵は恐し。この種の思想の持主と交わらんか［共和主義思想］、まさに敵の思う壺、余を強襲せん。立つべき章の割振をなす。なお補うべき章、十一を数うるのみ。筆耕を傭いしこのかた眼は回復するも、仕事進捗に遅をきたし、もはや仕事の体をなすとは言えず。

ドルゴルゥキ王女［パリにサロンを開き名を馳せた。露皇族の名門ドルゴルゥキ家に嫁いだ］。コサックとシルケシア［チェルケス族］の扱雑《ないまぜ》、なかなか快し。物腰の悠揚迫らぬ雰囲気、豊な話談。その話談の魅力にさらなる妙を添うるは、身分、習慣《てぶり》、自負の為せる技と言うべし。

ネッケル氏が青春時代に書遺せし喜劇何篇か読む。冗漫、誇張、青臭、目につくも洞見の鋭き散見す。田舎者を鼻にもかけぬパリっ子連中が一人の田吾作に騙さるる様を描くという意図、面白く痛快なり。作品に共通する基本構図、新

鮮にして鋭し。君主ソリマン、三人の妃ありながら性格に惚れてロクスラーヌを迎うるが、結婚後ロクスラーヌその性格を「発展」させ、ためにその性格があだとなり、夫を不幸のどん底に陥れる妻の姿というもの正に喜劇の発想なり〔『結婚後のソリマン二世』、他に二篇あり、いずれも執筆二十歳前後〕。

ミネットの愛想やや減じぬ。余は今の生活に倦み疲れたり、いや今に限らずいかなる生活も然あるべし。然らば、試みに新しき生活を験すべし。余には失うもの無し。

実月十八日（九月五日）

撰に洩れし章を割振る。草稿をなすべき章いまだ九章あり。〈メルキュール誌〉掲載のヴィレール批判記事を読む〔ヴィレールの「ルターの宗教改革の精神」に対する批判、署名Ch. D.（極右政論家シャルル・ドラロか）で二回連載 P〕。連中のヴィレール攻撃の激しさ、如何なればかかる激しさか理解し難し。連中の初期の反駁から様変り、途中から過激になりしは何か知られざる事情あればなるべし。とにかく、連中、勢力伸張の機と踏んで攻勢に転じ、「専制と迷信」を説くが、そこにはもはや意図を隠し主張を抑うるしおらしさは見当らぬ。本心を偽り仮面を被る時代はもはや過去のことと見做してのことなり。問題は、我々が四世紀逆戻りするかにある〔宗教改革以前〕。然《さ》るは、この逆行、それにより利するところある者から上前《うわまえ》を撥ねんものと目論みし卑劣陋賤の族が仕掛けたる逆行なればなり。新教猛撃により問題の本質がすり替えらるることなきや、余が些かの心痛なり。新教の何を残すか、旧教の何を残すか、選択の問題と見紛う恐れあるも、実は新教も旧教も脱ぎ捨てて清々したというのが我々の正直な気持ではなかったか。人生万事、能く攻勢に転ずべし、これ一つの大なる利点なり。守勢が折れる、常のことなり。一切の宗教がフランスの為政者により御法度となりし時〔非キリスト教化運動、一七九三―九四年〕、宗教家は、信者の迫害を望まぬ者いずれも味方と見做したものなり。余の本も、世が世なら、宗教家連中に有難く歓迎されたるべし。今日、宗教に独占的支配を認めぬ者、いずれも反宗教的人物と見做されん、されば今為し得るすべては、「信仰自由の原則」は蓋をして措くとも新教を護ることなり。以上に鑑みて言い得ることは、余の著書刊行は時節を待つべし、待つからにはじっくり構えてなお琢《みが》き上ぐべし。

レディ・メアリ・ウォートリ・モンターギュ［十七世紀英女流書簡文作家。機知と皮肉と良識に富んだ書簡を残す、〈メルキュール誌〉にフィエヴェの書評載る］とビヨンデッタの不思議な合致。卑劣漢フィエヴェの筆とはいえ、その書評悪くなし。

再び余の計画なるものに戻る。解決すべき問題、金銭、情婦《おんな》、レゼルバージュの家政、旅行。

実月十九日（九月六日　木曜日）

草案練直す。道徳と宗教の関係は古代民族に限定論考のこと決定す。有神論《テイスム》［唯一の人格神がこの世界を創造し支配（道徳律）するとの立場］の部、余の思通りに論ずること不可能なればなり。信者はいうに及ばず、時勢に身をすり寄せ、「哲学は宗教を排毀するものに非ず」との論を張り言い含めんとするあの思想家連中の大方を敵にまわすことになれば不可能なり。思想家連中の支援は欠かせぬが、この連中が信者を攻撃する時、余が不用意にその足を引張り敵なる信者を利することになれば、また、連中の時代に迎合する反信仰論の虚を暴けば、こちらに向けらるるその怒りたるや凄まじきものあり。されば、「古代民族における宗教と道徳の関係」との題で一本に纏むべし。だが、「宗教的情熱を駆立つる力は多神教よりも有神論［一神論］がはるかに勝る、しかし多神教にもこの情熱の力あれば筆者としてこの点も論ぜざるを得ず、最後に、理解の助けとして有神論から例を二三挙げたる」、との筆者の弁を付加するは可なり。原稿巻三口述筆記。知事と午餐。

読書、サント＝クロワ。著者は、「有神論思想はいかなる点においても秘儀に通ぜしことなし」と否定す。その否定の立証なしとはいえ興味深き見解散見す。

晩餐、憂。疲労困憊す。他人を不幸に陥れず休心安息の内に暮す、なぜ余には叶わぬ。

実月二十日（九月七日）書簡　ドワドン

ドワドンより余の熱月二十三日便に対する返書。余が在所［レゼルバージュ］の出費恐しき額となれり。立直す要あり。

ローマの宗教における「宗教と道徳の一致」の章口述筆記。思いしより良き出来栄と見ゆ。だが、筆の運び何やら誇張めき余が普段の手風《てぶり》逸脱の感あり。しかし、これを中核に据え後から論述を加え肉付施すこと可なり。ベルモンテ王女と晩餐、なかなか愉快なり。

ビヨンデッタと談。徐々に兆してついに嵐とはなりぬ。余の思遣のなさ、頼り甲斐のなさ、感情と行為の乖離等々をめぐり凄まじき喧嘩、午前三時に至りぬ。嗚呼、望むらくは、現実の不幸はさておき、老という自然の一般法則を嘆く千篇一律の哀歌は避けて通りたし。望むらくは若さに見捨てられし女の繰言を男として聞かずにすませたし。関係を続けて十年、二人とも四十の坂に近づき、ここ十年来、「もはや我は愛は持合せぬ身」と口の酸っぱくなるほど言明しきたる今——この言明を翻せしは、相手が苦痛と激昂に身を強張らせ、もしや物の怪の仕業にやあらんと恐しさに身が竦み「痙攣《ひきつけ》」を鎮めんとせし時を除き後にも先にもなし——望むらくは愛は強要されずにありたし。最後にもう一つ、望むらくは、行為に感情が伴わぬと言うのであれば、どうせ有難がるわけでもなし、余にその行為は求めぬことなり。さて、斯くの如く言うべき事を言い果つれば闘志は失せぬ。よって待つべし。余はビヨンデッタを愛す。胸潰の悲しみにまかせてかくは綴れど、相手の美点長所一つとして余の琴線に触れぬはなく、哀れ不憫と思う気持に変りはなし。然は言えど、為すべきは自殺、さもなくば、最初の機会を捉え最も痛み少くして女から余の生を切離すべし。地上から姿を消すか、友人として留まるかの二者択一。

実月二十一日（九月八日）

ローマ宗教の章了。嬉しさ一入なり。一日のうち穏やかなる時間を持つはせいぜい午前の五時間のみ、その後に控うるは肉体の苦痛と心の憂苦なり。灯下の仕事は無理［視力の衰］。晩餐後の会話、今や思うだに苦患の種そのものとはなりぬ。「処理」の手段を持たぬ身で妄想に振回され健康が害わる。この妄想というやつ、憂愁と肉欲の二つ巴、日毎に募り行き、例えば今宵は狂気の様相を呈するに至りぬ。要するに、余の全身全霊、尋常ならざる震蕩にさらされたり。ミネットを捨てて悲嘆に陥《おとしい》る、ミネットに繋がれて人生の残余を消耗さす、悩み二分されたり。ミネットの将来を思えば不安に駆らる。ミネットがフランスで平穏に暮す、その機会たるや恐らく微々たり。二人は、残余の歳月、気根尽くるまで落魄の流浪を重ぬるがおちであろう。捨てて捨てきれぬはその影なり、徒にさんざん苦しめたあげくの果、相手の許に舞戻るはず。この情況、脱出には、「結婚」という後戻の許されぬ行動がある。だが妻とて生身の人間であるからにはいずれ新たな敵となる、戦闘に気づきし時は後の祭、もはや一線越えて元に戻れぬ身なり。これぞ痛恨嗟嘆の一巻とは成りぬべし。

実月二十二日（九月九日）

寓意の章にかかる。この章、論考充溢、及ばずながら既に草稿の体を成す。問題は多神教の「逸脱」に関する巻である。当地滞在中の完成危ぶまる。余が自家薬籠中の物とするギリシャローマに限ってはとの思い一再ならずあり。だが、限定すれば論考の「空隙」たるや目も当てられぬものになり、しかもせっかくのこれまでの準備悔まる。それはともかく、余の仕事わるくはなしとの自信生じつつあり。気力体力乱れがちなればこの進捗喜ぶべし。身に何事の兆しかは解らぬが、衰弱、無気力募るばかりなり。今冬の旅、独居《ひとりい》、我が身の良薬とはなるべし。

夜、セロン姉妹宅。アメリーなかなかの愛敬。三十二歳というのが何とも残念なり！　運命の我に背かざること絶えてなし。食指動かば妻とするも可なる女が余の意にそぐわぬ点を備えたる、常に変らぬ例なり。ハルデンベルク夫人［二番目の妻となるシャルロットの旧姓］、退屈なる夢想家。リンゼー夫人、四十の歳に加えて二人の私生児。ビヨンデッタ［スタール夫人］、誰よりも余の意に適うはずの女だが、此方にはもはや愛する気なし、相手は友情に限定したくなしと言う。

さて、このアメリー、財産もそれなりにあり、余との結婚を待ち望み、世評はともかく、二十歳であれば充分「矯正」は可能なれど、三十二にして姿色と礼を欠く、欠けぬは歳を重ね根を張りし愚言愚行なり。アントワネット、二十歳にして愚言愚行なく財産有り、容貌作法人並なれど、フランス女性に非ず。かくなる事情の中を生きて人は往く。往きて果てなばまた振出に戻る。今あげし女の中から撰ばざるを得ぬとあらば、それでもアメリーを採る、移住が手軽で縁者少き女なればなり。

実月二十三日（九月十日 月曜日） 書簡 ナッソー

発信、ナッソー夫人。「多神教における道徳の司祭職に及ぼしたる影響」の章、口述筆記。必要な論述いまだ半にして既に実に面白き章とはなれり。巻四「情況論」草案をなす。分析的方法やや抑うべし。そは両刃の剣にして、密度高き論述には効著《しる》けきものあるも、疎にせざるを得ぬ時は罪《ざい》あり。

晩餐後シモンドと談。真面目な話皆無と言われ非難さる。仰せの通り、余が人と物とに寄する関心の薄さ余りに薄く、見るも聞くも緘黙か諧謔冗談、これ以外の気分にはなれず。他人の助力なくして達成できぬ目的を断念してよりこのかた人にものを説く心もはや持たぬ身なり。しかし、興に乗じて戯れ気散じする心あり、しかも余が諧謔冗談つねに功を奏すれば利用せぬ手はなし。天が我に与え給いし得意の持前、己を相手の戯言《ざれごと》なり。

ミネット優し、余が気分良し。肉の快あれば気分晴るるは常のことなり。卅。

実月二十四日（九月十一日） 書簡 タルマ、フルコー

発信、タルマ夫人、フルコー。来信、父、余の三日便に対する返書。

巻三第五章了。シモンドと散歩、その前に「序論」を読み聞せれば大いに感心す。実に正しき思想と実に純粋なる意思の持主なれば、この男、無才ならずとも、その才の少きこと残念なり。シモンド、社交界入りを許されたる嬉しさに現《うつつ》を抜かし、許されしは能力あればのことに思及ばず仕事怠り、最初の微々たる成功の喜びに以後の立功の手段を犠牲にしたり。実はこの男、学問［中世伊共和国史］怠るにはあらねども、その主題混然として本人も委細は摑めぬなり。昨日《むかし》学んで今日《いま》綴る、これでは己の専門を極むることどだい無理なり。されど当人は学問の真似事をして得意なり。真似事も

何かは無為なるべき。

読書、サント＝クロワ。秘儀とは人類の頭の中に浮びしありとある思想《もの》を納めたる収納庫と見なすべき理由日毎に強まる。そこはありとある思想が互いに出会い相容れずばらばらに納められたる場である。従って、あらゆる思想の存在の立証は材料に事欠かず、またこうして存在が立証されたる思想が互いに相容れずに在るという事実の証拠についても同様である。

ビヨンデッタ相手に平穏な宵の一刻。

実月二十五日（九月十二日）書簡　ナッソー

来信、ナッソー夫人。巻三第三章口述筆記。二人のイタリア人、アッチエレンザ兄弟［アッチエレンザ公とコペルティーノ・ピナッテリ伯爵］と午餐、食後、三人目のイタリア人、ベルモンテ皇子と会見［三人は「両シチリア王国」名門の出、反革命反動勢力によりナポリを追われコペに逃れスタール夫人の庇護をうける］。この三人いずれもパンタローネ［伊喜劇の道化役］に通ずるものあり。機知に富むも畏敬の念は無縁なり。プロイセン国王［フリードリヒ・ヴィルヘルム三世、優柔不断の評あり］の性格についてのベルモンテ皇子の観察、正鵠を得たり、「この王の国務を執るや一吏員の職務を執るに似たり、仕事に個人的喜びを見出さんとの念些かもなし」。これプロイセン国王に対する最も優れたる讃辞との自覚、当のベルモンテになし。スウェーデン王［グスタフ四世、在位一七九二―一八〇九年。ナポレオンとの戦争に対する優柔不断が禍し幽閉廃位］をめぐる面白き仔細あり［追われるルイ十八世を仏亡命貴族に説得され匿った］。この仔細が語るものは、誠実な心、傲慢と犯罪を真に憎む態度なるが、アッチエレンザ公、更にこの仔細に付加えて曰く、「王は尊敬せらるるに足る力を欠き、愚王なればかようなる事を引受けたり」。本人は王を愚弄したつもりなり。人間が人の弱さを侮る！　幸いなるかな、弱さを侮る人間、弱さの力に侮らるるなり。

シュレーゲルの滑稽なる言葉、物書きとしてのシュレーゲルの自尊心の典型なり。余、その友人［おそらくノヴァリス、一八〇一年没］に献じられしシュレーゲルの書簡詩《エピートル》に目を通していたところ、「コノ友ヤガテ亡クナリヌ」との註に出くわし本人に尋ぬれば、曰く、「さよう、その頃二十七の歳で亡くなりしが、余の書簡詩その死に間に合いぬ」。この友の命の目的、ほかならぬシュレーゲルの書簡詩を読むにあり、そを読み終えて思残すことなし、ということか。

ミネット相手に宵の一刻、平穏、実に平穏なり。日に異《け》に優しくなりぬ。

要留意、見れば〈デバ新報〉に小逸話あり［不詳］。余の賤婦を囲わんとの目論見、考えさせらるることあり。余が想い描くは品行恭順の婦なり。だが現実は！　この計諦むべし。

実月二十六日（九月十三日）

巻三第七章調整、口述筆記。要手直。出発前にこの章浄書と気は急けど、いまだ一向に論を尽す能わず。各部遺漏なく仕上げておけば為すべき仕事の量これほどのこととも思えぬが、如何せん、我が怠惰、常に論述を先送しとりあえず論点は見出のみを記し置かんとの我が料簡なり。この手法の不利は構成に綻びを来すことだが、論点の相互関係は把握しやすしとの利点もある。

〈メルキュール誌〉。ミラボー［仏革命家、立憲王政派］攻撃。連中［〈メルキュール誌〉編集者］を偽善者呼ばわりしてもはじまらぬこと。連中が目の敵とするのは他ならぬ自由なのである。およそ「自由」に好意的な思想にして連中の攻撃中傷を逃れざるは一つとしてなし。因みに、コロ・デルボワ［公安委員会で辣腕をふるう］のかつての秘書にしてその代弁者あり、ブレストの代官の手下あり、或は、自らも端くれとして「新聞雑誌記者の祖国《メッカ》」と仰いだ英に潜入、暴動を煽り暴徒買収未遂の廉で国外追放［事実と異る］となりし間諜あり［〈メルキュール誌〉主幹フィエヴェ、ナポレオンの命を受け英に入る P］。正面《まとも》な意見も持合せぬこれら徒党に何をか期待せん！

晩餐、ベルモンテ皇子。相変らずの饒舌多嘴、だが才の小気味よし。皇子の談の面白き、いずれも均一にして単調なれば、ついには人を倦まさずにはおかぬなり。大夜会。クールランド公爵夫人［タレイランの〈アミ〉］。艶匂うがごとく、振舞い卑しからず。夜会のはしご、ビュティーニ夫人宅。相愛を見せつけらる。社交にかくも長時間身をさらせば心身潰えたり。およそ才ある者いずれにとってもまさに窒息地獄《エトウフワール》なり！　心中に不機嫌の大発作走れり。

実月二十七日（九月十四日 金曜日）

第七章了。心身の不調か主題の難か、第八章執筆不能。主題の論述方法、歴史形式と学術啓蒙形式の混合にしたれば、両者の「背反」避け難し。歴史的叙述に徹すれば余さず詳細に及ぶこと可能、空隙一切生ぜず。学術啓蒙に徹すれば或る出来事を全体の流れから切離し引証すること可、しかも、その出来事の前後に及ぶ要なし。余の方式は、出来事の前後の叙述は強いらる、しかし叙述に徹するは許されず、必然的に叙述の不完全なる拭い得ず。奮起して草案練直すべし。変更というも大した変更にはなるまい。仮に一から遣直すとするも、やるかやらぬ、中途半端は許されず。この著作を貫く基本点、以下の如し。主張、傍証、例外、例外理由、再度傍証、最後に、各種宗教一覧を以てして余の主張を立証する論拠集成とす。

以上はシモンドに原稿を朗読させ、その時の印象に教えられし反省点なり。叙述を避け事象の確証と論述に徹する限り受くる印象は満足すべきものだが、叙述に入るや疑義異論の生ずること判明せり。ここは己が分を弁うべし。古代文明について余が博識家の域に達すること不可能なり。「博識」と称さるるには「思索」に必要な時間を犠牲に供さねばなるまい。余が手懸くべきは純「博識の書」には非ず。

実月二十八日（九月十五日 土曜日）

午前中一杯仕事、草案鑄直。来客、ピクテ教授。教授の「森羅万象に渉る知識《ユニヴェルサリテ》」、不都合あり。物理学に非ざれば如何なる事象も教授をして特に感奮せしむるなし。何事もその意見活発なれども常套陳腐なり。教授を相手に宗教と道徳の話をしてみるに、憐れむべし、相手はその場しのぎの「語呂合」をなすにいたれり。

ベルモンテ皇子を訪問す。かくも疲を知らぬ饒舌家未だ見たことなし。ジュネーヴに住まうジュネーヴっ子、つまりジュネーヴを馳せ廻るヴォルテール逸話の生字引なる余を相手に、或るジュネーヴっ子から朝仕入れしヴォルテール挿話の一部始終を語りぬ［ヴォルテール、一七六〇年宗教的発言等で市当局と容れずジュネーヴを離れ国境に近い仏のフェルネーに移住、一七七八年没］。

大午餐会、知事宅。この男の、己が嫌う相手［ナポレオン］に不満を抱く者に寄する友愛日毎に情を増して濃やかなり。セシュロン［ジュネーヴ北一キロ、旅亭で有名］。悲運エインスリーの埋葬［英旅行作家、十四日セシュロン旅亭で頓死、宗教的葬儀を拒否さる P］。冷酷無情！　無益《むやく》なる請願！

ロール着、叔母宅、冷やか気詰りの晩餐。

実月二十九日（九月十六日）書簡 ドワドン、父

草案手直す。最も手堅き纏めと言うも可。余の立場、歴史的形式にやや近づく。よくよく考えれば、すべてを「公理」として論ずること不可能との結論に達す。先ず「宗教思想の原理」、次に「宗教思想の自然な歩み」を論じ、最後に各宗教とこの「原理」及び「歩み」を突合せながら、各宗教が「原理」と「歩み」を離るるに至りし理由とその「逸脱」の内容を検討す。

午餐、叔母宅［ナッソー夫人］。食後、心情開陳。叔母の心は、「余のビョンデッタとの結婚、さもなくば別れ」にある。叔母の言う通りなり。ビョンデッタとの結婚、余が望みと叔母は見るがこちらにはその気毛頭なし、この点に叔母の誤解あり。この事実、叔母に明すは余の「計画」［八月五日参照］の信仰告白にも等しき告白であり、イタリア出発［スタール夫人の伊旅行］までこのまま続けんとする今の生活とこの計画が余りにも相違すれば、言葉を濁すにとどめたり。叔母、ビョンデッタの話題の後、それとなくアントワネットを持出し、持参金五万スイスフラン、すぐにも入ると匂わせたり。アントワネットと一緒になるに支障なきこと、余にはかなり似合のはなしなること異存なし。第一に生活の転換となるべし。小事は言うに及ばず大事においても余は再び自由の身となる。我が心あまりに疲弊したれば、相手が如何なる女であれ、ビョンデッタとの前例を忘れてまた事を構え女の尻に敷かるる、どだいその気力なし。仕事の進捗、比べようもあるまい。意あらば周囲に交わり、意なくば仏独に交わらん。今の曖昧なる身の上から解放せらるべし。アントワネットすこぶる美人とは言えぬが未だ齢《よわい》二十歳《はたち》、暫くは肉《ししむら》の快を愉しむに相手として不足はなし。淑やかで明るさもまずまず、才走ることもなし。今よりも良き女になる可能性あり。ビョンデッタの知るところとなる前に結婚を執行うも構わぬと言っ

て娘をくれるなら妻とする。そうと決まれば二月後、亭主の座におさまりぬべし。たとえ面白からぬことがあろうとも、ビヨンデッタ相手では得られぬ生甲斐、旅と学問の二つあり。旅心生ぜんか、ビヨンデッタなら付きまとう。机に向わんか、邪魔をする。むろん、物には裏がある、アントワネット、家柄に不足あり、だが余が「戸主」となる。財に不足あり、だが自由独立に恵まる。とにかく一月半後、事の次第は判明せん。発信、ドワドン、父。

実月三十日（九月十七日）

新草案に従い巻二、下書をなす。これまさに最良の草案なるべし。余のこれまでの論証法には、或る一般原理を論ずるにただ一民族の特殊な例を挙げて済すとのきらいありしが、新草案によれば、歴史の詳細事例あますところなく記すること可能なり、この点改良されたり。これより四巻からなる第一部の仕上にかかるが、他の部にさきがけて刊行可能か、今は何とも言えぬ。刊行の有無は万千の個人的事情次第なり。

アントワネットをめぐる計画熟考。問題なきにあらず。計画をビヨンデッタに告白せんか、その号叫喧喚満天下に響き渡らん。実行後明かさるまで伏せておかんか、己が裏切者に見えて自己嫌悪に陥らん。アントワネットとの結論を出す前になすべきは、機会を設けビヨンデッタに余との結婚について態度決定を迫ることなり。だが、これとて容易ならざるべし。相手の狙いは明確なり、余を愛すれば別るる気はなし、さりとて余と結婚する気もなし。余と結婚せざるを得ぬとあらば話は別だが、二人の関係解消がひとえに余の「決断」に懸っている限り結婚［別の女との］は絶対になし、と相手は踏んでいる。斯くて余の論法は悪「循環論法」に陥るなり。ところでこの間の事情は世の何人も知らぬところなり。現実に世間の目に映る余の姿は、己の欲することが言出しかねる弱い男、さもなくば、楽と踏んで現状に執着し、実を取りて名を捨てたる男の姿なり。別の女と結婚すればしたで、算盤をはじき十年を越うる関係を計算ずくで解消せし男の姿を世間は見てとるべし。

原稿の一部シモンドに読み聞す。「大地」に足を下すや、つまり「事実」の土俵に上るや間然するところなし。

読書、サント＝クロワ。引継と更新を繰返せし「秘儀」、キリスト教伝来が多神教の脅威となりし時期に創られたる「新秘儀」、この二つ、余が予ての考えなり。

補足日一日（九月十八日）［共和暦は一月を三十日とし一年十二月で三百六十日、残る五日を補足日（サンキュロットの日）とした］

草案、更に何箇所か手直す。完全な「転落」に至るまでの多神教の「自然な歩み」を辿る要あり。多神教「逸脱」の検証を持出すと一挙に論述の流れが断たれ関心が削がる。従って論述を、多神教の「自然歩」論、情況と気候風土の影響による「逸脱」論、両者二分がこの書の方針としては妥当なるべし。多神教信仰の「自然歩」論詳細は、他民族の場合も例外とせず、余さず書の第一部に導入すべし。宗教的情熱の分析を序論の部に導入できぬか検討の余地あり。

散歩、騎馬行。ファーヴル訪問［スタール夫人研究の生字引となるギヨーム・ファーヴル］。地図の山に埋れ居たり。地理に非ざれば何事も浅見短慮、その浅見の裏に潜む特殊な好尚、この好尚あれば究め得たる深奥なる知識、だがこの知識、氏の専門外の話題意見と奇妙な対照を見せたり。廾。

読書、サント＝クロワ。夜、トランブレ夫人宅［トランブレ家に嫁いだ二人、ルイーズ・ロガンとジュリー・ベルシエンのどちらか］。

ビヨンデッタと晩餐、穏便なる小競合。千思百考の末、ついに執るべき行動を見出せばそれに従うべし。予告なしにビヨンデッタを捨て裏切の卑劣漢と見られたくはなし。世間の不評を買うとの理屈で相手が結婚に反対すとあらば、不評の是非はさて措き、結婚を強いるわけにはいかぬ。さて、本題、イタリアから帰国直後の秘密結婚を申込む、金銭問題整理を持出す（整理がつけば金銭関係については夫人の支配はうけぬ身となる）、以上二点問題なかるべし。この提案に唱うべき異議は一つとして見出せまい。相手が蹴れば、こちらは自由の身となり、しかも非難はうけず。余の手紙を見せれば世間は味方となる。手紙の中でビヨンデッタとの金銭関係は説明可能、話せば分る、実に簡単な金の話なり。以上、記《しる》せば斯くの如し［金銭問題については一八一四年七月一日註参照］。

補足日二日（九月十九日 水曜日）

巻首より巻末まで草案起草す。白紙のまま残されし最終数章の空白、この一回の立案にて何とか埋りぬ。この点、他の草案再考に要する時間に関し心に余裕生ず。孜々として励む仕事の上で常に支障となる眼の問題、これなかりせば今冬執筆落了なりぬべし。

本日九月十九日なり。ビヨンデッタと初めて出会い運命決定されて十年経過す［事実は九月十八日］。この日を境に、爾来、余の処世処事にビヨンデッタが関らぬ日の一日として無し。ビヨンデッタの為せる業、楽よりも苦の勝らぬ日の一日として無きこと忘るべからず。嗚呼、多事多難のこの十年！ 嗚呼、予想のなべて凶に反して叶いたる夢と希望の数々！ 嗚呼、予想のなべて吉に反して叶わざりし夢と希望の数々！ 確とこの目で見てきたり！ 名声のなにがしか獲得せしも実力からすれば不足あり、努力からすれば過ぎたる名声なり。社会的義務を果し齢三十七に達したるも、大厄難なしとはいえ、身の上定まらず将来の設計に確としたものなし。

アントワネットの件、決断の迷い窮れり。この件、ビヨンデッタ支配からの解放、己の評判を危うくする情況からの脱出が懸りたるが、反面、パリ生活の可能性を永遠に失うことにもなる。この問題、また偶然の決定するところならん。偶然に委ぬべし。

補足日三日（九月二十日）

犬のムール狂犬病なし。今日で四十日終れり［検疫期間、八月十一日他犬に嚙まれる］。この〈恋人《プティタミ》〉を失わずに済み安堵す、入手いらいこの犬に手古ずりしことなし。ウルムから二三町の所で求めてよりやがて半年になる。

新草案第一章口述筆記。古代エジプトと現代インドの特権階級《カースト》に関する抜書一本執筆。シモンドと原稿朗読続。朗読完遂は前途程遠し。この朗読、得るところあり。他人の、しかも読みの不得手の朗読に接するや、原稿の長所短所ともに増幅されてはっと驚くことあり、また、評を下すに必要な知識は持合せぬシモンドなれど、その口から余の不注意手抜による誤謬指摘せらるることあり。例えば、エジプトの対ギリシャ関係論、エトルリアの対ローマ関係論において犯したる誤謬を知らされしは斯くなる次第なり。

知事主催によるクールランド公爵夫人歓迎の夜会、余興に水上音楽会あり。幸いにもこの音楽会見落したり。陸にあって一行を待てば、余には脅威の的なりし水上音楽会より皆戻り来たる。

我がアルベルティーヌ、可愛《かわゆ》し。これに勝る頭の良さ、余を凌ぐ頭の良さ、未だ見ざりき、これ余の大なる自慢の種なり。ミネット優しく愛嬌あり。

補足日四日（九月二十一日）書簡　タルマ

巻一第二、三章調整。古代エジプト論第二の抜書執筆。来信、タルマ夫人、実月二十四日便に対する返書。リエ夫人宅へ赴く［スタール夫人従姉］。妙に取澄したるジュネーヴ婦人二人あり。大夜会、ミネット宅。

アメリー。老嬢、色黒、痩姿、真に惜しむべし。アメリー十歳若かりせば、余がアントワネットを措いてアメリーを採ること論をまたず。アメリーの欠点、いずれも若年《じゃくねん》来の孤立生活に根ざすものなり。誰からも相手にされず専ら皆の嘲笑の的とはなりき。話せば人が笑うを見て、人を笑わすとあらば何を言うも許さるると思込み、それが習い性とはなりぬ。出会十年早かりせば、「華ある女」に仕立つるも可。十年前、それも今ある余が手を以て。十年前の余は「女を仕立つる」術は一も知らざりき。特にあの顔、余の趣味に非ず。肉体見劣りす。恐《おぞま》しき腕。処置なし。アントワネット、美人に非ず、その相貌にいたりてはアメリーより快しとは言い難し、だが少くとも女の姿色は備えたり。思うに、こちらの方が暮し易し。

我いささか酩酊、過ぎし日の心晴の気分おおいに取戻したるも、それで未来が開くでもなし。ビヨンデッタの出発まで何事も決しかぬれば、それまでは仕事に精進のこと。禍を転じて福となすの譬あり。

補足日五日（九月二十二日）

巻一最終五章にわたり調整。草案の進展申分なし。マイナースの「エジプト論」抜書編集原稿、更に一本口述筆記。この筆記稿調整は明朝の仕事とす。

午餐、アルガン宅。読書、サント＝クロワ。早目に帰宅、あらためて我が身の情況を思量再考す。情況の分析、

一、ビヨンデッタかなり優し。別れずに余が流儀で暮すとの堅き決意を示せば相手は従い来べし。

二、ビヨンデッタとの暮しはなべて便あり。

三、ビヨンデッタに隠れて結婚すれば最も不実なる男と世間から見らるべし。

四、金持と結婚すとも不如意は今にも増して厳しかるべし。

五、ビヨンデッタと結婚すればパリ在住危うし〔スタール夫人パリ市外追放令〕、パリ一人暮しを始むれば非は我にありとなる、世間の目甘くなし。

六、自分の性格の弱さを時に甘く見ることがあるが、その弱さ故にせっかくの決意も腰抜となり家族に支配され腕ずくで捩伏せらるる恐れあり。

七、最後に、余の心不安定で倦み易ければ、妻とせし女の顔に興醒、相手が齢十九にして既に鮮姿衰えたる不美人のアントワネットとあらばなおさらのこと、あげくの果が漁色となれば元の木阿弥なるべし。今ならば「悪所通い」も大目に見られようが、結婚を重んずるこの国〔スイス〕の厳しさに抵触すれば危うし。

八、パリ在住を更に難しくさせ、或は外国人女性〔スイス人〕を娶り、それがため成るべき出世の障害をさらに重ぬる、その時の臍を噛む鹹苦《かんく》たるや計り知る能わず。

以上の結論、「結婚はせざるを以て良しとす」。余が生の惑乱の種——女体が欠かせぬ「房事の嗜癖」——とビヨンデッタとの精神的《プラトニック》関係、両者の調整という問題が残る。遊蕩仲間《リベルタン》差しまわしの情けなくもさもしき「方便」には倦み疲れたり。肉体精神調整策、二三理に適いたる、思浮びぬ。熟思のこと。

葡萄月朔《ヴァンデミエール》（九月二十三日　日曜日）

さすがにこの女も睨みがきかぬところの、良心を枉げてまでこの女の言いなりにはならぬ一部友人知己が挙りてあげし忠告と余の懇願を無視してこの女ビヨンデッタがパリ入京せしは一年前の今日この日のことなり。結果は惨めなものとはなりぬ。あの時、ビヨンデッタに同行せず在所に留まること許されたらば、余は財の一部、人生の数年を与うるも惜しまざりき。だが、相手は不幸に苦しむ女、余は腑甲斐なくも不幸の絶対的引力に屈したり。その父の死に対しても同様なり。余がついに、堪え難き情況から脱出せんとの毅然たる態度を示せば、相手は少しは見直すか、恐らく答は否。こちらの嘆声、眼の労《いたづき》もあったものか、午前一時まで引留められ心身不調甚大なり。余が性格の見苦しきまでに弱きこと事実なり。相手に構わずこちらが出て行く、これに何の不都合があろう。相手が怒りに猛り狂うとあらば、それまでのこと、あるは縁切なり。或は相手が大人しく従うとあらば余の奴隷状態緩和さるべし。かくも容易な策に手を出しかねるその訳は、いずれすべては終るとの期待あればのことなり。ビヨンデッタ留守の間［伊旅行］、「事変」の流れに身を任せん、辿り着く岸辺もあらん、薄志弱行の中にもこの決意のほど堅ければ二人が事終りぬべし、との思いは今もなお変らず。

巻二冒頭二章まとめて口述筆記。巻三下書ものす。

晩餐、禽獣の人群《むれ》と。禽獣が斯くも気取り生意気で斯くも禽獣めくはここだけの現象なり。独人か露人か、愚かめくこと遙かにましな仁、中に一人あり。

夜、セロン姉妹宅。アメリー愛敬あり。無念なるかな、アメリーが胸薄きこと、痩せて鰊にも似たる！　アメリーの人目に触るる部分を見るに、如何せん、一月後［一緒になって］女として扱《いら》うには憚らるべし。人目に触れぬ部分や如何に、神のみぞ知り給う！

蒸返されし話題をめぐりビヨンデッタと会話。こちらが退散したく気が急けば、相手はそを弄びだらだらと話を長びかせ面白がるなり。

葡萄月二日（九月二十四日　月曜日）

仕事、巻二第三章整理。明日までには完成なるべし。

午餐、ジェルマニィ夫人宅。この同じ卓に座して厚遇款待、客を饗応せしジェルマニィ氏［スタール夫人父ネッケルの兄］に思いをいたす者一人とてなし、死して二月にもならず。人間の哀悼愁傷よ、汝、冷やかにしてその儚くも仮初のこと、空を往く煙にも似たるかな！　オディエ＝シュヴリエ訪問［ジュネーヴの銀行家］。欲は戴冠式に呼ばれたしとの一点に凝縮、控目な虚栄心は間抜のそれなり［ナポレオン戴冠式、十二月二日］。夜、ボワシェール領地［当主アンリ・ボワシエ、文芸学教授］。カトリック教の復活、哲学者プレヴォーの大いに恐るるところなり。

読書、クセノフォン。クセノフォン、二流の人間にして、ソクラテス一門が二流人の中では最も高名な一流人に仕上げたる者なり。就寝時刻をめぐりビヨンデッタと喧嘩。相も変らぬ喧嘩の種。その卓越した素質には相済まぬが、縁切としたし。

葡萄月三日（九月二十五日）

巻二第三章、註と共に調整。この章縮小せしが、その甲斐あり。この章とスカンディナヴィアの章落了後、巻四から巻六を手掛け、同時に巻四に備えサント＝クロワ、巻五に備えベルガー抜書のこと。

午餐、ビィ［仏駐剳イタリア軍士官、後パリの銀行家］。この男、己が何を言い何を考うるかの自覚なし、いやむしろ思考能力とは無縁なり。天がこの男に授けざりしもの、第六感なり。人類の構成分子に思いを致せば、この男の身に降懸りたること［不詳］驚くに当らず。ビィを抑圧する相手が人間に非ずば当然の宿命と突放したし、だが、奴隷が人間である如く抑圧者も人間であれば、人々は一方を憎む余り他方に過ぎたる同情を寄するなり。

「仏悲劇」をめぐるシュレーゲルの滑稽なる議論。シュレーゲル、面妖と単調の奇妙な組合せを内に含む。その思考の奇怪なること、狂人のそれに似て、同じ事の繰返は退屈な咄家のそれに似たり。読書、クセノフォン。

葡萄月四日（九月二十六日）支払　書簡　タルマ

カランドラン［正しくはカランドリー二、ジュネーヴの銀行家］宛借金返済、百三十九・一五フランスリーヴル。午前中かなり病む。背後に控え我らを愚弄するかのごとき目に見えぬ力の類の存在に注目せしは二三にとどまらず。気分すぐれ安楽に過さんとするや、間髪を入れずと言うべきか、決められたる如く不時の故障に見舞われるなり。思えば、今から七年前の第六年実月二十二日のこと［一七九七年十月十三日］、数日間滞在の予定でエリヴォーへ向かい［一七九五年取得の土地、後年買換えたレゼルバージュと同じくパリ近郊リュザルシュ郡内］、身の上を思いめぐらすに充足感あれば、床に就きて独り言ちたり、「今夜は何の邪魔もなく安眠まちがいなし」。眠りに入って四半刻《とき》、家宅捜索に見舞われたり。宿命［一語欄外書込み］。家宅捜索を受くる理由一としてなし。総裁政府とは関係良好、警察庁長官は友人の仲、共和国支持の証は一再ならず表明済み、余には無関係の或る事件に連座せし人間一人を追う家宅捜索なりき、疚しきことは何ひとつなかりしが、せっかくの安眠を邪魔されし次第なり。就寝時、「何の邪魔もなく安眠叶う」と言えばどうなるか思知らせんとの、復讐の女神ネメシスの差金とでもいうべきものなり。昨日はすこぶる健勝なれば、気分はこころもち悦に向かうも、余は直ちに、「この悦の気分、仕返ありて相殺されん」と案じたり。この心配、朝を迎えて案に落ちたり［朝方発病］。ネメシスの怒に触れんことを恐れ、口には確と出さざりしが、悦の気分僅かなれば仕返も纔ならんと期待す。第三章口述筆記。

午餐、ネッケル夫人［スタール夫人従妹］。他人が自分に寄する関心しか興味を示さぬ人間である。忘れらるるやその時の不満腹立、驚呆《おどろき》の気色、見るになかなか面白き人間なり。他が自分を措いて外《ほか》のことを考うる、有得ざることと本人は納得がゆかぬ。だが、夫人は、その性、自己中心的なるも貴《あて》にして、その精神《こころ》、〈醗酵過剰《こりすぎ》〉なるも繊細、その顔容、末枯《すがれ》なるも閑麗にして卑しからざれば真の滑稽的人物と言うには非ず。

原稿四章ばかりシモンドを相手に読む。「寓意」の章に曖昧な点あり、他の章は優れたる新説ながら論述弱きに過ぐるものあり。シモンド無学なり、されば余の主張にはシモンドが驚くもの幾つかあり。だが、余の読者の大方もシモンドに劣らず無学なれば、主張を易しくしそれを明白な事実で裏付くること肝要なり。夜は自室にて過す。ビヨンデッタ訪れ来る。実に優しく余に愛着す。読書、クセノフォン。発信、タルマ夫人。

葡萄月五日（九月二十七日）

終日、病軽からず。病をおして仕事をす。スカンディナヴィア宗教の章、未だ然《しか》るべき形を成さぬも口述筆記。「道徳と宗教の関係」、本論の形を成すとは言えず。題目に不足ありとのシモンドの指摘、然もありなん。しかし、これ今も余の好む題目なり。本文となお必要となる補足においてこの批判に応え得べし。

夜、ブラコン、ガルニエ両人と〈遊女の喫飯〉。これら遊女が知るところの、遊蕩者の奇怪なる行動と心理をめぐる異常な事実の仔細。小説『ジュスチーヌ』［サド、一七九一年刊］、人間の堕落を誇張せしものには非ず。我ら人間、如何なる種なりや！ 廾。健康の衰え。視力の衰弱。情況の重圧。

葡萄月六日（九月二十八日）書簡 父

不快なる健康状態続く。熱感絶えず。来信、父、二十九日便に対する返書。この便りの中には愛情《アミチエ》も真心も在らず、父はマリアンヌとの間に儲けし子供をめぐる金銭上の困難を余に突付くるの覚悟とも見えたり。一日の労苦は一日にて足れりとするも、労苦を最小にせんと欲すれば己一人を相手に暮す、これに如かず。

仕事、第二章スカンディナヴィア宗教、不調。参考書籍の不足、我が身の上の嵐、両者を相手の戦、利あらず。自家に在るよりも十倍の努力を重ぬるも、その効の小なること、十分の一にも及ばず。読書、クセノフォン。

葡萄月七日（九月二十九日）

数日前手掛けし全体の草案に幾つか論点を加う。草案の短所不至《ふし》再び気になり、加筆修正を施さんと欲す。ところで精神と肉体の不調甚し。午餐、デオナとラプランシュ宅。余に対する親切、尋常一様のものに非ず。何故、余は人の悪意に苦しむこと大にして人の好意を喜ぶことかくも小なる。

ビヨンデッタと喧嘩の馬鹿げたる。喧嘩はすまじとあれほど決心せし我ではなかりしか。糠に釘の決意とはなりぬ。余の意志力に関係なく、いかなる決断も「鬼の居ぬ間」なればこそ実行可能の決断なれ、「鬼の居ぬ間」に非ざればその限りに非ず。かくて、逆上して平常心を失えばあとは感情に一気に押し流さるるなり。悪いのはお前だ、と皆から非難され、乱暴な男と言わる。そして、二人相対すれば、一方が激情に走れば、他方はなお冷静になるが常なり、ビヨンデッタの一方勝となる。夜、少時アメリー宅。

葡萄月八日（九月三十日　日曜日）

コペ復に備え書類整理。新草案の下書をなす、この新草案一筋縄ではいかぬが、より完璧をめざせば余が著書は、前篇は出たが後篇が続かぬ類の著書には非ずして「完全本」となるべし。

午餐、於ボセ。病軽からず、気分かなり不快なり。ビィの愚言。尊敬する人物に触れて曰く、「あれほどの高位の士［ナポレオンか］には道徳は要求せらるべきものにあらず」と。コペ復。更に一月［スタール夫人伊旅行出発まで］、その後は身一つ、さればその時、身を助くべく決断せん。二人の関係は、余が意志堅固を以てして相手に関れば、余が言動の薄志弱行、移気、激情、矛盾より生ずる支障、今よりも遙かに減ずる関係とはなりぬべし。

一八〇四年十月

葡萄月九日（十月一日）

仕事、書類整理。為したる仕事これのみ。ビヨンデッタと談。目下の余の迷い、断つ能わず。一方に長所美徳かくの如く数知れず、他方に、処世不能、薄志弱行、つまらぬ小事に苦しむ性向かくの如く数知れず併せ持つ相手なり。道ガ開クノ如何、運命シダイナリ［アエネーイス］。

クセノフォンのギリシャ史了。その「一万人遠征*」に取掛る。

* スパルタの将軍クレアコルス、ギリシャ人傭兵一万人を従えての出兵と撤退、厳冬のアルメニア山中退却中、ペルシャの太守に裏切られ殺害さる。軍人クセノフォン急遽、頭目として指揮をとり、その目撃体験が「アナバシス」に詳述。

葡萄月十日（十月二日）

新規調整の序論口述筆記。穏と言うべき一日。シュレーゲル弟到着［フリードリヒ］。過分に泡肥せる丸形の小男にして、てかてか光る両頬よりぬっと突出る尖鼻、鼻下に坐《ましま》すは甘き微笑《えみ》を浮べたる口、美《まぐわ》しき眼、とりわけこの男、喋らざる時その姿「下役」に近く、また、話を聴く時その表情能面のそれにも似たり。思想信条の条理を欠く、兄［ヴィルヘルム］に変らず。ドイツで好ましき国はウィーンなり、その心は、「出版の自由なきが故なり」と言う。筆一本にて世の名声を得たる人間が、その突飛な思想信条が許されたる国を好しとせず、行けば筆の自由が完全に断たるる国を好しとする、狂気の沙汰と言わずして何と言うべし。シュレーゲル兄弟の思想まことに条理を逸し、ついに、他の面に見する才は知らず、まさに痴者《しれもの》とはなりにけり。

葡萄月十一日（十月三日）

序論口述筆記了。二週間後のパリ行決意。大午餐会、クールランド公爵夫人。談、シュレーゲル弟。シュレーゲル兄弟二人の「教義」は、本人が哲学という名の飾言を装い繕おうと、他の者が分派思想と呼んで貶めようと、すべて私情そのものなり。二人が自ら旧教徒を公言するは一部新教思想家に嗤軽蔑視されたるが故なり。二人が、例えば、プロイセンのごとき言論の自由ある政府を嫌うは、連中が「言論の自由に乗じ我ら二兄弟に反論したる」が故なり。お呼びがかからぬはまさに二人の言う通りなり。他人に怯ゆることなく心うち解ければ、本音を素直に認むること、滑稽なり。シュレーゲル弟、バイエルン選帝侯［バイエルン王、マクシミーリアン四世ヨーゼフ］をめぐり余に曰く、「侯に召さるることあるまじ。また、ベルリンは、余を非難の書の出でざる日無し」。

もう一人の痴者、ビィ。だがこの御仁、頑迷一徹居士なり、恬淡無欲を装わんとするの心は持たず。

葡萄月十二日（十月四日）

ハイネの「エトルリア人論」、卓説、口述筆記。原稿の空隙、見るからに埋りつつあり。著作関係資料類整理。孤独の中いと長閑に思いなされて一日を過す。クセノフォン、「兵一万の退却」を読む。クレアルコスの死、ペルシャ裏切の件、すこぶる劇的にして面白し。

ファルグの葬儀におけるフランソワ・ド・ヌシャトー［元老院議長］の弔辞。この連中の為すこと、いずれも気取と滑稽逃れ難し［ファルグは仏政治家九月二十四日没、同二十九日の〈デバ新報〉に弔辞掲載 P］。「余の挨拶これにて畢れり。導師の方々よ、最後の御勤にかかり給うに何かは苦しう候うべき」。

ミネット、ジュネーヴより復。シモンドより既に聞き及びたればのこと、真にしおらしく余が健康を気遣う。

葡萄月十三日（十月五日）書簡　ゲクハウゼン

ミネットがその父について綴りし作に目を通す。落涙禁じ得ず。書き手に一切の矯飾なければなお一層の真実味ある心情伝わりぬ。パリの連中この作を一笑に付すべきか。ここにせめて印象が変らぬうちに録し留置くものなり。来信、ゲクハウゼン嬢。実月十七日便に対する返書。

最終五巻に配すべき抜書数篇口述浄書せしむ。

穏と言うべき一日。いぜんとしてミネット優しく親切なり。しかし、今に変らずミネットに身を献ずるを前提とする余の生活改善、至難の技なり。こちらが孤独を愛する人間ならば、相手は社交に明暮する人間なり。こちらは女の体が欠かせぬ身なるが、相手はこの点ではもはや余には無用の代物と化したり。余は間《ま》がな隙《すき》がな狂おしくも自由独立を翹望するも、相手に完全に隷属せしめられたる人間である。とにかく、先ずは波風立てず出発する、相手の痛手を最小に止《とど》むるべき手段に思案をめぐらすはその後のこと。

シャトヴィユの小説［不詳、原稿未完散逸］。感動と感受性の冴、描写の才、いずれも本物なり。その日常性において凡庸と愚鈍を我が事としながら能く才能を失わざりしこと不思議なり。

余が真理と考うる一つの事、今日ミネットに話して聞せたり。この世の生き方に三型あり、

第一は、義務と喜びを共にする共同生活。おしなべてそこそこの幸福あり、闇愚なれば理屈の専横に会することなく、慎重なれば破滅を逃れ、死ねば即忘却の情とは言い条それなりに温き家庭的愛情にもいくばくか囲まれて人生を全うすること可能なり。

第二は、まさにこの対極にあり。そは純然たる知的生活なり。学問と真理の発見に連なるもの以外は関心の対象とならず、物質的生活は形而上的生活の最低必要条件を充せば足る。この生き方にも幸福というものは存在す、他人からの自由独立なり。第一の共同生活が相手の股間を潜《くぐ》るに対し、頭上を旋回して衝突を避く。己の精神的能力、人類への貢献、人格の完璧性を全身に感ずる生き方なり。

第三は、第一と第二の寄合であり、それはまた同時に、両者が抱うる欠陥の寄集でもある。知的能力は共同生活の尋常凡短を照す不吉な光と化す。共同生活の義務と利害が苦悩の重圧となり息の根塞がる。これぞ古の哲学者がよく悟りたるところにして、その説くところの無煩悩《アタラクシア》とはまさにこの二種の生き方の分離に他ならず、それを今の世の人々、両立させんものと偓促《あくせく》す。

読書クセノフォン。クセノフォンが語る「一万の兵」の行軍譚には自慢が見え隠れし、自身が果せし役割に誇張あり。役割と言うも作者の言とは裏腹に、思うに、下役に近し。スパルタの将軍［総指揮官クレアルコス］の信、厚からず。二千年前の作なるが、真相が自尊心という隠蔽の衣裳の表に滲出するを見れば、真実は実に強靭にして枉ぐ能わざるものあり。

葡萄月十四日（十月六日 土曜日）書簡 ナッソー、ドワドン

発信、ナッソー夫人。原稿整理続。整理中、旧草案多数発見、一つとして同じものなし、比べて見るにどれも立派な出来にして優劣つけ難し。毎度の草案変更なれども、怪我の功名、持論の突合せと方向付け作業の甲斐ありて着想のいくつか得らる。この作業なければ、草案を延々とこね回し、結果は長時間の徒な浪費に終りたるべし。

読書クセノフォン。来信、ドワドン、実月二十九日便に対する返書。

葡萄月十五日（十月七日）書簡 父、タルマ

発信、父、タルマ夫人。何かの間違でド・パンジュ氏［仏政論記者、スタール夫人知己］と道連に半日ほど監獄にぶちこまれたるは九年前の今日この日のことなり。*お陰で投獄されし者の心境、斯くやあらんと理解せり。通りの物音、自由の身で窓下を散歩する人間の沓音、事に触れ目に触れ思知らさるる内と外との懸隔《ちがい》、余には、留置の「凄まじき」、これに尽きたり。もとより一晩限りの経験なれば、印象も一事が万事とは言えぬ。これにて止むまじ、翌日の苦痛これに勝るべし、と思いしが幸い釈放されたり。余は立派な義侠心から、ド・パンジュ氏を残したままでは即時放免には応じられぬと拒みし

が故に逮捕されたり。この事件を報じ氏の事件との関りを取上げたる各紙、氏の勇気を激賞せしが、勇気というもたかが逮捕に応じ事後怒りをぶちまけたるに過ぎず。余の名前は出ず仕舞い。

ジュネーヴ行。廿。夜、セロン姉妹宅。アメリー、魅力あり、その魅力に不足なし。

＊　一七九五年十月五日、「三分の二法」（国民公会議員の三分の二が抽選で任期延長が保証される法）に反対の王党派による「ヴァンデミエールの蜂起」、軍隊出動、約三千の死者が出た。指揮を執ったのが若き日の将軍ナポレオン。

葡萄月十六日（十月八日）書簡　ナッソー

出発の下準備、二三手掛く。抜書、ヴィロワゾン。午餐、アルガン宅。コペ復。〈メルキュール誌〉を読む。Ch. D.［極右政論家シャルル・ドラロか］のヴィレール批判の何たる様。当のヴィレールから鉄拳制裁受けてしかるべし。その雑言罵倒、既に文学には非ず。

ビヨンデッタ、余をイタリアへ拉行せんと欲す。幸いにして巧くかわせば諍には至らず。縁切の理由をここに記すは余りにくだくだしきことなれども、記して心に留置かん。なすべきは縁切、完全縁切、結婚による縁切なり。これをなさずば、我が生は日を追うて更に悲惨とはなりぬべし。アメリーを以てよしとせんか。ナッソー夫人より返書。

読書、クセノフォン。

葡萄月十七日（十月九日）書簡　ナッソー

発信、ナッソー夫人。原稿の論点二三口述筆記。余が傭いし筆耕、許なく旅に出たり。戻りしだい馘にせん。人生、小事の難儀叢り来れり！　シモンドに数章読み聞す。かなり満足の様子なり。

忌わしき夜。ミネットの長所と短所、その身の上、いずれも余を絶望に陥れざるはなく、余に残されし健康と力と生気、無惨にも疲弊衰弱す。

葡萄月十八日（十月十日）

ヴィロワゾンとシュレーゲル抜書。巻四編集。シモンドに最終章読み聞す。不足顔を呈するも、余本人が覚えし原稿の不満はシモンドの比に非ず。早い段階で取上ぐべき項目を再検討のこと。論述の推移杜撰にして反復繰返散見す。この最終章、鑄直縮小の要あり。今は昔の事例に余りに偏したる引用解説削除のこと。

心地乱れて勝れず。変調、皆の気づくところとはなりぬ。これにて人生一巻の終りとせんか、悪くはなし。人生に期すべきもの何かはある。

葡萄月十九日（十月十一日）

巻四草稿整理。いろは順の抜書集より数篇浄書せしむ。

午餐、クールランド公爵夫人。余は、己を大の愛想好しと思うも所詮は自己暗示、社交の空気とそこの人間に厭果退屈すれば、その世界で人に好かるるとは信じ難し。

読書、クセノフォン。

葡萄月二十日（十月十二日 金曜日）書簡 タルマ

抜書数種「雑篇」に収めて浄書せしむ。最終三巻調整す。巻五、三章ものす。

午餐、ビヨ［仏の物理・天文学者、三十歳にならずして科学アカデミー会員］。頭の切れる青年、世評では「物理数学化学天文の有能なる学者」であり、かくて修めし実証的知識の然らしむるところ、知識いがいの自分の思想全般については余り脈絡にこだわる必要なしと本人は考えたり。議論のための議論をする、いやむしろ例えば、或は自説他説混じえたる個々ばらばらの文学論政治論、或は議論の相手に向くる世辞、これらを議論のどこに挿むべきか、これが議論の目的であり、これがため本人はいっぱし軽妙洒脱、優美洗練を気取る。真正本物の仏人にして才の人、多芸の人、見映ある青年、頭は新案妙思迷想の宝庫なるが、この宝庫、時代情況のなせるわざなり。或る種の時代においては勇ましき自己犠牲なくして、或は徹底的堕落なくして精神の正しさは有得ぬのである。優美洗練において劣り、思想において同じく均斉を欠き、意見の愚劣に輪をかけしシュレーゲル、ビヨに対し大なる優越を信じて疑わず。ビヨが議論をするにフランス流を以てしたればなり。ビヨもシュレーゲルに対しそれに劣らぬ優越を信じて疑わざるは余の疑わざるところなり。シュレーゲルが議論をするにドイツ流を以てせしが故なり。

哀れヴィレール、Ch. D.と決闘せんと欲す。宗教改革の結果には有益なるもの有り、と書きしがため、暗殺者、下人、財産略奪者呼ばわりせらる、これヴィレールの驚きの始なり。ヴィレール、興奮と動揺の中で考えたり、「打って出て反論すれば思想的にどちらにも与さぬ連中は攻撃の手を控うべし。果し状を突きつけんか、不戦を信条とする連中威圧せらるべし」。これまさに余が昔の体験なり。余がついに沈黙と軽蔑の殻に身を避けたるは、数知れぬ悪戦苦闘を重ねし果ての境地なり。

ロール行。晩餐、ナッソー夫人。二人の意見、或る一点において一致すれば、残る不一致のすべては見事に隠蔽されたり。発信、タルマ夫人。

葡萄月二十一日（十月十三日）書簡 タルマ、父、フルコー、ヴァレ

不楽の一日。フェランをめぐりナッソー夫人と喧嘩の兆［仏の文筆家フェラン著『王制再興』の反動思想をコンスタン攻撃す。他に、同氏著『社会革命論』をめぐってシャリエール夫人とも喧嘩となったＰ］。この郷《さと》、人の住む所には非ず。有難きかな、余の訪問、稀にして短時間なれば議論はすべて躱《かわ》し得ること。

コペ復。発信、タルマ夫人。来信、父、ヴァレ［ローザンヌの代理人］、フルコー。インド人を話題にフリードリヒ・シュレーゲルと談。著書の中で歯ごたえあるインド論を学問的に深く究むること余の手に余るの感あり。ヨーロッパで一打《ダース》の人間しか興味を持たぬインド論に筆を染めんか、この一打、余に敵対し、余の著書、「皮相の書」との評判を流す、され

ばこの評判、悪口を言わんと構えたる無学な連中には余を攻撃するにお誂えの武器となる。然《さ》あれ今冬は我が「文庫」中、インド関係の全文献読破に捧ぐべし。態度決定はその後とせん。

葡萄月二十二日（十月十四日　日曜日）書簡　ドワドン、ヴァレ

発信、ドワドン、ヴァレ。抜書数篇浄書せしむ。我が文庫に「再会」せんか、読むべき第一の書はギーニュ［仏の東洋学者］の「フン族論」。民族とくれば当然宗教が入る、されば「東洋民族宗教論」に関する仏学界の学問体系を確《しか》と押うるには先ずこの書を読まずしては不可能である。既に脱稿のエジプト、エトルリアの章、ギリシャ宗教起源の章、大幅の加筆修正となるべし。余の仕事、内容充実に伴い拡大されつつあり。

午餐、ビヨとネッケル夫人宅。ビヨを相手にビヨンデッタ会話はずむ。話題が科学にあらざる時のビヨの会話、パリの文学を軽く囓りし若者の口飾口弄の類である。我らが国民、千篇一律単調な国民なり。ばたばた動き回れば千律の変化に富むかに見ゆるも、実はその「鑄型」、数は知れたものなり。

ビヨンデッタの才、余はそれを知り尽したり。取柄はその才を措いて他になしとあらば、こちらもいつまでも相手に惹かれてはいまい。だが、愛さずにはいられぬ情《なさけ》を兼備えたる人間でもある。執拗に迫りて暮しの中に更になにがしかの自由を獲得して以来この方、ビヨンデッタに対し気分はるかに優れたり。別の女と結婚しビヨンデッタと手を切る、これまさに十貫の重荷を百貫の重荷と交換するに等し。頭の中に納めたる計、ビヨンデッタの出発に合せレゼルバージュへ発ち同地で一冬学問に精進、四月頃ドイツへ向かい、一夏彼の地に滞在。ただし、この計、運命が変ればこの限りに非ず。ビヨンデッタにはこの計、些か不満あるべし、だが、こちらは優しく情を尽し、相手の悪口暴言あろうとも譲らず怒らず。如何に相成るか。ソハ運命ノ命ズルトコロナリ、ト人ノ言ウ［セネカ］。

葡萄月二十三日（十月十五日）

巻五第四、五章調整す。抜書数篇浄書せしむ。仕事これのみにて已む。一人ならざれば思うように捗らず。夜、クセノフォン、サント＝クロワ了。考証学的議論を削除すること絶対に必要なり。「思想」空疎なれども「専門用語」では余の上をいく学者連中を敵にまわす恐れ多分にあり。

ドイツ行計画、余の意志不変。穏便なるはこの計なるべし、落ちれば這い上がれぬ地獄［結婚］に落つることなし。ウルム、ヴュルツブルク、ワイマール、イエナ、ライプツィヒ、ハレ、余が逗留の諸国なり。諸国逗留は著作と休心安息、一石二鳥の効あり。

葡萄月二十四日（十月十六日）書簡　セヴリ

巻五第六章調整す。抜書数種浄書せしむ。一日ビヨと共にす。思いしよりも立派な男なり。気稟、分別、活気あり。夜、読書、ボンステッテン［『アエネーイス舞台紀行』］。乱脈と繰返、目につくも、論の正しさ観察の妙、随所にあり。六十歳になる男の頭脳に宿る奇妙な若さ。手習にギリシャ語を始むと言う。三日坊主の轍を踏まずば冥途の土産は学問なりや。

葡萄月二十五日（十月十七日）書簡　タルマ

巻五第七章調整す。草案、上出来との思あり。特にこのこと強く実感するは、ギリシャローマを除く他民族に渉る論述内容すべて細分化し、他民族の個々の事例を理論的に体系化しつつ、そをギリシャローマと対比する作業の時なり。来信、タルマ夫人、余の十五日便に対する返書。読書続、ボンステッテン。面白き観察多見、文章と表現力、見るべきものあり。

余が「日乗」に対するは余が人生に対するに等しきこと、ここに記し置くべし。「日乗」に記録するは楽よりも苦はるかに多し。ここ数日来、ミネット、情あり、優美の魅力あり。苦楽酸甘あい半ばする関係ではあるが、このまま維持せんとの覚悟あらばおのずから酸苦も軽減され得るやも知れぬ関係を、四十にもなろうという時、解消し人生転覆を謀る、利口な人間のすることとなるや。関係維持の決意、余のドイツ旅行計画に一切影響なし。相手の機嫌を損わずに事を進むる、容易なり。いずれの場合も、磐石の理を有するためにも、起居行状において何事の落度なかるべし。バイィ〔天文学者、政治家、革命時の初代パリ市長。一七九三年処刑〕をめぐるフィエヴェの記事〔「バイィ回想録、青史ニ残ル一行トテナシ、コレヲ紙ノ無駄ト言ウ」〈メルキュール誌〉P〕。情けなの卑劣漢連中よ！

葡萄月二十六日（十月十八日）

巻五第八、九章調整す。最終巻六冒頭三章浄書せしむ。抜書、ヴィロワゾン。読書、ボンステッテン。

インド神話学は今その産声を上げたところであり、この時期刊行の関係書籍、二十年後にはとり残され過去の書となること間違なし。先ずは、この新しき海原に人に先駆け船を遣る一番乗の熱《ほとぼり》ちと冷むるを待つが賢明なり、以上、インド神話を本格的に委曲を尽し論ずるは不要の立派な理由たるべし。見ての通り、人間というもの、何がし学問上の発見せしとの自信を持つや、何事もその発見にこじつけたがるものなり。インドの主人を自称する英人主張して曰く、「およそ有りとし有るもの、インドに由来せざる無し」。四秋をインド語《サンスクリット》の学習に捧げしシュレーゲルも同類なり。エジプト帰りの仏人は好んで凡百の起源をエジプトに探し求む。露国史をものせしルヴェック、全宗教発祥の地を露国韃靼《タタール》地方に置かざりしか。何人も、「己が精知通暁するところの知識こそ他人の知識の根源と成るべけれ」と主張す。斯くなる「仮説」は採らざるを以てよしとし、或る事象を論ぜんとするには、この種の仮説が絶えて涸渇し熱病が癒えしころ筆を執る、またよしとすべし。

ミネット、依然として優し、愛嬌なお増しぬ。

葡萄月二十七日（十月十九日）

巻六第一章から五章まで調整浄書せしむ。抜書数篇、ヴィロワゾン、ティーデマン〔マールブルク大哲学教授、代表作『思弁哲学の精神』P〕、ボンステッテン。混乱極まりたる一日なり。午餐、クールランド公爵夫人。この後終日無駄にす。

今冬のドイツ行に寄する念《おもい》、狂おし。身を或る国に置いて全き自由の中に暮す、しかもビヨンデッタ無き生活、誘惑抗し難し。だがビヨンデッタの不満大なるべし。余が口実は仕事、動機は仕事の完成、どちらも正当性ありと見ゆ。決断即実行、つまり、レゼルバージュ滞在は用件を済せ金を手にせんか、即刻切上ぐべし。ビヨンデッタの帰国に合せて発ちぬとの格好にならぬためにも、遅くとも二月中には既に独へ発つ要あり。一旦身を独に置かんか、滞在延長理由は幾らでもつく、翌冬まで帰国はすまじ。

葡萄月二十八日（十月二十日）

巻六第六章浄書せしむ。抜書数篇、シュレーゲル、ヴィロワゾン、ボンステッテン。「ホメロス詩真正性」の章編集に掛る。この章採用の是非、いぜん迷いあり。つまらぬ批評家連中の晒者となり奇説《パラドックス》と騒ぎ立てらる、しかも一見理は連中にある、これ余の恐るるところなり。

当館で大午餐会。ベルモンテ皇子。社交に神経衰弱し両眼疲弊す。然れど余の振舞功を奏し得たり。

葡萄月二十九日（十月二十一日）書簡　父

発信、父。ギリシャ多神教の章、ホメロス詩真正性の章、いずれも註記完了。ティーデマンの巫術論より幾つか論点抜書［マールブルク大哲学教授、反カント学派］。読書、ボンステッテン。この書の出現、時宜に適いたるや否や［ヴェルギリウスの『アエネーイス』の舞台を巡る紀行文］。時も時、法皇がフランスに到着せんとするその時期［十二月二日ナポレオン戴冠式］、法皇の「臣民」の惨状、この書にて明らかとはなりぬべし。

葡萄月三十日（十月二十二日）書簡　タルマ

ジュネーヴ行。終日、書籍整理。ジュネーヴからドイツへ、ドイツからジュネーヴ、パリからスイス、スイスからパリへと引連れまわせしこの文庫、運搬移動を繰返せば利用価値を上回る出費を強いられたり。特に、蔵書の大半繙かれぬ《アンカット》ままぼろぼろになりたるが、この文庫、「如何に生くべきか」、ついに答は得られざりし男の人生のまさに縮図なり。せめて残余の人生、努めて疎かにはすまじ。廾。発信、タルマ夫人。

霧月《ブリュメール》朔（十月二十三日 火曜日）書簡 ナッソー

発信、ナッソー夫人。書類の整理分類を続く。ヴィロワゾン了。

ミネットと小喧嘩。相手が同意できぬ事を同意させんとする、相手の感情を傷つけざるを得ぬ事を認めさせんとする余の常の悪い癖に陥るなり。幸い途中で非を悟り辛うじてもとの自分を取戻しぬ。フリードリヒ・シュレーゲルの教訓《おしえ》、「己の欲するところのことを為す術を心得る、然れども己が人をして為さしめたきことは黙して言わず」、シュレーゲルが自説は慎重に避けて言うまじとの態度、余がこれまでただ一つ不思議に思いしはこの態度なりき。

読書、ボンステッテン。この書の反響の量と質、著者の意図せぬところのものとならん。ラティウムの惨状をめぐる一節、法皇を迎撃つかに見えたり。また著者は法外な富の弊害としてボルゲーゼ公を挙げたり「仏革命の支持者で仏に帰化、ナポレオンの妹を娶る」。いずれも悪意あるとはつゆ見えず。

霧月二日（十月二十四日）書簡 タルマ

最初の浄書原稿において採用せざりし論の整理を始む。棄てるに惜しき論、多数発見。我が著書、出来栄優れたる書とはなりぬべし、だが、その出来栄、人の目にとまるところとなるか。世人の目、何処にやある。

来信、タルマ夫人、実月二十九日便に対する返書。綴文描写、悲しく真実なり。

嗚呼、ワイマール、ワイマール、アメリカ、アメリカ！ ボンステッテン読了。シュレーゲル兄弟が友人ティークの小説数節、ミネットの朗読にて聞く「『金髪のエックベルト』、作中の〈森の孤独〉は独ロマン派の象徴的詩句となった。ティークは独初期ロマン派の代表的作家、中世民話に借りた多くの創作童話を残した。『長靴をはいた猫』。外国文学の紹介、翻訳でも活躍した。『ドン・キホーテ』独初訳」。

実に不思議、実に魅惑的想像力あり。「自然の各部、一本の知的関係を以て結ばれたり」との新視点からの自然描写、幻想味を有し惹かるるものあり。生き物に寄する愛情、性質が摑めぬ生き物あり、それに対する憐憫《かわいさ》と恐怖感の入り交りたる愛情、これら愛の絵模様から新味と真実感滲出す。登場する人間も、偏見偏屈、旧教、気難しさ、多々あるも、自然を視るその目、単なる思弁家たる物書《ものかき》の目とは異る。

霧月三日（十月二十五日）

本日は余の生れし日なり。本日は余が三十七番目の歳終の日なり。人生華の年、過ぎにし方とはなりにけり。運命と天界の道理に救けられてと仮定するも、老いの衰しらずに生くる時間の残余、これまでの半分のみ。来し方、振返り見るに、混沌とも言うべき思出あるのみ。他人はもとより自分自身にも殆ど興味なし［以下は自伝的物語、『赤い手帳』（我が生立）と『セシル』に記されるところなり］。

十四歳まで父の深き愛情の対象として、一方では厳しく躾けられ、他方では最も驕り昂ぶる自惚心を吹込まれ、早熟な才能で周囲の者を感嘆させ、激しく喧嘩早い辛辣な性格では皆の不信をかう、世に在りし姿、斯くの如し。悪童との評を得る。まさに自惚の塊なりけり。

十四から十六歳、独の或る大学に入り［エアランゲン大学］、余りに自己中心的ながら成功を博し、とある小宮廷に関心を寄せ、それから大愚行を犯すにいたれり［賭事、銀行ゲーム］。

十六から十八歳、エディンバラに遊学、学問好きにさせんとのそれまでの周囲の努力ありたるが、同地に来て初めて学問に対する真の嗜向に自ら目覚む。しかし規律ある、それなりに幸福なりし生活も一年、後は賭事にのめりこみ身を狂わせ荒んだ惨めな生活とはなりぬ。その後、己自身の思慮分別が頼りのパリ暮し数月、はかばかしくは行かざりき。

十八から二十歳、常に惚れては時に惚れられ、しばしば無功《ぶこう》にして、芝居がかりの激情を演じ人目に身を晒せしが、余のうわべの約束を早とちりして自惚を傷つけられしつまらぬ連中はこの激情を見て、そら見たことかと溜飲下がりたるべし。このことあって再度パリに戻る。賭博、女、若者が思いつくあらゆる狂気の沙汰、パリが差しのぶる誘惑の数々、惨憺たる逗留、前回の比に非ず。だが、同時に文学者連中の交際にも精を出しかなり頭角を現したものなり。年金十万リーヴルの小娘〔銀行家娘ジェニー・ブーラ、結婚してオッカール夫人、夫は上院、貴族院議員〕を娶らんとの堅気の考えを持つに至りぬ。しかしこれを実行するに狂気の手段に訴えたり〔狂言自殺〕、その狂い様は世人をして言わしむれば、「後先不見《あとさきみず》の狂気を身に蓄え、その狂気、首尾よく狙う相手に用うること叶わざる時は通りがかりの道に撒散し行くも可なり」の類なり。計画失敗に終れば英国に発ちぬ。この「日乗」に記せし如く、余が初めて孤独なるものの名状し難き幸福の味を知りしはこの折のことなり。

二十から二十六歳、ドイツに在りて時間と能力を徒にして退屈に、だが、これという不幸も知らずに明暮す〔ブラウンシュヴァイク公国宮廷出仕、官女ミンナ・フォン・クラムと結婚〕。人生一大事変《レヴォリュション》なかりせば、定めて余は徐々《おもぶる》に闇鈍愚昧に身を持崩したるべし。二十六歳、妻と喧嘩、そしてついに離婚。二十七歳、ミネット〔スタール夫人〕への愛、そして政治への情熱。

今日この頃、人生新段階に入りぬるとの感あり、余が願いは「休心安息」を措いて他になしとの心境に至ればなり。休心安息を得ることやある。常に易きは、思うに、望まぬものを得ることとなり。だが得るにいと易しと見えしものも、得んと欲するや障害たちはだかるものなり。

ジュネーヴ行。我が文庫の整理。プレヴォーと談。内に秘めたる思想には毅然としてのぞむ男だが、その内気な性格がなせるわざ、「意見は黙して言わず」を自己の掟とす。

コペ復。実につまらぬ書を繙いたり、『宗教思想史』〔著者クロード・イヴォンか〕。

霧月四日（十月二十六日 金曜日）書簡 ベッティヒャー

来信、ベッティヒャー。文面よりしてドイツでの厚遇と静かな暮し間違なし。レゼルバージュの用件、決着済みとあらばここから彼の地へ直行するところだが。午餐、知事。

先の予定をめぐりミネットと談。眼目はドイツ行。ミネットすんなり折れて余のドイツ行認むると見ゆ。この件、実を取り給えとミネットに説くも可。ミネットの友人にして余の友人にあらざる者たちの熱意〔スタール夫人に伊旅行を勧める〕にこちらが水を差さずば、本人なお素直に余との「交渉」に応ずべし。

霧月五日（十月二十七日）書簡　マリアンヌ、父

抜書せし論点分類を続く。来信、マリアンヌ、父。冗談にもほどがある。親父のすべての不幸の元凶なるに、この女、何をぬけぬけと不幸の責は余にあるとの口ぶりなり。狙いは言わずと知れたもの。こちらの性格の弱さを当込んだつもりだろうが、それにも限度あり。お生憎さま。何をしてやるにも、同じ泣言、同じ要求の性懲りもなき繰返。これが明らかとなりたる今、今後は為すべきことを為すのみ。世の中と人間を相手に策を弄さざるを得ぬは、相手を踏台代りとする時もさることながら、相手からの逃亡を謀らんと思う時もそれに劣らず必要なり。人は野心を無謀行為と見るべし、じつは思うほどにもあらず。静穏に暮さんとすれば、その労たるや天下を取るのそれに劣らず。

読書、『宗教思想史』。浅ましき一書かな！　事実の一つ、思想の一つあらばこそ。

霧月六日（十月二十八日　日曜日）

シャトヴィユの小説読了。作品に才能と感受性見らるるが、作者の為人を知りたればこの事実まことに不思議なり。小男、才鋭し、だが人柄に丸みある個人主義者、凡庸な連中のなかにあって無為の暮しに甘んずるも、家族の濃やかなる愛情、夫婦の愛恋、いずれにも恵まれねば、懶惰と二流人との交際の中では幸福はいわば「堕落」の中にしか見出せぬものなり。されば不思議でならぬは、感動と憂愁の文体、興味ある筋立、優美繊細の色調、数篇の情熱的書簡、斯くの如き小説をこの男がものせし事実なり。「人間は一つに括る能わざる存在なり」との認識、余にあればこそ、さもなくば余の驚きこれにとどまるまじ。

ウジェーヌ［本名ユジネ、スタール夫人下僕］の手紙を見る。文面かなり曖昧なるも、読後の印象は陰。哀れミネット！　或る身分を回復せんと痛ましき努力重ねたるが、その身分も本人の長所短所からして今の苦に変らぬ苦となるべし。

我が意決定。願いは「枕を高くして眠り得る」地の確保、ドイツを措いて他になし。フルリー枢機卿に聞え返せしかの若き銃士にならい我も言わん、「さればし猊下、お待ち申し上げます」〔わしが生きている限りそちには何も与えぬ、と言われ答えたもの P〕。今一度《ひとたび》の運試し、されば船着に船は着かん。

霧月七日（十月二十九日）書簡　タルマ、ドワドン

抜書口述筆記続。資料増大す。今の余がなし得るはこれのみ。精神の安定と独居《ひとりい》の暮し叶うまで仕事の再開あり得ず。しかし資料としての論点収集、為すに価す。時間の埋草《うめくさ》ともなる。さもなくば時間は幽愁暗恨の餌食となるべし。

マリアンヌ宛書簡一本ものす。出来よろしければここに記し置かん、

「父に手紙を認めこちらの到着の日取をはっきり決定します。それにしても、「今冬の予定がどうなるか分りませんが、必ずブルヴァンに会いにまいります」という息子の堅い決意が怪しいものだ、と父に疑われるとは思いもせぬことでした。用事の都合で二週間前後の遅れを余儀なくされ金銭問題の解決に支障が生じかねないことを恐れ、下半期の残りの部分と来年度上半期の一部については父宛に支払の措置を講じておきました。たとえその場に居合せたとしても、目下のこちらの状況では、講ずべき措置としてはこれが精一杯だったでしょう。しかし、そちらに着いて、父の訴訟事件に関するその他の問題に手をつけあらゆる努力を惜しまずその解決のお役に立てれば有難き幸です。

お手紙拝読しましたが、包みなく申せば、驚きもさることながら情けない気持になりました。半年前、何回か頂いた便りと読み比べ驚きは増すばかりでした。その頃のお手紙では、ぼくの気持と行動は正しいと仰ってくれていたではありませんか。爾来こちらのやり方は一貫して変りはないはずです。「ぼくが負うべき非難、永遠の咎め」という言葉が何処から出てくるのか訳が分りません。

父とぼくの関係は実に簡単なものです。幼少の頃そそいでくれた慈愛に加え、更に父は愛情を絶やすことなく、息子のぼくにはそれが心底うれしく、この気持が薄れることは決してないでしょう。そこで、父とあなたの関係に注意を向

けたのも、私情を捨て、僭越ながら何をすれば父に喜んでもらえるのかを考えるためであって、それ以外の何物でもありません。父のもう一つの家庭に対してぼくが負うべき義務と見なした次第ですが、父の幸福を思遣る権利は息子のぼくのみが有する権利であれば当然のことなのです。この行為が単なるその場かぎりの一時的孝行ではないこと、父の大切な者たちにとっては特に意味のある行為であること、また、幾つかの点ではひとかたならぬ苦労を嘗めさせられた行為でもあったこと、自慢するわけではありませんが、そのように考えております。

　半年前のことでしたか、三千フラン揃えなければ父の財産が押収されると書いて寄こしましたね。この事件がその金額ではおさまらぬかもしれぬという認識があなたにはほとんど無く、残りはあなた自身で都合をつけるからと言い、仕送り予定の千七百リーヴル〔フラン〕都合してくれと頼んできたではありませんか。それでもぼくは三千フラン送りました。一月前のこと、父から、この差額の件で、毎年の仕送り分から天引してくれとの申出があった時、こちらはそれには及ばぬと断りました。さて、消却済みと了解していた借金が第三者の手に渡っていることが分りました。肩代りしてあげたはずの額をこの第三者にまた払わねばならなくなる、愚痴は言いますまい。一再ならずルイーズ〔異母妹、この時十二歳〕の先行の面倒は見ましょうとあなたに申出たこともあったでしょう。父にはぼくの財政状態は分っているはずです。色々と事件や見込違いで目減りはしましたが、とにかく、残っていたからこれまでしてきたことが出来たわけですし、ルイーズのために申出たことをするに足るだけのものはまだ残っております。

　繰返すようですが、もともとお門違いの言葉、それが一転して言うに価するとなれば、そういう言葉を書いて寄こす権利があるのは父を措いて他にはいないはず、一体、あなたのあの言葉が何を言わんとするのか、理解ができません。あなたは父の暮しにおいて必然的に大きな場所を占めているわけですから、あなたとは一緒に協力し父を慰労できる仲でありたいものです。また、いかなる咎も誰の上にも降りかからぬこと切に望む次第です。

　お話のブルヴァンを出るとの計画〔生地ローザンヌを終の棲家とする〕、無謀とお見受けします。おそらく、父の方は一族に囲まれ生きた愛情を発見するかもしれませんが、他の色々な面ではかえって不満が出るのではと心配です。ぼく自身が躊躇せずにやったことを人に無理強いする気はありませんが［生地ローザンヌ離郷］。三週間後ブルヴァンに参ります。父の件［訴訟事件］、念入りに調査をするつもりです。喜ばれて然るべき事柄についてこちらから非難の言葉が返ってくる、そんなことがないようにと事前に訳を説明しておく必要があった次第です」。

この手紙と追打の送金、その効能たるやあの女の主張と期待にとどめをさすべし。余の振舞、結果の如何に関らず、顧て羞ずるところなからん。この世の沙汰は何事もこちらの出方しだいなり。

ジュネーヴ行。来信、ドワドン、タルマ夫人。発信、ドワドン、入違となる。

インド宗教関係書数点の翻訳刊行案内文を読む。インド神話が他の神話と同じ歩を辿りたること、歩の早きはインドが勝りしが、そは四姓《カースト》の頂たる僧侶《バラモン》の力によること、いずれも明確なり。

我が身の上について反省。世にビヨンデッタに勝る存在《もの》なし、だが余が願いは安定堅固の生活なり。ところで、先行を推量りかぬるはまさにこの安定堅固なり。ドイツでの二年間、何ら解決あるまじ。

霧月八日（十月三十日 火曜日） 書簡 タルマ、父

午前中手紙執筆。発信、父、為替六百リーヴル送金。発信、タルマ夫人。来信、父、急ぎ会いたく来られたしとある。立寄るは上京の途上、それを措いて出向く気なし。マリアンヌ宛手紙投函せず。マリアンヌのくだくだしき文面から父の訴訟の真相を推察せしが、父の便りで真相なお明らかになれば投函せず。

人生とは如何なる闘ぞ、その闘に倦み疲れたり！ 詮ずるに、アントワネットとの結婚、迷うに及ばずと言うべきか。休心安息の結婚となるべし。されば何人といえども余が心に闖入すること能わず。父とビヨンデッタが闖入者の権利をこれまで有せしは、長き過去の経緯《いきさつ》あればなり。この点、アントワネットは妻とするに過去のしがらみ無く御し易し。尋常平凡の人生行路となろうが、これも人生、望むところなり。余の意志によらざる限り行路いたずらに乱すに及ばず。アントワネットで行くべし。午餐、知事宅。

段取ほぼ以下の如し。再度ナッソー夫人に面会、こちらの計画は一切触れぬこと、目的は夫人の信頼回復にある。フェランをめぐる口論〔十月十三日〕このかた、どことなくよそよそしさ見受けらる。次いでドールへ発つ、同地からロワ夫人〔アントワネット母〕に手紙を認め娘を貰いたしと名乗り出る、此方の意図を判然明白に説明しドールにて返事を待つ、此方の条件でよしとあらば戻って結婚し、アントワネットを伴いドイツへ行く。

ジュネーヴより復。見ればミネットの優しく濃やかなる、非の打所なし。しかし、余はいま人生悲哀の潮合《じき》を迎うるに、身の安定を計ることもなく、孤立して貧乏神に取憑かるるをも知らず馬齢を重ね行く「大煩」あり。

霧月九日（十月三十一日）書簡　ナッソー夫人

ホメロス詩真正性をめぐるフリードリヒ・シュレーゲルの一文を翻訳す〔ホメロス詩論〕。作家シュレーゲルのギリシャ詩史全体像、才の閃、見解の実に穏当なる散見す。しかし、いかにして言葉を「濁す」のか、結論に感心せらるること決してなし。これ独作家の大方に共通する欠点なり。連中、自らの網にからまり身動きすら能わず。読書、『宗教思想史』。如何なる愚書も得るところあるものなり。

草案再考。巻四巻五の配列さらに鋳直の要あり。現行の草案を以てしてはまたもやキリスト教成立史の深みにはまる恐れあるも、この分野ではギボンの上を行くこと不可能なり。

来信、ナッソー夫人。

一八〇四年十一月

霧月十日（十一月一日）書簡　タルマ

巻四巻五配列変更。両巻を鑄直し一巻とす。

ベラミ［国民議会議員、失脚し生地ジュネーヴに帰郷の政治家か］。パリより到来の思出と人情、その幾許に触れたり。余がそれを愉しむ訳はただ一つ、安息休心［パリ暮し］の縁《よすが》とせん為なり。深思細考するに、今の我が身の情況を思えば、結婚は踏出すべき第一歩なり。今、身の上を改善せずばそは悪化の一途を辿らん。今の送生《くらし》における張《はり》と突支《つっかい》失せ散じ、今日明日に迫る改造の可能性消亡せん。いざ試みん、フランス、孤独、田舎での著作。余は義務を尽せり。余が意志によらぬ限りビヨンデッタに譲歩する必要なし。不安動揺の想像力鎮静のこと。苦悩の余りうわべの錯誤に陥る、この苦悩抑うべし。事の是非を勘案するに、新たな関係［結婚］を結び新たな義務を負い、負えば身の犠牲は避けられず、小心に事をなして義務を履行するか、或は、僅か一押しの勇あらば奪回し得る「日常茶飯に関る自由」を取戻し、不即不離、今の関係を維持続行するか、前者よりも後者がよかるべし。

来信、タルマ夫人、葡萄月三十日便に対する返書。不憫なり。子息夭折せんとす。願わくば傍らに在って慰めたし。

霧月十一日（十一月二日）書簡　ナッソー

発信、ナッソー夫人。パリ到着時支払うべき負債を計算す［パリの家購入資金、ナッソー叔母の名で借りた］。その額およそ二千フラン。大した額なり。八方始末、出費抑制のこと。暮振り如何様になろうとも支出は収入に比例してあるべし。

シュレーゲルのホメロス真正論抜書了、「多神教一神教衝突」の章口述筆記了。汎神論をめぐりシュレーゲルと談。連中［ドイツ人］の思想理論体系、どこを見ても思想にして明晰なるものはただ一つあるのみ。議論を始むるや言葉に酔痴るるなり。連中の明晰なる思想とは、「自然界には唯一の実体があるのみ」、これなり。しかしこの実体は唯一であるからして有限無限の範疇外にある、かくて連中の議論、無限という言葉から発し長舌空語の羅列となる。

『宗教思想史』抜書了。『サーストラ』抜書にかかる［ヒンズー教聖典］。現行の草案による巻四、進捗最小、難儀最大。

霧月十二日（十一月三日）書簡　ナッソー

発信、再度ナッソー夫人。ヴァルハの「ローマ人の宗教的寛容性」、ヴァルハの好論文抜書。

昨日ミネット、服に火がつき火傷の危険に晒されたり［シュレーゲルが素手で火傷もものかは服の火を払い難を逃れた］。日毎に親切、優しさ、愛敬を増し行くなり。すべて熟々思うに、これまでの「要求すれども得られざる」策に代え、「要求せざれども得らるる」策を尽して自由独立を奪回し現状に留まるべきか。

『サーストラ』抜書。インド人が、気候風土による多様性を除けば、大筋では他の民族と同じ歩を辿りし事実、つまり偶像崇拝から物神崇拝、物神崇拝の寓意化から有神論へと進みし事実、現時点での余の確信なり。

霧月十三日（十一月四日）

ヴァルハ論文抜書了。次に控うるは、〈アジア研究〉抜書［〈アジアティックリサーチ〉、アジアに関する総合学術誌、カルカッタ一七八八年創刊］、更にマイナース「ペルシャ宗教論文集」入手可能ならばその原文とこれまでの抜書との照合。当地［コペ］にはなお約二週間滞在の予定なり。その頃を目処に目下の仕事完了に漕ぎつけん。

ジュネーヴ行。当地に二年前より保管の我が文庫、ついにレゼルバージュへ発ちぬ。この文庫の引越、羇旅と長遠ドイツ隠栖計画にあまり似つかわしきものにはあらざれども、朽蝕に晒されし書物二千巻、別れを決めし土地［スイス］に残して如何せん、良き知恵は浮ばざりけり。ビヨンデッタの許に預け置くも可なりしが、この女とは心の紐帯は切れずにあるとも、今日明日若しもの時、荷支度私財争奪合戦は避け難し、そを避けんとすれば私財荷物は身近に在るが望まし。レゼルバージュ売却はあり得ぬことなれば、持物は一切合財そこに置き、たとえ長期不在をなさんとするも、支度は一回で済む、これに如かず。然るべきパリ在住叶うなら、それこそ我が願いなれ、パリ再見なかるべからず。パリの住み心地、思うに勝るべし。我が生活の中核をなせしもの［政治］なべてかくまでに熱冷めて、「仕事」かくまでに我が趣味とはなりぬ。この事実よく他人の納得するところとあらば、パリとレゼルバージュに在りて余が望のただ二つの宝、「研究」と「安息休心」手中にするも可ならん。

夜、セロン姉妹宅にて過す。アメリー相手に愉快この上なし。アメリーに惹かるること常に変らずも、あのご面相には興醒なり。

霧月十四日（十一月五日 月曜日）書簡 タルマ、ルロワ、ナッソー

発信、タルマ夫人、ルロワ。来信、父より一通、八日便に対する返書。コペ復。来信、ナッソー夫人。従妹セヴリ嫁す。御寮人《ごりょうにん》には幸《さき》くあれかし。この従妹、美形、性は辛、冷、傲、吝にして、その行為、計算に基づかぬは一つとしてなく、その言も蓋《けだ》し同類なり。才気快活、気象巧敏、一言にしていえばまさに良妻賢母となるべく生れきたるべし、亭主を富ませ子を良く育て、使用人に采配を振るに粗相なく、要するに非の打所なき女、一緒になる男が恐しく不幸になる、斯様な女なり。

ナッソー夫人、「お前も同じことをしてくれたら、この私はどんなにか嬉しかろうに」と余に匂わせたり。結婚すれば、余の持つ財の四倍が転がり込む、惜しむべし。だが哀れミネット、余を失わば如何にせん。少くとも今はこのこと思案すべき時にはあらず。

父の文面、以前より穏やかなり。マリアンヌが父よりも図々しく遠慮なきは今に始めぬことなり。半年前の首尾につき［マリアンヌの無心に倍額を送金］、柳の下の泥鰌の喩をマリアンヌ知るにいたれば幸なり。

午餐、税関視察官。確かにおよそ最も理想的な被創造物、つまり種《しゅ》として最も完全無比の被創造物、そは愚か目出度

きフランス人なり。視察官に混じり一人の小男あり、この男、僚友に抜きんずる才あり、臆する色のあらばこそ、人前に出て卓越せる意見を述ぶるなり。そのあけひろげの態度に裏あるを見て余は初めてこの男に発作的疑念を懐いたり。案の定、ただのユダヤの小男にして山師、既に三回破産を重ねしという。性懲りもなくなお今よりも前に出んとする人間はこの手の類しかなし。能ある者、いずれも後方《しりえざま》に控うるものなり。余は最初、ご卓説とそこにこめられし精力に接し、この男にいたく心を動かされ、その感動のあまり落涙にいたりぬ。妙な出会というべきか、この小猶太《ユダ》、フリードリヒ・シュレーゲルの義兄弟なり［アブラハム・メンデルスゾーン、父は著名な哲学者］。しかし、この会見に当のシュレーゲル愉快を覚えず。シュレーゲルは新規宗教の開祖たらんとする男である。シュレーゲルの容姿風体、むしろ旧来富裕宗派の坊主に似たり。何が笑止といって、千載一遇の機と見た人間がそれぞれなせる設計《たくらみ》ほど笑止千万はあるまい。かく言う余も我が設計なるもの建てしことあり、しかし余は愚を嗤うに先ず己を以てしたり、されば他人を嗤うになにかはある。

シュレーゲル曰く、「いずれの宗教にも密儀あり」、斯く言いてシュレーゲル己の教義の一部を隠したつもりなり。つまりすべてを見せて残りは隠して見せぬのである。

読書、『サーストラ』。明らかにインド宗教は祭司団《バラモン》の導くところのものなり。

霧月十五日（十一月六日）書簡　ナッソー

発信、ナッソー夫人。〈アジア研究〉抜書にかかる。人類の「多神教と物質性」から「霊性と一神論《テイスム》」への歩をめぐる余の論考の裏付としてインド神話の歴史浮上す。ヨーロッパより遙か以前に文明を有せしインドは宗教の初期三段階、つまり「物神崇拝」、「自己説多神教《エゴイスム》」［人間の本体であるアートマン（自我）と宇宙の根源であるブラフマン（梵）同一説「梵我一如論」］、「道徳的多神教」を辿りしが、その背景たる時代の歴史については若干の断片的資料が知らるるのみで、我々にはこの資料ほとんど解読不能である。この第三段階末期は一神教への動きが最も強まる時期である。いわゆる啓示と称するものが多量に出現し民間神話の信仰を揺がすにいたる。四千年前から三千年前にかけてのインド史を辿るに、インド人が群をなすかのごとく多神教から一神教へ移るのが見てとれる。南と北［西方と東方の意か］の宗教を別に一本に纏めんとの構想、再浮上す。これまでインド関係の書物を読み漁り学び思考せしことに照してみれば、ヒンドスタン宗教［ヒンズー教］の「歩と姿」を辿るべき必要資料には事欠かぬとの目論見あり。この「歩と姿」、ギリシャローマ神話との類似と差異という点からも面白かるべし。学界に歩を築くためにも今の仕事の第一冊だけでも先ず刊行する、不可能事には非ず。

霧月十六日（十一月七日）

午前抜書、〈アジア研究〉。ギリシャローマ神話・ヒンドスタン神話類似論の試論、一筋縄では行かぬ感あり。だがこの試論、インド多神教を明らかにする、またジョーンズ［英のインド学学者、印欧比較言語学先駆者］言うところの「多神教の千絮万麻と荒唐無稽」の論拠を示す、との二利あり。

ヴェルソワ行。ウジェーヌの手紙数通。ビヨンデッタ自身の問題の解決をめぐる一種の希望が直接の言及なくとも行間に読取らるるのではと思いいし自分が情けなし。あるは予感の不吉なる、この予感的中せん。〈ピュブリシスト新聞〉紙上、ヴェニスの官立監獄の描写［十一月二日の連載小説］。恐怖に居竦みぬ。人が政府と称する支配機構の凡百のいわゆる効用も、斯くなる暴酷一つで無に帰さるべし。悲しき人類の性かな。言うにも余る残忍非道、卑賤卑劣！　この事実の衝撃、深刻にして、いたく憂憐と恐怖の念に捕えられたれば、疾く世を渡り畢えて人界を逃れんとの思いしきりなり。

ビヨンデッタと閑話。余の父の再婚とその結実たる子供［異母弟妹シャルルとルイーズ］から派生すべき問題、余に描き見せるも正鵠を射たるというも可。我が父は不思議な人なり、父は世間体も意に介さず、余が蒙る迷惑と不利益、また自身が蒙る不利益の類、その脳裡にあらざりき。生涯執着の的なりし事を矯め直す、七十八歳が相手では難し。だが、何を為すべきか、先ずはドールへ様子見に赴かん。二人の子供に対し法律上の如何なる身分関係も負わず、従って後見人その他の役は一切引受けず、余の意、断固揺がず。このこと、その折父に申入れん。

霧月十七日（十一月八日）

マイナース「ペルシャ宗教論文集」抜書、原文と突合せ調整す。ペルシャ宗教、一時期、ギリシャローマ多神教と軌を一にして歩み続けたり。対ギリシャ戦争時代、初めて軌を逸脱し始む。ペルシャに反祭司団革命ありきと見ゆるが、ギリシャも事情は同じとシュレーゲル主張す。とすると、祭司団の権力が物神崇拝後強まり次いで戦士《もののふ》により転覆さる、この事実、宗教の歩《あゆみ》における一般法則と言うも可なるか。

シュレーゲル発つ［弟フリードリヒパリへ、兄アウグストジュネーヴまで見送る］。飛ぶ鳥、名残を残さず、人に惜しまれず。思うに、この男、本心掩飾家、野心家、利己主義者、忘恩の徒、だが才気あり、陽性の中に雅趣あり。ロール行。

霧月十八日（十一月九日　金曜日）

ナッソー夫人といと睦じき一日。前便で、「世間に恥じぬ結婚、意なきにしもあらず」とこちらの胸の内を見せたるが、余の期待に反し渡りに船とは乗らざりき。信頼の証を立つるが余の他ならぬ願いなりき。

コペ復。ゲクハウゼン嬢［ワイマール宮廷人］よりビヨンデッタ宛書状あり。思うに、ワイマール、余には常に変らぬ実に優閑なる隠栖の地ならん。「余が必要とするは人間には非ず、余が望は図書館とイエナ滞在を措いて他になし」と、行き至り、彼の地の人に身を以て示さば優閑言うも更なるべし。

霧月十九日（十一月十日）書簡　タルマ、プルタルコス

マイナース抜書整理続。いくつかの差異を除けば、差異というもいずれも論の本質に関するものにはあらず、ペルシャ宗教はギリシャローマ多神教と同じ歩を辿り、その歩はアレクサンドロス大王によるダレイオス帝国崩壊［ダレイオス三世のペルシャ帝国、前三三〇年］に至るまで続くものなり。この時期、凶禍と恐怖の世となり、マギ［ゾロアスター教占星術僧侶］秘法の二元論的教義が公の宗教に浸透するところとなる。ペルシャ宗教と道徳の関係、マイナース論文には充分明確なる説明なし。

ウジェーヌ復。余の予感的中せず。今日からビヨンデッタ出発までの時の刻《きざみ》、過すに難儀な時間なり。とまれ時間は時間、流れに何の違いやあると楽観すべし。

来信、タルマ夫人、雁の玉章《たまずさ》。来信、プルタルコス。* 両人との再会また愉しからずや、相見ての後《のち》の別れまた悦ばしからずや。余の体、休息を欲すればなり。今の余の身途《しんと》なお続かんか、命絶ゆべし。

＊　本名ルスラン伯爵、仏政治家、文人。「ブリュメール十八日」に反対し野に下る。ナポレオン帝政下政界から遠のくが王政復古で復帰、要職に就く。著書『オッシュ将軍伝』により〈大革命下の将軍伝〉のプルタルコスの名をもって自ら任じた。

霧月二十日（十一月十一日）書簡　タルマ

来信、タルマ夫人、八日便に対する返書。マイナース抜書整理続。

心身不調、出発の接近とともに乱調を来すこと常に変らず。静安と学問を必要とす。両者を得るの妨は関係《しがらみ》なり。ビヨンデッタ、最善の人間にして、心もさることながら、優しさにおいてすら不足するところなし。しからば、余が身に覚ゆる恐しきまでの疲弊、何に根ざすか。その根たるや、毎度変らぬ同じ事柄の蒸返、こちらの都合を問う気遣のあらばこそ、自己中心、耳にするは将棋の駒なみの指図の声なり。余には身中憂いの虫の一つとしてなく、百千の才幹手段を擁する身、これを以てすれば行くところ幸福とならざるはなしというに、実に陰鬱なる日々の明暮なり。


霧月二十一日（十一月十二日）書簡　父、ナッソー

発信、父。ナッソー夫人より寸書来たる。マイナースのペルシャ宗教史抜書了。同著者のゾロアスター教論文二点と『ゼンド語書』抜書開始［ゼンド・アヴェスター、ゾロアスター教聖典］。

百千《ももちぢ》の物と事、脳中になかりせば、原稿の進捗いかばかりならまし。「ビヨンデッタ出発までの残されし日々を過すこと難かるべし」との予測的中す。我が身の現状変化、余の大なる喜びなれば尚更のこと、ビヨンデッタの苦痛が即我

が身の苦痛となるのである。余が心中に痛みと疚しさあれば尚更のこと、相手の数ある長所美点に感じ入ること一入なり。この長所美点こそ余の幸福の基となりて然るべきに、現実は見ての通り、かくて心身不調に陥るのである。独り身で自由になれるはずの今冬、忍ぶに耐うる情況を作出すべき勇気才幹なかりせば、今日首をくくりて死すも如かず。余が優柔不断と躊躇は自己保身のためならず。誓って明言す。ひと思いに関係を解消して学問に生き、美しき情婦を侍らす、これぞ男としての幸福に何の異存あるべし。だがビヨンデッタの苦を思えば不憫でならぬ。かくも優しき女がかくも不幸の身を託つなり！　余をかくも深く愛する女ならざるや！　余の為なら命をも惜しまぬは覚悟の前ならざるや！　こともあろうに、父親を失いて間なき相手から最後の友《アミ》を奪わんとするとは！

霧月二十二日（十一月十三日）

マイナースのゾロアスター教論文抜書続。明日その整理を期す。

新聞。ロンドン全景画《パノラマ》をめぐるマッシューの書簡［〈ピュブリシスト新聞〉掲載、当時パリでパノラマ展開催中。マッシューは唖者 P］。もはや口もて語る人間は唖者を措いて他になし。唖者が物を識別する、純粋そのものなり。唖者は万人と同格なり。

日の明暮に変りなし。生きて在ることの悲しく甲斐なし。さて、十五日の内五日は過ぎぬ。二十四日出発の揺ぎなき理由あること幸いなるかな。哀れミネット。ミネットの為にも余はこの出発待遠なり［コンスタンパリへ、スタール夫人イタリアへ］。道中の新奇にミネットの気分晴るるべし。

霧月二十三日（十一月十四日）書簡　ナッソー夫人

発信、ナッソー夫人。マイナースのゾロアスター教論文抜書に付加すべき註整理了。本文中の参照指示に合せこの註を分類すること、次の仕事なり。序論の一節、宗教感情関連部分、ミネットに読み聞す。ミネットいたく満足し感動を顕にするも、その性、感激家なればこの一文傑作たるとの証にはならず。ともあれ、なかなかの出来栄、特に余が狙いの効果を生ずるに相応しき一節にして、不信心を非難攻撃せんとして手ぐすねひいて待つ連中に一泡ふかせてくれよう。

シュライアマッハー『宗教論』［独初期ロマン主義思想の代表的神学者］。大雄弁家のとでも言うべき書なり、特に、雄弁も威勢激しき雄弁にして奔瀧《ほんろう》急流にも似たるかな。およそ霊感を受けたると称する人間に想像し得る最も奇妙な思想体系の書なり。氏の唱うる神は「無限存在《アンフィニ》」なり。言うところの霊魂不滅とは、神に魂を吸い取らるる無我の境の謂である。これを以てして氏の曰く、「我は霊感を賜りたる神に抵抗《あらがう》こと能わず、神より授かりし使命を果すべし」。預言者マホメットの「小銭《ぶんしん》」となり、至処《いたるところ》において預言者たらんとするこの手合、奇妙な人間なり［チュレンヌ元帥死後任命された八人の元帥、チュレンヌのモネ（小銭）と称された］！

人生、終あるからこそ物憂けれ。もし余の存在永遠ならましかば、この世の中、面白おかしく生き行かまし。だが頓痴無頼が我らより長生する、想像するだに笑止千万なり。

ローマ多神教における宗教と道徳の一致を論じたる章、ミネットに読み聞す。論調脆弱に過ぐるとの言や正し。加筆増補すべき点、一、主題に鑑みより相応しき導入部、二、ローマ宗教政治論、より掘り下げたる視点、三、ローマ宗教政治の中枢を成す祭司団に充てるべき章。

宗教、立法、政治をめぐりシュレーゲルと長談義［兄アウグスト］。才人なれども思考に脈絡なし。顧て我が思考の脈絡一貫性に自ら驚き甘心す。自画讃するも一人なり。

霧月二十四日（十一月十五日）書簡　セヴリ、タルマ、ドワドン

ジュネーヴへ発つ。発信、セヴリ［従妹、結婚祝福］。万事予定通り進めばレゼルバージュへ還る途上がコペの見納とならん。ジャントゥ訪問［ジュネーヴ近在の別荘村、親類か知人を訪ねた模様］。人生今を愉楽と称する高齢者《おいびと》の生き様ほど人生の重鬱を語りて明すものなし。楽の中に深き哀感あり、諦観の中に深き苦あり！　この悲痛の終焉に死ありと思えば如何はせん！

ジュネーヴにて午餐。廾。ミネットの優しさ、魅力、言うに余りあり。

「戴冠式」に関する面白き記事〈デカード〉に載る［「王冠・戴冠論、哲学的批判的考察」と題された書評記事寸評 P］。此処彼処、大渦ノ中ヲ泳グ者現レケリ

［アエネーイス］。然り！ まさにこれ大なる渦巻なり！ 来信、タルマ夫人、ドワドン。

霧月二十五日（十一月十六日 金曜日）

マイナースの「ゾロアスター教論」に付すべき註編集に午前を費す。註の完成早くて二日後とならん。出発間近の取込中にしては朝の仕事の出来、可とすべし。生活を秩序立つ、身を我が「文庫」に埋む、或はイエナに身を定む、三年連続一所定住、以上の手段の案出絶対的必要性あり。この事、今から二月後決定せらるべし。

〈メルキュール誌〉、『人間研究』［J.H.マイスター、書評フィエヴェ P］及びボンステッテンの著書［書評エスタンペール P］について。両書評家、見事鋭敏なる嗅覚の持主、些細な思想一として見逃すことなし。マイスター［独牧師の息、文芸師範としてパリ定住。グリムの「文学書簡」の継承者。ネッケルのサロン常連、スタール夫人と親交を結んだ N］は生れてこの方十八世紀思想家と共に歩みきたりし人物で、その思想表現形式一切が頭に詰込れており、自前の思想という数は知れたるが、いずれも十八世紀思想家に負うところ多し。これに加え己の性格の弱さの然らしむるところ、マイスターは現今の奔流に逆らわざるを望んだり。かくてマイスターが己の思想から導きだせし結論は本来あるべき姿とは真向から対立する結論なり。これにはギローデの例あり。ギローデは君主制の時代に執筆を開始、総裁政府［一七九五―九九年］下刊行の著書［『社会の構成要素たる家族』］において、「市民政府は家父長政府に倣い設立せらるべし、而して家父長政府の時代は君主制なりき、現代は共和制なれば市民政府は共和制なるべし」との結論を出《いだ》せり。マイスターの計算尽くの矛盾、よくフィエヴェ衝いたり。だがフィエヴェ、深追は紳士的に避けたり、その意《こころ》は、「マイスター、思想家たるには器に不足あり」と踏んだが故なり。文体、跳梁支離、深みを欠くが、マイスターよりはましなボンステッテン、やはり酷評されたり。〈メルキュール誌〉に登場の新手の「闘士」、余には何者か詳らかならざるも同誌を意のままに牛耳るなり。この「闘士」が作家を下男呼ばわりし「徒刑場」に送る、今回この例なければ余は記事にそれほどの衝撃は受けず。両書評家の「紳士的態度」のお陰をもってこの種の攻撃の手は控えられたり。

午餐、知事宅。晩餐、セアール［アルプス越要路、シンプロン峠道設計技師。ナポレオンにより馬車道として整備された P］。我が国民は済度し難き愚か者にして背徳的国民なり。虚栄と闇愚から背徳を愛するなり。背徳の洗礼を受く、そは大なる秘密を覗くに似たる喜びようなり。斯かる民を蔑視軽侮するは実に愉快なり。よってそをよくする者、その機を逃すことなし。

霧月二十六日（十一月十七日）

ペルシャ註編集続。午餐、ネッケル夫人宅。才人の交す会話に見らるる一本調子の夥多、鈍才のそれに比して遜色なし。例のアメリー宅にて宵を過す。二人して骨牌《ビケ》に興ず。本当に言うほどの馬鹿女でもなし。努めて余の前で手弱女ぶるが、根はそれほどの手弱女とも見えぬ。しかし、いわば快活と淑かさを併せ持つ女で、容姿の不細工は募る一方なるも、余が懐く微感情、会えば再燃す。来信、メラン。

霧月二十七日（十一月十八日）書簡　ドワドン

発信、ドワドン。ペルシャ註編集了。来訪、デュヴォー［一八〇四年三月四日参照］。相手に対し格別の感情《おもい》まったく無くとも、齢嵩むにつれ、昔出会いし者に会いたしと思うは人情なり。そは懐しくも失われし過去と我らとの間にいわば橋を架けんとの心境なるべし。昔の交際《つきあい》の魅力は、その内容よりも思出、今よりも若く朗らか、生々然たりし人生折々往時の回顧にあると言うべきか。

午餐、リエ夫人宅。ヴィクトワール・セロン、現在のラ・チュルビ夫人［夫はナポレオン侍従、のち離婚］をめぐる仔細。三十年《とし》上の男と結婚、パリ暮しの手回しをして一戸を構え彼《か》の地で一端《いっぱし》の活躍をする、これを諸人こぞりて非難す。心の世界を深くは知らぬままに、知らぬからといって不幸とも間違とも言えぬが、当地の暮しに倦み厭いて、誰の迷惑にもならぬ好きな生活を余所にて始めんと欲せし人間の賢明なる計算を余はそこに見てとるだけである。この結婚の開幕となりし対話にはいささかの滑稽味あり、《そなた《マドウモワゼル》は外国人を夫とする、厭わずや》――《厭いませぬ《ウイ・ムッシュウ》》――《旧教徒たるとも》――《厭いませぬ《ウイ・ムッシュウ》》――《そなたの父親と見らるるも可なる男を》――《厭いませぬ《ウイ・ムッシュウ》》――《家族と遠く離れ未知の国へ連れ行かるとも》――《ええ、厭いませぬ《エ・ウイ・ムッシュウ》》。

噂ではアントワネット、セヴリと結婚とのこと。されば余のアントワネットをめぐる計、簡にして短なるべし。

霧月二十八日（十一月十九日）書簡 ナッソー

ハイネのヘシオドス『神統記』論抜書開始。明日完了のこと。ブーレ［独の哲学史家ヨハン・ゴットリープ］の汎神論、入手不可、残念なり。

来信、ナッソー夫人。シモンド、シュレーゲル、デュヴォーに午餐を供す。午餐のなかなか愉快なる。

夜、伊旅行をめぐりビヨンデッタと喧嘩。よもやと思いし時、例の爪牙むきだし虚を衝かれたり。余が心、早《はや》、旅の別れにありて諍は避くべく相手の望みをすべて聞きいれたれば、数日来ビヨンデッタ優しかりき。やはり、要求の過多、癇癪持の利己主義というのがこの女の変らぬ本質で、これぞ我が人生の度重なる不幸の因なり。結末《けり》をつけんものと余は自らに誓う、今度こそこの誓い本物なれ。ビヨンデッタに仕えて為せしこと大なるものあり。ビヨンデッタに関し余を悪く言う者あらば、その者に理あらず。理は我にありと思えば慰めもつく。ビヨンデッタとけりを付くるに手段は二つ、当の本人との結婚、或は別の女との結婚、これあるのみ。我が意は後者にあり。この計画、余の頭の中にあるも、余はいわゆる余が計画というものの本質については百も承知、計画倒れもあることなれば文字に置くことを望まず。今はさしあたり出発する、持物一切運び出しコペに戻る理由を予め排除する、これ焦眉の急なり。今日から四日以内に為す、緊要なり。

読書、シュライアマッハー。これらのドイツ人、悪魔の使者とでも言うべきか、読者に親狎さすべく能う限り新を避け旧思想の衣を纏わせながら、恥も外聞もあらばこそ、怪しげな格好で思想を説くなり。新を避くというも、その思想自体がすでに超前衛思想なり。シュライアマッハー、或る箇所で述べて曰く、「神と霊魂不滅は宗教に不可欠なる思想には非ず」、また別の箇所では、「神なき宗教、神ある宗教に優ることあらん」。この主張、一見じつに馬鹿げたる主張にも見ゆるが、著者が言わんとする意味においては正しかるべし。余も、「宗教感情は懐疑と両立し得る、いや、それどころか既成宗教よりもよく懐疑と両立し得る」と述べしことあるが、趣旨は同じなり。しかし、この思想もシュライアマッハーの論旨を以てしては狂人の思想と見なさるるも可。

霧月二十九日（十一月二十日 火曜日）書簡 父、ナッソー

発信、父、二十六日父を訪問予定。ハイネのヘシオドス『神統記』論抜書了。

イタリア全土黒死病《ペスト》蔓延との噂あり。ビヨンデッタ、イタリア行不能。追放・死・黒死病、余を鎖に繋ぎ置く「合言葉」と言うも可。ビヨンデッタの追放なかりせば二年前、その父親の死なかりせば七月前、自由の身となりたるべし、この不意の黒死病なかりせば、今自由の身とはならまし。運命を前にしては泣寝入あるのみか。

午餐、知事宅。黒死病、大袈裟なる巷説風聞と聞ゆ。余の出発、日曜或は月曜確実なり。されば如何にして今の厭うべき情況の外に身を処すべきか思案のしどころなり。現状に留まるは愚の骨頂なり。レゼルバージュ逗留、羇旅、結婚、いずれも現状脱出なくては成らず。

晩餐、ビヨンデッタ宅。余、少しく機嫌を害うことあるも失錯なり。後四五日を前にして立腹は無用のこと。発信、ナッソー夫人。

霧月三十日（十一月二十一日）書簡 ナッソー、セヴリ

ミネット宅泊、出発前に書類原稿類すべて整理す。支払、コラドン［ジュネーヴの薬剤師か］、ルブラン夫人。ガルニエ宅［レマン県総務部長］にて本人を待つが無駄骨、その間、コンペール・マチューの一書を読む［本名クロード＝メルシエ・コンピエーニュ、文人、書肆主、著書に『神学狂言』］。十八世紀の思想とは、思うに、奇妙な思想なり。自身を含めすべての思想を揶揄し、世にある偏見思想は言うに及ばず、「癒《いやし》と訓《おしえ》の思想」（これを偏見思想と一緒にするは賛成できぬ）の化の皮を剝ぐをその使命とし、十八世紀思想の原理いずれをも愚弄し、嬉々として嘲笑を浴せ、その及ばざりし所なしとし、ありとあるものを失墜堕落さするものなり！ この時代

の作品を仔細に再読すれば、その後に生ぜし事象、現在もなお尾を曳く影響、いずれも驚くべきことには非ず。十八世紀思想家なるは何れも時代の子、その人と作品が時代の枠を越ゆることなき時代の子にして、次世代に利己主義と堕落を奨励せんとして筆を執りたる、というに尽く。この次世代、巧《よ》く前世代の教訓を利用せしこと言うを俟たず。

発信、タルマ夫人。午餐、シャルル・トロンシャン宅［ジュネーヴの思想家、政治家］。余は己の特殊な身の上を忘れんとし、人間という種族を忘れんとし能う限りを尽したり。その首尾たるや中位にして終りぬ。来信、セヴリ。廾

霜月《フリメール》朔（十一月二十二日）

出発支度続、旅券、借金、等々。月曜出発予定決定と見たり。斯く出発の果なき準備に失いし時間、幾許ぞ、しかも同好の士に心を委ぬる、或はただ怠惰を友とする身の気軽さを思遣る、いずれの楽しみすらなし。実益のために趣味を、出世のために実益を犠牲に供する人間あり。その中で趣味に反し実益に反し、出世の可能性に反することを同時に等しくするは我なり。なにくれ今冬が見物《みもの》なり。ミネット優しく親切なり。

霜月二日（十一月二十三日）

終日閑談。ミネットが我ら二人の別離に覚ゆる苦痛を思えば、余の苦痛なお尋常ならず。不憫な女なり！ ミネットの優しさ、懐《ふところ》深く斯くなる情けの真実味！ 余の為なら命も惜しまず、これ余の秘かなる確信なり。これに適う愛情、何処《いずこ》にか求めらるべし。余がそれを求めて得たとする、ミネットの苦しみ減ずるか。ミネットの苦しみの続く時、余の幸福あり得るか。昨日、金銭の迷惑をかけし男を敵にまわしてミネットに味方したり。勇ましく斬込めばミネット満面に喜びの色を浮べたり［相手はスタール夫人父故ネッケルお抱えの名歯科医ジョゼフ・デポー］。今ミネットに最も同情する理由の一つは、今日ミネットに対する手厚き庇護が昔に比べ薄れたると見て世間こぞりてこの機を利せんものと窺うかに見ゆればなり。余がミネットに愛着せしありし昔の献身と忠誠をいま一度甦らすには、斯くの如き人間世界の卑劣貪婪の計算を目にすれば充分である。

霜月三日（十一月二十四日）書簡　父

発信、父。種々の準備あればコペ行。今晩アメリー訪問控うべし。アメリー、醜、その友アデル、愚、両人、醜愚においで過ぎたり。姉のラ・チュルビ夫人の「高嶺の花」の寵愛を見て以来、アメリー、分を弁えぬ振舞とはなりぬ。これ余が睨みしなべての欠点のうちその可能性最小なりし欠点なり。思うに、すべて女の身中には七難潜みひたすら折を窺い表に顕るるものなり。

霜月四日（十一月二十五日）書簡　フランソワ、タルマ夫人

ミネットと閑談して朝を過す。すばらしき人間なり。レゼルバージュ、余の気に入らぬことあらば、ベルリンこそ、滞在の堅き決意もてミネットを傍らに置き腰を据えたれば意すべて叶いぬべし。

ブラコン、余を措いて発ちぬ。嬉しくもあり悲しくもある。発信、フランソワ、タルマ夫人。晩餐。「余パリへの途上、汝イタリアへの途上、リヨンにて落合わん」との突然の提案をビヨンデッタになす。相手の深大なる悲痛、不安、躊躇、トスカナ地方の黄熱病をめぐるジュネーヴの冗言弄語《うわさ》、ついに相手の苦の姿見るに耐えざれば、この提案をなしたるも、余のたっての願いとは大いに矛盾す。要するに、斯くあればこの出発、仮初《かりそめ》の出発と言わざるを得ず、この提案で道中の約八十里、無駄足を運ぶ破目とはなりぬべし。ビヨンデッタいたく喜んで賛成すれば事は決れり。

霜月五日（十一月二十六日）書簡　ミネット

リヨン落合の手筈整う。出発。余と別るるシモンドの惜別の情、真に迫りぬ。思うに、シモンドはミネットを愛すればその誼《よしみ》で余を惜しむべし。情に感ずるを義務として迫らるる時の余の困惑をミネットよく見抜いて嘲り笑いぬ。されど余はシモンドを親愛尊敬せざるに非ず。昨日のブラコンとの別離、感動身に沁みてより深かりき。

雑念連想の虜となり、それがため心を痛め悩ます一人相撲、これ無かりせば、仲間《ソシエテ》と過しし夏も実に健かなる夏ならまし。その夏も終りぬ。仕事進捗あれば一概に、益なき夏とも言えず。

出発。ロール着。ナッソー夫人宅で古き半切《はんせつ》の類、数葉を手に取る。ワイマール滞在時の書簡短箋からなるこの半切、読めば自ずから懐《おもい》は廻り長き懐旧に身を委ねたり。発信、ミネット。晩餐、ナッソー夫人宅。

ナッソー夫人、今の余が身の上を話題として、ミネットとの関係、この女の食客とも見紛う余の振舞、この二点に矛先を向けて迫りぬ。この「身の上」というやつ考えまいとするに詮なし。この身の上なれば世間の評は危うし、自らの身も危うかるべし。今の立場が余を幸にするか、これまでの「日乗」を見れば明らかなり。余は「余の理屈」に抗して理の筋道を立つる時あり。しかし、女と関係を断たんと欲するやこの「余の理屈」が口を出すのである。確かに、ミネットに優る何者もなし、だが不可能を要求して憚らぬ女なり。財の有る有名な女と財の劣る男との、結婚に拠らぬ関係を強いる女である。この関係、いかにも男には不利なり。だが一方、もし余と結婚すれば、疑いもなくミネットは傷がつく。フランスに独自の友人知己を持ち、大使夫人という名を有し、この肩書あれば前途の展開は余の比にあらず。余の思想、世に知られたれば前途は閉ざされたり、余を夫とすれば現在の世論からして、余の離婚歴はミネットの不利となるべし。されば、最も厳しき道徳の掟に従うべし、これぞもとより最も確かなる道筋なる。ミネットと現在の関係を続けんか、余の名誉失墜は避けられぬ。結婚を強いんか、ミネットの傷となること避けられぬ。されば、何を為すべきか。相手と別るるか。別れとなればミネットを絶望の淵に追いやること避けられぬ。これぞここ両日の思案のしどころなる。

霜月六日（十一月二十七日 火曜日） 書簡 ミネット

旅程、自ロール至モレ。着後ミネットに発信。

昨日の問題再考。十年来この地を通過せしこと少くとも十回に及び、しかも奇異な隷属状態からの解放と自由独立という宿望に急《せ》かせられざりしこと一度としてなし。この隷属状態は、ミネットの優れたる長所美点、余の性格の薄志弱行、両者の然らしむるところのものなり。この宿望、余には絶えざる苦痛なりき。余に精神一到の意志ありせば、関係解消も結婚も可能ならまし。だが、余はミネットとの結婚は望まざりき、関係解消の術も知らざりき。今から更に十年後、歳の数が十増すのみ、同じ宿望に駆られ同じ情況の下に在る、理として当然なるべし。

一、ビヨンデッタの前に出ては闘えぬこと、二、相手の手紙の言い分を呑むならば、相手の許に舞戻る破目になるは常のこと。以上、二点忘るべからず。相手の傍らに居る限り、これまでと同じ事の繰返、つまり、隠忍自重、我慢を肝に銘じ、関係解消は余が出発まで先送り、出発して解消を宣言す、ビヨンデッタ自ら飛んで来る、或は飛んで来るは手紙の紙礫《かみつぶて》、余りに烈しければ、「今回のところは」と自らに言い聞せ女の許に舞戻るが落ちとはなりぬべし。余に別るるの意志あらば、解消は相手の「不在」を以てなすべし。今冬の解消は考えぬとあらば、もはや解消は考えぬをよしとすべし。されば苦痛一つ軽減せらるべし。ひとたび関係続行を決むるからには、我慢の許容範囲に生を合すべし。

霜月七日（十一月二十八日）書簡　ミネット

旅程、自モレ至ポリニィ。シャンパニョルの旅籠にて、今しも密輸入犯十五名取押えぬという警官の一行に出くわす。最近警官一名を殺害せしとの嫌疑、この密輸入犯にかけられたり。犯罪の増大を目的として税関を置く、驚嘆すべき発明なり。先ずは始に税法を一本作る。この法律を破る者現る。違反に対し刑宣告さる。違反者は刑を遁れんとす。追えば抵抗し、抵抗の弾みで初犯よりも重き罪を犯すことになる。とどのつまりは、社会の下層階級の堕落荒廃、多数の個人と家庭の破綻、この破綻から生ずるところの別の犯罪、辻強盗となり絞首刑になる子供達、これに尽く。だが、政府には金が有り、間諜、税官吏、警官を雇って金を使い、更に金を費し、役目に要する闘志を身に付けさすべく連中を性質捻じ曲りたる人間に仕立て、それでもなお政府には金が余り、更に景気よく振舞うこと可能なり。これぞ社会秩序の目的なるべし！

発信、ミネット。数々の逡巡不決断を重ね我が計画決定。余の性格に合せて作り成したり。首尾が期待できる唯一の計画なり。ミネット以外の他の女との結婚は望まぬ。ミネットに嘗めさせられし痛苦の類、頭の中に叩込まれし思紛昏乱の類を抱えながら、一の選択として望ましき「思想の自由《リベルテ・デグザマン》」を求めし行動において余りに萎縮し余りに性急に過ぎたり。「現在の関係《おんな》から解放されたし」、あからさまにこれを唯一の目的とする男に添わんとする女、そを許す健全なる家庭、あるべくもあらず。

問題を易しく言換えてみる。余がドールに到着す。リヨン行を避くべくドールから打診す。失敗に終ればリヨンに行くまでのこと、問題は余が計画準備に要する時間、つまり五月間、ビヨンデッタに大人しくしてもらう、これが肝要なり。ドール、或はリヨンからレゼルバージュへ赴く。そこで用事を済す。出費は一銭たりとも控え、同地滞在は我が「文庫」の設置と在所の小作の件に要する時間に限る。これ終れば金子《きんす》最低一万二千リーヴルを肌身につけてナッソー夫人の許へ戻る。夫人に決意を明す。居所は夫人のみに知らせ、フルコーにはナッソー夫人の住所を教え余の事務上の連絡先とす。次に、ビヨンデッタに手紙を認め、「結婚か関係解消か」を提案し、具体的期日を明記し誓約書を同封す。この手紙、愛と情けこめたる然るべき、だが妥協は許さぬ手紙であること、「四年に渉る旅に出る、結婚承諾あるまで帰らじ」、と相手に伝え、ロールからウルム、フランクフルト、ヴュルツブルク、ゴータ、ワイマール、おそらくイエナへも向かい、ドイツ諸都市宛の推薦状を可能な限り各地で集めながら、少くとも一年間は歴遊を続く。以上の計画、余の見るところ何ら支障なし。この計画あればいかなる非難もかわして通れる。余が知るビヨンデッタならば、最初の段階で余と結婚するか、或は余なしの人生設計を立つるか、どちらかなるべし。どちらに転ぶとも、余が人生、再び簡素平穏になりぬべし。言えば以上の如し、この話これで止《や》むべし。

霜月八日（十一月二十九日）書簡　ミネット、ドワドン

旅程、自ポリニィ至ドール。発信、ミネット。或る一点変更との条件付きながら、計画に益々確信を持つに至れり。

変更は、滞在地秘密厳守の点なり。この秘密守り通すには色々と不便強いらる。仮にケーニヒスベルクを選んだとする、ビヨンデッタもよほどの覚悟がない限り、場所を知って四百里の道をのこのこやって来ることもあるまい。およそ考えられぬことながら、万一の時は他所《よそ》へ逃げればすむことなり。この点、計画再考の余地あり。

ドール着。〈父が余に授け給いし妹どの〉〔異母妹〕、余が投宿の旅籠に来れり。「訴訟の件につき疾く来れ」と父と自称妻が書いて寄こせしその訴訟、公判は一年半後なるを知る。

余の旅鞄と共にマルタンをパリへ発たす。裁判事件につき話を交すが、談曖昧なり。ブルヴァン着〔ジュラ県寒村、一七九一年軍事裁判敗訴後この地に父親隠棲す〕。父、少々老いばみたるも見るところ元気なり。思わしくなしと見ゆ！ 父は弱き性格の人間の例にもれず、つまり老人の例にもれず、老人はなべて弱きものと定りたるもの、何も言わず行動し愚行を犯すが、切羽詰るまで人に明さず、しかも明すとするも半分は隠して明さず。

霜月九日（十一月三十日 金曜日）

父の裁判事件、徹底的に検討す。忌々しき限りなり。十六年前オランダでその職と財産を失うに至りしまさに同じ事情を繰返しながら、当地でも危険な仇敵を作りぬ。父の言分に理があるは事実なれども、遣方が罵倒当擦《あてこすり》、叱辱詭弁を専らとし自ら立場を不利にす。性格的に芝居がかるとでも言うべきか、奇癖ありて「見栄」を切る、誰も気づかぬが、さすが敵には見抜かれてつけ込まるるなり。斯くて、六十二になる老人に敢てかくも奇妙なる行動を取らするに至りし不正に人の耳目を聳動させんとして、オランダでの公判中突然連隊を抜け裁判を放棄せり。驚いたのは敵方だけ、そこをつけ込まれ身分剝脱とは相成れり。* 当地では、或る別の公判中、敵側弁護士の罵倒を許せし裁判所の不当性に、これまた、人の耳目を聳動させんとして、当弁護士の侮辱を訴え退廷せしことあり。驚いたのは裁判所だけ、欠席裁判で有罪となる。あれこれすべて、余は未だ真相はほんの一部を知るのみなり。父は信用する能わず。その為しすべてを明すこと決してなし。マリアンヌも信用ならぬ、頭は父よりまともなるも、利害関係は余と明らかに対立し、見るに、その行為に不誠実の陰あり。

＊　オランダ駐留スイス連隊長ジュスト・ド・コンスタンとその麾下の将校連中は日頃折合い悪く反目し合っていたが、連隊のアムステルダム進駐時（一七八七年）の命令不服従に反目が一挙に表面化、一方が将校の謀叛暴動を軍事法廷に訴えれば、他方は連隊長の公金横領を持出し提訴の応酬、泥仕合となった。九一年父の有罪確定（罰金刑）、失脚、スイスの土地を手放す。九六年復権、参謀長。息子のコンスタン、裁判支援に東行西走難苦辛労しハーグに張付の時期もあった。

一八〇四年十二月

霜月十日（十二月一日）書簡　ミネット

来信、ミネット。発信、ミネット。余がミネットを愛するは心魂に徹する愛なり。リヨンへ行くべし。だが、結婚さもなくば関係解消、ミネットに関するこの決意に変りなし。

父の裁判事件の正常化、死後残さるる子供〔異母弟妹〕のそれ相応の生活保障を思いはかり、良計の名に恥じぬ計を立てたり。はたして父の同意が得らるるか、何とも言えぬ。皆に対する思遣と能う限りの細心配慮を致したつもりなり。余の提案受入れられぬとあらば、相手はそれを必要とせぬか、或はまともな判断に欠くるか、此方《こちら》としては救いようなし。我が計画と行為に満足を覚えれば午前は過ぎぬ。

裁判から解放してやりたしと余は思い、本人も裁判は後悔の様子なり。その連添《つれぞい》、此方の話をいたく喜び大筋において計画実行に賛成せしが、得分《とくぶん》のなおこそ多からめとばかり細部を穿《ほじく》るに至れり。細部の変更は相成らぬ。敢て言う、余が提案は犠牲的精神より成るものなり。この提案なるもの、折を見てこの「日乗」に記し置くべし。

さてまた人間とは面妖怪態《けたい》なる物かな！　自分自身に対してすら正体は明さぬものなり。曰く、「彼女《あれ》は人前を離れ独りになるともなお慎みを忘れぬ女なり」。それを言うなら、なべて人間は、「人前を離れ独りになるともなお人前を装《つく》るものなり」と言うべきか。女中あがりの女房を相手に暮す八十の老爺が斯る姿勢をとるは、ひとえに事を荒立てずに生きんがためである。相手に向かい心情の一端すら開陳せず。何を言い何をするにも、こと女房が相手では気まずく窮屈なるべし。己自身にすら真実の胸懐を明すこと絶えてなし。この最中に身を置く十二歳の少女あり［異母妹ルイーズ］、内所《ないしょ》の動揺は毫もこの少女の知るところに非ずして、笑い飛び跳ね、打ち興ずるも、その心中には既に女の虚栄心生成発展しつつあり。身を脅かす四辺の境遇と迫り来る宿命を悟らぬ少女の無邪気なる、不憫なり。子供の無知と老人の衰弱を一対にして見れば些かの悲哀あり。余は今、両者の中間に在って、未だ壮年の意気と理性を代表する側に立つ者なるが、見れば来し方斯くの如し、行末また斯くの如し。見れば、彼方《かたや》、弱さに苛立つ老人、此方《こなた》、生命《ちから》を持余す子供。如何なる謎ならん！　だが所詮無し。

霜月十一日（十二月二日）

この案、父とは合意可能とほぼ踏んで大いに気を良くせしが、喜の後は苦、法外な額を余に出させんというのが相手の意なること判明す。既にこの提案自体が余にはかなりの負担なり。ここから百五十里遠隔の、小作料九百リーヴルの地所に終身年金千二百リーヴル［フラン］を設定し四人（内二人は十二歳と二十歳）に支払うとす［父所有の地所を譲受け代価として毎年千二百リーヴル、相手の生存中支払う、この間の小作料収入はコンスタンのもの。相手の死亡と同時に土地はコンスタンの名義となる］。更に、訴訟費用六千フラン、此方の負担とす。あまつさえ、まだ十年は生存するであろう二人、父と義母マリアンヌにこの地所の収益権の半分を譲ることとせり。今相手は特別抵当権を要求せしが、さればこの土地は一括償還不可、途中換金も不可、この要求許し難し。余は昨日の曾てなく嬉《うら》ぎたる気分に比べ今日は些か計算高き人間とは化せり。二つの裁判に首を突込む、年金を払う、気乗り薄らいだり。心に揺ぎ生ず。疑深く乾びて曖昧模糊たる心境なり。この心境の因ってきたる所以は、余の犠牲を前提とせるこれまでの相手の性懲なき三つの要求にあると言うべし。マリアンヌ所有の資産を能う限り搾りとり、そを子供扶養の一助とせん、まさに取らせて取るの論法、マリアンヌが子供は余の異母弟妹、その扶養は余の永久の義務なるべし。

霜月十二日（十二月三日）書簡　タルマ、ミネット

父自ら余の提案を拒みぬ。此方がその寸地の継承権を要求せしは、父が訴訟に入揚げ手放すことあってはならじとの思いあればのこと、他意は無し。引換に、小作料をはるかに上回る額の、しかも子供に権利が受継がるる年金を申出たるが、相手は土地を取らるると恐れたり。相手の拒絶に実は内心安堵す。複数の訴訟の指揮をとり、三箇所に及ぶ僅かな土地を遠隔管理する、重煩厭うべし。余がこれを敢て為さんとせしは義務の然らしむところなり。

来信、ミネット。明後日ポンダンで行逢うべし。来信、タルマ夫人。息子を伴いムーランに赴く由、息子、悪疾の不安にいたたまれずパリ滞在を強く懇願すればなり。夫人の不憫なる！　遺されし最後の子息喪うべし〔翌年二月死、既に二子を失う〕。我また夫人を喪うことあるべし〔翌年五月死〕。リヨンから上京の途上ムーランに寄りて夫人に逢わん。

父に暇乞。ドール泊。発信、タルマ夫人。

霜月十三日（十二月四日　火曜日）

旅程、自ドール至サンタムール。ラテン語小論文、「古代ギリシャローマ秘儀とその禁欲的悔悛傾向」、数頁を読む。人間本来の善悪両面における心的傾向の中で、キリスト教由来にすり替えられしものありとの論なり。我が著作に関る思考については、余の頭、蛻の殻とはなりにけり。挽回するには余程の学問精進なくてはあらず。

モンスヴォドレで火事〔ドールから十八キロ〕。男が己と妻子の口を糊するに齷齪する事実、一定不変なるが、進歩発展なしとも言えぬこの目的が男の人生の励ともなり、日常の生甲斐ともなること、そもそもこれ自然の道理である。潰滅とはいかぬまでも、大被害を受けし百姓連中が焼残品を探回り、残骸を見つけては、無念の涙ながらも、露の喜びに浸る、この百姓達、実は金持よりも幸福なり、心の自適落着ということでもより現実主義的、足るを知れり。一方、金持は生活の

窮乏に頭を悩まさずとも、頭の使い道が分らぬままに、敷かれたる路を行かず空《くう》を縫うて右往左往するなり。「敷かれたる路」、これぞ余が人生の欠くところなる。ミネット無かりせば路の一つも敷けようが、道連となれば難し。「別れて」相手を許多《ここだ》苦しめ、此方は楽をする、この楽は心が許さず長続すまじ。

霜月十四日（十二月五日）

旅程、自サンタムール至ポンダン。ミネットに再会。余が出現、シュレーゲル［兄アウグスト、スタール夫人の伊旅行に同行］かなり困惑の体なり。ミネットが余りにあからさまに余を贔屓にし、シュレーゲルの相も変らぬ文学と逆説尽しの会話に辟易し、疲労不快の徴候《きざし》を振りまく、シュレーゲルの驚きやさもありぬべし。だが驚く勿れ、シュレーゲルが見ざるもの、見しものより多し。シュレーゲルのミネットに従《つ》いて離れぬは、好《このみ》と慣《なれ》の然らしむところなれば、今に変りあるまじ。従《つ》けば心地よく、離るれば身の先《さき》覚束なければ尚更のことなり。名を立て揺ぎなき将来を物すること可能なりし学問研究を半にして、「従者取持」の身に成下がり、自尊心を武器にして従者取持の身の不利を訴えしが、シュレーゲルが他に伍して社交界の一員となりしも、ただ「お情け」からであるからして、自尊心は武器とはならず無益な闘いではあった。シュレーゲル迷いて堕ちぬ。しかしながら氏の立場には余が足許にも及ばぬ立派な理由あり。シュレーゲルは無産の家の出なり。いわば「従者」は逃れられぬ宿命なりき。かなり居心地のよろしきを見つけ、時に抵抗に及ぶことあるといえども、ミネットの巧智と情《なさけ》よく鎮撫して、やがて氏をして再び眠に入らしむるなり。

霜月十五日（十二月六日）

旅程、自ポンダン至リヨン。ミネットと心和《なご》む一日。この女の真価を知ることにおいて余の右に出る者なし。我ら二人の思想と意見の類似完璧なり。ミネットの感情と行動がその思想意見としばしば矛盾することあるは事実なり。父親の甘い態度に始り、次に取巻連の世辞追従が続き、これに味をしめて物と遊を外に求むるが慣性と成り、余りに過ぎたる幸と華《はな》に満ちたる人生の門出が禍せしか、「妾《わらわ》の幸福は他人のつとめ」、「妾を支うるは他人の義務」との思い身に染付きぬ。この欠点、ミネット本人のみならず余の不幸すべての源泉なるは言を俟たぬが、日増に減じ、却りて、余に対する愛情増えつつあり。我ら二人の結婚により自身の人生と子供の将来に生ずべき問題の煩を言うミネットの言葉には確かに理あり。この理、利己主義者には通じまい、だが見ての通りの余が性格からして、ミネットが実害を蒙る、或は、気で病む苦痛を強いらるる、これを見て憚らぬは余の心のよく許さざるところなり。これ今の偽なき気持なり。秘密結婚の考えこそ相応しけれ。秘密、公然はともかく、結婚するとなればこの冬を逃すべからず。

リヨン着。キラン・カズノーヴ［リヨン市助役、博愛事業に献身 P］。事情の仔細、奇にして怪。仔細の幾つかまことに尋常ならざるものあり。自ら播いた損失、身銭を切りて償うのであれば、他人がとやかく言うことなし。

リヨンの風情、フランス田舎町の没趣味にドイツ商業都市の退屈を重ね合したると言うべきか。外国との交流、それが故の新政治への関心、この二つをフランクフルトから引算せし残がリヨンなり。文芸世界との交流、大学教授の堅苦しくとも有益なる会話、この二つをライプツィヒから引算せし残がリヨンなり。

霜月十六日（十二月七日）

一年前の同じこの日アイゼナッハを通過す、ミネットに同行、ワイマールへの途上なり［仏を逃れ独へ避難するスタール夫人に同行の旅］。お陰で大変な犠牲を強いられたりというのがその時の旅思であり事実その通りなり。禍転じて福となる、余のために開かれたる広大な場、ヨーロッパに在り、遠くパリを離れてなお文学、学問、思想の刺戟あること発見せしも、この禍のありたればこそなれ。

終日リヨン。商人の何人かに会うもつまらぬ人間と言うも可。

夜、閑談、ミネット。常に変らぬ同じ結論なり。不幸な性格、傷つき易き観念、広遠なる精神、その精神も及ばぬ無窮の優しさ。このミネットが余を必要とする、哀れ不憫の情禁じ難し、しかし、それがため余は一層の不幸に泣くはめとなる。ミネットを棄てその許を去る、まさにこれ相手を余が都合の犠牲に供するに等しく、その残酷なること、私利のためにミネットを拷問の悲惨なる責苦に処するに異るまじ。十全の保障あってレゼルバージュに暮すこと可能ならば、ミネットに尽力を約しつつ、幾許かの安息休心得らるべし。不可能とあらば、独りドイツに定住し、彼の地に来て余と暮すも可能の含みを残しながら、こちらは同じ町に頑なに居留する、これぞ最善策には非ずや。

霜月十七日（十二月八日）

更に終日リヨン。一日の退屈なる、前日に劣らず。為すべき仕事なく、仕付の糸の綻びにも似たる不様《ぶざま》な逗留生活、恐しく我身にのしかかり疲弊す。今冬、放浪生活と訣別せざるべからず。

ブラコンより消息無し。既に我らを忘れしや。人の世を長く見慣れし我なれど、さもあらんこと些かの驚きなり。書簡、フリードリヒ・シュレーゲルより兄宛［ヴィルヘルム］。文芸策謀家《アヴァンチュリエ・リテレール》たるこの一家眷族、金銭の窮乏逼迫したり。フリードリヒ既に貧窮の誘惑に屈伏すと余は見たり、つまり、他人頼みの処世、その日暮しの生計、これが日常と化し、明らかに間接的要求を意図するところの例の暗示仄めかしの類に訴うることも為し慣るるにいたれり。一度《いざ》この道に踏込むや、後はまっしぐら先を急ぐことになる、頭の中を物思の海と化し、社会的制度、常識を当然の如く蔑視さするにいたる知的営為の習慣、制度に帰順し常識を逸脱せずして日々糊口を凌いで行かざるを得ぬ窮乏、知と食の対照恐るべし。

例の種を蒸返しビヨンデッタ［鬼のスタール夫人］とかなり激しく遣合う。余は今の根無草的身の上に不満を覚えざるを得ぬが、同時に、ミネット［仏（ほとけ）のスタール夫人］の余に対する深情けも認めざるを得ず。

夜会、ジョルダン家［カミーユ・ジョルダン、リヨン生の文人、政治家、コンスタン、スタール夫人共通の友人。独亡命中ワイマールで独語独文学を究む。ナポレオンの第一統領終身制に反対し野に下る。王政復古後「純理派」（ドクトリネール）第一の論客として名を成した］。滑稽的田夫野人の衆。ドランディーヌ氏［リヨン生の知識人、リヨン図書館司書 P］。この男の無知、度し難きかな。プロイセン語とドイツ語は異種の言語なりと信じて疑わざりき。我が懇ろなる同胞諸氏［仏人］の無知たるや尽きせぬ驚愕の種なり。リヨンの才子、プティ医師

［リヨン生、若くしてリヨン病院の外科部長 P］、学士院《アカデミー》か、はて学術協会《アテネ》か、余を会員に推挽せんと言う。取るに足らぬとはいえ、この種の交際すべて謝絶すべきものか。笑者にはなりたくなし、だが会員におさまれば得ること何がなあるやも知れず。モンシエル氏［立憲君主制主義者、ルイ十六世の内務大臣、一八〇〇年まで国外亡命］、居並ぶ客の中で唯一まともな紳士なり。ともあれ出会せし面々の痴癡ぶり見たれば愉快滑稽なる夜会ではあった。

霜月十八日（十二月九日　日曜日）

一日、無益無興。夜、ミネットと閑話。ミネットの余を愛する、未だ曾てなきほどなり。余に愛着するは、残されし最後の愛、終《つい》の絆に愛着するに似たり。二人の幸福に折合をつくるは依然として至難の業なり。ミネットとの結婚、いまだ最善の策にして、為せば成るべく成るべし。ミネットの結婚拒否に因らぬ二人の関係破綻、如何なる形にせよ、余が為せる最も憎むべき冷酷薄情の結果と人は見るであろう。だが、この関係破綻、余が決して実行できぬこと、余自身のよく知るところなり。

夜会、キラン・カズノーヴ宅。退屈、ジョルダン家に比ぶればまだましなり。警察署長デュボワ［国民公会ついで五百人会議委員］、美形、毅然たる物腰、かなりのものなり。あたかも演壇上にあるかのごとき話振の癖ぬけぬが、これ国民公会に席を置きしとき身に付けたる習癖なり、もっとも其の昔《かみ》、氏自身は滅多に発言はせざりき。今、議場《シャンブル》ならぬ私場《シャンブル》において昔の貸を取戻さんということか。

霜月十九日（十二月十日）

リヨン公立図書館を覗く。蔵書多大にして小綺麗な図書館なり。蔵書の内に神学の書数多混じりたり。今の時代、神学書は言葉だけの荒唐無稽なる無用の書と断罪せられしが、この風潮、事実認識に欠けたり。事実は、神学が誤てる原理から出発せしとはいえ人間頭脳の活発なる訓練を促し、それにより我々は思考の習慣を身に付け、この習慣あったればこそ人間の頭脳は、神学を乗越え、応用のきく重要な学問研究を目指すに至りぬということなり。頭脳の訓練はすべて良し、目的が有用性に限定せられたる研究は度が過ぎれば或る意味において危険ですらある。有用性のみを追求する余り、「無用の用」が見えぬまま「その他多数」が剪伐《きりす》てらるる恐れがある。すべては相関の関係にあり。如何なる真理の一つとして、事実の一つとして、新思想の一つとして絶対に孤立しては存り得ぬ。対象として微小細密を詮索しなお過ぎたるは憂うべき姿勢と言うも、個人がこの類《たぐい》に過つはともかく、学問研究のためにはそうとも限らぬ。後続の秀才が、他人の詳悉を極めたる研究成果を利用し大小巨細《こさい》を篩い分け、或る成果を得ることあるも、そは資料の蒐集、あらゆる疑問の解明あったればこそ、さもなくばこの成果得ること難し。

デュボワの私文庫。古典文学、言語学、古代学に渉る見事な蔵書。この分野の知識かなりのものと見ゆ。幅に欠くるも堅実な精神の持主にして正道を歩む。ただし、政治生活の然らしむところ、曾て己の思想［革命思想］に注ぎし情熱を今度はその思想の一部取締に向けて燃やし正道に外れしことあり［リヨン警察署長を務めた］。さても、人間というものは、成功を逸するや、己の失敗で権威の色剝げし思想を相手とし不首尾の恨みを晴さんとす。この男、国民公会的大言壮語の癖なお抜けきらず、蔵書の装幀を語る口吻たるや、対仏同盟軍戦争を語りしもかくやと思わせるほどなり。沈みがちなるも穏《しめ》やかなる宵、ミネットと共に。千客万来。社交の組織、ジュネーヴよりこちらに分《ぶ》ありと見たり。

公立図書館にてドランディーヌ再見。無知は相変らずだが、世に無上の真情者《まじょうもの》と見受けたり。

霜月二十日（十二月十一日）書簡　ベッティヒャー、ルロワ　要注意ユベール

ミネット出発［イタリアへ］。立って身を支うるもいと辛き様なり。ミネットに対する我が感情《おもい》の不思議なること。在らざれば余の嬉しさ一入なれども、相手の苦痛を想い慰撫せんとするに命も惜しくはなし。

かくて我が身が我が身と成る四五月手中にす。将来に向け積極的態度を取るべし。

発信、ベッティヒャー、ルロワ。ドランディーヌ訪問。今晩余を学術協会に連行くと言う。

ユベール、大いに疑わし［下僕兼朗読係、翌二月解雇］。目に余りたる不品行まちがいなく、金銭的不正行為に及ぶはまさに有得べし。いま銭袋の中身調べたところなり。一エキュ六フランとして三十エキュある。思うに、紛失は過去にも例あり、今後金銭の紛失あらばユベール解雇のこと。

午餐、キラン宅。夜、学術協会《アテネ》か、いや学士院《アカデミー》か、例会。居合す者十人前後。研究報告二本、朗読あり。第一は〈ラバロム〉《ローマ帝国軍旗》の「奇跡の十字架」、がコンスタンティヌス帝の眼前に出現せし場所の決定を巡るものなり［帝の眼前に十字架が出現、勝利を記念し十字架とキリストの頭文字を記してローマの軍旗とした］。弁士よく論陣を張り、「事実の真偽は論ずべからず、論ずべきは出現の場所なり」とし、発表の舞台がリヨンの学士院であるからか、「奇跡は他ならぬソーヌ河流域なるべし」と論証せり。第二は、強直症《カタレプシ》発作。発作中患者は胃袋で物を見、指先で音を聴くというのが論所の骨子ではあった。晩餐、キラン宅。ヴィラス来たる［学士院評議委員］。

明日、ムーランへ発つ。廾。

霜月二十一日（十二月十二日）書簡　ミネット

出発の準備。発信、ミネット。廾。リヨン発。レザルナ村着。七里。レゼルバージュを目指すにつれ、同地滞在は最大二月に限る、思想習慣を余と同じくする士を求めて独へ行く、この二件の用意万端抜りなきこと焦眉の急なりとの思いは募るばかりなり。ミネットに後髪を引かれ時に茫然として本心を見失う、これも迷いは一時のものなり。当節の人間に相交わり暮すためには、こちらが然るべき形振《なりふり》わきまえたる人間になる、これ余が決して及ばざること深く自覚せり。連中に屈せず、堪えんとして頭を悩ませば自己嫌悪的情の生ずるなり。余は幾許の貯蓄を備え、学問の情熱失わず、自足を知る者なり。これを「三種の宝」とし携えていざ行きなん、見栄と誇張の言霊賑々しく口の言い調《もてあそ》ぶこと無き国へ。はて我は狂人なりや、はてまた我は今より三月後ワイマールに在りやなし。

霜月二十二日（十二月十三日　木曜日）

旅程、自レザルナ至サンジェラン＝ルピュイ。二十八里。入京前レゼルバージュへ廻る予定。僅か一日の廻道にて済むはず、さればそこからアルジュヴィル〔コンスタン所有農地〕へは一走り、なおレゼルバージュに立帰の要もなし。

霜月二十三日（十二月十四日）書簡　ミネット

旅程、自サンジェラン＝ルピュイ至ムーラン。発信、ミネット。タルマ夫人に会う。子息の病状、ソルールで見しよりもはるかに良好なれども、いまだ危急の内にあり。子ゆえに母の行く道や辛く悲し！　夫人の行為には真の価値あり。なんとなれば子に注ぐ夫人の愛情は、あらゆる犠牲も為すに易しとの母性の類にはあらず。夫人を行為に駆立つるものは情よりはむしろ義務感なり。父親の子に対する無関心と利己主義を睨んでこの義務を遂行する、本人の目には崇高なる行為の一端と映るべし。相手が為すべき義務を果さず、それをこちらが果す、果し甲斐の無きには非ず。しかも、この事例自体まことに希有の事なれば、夫人の行為有難く感謝されて然るべし。

『シリュスの戴冠式』〔マリ＝ジョゼフ・シェニエ作、帝政の栄光を謳うがナポレオンの不興をかい上演禁止となる〕、ラクルテルの劇評記事〔兄ピエール、仏高等法院判事。一八一八年コンスタン等と〈ミネルヴァ・フランセーズ誌〉の編集にあたる〕、全体に抑制ある記事にして皮肉に満ち、才気もて巧妙に隠蔽されし皮肉なればなお一層面白し。シェニエ、何という人間なりや。今度は我らをして怒り心頭に発せさせせんとの料簡なるか。

夜、タルマ夫人。

霜月二十四日（十二月十五日）書簡　ミネット、ゲクハウゼン

発信、ミネット、ゲクハウゼン嬢。ミネットに第二信、直接トリノ宛。

さて、仕事の筆を投出してやがて一月。我が時の流去ること、行く河の水の如し。余を襲いし喪意思朽の何たるやを知らず。レゼルバージュに、少くとも当座、身を落着くる以外に喪意克服して立直る術はあるまい。身落着かずとあら

ば来春を期して遣直すべし。終日、よしなし事に手を染め、最後はタルマ夫人を相手に過す。

霜月二十五日（十二月十六日）書簡　シモンド

発信、シモンド。ともかくも仕事再開す。リュース［プロイセン王国史料編纂官　P］のスカンディナヴィアに関する著書抜書。無味乾燥、退屈の書にして誇張散見す。だが調査研究考察の努力のあと見受けらる。仕事を始むるやたちどころに快気を得る、不思議なり。明日此処を発ち、憂いなく仕事に取組む常宅を探さん。半刻《こく》机ニ向ワンカ苦一切消滅ス、モンテスキューの言やよし。ここ数日、自足の心を知ることなかりき。喪心、喪意。身は怠惰のなすがままに打遣るが、余の場合、怠惰の行着く先は動揺と優柔不断と悲嘆なり。余の知力、確たる目的に向けられぬとなるや余に逆らい、ために道妨害され余は八方塞がりとなる。この状態脱出せりとの感あり。

午餐、タルマ夫人。芝居、『バイヤールの恋』［タルマと「共和国劇場」を創設した劇作家兼俳優モンヴェル作。モンヴェルの娘マルスはナポレオンの贔屓女優。バイヤールはルイ十四世時代の英雄、勇猛無比、高潔の騎士（シュヴァリエ）と称された］。気のきいた台詞二つあるだけの茶番劇、「いつまたお目にかかれますの、シュヴァリエ様」［シュヴァリエ・バイヤールから愛の告白を受けたランダン夫人の台詞］、「ソトマヨール絶命す」［御身の仇はとりぬとシュヴァリエがランダン夫人に告げる］。神、国王、名誉、奥方、佛蘭西、祖国をめぐる演説台詞の大袈裟なる数多あり。拍手の一として無し。どたばたなれば言葉は何れも力を失いぬ。

霜月二十六日（十二月十七日）書簡　ミネット

発信、ミネット。旅程、自ムーラン至ヌヴェール。ヌヴェールよりミネットに第二信。ヌヴェールに控の馬なし。罵倒脅迫もて当散すも全く効なし。馬を借りたり。今夜出発の予定。可能ならば徹夜行。到着を急ぐ仔細のなければ夜っぴての理由、余自身にも合点ゆかず。ヌヴェール泊。

霜月二十七日（十二月十八日）

昨夜は徹夜行の旅支度全般整えたるも、ヌヴェール泊となる。部屋の温《ぬく》もり、夜具の清潔なる、誘に屈しぬ。これぞ我が計画と称さるるものの象徴なり。夜の無聊にこの「日乗」を読返せば徒然の慰めとはなりぬ。名前の出でし連中、これを読まば誰も面白い顔はすまい。しかし、誰でも自身のために書くとなれば、友人をめぐる記述は余と相違なかるべし。その日の感想《おもい》はすべて書く、「日乗」を始むるに際しての原則とす。この原則能う限り守りきたるが、「桟敷」に向かい喋る習慣の力たるや恐しきものあり、守りきれぬも一再にとどまらず。人間とは奇妙な種族なり！　完全に〈独リ立ツ〉《アンデパンダン》こと、全くあり得ぬ存在なり！　人は人、我は我、人を我には決して出来ぬ世の中なお斯くの如し。

夜毎必ず逢える口固き「傍聴人」たる類のこの「日乗」、欠かせぬ一つの刺激剤とはなりぬ。徒然なるままに読みなおして辿れば、すべてを明すとは言えぬが、思出に供するだけの感想は書留められてあり。他の連中も余と変らぬ同じ人間なるや。何とも言えぬ。此方の在るがままの姿を連中に見せたらば狂人と思わるるは必定。此方も、連中のそれを見れば思いは同じはず。我と我ならぬ人間との間には越え難き柵あり。我々は人前に出るに一つの性格を装う、そは裃を着けて出るに似たり。

旅程、至ヌヴィ。十七里。千思百考すれども結論の一つとして出でず。両立し難き二つの事柄の両立こそ余が望むところなれ、つまり、命令に絶対服従する男なしでは夜も日も明けぬミネットの幸福と、如何なる束縛も幸福の妨となる余自身の幸福との両立、女体が欠かせぬ余の肉欲と、この意味においては余の欲求に無用となりぬる女《ひと》との関係の両立なり。奇妙なこの組合せ、頭の中に思巡らせたり。実現可能なる組合せの一つとして無し。

霜月二十八日（十二月十九日）書簡　ミネット、父

旅程、至モンタルジ。十四里。発信、ミネット。発信、父。

思案を続くるも、結論の有無は従前に変ることなし。一部は余自身の性格に因るものを、置かれし情況の所為にする

ことなかりしか。頭が逆上《のぼせ》、思考鬩ぎ合い、計画あい衝突し、思いは乱れ計は立たず、嵐は外からと思いしが、実は余が内なる嵐なり。幸いこの混沌、いずれも他人の目から隠し遂《おお》す気力いまだ我に有り。

霜月二十九日（十二月二十日）

旅程、自モンタルジ至ムラン。十七里。今から二年半前のこと、ほとんど何の根拠もなき観念に翻弄されながら、此処を通過せしことあり。当時も今も、何もかも大袈裟に考うる癖あり。この誇張癖ありながら、物笑の種にならざりしは、感情抑制の心得あればなり。もの言わざれば七難隠る。

ビヨンデッタの暴虐なかりせば、一夏枕を高くして過ししはずの我がレゼルバージュに明日再会。

霜月三十日（十二月二十一日 金曜日） 書簡 ミネット

旅程、自ムラン至レゼルバージュ。リュールサンにて車破損。そこよりミネットに短箋を認む。ドヌゥ、国立古文書館館長に任命さる［コンスタンと法制審議院同期、同じく除名さる。現用のアルファベット分類表を案出した］。ルスラン、ダミエッタ［ディムヤート、エジプト南部の港町、一七八九年仏領］の領事。その親友がかくも遠隔の地に赴任すること、タルマ夫人の予期せぬところなり！

千思百考す。東行西行《とゆきこうゆき》、余が往来を考うるに、去れば、事物の思出日々に薄れ、近づけば、思出の日々に蘇る。今やドイツの思出ことごとく目に見えて衰退し、フランスの思出息を吹返しぬ。この「日乗」の効用は、過去の感情《おもい》に浸るに非ずして、斯くなる感情を懐きたるという事実を思出し、所を変え場を移しながら昔の感情に再会するは余一人になし得る特権なるをあらためて知ることにある。さればこの「日乗」は一種の歴史と言うべし。常住不断、己を忘れざるために、己を知らざるべからざるために、他人の歴史もさることながら「私の歴史」も欠かせぬなり。

今日の一日、印象の浅からず蘇りたる一日なり。城壁を廻り慣れにしパリ、我が人生の八年［一七九五―一八〇三年］、かくも多くの計画と期待と不安動揺の中に明暮せしパリの都、ミネットとかくもしばしば暮しを偕にして人間を学び、人間所業の虚栄を学びしサントゥアンの町［故ネッケル氏の別荘所有地、パリ市外北］、ついに実現せざりし諸策百計、夢の跡なるここレゼルバージュ、何れも我をそこはかとなき夢想に駆立てざるはなく、想は甘苦あい混ざりたり。夢想の最中、頭を去らぬ考え一つあり、「臣ハ毎日、肩ニ首ノ繋リタルヲ皇帝ニ感謝シ奉ル」と申せしかのトルコ人の思いなり［不詳］。余にはこの考え馴染み難し。平和、されど余が血潮の反乱、平和、されど余の所を得ぬ短気狷急。何人の欲せざるは欲すること止むべし、或は、欲すること止む能わざる時は、行って独り黙して欲すべし。

雪月《ニヴォーズ》朔（十二月二十二日）書簡　ミネット、スプレ

午前中、レゼルバージュにて二三の準備に時を過す。いずれにしても、この在所、形式的に人に貸すこととならん、願うところなり。一つ気掛は地代のことなるも、余りこだわらぬを良しとせん。

旅程、自レゼルバージュ至パリ。フリードリヒ・シュレーゲルに会う、インド関係の原稿に囲まれ、人に借りたる小部屋におさまりたり［スタール夫人又貸し］。

ブラコン。面白き会話長時間、刺激的話振、「余ニ握手ヲセントスル、一体オヌシハ何者ナルヤ…拙者ハ哀レ不幸ナル皇子デゴザル」［出典不詳］。

シャンベリーよりミネットの優しき佳信一本。我が「文庫」到着。急ぎ荷を解き整理のこと。二週間で用件万端片つくべし。

雪月二日（十二月二十三日）書簡　ミネット

ブラコンが今居る部屋はそのまま同人に譲り、余のための一部屋確保せんとして午前を費す。

発信、ミネット。ミネットの情況、余のそれ、ともに定かならず。奔走開始［関係各省］。バラント父子に会う、友情溢るる款待［父はジュネーヴ県知事バラント。子はプロスペール、コペに魅せられスタール夫人に恋慕、結婚を考えるが親に反対された］。父親の債権を巡る娘ミネットの請求［国家賠償。父ネッケルが仏国に貸与した資金］、諸人その請求

の正当性に感じ入ると見ゆ。だが、直ちに何らかの解決あるとも思えず。いずれにしろ余には為す術なし。為し得るはただミネットの申立書を置いてくることなり、さればそれにならう。残るは父の件だが、次回上京まで懸案とす。田舎［レゼルバージュ］に帰りたき念しきりなればなり。

夜、コンドルセ夫人宅。夫人美しくなりぬと余は見たり。フォリエル［南欧文学史家、共和主義的信念に基づきフーシェの秘書職を辞し学究生活に入る］。昔の友情、余に惜しみなく示しぬ。ナポリ人、外国人数多居合せしが、余が到着するや皆散り去りぬ。フォリエル、本の選択同様、人の選択も尋常ならず。談、余の仕事［宗教史論］に及ぶ。この方面、殆ど深い知識なしと見ゆ。新しければ飛びつき新思想の理解者づらをする男なり、思い飽き退屈の最中、珍しき物きたれば暫くは気力甦る。或る思想を摑むやそれを矯めつ眇めつじっくり吟味する気力とはほんらい無縁の男なり。ぱくり咥えてぽいと捨てる。新思想の相手は、関連する在来思想のすべてを識る優等の士にしてはじめて勤まるものなり。劣等の士、或は単なる懶惰《ものぐさ》は、思想の一端を囓るのみ、他ならぬこの事実で馬脚を露すなり。

雪月三日（十二月二十四日）

十時外出。ガラ、ラクルテル、ルスラン訪問。午餐、コンドルセ夫人宅。夜、アミヨ夫人訪問。シュアール、ビヨ両氏にミネットの書状を持参す［シュアールは仏作家、劇評で世に出た。「回想録・書簡集」全五巻あり。若き日のコンスタン、シュアール家に寄寓しそのサロンの合理主義的反宗教的思想に触れ深い影響を受けた］。ミネットの件、ラクルテルより一縷の希み与えられたり。ミネット余に交渉一任せんか、この件成功の自信あり。

別世界に放り出されたる思いなり。フランス人が、例えばガラのごとき天下一流の秀才が、解らぬままに新ドイツ哲学を批判する、その悪しざまに性急なる、これを見れば余としても弁護にまわらざるを得ぬが、余にその気なしは神のよく知り給うところなり。明日ヴィレールに会う、このことの一部始終、聞くが愉しみなり。

余は自著を話題に大いに喋りしが、居合す者いずれもこの分野に関する深き知識も思想も殆ど持合せぬこと判明す。この分野を長らく手掛くる余が連中を凌ぐは当然と言えば当然のことなり。

余の見るところ、ラクルテル、いたくミネットに好意的なり、「用心の怠りなければ女人に好意を示すも可」の信念の持主とも見えたり。

雪月四日（十二月二十五日）書簡　ミネット

午前中、田舎へ発送の家具書籍荷造をなす。オシエ、ルスラン来訪。午餐、ブラコン。廾。帰宅。昼間、ミネットに便り一本。来信、ミネット、心に染《し》む優しき手紙。ミネットに関しては、余が生きて行く上で他ならぬ問題唯一存在せり、つまり女体の問題なり。余は女体が欠かせぬ男である。この問題を抱えしワイマールとジュネーヴ生活の二の舞は断じて踏みたくなし。余に必要なもの、或は美しき女体が容易く手に入る大都会の暮し、或は情婦の居る暮し。ミネットパリから追放中の身であること、神経過敏女であること、この二点と女体の問題、如何に折合をつくべきか。他の女との結婚は狂気の沙汰なり。類なき女の優れたると別れる、しかもこの女がこの世で対等に付合い得る男は余を措いて他になし、別離は女には辛《から》し、余には損失なり。最も賢明にして好ましきは、ミネットに再びパリの地を踏ませ生を共にする、これにあるべし。これ成らぬとあらば何を為すべきか、改めて思案のこと。コペの禁欲生活、ジュネーヴの漁色、二の舞演ずるは不可。

雪月五日（十二月二十六日 水曜日）書簡 ナッソー、ミネット、デュ・テルトル、父、エタンプのシャパール、タルマ、ルニョー、マラダン

発信、ナッソー夫人、ミネット、エタンプのシャパール、デュ・テルトル夫人、父、タルマ夫人。ラクルテル訪問、朗読係［コンスタン弱視］か秘書か、ラクルテルから小男を紹介されしが、この小男よそで分を弁えぬ態度に出でしこと間違なし。餓死寸前、間抜づらの筆耕を見つけたるが、こちらの方が使い道あり。フルコー。余の事業情況順調なり。〈意見の主張〉、余が在所の階層にまでかなり過激に浸透せり。

朝餐《デジュネ》［この語初出］オシエ宅。話題、殆ど女の話に終始す。些か退屈なる朝餐なり。愉しみ殆ど無き疲労のパリ生活。四日後レゼルバージュに戻り生活再開、つまり仕事の再開となるべし。

午餐、ブラコンと相対、新参の高位高官の馬丁別当の類が食す飲食店にて。〈意見の主張〉が浸透せしは馬丁別当の階層も例外ならず。嗚呼、奇妙不可思議なる国民よ、「奉公と自由の共存」有得ぬなり！

用足し、ルロワ嬢宅［女衒］。余が尋ね求むるもの、予期に反して入手困難なり。美形のお針子といえばパリではありふれた代物のはずなりしが。

夜、再度、ルニョーとマラダン［出版社主］に手紙を認む。大臣［フーシェ］に面会の件、ラクルテルより連絡なし。余の出発延期の恐れあれば遺憾なり。明日、人を遣すべし。

雪月六日（十二月二十七日）書簡 Th.カズノーヴ、ヴェルノン

約束しておきながら、しかもやれば朝飯前のことを一向にやってはくれぬ、何とも理解に苦しむ。いつ面会可能か、大臣に都合を聞いてくれ給えとの此方の依頼、ラクルテル奴《め》、結果は手紙で知らせんと約束せり。それが手紙を寄越さぬ。行かざりしかば、行かざりき、となぜ書いては寄越さぬ、書いて寄越せばそれで済むこと。大臣から日時指定得られざりしかば、大臣から日時指定得られざりき、となぜ言いは寄越さぬ、これとて、言い寄越せばそれで済むこと。お陰でこちらは一日の予定がまったく立たぬが、「待つは勝手」との態度のぞんざい無礼なること、堪忍の緒もこれまでなり。とにかく人を遣るべし、されば事情も判明せん。頼み置きしかくも些細な事柄もせぬとあらば、自ら単身乗込むべし。自分の用事は自分で果す、他人の仲裁は要らぬこと。常ながら、とどのつまりが斯く相成りて振出に戻るなり。人を遣りたるが返なし。再度手紙を書く。面会の約とれぬとあらば、明日出向き大臣の許に書面を届けん。

ミネットの書簡、ルニョーの許に届けたり。明日返書取りに行かせん。

シュアール。これまでその招待、招に応じて行くほど有難きものにはあらざりき。コノコト胸裏ニアリ［ウェルギリウス］。し

かし、それより有力な招、益するところ多大なるものありしや。余は日に異《け》に孤独を好むに至れり。ミネットの件なかりせば、疾く田舎に引籠らまし。

午餐、アミヨ夫人宅、家族水入らず。この一家、面白い人間とも言えぬが、余に好感を持つ良き隣人にして、特に夏、心ゆくまで気暢《きのばし》の叶う相手なり。

夜、コンドルセ夫人宅。デンマークの文士、バゲッセン［前期ロマン派作家、この頃パリ在住］、リンゼー夫人。美貌の常に変らず、余を好むこと常に変らず。デュ・テルトル夫人［後に妻となるシャルロット］との再会もまた余の望むところなり。

発信ヴェルノン、貸金百エキュ督促す、発信テオフィル・カズノーヴ［インド会社を通し米で土地買収に従事、亡命中のタレイランを知り帰国後同氏側近秘書となる。前出六日のキランはその息 P］、面会の約を求む。

ラクルテルにしてやられ、また明日を待つ身とはなりにけり。

雪月七日（十二月二十八日）書簡 リンゼー、デュ・テルトル、ミネット

朝餐、ルースラン宅、オシエ、ガラ、トゥケ［出版人か］、フォリエル。ガラと宗教思想を語り面白き展開となるも、議論は些か曖昧に過ぎたり。仏人の曖昧と独人のそれは異質なり。両者の違いは深浅に因る。独人は地下深く潜り過ぎたれば周囲定かに見えず、仏人は地表を疾走して目を眩《まわ》す。

フーシェ訪問。余が常に見しフーシェそのままにして、その友誼に厚きこと、職を賭するも辞さぬ構えなるも職の惜しければ一歩手前で止む。またフーシェの賢きは、同じ権力を握りたる連中とは異り、悪は支障あり、時に悪も必要なれども、本質的に悪は支障ありと見る点にある。ためにフーシェ率先して悪に手を出すことなし。ミネットの将来に一縷の希望を持つに至れり。

ジュネーヴより到着の書籍、レゼルバージュへ送る。マラダンより余に渡すべき本を送るとの申出あり。交換として他の本を渡す要あり。

午餐、ブラコン。ブラコン奴《め》、余より金子十五リーヴル乞借す。額小雨《しょうがく》なれどいずれ付込まれ本降りとなるべし。

来信、リンゼー夫人。夫人がなお余を愛すること、余は充分承知せり。返書き遣るべし。焼け棒杭に火ともならねば筆に限りなき愛情《あわれ》を籠めん。これ余がその値打をよく知り愛するところの女なり。

デュ・テルトル夫人より返書あり。ついに再会の希望生ず。余が人生一転させられし女、余がかくも激しく数日間愛せし女なり。別離の十二年を挿んだこの再会、好奇少からずあり［実際は十年、最後に会ったのは一七九四年春］。

夜会、プーラ夫人宅。事も度を過せば、相手の百年の好意冷むることもあり、憤慨の引込むこともあり［コンスタンが娘との結婚を謀り狂言自殺に及んだことへの言及か］。発信、ミネット。

雪月八日（十二月二十九日）書簡 リンゼー、ミネット

発信、リンゼー夫人。ミネットの件につきTh.カズノーヴと談。この件、この男には我が事に非ず、余もこの話持出ししは単なる気休のためなり。

プロスペール・バラント来訪［レマン県知事息］。好青年、いささかの気取あり、当世代の短所欠陥二三目につく。辛口の世俗道徳持合せ、物の一面多少見て作り成したる理論の勝りて事実の知識見劣りす、だが自由主義思想を大いに信奉し、自信、行動力に富む。

マチュー［モンモランシー］に三時間待たされ、本人のこのこ来りて話を交すが由無し物語の域を出ず。慈善、奉仕活動、何にでも首を突込み息の休まる間なしと言う。人間各人、各人なりに生を摩滅消耗させ行くなり。

ついにデュ・テルトル夫人との再会なる。余はあまりにも余所余所《よそよそ》しく遇して挨拶の接吻も交さざりき。余の態度、よりを戻さんとの心あらば取るべき態度に非ず。だが、よりを戻すとは何の謂ぞ。なるほど相手はまだそこそこの美貌を保ち、我が冬を満すに不足はあるまい。しかし我が冬は女のために無に帰さん。この誘惑に屈せんか、さらば《アデュー》、我が著作よ。女の後ろに執念き亭主あり。例えば仮に、きっぱり亭主と手を切らせたつもりが、見ればもとに変らず亭主の

鎖に繋がれたる、と想像を逞しゅうすれば闘志も湧かん。余が最も恐るるは、鎖はずれ女が自由となりたる時のこの闘志の行方《ゆくえ》なり。愚というには余りにも愚。女に辛酸なめつくし、女ゆえに愚行に愚行を重ねし男なり、女に惚れたることもさることながら、それにも増して女をして惚れさせたる、これぞ我が人生転覆の大なる原因とはなれり！　即刻レゼルバージュへ逃ぐるに如かず。

午餐、警視総監［或はセーヌ県知事か］。失明の危懼に取乱し見るも哀れなり。廾。ルニョー訪問。アルキエ［仏外交官］宛の書簡取得叶う。これミネットに送届けん。

来信、ミネット。トリノ到着［十二月二十日］。余の安堵一入なり。愛しのアルベルティーヌからも便り一本あり。

雪月九日（十二月三十日　日曜日）書簡　ルイエット

発信、ヴェルサイユのルイエット［新聞雑誌記者］。ミネットの件につきビィと談［スイスの銀行家］。これまた本腰を入るる気なし。アラール夫人訪問［筆名メアリ・グレイ、英小説翻訳家］。人柄、温にして冷、賢しく才あり、人情の薄きこと紙一重なる、夫子供への愛着の大なる。行けば必ず大歓迎、だがこちらの身に何が起るとも夫人には痛くも痒くもなしとの薄情肌で感ずれば、余の心離るるにいたれり。多くの人間が余から離れて行くのも事情は同じ次第なりや。

デュ・テルトル夫人を訪問。この関係、奇妙な関係なり。女の余に寄する心、恋慕と紙一重の感情なるは明らかなり。亭主嫉妬深き男と言う、だがその姿今なお目にせしことなし［アレクサンドル・デュ・テルトル、ピカルディ出身仏貴族、独に亡命。離婚直後のシャルロットと出会い結婚、一八〇二年帰国、同八年婚姻関係解消］。女の自ら謀りて余と二人水入らずの数刻をつくりしなり。今の結婚生活、我ら二人の仲を堰きし宿命等縷々、女哀哭愁嘆す。今回も触れなば落ちんは余の出方一つなり。女の哀れなるかな！　避け得るならば避くべし。露にても相手に心を許し露ほどの邪魔入る、余は性格からして逆上し後は如何にか神のみぞ知り給う。行きて田舎に籠る、最も賢明なり。

午餐、ブラコン。ルロワ嬢宅［女衒］、失望。今冬に備うる当座の手配済せおくべし。漁色が避けて通れぬ市中を離れ、快楽はすべて田舎レゼルバージュで間に合せんとの理由の一つにデュ・テルトル夫人加わりぬ。

夜、音楽会、コンドルセ夫人宅。原稿の一行なし、読書の一頁なし。遅くとも木曜日出発厳守のこと。ところで如何なる事情のあればリンゼー夫人、音信なしや。

雪月十日（十二月三十一日）書簡 リンゼー、シモンド、ミネット

ルニョー訪問。病気なり、ミネット宛書簡、余に送届けんと言う。

ルロワの許へ足を運ぶ。「少婦」、悪くはなし。見れば、礼を弁え誇り失わず、時と場所により必要とあらば遠慮して控うる。思うにこの種の婦としては、探すともこれ以上の玉は見つかるまじ。試にレゼルバージュに置いて見るべし。

シュアール訪問。ネッケル氏の小説をめぐるシュアール夫人の評、意外なり。思うにその評、論拠に乏し。仮に夫人の感想が大方の感想なるとも、余は譲らず。余が感悦に堪えぬは、夫妻が揃って、「遺稿集」序文について述べし言葉なり。世間の評も斯くあらば、斯くあらんを期すが、余の睦友［スタール夫人］にとりて刊行は成果あるべし。

来信、シモンド、ムーラン投函便に対する返書。来信、リンゼー夫人。夫人がなお余を愛する、明らかなるも、この愛を如何せん。快楽の数刻、夫人の人生を危うくし、余の生活を不安騒擾に陥れん。否《ノン》、否。

午餐、オシエ、ピスカトリ［国民公会国庫出納係P］。後者に強烈新奇の風あり。前者に高雅の風あり。しかし、オシエの感情《こころ》と精神いずれも素朴正真《ジェヌイン》ならず［英語］。四辺の様子を見て時を得たる感情を選び取る人間なり。今日は、ピスカトリに幼き私生児のありていたく可愛がれば、オシエ、それを見て父性愛を採りぬ。先段は、ミネットの父を想う心に打たれたれば、子の親に寄する愛を採りたり。

レカミエ夫人及びフーシェ訪問。レゼルバージュへ発つ前になお一度顔を出すこと免れたり。夜の終盤はデュ・テルトル夫人。余に寄する好意《アミチエ》において、夫人に嘘はなし、だがこの好意、余がその気になれば、我ら二人を遠くに押し流すものなり。余にはその気なし。亭主を見知りたるが、然もありぬべし、慇懃にして冷淡。いずれにせよ、亭主と出会いたるも何事の起るとは思わぬが、物騒《さわぎ》は余の望まぬところなり。十二年後ひょっこり現れ、自由にし得る財産、額に

して十万フランを余に進呈すと言う、実に見上げたる女なり。そに付入る意、余にはなし、申出まことに人をして感動せしむるものあり。女とは優しく誠ある生物《にんげん》なるかな。来信、ミネット。

一八〇五年一月

雪月十一日（一八〇五年一月一日）［書簡］ミネット、リンゼー

ミネットに長文の書認む。ミネットの件を引受け精一杯尽せり。本人に喜ばれて然るべし。こちらが優しくすればそれにつれ相手は安堵して穏やかになるが、同時に、余を失う恐なしとなるや、情に手抜をする、不思議なことだが有得る事実なり。ミネットの過度の執着は、別れたしとの余の常の言動もその一因なり。余を失う不安に取憑かれたれば、満されたる時をもつこと絶えてなき女なり。ミネットを苦しむるはもはやこれまでとせん、こちらは曾て及ばぬ自由に生きたし、同時にそれに劣らずミネットの為に生きたしとの心に嘘偽りなし。これ矛盾することに非ず。曾ては、時間のすべてをミネットに与えながら、そのすべてを奪回せんと相手に言い続け、それに時間の四分の三を浪費せり。ならば今は、時間を二分の一にして相手に快く譲るならば、双方ともに幸福と得分に与《あずか》るべし。発信、リンゼー夫人。

デュ・テルトル夫人訪問。男の、別れたる女にまめまめしく礼を尽すことにおいて余の右に出る者いまだなし、余は断言して憚らず。別れたる女二人［デュ・テルトルとリンゼー］に対し分隔《わけへだて》なくほぼ同じ態度もて接す。この二人、余が愛せしよりも余を愛することはるかに強く、特にその愛の持続は余の遠く及ばぬところなり。「激しく愛すれどつれなく持てなされて身は変り果てぬ」と恨むなり。宥め賺し宿命を口にし、一方と相対しては悲しみを共にし、他方には消息文を書き遣る、たまゆらの愛の響《おとない》の懐《ゆか》しき。いかなる心の弱さのなせるわざか、昔の恋人の声に深く感じてものを想わざるなく、嵐の余波の寄するに似たり。されど、此処を去るに未練はなし。此方《こちら》と文を交し、彼方《あちら》を慰問す、時間の無駄にし

て自ら戒むところなり。明後日、余が親狎のエジプトギリシャの面々との再会を期す［宗教史論執筆］。相手する愉の強さと持続、女に勝るなり。

昨日、理なき陰鬱に陥りぬ。事の何かは関係なく、優柔不断は余の神経の障所《さわりどころ》に直結し、躊躇えばやがて思い萎《しお》れ憂に沈むなり。昨日は、田舎暮しの三月、無しでは済されぬ当座の妾を囲うに然るべき用意のあれこれ久しく決めかねて戸惑いぬ。

雪月十二日（一月二日 水曜日）書簡 ミネット

プージャン［文人、印刷出版を営み特にネッケル夫妻の本を手掛けた］より本を求め、マラダンから届くはずの書籍との交換に備う。我が「文庫」充実せん。せめて一度なりと憂なく愉しみたし。ミネットよりうれしき雁玉章《かりのたまずさ》、優しく情のこもりたる。

緊急事態、かなり危うき事態、震源はブラコンの債権者にして、人を余の家に差向けブラコン逮捕に必要な情報を得んとしたり。今や余の唯一の願いとなりし世を隠るの闇を人目に曝され、暫くは迷惑したり。ブラコン自ら警察に出向き訴えの理由を尋ぬる、旅券に査証を受けた後、田舎に来て余の許に身を潜むる、以上、協議のすえ取決められたり。この協力、余にとって愉快なことには非ず。だが致し方なし。パリで部屋を一つ分け与えしも既に迷惑な話ではあった。哀れ、ブラコン、借銭の揚句の果の不運災難！ 借銭の結果の真相は闇の中なり！ ブラコン、余にすべては語らず、語るところを聞く限り、これがすべてにあらずとの察しはつく。

夜、デュ・テルトル夫人の許。余に夢中なれば思うままに操るも可。だがその行着く先や如何に。新たな騒動なるべし。騒動は望まぬところなり。明日はレゼルバージュ。

雪月十三日（一月三日）書簡 ミネット、父

早朝にパリを出立せしも、ブラコンに対する不安の無くはなく、お陰で不安は我が身にも及べり。ブラコン奔走の結

果の如何は明日まで判らず。

レゼルバージュ着。田舎は侘しくも悲し、されど我は独居《ひとりい》の身ならん、早速今晩にも仕事に掛るべし。「少婦《マ・プティット・フィーユ》」の此処に来りなば、なかなかに嬉しき日の明暮ともならん。出費と暮振り確《しか》と管理する要あり、日に二時間これに充てん。就中とるべき態度の決定焦眉の急なり。

我が文庫の汗牛充棟なる、乱雑を極めたり。毎朝一時間これに充てればやがて整理の目処もつくべし。されば十年間の研究と著作完結に必要なるもの、ともに手許に揃いたるも同然なり。だが余の能く為し得るや。運命とビヨンデッタ次第なり。一瞬を失うも惜しくあれば、さしあたり、宗教儀式続篇の「東洋迷信論概略」なるものを朗読せしめたるが、読み続くべき代物には非ず。調査研究、引用、思想のあらばこそ、哲学を気取られ閉口す、まさに不快の書と言うべし。草稿全体に再度目を通し、今後読み進むべき具体的項目それぞれの振分け方を見ておく要あり、さもなくば読書の効率怪しかるべし。今宵はこれ不可能なれば、左右埋合《とこう》せて宵を過さんとす。ミネット、父に書を認む、明日発信。

雪月十四日（一月四日）

我が田舎暮しの段取り、優ならずとも良。ここに定住とならば出費も更に嵩むべし、住まぬとなれば出るは税金のみ。定住も余の遣方ひとつで出費は抑うるも可。

それにしても、或る日ブラコンの債権者、此処に押掛け騒ぎを起す、迷惑千万なり。なお思うも詮方なし。借金を理由に、しかもその借金、余には無関係なり、それだけでこの男に門を閉ざす、道理有らず。運を天に任すべし。昨日の一件《ママ》、来書、消息、訪問なく、終日、孤身ただ己のみにて過したり。ブラコン来らず、フランソワ便りなし。債権者の訴によりその後の顚末の如何なるかを知らず。恐らくは何事もなし。憂慮すべき事のあればブラコン来べし。逮捕さるとあらばフランソワから報告のあって然るべし。明日になれば何事か判明せん。

「少姫《マ・プティット・ドゥモワゼル》」も約を違えたり。女気なしで済せられぬか、これ余の強き望なり。肉欲の必要こそ余が生を混乱に陥らする唯一無二の因子なり。如何なる処置も効目なし。相手が売春婦の場合、二人共通の土俵といえば体だけ、これはまさに相手の土俵、余の退屈凌ぐべからず。ところで、正式の妾というものをここに抱込む、一日離れんと欲して離れ居れば、相手は身を持余し退屈凌ぎに誰かれかまわず食込《くらいこ》むは必定。余とて同じ立場ならば同じ振舞に出るはず。お針子や如何に。お針子も探すとなればそれなりの苦労あり。また、愚言愚行、粗相の数々見せつけらるる懼れあり。最も簡便なるは女気を断つことなり。だが断てば不眠と例の妄想、禁欲が長引くにつれあらぬ奇怪な様相を呈すに至る。さはれ禁欲今一度試みて然るべし。パリ近隣と思えば味方を得たる心地せん。まさに隣に五万と女の控えて在れば、障壁姿を消し気分鎮静、「女断《おんなだち》」、功を奏すべし。

仕事再開の要領会得、悪くなし。要は、全体を再度朗読させながら欠落欠陥を書留めていくにある。この方式で序論と巻一、再検討了えたり。残すもの、書直すべきもの、ともに少くなし。巻一難解最大、その主題「呪物崇拝」、興味最小、巻一面白くなしとあらば、それに続く巻の読まるることまことに怪し。

雪月十五日（一月五日　土曜日）書簡　ブラコン、フランソワ、父、プージャン、ルイエット

リュザルシュ行。来信、ブラコン、フランソワ、父、プージャン、ルイエット。ブラコンの一件落着の模様なり、先の緊急事態、虚報なり。ブラコン虚報なるとも若しやとの警戒怠り、いつの日か債権者にしょびき出さるる、これ余の憂うるところなり。

父がその裁判事件の進行を嘆くこと常に変らず。この時点で父を援助すること、多大の労苦を強いらるべし。月曜日、パリ復。その足でエタンプへ赴く要あり。五日［雪月］発信の余の書簡いずれも返書なければ、すべて紛失せしか。

我が文庫の整理を始む。これまで見たところ、欠けて不揃となりたる数多あり。その中に、ヨーロッパの端から端までここ十年一度も繙かるることすらなく余に引摺り回されたるあり。

夜、原稿を読み続く。失望の大なるあり。最良の出来と踏みし巻二冒頭数章、三文の値打なし。吟味選択のあらばこ

そ、事実の羅列、枝葉末節に逸脱す。一から遣直すべし。誤は草案にあり。討つべきは草案の名に価せぬこの草案なり。我が著書は純粋に論証の書にして、歴史記述は一切削除の書とありたく、遣直さずばあらず。八年前ものせし古い草稿一本見つけたるが、その草案、以降に手懸けし草案のどれにもまして優れたり。二三斧鉞を加えて採用せん。

雪月十六日（一月六日）書簡 ルニョー、リンゼー、ミネット

発信、リンゼー夫人、デュ・テルトル夫人。樹立直後の新政府下に参集［一七九九年十一月、ブリュメール十八日クーデター後の総裁政府］、人気の候補者を囲むように余の周りに押寄せたる連中、群をなして拙宅午餐会に来集せんとせしは五年前の今日この日のことなりき。ところが、余はその前日のこと、党派にとらわれず自由な立場から発言したり［法制審議院における最初の発言にナポレオン激怒、警察の監視下に置かれた］。午餐会に集りしは二名、二人とも余の曾ての同僚にして法制審議院《トリビュナ》［立法府の一、一八〇二年一月コンスタン除名さる］に会《かい》したれば余を袖にする能わざりき。この期を境に、敵の攻撃、ビヨンデッタの絶望、余の一大苦難は始れり。すべて今は昔の話なり。残余の人生の今は昔となる、これに変りはあるまじ。

来信、ルニョー、ミネットをナポリに推す約束の推薦状添えられたり、来信、リンゼー夫人。この女の内にあるもの、優しさ、愛着、諸々の善意。来信、ミネット。五日投函の手紙すべて紛失との確信強くす。

村の司祭［シモン・レミ］に午餐を供す。我が身老いたるかは知らねど、衆愚に己を同化させ、連中の関心に迎合して人気を頂戴せんとの、曾て身につけしこの芸や今いずこ、余はもはや持合せず。今や余が話題にし得るは己の関心事のみ、つまり、事実と思想のみにして、尽くるを知らぬ村の由無しの世間話、一年半前ならば［前回のレゼルバージュ滞在一八〇三年五月］面白可笑しく首を突込みしが、今や叶わず。野心の動機いまだありし頃、多弁冗舌を誇りたるも、野心すべて消え去りぬる今、昔の気持には戻り難し。

国民の選良たらんと野心を燃やす人間にとって、衆愚は常に多数を占めれば疎かには扱い得ぬ「同業者組合《コルポラシオン》」なり。この意味では、衆愚たるも、衆賢に劣らず民主制度確立に関係する当事者と言えよう。民主制度あればこそ、さもなく

ば衆愚は無視されて然るべき存在なり。

仕事。草案全体に大鉈を振い遣直す。最上にして撰に残りしはこれのみと言いたくも、同じ事を何度も口にしてきたる手前、控えて言わざるをよしとす。とは言い条、この草案の強みは、それ自体で完結せること、歴史書に非ずして学術啓蒙書たること、余りにくだくだしき論述控えたること、つまり、余が常に望んで成し得ずにきたる草案に最も近しとの点にある。

明日のパリ行、実に遺憾なり。また心乱され苦慮すべし。パリからエタンプへ行き、この用件終りしだい一刻も早く此処に戻る、そして「女断」可能ならば、二月間此処を動かざること。

雪月十七日（一月七日）書簡 ミネット、タルマ、ラングロワ

「田舎」をドワドンに貸し与えぬ、されば少くとも余が不在中出費零となりぬべし。

旅程、自レゼルバージュ至パリ。来信、ミネット（余のモンタルジ投函便に対する返書）、タルマ夫人（今月五日便に対する返書、かくて紛失と思いたる余の書簡安着せり）、ラングロワ〔実業家、その他不詳〕、父の件につき余に面会を約せり。ミネットの親切、優しさ、献身、常に変らず。余の手紙を悲しと見て、「貴男の幸福に必要なものは如何に」と尋ね寄越せり。嗚呼！ 余の幸福に必要なるもの、そは今余が自由もて送り暮せる生活なり！ これぞまさにミネットの余に与え授く能わぬものなり。ミネットの余に対するは、俘虜殺害の命を受けしかの軽騎兵の俘虜に対するに相似たり〔不詳〕、「他に何が欲しいか何でも言い給え、だが命だけは何とも致し難し」。

リンゼー夫人をめぐる余の色恋を、タルマ夫人面白おかしく言いなし書き寄越したり、「貴男という方は見上げた殿御《とのご》、いつもご婦人をものにしては決してお捨て遊ばすことはなさいませぬお方」。余とデュ・テルトル夫人の関係を見れば、言いし本人もそこまで図星とは知るまい。午餐、オシエ、ピスカトリ。誠実、独立不羈の二紳士。

雪月十八日（一月八日）書簡 ミネット、父、ネッケル夫人

父の件につきラングロワと談。基本的には打つ手なし。額は期待できぬが補償金獲得の手あり得るとのことなり。これで当るべし。発信、ミネット、父、ネッケル夫人。

午餐の席でガロワ［法制審議院委員］、オコーナー［アイルランド出身、仏に亡命、オランダ旅団長 P］に出会う。ガロワ、その精神冷徹にして学問あり、自由を愛するも自己愛の大なることその比に非ず、短所を生かして尊敬を獲得、歴代の全政府に仕えて不偏不党公平中立の名声をおさめたり。かくまでに後方《しりえ》に居座り控えたるはまた一利一得なるべし。オコーナー、鋭敏なる精神の持主。軽口をたたく剽軽者だが、普通の外国人でこれほどの剽軽は見られず、これがために、自説を茶化す仏人の欠陥一部受継いだり。自由よりもなお野心を愛するが、また自由も愛す、自由は成功とは無縁の野心家どもの避難所なればなり。的確な常識を働かせ、冒険的情況下、冷静に構え前に跳びださざりし男である、お陰で世間の尊敬をかち得たるが、日頃の態度とその行動の一端からすれば、失いこそすれ、とても得らるべきものにはあらざりき。

夜、コンドルセ夫人宅。デュ・テルトル夫人の許へ行きたしと思えども、この気持、不精に譲りたり。

十六年前の今日この日、コロンビエ村にてデュ・プレシ・デパンドと決闘せしが、我ながら見事な闘いぶりではあった［道連の犬が諍の決闘沙汰、第一回目相手の回帰熱発作で不成立、第二回目相手の剣の一撃がコンスタンの胸を衝いた時点で終了］。

雪月十九日（一月九日）書簡 タルマ、ミネット、ゲクハウゼン

発信、タルマ夫人。午前の一部、仕事、かなり捗る。完全に仕事に復帰との感あり。これ、一に有難くも貴重な孤独、二に新草案のお陰なり。新草案に掛る時、倍する熱意を以て仕事に向かう、常のことなり。今回がこれまでのどれにも勝る完璧草案と言うべし。

フーバー死す［十二月二十四日］。妻君の悲痛や如何に！ 何たる運命！ 愛する男と結ばれんとして愚行狂態を重ね、一家眷族を敵にまわして闘い、愛の狂瀾の最中、非を悟り千悔す、財なく家なく身を久しく流曳に委ぬる、さて運命軟化し未

来約せられ、ゆとりと安息の与えられんとするや生涯の伴侶を奪わる、六人の子を抱え、友のなく頼みの資なく独り残され慰むに由なし！　ひとたび敵に回りたる人生まことに苛酷なり！

午餐、アラール宅。夜、デュ・テルトル夫人宅。来信、ゲクハウゼン嬢、余の二十四日便返書。発信、ミネット。

雪月二十日（一月十日 木曜日）書簡 ヴェルノン、マラダン、ドワドン、ミネット

発信、ヴェルノン、マラダン、ドワドン、ミネット。

午前中一杯仕事。挿入が不自然と見ゆる項目は控うる、余の手になる考証学的研究も、誇りとするところだが、自制して出さざる、現行草案の枠と内容に厳密かつ精確に従う、以上の覚悟を以てすれば名著完成も遠からず。

ヴィレール訪問。見るからに啓蒙活動の熱意に溢れ、体力旺盛、活動力漲りたり。学士院が奨励の「ゲルマン叢書」に協力せぬかと言う。まことに有難き話なり。今すぐ提供し得るは何がなと、想を廻らすに五項目思浮びぬ、以下、

一、独文学におけるフリードリヒ二世とヨーゼフ二世の影響「前者、プロイセン王フリードリヒ大王、啓蒙専制君主、学芸を愛好、信仰の自由を布告した。後者、神聖ローマ皇帝・独王、啓蒙専制君主、独語を全独の公用語と定めた」。

二、前世紀の独神学史粗描。

三、ヘルダーの『歴史哲学論』（抄）入門、人類の完全可能性《ペルフェクティビリテ》論。

四、ヴォルフのホメロス序説《プロレゴメーナ》。

五、悲劇における合唱隊《コロス》の登場、シラー『メッシーナの花嫁』の場合「呪われた王家にまつわる近親相姦の悲劇」。

目下執筆中の草稿に適所を得ぬまま収められたる異質部分《くだり》若干あり、並の内容にあらざれば捨つるに惜しく、これを外して「ゲルマン叢書」に充つべし、されば草稿整理され、かつは上記着想生かさるべし。

夜、リンゼー夫人とコンドルセ夫人宅。一時間相対でリンゼー夫人と過ししが、余の内に恋情の再び忍寄るを感ず。現身《うつしみ》の目前になかりせば、この感情、泡沫《うたかた》消え去るものの、今回は事情を異にしたり。関係再開はもとより夫人の望むところであろうが、この関係もはや初期の魅力なし。二人は互いにすべてを汲み尽し果せし仲にして、喩えてみれば既

知の国なり、忘れかけたる国とはいえ、一目《いちもく》、仔細の一部始終記憶に甦るなり。友情にとどめおくべし。とは言い条、また二人水入らずとなれば…だが、この快楽、余りに高価なれば償の苦役おして知るべし。

来信、ミラノよりミネット。余の書簡、郵便馬車一便の遅となるや、ミネット例の如く恐慌狼狽、心配憂苦、〈養イ難キ女子〉となる。

雪月二十一日（一月十一日）書簡　ミネット、ヴィレール、アルベルティーヌ、シャパール、シュヴァリエ、タルマ、父

発信、ヴィレール、アルベルティーヌ、ミネット、シュヴァリエ未亡人［コンスタン所有の農地アルジュヴィル借地人の親族か N］、シャパール、タルマ夫人。余のマラダンとの一件、決着せしか［本の物々交換］。

仕事、辛うじて。章分け完了、各章の項目別目次作成、各章執筆必要資料すべて手許に揃う。避くべきはただ一つ、無くてもがなの細部の詳述なり。とはいえこの誘惑避け難し。次々に草案を考え、それに基づき必要細目を用意せしが、どれも捨つるに惜し。誘惑に負け、各章に必要なれば細部資料を手持の註に探し求めんとせしこと既にあり。誘にのる勿れ。

デュ・テルトル夫人訪問。夫人は余の愛の如何に寡薄なるかを見極めんものと汲々とす。余は為す術を知らず。相手の機嫌をとらんとし物語して最善を尽せども、余の夫人に対する感情はまめやかなる友情を措いて何物もなし。亭主に嫉妬の兆し見え始む。だが、余がパリ不在屡次《しばしば》にして訪問も稀なれば、亭主、安枕ありて然るべし。

アラール宅で午餐の心づもりが、孤独を好む心境となりたれば自宅で済す。午餐に出向いて何を為すべし。燭光に射られて眼を痛み、縁なき人間を前にしてあれこれ喋り、帰宅して後悔するが関の山。独り食して喋らず、燭光に小衝立を置かせたり。あらまほしきは斯くあるべし。

来信、父、五日便に対する返書。この便いずれも安着せしこと明白なり。父の手紙にあてつけがましき嫌味見え隠れ

するは常のことなり。一言相手になるもいいが、七十九歳の人間に理を説く、誰か能くせん。

ジェランド訪問、カミーユ・ジョルダンと談。げに正真正銘、フランス的才気の人にして、煥発、慧眼鋭く、陽。フランス固有思想の理解はさすがだが、外国の文学哲学思想も同じく理解するかといえばその頭は持合せず。

夜、デュ・テルトル夫人。この女、あり余りたる深情を見せて愛と憂の影を瞳に宿せば、余の心傾きぬ。愚なりしかな、この女の結婚！　リンゼー夫人に比し、面白味、精神の張りという点において見劣りし、恋情と同情もて傍らに付添居れば、リンゼー夫人には感ぜぬ一種の倦怠生ず。

雪月二十二日（一月十二日）書簡　ヴェルノン、リンゼー、ルロワ、シュレーゲル、ミネット

［発信］リンゼー夫人、ヴェルノン［債務者］（この男、内金といえども支払の意志まったくなしと見ゆ）、ルロワ嬢。田舎での当座の「姫」をめぐる交渉、完全に決裂す。結果に安堵す。女を断つとの高邁なる決意を立てしより一週間経過せるも、意志に背くことなし。この決意に先立つ一週間も同じ経過を辿りたり。なお続行のこと。

ヴェルノン来たり、余が提案の和解策に応ず、と言う。発信、シュレーゲル。マラダンとの一件、ついに落着。嬉しき誤算。プージャン宛、求めし本の代価として本の現物を送る。

仕事、纔にてやむ。草案の満足、言うことなし。

フーシェ訪問。夜会の最後はアミヨ夫人宅。人々のミネットに対する熱やや冷めぬとの印象を持つ。このことを憂え不安覚ゆ。奔走し訳を聞かずばあらじ、とほぼ覚悟を決めたるが、いざ実行となれば、この覚悟尻すぼみ消滅すと思えば断念す。

来信、ミネット。余のリュルサン投函便落掌とのことなり。

雪月二十三日（一月十三日　日曜日）書簡　ミネット

昨宵、我が身の状況に想を廻らし考えたり。光陰忽に過ぐ。余がジュネーヴの決意、忘るるにまかせたり。身の泰平にして現在に満足すればなり。だが現在は逃げ去り行くもの。この休心安息の続き得るはたかだか四月前後。如何なる策を以て臨むべきか、未だ決しかねたり。己が如何なる人間かの自覚あれば犯すべからざる堅き掟の一つあり、そは、〈争う勿れ〉。和解、或はこのまま会わずに解消、この解消は結婚、本物に非ずともせめて形式は整いたる結婚によるべし。この事をめぐり奇妙なる考え浮びぬ。

発信、ミネット。ムニエ訪問［仏政治家、革命後独スイスへ亡命、帰国して参事院評議官となったムニエか］。レゼルバージュへ向かう。帰館すれば、我が秘書、二十歳の若造でもあるまいに、何処かへ遊びに出て留守なり。夜の時間すべて無に帰す。

雪月二十四日（一月十四日）書簡　デュ・テルトル、リンゼー、ミネット

発信、ミネット、デュ・テルトル夫人、リンゼー夫人。二人を相手のこの文通、女の幼ぶるまいの媚態籠められたる、我ながらいと興あることと見ゆ。二人と言って三人と言わぬは、余とミネットの関係《まじわり》まったく趣を異にすればなり。二人が余に寄する愛情、忝しと思わざるべからず。この愛情に感ずる、はたして罪は余にあるや。タルマ夫人の手紙ではないが、〈色恋では、いつも捕えては決して放さぬ男なり〉。

我が文庫、約九分の一整理す。夜、仕事、筆記とらするも口述のまとまりなく散漫となればはか行かず。今後、仕事は朝方単身にて為すをよしとせん。

雪月二十五日（一月十五日）

我が文庫さらに九分の一整理。此処を発つまでには方《かた》つくべし。ざっと見渡すに三千五百巻前後と踏む。仕事かなり捗る。新草案、益々意に適うものとなる。序論の杜撰箇所を鋳直し改めて見れば出来ばえ申分なし。更に

もう一点、「神々と人間の関係」を論ずるに木をみて森を見ざるがごとき論述あり、この論、明確に説くこと叶わぬまま十年来の悩みとはなりぬ。理解いたらずということか。今朝この部分修正のこと。

孤独の精気を吸込めば身に染みて徐《おもむろ》に愉し。人をして余が心境を詠ぜしむとすれば、或るローマ人をユヴェナリスが詠じたる、神ノ怒ヲ愉シム［憂国の情］に非ずして、遠方ノ人間ヲ愉シム、となるべし［ユヴェナリスはローマの風刺詩人、『風刺詩集』五巻現存］。


雪月二十六日（一月十六日）書簡　ミネット、リンゼー

発信、ミネット。朝方、孤独のおぎろなき幸福感に思を巡らしぬ。吹頻《ふきし》く風、空を行く黒雲、薄墨染の芝原、凍てる泉水、冬枯の物悲しき田舎のただ中に在って、孤独はなおも有難きものかな。これあれば田舎は夏よりも冬を以てよしとせん。夏、自然は富茂の余りに盛にして人をして余りに賑すなり。これに触れてこれに感ずるは若さと力の無くてはあらず。外界の睡眠《ねむり》を〈おかし〉と観るは内省の人にしてはじめて叶うことなり。

リンゼー夫人の転送便、非難の言葉に終始す。我が文庫の一部整理。仕事、少しく。序論は現行をそのまま残して問題なかるべし。


雪月二十七日（一月十七日）書簡　プージャン、ブラコン

来信、ブラコン、プージャン。ミネット来書なし。何を言うとも、むろん、それをこの「日乗」に記すは毎度のこと、何を書留めようとも、事に触れてふとミネットが案じられ思いを遣れば、余が心の最深奥に打込まれし二人の楔に行着き、そここそが余の現在未来の変らぬ生存の中枢なりとの感想に必ず終着するのである。

我が文庫、更に数箇整理す。新草案のために新しく一章を纏む。

午後、アミヨ氏宅。資産家は、資産家という身分により本人とはまったく無縁の性格を帯びるものである。アミヨ氏が才も気迫も持合せぬは確かだが、まさに資産家であるが故に圧政に対して抵抗の姿勢を見する、それが時には動機も

及ばぬ遙かに立派な結果を産むこともある。

新草案に基づき巻一の第一第二章口述筆記。

雪月二十八日（一月十八日）書簡　ミネット

ほぼ午前中一杯、我が文庫の整理。覚悟の上なりしが、欠巻本それほど多くはなし。仕事、少時。文庫の整理に手間取るも、仕事二三日で了なるべし。

来信、ミネット、雪月二日便に対する返書。相変らず同じ過を犯しぬとある。つまらぬ人間を取立て逆に利用さるる女なり［後出十月十五日伊の詩人モンティか］。

現代文明の余りある進化にも拘らず、人間に認めらるる野蛮性の痕跡に今朝思いを巡らしぬ。アミヨ氏、近隣の一人を相手どりたる何かの訴訟に触れて曰く、「相手の息子が屋敷内に闖入せんか、儂の倅が足を蹴ばしてくれん」。これぞ、イロクワ［アメリカインディアン］伝来の仇恨、名にし負うコルシカの仇討《ヴェンデッタ》なる。

巻一第三章、巻二第四章口述筆記。草案の満足日増に新なり。

雪月二十九日（一月十九日）書簡　ブラコン、ミネット、マチュー・モンモランシー、リンゼー、デュ・テルトル

発信、ミネット、M.モンモランシー、ブラコン。我が文庫整理を続く。二千九百四十四巻分類整理す。此処の蔵書分類明日完了すべし。パリの約五百巻、及びマラダンより納入済分と物々交換で購入予定の書籍、此処に取寄せん。

来信、リンゼー夫人、デュ・テルトル夫人。午餐、アミヨ氏宅。不思議なる、いやむしろ実に単純なる現象！　賤業婦のすべて、ルソーを愛す。アミヨ氏の情婦の、四十になる、色香の未だ残りたるが居合せ、ルソーを諳じ、「行きてエルムノンヴィルの墓前に額づきたし」と言う。この階層が身分社会の重圧に苦しめられ、ルソーが身分社会の最も雄

弁なる敵対者であるに因る。

巻一編集、自第四章至七章。第八章執筆。この章、まともなるは総論のみ、いずれにしろ完全に鑄直の予定なり。

生き存えて得たる印象の脳裏に付いて離れざるは「宿命」の恐怖とでも言うべきか。未だ知られざる明日が何を齎すか、不安に怯えずして、一日を締括るべき一行を劃し明日の日付を記すこと決してなし。

雪月三十日（一月二十日 日曜日）

スカンディナヴィア宗教についての余の考証、相互に関連して切離し不可能なれば、一括挿入を考え草案に小規模の変更を加う。我が文庫、整理続行。分類終了分、三千百四十七巻。手許の残、明日整理完了なるべし。

午餐、教区司祭、及び、曾て余が議長を務めたる役場［一七九七年、パリ近郊リュザルシュ小郡］吏員の小男。我ながら退屈によく堪えたり。読書、マレの「デンマーク」［ジュネーヴ生の学者、スカンディナヴィア文学をヨーロッパに紹介、著書に『デンマーク史』P］。デンマーク初期未開人における有神論の純粋性、この崇高なる信仰の後世代における堕落を論ずる氏の信じて疑わぬお目出度き態度、感嘆せざる能わず。

我ながら不名誉なはなしながら、再度草案を変更す。先ず、起源から失墜に至る間《かん》、多神教の自然な歩を辿り、次に情況の変化により齎されたるこの歩の分化逸脱を追うという案に戻りぬ。これ以外に打開策なかるべし。いったん手掛けたるも反故にせし修正を進むる間、多くの想《イデ》を得たり。論述順位変更に手持の論を置換うる時不意に浮び上がりし想の数々なり。

雨月朔（一月二十一日）書簡 ミネット、ブラコン、ルロワ、タルマ、ナッソー、父

発信、ミネット。この「日乗」を始めて今日で一年経過せり。来信、ミネット、雪月五日までの余の便に対する返書、ブラコン、ルロワ、タルマ夫人、十九、二十一日の二便に対する返書、ナッソー夫人、五日便に対する返書、父、十五、十八日二便に対する返書。

寸暇、我が文庫のごく一部整理す。仕事、「道徳とローマ多神教の結合」に関する章。この章に相応しき序論の類を付し、古代イタリア宗教がローマ宗教形成に果したる役割に着手せしが、この一節再読すれば、余りに歴史的記述に過ぎ、かつまた余りに皮相に過ぎたるとの感あり。ペラスギ族を祖とするところの「エトルリア人単一祖先説」、正しからず。エトルリア人及び古代ラティウム住人の「ペラスギ族起源説」肯定論に至りてはなおさら怪し〔ラティウムは古代イタリアの地方名、エトルリア後ローマの支配となる〕。この種の議論、余の書から完全に追放し得ぬとあらば、余が常々の恐れ、『祭祀の起源』、『原始世界』の二番煎じの書となるやの危険性にまたも陥るなり。されば、この議論に及ぶ場合は必ず、学説の御墨付二三を先ず一般論として報告し、それから具体的に我が土俵に上り考察に及ぶべし。

夜、読書、ディオニュシオス・ハリカルナッセウス〔前一世紀ギリシャの歴史家、『ローマ古代史』二十巻がある〕、第十二章まで。

雨月二日（一月二十二日）

今後、寝覚むれば疾く起床すべし。深憂、厭人思想、自己嫌悪、奇想、何れも深刻なるに襲わる、一言で言えば「気上《きあがり》」、原因は睡眠《ねむり》の質、夜の暑気としか考えられぬ、床を離れ起《た》てば消えて晴るればなおその思い強し。ここ四日床を起たず物を想えば、実に愚にも失意喪心に沈淪し二三時間無駄にす。

我が文庫の仮綴本数多整理す。仕事、ローマ宗教がエトルリア、ギリシャ両宗教より借用せしものに関する章。夜、この章口述筆記。明日もなおこの条に掛るべし。読書、ディオニュシオス・ハリカルナッセウスの巻一残部。

雨月三日（一月二十三日）書簡　ミネット（投函遅れて六日発）、ロワ〔ルロワ〕、リンゼー

発信、ミネット、ルロワ、リンゼー夫人。パリ在庫分を除き文庫の整理了。手許の蔵書数、三千四百四十五巻。

来信、ミネット。愛と野心と波乱の扱雑《こきまぜ》、夢の計画。ミネット相手に休心安息は不可能なり。別れたくなしというのであれば、有無を言わさず、相手の生活の主導権はこちらが握り御して行く、しかも此方の欲するところを相手にし向

けせさすべし。ミネットを相手とした余の不幸は、常に譲歩を重ねしことにある。独居の暮しを望み、「残り数月の辛抱、波風は立つるに及ばず」と自らに言い聞せたり。この残数月、ついに十一年とはなりにけり、しかも我が生涯の華となるべき歳月である。ミネットを監督支配するは避けて通られぬとあらば、然《しか》すべし。余を夫にせんとはミネットの望みならば、夫となるべし。別れに必要な磐石の意志は余が持合せぬは自明とあらば、別れの計画は破棄すべし。退却《わかれ》に際し迫撃の「御《お》手柔かなる」を狙いし戦略、面従追従の御機嫌とり、ともに無益なれば事の序でに破棄すべし。

仕事、良ならずとも可、「ギリシャ宗教の道徳論」序論、特にヘシオドス論。夜、更に仕事、かなり捗る。読書、ディオニュシオス・ハリカルナッセウス。

雨月四日（一月二十四日）

午前一杯仕事、可。我ながら思うに、ヘシオドス論冴えたり。ギリシャ悲劇作家に掛らんとすれども疲労を覚ゆ。ソフォクレスとエウリピデスについては新説の披瀝あって然るべし。夜、読書約百頁、ディオニュシオス・ハリカルナッセウス。今後は余の主題に特に関するもののみ朗読させん。秘書自らの申出なるが試みに抜書も秘書の手に任すべし。

午餐後、かなり激しき発熱に襲わる、朝の仕事に神経を使いし故ならん。だが全体として見るに本日はなかなかに良き一日なり。

雨月五日（一月二十五日）書簡　ミネット、シャパール

ミネットより佳信あり。自ら人の先に立たん、余をして人の先に立たせんとの些か過ぎたる心焦《あせり》、相変らずなるが、余はこの点については、心に適うことのみをするとの覚悟を決めたり。憐れむべし、ミネットの、己の運勢の翅翼の成長を待つこと知らぬ心急《こころせき》。羽根を一枚一枚毟り取りては羽飾となし己を粧《めか》しこまんとの料簡なり。

来信、シャパール。今週エタンプへ出向かん。パリへ出る。廾。如何なる言訳がたつとも、情婦を家に囲うこと完全

に断念す。

午餐に行かんとする道にて、女の途方に暮れたるに出会いしが、この女、余に身を投出さんばかりにして言えり、「後生ですから、旦那さま、お助けを」。大都会の習慣の顰《ひそみ》に倣い女の要求を突撥ぬる、これ余が咄嗟の反応なりき。互いに角つき合せ群がり集る人間の巨大集団に不幸渦巻き、抑圧的社会制度に向けらるる敵意反感の不幸数知れず、更に狡知奸計が不幸を装い作りなせるは毎度のことなれば、またぞろ偽りの不幸なるべしと、先に立つは警戒心なり。かくて耳も藉さず通過ぎたれば、この女、「嗚呼、神よ、救いの人の一人とてなし!」、うち叫び路傍の石にへたりこみぬ。余は平然と道を続けたり。だが、女から遠ざかるにつれ、その最後の哀号《さけび》の余韻、余が記憶に益々高く残響して止まざりき。余はこの残響と闘いたり。女の姿視界から消え去りぬ、女の余が許を離れてより歩数四百になんなんとす、と己に言い聞せては気丈夫に耐えんとしたり。さりながら残響いぜんとして益々強くなりぬ。遂に耐うるに叶わねば道をとって返し街路を走り廻《めぐ》り、かくも強要と化したる「憐れみ」の相手を四半時探し尋ね、己の恵与の能力を弁えず過分に施し与えたり。新しき体験、「他人の苦痛、その真偽を問わず、絶対権力として余を支配せん」。

午餐の卓、見れば余の席の近傍に、新旧いずれの体制の大物なるか知らぬがその執事と馭者居合せたり。二人は主人がこの料理屋にて午餐会を催せば此処に居る次第なり。共に酔がまわり、酒は打解《うちとけ》話の誘水なれば話は、主人の監視の裏をかく手練手管、持てる者に対する持たざる者の密かな弛みなき奸策続行の手口をめぐる実に奇々怪々の世話《よばなし》とはなりぬ。社会という組織の不可思議は無秩序によりて均衡が保たれ、不正と腐敗が自然法の「執行官」を務むるなり。

夜、デュ・テルトル夫人宅、しんみりと穏やかなる長宵。

雨月六日(一月二十六日 土曜日) 書簡 ミネット、ヴィレール、リンゼー、プージャン、フルコー

発信、ミネット(附記、これ三日付と同じものにして投函遅れたれば本六日パリを発す)。発信、ヴィレール。来信、リンゼー夫人、今朝逢わんと言い寄越しぬ。赴くこと不可なるべし。発信、リンゼー夫人、プージャン、父、フル

コー。ミネット宛長文の便りに筆を執りたるが、擱筆は明日とならん。とにかく、その身上《みのうえ》を引受けたからには、相手がどう思うかはさておき、余の「土俵」にミネットを据えざるべからず。このこと能う限り穏便に感じ悟らせんと努めたり。今日一日、仕事無益なる一日とはなりぬ、無念。無為閑居の憾《うらみ》あり。仕事なさざれば必ず襲わるる気分にして落胆、心憂。午餐、ブラコン。

夜、デュ・テルトル夫人宅、悲しく時に退屈なる長宵。警戒怠らば再び夫人の人生を混乱に陥れぬべし。傍らに在りし間、余の内に春情蠢きたり。その結果は如何なる羽目に陥《おち》るべし。他方、拱手傍観して将来の改良、現在の美化を考えず、夫人と共にその不条理な結婚生活を悲しみ悩むもまたつまらぬ業とは言うべし。出入の今よりは疎にする要あり。

雨月七日（一月二十七日）書簡　タルマ、ミネット、ルニョー、フォリエル

発信、タルマ夫人、ミネット、ルニョー。ヴィレールと談、二時間。この若者、気力に溢れたり！　若いと言うも、じつは余より一二歳年長なり！　書物の力と人間改良の可能性を信じて疑わず！「完全可能性論《ペルフエクテイビリテ》」を信ずることでは余もまた同じだが、氏の言うほど余には個人的関心にはあらず。人類の完全性は、幾代百世、長き時間を掛けて行くものだが、人間が個人としてそれに貢献する度合たるや露ばかりのものでしかあるまい。ところで、誤てる希望は一つの強みなり。人に勝る気力と勢意を以て仕事に励む、希望せしほどの仕事は出来ぬが、何の希望も持たず仕事をする連中よりは多くを為せば、誤てる希望は「公共の財産」ですらある。

午餐、デュ・テルトル夫人宅。午餐の滑稽なる！　焼餅を焼き始めたる亭主、出身の田舎町の噂話に終始する連中、そして余は四辺の光景かくなる中で、愚劣なる人間が織りなす交際社会《ソシエテ》に混じりなお〈異人《エトランゼ》〉たるは、屈辱劣等人間なるかの如くおずおずと内気に控えたり！　内気には人間の自己価値意識を根こそぎ奪うとの意味において毒がある。

コンドルセ夫人訪問。訪問許されず、余は憤然として真の怒りを感じ、このことフォリエルに手紙できつく言遣りたり。気分害さる。家に戻りて、暖炉に温もり部屋に寛げば、それまでの不機嫌漸《ようよ》う和《な》ぎぬ。

雨月八日（一月二十八日）［書簡］ルニョー、フォリエル、コンドルセ

返書来信、ルニョー、フォリエル、コンドルセ夫人。ガラ、ジャングネ訪問［仏評論家、コンスタンと同じく法制審議院追放、〈デカード誌〉創刊］。会話の単調ならざる、一つとして無し。この国に厭果《うんじは》て始む。

午餐、コンドルセ夫人宅。昨日は人違の門前払と言う。この人違、余にはとんと合点ゆかず。しかし、余の機嫌を損ねんとして為したるにはあらず、明白なり。これが分れば言うことなし。夫人心苦しげなり、フォリエルまた然り。ために湿りがちの午餐とはなりぬ。

夜、リンゼー夫人とゲ夫人宅。* 会話の生気を欠き無味乾燥なること、言うも愚なり！ 生者の口舌忘れざる「死者」と言うも可なり。明日、訪問、能う限り数をこなさん、明後日も然り、支障なからば木ないしは金曜日エタンプへ発つ、アルジュヴィル［所有農地］の件を疾く片づけ田舎へ返して仕事をせん、それから恐らく早い時期にワイマール復、彼の地に「生者」あり、再会せん、以上の念しきりなり。

＊ 仏女流作家、スタール夫人の小説『デルフィーヌ』との出会いから創作を始め、総裁政府時代風俗を描いた小説を多く発表した。オペラ・コミック、ロマンス・サンチマンタル（感傷的恋歌）等も手掛けた。リンゼー夫人知己。『アドルフ』反論として小説『エレノール』を書いた（一八四六年）。そのサロンの常連にはシャトーブリアン、ヴィニィ、ラマルティーヌ等がいた。著名女流作家エミール・ド・ジラルダンはその娘である。

雨月九日（一月二十九日）書簡　ミネット

発信、ミネット。ビヨ訪問［仏の物理天文学者、三十歳にならずして科学アカデミー会員となる］。才気の中に遊心あり、知識と卓見に並々ならぬ幅と多様性あり。これぞ余が交わるべき世界ならん。物心つき始めし頃の好み志向、生涯就くべき仕事、辿るべき天性の道、以上の三点から見ても余が目指すべき世界でこそありしか。それをあの忌々しき政治世界に足を取られこの種の世界とは縁切とは

なりにけり。パリの用件すべて方をつけ、親父の一件軌道に乗せ、ミネットに書を認め単純明解なる第一歩を指示し、田舎に移り返を待つ間、「独居《ひとりい》」と我が「文庫」に恵まれれば仕事に勤勉し、返書きたりなば適切なる措置を講じ相手の望みを叶え、これ叶わずんば行きてイエナで文学哲学の一夏を過す、思うに、これぞ為すべき最善の策なる。

午餐、ヴィレール、オシエ、その他面々。愉快この上なき午餐、我が心、瞬時、生返りぬ。余が心中には余自らを愉しませ、使わざれば時に腹脹るるところの皮肉諧謔の気《け》あり。この凄まじきパリ生活、仕事をと思えど寸暇を得ず。

雨月十日（一月三十日）［書簡］父

来信、父。ルニョー訪問。彼《か》の女［スタール夫人］の提案に対し、余独自の判断で反対の態度を決定せしこと、我ながら天晴の挙ではあった。ルニョー、父の件ほぼ絶望的と言う。フルコーと収支決算。余に対し約三千四百フランの残債あり。例の鬱に陥りぬ。仕事に依らざれば脱出は不能なり。廾。

ビィ夫人訪問［スタール夫人のコペ隣人の縁者］。夜、コンドルセ夫人宅。此処は今もなお余には最も居心地のよろしき家宅ではある。

デュ・テルトル夫人宅、瞬時立寄る。夫人の涙に暗《く》れたるを見る。夫の何事か考え及びしか。夫人が辛うじて物言いしは僅か二言三言、それを以て余が事に関係なきに非ずは明らかとなれり。身を遠ざくる以外に方法はあるまい。旅の必要痛感す。頭と体と心、挙りて我を旅へと誘《いざな》いけり。ミネットの件［追放令撤去、仏政府の対ネッケル氏債務二百万フラン償還］及び余が父の件［訴訟］、唯一の障碍なるも、それに対し策らしき策ほとんど持合せぬ身なり。明日、ブーレ［国有財産訴訟係ド・ラ・ムルト］、ルニョー［ナポレオン側近］に書面を認めん。

留守中ブーレの返書あるべし。ミネットの一件軌道に乗せ得たらば、後は法律家に任す。ミネットの決心もやがて届くべし。ここ六日来ミネットより便りの無きは何の故ならん。さて思うに、これからひと月、パリを離れ、そのひと月の四分の三、田舎で暮すこと可能なるべし。明後日十二日［二月一日］エタンプへ発ち、十四日パリへ戻る、二十日［二月九日］レゼルバージュへ発ち、風月十日［三月一日］まで同地滞在、十日から十五日、気になる二件の進捗状況を見定め、芽月朔頃出発なるべし日［三月二十二日］。

雨月十一日（一月三十一日 木曜日）書簡 ミネット、父、リンゼー

発信、ミネット、父。朝の時間、ブーレ宛書面作成に充つ。この書面の手渡し方、ルニョーに依頼せん。ブーレの関心をこの件に向けさす、不可とあらば万事休すべし。

ユベール、奉公の辛きにあごを出したか、主人の馬に怖をなしたか、事の輻輳して主人の不機嫌昂ずれば我慢もここまでと見切をつけしか、余の許を去る。ここ二週間来、余の不機嫌と憂鬱の昂ずること未だ曾て例を見ぬほどなり。リンゼー夫人に短簡を認《したた》む。夜、アミヨ夫人宅。居並ぶ人間の浅ましく味気無き！　だが仕事手につかぬ折は、其処へでも顔を出さねば心なお陰に傾くべし。此処は気分陰鬱にして、ミネットと父の件を抱え仕事どころではなし。

馬を一頭買求む。始末を弁えぬ出費だが、身辺錯綜混乱を極めたれば上の空なる出費なり。

原稿巻一再度朗読せしめ出来栄に満足す。

一八〇五年二月

雨月十二日（二月一日）書簡 ミネット、ルニョー、ブーレ

エタンプへ発つ。発信、ミネット。アルパジョン泊。パリを離れ野風に触れれば心地行き、ここ数日に比して気分勝れたり。長き一夜あって今朝、物を想えば気分は再び深き憂に沈みぬ。身に如何なる憂世の仕打を受けたるにや、尋ぬるに原因は定かならねども、我が失意絶望は紛うかたなき事実にしてなお昂じたり。更に幾何かの進行あらば余の能く耐うるところか。女、女！　女に靡くべからず、実《げ》に理《ことわり》なり！　実に女の色香魔物なり！　実に女は本人にその自覚

なき利己主義者なり！　実に女は時々の気紛とあらば何事も捨てて顧ぬ存在なり！　だが「命短し」との私想、離れ難く、自戒は徹底せず、断固たる決意は取るに取られず。余の能力、世人の普く認むるところなれども、あれほどまでに得んと欲せしこの名声も生かす術なく、徒に死に行く我が身なるべし！　思うに、世人の誉め言葉、それに見合うべき身ならぬ今の我には反りて苦痛とはなりぬ。余はまた他人が巻込まれたる忌わしき事態《ふこう》を見て自らを責むる自虐的人間なるが、当の他人は、自らを責むるの愚は犯さぬだけの良識は少くとも持する人間なり。

ブーレ宛書簡をルニョーに発送す。父の件に踏切るか、諦めその旨を父に書き送るか、来週までに決めたし。今日、或は明日から一週間以内にレゼルバージュに戻り一月ほど仕事に明暮したし。ジュネーヴを離れてよりこのかた未だ本腰を入れてせざるところなり。情けなくも悲しきかな！

雨月十三日（二月二日）

エタンプ着、調査すれば農地の賃貸料、誤魔化し判明せり。年千五百リーヴル、遡ること九年間入るべきもの入らざりき。これ、悲しむべきことか、喜ぶべきことか。欺騙と見れば収入の減なり。農地が思いしよりも値打ありとすれば資産の増なり。これまさに、眠りこけて馬を盗まれ手綱だけ残されしアルルカンの噺と言うべし［コメディア・デラルテの道化役アルレッキーノ］。アルルカンの曰く、「アルルカンと思えば、良馬一頭失いたれば実に不運なり。アルルカンに非ずと思えば、立派な手綱を得たれば実に幸運なり」。要はどう見るかにある。明日［日曜日］小作人の賃貸勘定決済あって同夜パリへ発てば、翌月曜パリにて午餐楽しめん。

エタンプ近郊の古塔を廻る［ギネットの塔。カペー朝フィリップ二世デンマーク王女インゲボルクを婚礼の翌日離縁、この塔に幽閉した］。破《や》れ崩れたる四壁の許す限り登りたり。物寂荒涼、見るもの触るるもの死を思わせざるは無く、人の住みたりしを知る者の絶えて久しき廃墟に接すれば胸に激しき鼓動を覚えたり。余が須臾にして死しこの廃墟よりも虚しくなる、無きにしもあらず！　廃墟は、少くとも地に立ちて時に生者の視線を惹くことあればまだましなるべし。

仕事、エジプト宗教の章、草案に掛るも覚束なし。出来栄不良、専ら記憶に頼り仕事をせんと欲すれば、ここかしこ空隙残り、空隙埋らねば心苛《いら》れ、心苛るれば神経乱調をきたし、ついに、ここ毎日暗れ惑うて過せば優に一日の半は終りぬという例の暗澹鬱悶たる気分に再び陥りぬ。今の気分に与って余りあるは、ミネットとの関係に態度を決めかねつつ時がずるずると過去り行く事実なり。だが、いずれ止むべし、今在るもの在り続くはあり得ぬことなり。

雨月十四日（二月三日）

仕事、やや復調、エジプト宗教及びスカンディナヴィア宗教。点竄に堪うるもの綴り得たるかはともかく、少くとも目下の「分化逸脱」の巻、論法会得せりとの感あるも、この巻は再三躓きし巻なり。

小作人、延滞の賃貸勘定持参す。手元に現金約八千リーヴルあり。六千を「三分の一整理公債」［一七九七年額面が三分の一に減じられた公債］に投資せん。これで余が財産は、抵当による投資九万六千五百、免税小作料三千五百の農地、広からず狭からずパリにほど近ければ余に頃合の田舎《でんしゃ》［レゼルバージュ］、永久債五百、終身年金六百九十リーヴルと相成る。これに加うるに、我が「文庫」のあれば足るを知りて然るべきなれども、足るを知るには心の平安のなければならず。

旅程、自エタンプ至ロンジュモー。明日帰洛、厭うべきパリ。パリにて憂目に合う、これ無きを願うばかりなり！

雨月十五日（二月四日）書簡 タルマ

旅程、自ロンジュモー至パリ。来信、タルマ夫人。ミネット、音信絶えて無し。事情の如何なるや、もはや余の理解及ばず。此方に十二日間書を寄越さぬこと、ミネットの能くするところに非ず。動揺、心底《しんてい》に達す。ミネットにこれまで懐きし愛憎の数々思起され、愛と憎、鬩ぎあいたり。嗚呼、ミネットよ、汝は我を幸福にせざりき。しかし、知らず、余が眼に勝る眼もて余を見守りし汝のなくして世に存《なが》えようか。小夜《さよ》更けて行方を知らに歩むに似たり。

晩餐、ブラコン。余は我が身にのしかかる不安の重圧を押し退けんと試みたり。

フルコーの許に三千三百フラン持参、年金五百リーヴル〔フラン〕を「三分の一整理公債」にて買求むよう命ず。

ブーレより返信なく気掛なり。夜、プーラ夫人宅〔後出オッカール夫人母〕。余が心中の思と感情は悉くミネットを案ずる念に収斂したり。

雨月十六日（二月五日）書簡 ミネット、ネッケル、タルマ、リンゼー

発信、ミネット、ネッケル夫人、タルマ夫人。来信、パルムのミネットより二通。感涙。何と言おうと、十年越しの関係は、共にせし思出、心の闇と隈、挙りて柵《しがら》む百絡《ももからみ》なり。その関係を嘆かば嘆け、だが、そは人生そのものを嘆くに似たり。否、ミネットを不幸にする、或はミネットを失う、どれも余には耐うる能わず。この関係に対し一つの意思決定なさざるべからず、そは望むところなり。この関係、揺ぎなく強固正当たるべし。余に学問の暇を与え、ついに学問的成功をおさめしむるに足る関係たるべし。

午餐、プーラ夫人宅。得体の知れぬつまらぬ教師の相手となり、ウェルギリウス、ホメロス等の独創性を論ず。知らず、思考過つは此方か、相手か。余の言が連中に通ぜぬは明らかなり。俗評通説の凡百あれば、意を伝えんとするに壁また壁に行手を遮らる。仏文学者と称さるる連中の作家論、時代論たるや型に嵌まりし通説の域を出ぬが、通説ながら真理の一面なきにしもあらずとはいえ、こと具体論となれば、単なる受売りは許されず己に相応しき衣を纏わせて然るべし。

或る問題を議論するには、先ずはいちいち文句《ことば》の説明から始むべし、これ怠らば、出会う相手はいずれも的外れの返答をし、此方は議論の無駄骨に困憊す、今宵思知らされたり。

仏国民が新思想受容におよそ不適格なる国民たるは自明の理なり。検証に付さず、気楽に首肯できる紋切月並を好む国民である。新思想、つまり昔からの説に反する思想を仏人が採る場合、検証に付さぬが絶対条件であり、検証へのすべての道閉ざされ、その新思想信奉はまさに気触《かぶれ》に近き信奉となる。幸なるかな、余が人との議論に寄する関心の薄き

こと。その薄きをさらに薄くせん、これ余の望むところなり。返ってくるは常に余に対する反論にして、しかもその反論ぶりからするに相手は余の議論を皆目理解せざるが見て取らるれば、骨折損のくたびれ儲けとも言うべし。口は措いて筆にて勝負のこと。

オッカール夫人［旧姓ジェニー・プーラ、一七八七年コンスタン狂恋、狂言自殺を図った。一八〇四年十月二十五日参照］、かなりの棘あり、荒けなく短気、即断の女、小勢力家の地歩を確保したるも、世の常のこと、この女の短所の賜と言うべし。

来信、リンゼー夫人。明日逢わん。

雨月十七日（二月六日 水曜日） 書簡 ミネット、ルロワ、オシエ、ブラコン、ルコント、リンゼー、デュ・テルトル

発信、ミネット、ルロワ、オシエ、ルコント、ブラコン、リンゼー夫人。

仕事、怠。一日無駄。リンゼー夫人のため午前ゲ夫人宅。午餐、コンドルセ夫人宅、スタプフェール［前パリ駐剳スイス公使P］、ジャングネ同席。愉快、気楽、興趣溢るる午餐なり。

憐れむべし、デュ・テルトル夫人より悲痛と卑下の綿々たる書。これに接し愁涙に目を曇らせたり。明日行って会うべし。だが、その愚しき結婚と猥劣卑賤なる夫を思えば、余に何が為し得ようか。しかし女の許に行かざるべからず。

ブーレ返信なし、この事甚だ面白からず。明日、ルニョーより事情知らされん。ビヨより来週火曜の招待。

雨月十八日（二月七日） 書簡 デュ・テルトル夫人、ネッケル、ミネット

余の計画案なるもの決定す。ミネットのミラノ滞留を許す。ミラノに手紙を遣り秘密結婚を提案す。この結婚、一歩たりとも譲らぬ覚悟なり。ミネットを愛すれば愛するほど、ミネットと別るる、ミネットを苦しむる、余の能くするところにあらざれば然るべき終局的決断を益々迫らるる次第なり。たかが我が人生の枝葉に過ぎぬ日々と思えば、その日

日をミネットの削奪するに任せて済したり。削奪一生に及ぶとなれば、柱石を固め我が身の在方を斉整すべし。

デュ・テルトル夫人より第二信。今朝行って会うべし。夫人の精神、迷乱動揺す。何事か一波乱あるべし。これ余の常に恐るるところなり。田舎に退くまで時を稼ぐべし。

来信、ネッケル夫人、余の十八日便に対する返書。来信、ミネット、少くとも十八日までの余の便に対する返書。ネッケル夫人の書、情心《なさけ》を見せながら曖昧めかしたり。夫人は品格ある女《ひと》にして傍らの凡俗月並［夫の存在］我慢ならぬが、詰らぬ運命をこれまた詰らぬ選択により諦めて容認はせしが、傍らの無教養ぶりを当擦り風刺するに何の遠慮やあると構えたり。しかし他人が夫人の前で同じ類《たぐい》を言うは好まぬ、夫人には個人攻撃と映るからなり。

余は、首尾よく夫人とは「足場」堅固なる関係《まじわり》を結ぶに至れり。「貴女に懐いて寄せし想いに素直ならましかば、貴女からいかなる感情《おもい》を掻立てられまし」と、夫人を相手に謎めいた由無《よしな》の物語をするのである。されば、あれこれ言わされ己の性格に背くことも、色々と思遣って気疲することもなし。

デュ・テルトル夫人を訪ぬ。その犯したる愚行、その陥りたる窮地、何をか言わんや！　田舎夷の亡命貴族から成る社会が即ち狂人社会であること、また何をか言わんや［夫人の夫は亡命仏貴族］！　田舎紳士たる父君の許《もと》、怪しげな教育の十五年、二十年、さて、この教育をラインの河頭にて仕上げんものと国を出でしはいいが、村から村へと駆立てられ、軍隊生活は蛮行と放縦を専らとし、交際《つきあい》は仲間うち、即ち、その悪しげなるは世にあるまじき集合の仲間うちにして、自らの不幸を以てして、いやそれにも増して、「理性思想」［革命政府の非キリスト教化運動］絶対反対のいと言痛《こちた》き合唱を以てして精神高揚の拠所となし、今日フランスに舞戻りしが、此処においてもその無知蒙昧、狂乱狂気、怨嗟遺恨は未だ曾て無き様なり。また連中の現政府支援ぶりたるや大したものだが、名にし負う「下層の賊徒《じんみん》」を禦ぐ防護壁とあれば、肌が合わぬとは言い条、現政府に擦寄るは人情の当然と言うべきか。

午餐、ルニョー宅の予定が、主人、招待の約うち忘れたり。弁解くだくだしく過剰に及べり。

夜、アミヨ夫人宅。美姫ソフィ再見［不詳。ロザリー宛書簡で言及の十九歳なる乙女か P］、仮初《かりそめ》ながら愛せし女にして、去年《こぞ》のこと、妻に迎えてはと余に薦めし者あり。常に変らぬ美しさ、目鼻立の整いたるはさすがだが、姿格に大なる気品を欠く。再会、些かの喜びの無きにしもあらず。コンドルセ夫人訪問。リンゼー夫人の居合せて余を待ちしかど、此方の入りしなに退出す、未練の風情は見せねども情けある言葉を余にかけて行きぬ。この女の余を魅了すること、少しも止《や》まざるべし。

朝方、我が「エジプト人」少しく［宗教執筆《エジプト》］、良ならずとも可。生活、軌道に乗りつつあり。ミネット再提案の旅行の件［合流《スイス》］二三月後再び我が身を襲う内訌、どちらも今は思案は無用のこと。

雨月十九日（二月八日）書簡　ブーレ、ミネット、ネッケル

ブーレに第二信。これを以て最後とすべし。ミネットに書、発信、ネッケル夫人。

仕事、沈滞。宗教思想の「自然の歩」が辿る「分化逸脱」の巻こそ余が躓《つまずき》の巻なれ。我が意に反しその〈歩〉を歴史的に捉えんとすれば、ギリシャローマ多神教を論ずるに劣らぬ詳述、不可欠となる、されば巻は長きに失するのみならず、更に何人《なんびと》をも辟易させずにはおかぬ専門的記述も避けては通れまい。少くとも、ギリシャローマは我らの知るところなれば、その径路を辿るに既知の事象から説き起すは可なり。だがペルシャ、エジプト、インドとなると、何事も空隙だらけ、それを揣摩臆測を以て埋めんとすれば、なお一篇の小説をものするが如し。草案を新たにして明日また試みん。先ず、「斯くなる状況ありて斯くなる結果生じたり」との命題を立て、次に、命題の裏付となりし民族の実例を引証し、最後に、異論のあらばそれに答うる。この方式に則り、証明すべき命題の数だけ章を設け一巻と成せば、史書の体裁は完全に払拭せらるべし。

なおこの一日、忌々しき一日とはなりにけり。オシェ会いに来りて、ミネットに対する感情に触れ実に不愉快なる事どもを余に告げたり。げに、我ら人間の背後には運命の神ありて我らを嘲り浅むとでも言うべきか。この同じ頁に、昨日のこととして「生活軌道に乗りつつあり」と記すも、二時間後その生活曾てなく狂いぬ。まさに落胆と絶望の発作に襲われたり。暫くありて、事の訳合を辿れば気力甦りぬ。定めたる計画に従うべし。二月後ミネットに書き遣りて言う

べし、「我が祖国［追放の身のスタール夫人とは仏国居住不可］、我が文庫、仕事、家柄財産頃合の結婚、いずれも汝のために犠牲に供するからには、汝、余と結婚せざるべからず」と。返を待ち、否とあらば、行ってベルリンかワイマールに身を落着けん。それまでは仕事に精進あるのみ。

午餐、アラール宅。卅。早々と帰宅す。今日一日これにて打切らんとして床に就きぬ。

雨月二十日（二月九日　土曜日）書簡　リンゼー夫人

ブーレ訪問。この男に人並の誠実さあるは見て分りたるも、父の件、実に不利な状況にあること判明せり。ブーレ本人、行政裁判所の決定を忘れ余に知らせざりしが、こちらにとっては真に好ましからざる決定なり。相手が父と父の共同取得者に対し起せし訴訟、係争中の「過去の財産用益権」をめぐる訴訟の二件につき裁判所の判断を仰ぐ、これが余に残されし一縷の望である。父がこの手段に同意するかどうか、また、ドールにおける訴訟の成行に鑑みて父にとり好ましき手段であるか、先ず知る必要あり。かなり久しきに渉り父より便途絶えたり。倅の無力が不満なるべし。余は為す術を知らず。

草を改め巻四に掛る。これまでに比し出来栄良と感ず。良否の判断、明日に委ねん。

サン＝トバン訪問［仏の経済学者、法制審議院同期］。その正体、思いしよりもつまらぬ人物と見たり。金融に非ずんば事に非ず、凡そ事を見るに金融との関係において見ざるは無し。確かに、氏は稀に見る頭脳精確の持主なれば、金融的尺度を以てして、他の尺度に依ると同じ結論を導き出すはお手の物なり。すべてにおいて本日は味気無き一日として了りぬ。

読書、ディオニュシオス・ハリカルナッセウス、タルクイニウス・スペルブス王治世関係。皆同相似《They are all alike.》。来信、リンゼー夫人。

雨月二十一日（二月十日）書簡　ミネット、リンゼー

発信、ミネット、リンゼー夫人。午前中一杯仕事、巻四。出来栄の良、一つでもあるか覚束なし。余の論考、未だ多く錯雑し、この混乱に筋を通す糸一本の手掛りとてなし。今の論法を進めれば、脈絡を欠くおよそ明晰とは言い難き曖昧模糊なる論旨に陥るべし。

午餐、コンドルセ夫人宅、一人の年若く清げなる女同席す［「略日記」に依ればガブリエル、人物は不詳］。我が妻とするに何の躊躇やある。ビヨンデッタとの現実をつらつら思うに、相手を益することなく、しかも一方の余にのみ多大の不幸を齎し、余が人生を徒に虚しくせしむる現実であることますます明らかなればなり。芳紀十七歳、眉目形愛敬づきて瑞々しく惚れ惚れとのみ覚ゆ。ビヨンデッタとの現実の難しさは如何にして問題に着手するかにある。「自由になりたし」との宿願を他人に打明くる、余の能くするところにあらず。ビヨンデッタとの関係をめぐる一言、ビヨンデッタを不利にする一言、ビヨンデッタと別れんとの決意を諾《うべ》なう一言なりとも、敢て他人に聞する、余の能くするところにあらず。何を言い、何を為すべきか、余のみが決定の権利を有する事柄なるべし。余がミネットから非道な仕打を受く、他人は要らぬこと、文句不平は余のみに与えられたる権利なり。二人の紐帯の緒、もはや切れたりと一言洩らして告げんか、余が友達《どち》のビヨンデッタを責むる声の更に昂ぶり、余を庇い女を貶めんこと火を見るよりも明らかなり。余が克服し難きはこの「思遣る心《デリカテス》」にして、これぞ余が迷妄困惑の元凶なのである。

セヴィニエ夫人題材の韻文劇［不明、文脈では作者はフィリップ・グルヴェルとなる］朗読とセヴィニエ夫人書簡集新訂版［フィリップ・グルヴェル編、編者は不詳］序文朗読［番外］。モリエールは芝居の神様なりき。真実描写！　悉知人情！　昨日［今日］我々が拝聴せしこの韻文劇の作者による朗読会、〈小曲《ソネット》、小曲ナルガ…〉の一場面を地で行くものなり［モリエール『人間嫌い』中の台詞、オロントが自慢の自作詩「希望」を朗読しアルセストに貶される場面］。その描くところの〈作家の自惚〉の真実証明をモリエール本人から付託されたるか［底本はd'auteur（作家の）、全集版はd'autrui（他人の）とする。原典（直筆原稿）は判読区別し難し。ここは文脈から「作家」を採る］。このセヴィニエ夫人韻文劇の朗読、「作家の虚栄心」がなせる講釈、脱線の限りを尽して愉快なり、それにも増して愉快なりしは、作者が勿体ぶり、愈々、客の求めし韻文劇朗読に入るや、やおら懐中より一篇の序文を取出し［セヴィニエ夫人書簡集新訂版序文］、

誰も頼まぬに、聴衆にそを読誦せしことなり。

帰宅。「気候風土の宗教に及ぼせし影響」の章、不作ながら口述筆記。

来信、ミネット、アルベルティーヌ、リンゼー夫人。

雨月二十二日（二月十一日）書簡 父、タルマ

あろうことか、余が下男、街道筋の娘子らに慇懃を通じ始め、些か過ぎたる好業荒事《すきわざあらごと》に及び強淫罪で訴えられたり。哀れ、色男、裁判でやりあう気なし、里に還ると言う。忌々しきかな、下男の不行跡、強淫されたと称する愚娘！ レゼルバージュではこの騒ぎ、余には迷惑千万な話なるべし。

来信、父、予期せしよりも穏やかなり。来信、タルマ夫人。不憫なるかな！ 子息、一縷の望なく、子のために最も良かれと望むらくは速やかなる死なりと言う。

仕事、纔、段取り良。

下男、気を取直し、余とレゼルバージュへ赴き強淫罪告訴受けて立つという。

廾。再び計の必要性切迫するに、当初の計画にかなり類似の策を案出せしか［欲情処理として女を囲う］。余は女なしでは済されぬ身なり、女は真の妙薬にして断てば心身全機能支障を来すなり。

午餐、レカミエ夫人宅、ルニョー、伯爵フエンテス某［不詳］、その他。ルニョー、根は好人物なり。オシエの持ち来たるミネットの噂、ルニョーより説明を受けしが、オシエが言うほどのことでもなし。

シエニエの『ヘンリー八世』、韻文に麗句の無きにしもあらずとはいえ、大方は駄句陋句の類にして厭うべき茶番狂言なり。興味、第四幕目にて尽きぬ。うけを狙い意図せし箇所あり、細工をせんとの心が反ってこの幕を台無しとす。可笑しな一句、「後悔ヲオ入レ遊バセ。後悔オ入リニナリマス。後悔オ入リニナリマシタ」。

夜、ゲ夫人宅。リンゼー夫人、苦しげなり。ピプレ夫人、現姓サルム夫人［仏小説家、コンスタンと同年］、姿体形貌悪くなし、だが男

勝りて閑雅に欠けたり。閨秀作家としては衒学さほどならず。その恋歌《ロマンス》、それなりに美《よ》し、明晰なること格別なり、思想と表現の強靱なる、余の予期せざるところのものなり。

ゲ夫人を相手に愛と自惚をめぐり款談閑語すれば半時は過ぎぬ。絶景なるかな、夫人の腕と胸。

雨月二十三日（二月十二日）書簡　父

発信、父。明日レゼルバージュ行を期す。シュレーゲル来訪［弟フリードリヒ］。シュレーゲル、他人ならその容姿風貌、作家ならその文章《ふでさき》という具合に必ずものの外面を讃むるが、讃むるに価する内面はあるまじ、奥はあるまじとの、実は増上慢のなせる讃辞なり。

仕事、質、量ともに乏し。田舎に下る潮時なるべし。午餐を供す。長時愉快なる午餐。

夜、フンボルト［独の政治家、言語学者。ベルリン大学創設者］とビヨ宅。フンボルト、学識知見の士、精魂精進、学問の鬼、大方の学者とは異り、「世事《せいじ》人事は我が事に非ず、自説、義勇は一切我が持つ物に非ず」との言訳を学問世界に求めざりき。普遍性に憧るるも、器量不足、目的達成は怪しと余は踏む。もちろん、その普遍性思想いずれも正しく真実なるが、押しの強さに欠けたり。いずれにしろ、感嘆すべき不屈の精神を以てして天晴見事な業績を成しとげたり。いずれ注目すべき報告を世に問うはず、いくつかの学問を発展前進させ、また、多くの論証をもって「思弁哲学」に寄与せん。

雨月二十四日（二月十三日）書簡　デュヴォー、ナッソー、ミネット

発信、ナッソー夫人、デュヴォー、ミネット。

仕事、辛うじて。「分化逸脱」巻中の四章括り一章に纏めたれば、巻の特徴かなり鮮明となる。この巻、最もてこずる巻にして頭痛の種なり。もとより完璧を期するにはあらざれども、少くとも手持の材料を以て最善を尽す、それなくして「分化逸脱」の筆おくべからず。

秘書兼召使の応募者引きも切らず、終日相手をす。余が選択の成否、心許なし。これなると思い採用せし青年、英独語を操ること可、その器量、真率才俊、気品も備えたり。召使扱いしかぬる相手なるべし、だが雇入れしはまさにその人柄のためならずや。

ヴィレールと午餐。好青年〔秘書召使〕、忠義、力に不足なし、善意漲りたり。

『ル・シッド』〔コルネーユ劇。『ヘンリー八世』上演禁止の代替演目〕。異様なり、宜なるかな外国人の言、「異様なり仏悲劇」！ 言うにも余る自然らしさの欠如、わざとらしさの趣味！ 新作を失敗作たらしめる筋立趣向、不手際ぎこちなさ、枚挙に遑なし。事実、この演物《だしもの》に寄する平土間客の拍手も冷やか、お仕着せの域を出ず。だが、余の背後に一人の老検事ありて、「騎士道ノ精神《こころ》コレニアリ！」、と時々《まま》間の手を入れたり。『ヘンリー八世』、上演禁止〔以降、ナポレオン帝政下、シェニエ劇一切上演禁止となった〕。

明日はレゼルバージュを期す。一昨日の美姫、彼処《かしこ》に呼ばんと思い決めたり。若だちて鮮、雪の肌《はだえ》、情の濃やかなる。罪なくして堕ちし苦界に在る身ながら、この女の心中に一条の善光ありて余がそれに火点《とぼ》したてん、なきにしもあらずか。ともあれ、裏目に出でし時は金子《きんす》をくれて追出すまでのこと。女体なしでは夜も明けぬ身であるは論を俟たず。この欲求、日に異《け》に昂ぶり頻数益々盛んとはなりぬ。

雨月二十五日（二月十四日）書簡 タルマ

発信、タルマ夫人。かなり寝苦しき一夜を過す。深更の就寝三日目となりぬ。その影響、眼に波及す。またまた、レゼルバージュ、出発明日まで叶わず。廾。

我が田舎住いの遊伽《とも》とせん美姫に寄する期待の過ぎたればやや控目にす。習慣の堕落幻滅というものあり。それを亡き物にすることしばしば不可能なり。嗚呼、純粋結婚の幸福よ！ 快楽に苦味なく、義務が歓喜愛悦と融和し、腕を離るるや人生の伴侶たる友に戻り、趣味と思考を共にする純粋結婚よ、斯くのごとき幸福、我には些かの縁も無しとは！

我々人間がお互い相手の道徳に下す批判、如何に誤てる批判となるか！ 余が淫売との交渉を知る者、およそ余を趣味品行卑しき男と侮り見るべし、だが、余をして斯くもさもしき便法に依らしむる由縁は、哀れ不幸なる女［スタール夫人］に対する深甚純粋なる愛情《アミチエ》であり、この女を見捨て［別の女と結婚］不幸に陥《おとしい》るる能わざる事実である。人が余を貶しめ非難するところの荒淫遊行は、余人の殆どが持つ能わざる思遣と献身の情の必然ならしむる行為であり、また同時に、それは余には恥辱と不幸の絶えざる種でもある。女を「見」れば見るほど心身の働き活発となり、鬱の虫、悩み苦痛が軽減す、否定し難き事実なり。

午餐、アミヨ氏宅、多勢の盆暗《ぼんくら》と席を同じうす。この国民の得手勝手嗜癖。これら盆暗の面々、公債相場下落防止の最善策は弱気筋［下落を予想し売り方にまわる者］を投獄するにあると信じて疑わざりき。この策を認め実施中の国［不詳］にも下落し得る公債のいまだあるは不思議なり。

夜、コンドルセ夫人宅。明日、差障皆無とあらば、いざレゼルバージュへ、念願の仕事に掛らん。

雨月二十六日（二月十五日）書簡　ミネット

発信、ミネット、或る旅人に託す。旅程、至レゼルバージュ。見るに我が屋敷あらかた整頓行き届きぬ。郵便にて更にミネットに一言書き遣りぬ。発信、リンゼー夫人、デュ・テルトル夫人。

雨月二十七日（二月十六日）

仕事、為すも為さざるに等しき仕事ぶり、なかば無駄に一日を送りたるが、為せば為したで草案に殆ど超え難き新困難判明せり。「分化逸脱」の巻、皮相の見《けん》となる、言うを俟たず、まともな証明も展開もなき断定的論に終始せん。宗教の「自然な歩《あゆみ》」記述に充てるべき他の三巻中に「分化逸脱」を組入れ、この巻は鑄直解消するの案に戻る、可能ならばこれに如くはなかるべし。さて、案を決むる間、五巻に渉る原稿、逐字浄書せしむ。宗教史主流たるギリシャローマ関係追記事項、また、ギリシャローマとは「別の流れ」［分化逸脱］を選ぶに至りし異教民関係追記事項を漏なく現行の註に加うべし。さて、すべて出揃いたる段階で、註をどう活用すべきか、宗教の多様性を其々別個に扱うべきか、それとも全宗教の流れを同時並行さすべきか検討のこと（同時並行案、上策なるべし）。

昨日［今日］は、また、別の意味において悪しき一日とはなりぬ。女体欠かせぬ例の物狂《やまい》、体もさることながらそれにもまして神経に障るなり、余に襲い掛りてその烈しきこと、尋常ならざるものあり。昨夏の不幸の因となりし恥ずべき便法の無くてすまさん、美姫を常に横に侍らせ置かんとの想、憑きて離れざりき。斯くの如き一夏をまた繰返すは地獄の沙汰なり。何がな妙法のあらば私財の半を捨つるに何の惜しくはある。ただ、ミネットの在れば妙法覚束なし。

雨月二十八日（二月十七日）書簡　ミネット、フランソワ、ブーシェ

手紙執筆、ミネット、フランソワ、余の生存証明書に関しブーシェ［パリ近郊リュザルシュ小郡公証人P］（いずれも発信一日遅れたり）。

仕事、多神教に対する一神教《テイスム》の優越性を論ず、出来栄良。草案の練直五十回目となる。曾てワイマールで採りし案とほぼ同じものとなる。だが、この絶えざる鋳直のお陰で数多の好ましき発想と展開を得たり。

夜、読書、ディオニュシオス・ハリカルナッセウス。この読書、余の調査研究としては収穫なきに等しきも、〈花の都〉古代羅馬とくれば、作者凡庸なるも感興尽きず。

雨月二十九日（二月十八日）書簡　リンゼー

一神教中に多神教思想、つまり神人同形同性論を継続さすことの危険性を論じたる章執筆、出来栄良。なおこの章、数所刪削の要あり。曖昧不明瞭との批判をかわすには、敷衍的説明すべて削除すべし。短短ますます明瞭なるべし。

夜、読書、ディオニュシオス・ハリカルナッセウス。やがて読了となるも、次回はかくも冗長退屈の書避くべし。来信、リンゼー夫人。

雨月三十日（二月十九日）

二章ものす、一は、如何なる啓示《ポジティヴ》宗教も神人同形同性論思想を内包する事実を明らかにする章、一は、多神・一神教歴史的比較論の章。斯くの如く一神教を詳細に論述せんとすれば、余が著書、ずばり神冒瀆の書とならざるを得ぬこと判明せるが、そは余が意にあらず。神冒瀆と言えば野蛮、古臭き印象漂い疎ましくも見ゆ。余も一片の宗教心は持つ身なり。だが余が宗教心は、物に感ずる心の漠たる動きに根ざす感情そのものであり、理論体系化し得る代物にあらずして、人の理解は得らるまじ。

一神教詳述回避として、論述は古代宗教に絞り、一神教とその利点及び危険性については概略的に或は結論的に軽く触れ、宗教的情熱論の巻は最終巻としては納まり宜しからざれば、すべて序論に置く、さすれば生彩ある序論部とはなりぬべし。

リンゼー夫人、返信無用のこと。夫人の涯しなき非難詰問、此方の涯しなき弁明言訳、嫌厭疲弊す。女の言うや無理からぬことなるや。今は昔、過ぎにし愛を今に戻して寄こせと言い張りてきかぬなり。

デュ・テルトル夫人より返なし。この関係もまた死の淵にあり。さもあらばあれ。

風月朔（二月二十日 水曜日）書簡 ミネット、アラール、ルブラマン、ミネット、デュ・テルトル、ネッケル

発信、ミネット、アラール。仕事、辛うじて。気候風土、環境条件が物神崇拝に及ぼせし「分化逸脱」の一章、ギリシャロ－マ多神教・ユダヤ教歴史的比較論一章ものす。この比較論、本論の冒頭部分に過ぎぬが、出だしとしては出来栄良し。夜、序論再読、不満大なるを覚ゆ。場違とも思わるる事柄を多数詰込むるにまかせたり。より厳しく臨むべし。それ自体正しきも所を得ぬ場合あり。本題が必要とせぬもの入《い》るべからず。余が書、素晴しき出来とあらば名声高まり名声の高まらば、例の怠惰《ものぐさ》ありて次作にかかれぬとも、分冊小出《こだし》の刊行も可ならん。今はこの怠惰なるもの次回まで遠慮願わん。論の運びにのみ心を砕き同一枠内に何もかも詰込まんとせしは怠惰のしからしむるところなればなり。

全体として、厳密に古代宗教に限る、言及せし民衆一神教長短優劣論削除のこと、余が挙げし短所劣等は冒瀆なり、と罵り非難せらるる恐れあればなり。長所優等は半分が俗と甘言であること、残る半分は或る形而上学的体系［無宗教］に由来するものであり、余にはこの体系を論ずるの意なければなり。多神教の決定的凋落を以て最終章とし、この書を終らすべし。最終章をなすについては、一神教も一定規則的歩《あゆみ》を辿る宗教であれば、余が多神教において実践せし論法の適用可能なることを示唆すべし。残る問題は一つ、余の宗教情熱論を何処に挿むかなり。この部分落すこと不可、また別に一巻を設くるも不可能なればなり。

来信、ミネット、未だローマ入りならず、ネッケル夫人。夫人、余という人間と余のミネットを想う感情に妙に甘心す。余は不思議な人間なり！　余のありとある感情すべて真ならざるはなし、しかし、その数あまりに大なれば感情どうし互いに押合圧合《へしあい》し、機に応じ時々刻々いずれも偽の相を呈するに至るなり。

来信、デュ・テルトル夫人。まさに夫人にこそ似つかわしき書と言うべけれ。夫人の不平不満、言分の無きにしもあらず。行って会うには会うが、余に何を訴えようと無駄なこと、およそ人の身の上にして夫人の身の上ほど余を困頓さするものなし。惚れて愛する相手なら苦労のし甲斐もあらん、さもなくば憐憫《あわれ》を覚え情けなく苛立つばかりが落《おち》なり。

秘書として応募せし若輩の一人から来書、この男［ルブラマン、不詳］、余が与えし鄭重な回答の返《かえし》として、誕生より今に至る生立を余すところなく語って書き寄越したり。読めば捧腹絶倒、大笑とはなりぬ。

夜、読書、ディオニュシオス・ハリカルナッセウス。

風月二日（二月二十一日）

仕事の手応え完璧と覚ゆ、スカンディナヴィア宗教の章、会心の出来。ここにきて論述の範囲を確《しか》と限定す。徒に摑まんとして足掻き苦しみし空《くう》を思えば、この範囲確定、実に我が意を得たるの感あり。

読書、ディオニュシオス・ハリカルナッセウス。

「ローマ多神教における宗教と道徳の結合」章に続けて一章を設け、教団組織がローマにおいて、あの尊大なる貴族階級から自らを護る策としてその後盾となりし事実を論ずる要あり。現行の章はこの種の主題を扱うには無理がある。

風月三日（二月二十二日）書簡 ミネット、ナッソー、デュ・テルトル、フランソワ

発信、ミネット（ミラノ経由）、ナッソー夫人（ルイ・デュクレ宛為替手形同封）［ローザンヌの庭師か P］、デュ・テルトル夫人。

来信、フランソワ。

書籍到着済みか、ないしは追付け至るはずなり［ネッケル遺稿集、娘のスタール夫人編集］。反響いかならん。明後日パリへ赴くべし。

仕事、辛うじて。会心の新草案に則り巻四、四章に渉り下書とでも言うべきをものす。新たに起すべき章、巻四に三、最終巻に四、追加すべき章、巻一に二乃至三、これを成さば必要なる加筆点竄を残すも、編集執筆完了なるべし。

旅心、蠢爾としてまたぞろ首を擡ぐ、我が田舎の不便不自由百出して余を虐ぐ。余の想像力の面妖なる！ だが、この旅心、理由《いわれ》の無きにあらずも、理由をここに綴ること無用なるべし。けだし誘惑に屈せざるや。

読書、ディオニュシオス・ハリカルナッセウス。漫遊の風来心萌せしは、アピウスの「十人委員」時代を朗読させし最中のことなり［アピウスは前五世紀ローマ政治家、平民女性に横恋慕強奪せんとして死に至らしめた］。

風月四日（二月二十三日）

巻四草稿了。主要な論点漏れなく盛られたり。草案、本日会心の展開となる。然るべき枠内に納まりたれば非難《スキャンダル》の矛先かなり避けらるべし。論点と事実、ことごとく分類され適所に配置せられたり。

明日パリ復。仕事中断となるも、「遺稿集」の反響の如何、知らずべからず。だが当地不在の日数僅少なるを期す。

何がな余の不眠を安慰せん美姫一人同行連れ帰らん。

風月五日（二月二十四日）書簡　父

原稿の章分け再検討。新たに二章必要なりと判断し、これにより成すべき章数九となる。その草稿パリにて起すべく努めん。田舎滞在の今回、原稿の進捗驚くべしとの感あり。だが、心気疲労、眼また倦眼。

来信、父。裁判思わしくなし。如何に指揮すべきか知恵にも能わず。この件、詳細なる書簡一本ブーレ宛に出さん。

書籍到着、配本され新聞に案内載りたり［ネッケル遺稿集］。反響いずれ分るべし。

一昨日より不安滅ず。波のごと揺蕩《たゆた》う想像妄想の然らしむるところ、余はこの揺ぎに逆らうこと能わず。この波、時に罪あり、時に功あり。

タルマ夫人帰り来たる［息の葬儀終え］。今晩会う。憐れむべし！

旅程、至パリ。午餐、タルマ夫人とアラール宅。夫人の衰弱ぶり痛々し。衰弱は専ら心労によるもの、友人仲間の顔を見れば夫人の気力や回復せんと余は祈るばかりなり。苦痛深甚なるも、生きて在りぬべしとの意欲気張を失わず持ちたり。苦痛押し隠しみだりにひけらかすことなく、涙は見せじと今日は頻りに顔を背け逸らしぬ。

夜、コンドルセ夫人宅。

風月六日（二月二十五日）書簡　ミネット

発信、ミネット。廿。〈パリ新聞〉の「遺稿集」書評記事に対する反論一本ものす。記事はカリオン・ニザの筆になるもの。下劣漢！　以下は余の反論なり、

「まさに〈パリ新聞〉、妙な言葉を操るなり。亡くなりし父親に最後の供養を手向けんとする娘に向かいて「恭悦哀悼ス」とある、斬新かつ心にくき挨拶なるかな。この種の挨拶なおほかに賑々しく出でくるべし。誰でもが最も自然にしてかつ神聖なる義務《つとめ》を不祥なく執行い得ると思うは大間違、下様雑人《しもざまぞうにん》が号叫喧呼して葬礼を乱せしは昔からある例なり。ネッケル氏の令嬢にはかくあること覚悟あらせられたし。久しき名望に輝く家の今日ただ一人残されし子孫とあれ

ばなり。徳とあれば、名誉とあれば言悪《いいにく》む性無き輩に、名家その栄光の償を払わざるべからず。まさに絶好の時なり。父のこの世になく、娘の遠くに在りてこの地になし。然らば、諸君、惜しみなく持てる力を発揮し給え。企画《くわだて》はまさに諸君の果敢なる勇に相応し。女人が一人して守る塋域《はか》を攻む、諸君の得意とするところなり。いざ、紳士諸君、行きてフランスと人類と道徳の友人なる遺骸を潰乱させ、高徳の士の亡霊を討取りたる勝者として凱旋し給え」。

タルマ夫人訪問。容体、いたく憂慮すべきも、生き存えんものと余はなお期待す。病は専ら心労によるもの、ひたすら強くならんと願う自然《ちから》の徴候、端々に認めらるるに見えたり。

フルコーに会う。氏の余に言いしこと真なり、「愚は去り力が残る」。オシエ。なお長文の、なお詳細なる記事を成すべしと余に忠告す。忠告に従わんとして反論記事ひとまず引込めたり。

午餐、タルマ夫人とアラール宅。夫人、不思議にも回復したり。じわじわと進行する朝の微熱のみが余の気になるところなり。

夜、ゲ夫人宅。リンゼー夫人、美貌の常に変らず、余を愛することの常に変らず。だが本人の言う通り、この女を迎え入るるにはそれ相応の覚悟が必要なり。

ゲ夫人宅にて、ルメール某の姿を見かけたり〔革命時代の記者P〕。昔は羽振よく動きまわり、政治に首まで浸かりし男だが、今や尾羽うち枯らし人に使わるる身なり。実に優しく親切なり、こちらもそに倣いしが、敬意にはあらず、不憫と思えばなり。

かくて、仕事は既に一日の無駄とはなりぬ。来信、ミネット、ついにローマ入りなる。

風月七日（二月二十六日　火曜日）

ユベールと手を切る、ユベール帰郷〔下男〕。新下男雇入。残るは、召使兼秘書との契約なり。タルマ夫人。今朝、衰弱痛々し。

午餐、セアール［シンプロン峠道設計技師］、ブラコン。戯れにセアールをして例の馬鹿話をさせたり。セアール調子にのりたればもともと退屈なる食卓の一座興とはなりぬ。敢て繰返す、我が国民の軽薄層、他のいかなる国民のそれにも増して軽薄なり、堕落層の堕落ぶり然り、愚民層の愚民ぶり然り。社交層、最も社交的なりとはまことに真実なりや。然りとせよ、国民の短所の埋合せとしては淋しきかぎりなるも、社交は我が胸に留置くべき「奥の手」の一つなり。

今宵、ブラコン相手に漫《すずろ》物語。更に一日無駄にす。

風月八日（二月二十七日）書簡　ミネット、我が父、ナッソー

発信、ミネット。発信、我が父。バラント来訪［プロスペール］。フォンテーヌブローの陸軍学校をめぐる奇妙な仔細。情緒、人間味、意見、思想とは完全無縁の、がつがつと危険に飢えたる実に好戦的世代なり。温室内の禽獣化と言うべし。情けなく惨めなる朝。我が身悄然として力なし。田舎、田舎、田舎！　此処［パリ］を出ること叶わずば、我が命絶え果つべし。ミネットの件に辛苦心痛す［身分復権］。我が生の目的はミネットの不幸を共にすることと定められたり。この生、疾く止むべし！

辛うじて草稿一章ものす。

タルマ夫人。容体好転と見ゆ。主治医アレ［ナポレオン一世、ルイ十八世の医師］、一段と悪化、息子と同じ病に侵されたると診る［労咳］。病状もさることながら、夫人を失うことあらんと思えば、余の憂愁悲嘆の様、言うべき方なし。

午餐、オシエ、ピスカトリ。ミネットを話題に大いに論ず。我知らず冷たく突放すがごとき気持生ず。本人自身をもあれほど苦しめ、余も巻添を喰うミネットのあの名声欲には倦み困憊す。止せ、捨ておけと言うに頑としてやめぬあの寄稿癖、苛立たしきかぎりなり。予想通りの筆禍を招いたり。この欲と癖、縁を切るには、結婚という確かな逃場があるにはあるが、この結婚、見つけて取決むは至難なり。

来信、ナッソー夫人、余の雨月二十四日便に対する返。極めて懇ろなる返書なれども、こちらがそれとなく匂わせし

アントワネットの件は触れられず。

ルロワ［女衒］。廾。淫事においてまた過ぎたる快を得たるも、その醜悪悔ゆることあるべし。

風月九日（二月二十八日）

従わすべき計画とその成否に関しミネット宛長文の書簡に掛る。仕事、巻二、二章ものす。

タルマ夫人の病あれば田舎に下がれず。せめて此処で仕事に努めん。憐れむべし、今朝の容体いと篤し。

新しき秘書と契約す。如何に余と合せ行くか、様子見るべし。午餐、コンドルセ夫人宅。夜、タルマ夫人宅。〈ピュブリシスト新聞〉のために独文学論記事の筆を執る。明日脱稿努むべし。

嘘偽りなき一事実を昨日オシエに説き聞せたり。オシエ、毒舌家という余の曾ての評判を持出したればなり。余、オシエに述べて曰く、「心許したる朋友に囲まれ暮せしが、その場に居合せぬ連中の悪口をと皆から賺《すか》し煽てられ、生意気盛の十八歳、嘲笑愚弄の喝采に気を良くす。それも、皆の互いの告口陰口を正しく編集し直したるまでのこと、そもそも余は友情を翻訳せしに、連中はそれを遺恨と見たり」。

一八〇五年三月

風月十日（三月一日）

午前、〈ピュブリシスト新聞〉の記事執筆。出来栄に些かの不満あり。真面目、軽口、混淆したれば、それがため軽口しらけ真面目その重みを失い、読者は終始的《まと》が絞れず迷うべし。明日までに脱稿、新聞社に送付のこと。

午餐、タルマ夫人、リンゼー夫人。我が心、再びリンゼー夫人の色香の虜となる。可能ならば明日、行ってデュ・テルトル夫人に会わん。

プーラ夫人訪問。ミネット編著書［ネッケル遺稿集］とネッケル氏を話題にす。本の成功、出足鈍しといえどもかなり良く、余の予想を上回りたり。近々フーシェに会いに行くべし。

［ネッケル氏には］情緒不安定、漠とした憂鬱質的神経過敏とでも言うべきもの確かにある。これ大方の人間には無縁なれば理解不能、演技気取としか見えぬ。この点、余は、この種の過敏不安定症に生来「恵まれ」たるが、慎重に包み隠したれば、どちらにも与せぬ中間を行く身なり。

プーラ夫人、余に述べて曰く、「ネッケル氏が死を恐れたですって？　ご自分にこう言い聞かせればよかったはずですわ。霊魂不滅ナルヤ、霊魂不滅ナラザルヤ、霊魂不滅ナラバ恐ルルコト何モナシ、霊魂不滅ナラザレバマタ恐ルルコト何モナシ」。ネッケル氏の想像力を以てすれば、斯くなる両刀論法《ディレンマ》も可能と言うべきか。この論法を以てすれば恋する男に向いて斯く言うも可、「汝ノ恋人、貞女ナルヤ、貞女ナラザルヤ、貞女ナラバ汝ニ相応シキ相手ニシテ汝疑ウベカラズ、貞女ナラザレバ汝ニ相応シキ相手ニ非ズ、サレバ汝相手ニ未練ヲ抱クベカラズ」。再三三復、考えきたることなれば敢て繰返す、人間は相互に「異種ナル存在」なり、相手を判断評価する能わざるなり。

風月十一日（三月二日）

〈ピュブリシスト新聞〉の記事脱稿。体裁、より「真面目」に成したるが辛口に過ぎたり。されば正体見破られ多くの敵生ずべし。これ、愚なる行動にして熟考すれば、とてもままよと為すべき気持にはなれず。

カバニス訪問［仏の哲学者、医師、親ナポレオンであったが後に敵対す］。余の原稿について談ず。「この意見［ナポレオン批判］の持主なら皆賛成すべし。だが残る他の連中たるや！」。パリへの帰途、ルイエットに出会うが、〈ピュブリシスト新聞〉の記事の件で警察から呼出を受けしヴィレールの許へ行く途中なりと言う。更に意を固むべき新たな理由なり。狼狽おさまりぬ。此方からわざわざ目立つ行動に出る、賢き者のすることにあらず。「有名」という危険を追わんとすれば、名利得分のなくてはあらじ。新聞の記事ごときものに依らずして、名利は一書を成して得べし。

午餐、ヴィレール、ピスカトリ、オシェ、バラント。夜、タルマ夫人の許。夫人、快方に向かいたり。次にゲ夫人宅、リンゼー夫人同席。一日無駄にす。

風月十二日（三月三日）［書簡］ミネット

発信、ミネット。仕事せず。夜、レカミエ夫人宅、ボゾン・ド・ペリゴールと議論［タレイラン実弟、亡命貴族、キブロン上陸作戦で九死に一生を得る］。「諧謔」はその対象と関係なく吟味せらるべし、つまり、対象が道徳か犯罪か考慮の要なしとのフランス的原理。ボゾン、拍子抜か、余り満足のいかぬまま退出の体《てい》なり。ボゾンごときは反駁に価する相手に非ざれば、余は、自らの面子のために、余の面前でミネットの悪口を言わせぬためにも、この原理支持せし次第なり。

タルマ夫人、快方に向かいたり。帰宅。〈メルキュール誌〉。シャトーブリアン学派にはややドイツ学派に通う点あり、ドイツ哲学よりも甘口で曖昧なところあり。シャトーブリアンの引用せし現世代論の一文、深味あり心に響く。次に見受けらるるは相も変らぬ宗教的偏見なり。宗教的感情のことには非ず、余が言うは独断的偏見なり、宗教的感情は、この学派の逸才、いやあらゆる逸才たる者に欠かせぬ感情なり。この学派、フランスには根付くまい。理由はこの学派の短所にあらずして、その長所にあり。

風月十三日（三月四日）［書簡］ミネット、ドワドン

発信、ミネット、ドワドン。仕事再開、旧草案になる二章再読、一は信仰の影響、一は宗教関係に対する権力の干渉なり。どちらも論点多数出揃いたるも、すべて遣直すべし。発信、ドワドン。

風月十四日（三月五日　火曜日）書簡　ミネット

ラクルテル訪問［フーシェ側近］。ミネットの件、曖昧なれどもかなり満足すべき事告げられたり、しかし実に曖昧なり。

仕事。昨日再読の二章において気付きし点、「信仰の影響」、前菜の域を出ず、「権力干渉」、反復避けられず。最終二巻の草案変更す。決定草案にすべてが納まるべく、「信仰の影響」及び「権力干渉論」に関する論点を「多神教凋落」巻に収め、「多神教失墜」については別に一巻を設定す。されば余が姿勢、前菜の誹りを脱し、畏み恐れらるる問題については冒瀆控えらるべし、なお慎重に、されど、主張すべきは主張可能なるべし。

デュ・テルトル夫人訪問。やはり余を愛する心かつてなきほどなり。余、哀れまさりて思わず態度に表せば、二人の心、相寄りて近接したり。刺激的女にはあらずも数知れぬ美点あり。明日また逢う。夜の最後はタルマ夫人の許にて。

来信、ミネット。ローマの成功に有頂天となりぬ。お目出度きかな！　イエス・キリストの死を短詩《ソネット》に詠み、アルカディアの翰林院《アカデミー》を前にして朗吟せしという［実際はミンゾーニのソネットを翻訳 P］。この振舞、猿芝居と言わずして何と言うべきか。その短詩、フランスに聞えたらば希代未だ聞かざる滑稽事なるべし。方便として信心の真似事をなさんとす、斯く人は見るべし。あれほどの才と心を持ちながら、情けなや、詰らぬ功を求めんとする野心にこせつき営々汲々とす、しかもこの野心、日毎になお昂ずと見ゆ！　余が求めてやまぬ二つの事、「世間の尊敬」と「休心安息」、この二つに逆行する野心の渦、君子危うきに近寄らず、余すでに達観せり。

風月十五日（三月六日）

仕事、不調。「宗教感情」の章、「宗教的情熱」の巻中に転ず。草案一部手直す。草案の変更これを最後と期す。

夜、デュ・テルトル夫人宅。余はこの女に微塵の愛も懐かず、だが、そのあつき情けに絆《ほだ》されざる能わず。夫人、もはや余には逢わじと思定めたりと言う。その決意を励まし勧めんは木石漢にしてはじめて能くすること、余の心、木石に非ざれば夫人の決意須臾にして屈しぬ。

晩餐、ゲ夫人宅、リンゼー夫人同席。此処の社交の気炎万丈たる！　浮れ騒ぎたる！　午前二時まで居残りたり。愚なり、我としたことが！　徒に日を明暮す、惨めなるかな。余を当地に引留むるはタルマ夫人の病なり。此処で憂身を嘆き時を無駄にす。諍［スタール夫人との］のなければ我が身の自由となるべき時間、なお徒に過行きぬ。奇妙なるかな、余の薄志弱行！　幸福を得んとの意志、ついに持つことなく終るべし。

風月十六日（三月七日）書簡　ミネット

発信、ミネット。余の手紙、ミネットを満足さすべきものにあらざるべし。

「宗教感情」の章を続く。出来ばえ良なるを期す。

午餐、プーラ夫人宅。退屈なる午餐。デュロ・ド・ラ・マール［立法院議員、タキトゥス、リウィウス等の翻訳家］、旧制学校出の文人、冷淡、衒学、虚栄、この「同業者」にして同じ形容を受けざる者殆どなし。学士院会員就任［一八〇四年］演説草稿を手に持ち歩いてはそれを見せ、読上ぐるに如何ばかりの時間を要するか、一人一人に尋ね廻りたるが、つまりは、「試みに読上げ給え」と我らに言わせんとの魂胆なり。幸にして皆、冷くあしらいぬ。

夜、デュ・テルトル夫人宅。亭主、女房の腕に抱かれし我を不意討せんと目論んだり。食指というもほんの僅か動かされたにすぎぬ女どもを相手に誰かれ見境なく現《うつつ》を抜かす、余はよほどの間抜なるべし。

風月十七日（三月八日）

朝餐、ル・レ・ド・ショーモン［ニューヨーク州の土地投機で財をなした仏富豪。所有するショーモン城館を一八一〇年一夏仏滞在の仮住としてスタール夫人の用に供したP］。談、アメリカ。アメリカ旅行、今の辛き状況から脱出すべき格好の手段ならざるや。

午餐、レカミエ夫人宅。セバスティアニ将軍、自惚、冷淡、満腔これ将軍の武勲、当代の自称マキャヴェリ主義者ども、この武勲を深遠なる真理と仰ぐ。「御本尊《ル・メートル》」［ナポレオン］の型より鑄られし「特殊学校《もけい》」にしてかなり精密な複製なり

［コルシカ出身の軍人政治家、皇帝忠臣、当時は師団長。この印象に反し、爾後コンスタン、セバスティアニと親交を深めた］。

タルマ夫人、恐しく篤し。リンゼー夫人宅、二時間、夫人を再び完全にものす。廾。火曜日、行って田舎に憩泊し、女の沙汰、無為懶惰、この二つから身を休めん。

風月十八日（三月九日）書簡　父、ドワドン、デュ・テルトル

来信、父、ドワドン、デュ・テルトル夫人、今晩の約。今回は無理。「宗教感情」の章、草稿ものす、出来良。オトゥーユにて午餐［エルヴェシウス夫人宅］。談、かなり弾みたり。夜、タルマ夫人宅。晩餐、ゲ夫人宅。廾。

風月十九日（三月十日）書簡　ミネット

発信、ミネット。余の父の件に関する申立書を書き始む。田舎から帰洛の折、ブーレの許に届けん。夜、デュ・テルトル夫人宅。しめやかに分別ある物語をす。昔見しよりもはるかに真に見所のある女なり。二度と手には出来ぬであろう幸福の機会を逸せしか。有夫の身ならざらば、この女との結婚、休心安息と生活正常化の一手段となる、間違あるまじ。女から五年に渉り結婚を迫られしも適当に断りかわし続け、その後久しく音信途絶えたり、女が今の結婚をせしはこの間《かん》のことなりき。否、もはや叶わぬ事に思いを遣るはやむべし。

風月二十日（三月十一日）書簡　ミネット、父、シャパール

レゼルバージュのために樹木を求む。植樹はよしとして、はたして植樹の成長を目にすることやある。その木下陰《このしたかげ》に憩うことやある。

午餐、オシエ、ピスカトリ、バラント、ヴィレール。これぞ余が最も愉とする朋儕《ともがら》なるべし。夜、午前二時まで、ゲ夫人宅、リンゼー夫人同席。嗚呼、意志の薄弱！　眼を労ることのあらばこそ！　明日一息つけん。

来信、ミネット、余が十四日受領便の前便なり。発信、父、シャパール。

風月二十一日（三月十二日）書簡　ミネット、ルイエット

発信、ミネット、ルイエット。旅程、至レゼルバージュ。宵、何事も為す能わず。読書、『処女』［ヴォルテール作、騎士道叙事詩のパロディ］。他人を卑しめ己を卑しむる、反対意見を馬鹿にし自身の意見を馬鹿にする、時代から学びし時代風潮反映の作品なり。極度の精神衰弱とそれに伴う焦燥苛立が然らしむるところの頭の快き擽弄《くすぐり》の類なり。

ミネットが余に為したる秘密結婚の提案、千思百考。つらつら思うにこの提案受くべし。たとえ相手がおくれをとるともこちらの覚悟は不変たるべし。我ら二人が縁の切れぬこと明白なり。こと然様なれば、余は最も堅固にして最も合法的結婚《ユニオン》を望まざるべからず。

風月二十二日（三月十三日）書簡　ミネット

来信、ミネット、二月二十七日付。由なし事にかまけ午前は終りぬ。書類を整理すれば、常に変らず心は深き憂に沈みたり。嗚呼、断ちにし関係の数を知らず！　振りにし情の数を知らず！　嗚呼、これまでの余は、独立自由、一身孤立しか眼中になき痴者狂なりき、だが、如何なる弱さのなせる業ならん、女に隷属し特立独歩とはおよそ縁遠き男の役を演じなお上をゆく痴者ぶりなり！　かくも心狂いて送りきたりし人生なり、前進あるのみ、いざ行かん、この人生の終焉まで。苟も余は平常心以て他人を前にしては「直にして無辜」の生活を維持せる者なり。内を跳梁跋扈する狂気の類に気付く者一人としてなし。

明日、仕事再開のこと。読書、ラ・フロットの『インド史試論』。

風月二十三日（三月十四日）書簡 ミネット、リンゼー
発信、ミネット。午前、書類整理終了に費す。清算、ソニエ。来信、リンゼー夫人。タルマ夫人、容体いぜんとして悪化の一途。意見割るる医師団、不充分なる医術、冷酷無惨の自然［底本は inexorable（冷酷な）全集版は incroyable（信じがたき）。原典（直筆原稿）は判別不能、ここは前者を採る］。夜、『インド史試論』。面白き事いくつか発見、仕事に暫く思いを馳す。多神教の「分化逸脱」については別に一巻を充てんこと再び想いつく。これまでそれを為すに至らざりしは資料の裏付を欠きしためなり。

風月二十四日（三月十五日 金曜日）書簡 デュ・テルトル、リンゼー、父、フランソワ
発信、リンゼー夫人、デュ・テルトル夫人。仕事始む。来信、父、リンゼー夫人、フランソワ。
肝胆寒からしむ報にて仕事中断す。ブラコン自殺す［三部会、立憲議会議員、王政廃止とともに亡命、一八〇一年帰国、負債を抱えピストル自殺、一七五八年生］。報に接し受けたる衝撃、言うべくもあらず。死に瀕するタルマ夫人またあり。暗く恐しげなるもの、人の命の上を蔽い広がりたり。善き人の滅《め》り、鬼畜の世に憚りたる。既に昨日のこと、自然がその魅力の一部失いしを物に触れて感じたり。愛せし田舎もあやなきものに見ゆ。樹木の味気無き、誰がために植えたるや。誰か来てその木下陰に閑座することやある。我が朋友知己の悉く死にゆくなり。既に死にし者、幾許ぞ！ しかるに、敵の一人として死すを見しこと余の記憶になし。この同じ「日乗」にて、ウルムのフーバーとの再会を喜びしは一年前のことなり。フーバー、最早またなし。余は記せしことあり、「タルマ夫人、余に与うるに愉を専らとし苦の一つとして与えざりき」と。タルマ夫人、また死なんとす。ブラコンは自裁せり。余、この友との交遊《まじわり》の床しきを讃美せしことあり。地面を歩けば、我が友どちの墓を踏みしめ行くが如し。
更に昔に遡れば、モヴィヨン［独の重農主義経済学者。ブラウンシュヴァイク王国士官学校教授、仏革命の理解者。コンスタン、その人格と政治思想に惹かれ生涯の師と仰ぎ敬慕した。一七九四年急死］、ド・パンジュ氏［新聞雑誌記者、スタール夫人と親交あり、一七九六年死］、ネッケル氏［スタール夫人父、一八〇四年死］、発狂せしジョン・ワイルド［エディンバラ大民法学教授、一七九九年発狂幽閉］、自ら過ち破産せし余が父、自業自得というも同情惜しむべからず。余は、横たわる廃墟のただ中に突立つ一個の残骸に似たるかな。心、萎び枯悴す。善き者いずれも亡び、卑しき者、狂暴なる者、勝に乗り我が世の春を楽しむ。誰が為に考え、誰が為に書き、誰が為に生く

べきか。

ブラコンを殺せしはブラコン夫人なり。ローマ法王を見んものと上京せしが〔ナポレオン戴冠式時〕、「実の娘の父」なるブラコンを避けて会わざりき。夫人なおその姓を名乗る。ブラコンは不運の人なるも、根は情《なさけ》と理《ことわり》の人なり。とまれ、他人に非ず、夫人はブラコンに対し果すべき義務を負いたる身なりき。信仰心の由々しくもあるかな〔夫人は元教会参事会尼僧〕！ 夫人はブラコンに会わずして帰途に就きたり。この冷淡なる仕打、ブラコンをして絶望の奈落に落しめ、ついに自殺の誘因とはなりぬ。哀れなるかな！ ブラコン、まさにその日、田舎の余の許に来るはずが、何の連絡も無ければ迎えに行かざりき。痛恨の極なるかな。

風月二十五日（三月十六日） 書簡 デュ・テルトル

来信、デュ・テルトル夫人。ブラコンの衝撃いまだ去らず。その面影、余につきまとい離るるなし。ブラコンに会いにし場所を残らず思浮べ、行って追憶せんとす。貸与えし本の悔まれて痛惜す。この痛惜、友情をはるかに凌駕し斯くあるとは余の思わざりしところなり。運命の不思議なるかな！ 呑気恬淡、快活愉快この上なく、諧謔戯《おどけたわむれ》こよなく愛し、何事も楽しからざるはなく、快楽主義に生きし男なり。だが、外見は世を忍ぶ仮の姿にして、鬱散《きばらし》のなくてはあらず、愉快呑気を逃げ場にせしと言うも可。余を愉快陽気人間と信じて疑わぬ世の例もある。

仕事を為さんと努むれど、脳中べつの念に塞がれ進捗ほとんど望めず。されど「分化逸脱」巻、草案は成し得たり。

夜、心を晴さんとしてアミヨ氏訪問。本人留守。氏の代理人一人居合せ、指揮を委ねられたりという訴訟話を聞されてついに今宵は終りぬ。人間の、目前の利を追う貪欲なること！ 人間の、得んと欲する心の大事なること！ 人間の、利己愛に翻弄せらるる！ 人間の、夢幻泡影、朝露の命に執着する！ この種の人間の話から、驕り貪る財欲をめぐる感想《おもい》のいくつか更に浮びたるも、死の想念に捕われたれば記す余裕なし。

風月二十六日（三月十七日）書簡　リンゼー、ルイエット

来信、リンゼー夫人。タルマ夫人、いぜん悪化の一途なり。嗚呼、我が人生の悚然恐るべき秋《とき》なり！　心臓に重石の一つかかりて呼吸する能わず。

パリ復。タルマ夫人の変様痛々し、だが見るところ、本人、熱はただの三日熱と思込み自らに回復を信じこませ希望に満つ。今晩会うリンゼー夫人から、「病人の希望まったくの幻想なり」と告げらるることの不安すでに固く確信す。

ブラコンに関し新なる仔細のいくつかを知り、更に悲痛増大す。ブラコン、余の出発直後入違い訪ね来たり。余その時在宅ならましかば、死なざらましを。余その門前を通りかかりし折、足の赴くまま立寄らましかば、また死なざらましを。不運ブラコン！　余にその死の責任ありと言うべきか。なお辛く遣りきれぬ仔細、十ルイ［二百四十リーヴル］あらましかば死なざらましこと判明す。門番から三リーヴル［六十スー］寸借せしが、ついに懐《かくし》には十五スーしか残のなければ死にたりという。あの時立寄らましかば！　あの時在宅ならましかば！　その命の価、余にとりて五十ルイよりも重し、何故ブラコンはそのことに思いを致さざりしか。五十ルイといえば、ブラコンならば三月は暮せたはず。三月といえば、その間、廻り来る運の少からず有るべきものを！　この死に思頽れたり。生涯における悲痛と思萎の第二の秋なり。十一年も前のことながら、モヴィヨンの死から二度と立直ること能わず。余にとってブラコンの死の悲と怖、永遠に消ゆることなかるべし。余の喜楽の悉くブラコンの跡《あと》刻まれてあり。ブラコン、この部屋に住いしことあり［パリのバク街］。此処にて午餐を共にせしこと何回かあり。ブラコンを忘るること、ゆめ断じてなかるべし。廾。試みの無益なる。なお事後に残りたる悲痛。

来信、ルイエット。

風月二十七日（三月十八日）書簡　ミネット、父、ルコント、ラングロワ、ミネット

発信、ミネット、父、ルコント（生存証明書送付）、ラングロワ。父の訴訟関係書類一通紛失せしか、恐慌す。父が

要求の書類中、指定に該当するもののうち一点見当らず、今手にしている以外にもう一通ありしか、思迷いたり。紛失が事実となれば何とか打開策を講ずるとし、とりあえずこのことには触れず、父が所望と思わるる書類送るとす。だが、紛失ならば万事休すべし。敗訴の場合、その原因は書類紛失にありと必ずや父は主張せん。

タルマ夫人、死に瀕す。もはや手の施しようなし。友人知己と称する連中、夫人の周囲をうろつき、何がな形見の一つでも得んものと心さわがす。本復の希望と確信を装い、下心のさもしさはその裏に包隠したり。病が人を露骨《あからさま》に変えたるか。タルマ夫人、不安、偏執小心、意地汚《きたな》の人とはなれり。憐れむべき女《ひと》！　憐れむべき人間の性《さが》！　体の器官が衰弱するや、「霊」は自らの成長発展の手段を失うばかりか、性格や心の一部を変質さすなり、「霊」とはそもそも何ものなるや！　人間の美点、欠点（例えば貪欲）と肉体の病との間には如何なる関連のあり得るや。肉体の病は狂気よりも怪しく不思議なる現象なり。狂気ならば、霊と器官の連絡不通とでも見做し得るが、こちらは、新霊生じ旧霊にとりて代るとでも言うべきか。

ブラコンの死、慰はつかぬが、余の感情静まりぬ。悲痛の極なる強迫観念やや沈静す。ブラコンを絶望的終決へと追いやりしは、せっぱつまりし金策なりとの確証薄らいだり。実に由々しき一件で訴追さるべき身であり、救出は余の力の及ばざるところなりき。されば余の出発により死にたりとの説正しからず。辛く悲しき後悔の消ゆるなし、だが胸を締めつけられしあの呵責の念の類からは解放されたり。

ベルタン訪問［〈デバ新報〉創立の二兄弟の弟か、数年前この弟にエリヴォーの土地を売却すＰ］。性、善良なる人物、余を慕うこと大なるが、今のつまらぬ交際に染まれば知性に無関心となり、昔の堕落せる友に染まりたれば高貴なるものを軽蔑するに至れり。

夜、タルマ夫人の許。旦夕に迫りたる死相と言うべきか、面容すでに変りはてたり。

晩餐、ゲ夫人宅。損得利害が如何に人間の心を変質せしむるか。余に激しく嫉妬する男、オーギュスト［リンゼー夫人情夫］が金の話の頼みを聞いてくれと、あろうことかこの余に言い寄越しきたりぬ。自分の為ではなく、これまた男が嫉妬に駆られる女［リンゼー夫人］の為と言う。或る瀕死の人間［タルマ夫人］の遺産相続人に成りすますので手を貸せというのが依頼の内容なり。「自然相続人」が税務当局となるのであれば、誰も痛まぬ訳で、手を貸すつもりなり。余の〈お人好し〉と〈無欲恬淡〉の二つくすぐられ悪い気持はせず。意あらば相続人となり得るに、余にその意まったくなしと相手から見込まるる、また愉しからずや。

来信、二月二十八日ナポリよりミネット。音信の無きを気遣う此方の心を喜び優しさ溢るる便なり。ミネットに勝る女の他にあるべからず。だが、今の余の願いは身辺の整理なり。余の思惑、また公然結婚に傾く。他の如何なる策よりも単純明快なり。

風月二十八日（三月十九日　火曜日）

父の件につきラングロワと談。許可状なし、父になされし訴訟を証明する書類なしではまったくのお手上げなり。仕事、オドワンに浄書さすべき原稿整理［オドワンは筆耕兼召使］。オーギュストの企をめぐりリンゼー夫人と話す。この男、貪欲と余に対する情恨の奇妙なる二物混合《こきまぜ》と言うべし。タルマ夫人、やや回復するも、先なき仮初の回復なり。

午餐、ベルタン宅。見るに、この男の頭にはもはや昔日の向上心、自由思想なし、だが、善良人間、余に友情を惜しまず、この友情、余の心に触れ骨身に沁みたり。

夜、デュ・テルトル夫人宅。げに我は「猛勇の将」なるべし。類稀なる恨怒怨憤を余に抱きたる亭主と情夫にこと欠かぬなり。同情思遣ということでは今宵の余の行動ほめられたるものではなし。だが、愁嘆場を収めんものと必死に我慢を重ね、また、正気を逸せし男と対決する、それも余が最愛《いとお》しとも思わぬ女の為に、しかも、こちらは専ら日陰を求むる身、なのに事を起し世間を騒がす、対決は避けたしとの思いに嘘偽りはあらざりき。ところが、余の出入を禁ぜよと女房に迫るをそのまま素直に聞くに堪えられず、退出時、ついに感情爆発す。余はもはやかくなる艶福の蒸返は断じて望まず。現下の状況では、敵は、如何なる種類の敵であれ、余に対し絶対優位に立つ、このデュ・テルトルごとき悪党も、その口舌から察するに絶対優位の立場を行使すること大いに有得べし。

風月二十九日（三月二十日）書簡　父、デュ・テルトル

発信、父。ピフォンの著書、『寛容』［宗教的寛容を国内に確立せんとするドイツ諸侯の政治的考察］。〈ピュブリシスト新聞〉向けにこの書の概要ものせんか、一興なるべし。午餐、タルマ夫人の許。その心、余が振舞に霽れて陽きざしぬ。これ一つの善行なるべし。ために仕事疎かになる。仕事と言えば、出版の意はさておき、出版時期の早期化をめぐる意気込、些か減退す。しかし、じっくり取組まば出来栄のさらに良く、また平穏なる暮しそれだけ長引くべし。

来信、父。その文面、余の感情を害するもの常にあり。子の中で余のみが、その財産に如何なる権利も有さざるかのごとき言分なり。余は余の義務を果さん、それも過分に［異母妹ルイーズの寄宿学校費負担］。だが期限を付けぬ約束は一切無用のこと、これ余の当然の権限なり。その気弱と老齢につけ込み、余から父を遠去けし女が儲けたる子供との血縁［異母弟妹］、余にはすべて無縁なるべし。

デュ・テルトル夫人より、昨日余が辞する以前に書かれし手紙。つらつら思うに、相手が文を約し、二人が別れしは昨日のことなり。その約束の文のなからばすべて終りとはなりぬべし。

風月三十日（三月二十一日）書簡　ミネット、デュ・テルトル

発信、ミネット、公然結婚とパリから三十里の土地、これに勝るなし、信念とはなりぬ。

デュ・テルトル夫人との関係を反省す。たとえ相手の誘いあるともその自宅で逢うこと、もはや余は望まず。他所で逢わんとの話、これまた聞く耳持たず。この種の火遊、いずれも無益徒労にして、しかも、敵を作りその執念きことさすがなれば、これまでのいわゆる艶福により身に危険を招来せしめんか、その数、政治による危険よりも多かるべし。もはや色事は余の好むところにあらず。

タルマ夫人、激しき発作に襲われ、一時は死期の早まるやと心配す。発作おさまるも、医師団は、希望をつなぎし医者までが、自然界の手当尽きぬと口を揃えたり。かくも活力、情熱、陽気、知力に漲りし女の命、二月を残さず。類《たぐい》なき「守一不変」なる、無私無欲のと言うべきか、愛情もて余を愛せし女を今失わんとす。

オシエ訪問。曰く、デュ・テルトル氏の襲撃あるべし。「同じ船に乗合せしは何の因果なるや」［モリエール『スカパンの悪だくみ』］。とまれ、これに懲りて、昔の「戦利品《おんな》」に纏綿し、昔の「特権」を求むる悪癖ともおさらばなり。

タルマ夫人と午餐。他の友人連中の出入するなか、日中から深更にかけ夫人の許を離れず。如何なる光景ならん！　死と生の隣合うて相並んだり！　死の床に臥す者、回復を信じたれば財産を終身年金に預けんものと神《しん》を悩ませ、病臥にかこつけ、投機師を餌で釣らんと欲す。生ける亡者、病人の助からざること医者より聞けば、この取引に欲の鎬《しのぎ》を削りたり！

かくて、此方《こなた》に、死苦の最中の利己主義あり、其方《そなた》に、死を面前の算法算略、鳥獣の貪食あり。人間とは戦場の兵士とも言うべきか、傷浅き者、己自身も死の種を宿すを知らず、息絶ゆる者の身包《みぐるみ》剝ぐ。

来信、デュ・テルトル夫人。今回かぎりいま一度、優しく親しき返文を書き認めん。だが個人的関係、文を交す関係、いずれももはや余の望むところにあらず。

芽月朔（三月二十二日）書簡　デュ・テルトル

デュ・テルトル夫人より更に来書一通、使者の小間使、門番に託すを拒んだり。外泊を知り、何事ぞ余の身に危険の迫りたると相手は思いはせぬか、との不安兆しぬ。返事はするが、間違なく明朝再び来るはずの小間使の手から直接夫人の許に届けけん。以下は余の返書、

「物恐しき病魔に奪いとられやがて親しき我らの許を去らんとする病人が、昨日容体激変し、看取りたる私は傍で夜半を過すはめとなり、そのまま去りがたければ近くに仮の宿をとった次第です。斯く所在を変えたがために、貴方の小

間使が訪ねきた今朝はあいにく不在でした。昨日のお手紙、小冊子［不詳］とともに確かに受取りましたが、返事の時宜は既に逸しておりました。

貴方にお逢いする幸福は諦めざるを得ぬこと、言うも更なり。貴方ご自身の休息安心のために、そして夫デュ・テルトル氏の不当な猜疑心に貴方をこれ以上晒さぬためにそうすべきなのです。昨日のお手紙に接し、心に痛手を負い人格を傷つけられるともこの犠牲はなさざるべからずと自覚し深い悲しみと苦痛を強いられました。

貴方の謎めいた言葉についてせめて何か説明があろうかと思っていたのですが、なくて残念です。されど、空砲とはいえ嫉妬の爆発を軽くみている訳ではありません。しかし、貴方が対象の嫉妬なのですから、貴方には一応筋の通った嫉妬でしょうが、この私個人としては、直接の被害者とはなり得ぬ嫉妬なのです。なのに、私がそれを重視するその理由はただ一つ、貴方ゆえです。そして、貴方ゆえとなれば、我が事以上に重要となるのです。また、私が同時にこうして上辺に無関心でいられるのは、［矢面に立って下さる］貴方のお陰です。私の足が遠退くことによりデュ・テルトル氏の気持が鎮まり、貴方の安心休息が得られますように！　氏がその暴戻非道の対象を私一人に限定してくれるならば、敵として何の不足がありましょう。私を知る者に慕われることの静かなる悦、私を知らぬ者に憎まれながら意に介さぬことの気楽さ、これまでの変らぬ感想です。さようなら《アデュー》、愛しき友《シェール・アミ》よ、これからもずっと貴方のことを心の中でこのようにお呼びするつもりです。貴方に懐く深い親愛の情は何ものも減ずることはありません。貴方ほどの純粋、親切、人に好かれるお方には、長引く不幸はあり得ぬことと信じて疑いません」。

午餐、アラール宅。後方《しりえ》に身を置く術を心得たる者、この世でいか程の得をするか、これ余の常の驚きなり。アラール宅に、気のきいた台詞の一つでも言うではなく、無表情な間抜面の小人ぼんやり控えいたり。この男、当初、余の言うことに殆ど耳を傾けぬ態度を見せたり。余は、食事の初から終まで、この男の気を惹かんものとこれ努めたり。

コロナ［伊の医者か］、いまだ壮健なる人間が如何なる病で死すべき運命にあるか、一目見てその病名を当《あ》つと豪語す。ただし幾つかの突発事故はその限に非ずと言う。曰く、「絵師が、こちらは裏切者の顔、あちらは英雄の顔、また一つ聖母《マドンナ》の顔等々、独り言ちながら、面相の分類を楽しむように、某《それがし》も多くの人の集会に混じりたる時など、これが死ぬは発疹チフス、あれは卒中、三番目のあちらは胸、と低声独語して楽しむなり」。これ、まさに楽しき遊なるべし。

リンゼー夫人。いやはや、損得利害で動く人間ほど滑稽なるものなし。オーギュストが余のことを、「あの男、俺の女〔リンゼー夫人〕の福の神となるべし」と見込んで以来、つまり女にとって余が年金四千リーヴルの金蔓となると見込んで以来（じつはオーギュスト、女が余を愛するを疑い嫉妬に猛り狂いたり）、余の周辺で工作せんものと、事あるごとに女を苦しめ悩ませたり。リンゼー夫人はといえば、その性、貴《あて》に品ある人なれど、頭は心を越えて年金四千リーヴルに靡いたり。人間の、己の目を晦まさんとして本心を偽装する、奇なるかな。オーギュスト、斯くは言わず、「その男が俺の女にとり金箱の役に立たざりし頃、二度と敷居を跨がすなと女に強制せしが、金の話となれば当の男と会うことを認め、男から本物の贈物を頂戴するを黙して許す、我が行為、卑劣猥陋なるべし」。オーギュスト、斯く言うべし、「己の感情を犠牲に供すとも、女が金運に乗ずるを許す、我が行為、寛大なるかな」。リンゼー夫人、かくは言わず、「二月に満たぬ余命と知り、相手の資産を買収、終身年金に投資せんというアラールの手口軽蔑すべきことなれば、私自身はそれに倣うべからず、況んや、情を通じたる男〔コンスタン〕に代行さす、許さるることには非ず」。リンゼー夫人、斯く言うべし、「この件、好きな男に逢える機会とあれば、利用すべし」。この最後の言、いくぶんの真実を含む。この件は余の独占事項なりと夫人は堅く思い決めたればなり。さて、なお面白きは、死なんとする女〔タルマ夫人〕の揺るる心を自由にし得る余が、紳士の振舞とも思えねば、我にその意なしと意志表示せしを、こちらの恬淡無欲にオーギュスト格別の驚きを見せざりきという事実なり。年金八千リーヴルのオーギュスト、己の振舞と余の振舞、ともにしごく当前の行為と見る。「相手がわざとならず寛大である時、それにつけいり腹を肥やす連中には、相手が此方に借りありとしか見えぬもの」とは、オーギュストの料簡を見抜いたるネッケル夫人の指摘なり。

芽月二日（三月二十三日 水曜日） 書簡 ミネット、リンゼー、デュ・テルトル

来信、二月二十四日付ミネット。雨月十六日までの余の書簡受領という。来信、リンゼー夫人。年金四千リーヴル、オーギュスト抜かりなく構えたり。

終日タルマ夫人に捧ぐ。人の強欲、正体見せたり。「終身年金のために資産売りたし」を知りたるが数名、訪ね来たる、その死確実と踏んでのこと、さもなければ、申出たる額余りに法外なり。タルマ夫人、自分が投機の対象となれるを知るに及び、この種の売却計画一切破棄す。余、これを見て安堵す。これにて、オーギュスト相手の取引から解放されればなり。実は、この取引、オーギュスト演ずるところの品性卑劣の役柄まことに興深くあれども、漸《ようよ》う思い屈じ始む。他方、遺産を得んものと争う様や手紙の類から本人が今際の危機を悟りしかと心配でもある。夫人、塞ぎこみ悲しげに思沈めり。初めて夫人は独りを望みたり。常に充実の中に生きたる一人の女にとりて、死とは物恐しき発見と言いつべし。

昨日逃せしデュ・テルトル夫人の便、今宵受取る。相変らずの謎めいたる言葉、何事か危険を訴うるかに見ゆ。月曜自宅にまた来給えと言い寄越したり。これ断固余の望まぬところなり。夫人の説明こそ望むところなれど、余が昨日の書に記せし居所を見ず返書の宛先分らぬやも知れず。月曜まで待ち、確実に本人の手に渡るべく、指示されし訪問時刻に手紙を遣るべし。

芽月三日（三月二十四日 日曜日） 書簡 デュ・テルトル、父、ミネット、ナッソー

デュ・テルトル夫人より長文の別れ《アデュー》の手紙。大騒動、大危機の説明ようやくにしてあり。要は決闘なり。他の件なら闘に臨むは当然のことなり。しかし、女をけしかけ離婚させんとの魂胆なりやと人から疑わるるは心外なり、こちらにその意まったくなく、しかも離婚成立するとも一緒になる気もなし。かくてすべては終りぬ。今一度返事を出さん、この女に相応しく憎からず情ある返書たるべし。だが再会はあるべからず。

発信、ミネット。発信、父。血縁に触れたる父の一文にこちらも一文もって応酬、ためにやや冷き返事となりぬ。余の犠牲、何分か父からの配慮あって然るべし。二十一になる少婦の、美人なるが、暮しを立てんと清書の仕事探せりとオシェ言う。浄書、その女子に委ねん。

発信、ナッソー夫人。発信、デュ・テルトル夫人、これが最後なるべし。

来信、三月七日付ミネット。少くとも余の二月十一日付便は安着。ナポリ王妃〔マリー・アントワネットの姉妹〕の好意、二回に及びし王女との相対で言いつらん放言の類〔反ナポレオン〕、この二つ些か心配なり。さて、今の田舎を離るること、ミネットのミラノ逗留中スイスに行って待機すること、無理難題ふっかけられ難儀再開す。世間の評判を落すだけ、と事あるごとにミネットとの仲を持出す家族に取巻かるる、余の眼はさておき〔眼病〕、左様なスイスは好きにはなれぬと訳《わけ》を明日の返書で披瀝す。また、イタリアから帰国の時はリヨン或はフランスの何処の町でもよし、こちらから出向く、そこで合流し定住を計画せん、と提案す。如何なる計画も拒否とあらば、それ以上の議論は無用のこと、こちらはドイツへ発つ。

原稿整理、仕事に備う。

芽月四日（三月二十五日）

仕事、順調、多神教の「分化逸脱」に関する巻四調整。論述すべきこといまだ数多あれども、草案に不足なかるべし。次は、追加分を註形式に纏め本文中に挿入する仕事なり。

オシエとヴィレール。ピフォンに関するヴィレールの記事。寛容論、特にドイツ寛容論、面白き論文となるべし。

終日、タルマ夫人の許にて過す。下肢腫脹、迫りくる今際の末期症状を呈す、痛ましさ窮りぬ。本人、未だ希望をつなぐとはいえ、時に死の影を認め怯え慄くことあり。起死回生にもなれかしと、生者の真似事を時にするも、今の病状に重ねて見ればその行為、鬼気迫るものあり。盛んに喋り、あれをせんこれもせんとて計を為し、物を買う、仮借なき自然に対しいまだ活命の証を立てんとでも言うべきか。朋愛《アミ》の不憫なるかな！ その姿、不安と苦痛に怯えながら揺動く影、もはやただの影人形とはなりにけり。

晩餐、プーラ夫人宅。「諺狂言《プロヴェルブ》」数本［数行の格言からなる寸劇］。未だ曾てかくも詰らぬ代物は見ざりき。十二年前相知りたるドイツの老公爵夫人を見掛くるも、名乗り合うも煩しければ躱したり。

春はジュネーヴ行スイス行、ともになしと決めたり。六月続けて滞在すとの条件でリヨン、ボルドー、或はパリから百里の町なら何処でもよし、ないしは三十里の田舎をミネットに選択させん。

芽月五日（三月二十六日）書簡　ドワドン

巻四編集了。このところ草案の進行順調なり。タルマ夫人、本日また衰弱の症状呈し心配なり。しかし、余が面会時、具合頗る良し。人が言う程の絶望状態にあるとはさながら思えぬ瞬間間々《まま》あるものなり。

午餐、オシエとベルタン宅。ベルタン一人に相対するに此方二人は多過ぎたり。一対一なら遠慮は要らぬに、第三者が居ると口に出せぬ事柄というものあり。その一つが〈御乱行〉である。尊敬はさておき人間的に愛すべき連中と会う時は必ず一対一で会うべしとの結論を得たり。オシエより話ありたる筆耕《コピスト》の女子、面接に来たり。さほどの美人とも見えず、使いものになるか何とも言えず。女に関する血逆《ちのぼせ》、絶えて鎮まり、女気なしも何ら痛痒を感ぜず。

来信、ドワドン。デュ・テルトル夫人音信なし。お互いの休心安息のためにもうお会い下さるな、と余に泣きつきたるが、余りにあっさりこちらが降りたれば御冠《おかんむり》ということか。一日の最後はリンゼー夫人の許にてお開きとなりぬ。リケー、汝、古リユク身ナガラ［ナオ美シク見セントス］［ホラチウス。リンゼーとリケー、フランス語音は似通う］。

芽月六日（三月二十七日）書簡　ミネット、ドワドン

発信、ミネット。「ジュネーヴには来るに及ばず」と言わせんがため、温言を弄し穏やかに出て、徒に力ずく脅迫調を用いざれば、こちらの固き決意なお伝わるべしと目論む。むろん、余の望みは、リヨン、ないしはパリから二三十里

の土地にして、ジュネーヴ、スイスは望むところにあらず。

発信、ドワドン。巻五調整。手始めに註作成に着手、先ず手持の全参考資料を註形式に纏め、それを本文中に取込むか、或は本来の註として残すか、著書の全体像を見極めながら決定すべし。

午餐、タルマ夫人の許。熱と焦燥状態、例のごとし。だがここ数日容体の悪化見られず。大冊『比較宗教論』を読み始む［ラザリスト会修道士ブリュネ著、三巻本全五冊］。退屈死すばかりなり。しかも編集の不手際不完全。だが資料豊富なれば効用大なるべし。著者が出典を殆ど明さぬこと、明すも実に不明瞭なること残念なり。

廾。天使の顔立、玉の美歯、絶佳の美髪、瑞々しき櫻桃口。気色《けしき》の匂うがごとき、驚くべし。これに加うるに、挙措進退の礼に適い、言葉遣の概ね卑しからず。三月前にかくなる〈女〉《たま》に出会いなば、余の田舎暮し、快を以て憂を忘れ、心慰められたるべし。残されし時間、この快に与らん。だが、出会いし場所柄、明されたる生業《なりわい》忘るべからず。

身のまわりの始末を考え、生活の余裕を図らんとす。年に四千百六十五リーヴルに達する車と馬の節約なり。懐具合の改善するにつれ逆に締り屋とはなりぬ。

芽月七日（三月二十八日）

午前中一杯仕事、註編集。採用せし草案、文句なく最良と自信を深め得たり。二月後、全註整理完了し追加分の検討着手を期す。波風立たぬ田舎暮し続行可能ならば、仕事の進捗能率一段と増すべし。だが嵐の季節は近づきぬ［スタール夫人伊旅行から帰国近し。実際は六月となった］。

昨日会い見し少婦、今日異《け》に怪しく気になりぬ。午後、足を運び尋ぬれば、一人の女の病臥せる鬱悒《いぶせ》き長屋に少婦は居たり。この長屋、いや、むしろ小屋とでも言うべきか、間取からして娼家に非ずは明らかなり。その眉目美わしき顔様、昨日に変らざりき。斯くなる事情一々忘るべからず、この子が「不見転《みずてん》」は今に始りたるに非ず、これまた忘るべからず。二人が出会いし家に今晩来るかと持掛けたり。相手来りなば、快楽ということではむろん嬉しとするも、反面、この子が一人の女に縛られ堕落の一途を辿る売物であること判然とすれば残念なるべし（断られしが故に言うにはあらず）。別人を騙りて改めて注文せしが相手はついに現れざりき。明朝十一時の約となる。余りの執着、無用のこと。

夜、コンドルセ夫人宅。次いでバゲッセンと談。独の学者文人の類と話をするに、相手が話題についての知識を有したれば、常にこちらは自分の土俵で勝負し得るが、仏人は余よりも知識もたぬ事柄を、あれこれ反駁してくるが、それが余りにも自信ありげなれば、ついに何も知らぬは我が方かとの錯覚に陥るなり。

例の少婦《マ・プティット・フィーユ》のこと頭を離れず。烏滸の沙汰と言うべし。

芽月八日（三月二十九日　金曜日）書簡　ミネット

発信、ミネット。廾。昨日の少婦再見。今回、気分爽快とはなりぬ。仕事、二時間、註編集。

午餐、タルマ夫人の許。昔、ネッケル氏、余に打明けて曰く、「人に乞われ、こちらの望み通りの処方を出さすべく医者を誘導せしことあり」と。今日その例を目撃す。タルマ夫人の医者の中で、最も巧みなるが、最初病人にキニーネを薦めながら最後はそれを禁止するに至りぬ。そのきっかけは、会話の雰囲気から医者が周囲の反対を嗅ぎとりたるにほかならぬが、医者に見立の変更を促す知識ある者一人としてあらざりき。応急処置を必要とする急病劇疾は例外として、医の無力なること、余には明らかとなる。最も賢明なるは、節制、五体観察、我慢、そして勇気のあらば、機能活力の衰えし時は自発的死なり。タルマ夫人、医者の予見よりもはるかに長生せんとの印象を余は懐き始む。

天気回復ありしだい、行って田舎で二週間滞在すべく努むること。

来信、二月二十六日付及び三月十三日付ミネット。二月二十八日から三月七日に至る間の一通不明。難儀迫害始る。此処からでは、或は余が出向かんと申出でしリヨンからでは文通に支障をきたすとでも言うのか、余が所を変えローザンヌからミラノの本人と音信すべしというのがミネットの魂胆なり。さもあらんとは予想の内なりしが、余は譲らぬ覚悟なり。だが、三月十五日ミラノ到着までは、徒に相手を刺激する言は慎むべし。さればミラノ到着を以て闘の幕は切って落されん。柔にして不退転は覚悟の前なり。ミネットが余と公《おおやけ》に結婚せずして、余がスイスへ戻り一緒に暮すことなし。結婚なしとあらば、本人が一年の滞在に応ずべきフランスの町、あるいは地方を持ちだす。湯治場へ行くことあらじ。時間の無駄は御免なり。仕事に依って些かの文声を獲得せんと思えば、残されし時間は余りなし。余の要求は不当ならず。ミネットの気随気儘に常に己を犠牲に供すること、倦み厭いたり。ミネット、コペを捨てんとしてその父を悩ませたり、父はコペの暮しを望みたり。ミネット、コペに暮さんとして余を悩まさんとす、余はコペに赴くを望まず。腑抜腰抜に非ざれば、決裂に至るとも敢て譲らぬは覚悟の上、一歩も退くことあるまじ。だが、ついに腑抜腰抜となる、なきことかは。

芽月九日（三月三十日）書簡　デュヴォー

仕事、辛うじて、註編集。ペルシャ宗教をめぐり着想得たり、なかなか面白くしかも核心に迫る着想なるべし。ペルシャ帝国の覇権が拡大するにつれ、その土地土地によって誘発せらるる風土習慣の衝突ということである。衝突の結果、ペルシャ宗教において、南の神秘主義的精神風土、祭司位階制度と北の純朴未開なる人情習慣とが合体されたり。しかし南の圧倒的優位は常の例なり。

タルマ夫人と午餐。夜、リンゼー夫人と相対す。情ある物語、だが、〈我が心《マ・ヴィ》〉は其処に在らず、我自身の内に在って他の何方《いずかた》にも在らず。〈我が心〉を奪わんとする者あれば、その〈外辺《そとべ》〉を取らせ与え、相手の恣にさせしが、こちらの時間と精魂搾り取られたれば失敗なり。だが、〈内辺《うちべ》〉は他人の侵入を許さぬ障壁の、如何なる類の障壁か定かならねど、立はだかりたり。〈内辺〉に苦を浸徹せしむる者、時にあるとはいえ、そを能く制圧支配する者なし。余が思いの常に赴くは、〈ただ己のみにて在る所〉にして、一息の憩あらば忽ちその境地に達するなり。斯くあれば余が性行、行は従順折腰《せつよう》、他者に服《まつろ》い、性は独往独来、他者に服わず、余が性行は人の能く及ぶところにあらず。我が〈外辺〉は、周囲を取巻く連中の玩具にして、揺れ動き処の定まることなし。我が〈内辺《しん》〉は揺がず不動、荒磯波の打寄する岩と言いつべし。来信、デュヴォー。

芽月十日（三月三十一日）書簡　ミネット

発信、ミネット。例の少婦、今朝来。気色《けしき》まことに愛し。仕事、辛うじて、最終章及び註。名著となるべし。だが、ビヨンデッタの在れば心穏やかならず。先を見ず一日一日を暮し、平常心もて能う限り今の状態を保つべし。

午餐、タルマ夫人、カテラン［一七八九年トゥルーズ高等法院次席検事、後貴族院議員］。夜、プーラ夫人宅、ゲ夫人宅。罷出で読書『宗教比較論』を続くるに、豈、まさめやも。

一八〇五年四月

芽月十一日（四月一日）書簡　ガラタン、メラン、ミネット、シャパール、ドワドン、デュ・テルトル

発信、ガラタン・ド・ジォソー、メラン。

註編集続。補註、思いしよりもはるかに余裕あり。目下の配列に些かの混乱あるは確かなるも調整容易なり。エジプト、スカンディナヴィア宗教にはほとほと閉口せしが、ほぼ完了とはなりぬ。扱いの手強き相手インド、ガリア、ペルシャ各宗教なお行手に待構えたり。だが、特にインド、ペルシャについて論ずべきは既におよその方針ものしたり。

午餐、タルマ夫人の許。周りの人間に当散す夫人の苛立と剣幕たるや尋常に非ざれば、余は病の然らしむるところと自分の心に絶えず言い聞する必要性にかられたり。嗚呼、人間の本性の浅ましくもあるかな！　民主主義信奉者の病人から貴族の驕を一瞬見せつけられ、些か認識を改む。タルマ夫人が未だアスパシア［芸術家政治家等と交流のあった古代アテナイ美貌の才女］の地位を得る以前、今から四十五年前のこと、夫人と揺籠を共にせしがついに賤しき身分に留りたる或る同性あり、その同性より

「病と知り心を痛めまいらせ候」旨の便り初めて夫人の許に寄せられたり。タルマ夫人いたく感激し懇ろなる返書を遣したり。この濃やかなる応対に遠慮の緒とけたれば、相手は同情心さらに募らせ、「出向きて看護の労を取らん」と申出たり。この時、出自は上層に縁なき素性ながら、才と仕事により上流階級に混り込みにし女の小心不安どっと襲いきたりて恐れ脅えたり。相手は下様《しもざま》の身、同志《なかま》として生れを共にしたればまして鬱陶しき存在であるのが、のこのこ来られて名流に立ち交じるとなれば、その俗体からタルマ夫人の、元をただせば同じ素性も露見ともなりかねず、この女の友情《よしみ》、恐怖の的とはなれり。感動は正真正銘の怨にとって変えられたり、「あの女の世話は御免こうむる。こちらの許も求めずに勝手に慕うのも困りもの。私の面会に何某奥方連中が御出座《おでまし》というに、あの女、ここに突立ち身の程の場違に気付く知恵もまわりかね、云々」。嗚呼、平等愛という綺麗事！

来信、ミネット。余が発送の本、短詩に言及せし手紙、ともに未着。落手の返くるまで相手の心の在りどころ知る由もなし。今手にしたる手紙ではローザンヌ旅行たいした執着ぶりなり。この旅行、如何なる意味でミネットに好都合なるや、余の一向に解せざるところなり。この書に接し心いたく動揺す。戦雲の迫れるを見れば不安に慄くばかりなり。だが、余が決断、貫徹あるのみ。公然結婚［スタール夫人と晴れて結婚すること］なくしてコペなくスイスなし。期間三月との約のもと、フランスの何処か、田舎か町にミネットと滞在する。相手に狂乱不法の動きあらば、とるべきは電撃作戦と金子《きんす》五百ルイ、いざヨーロッパ周遊をなさん。

来信、シャパール、ドワドン、デュ・テルトル夫人。夫人の優しさ常に変らず、身の不幸また常に変らず、真正《まほ》の情を掛くるに価す、常に変らず。

芽月十二日（四月二日）

廾。仕事、註編集、何とかこなす。生きてしあらば、牛歩なるとも、我が著書、見事な作物とならん。時と自由と仕事のあらば何の不足やある。急《せ》くことの何もなければ時間の余裕可能なり。喜びは、成功もさることながら、それにも増してはるかに精進の中にあり。自由を得るには如何せん。仕事を口実にビヨンデッタ［スタール夫人］とのスイス合流を拒めばそれで済むこと、理由に不足はあるまい。また、その人生の二大事件、「追放」と「父親の死」に際しビヨンデッタに絶対服従、身を献じし事実あり、余は為すべきことは為しつ［スタール夫人のドイツ流浪に同行後単独スイスに帰国、そこで夫人の父ネッケルの死を知り、取って返し慰めるべく夫人をドイツへ迎えに行った］。心痛憂慮は無用のこと、ごく穏やかに電撃作戦に及ぶべし。平穏かつ沈着に、一日一日不断に道を行くべし。

今日、ブラコンに関する新しき委細入手す。生きざまの哀れ悲惨なる、破滅の斯くなる！　ブラコン、如何なる奈落の底に自らを堕とせしか！　余が宅が逮捕の現場となるもおかしくはなかったはず。ブラコンの痛ましき破局［自殺］、何日か遅らすはともかく、そを止むるは余の力の及ばざりしところならん。余に一通の手紙を残せしが警察に押収せらる。この処置憎むべし。世人、余に向かいて死者の悪口を言い立てしが、その一つに日記を常につけたる愚［無用心］の非難あり。余がこの「日乗」、世人何をか言い立てん。これ、おさおさ抜かりなく自ら守るべき秘密なるべし。

芽月十三日（四月三日　水曜日）書簡　ミネット

発信、ミネット。仕事、午前中一杯註調整。ホメロス関係の註完了。これ最難関にして最もてこずりし註なり。

ビヨンデッタとの間に蒸返さるべき口論談判に思いを巡らせ心悩ませたるが、パリとレゼルバージュを離るるは、フランスの或る田舎町、及び仕事が出来る安住の居宅との引換にあらずば絶対に服めぬと固く決意すれば、動揺忽然として治まりぬ。ミネットの迫害を共にせんとの意こちらにあれば、共に負うべき余が荷を軽くし、能う限り余の苦痛軽減の策を講ずるは相手の当然の義務と余は考う。ミネットと皇帝［ナポレオン］の会見あるまでは、このこと控えて触れざるがよし。会見によりすべて解決の可能性あればなり［五月二十六日於ミラノ、ナポレオンイタリア王に即位の儀、その頃スタール夫人ミラノ入りを予定す］。

タルマ夫人、脹腫、苦痛、衰弱急調なり。堪え難き苦痛の数々、遂に病魔に加わるところとはなりぬ。自然の御迎《おむかえ》に取り残されし時、嗚呼、無残なるかな、自然の猛威我ら老の身を襲いくる、そを逃れんと余は覚悟を決めたり。恙なき身ならば七十歳まではよしとせん。だが、七十歳とならば、心身の良不良に関係なく、もっておさらばすべし。不治の病の苦痛に喘ぐ身となる時は、七十をも待たず。苦痛三月を超すや、もはや希望の空音《そらね》、医者の気休《きやすめ》に耳藉《か》すべからず。ブラコン、仕事不如意を来し失意荒廃長びけば神経衰弱すといえども、自裁の力なお残したり。余の場合、神経正常、心機汪溢なれば、自決の覚悟に些かの後《おくれ》なし。

午餐、オシエ、その他。この午餐、退屈にはあらねども、しまりなく、あるべき午餐の愉快減じたり。

夜、多読を期せども堪え難き睡魔の囚とはなりぬ。

芽月十四日（四月四日）

仕事、なお註編集。手許の資料からの補註採集作業間もなく完了。明日の田舎行の折、分類すべき残存全資料持ち帰るべし。分類終了成りなば、参考文献閲読に専念し、既に成れる抜書の整理もこの際は後回しとす。必要参考文献中主要なるに目を通し終るまでは原稿執筆再開はあり得ぬこと。以下は閲すべき代表作、マイナース『真の神について』及び『エジプト神秘主義』、〈アジア研究〉、シュトイドリーン『宗教誌』及び『宗教思想史論集』、『モーゼ律法』、パウサニアス［ギリシャの歴史地理学者］、フォーゲル『古代エジプト・ギリシャ宗教試論』、パウ［オランダの哲学者、アメリカ、エジプト、中国、ギリシャ思想研究］、『アヴェスター』［ゾロアスター教聖典］、ハイネ『ウェルギリウス』、ティトゥス・リウィウス、キケロ、ラインハルト、『物神崇拝論』、ギボン、『ガリア宗教』、『未開人宗教』［アメリカ未開人］、フォス『神話書簡』。

午餐、タルマ夫人宅。日増しに衰弱す。しかし肺結核とは思われず。医も時に過つ、病人に嬉しき誤診もがなと祈ること再三なり。リンゼー夫人より十一時に会わんとの約きたる。身体すぐれず、断りたき念しきりなり。これに優る宵を過し疾く床に就くべきではなかりしか。そを為す勇なかりき。これもまた弱さなり。余がついに一身を治むるを妨げし同じ弱さなり。この弱さ改むべき秋《とき》にあらずや。リンゼー夫人の許にて二時間、穏《しめ》やかにかつ大人しく。明日はレゼルバージュ。

芽月十五日（四月五日）書簡　ミネット

発信、ミネット。タルマ夫人少時訪問。昨日の余の希望的観測大いに怪し、過てるか。胸痛、すでに肺の潰瘍の兆候に間違なし。

レゼルバージュ行。ここに来たるはほぼ三週間ぶりなり。前回に劣らぬ凶報に接することありやなし［ブラコン自殺］。『比較宗教論』中の「ペルシャ宗教概論」朗読させ読了。このペルシャ宗教、難問散見す。未開部分と文明部分を併せ持ち、両者殆ど両立不可。

芽月十六日（四月六日）

仕事、午前中一杯。「信仰影響論」、「対宗教関係権力干渉論」に関する考察を新草案に基づき配置せんとす。我が考察の創意妙案なる数多あるなか、特定主題「多神教史」に直接結びつかぬものを敢て切捨つるに戸惑う。

夜、読書に撤す、『比較宗教論』中のインド宗教論。興味ある仔細多数抜書、今やこの摩訶不思議なる宗教に完全に精通せりとの感あり。未だ余を苦しむるはペルシャ、ガリアの宗教なり。両者究むべし。宗教心の影響、権力の干渉に関する旧章の多くを、効果を考え、配置換す。「道徳の独立と従属」の第五章、先行四章に続けん。

充実せる一日。嗚呼！　十六歳の少女の、眉目よきありてそを娶り此地にて偕に暮す、相手も身の幸を喜ぶ、斯くあらば、我が身やがて治まり、ために我が仕事の進捗神業に近きものとなるべし。田舎の一日、パリの十二日に価す。

芽月十七日（四月七日）

仕事、午前、註編集。巻五、巻七に加うべき「推理論証」、草案三章に渉りものす。論述に不可欠とあらば已むを得ぬが、個人的好みからはこの草案に濫りに論《イデ》は挿まざること、留意あるべし。夜、読書、『比較宗教論』中のインド宗教論。すぐれた註をものす。インド宗教の年代に関し若干の困難に出くわす。バラモンのインドスタン獲得はシュラマナ［ヒンズー教苦行者集団］駆逐後に限られ十二世紀頃となる。従って、バラモンはインド宗教の創始者にはあらず。インド宗教ははるか昔に遡る。しかし一方、シュラマナ追放時期は大いに疑問のあるところなり。他方、シュラマナの教義とバラモンの教義は、ギーニュの言うごとく、小違を除きほぼ同一なり。

芽月十八日（四月八日）［書簡］ミネット、タルマ、リンゼー

発信、ミネット、タルマ夫人、リンゼー夫人。父、消息なし。如何なる理由に因るべきか。

草案全体書直との一大決心忽然と生ず。行着く結論は振出に戻るが常なり。つまり余が書は歴史書とは成り得ぬということである。我々の知識たるやインド古代史は無知同然、ペルシャはかりそめ、エジプトは知らぬではなしという程度のもの。流れを辿らんとすれば、三者の歴史の知られざる真暗部の調査研究は避けて通れぬが、これ余の力の及ぶところに非ず。読者は見向きもせざるべし。専門家、挙りて己の学説を振りかざし余を扱《こ》き下すべし。されば草案書き改めたり。南北の宗教に関しては祭司団の行動を辿るにとどめ、その権力の因ってきたる原因には踏込まず。

夜、原稿巻一再読。この巻、二章の追加あるとも現状に変はあるまい。焦眉の急なるは、「祭司団」巻の作成なり。

芽月十九日（四月九日　火曜日）書簡　デュ・テルトル、父、ミネット、リンゼー

本日はネッケル氏の一回忌なり。あの日コペの旅籠にありて、氏とその娘のために痛哭せし余の悲嘆深沈いかばかりなりしか！

来信、父。返書の内容かなり満足すべきものなり［娘ルイーズをブザンソンの牧師宅に寄宿さすとある］。また、父の結婚の釈明、こちらに憶測先入見のなければ問題なしと見ゆ。訴訟、もはや余の出る幕にあらず、余なくとも勝訴せん。以上のこと、嬉しくも有難し。

来信、デュ・テルトル夫人。パリ復後夫人に会うべし。

来信、ミネットより三通。三月三日付、遅れに遅れたり。残り二通は二十日付と二十三日付なり。三月五日と七日の

間に発せし余の「大事の手紙」なお未着。ミネットの三書、えならず良し。

来信、リンゼー夫人。

口述筆記、数章に及ぶ。筆を執らず作文しながら口述して書取らす、これを習慣としたし。眼の労《いたわり》となること大なり、やがて口述も執筆に劣らぬ立派な文章とならん。

クラヴィエによるアポロドロスの翻訳を読む[アテナイ人、ギリシャ神話大成「アポロドロス文庫」で知られるが実は後世の人の作という]。この翻訳書に接し余が著書の性格につき深く考えさせられたり。余が才能は思索にあり。それを何が面白くて考証学的知識の書に身を投ぜんとするか。この類の書の成功余の為し得ぬところにして、批評家連中の餌食となるべし。連中から「皮相浅薄の書」との評判を頂戴し、ために皮相浅薄なる読者連中からも貶めざまのことを言わるべし。余の著書は広く全体を論ずる書に撤すべし。裏付として事実の若干を取上ぐることあるとも、散発的にしかも事実としての域を超えざる程度に抑うべし、これ余が常々の実感なり。余の本領は「論《イデ》」を論ずるにある。「事実」を論ずるや本領を逸す。されば全面的に書直し、ギリシャ宗教詳述部分、格別の出来なるも、削除も辞さず。「事実」は「論」の「証拠」として採用す。採用は簡潔にしてかつ「物語《レシ》」は無用のこと。いったん「事実」はすべて排除し全体を口述筆記す。次に空隙に「論」を埋めながら全体の訂正をはかる。諸宗教から集めし「事実」の若干を蒔直す。これまでの調査は悔やむにあたらず。調査の過程において過分の「論」を得たればなり。

ミネットの三通の書じつに有難しと思えば、スイスを除きミネットの好しと望む町に一緒に住まうも可。

芽月二十日（四月十日）

ヴェルサイユへ泊りがけで行きしは七年前の今日のことなり。我が小郡《カントン》の選挙人として乗込みしが[セーヌエオワーズ県リュザルシュ]、およそ考えらるる限りの愚の数々を犯したり[代議士立候補の推薦を求めたが叶えられず、この時誹謗されたといって決闘沙汰に及んだ]。

新しき草案に基づき仕事、朝から六時間に及ぶ。「事実」をすべて排除しながら数章口述筆記。「事実」の再採用は主要なるものにとどむべし。唯一《ゆいいつ》本物の方法論ついに発見、これにて我が著書最善の書となるを固く確信するに至れり。

夜、読書に徹す。碑文翰林院《アカデミー》の『ガリア宗教』［王立碑文・文芸翰林院の研究報告書 P］。作註、出色の出来。

例の考証学的地獄の議論脱出せしお陰なり、仕事の有効かつ快適なる真の方法論発見せりと確信す。何人も明し得ざりしものを明さん、一部宗教につき微々たる而も脈絡を欠く情報しか持たぬ身でその一部宗教を貫く一本の流《あゆみ》を見出さんとして足掻き苦しみにけり。明日のパリ復、残念至極！

芽月二十一日（四月十一日）書簡 リンゼー

朝、仕事、かなり捗る。多くの事象を普遍論的に還元せしが、首尾悪くはなし。

パリ復。廾。リンゼー夫人より寸簡あり。余が恋愛において幸福ならざるは、長続きする恋情を相手に吹込むこと能わずがためとは言えず。

〈ピュブリシスト新聞〉宛原稿、出色の出来［「今日の人間をめぐる昔人間二人の問答」。有るのは表現方法の違いのみ、今も昔も基本的思想は同じ、いや、過去に対する現代の批判は厳に存在する、との二人の激論］。明日送付。

芽月二十二日（四月十二日）書簡 ミネット、父、ゲクハウゼン

発信、ミネット、父。〈ピュブリシスト新聞〉宛原稿明日送付のこと。余の行為の是非いずれ判明すべし。予約購読もせぬに長年新聞寄贈されしが、「お返し」として何ものか送らざるべからず。印刷に付されぬとも立腹は無用のこと。

発信、ゲクハウゼン嬢。

午餐、タルマ夫人。夫人の内に異変生じたり。生き生きとして賑やか、活力まさに弾まんとし、話し、書き、歩き、強情一徹、関心は一身にありて、何を食べん、何を感ぜん、銀の器買わん、服を求めん、生活のありとしある日常瑣末事にかまけたり。人は回復の兆と見るべし、余は、そこには発作と再発に怯ゆる動揺苛立、躁鬱に近きものありと見る。今あるタルマ夫人をなお愛するには曾てありしタルマ夫人を思出さずばあらず、とはいえ、余の印象の正しからざ

らんことを！　嗚呼、人間本性の浅ましくもあるかな！　一方のリンゼー夫人、浮かぬ風情なり。タルマ夫人の身辺整理のいずれからしても何も貰えぬと見て無念を内に秘めたるが、この感情、本人自ら認め能わざる感情なり。人間の英雄的行為にして、オヨソ二ツ無キハ《ネク・プルス・ウルトラ》、己の邪念を自らに認めぬことなり。浮かぬ風情に加うるに疲労見ゆ。日増しに生き存うるが困難になる女の、弱りて荒々しげなるを看護してリンゼー夫人の疲弊極限に達しぬ。

いかにして田舎に戻り得るや覚束なし。来週にはと期すも突発事件あらばその限りにあらず。

夜、レカミエ夫人宅。余、愛敬こぼるるばかりに振舞えば、余に世辞を言わぬ者一人としてなし。これ、まさに我が機才《エスプリ》のなせる〈結構の術〉の一つなり。その時余は不機嫌の最中にありたり。

余の支出、収入に倍したり。ビヨンデッタ相手なれば一所安住は夢のまた夢、我が身、不断の無秩序に陥りぬ。フルコーに対する不安またあり。余の全財産、フルコーの管理するところなり。すくなくとも、証書証券、或はその真正謄本、自己保管とすべし。

芽月二十三日（四月十三日）書簡　デュ・テルトル

新草案に基づき一章口述筆記。パリは仕事の能率著しく劣るが、論述方針の変更、蒐輯せし豊富な資料のお陰で、合間をみての仕事可能となる。

廾。これぞ、まさに余に必要欠かせぬものなるが、女を囲う場合の条件、時間的に邪魔されぬこと、絶対なり。明日検討のこと。それにしても、瑞々しく眉目よし、姿態の見事なる、まぐわしき髪と玉歯、これに何をか加うべき。芽月六日の例の美姫なり。

〈ピュブリシスト新聞〉宛原稿、オシェに手渡す。賽は投げられたり。連中秘密を約せり。如何にもあれ。

午餐、タルマ夫人宅。昨日よりも容態回復し、穏やかに落着きたり。医者連中、頑として意見を変えず。癒ゆることあらば、医者の算命《よそく》に反してとでも言うべきか。

食事時、愚を犯せり。大真面目な顔して或る話を始む。人をかつがんとしただけのこと、ところが余がやるや、性格の誠実さ疑わるること判明す。まさに不当なり。余はこの世で最も真実なる人間である。ただし、色恋に関してはその限りにあらず。

来信、デュ・テルトル夫人。発つ前に今一度の逢瀬をとのこと。何時でもよし、拙宅で待つとの返認む。晩餐、レカミエ夫人宅。

来信、ミネット、三月十三日までの余の便に対する返書。余の大型郵便物［書籍］受取りたるや不明なり。ミネットとの別離至難。日を追うて情深く優しくなりぬ。能う限り我慢に我慢を重ねミネットとの生活を計るべし。スイス、ジュネーヴ、ともに不可、これ決定済みのことなり。発信、デュ・テルトル夫人。

芽月二十四日（四月十四日　日曜日）

数章編集。従うべき唯一の草案を得たるは間違なし。「歴史」に固執せんとすれば余の書、デュピュイ、ジェブラン［仏学者、原始言語学］に学問的内容において劣り、退屈さにおいて勝りたる書とならん。

原稿、明後日〈ピュブリシスト新聞〉に掲載の予定。連中の怒り要注意［フィエヴェその他保守派］！

タルマ夫人、目に見えて回復す。精神力で命を挽回せりと見ゆ。「人間ハ鈍スレバ即チ死ス」との言、これにて納得ゆくべし［独の医師、類似療法（ホメオパティ）の創始者ハーネマン］。タルマ夫人、真心、優しさ、はては情けまで取戻しぬ。財産、リンゼー夫人に委ねんと欲す。これ適切な措置にして功徳なるべし。終身年金を支払う条件と引換にタルマ夫人の財産一部を買収せし連中に本人激怒す。これ、『包括受遺者』を地で行く喜劇なり［仏喜劇作家ルニャール作］。

ミネットとの別離不可能なるを悟り一種麻痺状態に陥りぬ。この境地、不幸というにはあらず、否、むしろ忘憂、安慰、甘《ほろ》苦さとでも言うべきか。されど余が望の独立自由《アンデパンダンス》にはあらず。思うに余の性格ここ一年来大いに変りぬ。今の苛立鬱望、薄志弱行、昔のそれに同じからず。薄志弱行から苛立鬱望の悪循環、今はなし。他人に同情し実に堪え難き苦痛の数々嘗めさせられ、自己犠牲を強いられしこの「魔の同情心」というやつ今や大いに影潜めたりとの感あり。余が今在るごとく在るは義務感のためなり、本音を言えば、騒音《さわぎ》を憎むあまりのことなり。だが、思出という逃れ難き過去の関戸《しがらみ》も今は昔のこと、恐るるに足らず、その気になれば一撃、吹き飛ばす自信あり。ミネットに尽せりとの自覚、今や自分なりの幸福を求むるも許さるとの確信、この自覚と確信のあれば、自ずと得らるる落着と忍耐の賜と言うべき自信なるべし。それだけではあるまい。余がかく言い様《よう》は、戦《いくさ》の前の空威張、未だ戦に間があるからにほかあるまい。

芽月二十五日（四月十五日）書簡　ミネット、シャパール、メラン

発信、ミネット、シャパール。数章口述筆記。特にその中の一は巻三中の或る一章、ギリシャローマ宗教史関係各章の概論から成る章なり。現行の論述方式が内容的にも出来栄の面からも秀逸なるは言うまでもないが、「歴史の流れ」の中途断念、悔やむこと時にあり。現行方式で処理せし主題、十二分に本領発揮できたり。「秘儀」も論ずるに同じ手法が必要ではなかりしか。確実に反古となるを知りながら、「秘儀」の第一稿、敢て手直す、これ如何に。一つの仕事に精根尽さんとすれば、斯くなる迷いは当然とも言うべし。

タルマ夫人、遺言書ものす。リンゼー夫人を包括受遺人とす。余は自発的にこの相続かわして拒みぬ。見るに、病人の健康、前より勝れず。いと愛らしき性格の中に子供じみたものありて、遺言をなせし安堵から揉手をしたるが、気紛が叶いし時の喜びようなり。

午餐、ルニョー宅。我が小心怯懦、不可解なり。午餐を控えての我が当惑と苦痛たるや、弱少十五なりせばのそれ、しかも、余人ならば無礼尊大にもなりかねぬ才気と慇懃で鳴せし者がこの体たらく。ルニョー夫人、才、品、粋、兼ね備う、言うにも余りあり［評判の美人、諸芸に熱中］。小心怯懦を脱捨てんとして馬鹿呑みに及べり。功を奏するも頭と眼をやらる。

夜、午前一時まで、ゲ夫人宅。苦痛を強いられ、可惜《あたら》時間を無駄にし居並ぶ女どもに退屈す。

「デュ・テルトル夫人、貴男に常に優しく、貴男の顔までも弁護せしが、忍ぶれど色に出でにける弁護ぶりなりき」

と人から告げられたり。

来信、メラン、余の十一日便の返。ガラタン氏、余の「七月十九日七千五百フラン返済督促書」受領す。

芽月二十六日（四月十六日）書簡　ミネット

祭司団に関する一章ものす。かなりの出来栄。余の著書、新規の章分《わけ》から踏むとすべてこみで五百頁にも満たぬただの一巻で終るべし。こめて巻四までの各章口述筆記終了後、次に控うる仕事は、サント＝クロワの抜書による秘儀論、ベルガー抜書による哲学宗教関係論、この二つなり。二巻の充実、他の巻に比べいまだしの感あり。

タルマ夫人宅にて思厭倦怠の一日。病者、全くの小児と化し他人のこと一切眼中になき有様なり。片やリンゼー夫人より余との交情に恨みの涙を見せられ、ために気疲れ死ぬほどの思いをす。

夜、ヴィレールと談。ヴィレール沈みがちなり、ローデ夫人が重荷となる［ヴィレールの愛人、ヴィレールとスタール夫人の友情関係に嫉妬す。夫は独の上院議員　N］。

余の記事［匿名］、なかなかの好評なり。連中の怒りの爆発いかならん。見物《みもの》なり。

晩餐、レカミエ夫人宅。思厭倦怠甚し。この世代の若者、人を馬鹿にする態度、自身の馬鹿さ加減、ともに度が過ぎたり。

来信、ミネット。余の計画に穏やかならざる態度を見せ始む。計画というも至極簡単、余を愛す、ならば大都会か田舎で共に暮すとの計なり。それほど難しきことなるや。これからも余は在って無きがごとき存在を続け行くべきか。

芽月二十七日（四月十七日）書簡　ミネット、デュ・テルトル

発信、ミネット。こちらの提案を繰返す。文面いと穏やかに装《つくろ》う。高飛車に出るよりも功奏すべし。

来信、デュ・テルトル夫人。明日ここで会う。侘しく情けなき話となるとも、さすがに二人の懐しくも愛しき交際《まじらい》を思えば憐れみて慰めざるべからず。

遠乗を口実に土曜日［四月二十日］我が在所へ向かい心静かに田舎の空気しばし吸わん。怒れる女どもの喧噪、忌むべきものなれば、我ながら小手先の奸計あれこれ廻らす次第なり。

余の記事、上を下への大騒。黙して動かぬに如かず。

午餐、オシエ、ピスカトリ。食後、酒と座談に酔うて興に入る余りこれまで秘めて明さざりし事のあれこれ、誰かれ見境なく槍玉にあげて放言す。オシエ、ピスカトリ両人、一部忘却し、残り半分、他言せざるべし、有難きかな。

タルマ夫人訪問、少時にて帰宅。夫人がまさに死の床にある時、その財産の一部を夫人の終身年金に換えて購いしアラール、余に怒りを顕にせしが、余の言葉に立腹せしには非ず、余は何も言わざりき、余の心中を読んでの怒りなり。我々は心に軽蔑を秘め置かんとするも秘する能わず。必ず相手に読み取られ仕返を受くるなり。

仕事、午前、少しく。著作着実に進行す。午前四時間確保に少くとも成功せり。大したことなり。今の生活、身に染みて満足す。然らば、「ビヨンデッタのなかりせば幸ならまし」とここに記し残し、能う限り争と騒の少くして行くべき道を行く、これに努むべし。

芽月二十八日（四月十八日　木曜日）

本日予定多事、一、タルマ夫人訪問。アラールの発言をめぐるリンゼー夫人の繰言縷言につき合う。二、ゲ夫人宅にて午餐、余の傲岸不遜を肴の性懲りもなき戯句《ざれく》、耳にたこが出来るほど聞せらる。三、九時、デュ・テルトル夫人を自宅に迎えて会見、為す術なき状況の蒸返。四、レカミエ夫人宅にて晩餐、亡霊どもの由無し物語に耳を汚す。げに充実の一日と言うべきか。

せめて朝方なりと仕事に精進のこと。「物神崇拝に及ぼせし祭司団の影響力」に関する章、口述筆記。

午餐、ゲ夫人宅。

デュ・テルトル夫人と長宵。余なりに慰めしが、夫人が悲惨なる状況を脱すること疑わし。デュ・テルトル氏の余に対する怒り、変らず。

レカミエ夫人宅にて夜会と晩餐、愉快、並の下とでも言うべきか。オシェ、些か鈍。

嗚呼！　ビヨンデッタ、余に安心休息を与え給え、余が身の上いかさま整うべし。これビヨンデッタの承服するところにはあらず。相手は追放の身、それに此方の肉体的精神的「習癖」搦まれば、我が身の不幸彼《か》の身の不幸となる。

芽月二十九日（四月十九日）

すべてにおいて悪しきとも言うべき一日。仕事為さざるに等し。

朝、例の娘《マ・プティット》きたるが、図に乗りたれば心苛《いら》れ、凶《けち》の付き始めとはなりぬ。次に来たるがバゲッセン［デンマークの文士］、相手をするが話題が話題なれば、その熱弁ぶりは余を深き憂に沈めぬ。余が身に余る心痛の種、つとめて思うまじとする類の話題なりき。つづいては、リンゼー夫人の機嫌、百年の悋気、挙動粗野、不快を覚ゆ。

とりわきて脳裏につきまとい離れぬは、再来間近のビヨンデッタからの「迫害」なり。脇腹に射込まれ刺さりたる矢とも言うべし。「お前の存在理由はただ一つ、一身を生涯犠牲にして我に供すること」と信じて疑わぬ相手の頑迷強情なる利己主義こそ余の神経を逆撫傷つくるものなれ。かりそめにも相手の意に逆らわんとすれば「暴力」に訴えざるを得ぬが、相手の苦痛は余の苦痛となれば、思うだけでも怯えが過《よぎ》る。意を決し「旅」をとる。「戦闘」不能を予感すれば、なおこの決意に傾注す。ミラノからの最初の返を待ち、詰問のあらば直ちに旅に出る。されば、これに備えて物資金子《きんす》、万端整えん。「三分の一公債」から少くとも五万四千リーヴル［二百二十五ルイ］は用意可能なり。遠行遙か、暫時の閑居を賄うに不足なからん。

芽月三十日（四月二十日）書簡　ミネット、シャリエール・ド・チュイル

今やうかうかしている場合にあらず。光陰矢の如し。やがて戦闘開始。一月後「ビヨンデッタ大旋風」来襲あるべ

し。それまでに何はともあれ自由の身となりたし。暫し筆を一切断ち身の上を謀るべし。権力奪取に一月を要せざりしは少からずの人間に見らるる例なり。奪取すべき相手は我が身一つのこと、これを処するに一月は要るまい。持てる時間のすべてをこれに注ぎたし。結婚は理なし。妻となる者の性格を知らず。余は何人《なんびと》であれ人を支配し得る人間にあらず。余は弱きが故に人に厳しき人間なり。やがて人に誹謗せらるべし。田舎に退き意地でもそこに籠る、不可能なり。意気地の力、余にはあるべくにもあらず。旅こそ唯一の手段なり。二百ルイあらば半年の旅可能なり。二百ルイ以上用意できるか検討すべし。

発信、ミネット、シャリエール・ド・チュイル［シャリエール夫人］。この女からもよく愛されたり。言うなれば、余よりもよく愛と賞讃と寵を受けし者一人としてなく、余よりも不幸なる者かつてなし。

終日そこはかとなく思巡らせど、詮ずる所、以下に尽きたり。結婚は理不尽、隠遁は苦痛、旅は難儀にして実効なし。打つ手なし、今の関係の中で身を処すべし、関係解消、余には不可能なり。だが身を処すには、臨機応変、つまり我が身の都合に合せて対処すべし。相手が解消を認むとあらば再び自由の身となる、解消成らぬとあらば能うかぎり苦痛は避けたし。臨機応変、これぞ最初から打つべき手ではなかりしか。廾。

花月朔（四月二十一日 日曜日） 書簡 ミネット、シュレーゲル

昨日の思案考量を反芻す。今の状況、脱出の手段なし。終身とあれば己の「獄舎」、模様替あるべし。我が身の絆《しがらみ》の難、ビヨンデッタの欠点、これを措いて見るべきものなしや。ミネットに立派な長所あり、また、根は余に劣らぬ薄志弱行の人でもある。されば強気を以てすべし、相手は譲歩せん、或は相手自ら関係解消せん。余の性格からして、この二つの好機に比すれば、余の優柔不断、余の時と命を磨り減らす二人の喧嘩騒動、余の虚仮威の過激策、いずれも及ばず。先ず始むるに、既定の計画に固執すべし。スイス、ジュネーヴ、コペは除外、その他は何処なりと結構。相手に不満あるとも余の理由勝るべし。余を盲目にする湖水［レマン湖水面の反射光］、間がな隙がな余を非難する親戚眷族、この二つ避く

るに如かず。されば理由としてこれを持出さん。ミネットが謀りたる「ミラノ計画」［ナポレオンと会見し父ネッケルの債券償還を求めること］終了までは、この重大作戦に臨む当人にあらぬ不安を与えぬためにも、余りにあからさまなる宣告は避くべし。

来信、ミネット、シュレーゲル。ミネットのブラコンの死を悼み悲しむ様、余と同じくす。悲しみの癒ゆるも余と同じなるべし。哀れブラコン！　交遊友楽の士、水魚の交わりをするに不足はなかりしを。

「私と貴方、二人のさも似たること驚くべし」、とミネット書いて寄越しぬ。似れば似るだけ馬が合わぬと言うべきか。天は、男は相似たれば、男に似ぬ女というものを男のために創り給いき。

余が人生の最大の幸福が自由の身となること言うを待たず。しかし、その可能性一向に見えず。相手に別るるの意志なければ、最大限こちらの都合に従わすとの計、枉《ま》ぐべからず。

ここ二日来、仕事手につかず。時間の空費、代償なき損失なり。

花月二日（四月二十二日）書簡　ミネット

原稿再見。別の難一つあり。事実から求めし確証を一般法則化するに際し、特殊事実に基づく多くの反証を黙殺するか、法則を細分化し、反証を例外として葬るか、二者択一強要せらる。

タルマ夫人訪問。オシェ同行。脹腫ひどし。限りある道を急ぎ行くかに見えたり。

再び仕事。「祭司団の司る宗教と宗教自身に委ねられたる宗教、両宗教の歩み相違論」章草稿をものす、悪くなし。余が仕事の最大難関これにあり。この章の草稿成る、大いなる前進なり。一般法則論執筆落了時、この章に「節」若干を立てて歴史に割き、然《しか》るべき民族の例から特殊事実に基づく反証を明らかにする用意あり。だがこの「節」は別建《べつだて》とすべし。歴史論議に再びはまり迷子となるを避けんがためなり。

ヴィレール来訪。ミネットにつき色々言われたるが余りに真実なれば胸痛みぬ。曰く、ミネットは余の学問生活の大障碍なりと。ローデ夫人も［ヴィレール愛人］、余に言わせれば、これに劣らず多々あるべし。

来信、ミネット。ブラコンを悼む悲痛いまだ癒えずとある。だがその悲痛、余の悲痛を思遣ればのもので、本心それほどにはあらず。合流後直ちに秘密結婚をせんとの提案あり。大いなる賭なるべし。結婚は、余の生活安定し、自ら努めずとも円居《まどい》安楽保障されん、我が愛しのアルベルティーヌと晴れて一緒の暮し叶うなり［スタール夫人との子、出生の事情は秘密］。これまで義務と見做せしこと権利に変ずべし。一方、結婚は余を縛る永遠の鎖、荒れすさぶ嵐の運命に巻込まるることでもある。様子窺うべし。廾。

花月三日（四月二十三日　火曜日）書簡　ミネット

発信、ミネット。結婚の提案、今は一切触れず。明後日触るる用意あり。嵐の海に敢て船出する、恐怖の無きにしもあらず。だが港に入り陸に上がること叶わずとあらば、今の関係に留まるよりは結婚するが勝るべし。

「霊性」の章一部口述筆記。事実を切離し論述に徹する現行の草案最良との信念変らず。目下の編集作業終了後、歴史論一切避けつつ、興味ある事実の挿入一考すべし。現行の方針によれば、四百頁そこそこの書となろうが、新説、斬新なる着想充溢の書とはなりぬべし。来年中の刊行を期す。

タルマ夫人、今朝イヴリーへ発つ［パリ南東十キロ、セーヌ左岸］。そこから再び戻ることあるまじ。憐れむべし！　見るからに元気な姿、今や見る影もなし。

午餐、ゲ夫人宅。ヴァトラン夫人、感じよき奥方なり［将軍未亡人］。

夜、デュ・テルトル夫人と拙宅にて。再離婚、余との再婚、本気なり。成るとも思われず。成るとならば、余に少くとも安心休息は得らるべし。

花月四日（四月二十四日）書簡　デュ・テルトル

「霊性」の章、口述筆記了。深き憂に沈みぬ。余を見て驚かぬ者なし。ビヨンデッタとの和合、実現怪し。和合して諦観忍従するの勇、余には無かるべし。

午餐、イヴリーにて。侘しき訪問。余が毎日イヴリーに足を運び、その苦労煩厭を共にすること、リンゼー夫人のまさに望むところなるも、余はこの献身的行為に意を決すること能わざりき。三人の人間に身を献ずる、余りのことなり。タルマ夫人、一縷の希望だになし。余には真の喪失なり。

夜の時間、訪問に浪費す。晩餐、カテラン夫人宅。なべて興なき由《よし》なしごと、軽佻浮薄。余の失意落胆、何事か狂気に通うものあり。

来信、デュ・テルトル夫人。

花月五日（四月二十五日）書簡 ミネット、デュ・テルトル、リンゼー

発信、デュ・テルトル夫人、ミネット、リンゼー夫人。廾。田舎に行くべし。行きて四日間、けだし田舎にしあらばここよりも自由に息吸わるべし。

悪しき一日。我が行先を思遣れば焦心惑悩す。持てる馬の一頭売却のため田舎行なし。

コンドルセ夫人訪問。〈ピュブリシスト新聞〉の『問答』、評判大いによろしきを耳にす。筆者として名前の幾つか取沙汰されたり。我なりと名乗りたきを抑うるに些か難儀す。

夜、仕事、草案再考。重複すべて避くるため、「宗教の自然な歩」、「祭司団の分化逸脱」、両者を合併一本に鋳直したし。容易ならざるも、さて成りぬべし。

花月六日（四月二十六日）

「一般論」、「特殊事実論」の別なく、後者はその性格上「例外」と見なされて然るべきものだが、展開すべき論の数だけ「章」を立てんことを思いつく。それには、採上ぐるべき論一々につき個別的に手短な概要をものし、次に、斯く

して成れる概要をすべてつき混ぜ、然るべき順位に分類章立《だて》して全体を一本に纏むるに適《あた》うべし。

旅程、自レゼルバージュ。或る受領証書必要なれば捜し求むるに、前妻の手紙数通に巡合いぬ。こちらが思いしよりも才ある女、しかもその才に華《はな》含みたる女なりしこと確かなり。余はこの女の最も憎むところの男にして、またおそらく余はこの女を最も好意的に見るところの男でもある。

世の中は何事も互いの状況に左右さるるものなり。個人も国家も事情は同じなり。「理由」も分らぬままに、いや「理由」は言わずと知れたこと、つまり双方の安全のために国同士が干戈を交えざるを得ぬことあり。ところが双方の意に反し互いの安全が危うくなる場合がある、この時両者に反目怨憎すべき「理由」一毫もなきに、訴うべき手段は戦争を措いて他になしとなる。

この手紙、感想《おもい》はさらに別の感想へと移りぬ。青春の愉快歓適のこと、青春が未来に約す百略百計数々の計画に想を遣りぬ。だがその未来とは青春が決して達する能わざるものなり。至れば即ち過去とはなりぬればなり。

今この前妻の類《たぐい》と結婚せんか、夫婦の関係、昔日とは様相を異にすべし。夫婦共同生活も昔日に比し順調なるは疑なし。だが、あの心の一体感、睦まじき仲らいはもはやあるまい。相手は余の内に保護者を見てとるはずなり。良き保護者たるとも厳しさはむろんのこと、相手は些か恐れをなすべし。余は相手の内にか弱き人間を見てとるはず、愛敬よし、だが軽佻浮薄、暇もて不善をなすの恐れあれば補導と制御の要あり。お互いもはや華胥夢《かしょのゆめ》なる一心同体感は持合せぬ身なり。我ら二心二身《にしんふたみ》なれば、幸福のオヨソ二ツ無キ《ネク・プルス・ウルトラ》は能う限り相手を苦しめぬことなり。

花月七日（四月二十七日）

午前一杯仕事、可。仕事、「配列」種々試行のみ。しかしこの作業中新しき着想得て、「宗教自身に委ねられたる宗教」、「祭司団の司る宗教」、両宗教の同時並行式論述方法発見せり。相違際立つ両者の歩を同一視点下に並ぶること、今にいたる至難の業なり。

余が憂と消沈、大いに減ず。極楽なるかな、田舎と孤独！　已んぬるかな、水曜日パリ復〔五月一日〕。自らに義務数知れず作り出し生くるに四苦八苦す。

夜、フレレを読み〔前出ガリア宗教〕、パウサニアスを始む〔ローマ帝政期のギリシャ地誌学者、『ギリシャ案内記』十巻がある〕。歴史記述の「節」、興味あると思わるるを新草案に盛込むこと容易なるべし。妙案ならん。

花月八日（四月二十八日）書簡　ミネット、リンゼー

一晩中、恋の夢、二十歳の時知りにし恋にも似たる感傷的恋、若き日の恋の夢を見たり。かくなる夢が激しき恋の前兆となりしことこれまでに三度《みたび》あり。うち一回は誰あらん、相手はマレンホルツ夫人、現在のデュ・テルトル夫人なり。次の恋の相手は誰なるや、未だ確とは見えず。ところで、恋とは、一つの心にして、懸けんとの気おこらば行きずりの相手に懸くる心なり。なべて恋の魅力は恋する本人の想像力の中にこそあれ。そは出会いし相手を彩《いろ》わんとして懸くる色節《かざり》なり。

発信、ミネット、リンゼー夫人。

展開すべき論の配列了。見事な配列に納まりたるとの感あり。この配列を維持せんがために論、争点のなにがしか切捨てざるを得ぬにしても、残るべくして残りたるは、余の著書の紙価を貴からしむるに不足はあるまじ、以て心に銘すべし。夜、ここ二日間の仕事すべて口述筆記せしむ。

仕事を相手とすれば心の安寧格別なり。精神一到、不断に著作に精進すれば、ミネットの在り無し関係なく、我が身治め得るの自信湧き、それとともに絶望と紙一重の不安動顛、すべて鎮まりぬ。

花月九日（四月二十九日　月曜日）

新草案に基づき仕事に明暮す。敢て言わん、新草案の結構なること、この一日《ひとひ》の充実、なかなかのものなり。神経の

不安動揺に幾日いたずらにせしか、無念なり！　パリの暮しもここに暮すがごとく、人には滅多に会わぬこと、鬱情の兆さんとするや、有無を言わさず仕事に耽るを常とすべし。

花月十日（四月三十日）

朝、仕事、優。論の配列申分なし。いたらぬ箇所のなにがしかあるにはせよ、いずれも付随事項なり、仔細に検討し満足いかぬ時は削除も可なり。全体としては満点に近し。かくも充実の三日間を過ししこと、久しく絶えてなきことなり。仕事と田舎のお陰なり。明日はパリ。狂の再来なくもがな、努めて避くべし。余が在京の目的はタルマ夫人を措いて他になし。夫人、オボンヌ［パリ北北西十五キロ］へ行くとあらば、見送りて疾く此処に舞戻るべし。夫人、パリに残るとあらば、余のパリ暮しも此処に在るがごとく、仕事専一、社交に身を投ずべからず。社交は疲弊憂戚の因なり、しかも喜楽名誉のあらばこそ、愚しくも今の時を無益《むだ》に浪費させらるれば将来に禍すべし。心の安寧とともに余が再び胸中にせしは、ミネットとアルベルティーヌを思遣る深き愛情なり。余にその意あらば、これをしも幸福の真似事とするに何の妨やある。

一八〇五年五月

花月十一日（五月一日）書簡　シャパール、リンゼー、父、ミネット

来信、シャパール、父、リンゼー夫人、手厳しく非難溢れたる書。読むにつれタルマ夫人の死目に会えぬのではとの不安に襲われたり。余が見舞に来ぬが恨めしく、リンゼー夫人いささか事を大袈裟に余に伝えたるや、と思巡らし希望を繋ぎぬ。この楽観、半ば当り半ば外れたり。憐れむべし、ジュリー［タルマ夫人］、いまだ息通うとはいえ今は限りと迫り

きたるは何を見ても明らかなり。死出の戸を越ゆるまで傍らに控えて見守らん。リンゼー夫人、抑えんとして抑えきれねば余に憎からぬ心を洩れ見せたり。せっかくの夫人の心に応うべき心のなく、また有難迷惑と打遣る心もなし。

ミネットをめぐり事を冷静に処する心、見事に取戻しぬ。この心、外《はず》すべからず。行ってミネットに合流せん。二人の絆こそミネットの幸福となるべきものなれ。肉の快、学問の愉、孤独の折節、余に不可欠の三楽をこの絆に結び合せん。決断の一度《ひとたび》つけば我が身治まるべし。残されたる唯一真正の絆を四十路《よそじ》にして断ち、希有とも言うべき愛情を拒否する、これ一の狂なり。気分性情に支配され、身の最善安寧を謀らざる、これまた一の狂なり。いま在る所から出発すべし。ミネットは余の片身にして、余の身から引離すこと能わず。口先で何を言おうと、胸先で何を感じようと、ミネットのなかりせば、四面の孤独、生甲斐の喪失に驚き慄然とせまし。余の性格に「気力萎《な》ゆ」面あり、これを奮起さすはミネットの一人よくするところなり。「独立独歩」、精神的には可能なるとも、この性格面からして不可能なり。

午餐、タルマ夫人。来信、ミネット、四月十三日付。ミネット深憂、ブラコンの死に蒙りし衝撃、深甚なり。余が書き送りし一連の手紙の文面中、レマン湖スイス忌避の部分《くだり》、相手を苦痛に落し入るべし。明日、優しく情ある手紙を認め合流の約を明確に表明せん。

花月十二日（五月二日）書簡　ミネット、デュ・テルトル

発信、ミネット。労り慰め努めて最善を尽す。ミネットとの別れの決意敢然と断念せしより身の不幸大いに減ず。短簡、デュ・テルトル夫人より。火曜日発つ、それまでに会いたしとのこと。さて今度はミネットならぬデュ・テルトルの一件なり。お伝えしたきこと山ほどある、ご返事しだいで身の行末すべて決りぬべし、との文面なり。芽月二十八日、余が家で打明けられし「計画」［結婚、「日記」に記述なし］、その時はまるで絵空事、あり得ぬ話と見たるが、それがあり得る話となる、しかも夫に離婚を説き同意を得んとする、異なことなり。手紙の書きぶりから見るに離婚を告ぐるに等しく、また手紙を届くるに人目も憚らず夫の下僕を遣す為様《しざま》を見ればなおその感深まりたり。さればミネットをめぐる余の計

画に狂い生ずべし。あり得る話とも思えず。夫人の離婚は財産と引換しかあり得ず、財産を犠牲にするとあらば我ら二人の共有財産は不足をきたすべし。この話もはや考えたくなし。だが夫人の言い分は聴くべし。

朝、仕事、良ならずとも可。廾。

午餐、タルマ夫人宅。その最期間近し。死の斜影射す中、夫人いまだ陽、才、優、華を失わず。夜、プーラ夫人宅。朗読、『クロヴィス』［仏劇作家ルメルシエの悲劇］。「見ヨ、此ナル征服者ニシテ英雄ノ基督教徒タル国王、マサニ裏切者ナリ」。

アラールの怒りますます昂じ随所で余を誹謗すとオシェより聞されたり。今はタルマ夫人を安らかに逝かするが余の願い、アラール、仕置《しおき》に価すか否かの詮議はその後のことなり。

花月十三日（五月三日）書簡　シャリエール、バラント、ミネット

今朝の仕事、優ならずとも良。巻三草稿の口述筆記、少くとも註追加分の全体像完成まで控うべし。昔書き留置きし註の多くを再読する間、ここ二年来の調査研究で得たる新着想若干《いくつか》、思いきや、萌芽の形ながらも既に八九年前の雑記帳に記されたるを発見し些か驚く。忘れしまま、その後重ねたる研究と読書により同じ結論に到達したれば、その真実性は保証付と言うべし。来信、レマン県知事。

午餐、タルマ夫人。脹腫、胸にまで及ぶ。その神経過敏なる動き痛々し。努めて危険を自らに隠さんとし、口数途絶えるや目には憐れみを乞う哀々悲嘆の色浮び、居合す者に「命与え給え」と訴うるかの如し。長くて一週間と医者の言えり。アラールの一件タルマ《ママ》と談。取るべき態度として甘過ぎたかもしれぬが、これでアラール、大人しくおさまるか、つけあがるか何とも言えぬ。どちらもあり得べし。

来信、シャリエール・ド・チュイル。胸中に余の思出を秘めたるも呼起すまじと固く決意したり。宜なるかな。

来信、ミネット、ミネットの件を前にして泰然自若びくともせぬこと幸なるかな。ここ五日間の「決意」の成果なり、奇跡と言わずして何と言うべきか。その手紙の文句、まさに暴力、誇張、嵐そのもの、うたて凄まじきものなれば

実《げ》に奇跡なり。なお思う、この一件くだくだしく述ぶれば昔の心象、嫌厭憎悪よみがえるべし、されば述ぶるに及ばず。この便り昨日到来ならましかば、デュ・テルトル夫人への返書、尚《なお》かし、有情、優しき書とはならましものを。

花月十四日（五月四日）書簡　父、ミネット、バラント、シャパール、デュ・テルトル

発信、父（為替手形二百五十リーヴル同封）、ミネット（余の便り、ミネットの慰めとならんことを。因果な相手なり、間がな隙がな言い慰めざるを得ず！）、バラント、シャパール。

タルマ夫人、容態さらに悪化すと使者きたりて言う。馳参ず。見れば、確かに昨日よりも悪化し重体なり。発作起したるが、いまはこれまでと見たり。二十四時間持つまじと医者言えり。嘆きつつ病人を看取る間、死の正体を観察す。その機能すべて順調なり。頭脳、記憶力、色香、賑やかなる雰囲気、例の思考速妙、常に変らず。なべて残らず無に帰さんとは！　気息一喘を残すのみとなるも、なお精魂の健在なる、肉体的衰弱による混乱を見せしのみ、心《しん》の減少低下の皆無なるは見て明らかなり。我ら人間の内に不死不滅なる何ものか存在するや否や。考え、喋り、笑う能力、知性なるもの、要するにタルマ夫人をタルマ夫人たらしむるところのもの、余に夫人を愛させし魅力、これを「剔出」、別の肉体に移植せしめ得るならばいずれも再生するは確実なり。正常ニ機能セザルハナシ〔英語、出典不詳〕。だが、肉体組織壊れ、眼《まなこ》開くを止《や》めたるに等しく、息ざし苦しげにして腕も挙ぐるに挙げ得ず。知性領域、衰弱破壊にびくともせぬに、何故に死に止《とどめ》を刺さるるか。死は衰弱の一環にすぎず。什具《うつわ》、破れて半ば潰えたるが、内には知力、無傷にしてありしまま残りたり。什具、完全に潰ゆるとも内に知力の残る、あり得ることとなるや。死後も我らの片面《かたづら》生残らざるや。余はこの疑問に対し全く中立なり。余の平素の思想は一貫して否定的なるも、死の光景は余に肯定の可能性を垣間見せたり。これまで予想せざりし可能性なり。

短簡、デュ・テルトル夫人より。今宵会うべし。余の決断、夫人自由の身となり得るなら結婚す。昨日の余のせっかくの決意、ミネットの手紙に一蹴されし次第なり。デュ・テルトル夫人と談。再度自由の身となること可。亭主、財産

の取決に鑑みドイツでの離婚に同意すべし。結婚式はフランスでは挙げざりし由。夫人その運命を余の手に託したり。「貴男がこの私と一緒になって幸福になれるとおっしゃるならば結婚いたします。なれないとおっしゃるならば、解消してももはや私には意味のないもの、今の結婚生活を続けてまいります」。この言に驚愕啞然とすと言うも可。だが、この女との結婚は取るべき手段の中ではたしかに最適なり。余は世間的にビヨンデッタとの関係のため実に苦しき立場にあり。常に奔走を強いられ、休息も仕事もあらばこそ。秘密結婚したところで、今のあからさまなる関係、恐しき流浪［スタール夫人仏から追放］、何事も変らず。シャルロット［デュ・テルトル夫人］相手ならフランスでの平穏な暮し可能なり。愛しき性格、才気もそこそこ、思いしよりも名門の出、結婚しても今の余の経済水準さがらぬだけの財産の持主、余がなせる不在と無関心の十年間余に寄する愛着失うことなかりし女なり。余は愛着の事実を知るも、ただ驚くばかり、色よき返事も決定的返事もせざりき。だが、情に絆《ほだ》されその気のことは口にしたはず、されば女も、「自由を得て貴男のものとならん」、思いの丈なお積もりしか。天から賜りたる思いもかけぬ「船着場」なるべし。着岸のなくてはあらじ。されば余が行動計画に変更あり。ビヨンデッタ相手にパリから三十里の土地、フランス流浪の旅、もはやなきこと。事荒立は避くべし。死の間際に迫りたるジュリーを看取らん。そこからレゼルバージュへ向かい、その後、ジュネーヴ、ローザンヌへ発つ。能う限りの期間コペ［スタール夫人実家］へは近づかぬこと。シャルロットに文を書き遣りながらその身自由となるを待つ。再度自由の身とならば行って合流、結婚せん。

　オシエ、「コンスタンとは友人の仲、腹蔵なく友について喋るは友人たる者になお許されて然るべき権利なり」と称し、余の悪口を人に言う。友人の実体かくの如し！　余は孤独なる心の奥戸を隠所《かくれが》となし、日毎になお深く隠潜するなり！　別れたる妻に辛き処為《しうち》をせし夫なりとの噂またあり。これ真赤な嘘なるも、他人の余になす悪口《あっこう》いかほどの痛みやある。シャルロットとの結婚可能とあらば何事もうまく運ぶべし。

花月十五日（五月五日）

タルマ夫人空しくなりぬ［〈パリ新聞〉死亡欄では五月八日］。すべては終りぬ。永遠に終りぬ。その死に行く姿を目のあたりにす。在らぬ人となりにし後もこの両腕に抱きしめ時を忘れたり。この日の朝、病人いまだ聡う賢く爽やかに物語す。頭脳正常そのもの、記憶、慧敏なる心、欠くるところ何もなし。いずれも何処へ去りにしや。余は死を直視したり、恐れずに、悲しみはさすがなれども、今一度命助かるやとの希望にまぎれ、その悲しみも一瞬途絶うることあり。タルマ夫人の「知力」に襲いかかる猛威の一つとして、破壊に足る猛威の影一つとして見えず。この「知力」、痙攣激しき意識不明にあれほど陥りたれども損傷されず残りたり。我々の感覚から成るこの「知力」とは一体何物なるや。感覚尽きなば知力また尽きぬということか。不可解なる謎！　底無しの深淵《なぞ》を掘り探るは無益ならざるや。

別の視点から見るに、死はまた驚くべきものなり。我ら憐れなる人間に襲いかかり息の根止るまで手を弛めぬ外力なり。タルマ夫人、最後の発作時、逃走の動きを見せたり。むくっと起きあがるや、やおらこの運命の床を逃れんと欲したり。頭は正常そのもの、周囲の忠告に耳を傾け、手当処置に采配を振いたり。人が物を勧むるを耳にするや、寄越せと絶え入るばかりの声もて言えり。死の直前、声と仕草で応急手当を示唆したり。この知力、一体なにものなるや、潰走の軍になお命令を出す敗軍の将にも似たると言うべきか。

死後の姿、再見。奇怪《きっかい》貪欲なる闇の好奇心に駆られ生命なき体の傍らに立ちぬ。半眼、口開き、首仰《の》け反《ぞ》り、乱鬢蓬髪、手強《こわ》ばり、姿色見る影もなく、似ても似つかぬものに成り果てたり！　今や裸、だが死の直前四半時なるや、女の羞恥を見せて余を遠ざけたり！　今や四辺の物音に耳聾《し》いぬ、だが先刻、人の動静一として聞き漏さず、その気配を衰眼もて追いけり！

悲痛断魂のただ中にあって「余にとりての」死に未だ思及ばざりけり。今もなお「相手にとりて」の死を悔やむばかりなり。信おける確かな友、淑やかにして卑しからざる才気、真心いかばかりぞ、意見思想の斯くも余に相似たる、すぐれて深き真実の人。タルマ夫人をめぐる余の曾ての言葉、苛立ちて敢てぶつけし不機嫌我儘の類を思えば慚愧の念に堪えず。余が夫人について時に書きながせし文章を読む者は、その死をめぐる余が心の苦き後悔、絶えざる悲痛、まことしやと疑うべし。およそ友に下す判断は手厳しく辛口なるが、余が友を思う愛《こころ》は誰も及ばぬものなり。友に仕えて世話をし、真の愛情《なさけ》を誰よりも篤く友に廻らす者なり。心あると称する者いずれも、逆境不幸、死の時の友としては余には及ばざるべし。

花月十六日（五月六日　月曜日）

発信、ミネット。

悲しみ昨日になおまさりて鬱ぎ悄《しお》れて目は覚めぬ。

会いたる者、リンゼー夫人、その悲嘆、余に劣らず、オシエ、その無念かなり深刻、コンドルセ夫人、亡きジュリーについてのその言やすこぶるよし。コンドルセ夫人の真価、人の見る以上のものあり、その言が曲げられ心が誤解せらるるは如何なる本人の不調法によるか余は知らぬが、時に品格と情ある人なり。

午餐、カバニス宅。夫人［コンドルセ夫人の姉妹］の振舞い見事なり。余が感情ことごとく夫人の共有するところなり。

帰宅。孤独の悲哀なる！　リンゼー夫人、今の情況では心弱気となりて余に門前払はすまい。哀れジュリー！　生きてしあらましかば必ずやリンゼー夫人宅で相逢わまし。新しき友を得ること時にあり。失いし友に代る友を得ること絶えてなし。しかも、余の年齢では斯く新しき友も得るに由なし。秋垂穂《あきのたりほ》の田に佇み四辺の稲刈を見物する間、ついに我が身に刈取の鎌迫り来。ブラコンの在らばタルマ夫人の物語を聞せん。タルマ夫人の在らばブラコンの物語を聞せん。ありとしある死に絶えたり。

花月十七日（五月七日）［書簡］ブーシエ、ミネット、デュ・テルトル

発信、ブーシエ、ヴェルノンが余に払うべき内金の受取方を依頼す。

早発、タルマ夫人の埋葬に列す。居合す友の数僅かにして深く沈痛せり。うち置かれたる棺桶の狭窄なるに、閉込められし女《ひと》の陽と艶に思いをいたせば、この凶儀《とむらい》、陰惨相乗し、余の能く堪うるところかと暫し不安に駆られたり。葬式の贅語贅物なる、各人その役を演じ、坊主、金のために経うち読み、何事も機械的なり。神仏を崇め奉らんとぬかし神の代人と称する連中が、敬虔信念の気色をつくらばこそ、馬鹿づらを晒す、怪しき有様と言うべし！　式のただ一場面、人の心に染むるものありと見えたり。そは司祭が亡骸を廻り回る「救霊」の儀と、参列者一人一人になさしむるところの「柩棺祝別」の儀なり［この葬儀は旧教式、新教式にはこの二儀式なし。なおコンスタンは新教徒］。打返し執行わるるこの「救霊」の儀、故人追悼の印《あかし》であり、余はいつも心休まるを覚えしものなり。もはや亡き女《ひと》になお最後の追尊を手向くる者に感謝に近き感情生じたり。

午餐、独り。これからの常の光景なるべし。

短簡、デュ・テルトル夫人より。今晩訪ね来ると言う。

来信、ミネット、かなり穏やかなる手紙。六月一日出発せよと言う。今や時期はどうでもよし。仮に今なおタルマ夫人死を待つ床にあるとも、ミネットならば容赦なく余に出発を強要せん。

夜、デュ・テルトル夫人と拙宅にて。亭主、離婚の同意前もって与えたり。事、ひょっとするとの様相を呈し始む。考え得る障碍二つあり。その一、別離を思い女の心が冷却［夫人とコンスタン一定期間別離が夫の離婚同意条件］。その二、二度目の離婚の醜聞と恥を恐るる女の家族。一はほぼあり得ぬと見る。余の無くては在らじとの色、見て明らかなり。余をうち眺めて幸福に浸れり。二はその気になれば克服できぬ邪魔にはあらず。いずれにせよ、運命の成行にまかせん。日数経ぬ間に急ぎ田舎に行き、能うかぎりそこに留まる。ここへ戻るは宿を引払うため、それまでは戻らぬ。出発、先を急がず、先ずドールへ向かい、次にジュネーヴ、そしてジュネーヴからほど遠からぬ地となろうか、行ってスタール夫人に出会うべし。

花月十八日（五月八日）［日付が記されたのみで空欄のままうち置かれ、後年書き足された］

〈本日一八〇八年四月十二日〉

病状の仔細一伍一什書綴り折節その性格を厳しく批判せしこの「日乗」、タルマ夫人の亡くなりぬれば口惜しう思い頽《くずお》れ、その日より記すに堪えざるものとはなりぬ。

しかしながら、完全に断つこと余が意ならねば、省筆簡略、専ら数字化による記述に徹せんと考えたり。この方式に則り「日乗」一八〇七年十二月二十八日まで書き続けしが、この日また別の事情ありて完全に中断するにいたれり。この事情の仔細当該の日付に説明せり。ここに本日［一八〇八年四月十二日］「日乗」再開する次第なり。

花月十八日（一八〇五年五月八日）より一八〇七年十二月二十八日に至る「略日記」、及び同一八〇七年十二月二十八日から本日に至る出来事のかなり複雑なる報告《ナラション》*をここに添えて挿入す。

＊この「報告」なるもの不明。「日記」は一八〇七年十二月二十七日まで現存。コンスタンの記述が本当ならば、一八〇八年四月十二日から一八一一年五月十四日まで約三年半分が散逸未発見となる。その後は一八一一年五月十五日から一八一六年九月二十六日まで現存する。

数字（符牒）の意味

①肉の快楽。
②常々問題の永遠の関係断ちたし［スタール夫人との関係］。
③思出、瞬時の魅力からこの関係に戻る。
④仕事［宗教史論執筆］。
⑤父と喧嘩。
⑥父を不憫と思う。
⑦旅行計画。
⑧結婚計画。
⑨リンゼー夫人疎まし。
⑩甘美な思出、リンゼー夫人を再び愛す。
⑪デュ・テルトル夫人［シャルロット］との計画［結婚］に迷う。
⑫デュ・テルトル夫人への愛。
⑬すべてに迷う。
⑭ドールに住みビヨンデッタ［スタール夫人］と手を切る計画。
⑮同じ目的でローザンヌに住む。
⑯海外旅行計画［アメリカ移住］。
⑰何人かの敵と和解を欲す。

バンジャマン・コンスタン日記（二）

（一八〇五年五月八日－一八〇七年十二月二十七日）

コンスタン（20歳）

シャリエール夫人

一八〇五年五月

八日　発信、ネッケル夫人。午餐、リンゼー夫人とゲ夫人宅［統領政府時代風俗を描いた仏小説家。シャトーブリアン、ラマルティーヌ等と親交があった］。⑨。ルニョー訪問。②。我が「日乗」［本日記］断筆。

九日　午餐、コンドルセ夫人宅。発信、ミネット。

十日　④。午餐、プロスペール［バラント］。来信、デュ・テルトル夫人。⑫。夜、ビヨ宅。

十一日　④。来信、ミネット［スタール夫人］。②。午餐、ルニョー宅。来信、エアハルト。

十二日　①。④。午餐、プーラ夫人宅。シャトーヌフ氏［不詳］。発信、ミネット。②。発信、ルイエット。⑫。

十三日　④。②。午餐、カバニス宅。夜、ゲ夫人宅。⑪。来信、デュ・テルトル夫人。⑫。

十四日　⑫。④。②。発信、デュ・テルトル夫人、ミネット、ガラタン。『聖堂騎士団』［仏悲劇作家レヌアール作、コメディ・フランセーズ座でこの日初演 P］。アラール。カテラン夫人。ゲ夫人。来信、デュ・テルトル夫人。

十五日　⑫。発信、ルニョー、リンゼー夫人、デュ・テルトル夫人。レゼルバージュ行、バラント同道。

十六日　プロスペールとレゼルバージュ近辺逍遙散策。来信、父。

十七日　再度逍遙散策。

十八日　パリ復。来信、ミネット、リンゼー夫人。夜、ゲ夫人宅。

十九日　発信、ミネット。来信、リンゼー夫人。朝餐、オシェ宅。夜、デュ・テルトル夫人。⑫。②。来信、ルニョー。

二十日　来信、リンゼー夫人。⑩。⑫。④。夜、プーラ夫人宅。ゲ夫人。カテラン夫人。再び⑩、しかも今朝よりも強し。

二十一日　④。⑩。午餐、オシェ及び他の面々。ヴィレール出発。来信、ミネット。

二十二日　『聖堂騎士団』劇評の筆を執る。④。ゲ夫人訪問。⑩。来信、デュ・テルトル夫人。⑫。午餐、プーラ夫人宅。夜、ルニョー夫人宅［美貌で知られ画家ジェラールの手になる肖像画がある］。

二十三日　④。来信、フーバー夫人。絶望傷まし。来信、リンゼー夫人。⑩。午餐、レカミエ夫人宅。夜、デュ・テルトル夫人。⑪。⑫。

二十四日　発信、ミネット。④。『聖堂騎士団』［劇評脱稿〈ピュブリシスト新聞〉に匿名エックスの署名で載る］。夜、ゲ夫人宅。⑫。②。来信、ルスラン。

二十五日　④。②。午餐、オシエ。夜、ゲ夫人宅。来信、スタール夫人。*②。②。②。②。②。②。⑫。⑫。⑫。①。

＊　これまでスタール夫人は独自の異称、ミネット（仏《ほとけ》のスタール夫人）或はビョンデッタ（鬼のスタール夫人）の名で記されてきたが、これより〈スタール夫人〉となる。一八〇六年四月十九日ミネット復活するが同五月三十一日スタール夫人に戻る。

二十六日　発信、スタール夫人。フーバー夫人の知友、ゼッケンドルフ夫人［夫は独の美学者か］。夜、コンドルセ夫人宅。④。②。⑫。

二十七日　発信、父。④。プーラ、ゲ両夫人訪問。来信、スタール夫人、アルベルティーヌ。②。⑫。

二十八日　発信、ルスラン。④。②。⑦。⑧。⑫。

二十九日　発信、スタール夫人。②。⑧。⑦。⑫。④、優。終日独居。①。

三十日　発信、フーバー夫人。④、優。夜、リンゼー夫人とゲ夫人宅。⑩。⑩。⑨。①。

三十一日　④。訪問、ゲ夫人。④、可。

一八〇五年六月

一日　発信、スタール夫人。④。午餐、プロスペール。御嬢《おじょう》モンタンシエ［マリー・アントワネットの庇護をうけヴェルサイユ劇場支配人、革命で投獄、後ナポレオンより伊のオペラ座再興をまかせらる］。趣味の粗俗なる！　品がらの卑俗なる！　後は推して知るべし。夜、ゲ夫人宅。
二日　来信、リンゼー夫人。発信、リンゼー夫人。④。午餐、ガラ宅。
三日　来信、スタール夫人。③。②。発信、スタール夫人。④。朝餐、ブールグワン嬢宅［美と才と色で知られた女優］。午餐、レカミエ夫人宅。晩餐、ゲ夫人宅。②。
四日　来信、父。②。⑥。旅程、至レゼルバージュ。ムール［飼犬］盗まる。オドゥワン、精意献身［下男兼清書係］。夜、アミヨ氏宅。
五日　発信、スタール夫人、リンゼー夫人、プロスペール、ライプツィヒのエアハルト。午餐、アミヨ氏宅。②。②。
六日　発信、デュ・テルトル夫人。②。⑫。④、纔。
七日　④、復調。来信、フーバー夫人。②。②。⑫。
八日　④、良。アルベルティーヌ誕生日［八歳］。②。②。⑫。夜、アミヨ氏宅。
九日　④、優。②。②。⑫。②。午餐、アミヨ氏宅。
十日　発信、スタール夫人、フルコー、ベルタン。来信、スタール夫人、デュ・テルトル夫人、リンゼー夫人。③。②。②。③。④。ルイエットに関する記事［ルイエット著『空想芸術におけるギリシャ人の優秀性』コンスタン書評、〈ピュブリシスト新聞〉に連載］。⑩。②。④、優。⑫、ほぼ放棄。②。②。⑧。

十一日　④、悪くなし。⑧。⑧。夜、アミヨ夫人宅。金勘定の侘しくもあるかな。⑧、放棄。②。②。③。③。③。

十二日　発信、オシェ。ルイエット書評発送す。来信、シャリエール・ド・チュイル夫人［用件のみ、文面テレーズ・フーバーの住所案内］、リンゼー夫人。⑧。③。②。④。発信、フランソワ。司祭と午餐。

十三日　④、優。嗚呼、孤独と田舎！　⑧。⑧。⑧。②。②。長き散策。

十四日　来信、オシェ。④。⑧。⑧。発信、スタール夫人、リンゼー夫人、父。リュザルシュ行。

十五日　来信、スタール夫人。⑦。⑧。⑫。②を除き、我が身諸事万端⑬。⑦の心兆す。発信、メラン。⑬。⑬。⑧。⑧。②なれば④、はか行かず。

十六日　来信、スタール夫人。③。②。②。⑫。⑫に回帰。出発を控うれば④、纔。午餐、アミヨ氏宅。

十七日　⑫。⑫。⑫。②。②。⑧及び⑦放棄。パリへ発つ。来信、リンゼー夫人。来信、スタール夫人。⑬。⑬。⑬。発信、デュ・テルトル夫人。⑫—⑬。①。晩餐、ゲ夫人宅。発信、リンゼー夫人。

十八日　引越［バク街から引越。現在のショセ・ダンタン街とマドレーヌ街に交差する通］。⑫。⑫。④、だが進捗なしに等し。晩餐、ゲ夫人宅。②。②。来信、スタール夫人。

十九日　発信、スタール夫人。②。②。⑫。⑫。発信、ネッケル夫人、メラン。午餐、オシェ、バラント。『オリンピア』［ヴォルテールの悲劇、主演タルマ］、不作狂言。晩餐、ゲ夫人宅。②。②。⑫。⑫。

二十日　フルコーと余の事業経営を調整す。⑫。⑫。来信、リンゼー夫人。⑩よりは寧ろ⑨。②。夜、リンゼー夫人。①。②。②。かくて行着く先は⑫。⑫。

二十一日　ルイエット抜書（二回目）。⑫。決定的に⑫。午餐、ゲ夫人宅。②。②。②。⑫。⑫。

二十二日　④、何とかこなすも精神集中ならず。時間の損失いかばかりなるや。②。②。②。⑫。来信、父。午餐、レカミエ夫人宅。②。②。⑫—⑬。⑫。

二十三日　④、可。②。②。⑫。来信、シャパール。夜、コンドルセ夫人宅。②。②。⑫に完全回帰。

二十四日　④。胸中転変。発信、シャパール。晩餐、ゲ夫人宅。②。②。②。②。
二十五日　④、悪くなし。午餐、レカミエ夫人宅。晩餐、ゲ夫人宅。何人《なんぴと》も理あらず怪し。いと文無《あやな》し。
二十六日　来信、スタール夫人。②。②。②。②。②。発信、スタール夫人。④。来信、リンゼー夫人。午餐、ゲ夫人宅。煩。
二十七日　発信、父。②。②。②。⑫。リンゼー夫人。午餐、エムペリウス［ブラウンシュヴァイク公国の古典文学教授P］。夜、ゲ夫人宅。⑦。⑧。⑫。
二十八日　発信、スタール夫人。④。午餐、レカミエ夫人宅。②。②。①。⑫。
二十九日　④、埒あかず、草案変更す［宗教史論再開］。午餐、エムペリウス。晩餐、ゲ夫人宅。②。②。⑫。⑫。
三十日　発信、スタール夫人、デュ・テルトル夫人。⑫。⑫。②。来信、スタール夫人。②。②。②。②。②。②。②。②。②。②。②。②。②。⑫については⑬。だが、②は固より迷いなし。

一八〇五年七月

一日　千思百考。⑫、少くとも大幅に先延すべし。②。②、曾てなく強し。⑭。ローザンヌ居住。午餐、ピスカトリ、バラント。寸劇。①。晩餐、ゲ夫人宅。⑦。⑦。⑦に勝るはなし。
二日　午餐、ゲ夫人宅、晩餐も同宅。②。②。来信、デュ・テルトル夫人。⑬。⑬。

三日
四日
五日
六日
七日
八日　旅程、自パリ至ジュネーヴ、オシエ、バラント同道。⑫、百考のすえ完全放棄。断固②に執着。③。到着時③。来信、ロザリー。

九日　疲労著し。②。②。残念なり。⑫完全消滅。②。③。③。⑬—②。

十日　発信、ロザリー、メラン、ガラタン・ド・ジョソー。午餐、知事宅［レマン県、バラント］。コペ復。②。②。②。③。③。②。

十一日　④。⑫の放棄に変更なし。②。②。②。③。③。③。③。

十二日　来信、ロザリー、ガラタン。④。③。②。③。

十三日　④。③。②。③。⑬。⑫。⑬。

十四日　旅程、自コペ至ローザンヌ。発信、ガラタン氏。デュ・テルトル夫人音信なし。夜、ナッソー夫人宅。②。④。

十五日　④。午餐、ナッソー夫人宅。⑧。アドリアンヌ［コンスタン母方従妹、アントワネットの妹］。②。②。③。⑫、消息なし。⑧なくば⑦。夜、ヴィラール［オランダ駐在スイス傭兵の従兄］。往時回想。

十六日　発信、スタール夫人。④。午餐、アルラン宅［従兄］。夜、ナッソー夫人。⑬—②。⑦。⑧。諸事万端、⑬。

十七日　④、悪くなし。午餐、セザール宅［遠縁］。アントワネット。賭事。負。愚行なるかな。⑧。⑧。⑬。⑦。②に復帰。来信、スタール夫人。②。

十八日　発信、ガラ。④。午餐、ナッソー夫人宅。アドリアンヌ。アントワネット。⑧。⑧。⑮。⑦。⑦。②。②。

十九日　コペ復。道中、②。②。⑦。⑦。⑦。帰着。ルクトゥ・ド・カントルゥ［ナポレオン任命の仏銀行頭取かP］。③。③。②。③。②。②。

二十日　④。②。
二十一日　④。③。②。③。⑬。ジュネーヴ行。①。
二十二日　発信、父、デュ・テルトル夫人、リンゼー夫人。⑫、はつかに。
二十三日　④。夜会、ジュネーヴ。ゴドー［露退役軍人］。中国論。
二十四日　④、良。②。③。
二十五日　④、纔。午餐、知事宅。モンロジエ［仏政治家、全国三部会「貴族身分」代表、ブリュメール十八日クーデター後亡命先英から帰国ナポレオンの秘密情報員となる。王政復古下ブルボン王朝に敵対す。一八三二年貴族院議員］。③。③。②—⑬。⑬—③。②、先延。
二十六日　④、不調。
二十七日　④、良。⑫、完全放棄。
二十八日　④、良。ガロワ。②。②。⑦、決行、時期は九月。
二十九日　②。②。眼痛。④、纔。
三十日　④、進捗なしに等し。眼痛劇症。②。⑦。
三十一日　④、為さぬに等し。眼痛。②。②。⑦。⑦。

一八〇五年八月

一日　午餐、ネッケル夫人宅。②。②。⑦。①。
二日　来信、デュ・テルトル夫人。⑫、放棄。時を無駄にす。来信、父。
三日　我が時を無駄にす。②。②。発信、ゲ夫人。

四日　②。②。終日②。⑦。⑦。

五日　④、少しく。生くること憂し。②。②。

六日　ガロワ。④、纔。

七日　ジュネーヴ行。健康復調。発信、父（為替手形二通同封）、ドワドン、ルコント（生存証明書一通同封）、デュ・テルトル夫人。⑫、完全破棄、その旨を宣言す。②、衰退。③、兆すべし。⑬。

八日　十一年前の今日この日、家庭、内憂多事多難なれども［最初の妻との離婚問題］孤独のあればすべて癒され、かくて完全なる幸福と孤独四月に及び［一七九四年四月から七月］、その後最終的にブラウンシュヴァイクを去るに至れり。来信、フーバー夫人。④。

九日　病、軽ならず。②。②。②。⑦。⑧。②。ジュネーヴ泊。病悩。ラ・チュルビ氏の反論書［ナポレオン侍従、一八〇三年一月二十三日記述のセロン三姉妹ヴィクトワールの夫。妻から離婚訴訟を起されている P］。

十日　午前中ジュネーヴ。ガロワ。プロスペール。ボワシエ［文芸学教授か］。アルガン。デュヴォー。コペ復。③。来信、フルコー、シャリエール・ド・チュイル夫人、シャパール。

十一日　深憂。ゴドー。②。⑦。④、何とかこなす。発信、シャパール、デルシエ［後出一八〇六年三月十八日ダントレーグの協力者］。

十二日　発信、シャリエール夫人、ナッソー夫人。④。③。②。

十三日　④。草案変更。③。⑦。⑬。

十四日　④、可。③、後悔なきにしもあらず。

十五日　④、優。孤独、嗚呼、孤独！

十六日　来信、父、ナッソー夫人。④、良。⑥。

十七日　④、良ならずとも可。宗教論議。シュレーゲル、余と意見を同じうす。自然の神秘。二人を除き、これに感じて心を動かすという者なし。

十八日　④、可。ジュネーヴ行。①。③。

十九日　コペ復。メクレンブルク王子［メクレンブルク＝シュトゥレリッツ公国］。③。③。
二十日　④、不調、その原因、当の本人も知るに由なし。③。③。
二十一日　ローザンヌへ発つ。出発前、シャトーブリアン［コペ訪問］。②。
二十二日　来信、リンゼー夫人。④、不調。②、強烈。午餐、晩餐、ナッソー夫人宅。発信、スタール夫人。
二十三日　②。②。午餐、ダルラン夫人宅［コンスタン従姉、カズノーヴ・ダルラン夫人。夫はローザンヌ家裁判事］。④、沈滞。②、激烈。発信、リンゼー夫人。
二十四日　④、復調。②。午餐、ナッソー夫人宅。⑧。⑧。スタール夫人到着す。②。②。
二十五日　②。②。④、復調。午餐、シャリエール夫人宅［コンスタン父の従妹アンジェリック、ロザリー同居、一七三五年生。コロンビエのシャリエール夫人とは別人］。晩餐、アルラン夫人宅。②、依然として。
二十六日　②。②。④、怠る。午餐、ロワ夫人宅。⑦。⑦。⑧。⑦。⑬、永遠に然《さ》あるべし。アドリアンヌ、美形。
二十七日　発信、父。コペ復。②。②。⑦。⑦。⑭。
二十八日　④、復調。上陸の報［ナポレオンの英本土上陸作戦］。③。発信、ドワドン。
二十九日　④、辛うじて。③。③。
三十日　④、何とかこなす。大午餐。
三十一日　④、復調。③。

一八〇五年九月

一日　④、良。③。
二日　④、可。ジュネーヴ行。晩餐、アルガン宅。

三日　コペ復。悪報［スタール夫人パリ市外追放、英本土上陸作戦、レカミエ夫人の噂（私生児説、実父との名義上の結婚）N］。アメリー、悪くなし。

四日　来信、デュ・テルトル夫人。⑫の心境に戻りぬと言うも可。②。②。我が身に愛想つきたり。来信、シャリエール・ド・チュイル夫人。凄まじき喧嘩。和解、③。②。⑬。

五日　喧嘩、尾を引く。④、良なるも纔。仏の若者相手に午餐。一知半解、軽佻浮薄の輩なり。お目出度き会合かな！　③。

六日　来信、ナッソー夫人。発信、ナッソー夫人、メラン。午餐、知事。ヴァシェ［知事と同郷の政治家・歴史家シャルル・ヴァシェかP］。［昨日とは別階層のフランス人なり。これまた別種の軽佻浮薄と言うべし。④、優。③。

七日　来信、ナッソー夫人。④、可。筆の運び鈍る。⑦。⑦。

八日　④、はか行かず。クセノフォンの項、筆致和らぐべし。悪報［フーシェのスタール夫人仏入国禁止案］。心は②、頭は③。発信、ナッソー夫人。

九日　発信、ルコント。ルコント、余の八月七日便に返なし。発信、ウジェーヌ。来信、ドワドン。②。②、かなり強烈。⑦。⑧。⑫。⑭、混乱の極。ナッソー夫人より返書。

十日　午餐、ビヨ。ジュネーヴ行。①。

十一日　旅程、至ローザンヌ。ブザンヴァル『回想録』*。面妖奇怪なる世紀かな！

＊　スイス生の仏将軍、宮廷とマリー・アントワネットに取入り、一七八九年パリ包囲軍司令官となるも無能、臆病風に吹かれ七月十四日逃亡逮捕、宮廷の介入で無罪、以後姿を隠しパリに死す。その『回想録』は関係者の醜聞、秘密が暴露され物議をかもした。

十二日　来信、リンゼー夫人、父。発信、スタール夫人、父。メ村行［ローザンヌより二十キロ、母方の伯母カトリーヌの嫁先セヴリ・ド・シャリエールの在所、城館と土地を有す］。セヴリの幸福。地主の暮し。

十三日　メ村より戻る。ナッソー夫人に腹心を布《し》く。結論出ず。②。②。だが如何にして。⑧、困難。デュ・テルトル夫人、消息なし。⑫をめぐる⑬、今にして後悔す。発信、スタール夫人。

十四日　来信、スタール夫人、ルコント。②。②。仕事、怠る。生くること憂し。午餐、ナッソー夫人宅。ヴァロンブルーズ行［父所有ローザンヌ近郊の土地、コンスタン清算してナッソー夫人と共有することになる］。

十五日　来信、スタール夫人。②。地獄の苦。発信、スタール夫人、フロサール将軍［墺将軍、失脚して文学に専念、スタール夫人を識るＰ］。午餐、於ドリニィ［母方の叔母ポーリーヌの在所］。⑦—⑬—⑬。

十六日　発信、ゲクハウゼン嬢、デュ・テルトル夫人、フーバー夫人。⑫に小回帰、だが遅きに失すとの感あり。ヴァロンブルーズ購入。

十七日　ヴァロンブルーズ手続。午餐、晩餐、ナッソー夫人宅。

十八日　旅程、自ローザンヌ至コペ。③。②。大発見［スタール夫人、レマン県知事の息プロスペールに夢中］。余なかりせばスタール夫人幸福ならまし。されば余が夫人の許を離れぬは余自身のためということか。

十九日　スタール夫人を知りて十一年。終日無為。かくて無為を重ねて二週間！！

二十日　来信、ナッソー夫人。発信、ナッソー夫人。③。③。④、少しく、だが再開に漕ぎつけたり。盛大なる午餐。

二十一日　④、良。来信、父、ルイーズ［異母妹］。⑥。⑥。③。③。③。

二十二日　発信、父。旅程、自コペ至ローザンヌ。③。

二十三日　来信、シャリエール・ド・チュイル夫人。⑧に小回帰。夜来身悶。①の欲求、これ妨となりて③の持続まったく不可能。しかし、今回②への回帰なし。発信、シャリエール夫人。④、辛うじて。一日の大半ナッソー夫人と過す。腹心と友情。

二十四日　発信、スタール夫人。十年前終了せし訴訟の記録［前妻との離婚］、古びたるを再読。人生の陰影、遠景となれば淡灰色と映りぬ。④、可。③。③。ヴァロンブルーズの代価支払う。

二十五日　来信、スタール夫人。ドリニィにて午餐、終日を過す。

二十六日　来信、スタール夫人。④、纔なれど不可ならず。午餐、ナッソー夫人。ロザリー訪問。⑧［結婚］をめぐり談。⑧について一肌脱がんとの申出、シャリエール夫人［コンスタン父従妹アンジェリック］よりあり。結婚は最善の策にして、④にも利あるべし。だが、余の今の心境は③なり。

二十七日　旅程、自ローザンヌ至ロール。②、はつかに。

二十八日　来信、ドワドン、ゲ夫人。旅行計画。要は余の気持次第、案ずるよりも産むが易し、②を恥とも覚えぬ時が来るものと信ず。観察と沈黙あるべし。

二十九日　折角の朝だいなしとはなりぬ。凄まじき喧嘩。見るところ②は避けられざるべし。更に喧嘩。③、不可能。⑦、困難。⑫、放棄。⑧、真剣なる検討ありて然るべし。

三十日　昨日の喧嘩蒸返す。②。②。⑧。ドール旅行、実施延期。来信、ナッソー夫人、篤き友情。④、優。デ・バッサン［王政復古下代議院委員となるルシュモン伯か、その妻スタール夫人と親交あり P］。機運熟す。すべてを勘案するに⑧に就くべし。余の心、⑫に回帰とあらば⑧はなし、だが⑫回帰あるとは思えず。

一八〇五年十月

一日　ジュネーヴ行。①。エルゼアール・ド・サブラン［早熟な詩人、才子、スタール夫人と親交を結ぶ P］。何たる衒気！　その詩作品。形式の不思議なる！　目的も思想もなく綴られし作物にして、纏めは読書子の才覚に任すとでも言うべき代物か。ドリール［詩人、その自然描写は後の前ロマン派に影響を与えた］派。ミショー［歴史家、ドリール調の詩作も手掛けた。後年ドリール全集全十六巻を刊行。『世界列伝』正補全八十四巻編集者の一人。底本はミシュ、不詳とする］。エスメナール［詩人。ドリール調の詩を残す］。

二日　発信、ナッソー夫人、メラン。④、纔。エルゼアール・ド・サブラン。その抒情短詩。驚くべき、いわんや、予期せぬ思わざる才能。主題に助けられての効果ということも確かにある。

三日　④、辛うじて。参考図書不足。心情②、⑫捨て難し。だが後悔は無益のこと。⑧に後《おく》れあり。余に勝る「優柔不断人間」の例いまだなし。

四日　④、可。筆の運び鈍るも原稿成り調《ととの》いつつあり。来信、マリアンヌ［義母］。悪報［スタール夫人パリ入京禁止］。②。②。

五日　発信、フルコー、父、メラン。来信、デュ・テルトル夫人。⑫に完全回帰、だが余が犯しし誤算のために、いや誤算なくとも、⑫は実現不可能なるべし。来信、ナッソー夫人。発信、デュ・テルトル夫人。⑫。ゴロウキン伯爵［露外交官、作家］。露人すべからく年旧《ふ》りたる仏人と言うべし。④。

六日　ドール旅行支度。時を無駄にす。来信、父、余の旅行延期を求めきたる。⑧、或は⑫と覚悟決めたるも、⑫言及の返書あるまで控えて待つがよし。死すとも待たん。④、可。

七日　発信、父。来信、ナッソー夫人。④、辛うじて。

八日　発信、ナッソー夫人、デュ・テルトル夫人。⑫―⑬。⑧。発信、メラン。④、可。③―⑬。

九日　発信、ナッソー夫人（為替二千四百フラン同封）、ロザリー。④、良。ヴァノ夫人［詩人、スタール夫人の父ネッケルその愛読者であったというP］。シュアール夫人、田舎者。

十日　⑧。⑧。④、良。我が性格を率直につくづく反省すれば、⑧をめぐり⑬［結婚・迷い］。

十一日　④、良。来信、ナッソー夫人。

十二日　発信、ナッソー夫人、フォリエル［南欧文学研究家］。来信、父。④、悪くなし。

十三日　④、良。ガロワ。

十四日　④、悪くなし。眼痛［レマン湖の水光眼に障る］。パリへ帰りたしとの念しきりなり。来信、ロザリー、ナッソー夫人。

十五日　④、良。③。著書、後半部を待たず前半部上梓の意決す。

十六日　発信、ロザリー、メラン、ナッソー夫人。④、良。

十七日　発信、父。④、優。著書、後半部《ママ》のみ上梓の決意強し。⑫。⑧。②。⑦。暗雲。心情少からず③へ、さはさりながら！

十八日　④、良。来信、フルコー。原稿の一部、スタール夫人に読み聞す。③。

十九日　発信、フルコー。モンティ到着［伊の新古典主義美学の代表的詩人、劇作家、熱烈なナポレオン崇拝者］。柔和にしてかつ誇り高き見事な容顔、だが、根は詩人気質《かたぎ》。④、可。

二十日　④、辛うじて。著書脱稿まで②の延期を決意す。その時点で再考のこと。

二十一日（月曜日）　発信、フルコー。④、可。モンティ。見事な吟誦。ボンステッテン戻る。待つこと違いぬ。

二十二日　旅程、自コペ至ローザンヌ。ナッソー夫人病む。仕事に備え読書。

二十三日　④、辛うじて。②。②。⑧に回帰、だが二十日の決意固持す。

二十四日　来信、スタール夫人、父。発信、スタール夫人。④、可。

二十五日　我が誕生の日。ただならぬ信ずべからざる報［ナポレオン、ウルムで墺軍を破る］。発信、スタール夫人。ドリニィ訪問。④、纔なるも甲斐あり。
二十六日　発信、父、ドワドン。来信、スタール夫人。④、不調。午餐、アントワネットとナッソー夫人宅。⑧、不可能、望ましきものに非ず。眼痛。
二十七日　来信、スタール夫人。④、何とかこなす。午餐、ダルラン宅。②。
二十八日　旅程、自ローザンヌ至コペ。来信、ゲクハウゼン嬢、父。パリ行決定。②。②。
二十九日　アメリカ旅行に思いを馳す。これ恐らく最善の策なるべし。④、悪くなし。②は我が「肉欲」の必然なり。①なければ我が身処する能わず。
三十日　発信、父、メラン。④、可。①の解決可能ならば③。
三十一日　④、辛うじて。⑧、⑫、⑦、いずれも放棄。①の完全なる解決手段発見［不詳］。これに縋るべし。

一八〇五年十一月

一日　発信、ナッソー夫人。④、纔。爆発には至らぬ喧嘩。③―②―③―①。昨日の解決手段、悪くなし。
二日　④、良。著書、十月十七日思いつきし前半部先行上梓の案、再浮上す。この案を破棄す。
三日（日曜日）④、可。我が著書、印刷上の諸問題あり、それを思えば悲観的なり。先ずは原稿完成のこと。その上で待つこと避け難しとあらば、暫くは時を利し推敲して完璧をつくすべし。
四日　発信、オシエ。来信、ナッソー夫人。④、良。
五日　④、秀。③。①との両立可能ならば③。余にはこの両立不可能との認識まったくなし。

六日　発信、ナッソー夫人。④、纔。
七日　来信、父。④、辛うじて。
八日　発信、メラン。④、纔。冒頭四巻草案鑄直。
九日　コペからジュネーヴへ移動。
十日　発信、父。ジュネーヴ滞在のための措置を講ず。仕事、新草案に基づき冒頭四巻まで。①。
十一日　④、不調。草案変更により例になく時間取らる。
十二日　④、復調。③と①の両立。
十三日　④、良。健康すぐれず。余が眼の養生、眼には適すとも他には不適なるべし。講ずべき処置や如何に。
十四日（木曜日）④、可。原稿進捗す。眼痛による負を思えば仕事の進捗もって良とすべし。世を逃れなお独居に徹すれば余が仕事量《はか》ゆきぬ。ビュティィーニ夫人宅にて演奏会。
十五日　来信、オシエ。④、はか行く。カディスの風説［カディスはスペインの港。トラファルガー海戦（十月二十一日）の噂この頃スイスに流れる］。
十六日　④、妨害中断数あれば纔なるも、可。夜、アメリー宅。アメリー、持たぬ才気に閃を見せたり。モンティに暇乞。モンティ、短気、激情、気弱、小心、敏捷、まさに詩人の見本と言うべし。才はシェニエ［劇作家マリ＝ジョゼフ。アンドレ・シェニエは兄］に優るとも、シェニエと好一対のイタリア人なり。
十七日　来信、父、ドワドン。レカミエ氏破産［妻のジュリエットは氏の実の子（私生児）という。恐怖政治下偽装結婚により資産の移譲を謀ったといわれる］。哀れむべし、ジュリエット！さても不幸というやつ、世の善人だけが見舞わるべきものか。④、はか行かず。芝居。晩餐、ジェルマニィ夫人宅。
十八日　②。②。ドール住い決意。発信、ナッソー夫人。④、纔。中断妨害万々の中、仕事進展は不可。②。②。
十九日　②。④、纔。午餐、知事宅。終日深憂。

二十日　発信、レカミエ夫人。④、悪くなし。午餐、アルガン宅。何たる人間ども！　何たる発想！　①。
二十一日（木曜日）④、はか行かず、されど著作進捗良ならずとも可と言うべし。
二十二日　発信、父。④、可。来信、ナッソー夫人。
二十三日　仕事せず。休心安息を必要とす。夜、我が著冊哲学篇半ばまで読む。名著たるべし。
二十四日　④、良。だが、社交の空語囀りに盡日被害を受く。ために発熱。昨日の読書続。出来栄の自讃昨夜に同じ。
二十五日　④、悪くなし。眼、疲弊す。演奏会。夜会、堪え難し。著書刊行後まで②断固延期のこと。
二十六日　④、可。だが一歩進むや必ず究むべき新地平線出現す。キリスト教時代以前のユダヤ思想。ユダヤ思想が東洋思想と交錯混淆するに至りし経過、この混淆がキリスト教に影響を与えし経過。①。
二十七日（水曜日）④、良。来信、父。我が眼には仕事過ぎたり。休心安息三日を欲す。
二十八日　発信、フルコー、ドワドン（為替手形百リーヴル同封）。④、良。
二十九日　発信、ナッソー夫人。来信、父。例の風説ますます広まる。④、為さぬに等し。つまらぬ人種なるかな！　ビュティーニ。利己心の満足と身に染《そ》みし出世欲。この男の本分、情熱と計算の両立にあり。
三十日　④、遅々なるも良。夜、アメリー宅。③。③。

一八〇五年十二月

一日　②。今日の感想が明日逆転せぬ例なかりしは余の宿命とも言うべし。とにかく、相手〔スタール夫人〕の興奮激情と軽挙妄動は、危険誘発、心身困憊の両因子なり。されば、可能とあらば②で行くべし。④、進捗なきに等し。何事も悪日とはなりぬ。

二日　④、不可。②。②。もう一方の仮定〔①と③の両立〕において生を安んずるの不可能を確信したれば完全に元に戻りぬ〔スタール夫人との別れ〕。来信、ナッソー夫人。

三日　④、纔。来信、父。不愉快なる会話。②、なくばあらず。

四日　発信、父。余の心、依然として深き憂に沈みたり。②。②。我が身の自由奪還ならずば、我が命やがて絶えぬべし。余の「多神教衰退論」、冒頭部分を読む。理知《エスプリ》の本道をめざすが時に脇道に逸るることあり。①。知事訪問。君子豹変ス〔ウェルギリウス〕、いや寧ろ、「再豹変ス」と言うべきか〔ナポレオン崇拝に転身した知事バラント、再び批判に傾く〕。

五日　④、進捗なしに等し。このところ仕事、沈滞気味なり。ジュネーヴ図書館。⑫。⑫。⑫に完全復帰、だが、遅きに失したるは言うに及ばずのことなり。

六日　発信、ナッソー夫人、シャリエール・ド・チュイル夫人、ベルンの書肆ハラー。④、旧稿数章、良。夜会、ヴィルヴォ〔元仏駐在工兵士官〕夫人宅。暗愚痴者の群、言うも愚なり！

七日　④、引続き旧稿数章。ネッケル夫人訪問。アメリー。ふと束の間⑧。①、常の悩み。講和談判〔仏・墺〕。ヨーロッパ、何たる様よ！

八日　④。更に幾何かの変更避けて通れず。

九日（月曜日）　来信、父。④、すべて鑄直、良。来信、ナッソー夫人。

十日　発信、フルコー。④、良。斜頸劇症。苦痛、些少なりとも肉体に生ずるや生活万端支障きたすものなり。

十一日　④。草案、更に鑄直す。ついに草案の最善得たりとの感あり。来信、父、書肆ハラー。

十二日　草案最終調整了。④、良。発信、チューリッヒの書肆ツィーグラー。①と⑧、及び将来に対する妙案あり。

十三日　④、良。来信、ナッソー夫人。デュヴァルの『恋するシェークスピア』。動と形あれど魂なく重苦しき感あり、これ作家が「作家馬鹿」であること、交遊の良きを知らざりしに因る。露敗北の噂あり［仏アウステルリッツの勝利。十二月二日］。

十四日　発信、ナッソー夫人。④、報［戦捷］に中断せらるるも良。勝者ノ理ハ神々ノ悦ブトコロナリ、云々［ルカヌス『ファルサリア内乱賦』。引用後半は、「敗者ノ理ハカトーノ悦ブトコロナリ」。カトーを讃え、勝者ナポレオンを非難］。夜、アメリー宅。

十五日　手紙とともに六千リーヴル、ナッソー夫人に送金。悪夜、①が原因。身辺整理緊要なり。④、不調。伊使節団モンティ、モスカッティ［伊国民のナポレオン表敬代表団。他に後出カプララ］。

十六日　発信、父。来信、フルコー。②。②。嗚呼、身辺整理！　来信、ナッソー夫人、シャリエール夫人*［ド・チュイル。コンスタン宛絶筆、十日後没］。④、不調。講和の報［不詳］。

＊シャリエール夫人絶筆（口述筆記）「私が死がもう間近だと言うのに、周りの親しい者たちはそうは思いたくないようです、なぜならばあるべき死の苦しみが見えないからです。しかし、こうして生命力が消えて行くのが私には死と見えるのです」。

十七日　『メロペ』舞台稽古［ヴォルテール作、暴君に夫を殺害された妻メロペとその末子の復讐譚］。『マホメット』［ヴォルテール作、主題は宗教の偽善と狂信の告発］の中でゾピア役を演じ詐欺師を痛快に罵倒せんとの誘惑に駆られたり。*④、為さぬに等し。午餐、知事宅。カプララ［伊枢機卿、ミラノ大司教。ナポレオンを聖別しイタリア国王に即位させた］。御側仕《おそばづかえ》の心意気。人間という奴は！　①。その効用常の如し。心身本復す。

＊マホメットの偽善を見抜き遺恨と復讐心を懐くゾピア、刺客ラシド（実は我が子）に殺害される。ラシドはその恋人に横恋慕するマホメットの嫉妬から毒殺される。

十八日（水曜日）　発信、メラン、ヌーシャテルのヴィルマン［スタール夫人の推挽でこの年市公会堂で文芸学を講ず。手紙の内容は、シャリエール夫人の小説『ウォルター・フィンチ卿とその子息』刊行についてＰ］。④、不調。周りの人間と環境により余が思惟思考、跡形なく砕け散りぬ。午餐、司令官宅［ジュネーヴ軍司令官デュ・ピュシュ将軍Ｐ］。来信、ナッソー夫人。喧嘩。②。②。②。嗚呼、如何せん！　我が仕事危うし。脳中混沌。スタール夫人の千篇一律の愚言愚行とそれに劣らぬ一本調子の理屈、斯くなる単調不変の騒ぎの直中にあれば思考を集中する能わず。

十九日　④、良。⑬。⑬。
二十日　発信、フルコー、ナッソー夫人。④、はか行かず。着想一つ浮びそれを扱いかねたり。明日纏めん。来信、ナッソー夫人。午餐、ソシュール夫人宅［ネッケル夫人（アルベルティーヌ）母］。
二十一日　④、不調。同じ章の手直十回に及びぬ。②。②。悪日。
二十二日　来信、父。④、可。だが、いぜんとして同じ章に立往生す。
二十三日　④、優。来信、ナッソー夫人。②。
二十四日　来信、ドワドン。④、優。ついに因縁の章完了。『メロペ』舞台稽古。
二十五日　発信、ナッソー夫人。④、纔、だが、筆の運び良し。講和締結の報［仏墺間のプレスブルク条約］。晩餐、知事宅、なかなか愉快なり。
二十六日　発信、父、ドワドン。上梓まで②を延期、あらゆる道理の命ずるところなり。④、良。今回の鑄直の成果多大なり。半年以内の脱稿も可ならん。
二十七日　④、可。『メロペ』舞台稽古。健康不良。眼また不良。余の今の在り様《よう》、心身に害あり。
二十八日　④、良。①。
二十九日　④、良。
三十日　④、良。『メロペ』上演、完璧無欠の好演。反応、好意的とは言えぬが大成功。匿名の誹謗書［不詳］。「貴殿が重愛してやまぬ出版印刷に要注意」。来信、テレーズ・フォルスター［フォルスター娘。シャリエール夫人の晩年を看取った］、シャリエール・ド・チュイル夫人死す［十二月二十六日］。シャリエール夫人を失うとともに余がまた失いしは、余に優しき愛情をかけ給いし「交契の友《アミ》」、まさかの時の「頼所《たのみどころ》」、余に傷つけらるるも余から終ぞ離れ行くことのなかりし「心」なり。この「日乗」に記せし死者の数すでに幾何ぞ！　この世から人の減《め》る。なんぞ生きて在らめやも！

三十一日　原稿、種々の註を配す。シャリエール夫人の死、悲痛深刻なり。①。

一八〇六年一月

一日　発信、フォルスター嬢［テレーズ］。⑧。発信、オシェ。余が仕掛けたる当を得ぬ喧嘩［スタール夫人相手］。旅程、至ローザンヌ。ゾピアの役柄を学ぶ。この役において力と父性の見事な調合を演ぜん。晩餐、ナッソー夫人宅。テレーズ［の手紙］をめぐりセヴリと談［セヴリとシャリエール夫人は遠縁にあたる］。⑧。

二日　午餐、ナッソー夫人。発信、スタール夫人。夜、ロワ夫人宅［母方の叔母］。余がアントワネット、アドリアンヌと結婚せざるは、ほかでもなし、その結婚を望まぬからであり、年金三万リーヴルも未練はなし。

三日　朝餐、ロザリー宅。テレーズ。⑧。⑧。発信、スタール夫人。鬱悒《いぶせ》きかなローザンヌ、睦まじき仲合《なからい》に棘《とげ》なきためしなし。午餐と晩餐、ナッソー夫人宅。

四日　来信、スタール夫人。③。④。フリ夫人訪問［ローザンヌの土地ラシャブリエールを売った相手。噂では難しい性格の女 P］。ローザンヌの〈真綿に針の悪御達《おなごども》〉に比ぶればさすがのフリ夫人もまだましとでも言うべきか。午餐、ダルラン宅。晩餐、ロワ宅。ロゼット・セニュ［スイス傭兵隊士官の娘、二十一歳 P］。嗚呼、この女に醜《しけ》き歯のなからましかば！

五日　来信、スタール夫人。④。発信、スタール夫人。ここ二年、思いしよりも仕事量少なし。七百十四日中二百五十九日仕事怠けて遣過しぬ。晩餐、ナッソー夫人宅。

六日　⑫の艶書《たより》、今日余の許に至らましかば！　必要な決断力、余にあらば実に合理的計画と言うべし。午餐、ヴィルデーグ夫人宅［コンスタン母方従妹］。悍妻順夫の良婚。④。晩餐、ナッソー夫人宅。発信、スタール夫人。

七日　④。夜、アントワネット宅。ロゼット・セニュ。眉目、清げに優しく愛嬌あり。晩餐、ナッソー夫人宅。

八日　来信、スタール夫人。④、良。①［肉欲］の処理法、臆さず決済すれば③も可。夜、ヴィルデーグ夫人宅。晩餐、ナッソー夫人宅。

九日（木曜日）②熟思反省。これ、我が身にささりたる棘なり、余に憑きたる強迫観念にして余を苛め、ために惜しむべし、余の才能の半ば奪われ幸福の芽ことごとく摘取られたり。④。方式変更のこと。さもなくば、記せし註の分類だけでも十年の歳月を要すべし。発信、スタール夫人、カシェ［スタール夫人代理人］。午餐、ナッソー夫人宅。

十日　旅程、自ローザンヌ至ニヨン。ゾピアの役を勉強するも臆病神に再び取憑かれ、失敗の不安に怯ゆ。

十一日　旅程、自ニヨン至ジュネーヴ。来信、フォルスター嬢、フルコー。ゾピア役、不安ますます昂ず。①。

十二日　『マホメット』舞台稽古。余の演技不調、身の所作に難あり。晩餐、ソシュール夫人宅。

十三日　独り稽古して四回に及ぶ。うまく行くべし。午餐、デュ・ピュシュ将軍宅。

十四日　④。纔。『マホメット』舞台稽古。演技好調。我が役柄と演技のほどに自信生ず。

十五日　発信、父。④、纔、註の整理を手掛くるのみ。『マホメット』中の我が役に一工夫加えんと試みたり。如何なる虫の知らせか、何事か禍ありて舞台に上がれぬの予感あり。夜、舞踏会。①の欲求減少の事実、不思議なり。

十六日（木曜日）アメリー。⑧。合理的選択はこれを措いて他にあるまい、しかも容易なり。来信、オシェ。原稿、序説部分照校す。芝居狂とはなりぬ。

十七日　『マホメット』舞台稽古。演技悪くなし。なお工夫すべき余地あり。来信、ナッソー夫人。
十八日　今回の『マホメット』の企画に半ば芝居狂と化しすべての時間を奪われたり。②。平穏思和を取戻し残余の人生棒に振らぬために②。
十九日　来信、ドワドン。『マホメット』舞台稽古。演技悪くなし、されど、これまでの情熱持つに持たれず、されば微妙な感情を演ずることも怪しくはなりぬ。①。
二十日　過ぎにし多くの日々同様終日無為にす。仕事中断せしよりこの方、起くるより寝るまで有意の一瞬持つにいたることなし。②。②。②。②。『偽りのアニエス』［喜劇、デトゥシュ作］舞台稽古、拙劣不堪。晩餐、アメリー宅。⑧。今在る事に比ぶればすべて良し。
二十一日（火曜日）　来信、父。『マホメット』舞台稽古。臆病神は去りぬるも堪え難き倦怠に襲われぬ。
二十二日　発信、父、ナッソー夫人。⑦。⑦。
二十三日　気乗りせぬまま、ジャンリス夫人について拙き小論の筆を執る［仏作家・教育家、ルイ・フィリップの幼少教育にあたる。『回想録』全十巻］。もはや何事にも興湧くことなし。余がゾピア役、身を入れず心も入れず、されば無為無能の演技となるべし。⑦。⑦。⑦。
二十四日　無為。何たる生き様！　⑦。⑧。②。ふとその気になるも③は不可能なり。⑫、未練あり。その未練、無益なり。『マホメット』舞台稽古。余の演技なんとかなるべし。
二十五日　昨日晩餐時の喧嘩。この女、一生変ることあるまじ、その長所、短所、難、永久不変。余の休心安息と出世叶うまじ！　②。②。今の生活は苦なればとりあえず再度仕事に身を入れてみるべし。来信、ナッソー夫人、父。十五日の虫の知らせ、根拠なし。ローザンヌでの余の評判良し。さりとて、目出度くもなし。『マホメット』舞台稽古。最終稽古なり。

二十六日　④、少しく。『偽りのアニェス』舞台稽古。成功怪し。⑧に至るために⑦。行着くところ、決すべきはこれなるべし。

二十七日　本日公演の日を迎う。今この時に至るまで余の心には熱意も不安もなし。今晩結果を記さん。文句なき成功。持てる実力には及ばざりけりとの感あるも我が演技上出来なり［ロザリーは否定的報告］。来信、マリアンヌ。⑤。⑤。

二十八日　⑤をめぐり思案熟考。例の八百五十リーヴルに加え六百リーヴルを父に送金す。発信、父。②は我が身唯一の、また恐らくは我が身最大の障害でもあるまじ。①。

二十九日　発信、ナッソー夫人。馬上散歩。来信、マリアンヌ。余がマリアンヌに掛けし疑［父の病状大袈裟に伝えたるとの疑い N］は謂れなき疑なり。生きて在ることにほとほと倦み疲れたり！

三十日（木曜日）　発信、父。ドール行決定。我が友ども余に賛同す。賛同は些も嬉しからず、非難は大なる苦なり。

三十一日　発信、ナッソー夫人、ローザンヌのシャリエール夫人。②、⑦、⑧、③、あれこれ錯綜す。ドールへ発つ。サン・セルグ泊。

一八〇六年二月

一日　シャンパニョル泊。発信、スタール夫人。

二日　ドール着。マリアンヌ大袈裟に過ぎたりとの余の疑、謂れなき疑にはあらざりき。

三日　父に会う。危険状態脱せりとは思うも、力なく寄る年波に打拉がれたり。嗚呼、自然の痛ましきかな！　発信、スタール夫人。

四日　余の大冊「政治論」小冊縮約版近刊を期して執筆開始［後に大著『政治原理』に結実］。この企画、余の大なる喜びなり。父と談。父は愛《かな》しく優しかりけり。⑥。⑥。

五日　発信、スタール夫人。④、縮約版。⑥。⑥。来信、スタール夫人。フルコー、ナッソー夫人。

六日　④。暮しの単調なる、だが穏やかと言うも可。

七日（金曜日）④。来信、スタール夫人、父（転送便）。発信、スタール夫人、オシエ、ドワドン。

八日　明日出発の予定なれば父と終日を過す。

九日　夜来の高熱。出発は十一日まで無理なり。「蛭」の効能［瀉血］あらたかならず、出発覚束なし。

十日　快方の兆なし、だが出発の念しきりなり。望むらくは当地よりもジュネーヴで病牀に就きたし。来信、スタール夫人。発信、スタール夫人、オドワン。

十一日　父は子に、子は父にいと優しき心を残しつつ、子、父の許を発つ。⑥。⑥。この旅行、余の意に適いたり。ポリニィ着。道中の労、なきに等し。

十二日　発信、ポリニィより父。旅程、至サン・ロラン。

十三日　旅程、至コペ。恐しき道面《みちづら》と雪。それも今や終りぬ、かくて余は父に親孝行をなし来りぬ。

十四日　ジュネーヴ着。来信、マランダン［ルーアンの法律家］。発信、シャリエール夫人。朝方、②なるも、帰宅してシャトレ夫人の書簡を読めば③とはなりぬ［シャトレ夫人、仏作家、科学者。ヴォルテールの愛人。夫人のアルジャンタル伯爵宛未発表書簡集（オシエ編）。同伯爵はパリ最高法院判事、ヴォルテールに捧げた熱烈な友情で知られる］。来信、フーバー夫人。④。今熱が入るは「我が政治」［「政治論」縮約版執筆］。

十五日　発信、父、ロザリー、ルーアンのマランダン。来信、ルイーズ［異母妹］、スタール夫人（転送便）。④、良。『アルジール』舞台稽古［ヴォルテール作、スペイン支配下のペルーが舞台、自然人の徳と文明開化のキリスト教的徳との対立劇］、不調。

十六日　④、優。胸部痛、甚。②。②。はつかに。仕事怠るべからず。

十七日（木曜日）　発信、ルイーズ、父。余の病、ずばり胸か。④、良。来信、ドワドン。余の銀器すべて盗まるとの報。『アルジール』。見事な上演。来信、シャリエール夫人。

十八日　④、優。進捗著し。このまま邪魔されずば二週間後完結せん、ただし、うち一章はその限りにあらず。午餐、カズノーヴ夫人宅［一八〇四年十二月二十七日既出のテオフィル・カズノーヴ妻か］。冒頭第七章まで朗読［執筆中の「政治論」縮約版］。聴く者すばらしき出来栄と評す。

十九日　発信、ナッソー夫人。④、良。

二十日　来信、ルスラン、父。④、優。①。原稿朗読第二十章まで。賞讃大なり。

二十一日　発信、ルスラン。④、優。原稿朗読第二十三章まで。見事な出来栄。来信、ナッソー夫人。コペ行。

二十二日　④、可。来信、ロザリー。『セヴィリアの理髪師』舞台稽古。原稿朗読第二十七章まで。結構、だが、いま少しく論点を深めて然るべしと言う。それが如何なる結果をもたらすか、居合す者皆の頭になし、余の思過しか。追加の是非は事態の推移により決せらるべし。

二十三日　④、可。だが筆の運び鈍り始む。ことあるごとに論を拡げんとするは余の常なるが、草案によく忠実にしてその拡張は謀る勿れ。

二十四日　発信、オシエ、父。「領地優先権」、旧き思想を新しき語を以て言換えんとす。④、良。『アルジール』第二回目上演。初回に比して見劣りす。明朝早起して仕事せんがため大晩餐を断りたる、賢明なり。

二十五日　④、良。旧章一つ多々加筆。草案再鋳直まさに避くべし。『フェードル』舞台稽古。フリ夫人［六十九歳、稽古に参加］。若さの傲慢無礼なる！　要は才能なり。老いは若さには有し難き弊害と映るべし。晩餐の大掛りなる、退屈なる。

二十六日　来信、父。④、可。草案の変更一切あるべからず。胸部痛。

二十七日（木曜日）④、悪くなし。「宗教の自由」章朗読。見事な出来、だが反響に要慎あるべし。原稿再見、我ながら草案偏執狂に大息長嘆す。これなかりせば余の名声すでに成りてあらまし。悪夜。①の絶対的必要性。常々思巡らしし処理法［欲性］に訴えざるべからず。

二十八日　発信、シャリエール夫人。④、秀。「司法権」、第三十から三十三章朗読。他の章に比べ勢いを欠く。補強の工夫あるべし。スーザ伯爵［ポルトガル外交官・文人。ポルトガル文学史上一大作品、ルネサンス期ヨーロッパの代表的叙事詩『ウズ・ルジアダス』（ルシタニアの人びと、一五七二年カモインス作）を校閲刊行。他に『ポルトガル文』翻訳。夫人は仏作家］。

一八〇六年三月

一日　④、良。来信、ナッソー夫人。①の計画決行のこと。第三十四から三十六章朗読、激論ありたるが出来良し。前回は反対意見に反論を加え載せたるが、今回は削除が過ぎて反論併記なき例散見す［前回、大冊「政治論」。今回、縮約版］。

二日　④、良。論、若干加筆。この仕事、十八日の印象では二週間で脱稿と踏みしが少くともあと一月要すべし。来信、ドワドン。来信、フェルモン［レンヌの弁護士、国債清算事務局長。ネッケル氏債券の件P］。何たる人種、何たる法解釈！

三日　発信、ゲクハウゼン嬢、フーバー夫人。テレーズ［フーバー夫人連子］と⑧［結婚話］。なきことかは。④、悪くなし。執筆開始して明日で一月。活字にして既に三百二十七頁分書きすすめたり。

四日　物狂おしき夜。発汗多量。健康悪化。将来の計画。⑦。⑦。④、悪くなし、だが纔、悪夜のなせるわざなり。

五日　発信、ナッソー夫人。④、良。喧嘩。②。⑦。

六日　④、微恙の身なれども悪くなし。②、だが著書完了後のこと。

七日　発信、父、ドワドン、フルコー。④、可なるも怠心生ず。文を起すよりは文を写すを好しとす。来信、ナッソー夫人。

八日　④、良。悪夜。衰弱、発汗。気の病ということか。ここ三日間で第三十七から四十一章朗読。見事な出来。だが脱稿要四月と踏む。

九日　④、微恙の身ながら悪くなし。数章追加。原稿既に四百十九頁の長きに達す。

十日　④、不調。午餐、知事宅。『ザイール』舞台稽古［ヴォルテール作、愛と宗教（イスラム教・キリスト教）の葛藤劇］。プロスペールの演技、情感こもりたるも、いま少し気品のあらまほしく、また間合《まあい》性急に過ぐるの感あり。

十一日　発信、ナッソー夫人、ルスラン。④、怠る。悪日。我が身疲弊す、我が眼また然り。『アガール』［我が子と共演のため書下ろされたスタール夫人小品劇。娘のアルベルティーヌ、アブラハムの子イスマエルを演じたP］。この芝居重過ぎたり。相手は自然、その自然に挑む話なり。

十二日（水曜日）④、怠る。我が身完全に崩壊、病骸を晒す。③。余が憂に憂を重ぬるはまさにこれがためなり。『アガール』上演。わきてアルベルティーヌ愛《め》でたし。『ピグマリオン』［ルソー作、一幕物歌謡芝居か］、十八世紀流わけの分らぬ唐輴《からさえずり》。各時代、その時代の唐輴を有す。晩餐、ドクサ［スイスの銀行家、ロンドンに支店開設、コンスタン従兄シャルルは共同出資者アシャール＝ボンタンの女婿。「日記」ではドクサは英国、渡英の意でよく用いられるP］夫人宅。

十三日　④、不可。小喧嘩。クレスピーノ市住民に御触書［伊王国都市。市民の私権と政治的権利奪われ刑罰に棒打が登場すN］。ヌーシャテル交換［プロイセン王、ハノーファーと交換にヌーシャテルをナポレオンに譲渡］。

十四日　風邪症状倍加。来信、父、マランダン。病状篤く仕事無理なれば二三註を記すのみ。

十五日　④、怠る。病続く。『アガール』二度目の上演。初演に比して見劣りするも、単に初演の物珍しさなければのことなるべし。『セヴィリアの理髪師』、好演。

十六日　朝六時起床。咳嗽治まらず。④、精を盡すも後が続かず。来信、ルスラン。

十七日　咳嗽、恐しき夜。発信、父。来信、ナッソー夫人。プロスペール、参事院審議官心得。処々論点《イデ》幾何か拾集。

十八日　発信、ナッソー夫人。衰弱甚し。④、怠る。②。深憂極まりたり。⑦。⑦。ポリュビヨスの原稿［古代ギリシャの歴史家ポリュビヨスの『歴史』翻訳稿と銘うったナポレオン誹謗書。革命・帝政期情報機関で暗躍のダントレーグの手になった P］。腑甲斐なく怖《お》じなき計謀かな。嗚呼！　あるべき計謀は斯くはあるべからず。新計画、当地に三月独り暮す。相手に有無は言わせぬ。

十九日　無為。人生、つまり我が人生、我に重くのしかかりぬ。如何せん。新計画に少からず心傾きぬ。なお胸部ますます悪化す。論点若干分類す。

二十日　悪夜。論点幾何か分類。あれ［スタール夫人］には勝手にやらせおく、こちらは今夏しばし自由の時を得べく決意す。

二十一日　発信、ルスラン、フルコー、ドワドン、デュ・テルトル夫人。瞬時⑫へ復返《おちかえ》りぬ。狂気の沙汰なるべし。①の処理法を講じて③、これぞ最善なり。④、少しく。悪夜。胸部痛。

二十二日（土曜日）④、可。来信、ナッソー夫人。セヴリ［同年いとこ、通称ヴィルヘルム］、結婚。『訴訟狂』舞台稽古［ラシーヌ喜劇］。さすがシュレーゲル、悲劇を演じさすれば喜劇的、喜劇を演じさすればまさに不景気顔！

二十三日　④、纔にして不可。②。②。自由！！

二十四日　来信、父、ドワドン、オシエ。②に根差す不快去らず。『ザイール』上演。閉込められ裏でもがき苦しみ表には出でこぬ才能、プロスペールにあり。

二十五日　④、かんばしからず。ブルーン夫人宅［独の文学者、娘イダを伴いスタール夫人の許に出入りする P］、『真夜中』上演［デオドラ作、散文一幕物］。イダ、起居振舞に不思議な才見ゆ。

二十六日　④、はか行かず。談。奪《と》らずば人に奪られんという自由にもあらざれば、余が自由奪回の苦悶動揺は独相撲とは言うべし。仕事の興、再来。「銀行支店」［仏国銀行改革案による支店設置計画］。「三分の一整理公債」に多額投資の計、我にあり。

二十七日　発信、ドワドン。これまで手掛けし著作のご多分にもれず今回も同じ過を犯しぬ。無くもがなの、しかも反論必至の詳述に走るという過なり。この種の「詳述」一切削除のこと。租税論、その一つなり。④、可。

シェニエの書。*痛快、〈ド〉・シェニエ氏。可笑しな「兄弟混同」**。

＊　マリ＝ジョゼフ、仏詩人アンドレ・シェニエの弟、政治家。『ヴォルテールに捧ぐる書』（一八〇六年）で大学視学総監解任さる。その書の一節に「仏国民の遺産、一人のコルシカ島人［ナポレオン］に食尽されたり」。

＊＊　〈メルキュール・ド・フランス誌〉三月二十二日号、「読者諸子に急告、ド・シェニエ氏［兄］はマリ＝ジョゼフ・シェニエ［弟］と同一人物なり、つまり三代の立法府にわたりリュクルコス［スパルタの伝説的立法者］とテュルタイコス［古代ギリシャ詩人］の二役を一身に具したる同氏は…」N

二十八日　悪夜。かくなれば病気恢復絶望的なり。ルイ十四世『回想録』［全六巻一八〇六年刊。一部はヴォルテールの『ルイ十四世の世紀』で既に発表］。専制主義の原理。発信、父。④、悪くなし。来信、ナッソー夫人。余が身の上の幸福に触れたるビュティーニの美辞。『ザイール』上演。初演よりも良し、これプロスペール好演のおかげなり。

二十九日　発信、オシェ、ナッソー夫人。来信、フーバー夫人。テレーズ。⑧。⑧。⑬。④、可。補註は措くとして四月末前脱稿のこと。『嫉妬する病人』［デュパティ作、ヴォードヴィル風一幕物喜劇。スタール夫人のサロンで上演か］。洒落た小品劇なり。

三十日　悪夜、胸部痛、深憂。②。③。⑧。①をめぐる計画。世に在ること堪え難し。④、徒労。

三十一日（月曜日）④、復調。来信、ナッソー夫人。『フェードル』上演。スタール夫人見事に演ず。横腹激痛。今冬自然の余に対する仕打、情け容赦なし。晩餐、オディエ夫人宅［スタール夫人知己］。即興詩と即興劇。意気込やよし、演出やお粗末。

一八〇六年四月

一日　苦痛の途切るることなし。自然の生理の忌々しきかな！　スタール夫人、ジュネーヴを発つ［父親二年忌、コペの実家へ］。独居、病身、小説本読み漁る。
二日　病癒えず。小説本読み漁る。来信、父。
三日　病なお続く。コペ復。フルコーに手紙認め「三分の一整理公債」とともにプロスペールに託す。プロスペール発つ。シュレーゲル喜ぶ。
四日　来信、ゲクハウゼン嬢。書類整理。時間を無駄にす。①の即席手段［性欲処理］、早い話が清書係は。
五日　発信、フーバー夫人、テレーズに託す。来信、ドワドン。書類整理。時間の無駄。「教育」の章朗読。痛論、胸部に障りたり。
六日　④、進捗なきに等し。②。②。⑬。
七日　発信、父、マランダン。④、進捗なきに等し。イダと無言劇《パントマイム》を演ず。えならず愛嬌ある娘なり。
八日　発信、ナッソー夫人。夜間、咳嗽頻り、胸部痛。来信、オシェ。シェニエ書簡集。活写の見事なる、文の見事なる、だが、詩賦は生半尺《なまはんじゃく》にして洒落は旧古陳套の体を呈す。
九日（水曜日）　ネッケル氏二年忌。光陰矢のごとし。来信、ドワドン。④、沈滞。
十日　フェルネ行［ヴォルテール晩年の地、ジュネーヴ近郊。旧宅フェルネ城館一般公開］。ヴォルテールの曾ての老女中、昔の記憶を後生大事とす。ヴォルテール毒殺説信じて疑わず。この種の話、世間一般の好むところなり。

十一日　発信、ドモラン氏［ローザンヌの銀行家、調停判事］。④、少しく。
十二日　来信、テレーズ・フォルスター、ナッソー夫人。コペからジュネーヴへ移る。午餐、オディエ夫人宅。
十三日　④、少しく。午餐、リエ夫人宅。
十四日　発信、ルスラン。来信、父。シャリエール［・ド・チュイル］夫人の『フィンチ家』［『ウォルター・フィンチ卿とその子息』死後出版］。才の切れ、奥行の広さ、情、そして悪趣味。来信、ナッソー夫人、ドモラン氏。④、少しく。底しれぬ寂寥感。『フィンチ家』に触れて我が思出ことごとく今に蘇りぬ。死の観念、我が身辺に漂いて消ゆることなし。午餐、知事宅。
十五日　発信、ナッソー夫人。朝餐時釈明、不快。悪夜。④、復調。午餐、シャトヴィユ夫人宅［同夫人エリザベート・ファブリ、或は同氏母か］。退屈なる晩餐、アルガン宅。
十六日　④、可。「戦争」の章、脱稿。午餐の死ぬほど退屈なる、ジェルマニィ夫人宅。「戦争」一部朗読。傑作なり。総頁数四百六十九。
十七日　④、纔なるも良。読書、小品数篇。美文として世に名高きものその中にあり。③。③。③。
十八日　発信、父。来信、ナッソー夫人。ウジェーヌの手で［検閲を恐れて］オシエ、フルコー、プロスペールに手紙を認む。目下の情況からして狂気の沙汰なれば⑧決定的に断念す。③。③。③。⑯。⑯。⑯。
十九日　ミネット発つ［スタール夫人、追放令でパリ四十里以内に入れずオセール止。同行二子、アルベルティーヌとアルベール、他にシュレーゲル、スーザ。愛称ミネット復活、五月三十一日まで］。終生、③。⑯。だが、①なければ生きて行けぬ身なれば⑯は①の処理法解決あってのこと。山積せる書類を整理す。①。
二十日　④、期待せしよりも捗らぬが先行よし。発信、ルコント、生存証明書同封。
二十一日　発信、ミネット。④、可。訪問。とにかくその意図明確にして本人も認むるところなり。反応の如何を待つべし［スタール夫人の仏入国の意図を関係諸方に説明］。

二十二日　発信、ナッソー夫人。来信、フルコー。ジラルダン［ルソー弟子、親ナポレオン。法制審議院、立法院に入る］、ミネットに小吉報［不詳］。知事訪問。④、この章鋳直あるべし。

二十三日　発信、ミネット。④、はか行かず、だが論述方針まとまる。閑居不善、せっかくの孤独悪用せり。

二十四日　来信、ミネット。④、纔。コペへ発つ。

二十五日　発信、ミネット、フルコー。ナッソー夫人［来信］。④、悪くなし。孤独に居馴《いなじ》染み始む。「古代共和制」の章、明日脱稿予定。③。③。③。

二十六日（土曜日）来信、ミネット、父。④、良。

二十七日　奇夢。身顫《しんせん》。アラール。④、纔。手許の書類すべて整理了。

二十八日　発信、ミネット、父。ローザンヌへ発つ。ロールにてノアイユ公［仏軍人、物理学者。亡命貴族としてスイスに逼塞、ゴロウキン伯爵未亡人を知り再婚。ラ・ファイエットは公の女婿 P］。老翁老媼鴛鴦の契《ちぎり》。ローザンヌ着。ナッソー夫人、病。差出人署名 C. D. H.［シャルロット・ド・アルダンベール（ハルデンベルク）、デュ・テルトル夫人旧姓］なる手紙、余宛に届けられ更にコペに転送さる。デュ・テルトル夫人のことなるや。新事態。余の優柔不断大なるべし。

二十九日　来信、フーバー夫人。例の手紙の主《ぬし》デュ・テルトル夫人なり。再転送未だきたらず。署名、C. D. H. に間違なし。離婚なるか。千思百考思案のしどころなり。⑬—⑫。引越［コペからローザンヌへ］、終日無駄にす。デュ・テルトル夫人の書戻らず。同書戻り来たるが「委細後便にて」との書付《かきつけ》なり。その後便を待つとするが、つらつら顧るに③。③。だが情況の変化あらばこの限りにあらず。夜、ボタン嬢宅。晩餐、ナッソー夫人。発信、シモンド。

三十日　発信、デュ・テルトル夫人、フーバー夫人。午餐、シャリエール夫人宅。談、ルイーズ［異母妹］及び父について。終始、自説の主張は控目にせしが、余の考えがいかにも正論と言われ仰天す。夜、ロワ夫人宅。⑧［親類の娘との結婚］、もはやなし、有難きかな。③或は⑫。精神的に③は必要なり。

一八〇六年五月

一日　来信、デュ・テルトル夫人［半年の沈黙後］。待つこと違《たが》いぬ［離婚未だし］。徒に百慮して肺肝を摧きぬ。だが心優しき女なり。発信、スタール夫人、シモンド。④、良。午餐、ダルラン夫人宅。
二日（金曜日）④、昨日に及ばず。午餐、ロワ夫人宅。⑧、消滅。
三日　来信、シモンド、オセールよりミネット［スタール夫人］。発信、デュ・テルトル夫人［以後十月十日まで両者通信絶える］。④、優。ナッソー夫人宅にて晩餐、夜更《よふかし》過ぎたり。
四日　発信、ミネット、シモンド、父。④、可。午餐、ナッソー夫人宅。オーギュスト訪問［従兄弟］。無味無粋。夜、ロワ夫人宅。ローザンヌ、無味無粋。
五日　④、優。午餐、ダルラン宅。夜、ナッソー夫人宅。アントワネット、気立優しく愛嬌あり。
六日　来信、ミネット。②。②。③。③。③、だが毅然たるべし。発信、ミネット。④、可。午餐、ナッソー夫人宅。新婦、セヴリ夫人［従兄弟の嫁。一七八八年生］。おしなべて何処も同じなる。
七日　来信、プロスペール［バラント］、バラント父、シモンド、父、ミネット。④、可、だが、筆を執るや章が章を呼び、新たな章出できたるなり。クリヨン氏死去［仏将軍。第三部会貴族代議員、第三身分に与した最初の貴族の一人］。廉潔ことごとく死に行き、厚顔いずれも存命して世に憚る。ファルケンショルド［デンマーク将軍、記録作者。ローザンヌに亡命 P］。

八日　発信、シモンド、ミネット、バラント氏。④。著書の後半部各章草稿了。今なすべきは出発前旧稿二点再読、然るべき箇所抜書してこの仕事落了を目指すにあり。夜、ロザリー。人生大失策を演じしは十七年前の今日この日のことにして、そを拭いしは四年後のことなりき［最初の結婚と離婚］。晩餐、ナッソー夫人宅。

九日　来信、フーバー夫人。発信、ミネット、シモンド、父。④、可。原稿二点出発前再読完了のこと。パリ行まで①控えんものと決意す。決意貫徹せんか心身の安らぎ如何ばかりならん。夜、ショミエール［シャリエール夫人別墅、同所にロザリー寄寓］。アントワネット、愛想悪くはなし。

十日　来信、オーギュスト［スタール夫人長男］、ミネット。悪夜。昨日の決意、実行易からず。④、進捗大。一章新設。紙幅増大して内容充実するの感あり。ロワ夫人訪問。

十一日　良夜。余が不眠の因、夜更が過ぐる、これに尽くべし。一昨日の決意続行。発信、ミネット。④、良。午餐、ダルラン宅。夜、ロワ夫人宅。閑居こそ余が唯一の願いとあらばそはここに求めらるべし。

十二日　④、悪くなし。下僕一人新規に雇う、目的はただ一つ、①［性欲処理］の適当な処理法可能なるや知るにある。リゼット訪問［ロザリーの妹、早くから「敬虔主義」運動に参加］。信心家の乙にすましたる。ナッソー夫人、病。

十三日　発信、ゲクハウゼン嬢。来信、ミネット。発信、ミネット、シモンド、オーギュスト。④、良。処理の問題、余の手に余るべし。ナッソー夫人、病悩、甚。

十四日　来信、シモンド。④、良。ここを発たんとの念《おもい》兆し始む。晩餐、ナッソー夫人宅。リュウ嬢［残された書簡で有名なアイセ嬢（コーカサス南西部出身のシルカシア人、四歳で身売りされパリに出る）の文通相手ジュリ・カランドリニーの孫娘で孤児ジュリ・リュウのこと。コンスタンの祖母の庇護をうけ、当時はナッソー夫人宅に身を寄せていた。アイセ嬢書簡集この年プロスペール・ド・バラントにより再刊さる P］。人間はいとも都合よく我がふり忘れ他人を責むるが、責むべき相手が己自身であることとあるべし。さわれ狂女なるも悪女にはあらず。

十五日（木曜日） 来信、ミネット。ミネットの心神やや復調す。行着くところは③。発信、ミネット、シモンド。④、はかどるが、良しと見し章の中に出来の未だしいくつかあるに驚き呆れたり。午餐、ナッソー夫人宅。夜、ロザリー。何れもミネットに勝るなし。

十六日 発信、ミネット、プロスペール。④、良。想《イデ》おおくして舟山に登る。

十七日 来信、ミネット、シモンド。ミネットの尋常ならざる計画［不詳］。懸念すべき報［国外追放］。ミネット、何事も時間には任せられぬという。余が心、再び傷口開きぬ。余は哀れ救い難き小人なるかな！ ④、想の数をなして渦巻くなか何とか漕ぎつけたり。午餐、シャリエール夫人宅。

十八日 発信、ミネット、シモンド。④。主題の枠から突出せぬこと肝に銘ずべし。「国会」の別章、削除。ミネットをめぐり心痛、不安動揺。

十九日 ④、何とかこなす。心痛尋常ならざるあり。午餐、シャリエール夫人宅。憂慮つきず。

二十日 午前五時起床。毎朝かくあるべし。されば長き朝間《あさま》の余得あり、しかも陰に沈みたる内省の環を断つの利あり。来信、ミネット。例の尋常ならざる計画断念とあり。安堵一入。発信、ミネット。午餐、メ村［シャリエール・ド・セヴリ家］。④、だが枝葉に過ぎたり。

二十一日（水曜日） 来信、父、ミネット、フルコー。④、完璧無欠。シャリエール夫人訪問。⑧をめぐり談。候補としてアントワネット。これを辞退せしこと、いつか後悔あるべし。だがミネット不憫なり！

二十二日　⑧、深省。辞退過てり。ミネットの反撃の余りに烈しければやむなし。されどこの犠牲の似愚《おろか》しき。発信、ミネット、父、フルコー、シモンド。④、昨日に及ばずとも進捗あり。午餐、ダルラン宅。夜、ドリニィ。⑧、悪い話でもなし。余の犠牲、せめてミネットの感知あらんことを。出発、火曜日に決定、厳守のこと。

二十三日　発信、フーバー夫人、ミネット、犠牲の告白、ミネットの反応や如何に、大いに気になるところなり。午餐、ナッソー夫人宅。⑧、千思百考。食指大いに動く。しかしミネットが！　④。

二十四日　来信、父。その筆乱、気掛なり。来信、ルコント。④、悪くなし。午餐、ドリニィにて。アントワネット、愛嬌あり。

二十五日　来信、シモンド。発信、ミネット。⑧、もとより願うところだが。発信、シモンド。来信、ルスラン。④、纔。オステール夫人訪問［母方祖母の遠縁］。アントワネット。余に何ほどか気ある風情なり。

二十六日　午餐、ドリニィにて。アントワネット、情あり優あり。余にその勇あらば⑧。安息休心なくてはあらじ。

二十七日　来信、ミネット、シモンド。ミネット、二重の狂乱。ドール［コンスタンの父一家現住地］へ罷り移りたしという。ドールは今いるオセールよりもなおミネットには所狭《せ》き心地すべし。驚天動地とはまさにこのことなり。②。②。②に復返《おちかえ》りぬ。発信、シモンド。来信、ミネット、矢文《やぶみ》束をなして至る。余が心中動揺騒然とす！　事の次第、理《ことわり》を説き終結せざるべからず。もはや余のよく堪うるところにあらず。ミネットの空想癖、その性格、今の流浪の境涯、これを思えば余が我が身の安息休心を願うは一理のみかは千理あり。一方、身も心も千々に結ぼれ鬱《ふさ》ぎたればこの安息休心、余には叶わぬものなり。明日にもここを発つ。行ってミネットに会い確たる態度定むべし。

午餐、ダルラン宅。ここの連中の余に惜しまぬ親愛の情、これに素直に甘えすがるになにかある。幸福は「一般道」にこそあれ。ナッソー夫人に暇乞をす。⑧を勧められたり。こちらもその気充分なり。

二十八日　旅程、自ローザンヌ至コペ、ダルラン同道。午餐、ノアイユ氏宅。コペにシモンドの姿あり。縺《もつれ》を解《ほぐ》すこと今や不可能なるは言を俟たず。なし得るはただ一つ、切断、待ったなし直《ひた》と切断するにあり。身は家族近親の砦に隠さん。ミネットの計画なるもの検討し今後二月の間に決断あるべし。

二十九日　午前中一杯、荷造と憂思三省。如何なる身の上というべきや！　けりをつけざるべからず。発信、スタール夫人。②。②。発信、ルスラン。なにがな出口を尋ね求めて終日あてもなきまま彷徨《さまよ》いぬ。去る二十一日の辞退過てり［アントワネットとの結婚］。二十一日付手紙のあらんこと予て知らましかば［二十七日着スタール夫人書］！

三十日　荷造了。憂思三省のはての結論。或は相手を当地に連戻す［スタール夫人実家コペ］、或は二人してオセールに留まる、或は単身パリへ上る、あからさまなる田舎流浪《さすらい》はなきこと、以上、余の提案なり。来信、アルベルティーヌ。旅程、自コペ至ジュネーヴ。勇あらば⑧。戦術は問わず。①。

三十一日（土曜日）　発信、スタール夫人。ジュネーヴにおける必要な用件すべて済す。来信、父。午餐、ネッケル夫人宅。リエ夫人訪問。動揺、甚。だが、仮に③とあらばスタール夫人と結婚せざるべからず。執筆再開。

一八〇六年六月

一日　ジュネーヴ発。ニヨン泊。発信、コペよりヘンチュ［スタール夫人等著名人と親交のあったジュネーヴの銀行家か P］、ナッソー夫人、シャリエール夫人。

二日　発信、モレよりスタール夫人。ポリニィ泊。あらゆる意味において⑬、風向相反する二つの嵐に襲われたる難船とでも言うべきか。

三日　ドール着。来信、スタール夫人より二通、シュレーゲルより一通。スタール夫人、言うにも余る状態にあり。父の病を措き明日出発せん。オセールへ急行、当地へとって返さん。乱心の女あればなにはともあれ、病床の父を捨置き徒に千里の遠行をせんとす。そも遊びに行かんとして子の義務を欠くにはあらず。

四日　父の病なお悪化す。出発不可能なり。発信、スタール夫人。④、少しく。

五日　ウジェーヌ、スタール夫人の書携えて至りぬ。如何なる火山といえどもこの女の噴火に勝る火山あるまじ。如何にせん。闘うは疲る。今や計画というものなし。孤舟に身を横たえ嵐のさなか孤眠を貪るか。仕事を断つか。思うに学問は一の僥倖なり、病に倒れなばたちどころに潰ゆべき僥倖なり。さればこの僥倖、今や病に潰えたりと覚悟すべし。④、今の余の状況においてはこれが最後の④となるべし。

六日　来信、ナッソー夫人。スタール夫人、転送便数通。父、回復に向かう。オセールへ発たん。発信、スタール夫人、ウジェーヌに託す。今回の余の「心境の変化」、余の幸となるか不幸となるか。残念ながら今の余の心、眠るを措いてもはや他になし。ヴィトー泊。
七日　旅程、自ヴィトー至オセール。到着。狂乱これにとどめをさすべし！　来信、フルコー。
八日　談。将来の事、すべて混迷。発信、フルコー（為替手形千九百九十二リーヴル同封）、プロスペール、ルスラン。
九日　脱稿済みに限るともよし、一刻も早き著書完成を欲す。④、可。談、苛《いら》なく辛し。②、避け難し。
十日（火曜日）　発信、ナッソー夫人、父。④、可。
十一日　④。胸部痛、穏やかならず。
十二日　④。スーザ氏［ポルトガル外交官の息、ドン・ペードレ。スタール夫人知己、小説『コリンヌ』の主人公オズワルドのモデルの一人とも言われる。P］。著作進捗するも時間の無駄大なるあり。
十三日　来信、父、カランドラン。フルコー及びスタール夫人の転送便。オセールからヴァンセル［スイス出身の実業家所有の城館、オセール近在 P］へ居を移す。
十四日　発信、ナッソー夫人。④、我が身の上の悪しき状況を思えばこの程度にて良しとせん。
十五日　来信、ルスラン、フルコー。プロスペール到着し、よんどころなく明日また発つと言えば、スタール夫人激怒して狂いぬ。この錯乱、いっそ神棚に崇め奉りたき代物なり。みだりに時を無駄にしてようやく④、良。
十六日　「戦争」の章朗読。余が願望のあれこれ、折合つけ難し。④、纔。
十七日　④、進捗なきに等し。スーザ氏発つ。社交の和《なご》わしかる、才の明敏なる、清素質朴の貴《あて》なる。
十八日　忌々しき一日。深憂、胸潰るる思いなり。喧嘩。世に在ること堪え難し。④、怠る。来信、父。
十九日（木曜日）　プロスペール発つ。④、纔。悶乱苛立。余が人生の悶乱苛立の一大原因は①の欲求にして［性欲］、この欲求、真の狂気なり。そを満さんとすればいかなる犠牲をも惜しむべからず。
二十日　〈パリ新報〉の記事［パリの芝居小屋を八館に限定の参事会布告、以後芝居は国家管轄となる］。⑯。⑯。④、不可。実りなき論争、決着つけざるべからず。
二十一日　発信、父、ウスト氏［オセールの弁護士ウッセか、或はジュネーヴの銀行家か］。忌々しき朝。ここ三月の間に決着の意堅し。アメリカ、パリ、或は⑧。④、不調。

二十二日（日曜日）　終日憂愁。④、纔。エルゼアール。

二十三日　④、纔。終日憂愁、さらに募りたり。

二十四日　発信、シモンド。エルゼアールの詩『悔恨』。うち絶えにし世紀の昔振《むかしぶり》、悪趣味なり。そはそれとして詩句それなりに美し。結婚の申出［スタール夫人より］。受くべきか。

二十五日　来信、ナッソー夫人。パリより悪報［スタール夫人のパリ在留資格の件］。真の錯乱狂気。夫人の身の上の景、まさに傷ましく見るに見かねたり。恐しき一日。

二十六日　④、少しく、だがなお悪日つづきたり。自らを抑え制すべし、制す能わずは心を隠すもよし。生くること憂しといえども八月十五日までは我慢すべし［聖母昇天祭のこの日はナポレオン祝祭日、恩赦の期待］。だがその時来りなば決意あるべし。

二十七日　④、可。①こそ我が身の不自由なれ。来週、争でか解決せん。午餐、ロマン夫人宅［ヴァンセル城館主義姉、会食者全員ジュネーヴ出 P］。ジョアノー・アギトン夫人懐旧、余を愛し給いし最初の婦人なり［ジュネーヴ出、旧姓アギトン、国民公会議員ジョアノー後妻、妻妾同居に耐えられず服毒自殺。コンスタン十八歳、ブリュッセルにて出会う］。

二十八日　④、良。堪うるに足る一日、しかし①！　①！　エルゼアールの芝居［『上流社会』、前月コペにて初演］。

二十九日　ヴァンセルからオセール復。午餐、知事宅［ヨンヌ県知事ラ・ベルジュリ。農業振興に力を入れた P］。

三十日　来信、父。発信、父。パリへ発つ。シャラントン泊。

一八〇六年七月

一日　東行西走［スタール夫人のパリ滞在許可陳情と夫人の二百万リーヴル償還請求］。スタール夫人、前途暗澹。余が心中憤《むつか》る。午餐、ゲ夫人宅。夜、レカミエ夫人宅。①。

二日（水曜日） 発信、ナッソー夫人。来信、マランダン。発信、マランダン、三十リーヴル送金。ラクルテル［弟のジャン］を訪問。一縷の望。発信、スタール夫人。午餐、オシエ、シャルル［後出一八一五年八月十二日のラ・ベドワイエールか］、ドン・ペードレ［前出スーザ］、プロスペール。訪問、レカミエ夫人、カテラン夫人、ゲ夫人。いぜん前途暗澹たり。

三日 せっかくのパリ、愉快然《さ》しもあらず。フーシェと約［この時警察大臣］。来信、リンゼー夫人。彼《カ》ノ人ラノ常シエノ火、我ラガ灰ノナカニマデ埋火《ウズミビ》トシテ残レリ［トマス・グレイ『墓畔の哀歌』、英文］。発信、リンゼー夫人、父。午餐、オシエ、ピスカトリ。晩餐、オシエ、プロスペール、スーザ、シャルル、その他面々。哲学的円座《まどい》の団欒、感興なきに等し。①。

四日 来訪、フォリエル［共和主義者の信念に基づきフーシェ私設秘書を辞し南欧文学研究の道に入る］。こちらが気褄《きづま》を合せ機嫌をとれば顔も見せぬがこの男の流儀なり。無視する態度をとればのこのこやって来るなり。発信、スタール夫人。フーシェ訪問。最後の手段なれども期待のきの字も見られず。午餐、カバニス宅。来信、スタール夫人。

五日 パリに屈《くん》じ退屈す。ルスランの『スルコフスキーの生涯』［ポーランド愛国者、ナポレオンの副官としてエジプト遠征に参加、カイロ暴動で死す］。来信、父。⑧の提案。⑬。献身の決意、いささか揺ぎぬ。来信、ゲクハウゼン嬢。

六日 来信、リンゼー夫人。発信、スタール夫人、リンゼー夫人。午餐、レカミエ夫人宅。夜、ゲ夫人宅。パリに屈じ退屈す。①。

七日 来信、リンゼー夫人。④、少しく。午餐、ゲ夫人宅。昔の気晴し、今やその効なし。ピカールの喜劇『操り人形』。人間の品性卑しさに終始する喜劇、あいなく疎ましき喜劇とは言うべし。人の卑しさ、我ら浮世にて見飽かずや。いかなれば人間の汚辱をなお我らに見せつけんとす。

八日　ルニョー訪問。①。『アンリ四世の死』〔ルグーヴ作、五幕物韻文劇〕、〈夫婦《めおと》劇〉とでも言うべきか。韻文それなりに美しく悪くなし。この芝居の値打、さすがアンリ四世の名にし負うところ大なり。レカミエ夫人。ゲ夫人。来信、スタール夫人。

九日　発信、スタール夫人。午餐、ルニョー宅。言うもはしたなきことなれども、「事業」には道理条理は一切無縁の利害、常に絡むものなり。

十日　旅程、至レゼルバージュ。午餐、アミヨ氏宅。安息休心のあらばやと長大息す。書類すべて整頓す。幾多の友の死にたる！　幾多の希望の違《たが》いたる！

十一日　来信、シモンド。シモンドの余が身の扱い様、素気《すげ》なし。そはシモンドが事にあらざればなり。気の毒なればドワドンにかなりの金を融通す。親切が仇となるやも。午餐、アミヨ氏宅。良き隣人なり。

十二日（土曜日）　パリ復。①。『大都市』と『小都市』〔ともにピカールの喜劇〕、ピカールの筆才、なにごとかボーマルシェのそれに通うものあり。夜、レカミエ夫人宅。晩餐、ゲ夫人宅。来信、スタール夫人。

十三日　来信、スタール夫人。マチュー。プロスペール。プロスペール、懊悩、精神衰弱。事が事だけに並の煩悶疲労にあらず〔スタール夫人との恋愛沙汰〕。だが回復あるべし。それに反し此方は…午餐、オーギュスト。『包括受遺者』〔ルニャールの代表的喜劇〕、浅ましくも味気なき芝居なり。夜、④。仕事叶うとは思わざりき。来信、父。

十四日　午前中一杯奔走。嗚呼、時間の無駄！　発信、ルニョー、フルコー、父。来信、リンゼー夫人。発信、リンゼー夫人。午餐、オシェ、ルスラン。『アンリ五世』〔デュヴァル『アンリ五世の青春』〕、やや重苦しくはあれども傑作なるべし。晩餐、ゲ夫人宅。明日、オセールへ発つ。

十五日（火曜日）　出発準備。反モルレ記事［モルレは仏の作家、政治家、『アンリ四世の死』をめぐる紙上論戦記事の筆者と人違され攻撃を受ける。真の筆者はプロスペール］。プロスペール、否応なし、舞台に登場。フーシェ訪問。一縷の希望も覚束なし。相手に与え残し来りし印象の不安。パリ発、レカミエ夫人同道。
十六日　早馬徹夜行。奇妙な夜。オセール着。来信、父、フーバー夫人。ヴァンセル復。
十七日　準備不良、仕事不能、計画不明。余はスタール夫人に欠かせぬ人間なれども相手は余に満足せず。⑧。⑧。取るべき態度これを措いて他になし。
十八日　縄縄たる優柔不断。計画決定。スタール夫人スパ行［ベルギーの湯治場、実現せず］。六週間の別離。覚悟の決め所。それを逃さんか、余が身の縺《もつれ》未来永劫解《ほぐ》れざらまし。結果は如何に。一日深憂。嗚呼、余に些かの鉄心石腸の類あらましかば！
十九日　発信、シモンド、フルコー。一日無為、深憂。何たる人生、嗚呼、何たる人生、怪しくも不吉の星回りかな！
二十日　発信、ビュイッソン［版元］。④、少しく。朝夕、陰鬱なる会話。②。②。余はこれに自ら苦しむとともにそれに劣らず相手をも苦しむるなり。二人相食《は》み苦痛に喘ぐ、人の生くべき姿かは。
二十一日　④、やや復調。会話の陰、常に変らず。為すべきは不言実行にこそあれ。
二十二日　④、少しく。脱稿間近し。計画を議論す。強行突破なくは我が身ますます窮すべし。マチュー、アドリアン到着［マチュー・ド・モンモランシーの従弟、レカミエ夫人にはげしく恋慕。王に仕え外交畑で活躍］。相手の愛熄《や》みぬればアドリアンの想《おもい》なお募りぬ。これ恋の掟なり。
二十三日（水曜日）　④、少しく。来信、父。発信、父。
二十四日　④、少しく。一章了。脱稿まで二章残すのみ。すべてを勘案するにスタール夫人の状況好転、本人の悲願実現間近と余は見る［憲法が保障する権利に基づきパリ近郊に家を求めそこを居宅とする戦略　N］。当の本人は反りてなお悲観焦燥するばかりなり。
二十五日　④、少しく。波風さらに鎮まりたる一日なれども我が身の始末、謀らざるべからず。
二十六日　④、少しく。夜、芝居。アルベルティーヌ、愛《いと》し。発信、フルコー、ロワ。
二十七日　レカミエ夫人発つ。④、不調。昨日の仕事、鑄直の要あり。
二十八日　④、少しく。ジュリー［スタール夫人小間使］に原稿の一部託せしも一抹の不安あり。

二十九日　④、可。脱稿間近し。父の一件、嘆願書ものす。①の然るべき解決策ついに得たり。来信、ビュイッソン。
三十日（水曜日）　④、為さずに等し。来信、シモンド。怖気だつ恐しき喧嘩、正気の沙汰にあらず。耐え難き悪口《あっこう》、呪詛、暴言。女、狂人と化し、我また狂人と化す。如何にしてついの帰終に至るべし。
三十一日　発信、父、父のためにものせし嘆願書同封。④、少しく。別なる喧嘩。かくなる事々、狂気の沙汰なり。吉報。スタール夫人とその敵との和解の可能性。その敵とはまた余の敵でもある。連中は夫人とは和解するも余との和解はあるまじ。余は我が事を犠牲に供し用なき身とはなりぬ。我が身、落居《おちい》平穏に戻るとあらば以て賀すべし。スーザ伯爵きたる。旅行の新計画。

一八〇六年八月

一日　喧嘩の余燼。④、少しく。残るは一章のみ、後に控うるは決定稿作成。一月後了の予定。苦痛減じたる一日。晩餐後、相手の理屈、かなり無理からぬところあり。
二日　発信、ルスラン［ジュリー・タルマ書簡集刊行今は無理との報告］、フルコー、オシエ。④、可。穏やかなる一日。仕事に掛るや心鎮まり嘆くこと少なし。
三日　④、可。脱稿。次は論点の分類仕分。分類開始。
四日　④、良。再読七十四章あり。一章再読了。
五日　発信、ビュティーニ［主治医］。④、良。夜、或る章を読む、傑作なり。レゼルバージュを思えば不可能なり［不詳］。〈ピュブリシスト新聞〉紙上、プロスペール投稿［前月十五日の紙上論戦記事、本人の筆になるを明す］。薄志弱行、鬱《ふさぎ》の虫。

六日　④、可。悪報［スタール夫人仏国在留の件］。一件落着、永遠になかるべし。

七日（木曜日）　来信、フルコー。④、纔。荷造の明暮。何たる身の上。発信、フルコー。行李到着。目当の原稿見当らず。

八日　④、為さずに等し。要領を得ぬ報。シュレーゲル、病。我らの当地出発なかるべし。発信、シモンド。ドール行計画。ムール嚙まる［飼犬］。

九日　④、怠る。来信、ルスラン。この報［不詳］、利用のし甲斐のあらばこそ、反古に等しき報なり。マチュー、病、旅行決行覚束なし［スパ行］。悪夜。①の解決、絶対的必要性なり。そを得るに何かは惜しかるべし。

十日　ヴァンセルを発つ。終日深憂。午餐、知事宅［ヨンヌ県］。②。②。つまらぬ芝居見物。獄舎に在るは別として、余ほどの憂を抱えて時を無駄にせし者一人として無かるべし。

十一日　マチューの病報憂うべし。まとまる話の一つとしてなし。余が身の上、地獄と言わずして何と言うべきか！　余が胸中、渾沌と言わずして何と言うべきか！

十二日　一日懊悩、無駄にす。少くともここ八年来かくなる状況なり。意志薄弱の何たる不幸！　②。②。②。②。いずれにしろ今は事決定と見る。決行は一月以内。

十三日　シュレーゲル、病篤し、しかもその「小心翼々病」極まりぬ。何たる事態！

十四日　喧嘩に喧嘩を重ねたり。よく理を弁《わきま》うる、思うにまさる難事なり。我が身、不幸のどん底に陥りぬ。

十五日　喧嘩、列《つらら》きぬ。②［スタール夫人との絶縁］は相手をなお苦しむるにはあらず、しかも余の苦痛は大いに減ずべし。シュレーゲル回復の期待。期待違いぬ。

必要なればあっさり軟化したれども、間がな隙がな身を犠牲に供しながらその償をすべて放棄せざるを得ぬ日いずれ来ると思えばこの犠牲なすに辛き犠牲なり。

十六日　発信、父、為替手形五百フラン同封。④、良。シュレーゲル回復の兆し。ぶり返す。その精神状態信じ難し。その「小心翼々病」、不愉快極まりなし。パリから医者を呼ばんと人を遣す。医者来りて診れば本人けろりとしたもの、ということになるべし。この手合のドイツ人、如何なる人種と言うべきや！　余の心、穏やかに、よって目下のところ苦しみ減じたり。だが状況の改善なし。発信、フルコー。

十七日（日曜日）④、可。論点の分類おおいに捗りたるが、予期せしよりも時間取らる。平穏。しかし余が身の上、ますます紛糾錯乱するは例のごとし。芝居。当地、①は不可能。せっかくの機会、①無しを試みるに如かずや。当地からパリ復までの実験なり。

十八日　④、可。優柔不断、喧嘩。料簡違いと利己主義。余はさらなる覚悟の自覚あれば精神なお安定したり。

十九日　来信、フルコー。④、良。独の医師の小兵《こひょう》なる来りぬ［コレフ、動物磁気医学（催眠術）医師、パリで開業、藪の評判］。この医師、才識兼備。かの国民、我が国民に勝りたり。

二十日　発信、フルコー、ルコント（生存証明書同封）［年金関係］。計画、理を踏みたる決定版なるが、計としては酷なり。嗚呼！　およそ理を踏みたる計画にして酷ならざるはなし、しかも相手にはことさら酷と映るものなり。この計、打つべき手の中では最善の策なるべし。④、良。何を為すべきか、我が心に聞けば悩みは重し。

二十一日　相手と相談ずくで新計画を定む。だが、余が曾ての不安、現実となるべし。二つ巴の紛糾錯綜、曾てなく赤裸《あからさま》とはならん。パリに在りて千思百慮、覚悟の決めどころとの予覚あり。④、良。

二十二日　発信、フルコー。④、良。

二十三日　旅立支度。旅立の幾たびぞ！　午餐、知事宅。

二十四日　来信、父。パリへ発つ［スタール夫人は別途知己を頼りフォンテーヌ・フランセーズ城館へ。ディジョン北東四十キロ］。道中なかなか愉快なり。

二十五日　パリ着。来信、シモンド、ビュティーニ。発信、スタール夫人、ナッソー夫人。⑬。父の転送便数通、嘆願書の不備なる一通添付。この嘆願書生かすべし。来信、シャリエール夫人。持参金、倍増。⑧。食指おおいに動く。発信、父。シャリエール夫人の書再見す。説明を待つべき一語あり。アントワネットを迎うるに際し余が払うべき犠牲に触れし箇所あり。①。①の処理法、策一つものす。発信、リンゼー夫人。

二十六日（火曜日）④、少しく、悪くなし。明日、ブーレ宛書状一通認むる要あり［国有財産訴訟係］。来信、リンゼー夫人。午餐、ゲ夫人宅。『ミトリダテス』［ラシーヌ悲劇］。目下のパリ滞在恐しきものに覚ゆ。いっそのこと⑯は如何［国外、アメリカ］。発信、父。喧嘩の数を尽し決意のたけを固めし揚句の果が、どうしたことか、今、③に回帰［スタール夫人］。

二十七日　発信、スタール夫人。④、少しく。朝、奔走。善人は朴直にして愚《おろか》し、悪人は不快にして浅まし。発信、リンゼー夫人。

二十八日　④、悪くなし。ブーレ宛書簡認む。来信、スタール夫人。発信、スタール夫人。夜、レカミエ夫人宅。晩餐、ゲ夫人宅。

二十九日　「偉物《えらぶつ》」［ナポレオン］の奇怪なる言葉［不詳］。安全保障としてはこの言葉、余に不満のあるべきにもあらず、だが、これ正義なりや、侮蔑なるや。発信、シャリエール夫人。④、可。章一つ出色なるをものす。夜、不作狂言［ジャン＝アルマン・シャルルマーニュ』、『運命論者の旅人』、他」、ピカールにて「アンペラトリス（皇后）座、支配人ピカール」。

三十日　発信、スタール夫人。レゼルバージュ行。我が田舎《でんしゃ》、見れば美田。惜しむべし、だが…夜、アミヨ夫人宅。パリにて①。

三十一日　必要なる本を探す。午餐、アミヨ氏宅。パリ復。来信、スタール夫人。

一八〇六年九月

一日　発信、スタール夫人、アルジュヴィルの小作人女房。ブーレに面会の約を求む。同じくフーシェに。書類整理。オセールの知事と談。阿諛追従の国原《くにはら》。夜、レカミエ夫人宅。

二日　④、悪くなし、書類すべて整頓す。午餐、サン＝トバン及び他の面々。来信、シモンド。午餐後、大熱。

三日　ミネット「スタール夫人」を巡る会話、他のどの話にもまして愉し。発信、スタール夫人。終日、病。孤立鬱悒。孤立して独り暮すに壮健は一の要件なり。身の整理つかぬまま年積みたり。

四日　いぜん微恙。発信、父、スタール夫人。来信、スタール夫人。いぜん病。一日無駄にす。

五日　来信、スタール夫人。未だ病はれず。仕事、怠る。朝も終らんとする頃、④。

六日　来信、父。午前中一杯奔走。ブーレに会う。この件、救済難し。発信、スタール夫人。好ましき報、だが信憑性怪し。来信、スタール夫人。悪神《あくじん》も戯れにこれにまさる強欲女は世に生《な》すまじ。芝居。リンゼー夫人再会。夫人に対する一切の感情、余の心より消滅す！　愛とは異なものかな。

七日　来信、リンゼー夫人。さても女の愛は決して已《や》むことのなきか。だが夫人の心は余自身に執着する以上に本人自身に執着すと言うべし。オシエ、フォリエルと閑談。余が著書、なにがしか世間の耳目を惹くことあるべし。来信、アルジュヴィルの小作人。発信、アルジュヴィルの小作人。来信、ナッソー夫人。午餐、スーザ氏宅。

八日　発信、スタール夫人（筆調やや手厳しく）、父、シモンド。オーギュストの試験ぶじ終る［スタール夫人長男、この年エコール・ポリテクニックに合格するもナポレオンに入学阻止されスイスに留まる］。来信、スタール夫人。シュレーゲル奴《め》、病再発す。発信、再度スタール夫人。

九日　ガラ訪問。朝餐、コンドルセ夫人宅。来信、スタール夫人。来信、リンゼー夫人。まるで余に付きまとわれたるが如き迷惑顔の文面あいかわらずなり。憚りながらこの女の一人や二人、無くて一向かまわぬ身なり。発信、スタール夫人。午餐、ピスカトリ宅。発信、リンゼー夫人。

十日　発信、ナッソー夫人。④、良。午餐、オシエ宅。オーギュスト、成績優秀賞。夜、レカミエ夫人宅。ミネットの件、明後日些かなりとも良き方に解決謀りたし、これに勝る喜びなし！　来信、スタール夫人。

十一日　発信、スタール夫人。④、良。

十二日　フーシエ訪問。ルーアン固まる［スタール夫人居留許可］。地の利やや難あり。オーギュストと午餐。訪問。不作狂言。

十三日　④、なさずに等し。『ヨセフ』［オシアンの翻訳とナポレオン讃美で知られた仏劇詩人ラウール＝ロルミアン作。九月十三日初演］、山鳥の尾の長々しき牧歌にして筋なし。中に美しき詩句二三あり。晩餐、ゲ夫人宅。

十四日（日曜日）　荷造。相も変らぬ荷造また荷造！　発信、ドワドン、父。来信、スタール夫人。午餐、レカミエ夫人宅。①。

十五日　午前中、奔走。エタンプへ発つ［スタール夫人とスーザの会合に合流 N］。車損傷。エタンプ着。発信、シャントルゥ［パリ帝国裁判所判事、コンスタンのレゼルバージュ隣人ゴベールの代理人］。

十六日　余の小作地に赴く［アルジュヴィル］。小作人生活、牡蠣《ばかがい》にも似たる！　極楽とはこれをしも言うべきか。スーザ氏発つ。

十七日　旅程、自エタンプ至マント［スタール夫人と合流、ルーアンへ向かったか］。

十八日　旅程、自マント至ルーアン。「汝の息、汝に似たり」とスタール夫人に言えば立腹す。ルーアン着。殷賑きわめたる大都なり。ここにて大人しく二月暮すべし。しかる後、レゼルバージュ、或はジュネーヴ、ローザンヌ。余所を徘徊放浪のなきこと［スタール夫人追放処分］。この間、著書完成のこと。

十九日　サヴォワ＝ロラン［セーヌ下流県知事（首都ルーアン）P］。現体制［ナポレオン帝政］の及ぼせる影響、天下あまねく皆同じなり。余の人生が遍く影響を受けし出会から十二年［スタール夫人と］。発信、フルコー。午餐、知事宅。一律一様、虚栄の国民どもよ！　芝居。

二十日　来信、マリアンヌ［義母］。父が自らの身の上を処さんとする手際、日を追うてますます怪しくなりぬ。皆が望むとあらば、⑧。④、少しく。心憂し。夜、喧嘩。

二十一日　来信、シャントルゥ氏。④、可。①を求め無駄足を踏む。余は不調法者なり。報［プロイセン、ナポレオン軍の撤収を求め最後通牒］、事態逼迫す。曾てのごとき展開と相成るか。

二十二日（月曜日）　発信、マリアンヌ。④、良。「産業」脱稿予定。①を求め再度無益な試み。芝居『アナクレオン』［オペラ、ギー、グレトリ共著］。似愚《おろか》しく甘たるき芝居なり。

二十三日　発信、シャントルゥ氏。④、良。芝居。①の手蔓二三摑みたるもオーギュストに付き纏われたり。

二十四日　来信、父。④、良。芝居見物。ついに①の解決手段、尋ね当てしか。結果は明朝。

二十五日　発信、ルスラン、父、オシエ。来信、ナッソー夫人。①。げに化粧は化物なるかな！　④、可。『シュパンダウ要塞のフリードリヒ』［ドルヴォ作、ベルリン近郊シュパンダウ城を舞台にプロイセンフリードリヒ大王登場］。

二十六日　馬上散歩。④、纔。夜、カバノン夫人宅〔ルーアン豪商〕。
二十七日　④、不可。ミネットに吉報〔ルーアン滞在旅券発行〕。
二十八日　発信、フルコー、ブーレ・ド・ラ・ムルト〔国有財産訴訟係〕。④、可。「産業」の段、再読。満足一入《ひとしお》なり。
二十九日　④、可。午餐、ロモニエ〔ルーアン市立病院外科部長〕夫人宅。芝居。
三十日　発信、シャントルゥ氏。戦報〔普の最後通牒をうけナポレオン出撃〕。黎明暗転シ、暗キ朝ハ始リヌ、カトー及ビローマノ運命ヲ決スベキ宿命ノ日、黒雲重ク、ツイニソノ日ハ来リヌ〔ジョーゼフ・アディソン『悲劇カトー』、英文。原典と異同あり。コンスタン、ナポレオンの敗北を期す〕。④、可。①の処理法解決せしよりこのかた、そのこと今や頭になし。方便《たずき》はあれば足る、敢て用うるに及ばず。

一八〇六年十月

一日　④、可。身辺平穏なれども、心底に憂怖不安の居座りたるは常に変らず。
二日（木曜日）　発信、コレフ、ウジェーヌ。胸部軽痛。④、少しく。進捗遅々。
三日　来信、フルコー。言いつけし仕事為さず。来信、マリアンヌ〔義母〕。この女に邪念あるは疑い得ぬ事実なり。朝餐、サヴォワ＝ロラン宅。発信、ナッソー夫人。④、可。
四日　目下の仕事に掛りしより今日で八月になる〔「政治論」縮約版〕。当初はまる一月で脱稿と踏みしが、枚数の大幅超過という事態に至りぬ。④、少しく。クリヨン氏〔仏将軍〕。清高、誠の君子なり。
五日　④、少しく。仕事進むも気持に反し緩歩なり。脱稿まであと一月は望むべくもあらず。①に関する情報二三把握す。明日確認のこと。

六日　来信、バルブダ［不詳］、アルジュヴィル買付の件。この書に返。④、進捗なきに等し。我が心、仕事に臨む用意に遅れあり。この冬はともかくその後は争でか余裕ある心の準備計るべし。①に必要なもの、ついに探当てぬ。①。

七日　発信、ゲ夫人。④。同一箇所を転写、鑄直、推敲添竄す、過ぎたるは及ばざるがごとし。

八日　来信、父、ジュリアン・スエ［在オランダ財務省収入課長］。発信、父、スエ、フルコー。④、良。ティエッセ［ルーアンの弁護士］。プロスペール着。プロスペール、已の新しき道［参事院心得］において日々進捗新たなり。来信、フルコー。

九日　来信、シャントルゥ。発信、シャントルゥ、ゴベール［旅団長か］、マリアンヌ。④、不良。仕事する気分にあらず。我ら二人打つ手なし。世の道に違う今の身の上、我が不幸は絶うることなかるべし。情況を変えんと欲すれば相手は怒号狂哭もて抵抗す、これを思えば、恩を仇で返すと言わるるもよし。されば、②に回帰、そしてまさにそこから⑧、或は⑯に回帰となる。

十日　来信、デュ・テルトル夫人［来書五月ぶり。独での離婚ならず、パリへ戻り将来の展望を話合いたし、とある］。予期せぬことなり。⑫あり得べし。だが、手綱を締めて掛ること肝要なるべし。返書、デュ・テルトル夫人。可能な限り速やかにパリへ上らん。④、少しく。オシェ着。⑫を思案。大なる困難いくつかあり。その解決、即刻ことに当るべし。

十一日　来信、フルコー。余の小作農地、六万リーヴルで手を打つべきか［アルジュヴィル農地、売却先検討中］。④纔。①。原稿数章朗読、評判すこぶる良。

十二日　発信、デュ・テルトル夫人、ボワヴァン［セーヌ県地裁代訴人かP］。千思百考の末、⑫断念。同じするなら⑧遙かに勝るべし。選ぶとあらば汚点なき女よかるべし［デュ・テルトル夫人人妻にして離婚歴あり］。④、良。

十三日　発信、アルジュヴィルの小作人。④、可。②にして③、つまるところ⑬［迷い］、情けなく憂し。

十四日　来信、デュ・テルトル夫人。かくも長きかくも優しき夫人の愛、余の琴線に触れぬ。二年の間隙あって⑫、もって喜ぶべし［別離十年後、一八〇四年十二月再会］。発信、ルコント、デュ・テルトル夫人。④、良。②。②。深憂。微恙。オシェ出発。

十五日　④、良。だが別の発想ありて然るべし。夜、原稿の一部読む。出色の出来。本人は然《さ》あるべく信じて疑わぬが、名著との評得ること有りやなし。①。

十六日（木曜日）来信、フルコー。農地に買手。フルコーに返。断りたるも、パリに在らばこれにて手を打ちたるべし。④、相変らず牛歩にも劣りたる。脱稿ゆめならざるべし［ここで放棄十年後執筆再開、『政治原理』として一八一五年刊］。②。②。①の漠とした目論見。相も変らず同じ事の繰返。余が優柔不断もかわりばえなく単調とはなりぬ。

十七日　来信、ルコント、ゲ夫人、オシエ。驚くべき報［十四日イエナ戦仏軍勝利、コンスタン夢潰える］！　アフリマン！　アフリマン［ゾロアスター教破壊霊］！　発信、フルコー。アルジュヴィル売却に付したし。⑯。⑯。⑯。マチュー着。④、少しく。斯くなる事態万端のただ中に身を置きなお仕事の筆を執る、人間業にはあらず！　夜、喧嘩。②、だが如何にして。

十八日　出発、パリ着。来信、フルコー、デュ・テルトル夫人、ロワ、父。手綱を締めて⑫に臨むべし。芝居『ガストンとバイヤール』［仏の国民的悲劇作家ベロワ作、国民的英雄〈騎士バイヤール〉を題材とした］。タルマ、華麗、だが、戯曲の余りに愚作なる。観客、冷やか。夜、レカミエ夫人宅。ミネットには憂うべき報、プロスペールもたらす［主計官として独へ発つ］。少しく誇張もあるべし、だが、事の内容憂うべし、いぜん好転なかるべし［報の内容不詳］。

十九日　発信、父、スタール夫人、デュ・テルトル夫人、アレクサンドル［ルスランか］、ガラ、ロワ、フルコー。ミネットに関する報、好転す。これを以てするも事態の解決なお怪しかるべし。

デュ・テルトル夫人訪問。その色香、見違うるばかりなり。相手に余が意を通わす端緒ひらきぬと見ゆ。然《しか》らば⑫の覚悟。午餐、プロスペール。念《おもい》は今夜シャルロット［デュ・テルトル夫人］と一線を越すにあり。十三年の抵抗、遅きに失すと言うべし［一七九三年シャルロットを知る］。首尾は明日の記述に。夜、スタール夫人に一筆。

二十日　シャルロット身を任しぬ。されば①［接交］。女の安からぬ頭を鎮めんとして、事後、傾身して手を尽したり。介抱の効を期す。⑫を巡る余が心の迷はげし。余に対する悪口誹言の凄まじきこと［スタール夫人］！　昨年の紛糾ごたくさの再来、金輪際あるまじきこと。発信、スタール夫人。午餐、シャルロット宅。再度《ふたより》、①。このたびは否応の曖昧《あわい》もはや見られず。嗚呼、女が淫事《これ》に夢中となる、如何ばかりなるや！　かくて今宵の予定すべて反古とは相成りぬ。

二十一日　来信、スタール夫人。帰り給えと余を悩まし、あろうことか懸案の件、余に委ねたくなしとも言う。②。②。いかにもあれ、しかも今冬、②に漕ぎつくべし。発信、スタール夫人。新たなる報。彼方の愚、此方の幸福、これに勝る愚も幸も想像するに難し。①の試み。何がな不快ならざるものをこれに求むるは愚の骨頂なるべし。夜、デュ・テルトル夫人宅。優、和、情《なさけ》あり。然り、⑫で行くべし。

二十二日　ミネット［スタール夫人］のために奔走す。奔走厭うべし。今冬、②。発信、スタール夫人。悪天候、シャルロットとの田舎行怪し。午餐、オシエ宅。ピション［仏外交官、後のヴェストファーレン王ジェローム・ボナパルトの側近P］、明知また善心の士なり。悪天決行。夜、シャルロット。優と媚の天女とも言うべき！　これまでの半生涯、余は如何なる運に違いたるや！　⑫。⑫。①。

二十三日　シャルロットと我が田舎《でんしゃ》を巡る。余が愛、刻一刻、いや増しに増しぬ。繰返し言わん、ソハ天女ナリ。出立せんと欲すれば、馬、不往馬《いかじうま》となる。シャルロットとあらためての夜。⑫。⑫、曾てなく強し。②。②。①。

二十四日（金曜日）　パリ復。⑫。来信、スタール夫人。②。発信、スタール夫人。かくなる隷属もはや耐え難し。日に異《け》にこの関係を絶つことの緊要ますます昂じ、しかも絶たんとする痛みますます軽減すとの感あり。シャルロット。⑫。⑫。夜、シャルロット。常に変らず優しく情あり。斯くなるを十二年前拒み追遣りしは、嗚呼、乱心の極なりけり！「独リ行ク」との気逆《きのぼせ》の極なりけり！　その気逆のなれの果てか、世に二無き権柄ずくの女［スタール夫人］の頸木に繋がれたり。

二十五日　本日、齢四旬、四十年目に入りぬ。歳月ノ流レ行クハ矢ノ如シ［ホラティウス］。来たるべき十年一旬を生き長らえ得るとして、昨日までの十年に劣らぬ不幸に身を晒すこと努めて避くべし。それも叶わぬとあらば即刻このまま死するに如くはなし。発信、スタール夫人。我が心シャルロット充満《みちみ》ち、我が頭動乱し、なすべき義務、日毎に余所事になりゆけば、なお重くのし掛り苦痛の種とはなりぬ。

　午餐、シャルロット。①。甘、福、哀の宵の一刻。恐らくは最後の宵ともなるべし。やんぬるかな！　いかなる天女を拒み追遣りしか！　今、余は愛の全き激情の虜とはなりぬ。我が旧《ふ》りにし心のかくも敏なるとは思わざりき。⑫。⑫。⑫。これ余が唯一の願、唯一の望なり。クワニィ夫人訪問［侯爵夫人、当代きっての才女の一人P］。機知溢れんばかりの才女。

二十六日　物狂おしき一日。恋焦錯乱。如何なれば斯くなる狂気錯乱とはなりぬ。十年前の余には無縁のものなりき。来信、スタール夫人。夫人に返。だがすべては覆りぬ！　余が欲するはシャルロットなり。万事を賭すとも余が欲するはシャルロットなり。一酔を求めんとして試したるが、反りて愛恋いやまさりその虜とはなりぬ。シャルロットより短箋。何と、余には会わぬ覚悟と言う！　一週間前シャルロットを拒み斥けんとしたるはこの余自身なり。余はまさに狂いたり。発信、シャルロット。余はシャルロットを欲す。

　発信、シャリエール。宵間から夜、当なく興なき訪問数所。

狂気の沙汰なるべし。シャルロットは余が繰返し拒み斥けし女、その常の据膳は辞して食わず、逢看合流の計立つるを許しつつそのつど余が水を差し失望させし女、一年半前、哀れとだに思うこともなく見限りし女、書き遣りし素気《すげ》なき便《たより》数を重ね、そを相手から奪返したるはつい先の月曜日のことなるが［「日記」には記述なし］、他ならぬこの女に血迷い、会えぬとあらば胸潰るる騒ぎなり。スタール夫人のこれに与《あずか》るところ大なるべし。夫人の剛情、利己主義、我身執着、シャルロットの柔情、落着《おちつき》、心身自譲、両者対照すれば遙かにシャルロットに親近惹かるるは言うをまたず。その鉄腕にここ十年来押えられし「男＝女」［スタール夫人］に倦み飽いたる今、男ならぬ真の女に逆《のぼ》せ悩殺されたり。②。②。嗚呼！　実行、言うにや及ぶ。しかも遠からず、そして天の加護あらば⑫。衆評口端《くちのは》、恐るるに足らず。

二十七日　夜の狂乱、昼に劣らず。今の余の胸の痛、未だ曾て知らざりき。余は愚なる動物なるべし！　惚れずに恋を仕掛け女をその気にさす。すると俄に余が心中に恋の波、渦をなして巻上がり、関係を持たんと欲したるは全くの一時の気慰なるが、その結果たるや我が身の転覆となるのである。これぞ智慧ある人間の定《さだめ》と言うべしや！

来信、シャルロット。「二時にお会いします、貴男の便《たより》は人の心を傷つける便、貴男というお人が私には分らなくなりました」とある。思うに宜なるかな。三日前の余はいと優しく度量寛き男にして、相手に実に慎重なる助言を与えたり。余の心を危ぶみ疑いつつもシャルロット、当初なお情を深めしは、恐らくはこれがためならん。

いずれにせよ、スタール夫人との関係は清算せねばならぬ。まさかシャルロットとの仲が斯くも急転直下して開け始むとは思わざりき。なることなら⑫。余が愛は大事を取り、逸る心は鎮め治むべし。スタール夫人の復権なりなば即②、後は順を追い、父、ローザンヌ、そして機を待つ。シャルロットと散歩二時間。愛しき天女！　佳宝と言わずして何と言うべし、今そを見失いぬ！　そを手中にする夢ほぼ断たれたり。深き憂に沈みぬ、だが、この憂、一週間前嘗めさせられし冷にして乾の悲哀とは別物なり。明日またこの天女に逢う。

来信、父。父が要求のもの送るべし。来信、スタール夫人。この女もまた余を愛すといえども、雲泥の隔あり！

来信、シャントルゥ。レクリニエ売に出る［狙っていたレゼルバージュ近くの土地、シャントルゥは地主の代理人］。今となっては何かはせん。発信、スタール夫人、メラン、ラベルジュリ。

二十八日　明日発つ。今朝、ミネットの件に少時奔走。本人の感謝は期待すべくもなし、だがこの件に対する余自身の意地は捨てぬつもりなり。シャルロットと散歩。いつ見ても優しく心寛《ひろ》き天女かな！　余のものとなるや否や。人間の群を離れ人界の営為《いとなみ》の穢れを遙か遠くにして、この天女の腕《かいな》に抱《いだ》かれ我が生を営む、なることかは。

　プロスペール、オシェと午餐。プロスペールに暇乞。ドイツの陸奥に旅立つなり［軍経理局配属］。この男、深く敏捷なる感覚の持主なり。

　シャルロットを待つ。傍らにシャルロット侍らせ宵の一刻。①。初めて聞く快と苦の綯交《ないまぜ》。余が生涯の最も心ゆきたる。シャルロット、その心、優雅愛嬌あふれ、その余を愛するは曾て何人《なんびと》もなさざりし愛し方なり。何はあれ、⑫。最早論ずべき問題にあらず、神聖なる義務なり。涙の雨、懊悶のシャルロットを後にして別れ来りぬ。愛《いと》おしきシャルロットよ、余が幸福は汝の賜なり、余生きてあらば汝にも幸福を与えん。今はデュ・テルトルの出方を待つ。発信、父（為替手形三百リーヴル同封）、ルスラン［パリ近郊五十キロに居宅を持ちたし、不可ならこれを最後に仏から退去するとのスタール夫人の決意を警察大臣フーシェ宛に言付けたN］、シャルロット。ルーアンへ発つ。

二十九日　旅程、自パリ至ルーアン。マニ［パリ－ルーアン中間点］からシャルロットへ便りす。興奮醒めつつあるも、天女を恋する情に変なし。ルーアン着。家内全体沈鬱重し。さすがにところ狭《せ》き心地す。余は何をなすべきか。奉仕怠りなく、慎みて控えながら、情において忍び難ければ隠し通すべし。だが嘘偽りに通ずる類《たぐい》の一つとして余が胸を痛めぬはなし。アルベルティーヌ、愛《かな》し。シュッシエ［仏将軍、後に元帥、ウルム、イエナの戦役で軍功あり。記述の意は不詳］。

三十日　来信、シャルロット。かくも深くかくも優なる愛情、他の何処《いずこ》にもなかるべし。曾て乱心の余り拒み遣り捨てしもの、今取戻すも、幸福の幾歳月失いしか！　発信、シャルロット。我らの物語《はなし》となるべき「小説《ロマン》」の筆を執る〔『アドルフ』となるものだが執筆時の構想はシャルロットをまじえた自叙伝小説〕。これ以外の仕事いずれも為す能わず。厭《うたて》、物憂《ものう》の夜。喧嘩。非は我にあり。当障りなく、能う限り相手を傷つけぬがよし。嗚呼！　いつかまた人を傷つけざるを得ぬ余が性情いかんともし難し。

三十一日（金曜日）　発信、シャルロット。曾てなく⑫。発信、シャントルゥ氏。胸中安らかならず。余が望み、シャルロットと一緒の安息休心を措いて他になし。懐しき思出に再び巡合わんこの「小説」の筆大いに進みぬ。危機また進行すべし。幸いなるかな、この仕事、今の余の慰めとなる。

一八〇六年十一月

一日　来信、シャルロット。シャルロット、病、恐らくは病の篤ならん、だが病人の傍らに侍るを得ず。発信、シャルロット、フルコー。不安に居たたまれぬ思い。「小説」の仕事続行。天女の描写、なんら腐心するには及ばず。平穏、だが気詰りの夜。巧偽虚言、自責の念にかられる。嘘偽に自ら苦しむ。

二日　今朝シャルロットより来書あるや。来書なかりせば哀れ不幸の最たる男とならん。来書なし。怏怏千苦！　避け難き事のなりゆき、複雑千万！　発信、シャルロット。「小説」の筆大いに進みぬ。シャルロットを思えばこの仕事心ゆきたり。しかし、来書、来書一通、天にも祈る気持なり！　明日、便りなければ余の絶望言うべくもあらず。

三日　シャルロットより来書、だが、その筆跡《ふであと》、日頃のかげをとどめず。病盛《やみさかる》、まちがいなし。亭主、近々帰還、シャルロットすべてを打明けん。如何なる事態となるか。昨日は嵐なき一日。ゆくてに嵐の幾つ控えてあるらん！　発信、シャルロット。シャルロットの身を案ずる恐怖おさまらぬまま一日暮しぬ。天女なる汝、天、余に与え給う、さればこの宝を措いて他に何を地上に望むべし。

四日　シャルロット、来書なし。思いは辛し。郵便定期便は二日に一度ではなかりしか。確認せし記憶あり。発信、我が天女。夜、余の「小説」を読む。一本調子に陥りたり。構成変更あるべし。

五日　便りなし。明日を待つ、他に法なし。来書、皆無とあらば如何にせん。発信、シャルロット。「小説」を続く、お陰でシャルロット余が身近に在り。午餐、知事宅。多弁を以て思いを紛らさんと努む。なべて人間の頭の支離滅裂、恐るべし。

ヴィマール［ブリュメール十八日クーデターでナポレオンを支持、元老院入り］。昔、恥ずべき*貧賤あり、今、恥ずべき富貴あり。

＊　全集版、「幸福な」(heureux)、底本、「恥ずべき」(honteux) とあるが、原典（直筆原稿）と校合し後者を採る。

六日　今日来書なければ明日下僕をパリへ遣すべし。如何にもして病状知りたし。嗚呼！　余が幸のすべてはその腕《かいな》に抱かれての暮しなり。シャルロットを片時去らず恋い求む。十二年前、今よりも若く美しきシャルロットを拒み斥けたり。来信、シャルロット。侍女代筆の書なり。いまだ病篤し。余は希望を捨てず。会いに行くべきを、二の足踏み行き悩みぬ。踏出せばすべて台無しとはなりぬべし。薄志弱行もまた踏出せぬ因なり。だが、余が愛は心魂に徹する愛なり、生きて在らんと欲する目的はこの女を措いて他になし。発信、シャルロット。終日、胸塞ぎて息絶えんとす。目に涙差含《さしぐ》まずして物言うこと能わず。

七日　嗚呼！　今この時、シャルロット何をか為すらん！　天よ、いざシャルロットを我に返し給え、シャルロットを幸福にせんがため、与えし苦痛の償をせんがため！　便りなし。さこそは驚かぬが堪え難く辛し。シャルロットに手紙を認《したた》む。この手紙、火をつけ燃やしぬ。恐しき一日。

告白［スタール夫人から手紙を見せろと強要され燃やし、それに続く喧嘩の中で一切を告白した］。②、決定的。一切決裂。脳天割破。出奔こそ望むところなれ。残ればあるは喧嘩啀合のみ、余は鬼の様相を呈すべし。天よ、我にシャルロットを、さもなくば遁走、孤身存命の力を与え給え。

明日は如何なる風の吹くらん。

八日　発信、シャルロット。なお穏やかになりたる会話。即かず離れず行くべし。修復は不可能。来信、シャルロット。病、やや回復す。行きて会うべきところだが。発信、再度シャルロット。為すべきこと何人《なんびと》に対しても為す能わず。気詰りの一日。苦痛の会話。余が決意の不都合、余自身もよく承知するところなり。しかし、シャルロットの仮初ならぬ愛、優しさ、純心、ただならず斯くあれば、シャルロット、幸福を得て然るべきなり。その人生を攪乱転覆させた今、この手でシャルロットを幸福にする、これ余の願いなり。しかしながら、この件《くだり》を巡る相手［スタール夫人］の言葉、余をいたく傷つけたり。ここに記《しる》す気にはなれず。

九日（日曜日）　シャルロット、来書なし。昨日の筆跡なおかなりの乱《みだれ》を見せたり。余に会えばシャルロット喜ぶべし。必ず近き内に会わん。発信、シャルロット。次の日曜日出発決意。これ実に間緩《まぬる》きことなり。相変らず陰、悲しき会話。覚悟まさに揺がんとす。されど我が心よく再びシャルロットが許に戻りぬ。かくも優なる愛を前にして理《わり》なき意見は要らぬこと。

十日　来書またなし。ゆゆしき恐怖不安に再び陥りぬ。発信、シャルロット。動揺深甚きわまりぬ。だがこの長き週も出口のなきにはあらず。「エレノール挿話」書きすすむ［この挿話が結局『アドルフ』となる］。「小説」完成に漕ぎつくるに足る根気の余に在るや、大いに怪し。

十一日　寝苦しき夜。衆評口端《くちのは》の亡霊、余が胸中にその目を覚ますこと一度ならずあり。つまるところ一の情況を脱出せんとして別の情況に身を投ずということか。だが余が心底《しんてい》に人を恋うる心あるもまた事実なり。来信、シャルロット［二日後夫と離婚協議をコンスタンに約す］。その病目に見えて回復す。不安減ず。シャルロットの協議いかに相成るか、予想つきかねたり。発信、シャルロット。

十二日　千思百考するに⑫の理《ことわり》なることの感ますます強し。時に思う、⑫、案ずるより産むが易し。⑫叶わば、休息と学問と隠遁それに続くべし。愚の数を重ねし後、我が身うまく治まりぬとなるか。運命の神よ、余が久しく懐きたりし当初の希望、当初の計に天罰を下し給うな。来信、父、シャリエール夫人。発信、シャルロット。来信、ルスラン。発信、ルスラン。これらの交渉談判の疲を癒し我が天女と落ち居る、期待に身疼く思いなり。夜、「エレノール挿話」を読む［或は人前で朗読か。「コンスタンが小説に取掛りました、これまで読んだ中で最も独創的、最も感動的な小説です」との十五日付スタール夫人の書簡がある］。深く胸衝くものあり、だがこの「小説」、続行は荷となるべし。

十三日　シャルロット、来書なし。便り無くして二日を送る、そのつど耐え難き苦痛に直面す。発信、父。「挿話」進捗大。「小説」から切離しこの「挿話」を単独刊行する、そをせざるは幾つか理由あり。

十四日　来信、シャルロット。シャルロットの例の不安、例の如し［貞操についてはうまく夫を騙したが、スタール夫人が密告せぬかの不安］。シャルロットの避け難き神経動揺、本人のために恐る。亭主、「引離策」に出ずることあるべし［一年間相見禁止、その後離婚に応ずとの条件］。危急切迫す。発信、シャルロット。

無下無益、辛き会話またあり、弁解は余の望まぬところなれば、相手の責むるにうちまかせたり。「挿話」ほぼ完成。夜の執筆、目に毒なり。嗚呼！　怪しき観念に流さるることなく身を確《しか》と定むるは何時のことなるや！　身の安定、何物にも代え難し。②。⑫、なお思うだに恐しきことなれども、不幸にして⑫叶わぬとあらば、何としても⑧。

十五日　来信、ボワヴァン。新たなる面倒。止むことなき苦情。窮余の策、嘘と遁辞で立回るべし。「小説」に掛るも心ゆかず。今の情けなき身の上を以てしては如何なる仕事なれば心楽しかるべきか！　将来の新共同計画。蛭ハ皮膚ヲ離レズ…［血ニ飽カザレバ］［ホラティウス］。

十六日　来信、メラン。シャルロット、なし。事情判然とせず。余の火曜日付便相手に届けられたり。余の釈明に動顚し、病再発せしか。亭主、暴力に訴えしか。不安どっと押寄せ苦痛に苛まれたり。発信、シャルロット。

久しく避けんとするも甲斐なく、喧嘩。暴力。最後は有情、しおらしく。これに触れ感きわまるも、余には為す術なし。この情況を延ばし延ばしにすれば、ますます相手を苦しむるところとなり、相手からはまさに鬼と見らるべし。シャルロットの見込につき何がし分りしだい即刻父の許に急行する、これ絶対的要なり。天よ！　明日便りあるべく計り給え！

十七日　来信、シャルロット［肉体関係を除き一部始終を夫に告白］。夫、同意す、判然せぬ二つの条件付きながら、とにかく夫同意す。優しく愛おしきシャルロットよ、汝、余の手で幸福になるべし。シャルロットとの暮しに余がかけし期待のたけ言うべくもあらず。シャルロットの魅力のすべて、余の過ぎにし生の嵐騒暴雨と禁欲欠望を思えばこその期待なれ。運命の神よ、余を欺くなかれ！　発信、シャルロット。急ぎ慌てて、余の幸福のすべて充分に筆にせぬまま終りたり。当面は②とともに大人しく努めて暮すべし。決裂の波乱を減ずること、余の能くするところにあらず。今は決裂の用意は控え能う限りスタール夫人に尽すべし。

十八日　発信、シャルロット。昨日の書、いぜん謎として残れり。かく女が曖昧に言うには夫の条件に問題あるべし。土曜日［二十］事情判明せん。「小説」かなり捗る。夜難渋。喧嘩避けて外しぬ。余を脅かす喧嘩、これより金曜まで同じく上手くかわしたし。嗚呼、今のこの生途、倦み疲れたり！

十九日　来信、シャルロット［二十二日会い夫の条件を説明するとある］。例の条件、推察するに金銭過大の要求なるべし。額の程度は判然とせず。②を願うこと切なるものあれば、条件が論外は別として、難は挿まぬつもりなり。決定は土曜日。来信、フルコー。発信、フルコー。

談［スタール夫人と］、相手が何事も諦めざりしことはっきりす。為す術なし。この女に仕うるは我が身の為にはならず。せっかく望みの国［フランス］に住いながら、女に以前にも増してつけ込まれその狂憤の捌口《はけ》とはなれり。だが一方では女の信頼を裏切る能わず。道ガ拓ケルカドウカ、ソハ運命シダイナリ［ウェルギリウス］。

二十日　昨日の宵の騒々しき！　己の手段を常に外に求めんとする人間の煩わしき！　平穏なる一日、優しき宵。スタール夫人が別して有能なるは確かな事実なり。だが、余がその生活の中枢たること絶対になし。安息休心に恵まるること絶対になし。許さるるならば⑫。明後日この時刻、判明すべし。出発に臨む余が心ほど裏腹なるものなし。別れ来し者に後ろ髪ひかるるが常なり。

二十一日（金曜日） 旅程、自ルーアン至パリ。深憂。②、だが如何ようにして。⑫、だが如何ようにして。我が心に聞けば、何処《いずこ》と知らず行きて静かに暮すと答うべし。着。来信、シャルロット。条件判明す［一年後離婚に同意す、その間二人は別れ相逢わぬこと］。非常識、欺妄、話にならぬ条件。一年の禁止期間後、亭主、振出に戻し約取消すことあるべし。やんぬるかな、心気憂労、嫌悪厭世きわまりたり。①。雲泥万里の隔！

二十二日 発信、シャルロット。乱暴過激に訴うる、最も賢明と言うべきか。両間中庸の態度、余に成功を得さしめたる殆どなし。②は必然的に過激となるべし。今晩シャルロットに会う。発信、スタール夫人。動揺の二時間。異《い》なるかな、この状態。怪しき計画。夜、シャルロット。①。嗚呼、この官能の興奮狂乱よ、愛の存分にあればこその狂乱なれ！ 余が頭、すっきりと鎮まる。今の条理なき苦しみの虜とはなるまじ。シャルロットの愛を幸福の糧とすべし。しかし、我にシャルロットの不在に堪うる心得のなくてはあらじ。⑫折合い叶わぬ時は例の条件のむべし。明日もまた今夜に同じく努めて理性的たれ。続いて夜会、ゲ夫人宅。我が才知閃き愉快に心行かせたり。

二十三日 スタール夫人より素気なき短箋。アリガタキコトカナ《デスト・ベッサー》［独語］。昨日に比し気分はるかにすぐれたり。願わくはこの気分の続かんことを。酔は去るとも幸福の素は残るべし。発信、スタール夫人。「小説」をオシェに読み聞す。オシエ、満足至極の体なり。余が持てる才を生かさぬはあたら惜しむべし！ 夜、シャルロット。①。嗚呼！ 熱冷めて、倦怠まさに兆さんとするか。これに怯えて魂消《たまぎ》る思いす。

二十四日 嗚呼、まさに！ 倦怠兆しぬ。兎の毛ほどの障碍あらばまた恋情に狂わん、このこと用心すべし。来信、スタール夫人。発信、スタール夫人、アルベール［スウェーデン騎兵隊に服役のスタール夫人次男か、一八一三年決闘死 P］。来信、シャルロット。今晩会う。夜、シャルロット。色香に富むも変化に乏しく、大いなる心憂あり。シャルロット例の条件のむべし。余、今の心境からするに待つ身となるに堪え得るべし。

二十五日　発信、シャルロット。終日、深憂、無益。午餐、ゲ夫人宅。『マンリウス・カピトリヌス』［十七世紀仏劇詩家ラフォッスの悲劇］。タルマ、好演。シャルロットより返書。かくなる愛、未だ知らざりき。余はシャルロットに対し恥ずるところあり、能力、他の女に比べて遜色なく、しかも愛と優しさの天女なり。

　来信、スタール夫人、父、ナッソー夫人。父の余を利用せんとする、かなり得手勝手なり。これむしろ有難しと思うべし。されば親不孝に対する自責の念、免除されて然るべし。発信、スタール夫人。

二十六日　⑫。⑫。つらつら思うに、これ最善なるべし。発信、シャルロット。会いたし。来信、シャルロット。愛、限りなくシャルロットの心中に浸淫す。さらに来信、シャルロット。その召使に対する不安。余、シャルロットの立場を危うくす。抜りなく措置講ずべし。発信、スタール夫人。例の件、怪し。午餐、オシェ。シャルロットを迎え待たんとして帰宅。シャルロット来らず。「召使油断大敵」と余をしてシャルロットに言わしめし警戒心、呪われてあれ！　お陰ですべてぶち壊しとはなりぬべし。絶望に陥り寒心に堪えず。時を遣過さんとして父、ナッソー夫人に便り認む。来る人来らず。恐しき苦痛なるかな！　ついに来りぬ。夢中狂乱、互《かたみ》にしたる半時。①。夢中狂乱やや鎮静す。いぜんとしてこの女、愛《め》で惑うべき女なり。

二十七日　発信、スタール夫人。ラクルテル訪問。スタール夫人の件、余の期待いま少しく多し。シャルロットより来書一つとしてなく悲嘆す。怨み辛《つら》みを言い立て難ずる手紙をシャルロット宛ものしつつある時、当の相手より便り一本届き心気おさまりぬ。余はシャルロットに対し、いやむしろすべてについて、感情の実に奇妙なるを懐くなり。

　来信、スタール夫人。午餐、プーラ夫人宅。コノ女ヲ包ミ照ス虚光ニ衆目悉ク眩惑サル［ジャン＝バチスト・ルソーのオード（歌謡詩）もじりP］。他所へ行きてシャルロットと休心安息して暮す、余が願いなり。クワニィ夫人訪問。スタール夫人に悪報。この忌わしくも呪うべき件の煩労、止むことなしか。明日まで待つべし。

二十八日　悩みの種の「悪報」解明にいざひと走りせん。このごたごたに疲体労心重なりぬ。発信、スタール夫人。フーシェに会う。予期に違いし吉報［パリ近郊十二里アコスタ城館滞在許可］。政治的には穏当の滞在なるべし。政治はさておき、他の面では嵐吹き荒るる滞在となるべし。人に苦労をかけその償が喧嘩とくる、屈じ果てたり。午餐、ルニョー夫人宅。夜、シャルロット。①。シャルロットの余を愛する、いと濃やかなり。今の生活続けんか、眼やらるべし。来信、スタール夫人。

二十九日（土曜日）　来信、シャルロット。夫がその条件を撤回すとの不安、余の頭を去らず。発信、シャルロット。さて、こちらはムランへ発つ［アコスタ城館所在地。スタール夫人既に移住］。吉報と言うに足る報持参せん。吉報のお陰で我が身いまよりも自由となるか、平穏となるか。火曜日ここに戻りたし。アコスタへ発つ。なかなか穏やかなる夜。スタール夫人、心優しく才閃きたるも、シャルロットこそ愛《いと》しけれ。

三十日　火曜日の旅支度。発信、シャルロット。⑫を思案。別れたし、それだけが目的の時、なぜ⑫［再婚］を持出す。なぜあえて世間を騒がす。これ新しき見方なり。これをシャルロットに納得さす、難儀あるべし、だが、物は試し。喧嘩、午前四時まで。相手の神《しん》平常の時こちらがふいと姿をくらまさんか、驚騒に至ることなく関係解消さるべし、確信す。

一八〇六年十二月

一日　来信、シャルロット。昨日の思案あらためて検討す。あらま欲しきはシャルロットが同意なり、それにはシャルロットの対夫交渉の成否が大いに関係す。例の「小説」に少しく掛るも思い屈《くん》じたり。

二日　無益かつ無惨なる喧嘩。この種の喧嘩、いずれも空し。望ましきは即刻②をとる、或は大人しくその時を待つ。今のごとき中庸の態度は相手に鬼と見らるるが関の山なり。パリ行。シャルロットより怨《うらみ》の短箋。我が身の整理を計らんとすれば万人の恨みを買うなり。夜、シャルロット。和解。①。余が今の願、田舎に下り存分に腰を据え逗留のこと。

三日　スタール夫人宛書を持たせ特使を一人アコスタに送る。午餐、シャルロット。①。身まさに破滅せんとす。行って田舎にて暫く時を遣るべき理由のまた一つ生ず。「宗教」執筆を再開し、何事のあろうとも、仕事中断せず完成に漕ぎつけたし。

四日　発信、シャルロット。アコスタ復。コンドルセ夫人訪問。フォリエル。カバニス。穏やかなる夜。

五日　来信、フルコー。発信、フルコー、デュ・テルトル夫人［シャルロット］。十月《とつき》中断あって「宗教」執筆再開。この筆を断ち他の仕事に手を出すこと今後厳禁のこと。穏やかなる一日。余は浮世の女のありとある、色恋沙汰のありとあるよりも学問と孤独を愛してやまぬ者なり。

六日　来信、スタール夫人、転送便。デュ・テルトル夫人来書なし。その怨、愛想尽《あいそづかし》に変じたるにや。余に理性のあらば愛想尽、悲しむには及ばざるべし。嗚呼！　②［スタール夫人と絶縁］可能ならば、さほどの苦痛なく⑫［シャルロットと結婚］放棄可能ならん。④、少しく。この「宗教」執筆は天が余に為すべく命じ給いし仕事なり。続くるに倦疲を覚えず、再開するに常に喜びを覚ゆる仕事、これを措いて他になし。レカミエ夫人。カテラン氏。発信、シャルロット。

七日　シャルロット、来書なし。悲しく侘し。疑心生じたるべし。非は相手にあるべきか。喧嘩、幸いにして中断さる。つまり一部順延ということにほかならず。ここに居残るは狂気の沙汰と言うべし！　脱出いかにせん。④。喧嘩中断、以後堪うるに足る一日。避け得るならば今宵は喧嘩避くべし。

八日　発信、シャルロット。昨日回避の喧嘩、反復倍増して襲い来りて終日やまざりき。冷静たれと自らに言い聞するも効なし。相手に嗾けられ苛立募りに募りて余が理性の力もなすところなし。

九日（火曜日）　来信、シャルロット。余は愚狂なるべし！　愚狂の二重奏というべし！　かつは、杞憂という愚、かつは、杞憂あらば燃え上がり、杞憂治まれば鎮火急冷する感情の起伏という愚なり。発信、シャルロット。④、少しく。シャルロットの雁玉章《かりのたまずさ》、天女のそれなり。シャルロットを相手とすれば福きたる、信じて疑わず。

十日　発信、シャルロット、フルコー。シャルロットに我が想の丈を表明せんとの気持に駆られたり。来信、シャルロット。書類署名さる［離婚同意書］。④、纔。忌わしき傴麻質斯《リウマチ》。パリ行不能を危ぶむ。

十一日　パリへ発つ。残さるる身の孤独にスタール夫人心を痛めたり。その性《さが》の生憎《あやにく》なる！　到着。来信、シャルロット。今晩会う。夜、シャルロット。①。余が時になす贔屓目の評価を遙かに上回る才と情の持主なり。

十二日　発信、スタール夫人。④、「小説」少しく、これ一週間で仕上ぐべきものなり。夜、プーラ夫人宅。奇妙な国なるかな。見るところ、自然味、真実、真情、なべて根こそぎこの国から放逐されたり。

シャルロットと一刻。署名されたる書類、余に披露す。シャルロットが気難しく、世の女の例《ためし》にもれず他人の一言に傷つきやすき女なるとも何かはせん、喜んで⑫。女はなべて斯くしたものだが、シャルロットが余を愛する心、情け深く嘘偽りなく、他所に求めて求めらるるものでなし。

十三日　発信、スタール夫人。夫人に悪報。夫人自ら嵐を招かんとす。最悪いたらば余が行方《ゆくえ》、おのずから明らかなり。来信、シャルロット。発信、シャルロット。余があるべき将来はここにこそあれ。来信、スタール夫人。午餐、ルニョー宅。世人、いかにも野箆坊《のっぺらぼう》と化したる！　世に在りて過す我が身の上にけりをつけたきこと、如何ばかりなる！　夜、ゲ夫人宅。生きて在る、味気なし。

十四日　仕事、「小説」、悪くなし。発信、スタール夫人。シャルロットに便り認む。シャルロット、デュ・テルトル氏の同意ありて今晩余と逢瀬の約。氏が一年の期間［相見禁止］を短縮すること間違なかるべし。来信、スタール夫人。サンレジエ行の沙汰、用心［スタール夫人禁を犯しランブイエ近辺サンレジエの詩人ブフレール訪問　P］。夜、シャルロット。①。三時間、いと懐しくしんみりと。

十五日　発信、スタール夫人。来信、スタール夫人。④、「小説」、良。来信、シャルロット。優しき天女。発信、シャルロット。午餐、オシエ。芝居。『聖母訪問会尼僧《ヴィジィタンディヌ》』［ピカール作、二幕物喜劇、一七九二年］。不作狂言。一八〇六年『操人形劇場』をものしたる作者なれば、一《マ》七九三《マ》年のこの作もこの程度が妥当と言うべきか。

十六日　発信、スタール夫人。余は明日まで出発する能わず。「小説」の構想を改む。シャルロットと遊行、終日相携う。世になく素晴しき玉の姫なり。我がものとなるべきや。愚かなるかな、デュ・テルトルの御仁！　ドイツと境を接する此方《こなた》、誉たかき国民にこの手の御仁、枚挙に遑なし［シャルロットは独人、夫のデュ・テルトルは仏人］。①。シャルロットに忠告の貴重なるを授けたりとの思いあり。「小説」の構想さらに改む。

十七日　発信、シャルロット。旅程、自パリ至ムラン。到着。穏やかなる宵。晩餐後の会話、少しく冷。喧嘩避くべし、しかも事実に反するは一語たりとも口にせずして、と心に誓いぬ。決意は易く行うは難し。

十八日（木曜日）　発信、シャルロット。④、「小説」。ちくりと棘ある会話。⑫一瞬揺ぎたるも、もとにおさまりぬ。幸福こそ余の願いなれ。

十九日　④、「小説」。

二十日　④、「小説」。為すべきは「宗教」執筆再開。発信、シャルロット。

二十一日　来信、シャルロット。余の忠告に従うは不可能、不安堪え難しとある。不安の過大なるはいとも軽く受けながし、不安の過小なるに恐れ慄く女なり。

④、「小説」。更に二章、「エレノールの物語《はなし》」から「その死」に至る件《くだり》にて打切り脱稿とすべし。発信、シャルロット、父。

二十二日　④、「小説」。デュポン・ド・ヌムール［仏の政治家、経済学者、後にその息が世界最大の化学企業デュポン社を築く。息の借財の返済をめぐりスタール夫人とこの頃もめ事あり。経済学者として初のアカデミー会員］。別の意味で②。喧嘩なけれど気詰り支配す。人間の感情は暴力よりも気詰りに因りて尽き果つべし。

二十三日　④、「小説」。スタール夫人と睦物語。将来の計画。飛ビ交ウハ空《ウツロ》ナル形骸ナリ［ウェルギリウス］。

二十四日　④、「小説」。これで丸三日、シャルロット何も書いて寄越さず、こちらも書き遣らず。

二十五日　来信、シャルロット。フルコー奴《め》、託せし手紙忘れたるか。だが、不安心配の苦《にがみ》、シャルロットには良薬となるべし。発信、シャルロット、ボワヴァン。喧嘩。情況が情況なれば、避くべき手段なし。シャルロット、自由の身とならましかば！　だが、その後の紛糾複雑、恐るべし。④、「小説」。

二十六日　今朝、来書一本期待す、されば余が便り落手確認さるべし。来書なし、些か心配なり。④、「小説」。ブフレール氏［仏作家、社交界詩人。代表作に好色譚『ゴルゴンダ女王アリーン』。親ナポレオン派。十四日のスタール夫人の訪問の返礼としてこの日公然と来訪］。

二十七日（土曜日）　さらに来書なし。此方、関係ひび割れ涸渇す。この事態、何時《いつ》まで続くべし。④、「小説」。シャルロットに一言書き遣る。

二十八日　来書さらになし。もはや我慢も限界なり。明日、パリへ人を遣らん。余が手紙デュ・テルトルの手に奪取せらるる恐れあり。「小説」をブフレール氏に朗読す。聴く者、余が「小説」の意味《こころ》よく捉えたり。たしかに、余が描きしは絵空事にはあらず。自ラ不幸ヲ知ラザルニ非ザレバ［不幸ナル人ヲ助クルコトヲ知ルナリ］［ウェルギリウス］。もう一人別の女の話を絡ますやこの作品を作品たらしむるは不可能なること、この朗読で判然とす。［主人公、心《うら》なく浅ましかるべし］［この部分原典（直筆原稿）では斜線で削除］。エレノールの影薄くなるべし、さらに、主人公に別の女に対する義務が生じそれを果さぬとあらば、その薄志弱行、心なく浅ましく映るべし。

「小説」が原因の予期せぬ喧嘩。この種の喧嘩、今や肉体的苦痛とはなりぬ。吐いて血を見る。また、シャルロット音沙汰なく、また、余が先行なべて闇の中なり。

二十九日　夜、喧嘩再開、四時まで続く。嘘が貫き通せぬこと、また、相手から罵詈雑言で絞りあげらるとも媚諂《こびへつらい》を色に出さねば、さらに卑劣不当の扱いを受くるなり。天地神明に誓って②〔スタール夫人と絶縁〕。来信、ボワヴァン。シャルロット、これまでの余の手紙受取りながら返なし。手紙はシャルロット本人の許に届けさせたり。デュ・テルトル、そを妨害せしや。便り絶えてなしとあらば、明日パリへ人を遣るべし。
更に喧嘩、二時間。余が腹は決りぬ、黙然出奔、後のことは知らぬこと。すでに身辺整理を始む。④、「小説」。決意、揺がず、この種の決意は最も迅速なるを最も良しとす。それにしても、せめてシャルロットより便りの一本なきものか！

三十日　来信、シャルロットより二通〔正月の逢瀬、夫より許さる〕、父より一通。余が徒に不安動揺せしはすべてシャルロットの故なり。当の本人は自身の不安動揺鎮まりて落着き暮しにけり、その落着きこそ余もまた得て然るべきものではなかりしか。木曜日〔一月一日〕、逢うこと可とあり。此処を出でて逢うこと可能なりや。「訪ね来られたし」と父の口から言わせ、ひとたび外に出たからには二度と再びこの鉄の檻には戻らぬこと、これ我が計なり。木曜日、パリには行くまい。行かずとも一週間後ここは決裂破綻きたすべし。ここの女は狂気そのものなり。
発信、シャルロット。発信、フルコー。談、午前四時まで。斯くあれば眼やられ健康損い、才能涸渇す。悪婦。哀れシャルロット、余が手紙悲痛に陥《おとしい》るべし。

三十一日　発信、父、為替手形三百リーヴル同封。発信、シャルロット。シャルロットに態度決定を迫り、同意とあらば、余はパリを発ち此処には戻るまじ。
④、「小説」、病気導入、余りに唐突なり。

鬼の居なければ終日静穏。鬼、帰来して喧嘩口論。思乱逆上の二時間後、余は自らの言葉に深く感ずるところあり、そのお陰で二人は和解したり。だが、②と⑫。

一八〇七年一月

一日　然《さ》なり、確かに曾てなく②。この和解と称する、余が胸中半時《はんとき》と続かず。得手勝手、燥狂、忘恩、傲慢、復讐心、いずれもこの女の独壇場にして他の女の及ぶところに非ず。こちらは進むべき一歩を前にして後生《おくれ》ずるなり。後退を重ねれば事態ますます悪化す。八年前、或は七年前、或は六年前、或は五年前、関係解消せしと仮定してみるに、一年の遅速惜しまるべし。だが、今やあれかこれか明確なり。心《うら》なく浅ましく、怖気《おぞけ》だつほど厭わしき女なり。解消、さもなくば死あるのみ。よって、先ずは解消から始めん。談判《はなし》拗れて窮すれば見限りて死をとるべし。

発信、シャルロット。絶好の潮時！　この悪婦なかりせば今頃はシャルロットと偕《とも》にあらまし。終日、物悲しく思巡らし暮しぬ。悪婦ついに関係解消に踏切ることあるや。夜、喧嘩。シュレーゲル割って入る。この仲介者よく相手を鎮むべし。何はあれ②、背水の陣。何を今頃の陣。

二日　スタール夫人才能長所ある人間なり、だが、こちらも生くるためには②。この和解、ただ様子見て時を遣過ぐすに利用せん。喧嘩再開とあらば、即刻出奔に備え用意万端怠りなかるべし。「日乗」今月下旬にかかる頃、我が身何処《いずこ》にかあらん。なにかと言えば仏人の国民性とその不道徳の講釈。退屈、死ぬほどなり。④、「宗教」執筆。仕事すれば心静まりたるも覚悟変らず。今度はシャルロットが機嫌を損ぬる、これなきこと祈るばかりなり。女どもに振回され頭ふらつきぬ。だが、仕事続くれば我が心の空乱《あらし》徐に鎮み始めたり。されど②は不可欠なり、仕事、幸福の不可欠なると同じなり。喧嘩《あらそい》なき世界、出奔。譲るに譲れぬ二つなり。我が魂はパリへ運ばん。此処に戻ることのあらば、軽きこと羽衣のごとく、そして一旦緩急あらば天翔《あまかけ》て逃去るべし。

三日（土曜日）　発信、シャルロット。②。②。④、知識実証の議論に流され深みにはまり易し、だが余の本領は寧ろ思想《イデ》にある。スタール夫人、今日は大人しく優しくあれど、余が愛するはシャルロットを措いて他になし。シャルロットなぜ書いて寄越さぬか。嗚呼！　今この穏やかなる瞬時を幸いいっそ出奔すべきか。

四日　来信、父。かくも強き余が願い、実行せよと我が心の声こぞりて耳もとで囁くなり。そを引止むるは何ものか。シャルロット、来書なし。この沈黙いと辛し、いや知らぬが仏と言うべきか。だが仏の境地には成り難し。④。「ホメロス詩真正論」を巡る章の難なる、方《かた》つきぬ。出来の善し悪し如何なるべし。

五日　来信、シャルロット。喧嘩、陰。表面は穏やかなる強請。余が誠実さに欠くるとは本人の余がよく自覚するところなれども、嵐と荒海に揉まれて如何にせん。何がな方《かた》をつけざるべからず。明日シャルロットに会う、夢にあらずや。④。

六日　パリへ発つ。病のスタール夫人を後に残す余が心穏やかならず。サンジェルマンにてシャルロットに出会う。終日ともに暮す。何を為し何を欲す。敵は本能寺、余が本音は⑫［シャルロットを取る］よりも②［スタール夫人と別れる］にあらざるや。それをあろうことか、一の関係《しがらみ》を絶たんとして別の関係に飛込むとは！　しかもその関係たるや！　人の口、言い立ち騒ぎ、シャルロット世間から葬り去られんとす！！　余は自らの心急焦慮に弄され盲目《めしい》となり行くべし。①［肉の快］。余が人生、かかる快楽にこそ左右せらるべけれ。

七日　昨日に変らぬ千思百考。書類整理。発信、スタール夫人。⑬。⑬。来信、シャルロット。亭主、鬼と化す。言わずと知れたこと。我らの生様《いきざま》狂人のそれなり。発信、シャルロット。シャルロットを宥め鎮めたし。期明くるまで相見ぬを最もよしとするか［一年間相見禁止後離婚に同意との夫の条件］、シャルロット、これをよしとするか、仮によしとして、余自身はよしとするか。午餐、オシエ。『ヴァンセスラス』［悲喜劇、ロトルー作］。タルマ好演。レカミエ夫人訪問。晩餐、ゲ夫人宅。

就寝時、シャルロットに便り。シャルロット恋し、我が心悲し、今宵の余が便りに亭主また鬼と化せざるか、不安些か禁じ得ず。

人々今や遅しと報を待つ。戦闘開始三十六時間経過せり［対普露戦］。

八日　シャルロットより来書なし。そこはかとなき不安を覚ゆるもそを抑え忍ばんと欲す。その意《こころ》は、決意の如何にかかわらず決断に臨んでは今度こそ平常心よく保ち仕事に励みたきが故なり。見ての通りの我が著作、何はともあれ半年後脱稿に漕ぎつけたし。

発信、スタール夫人。来信、シャルロット。シャルロット動揺不安著し。沈着冷静、絶対的必要なり。これ欠くことあらば二人は身の破滅逃れざるべし。今晩シャルロットに会う。④。午餐、ベルタン宅［〈デバ新報〉社主］。独居、有難きかな、さもなくば此処での暮し二月ともつまじ。「報」を待つこと六十時間過ぎぬ。

シャルロット来りぬ。余を恨みたると言うも、その頃シャルロットを想う心かつてなく強ければ、如何なればと不思議なり。嘆き顔にて余の許を去りぬれば明日また会うことやある、心もとなし。

夜、レカミエ夫人宅。「余が結婚する、相手はドイツ婦人、わざわざその為にパリに出で来りぬ」との噂、既にレカミエ夫人の耳に入りぬ。四辺の状況から察するに、諸口《もろくち》騒ぎ立たんとす。此処にあと二日、その後田舎に籠り、シャルロット発つまで此処には戻らず。だが、然《しか》るべき決闘を以てすれば万事清算さるべし。この手逃すべからず。亭主に討たれて死すとも失うもの無きに等し。

九日　発信、シャルロット。事態放置し難《か》ぬれば、シャルロットを慰め鎮めて発ちたし。二月ばかり田舎に籠る、シャルロット去りて不在、されば噂消えて平静戻るべし。

午前、奔走。変なし、便りなし。発信、スタール夫人。シャルロットより返なし。思うに、返なきは今晩来むとの徴《しるし》なるべし。書類整理。

来信、父、マリアンヌ［義母］。忌わしく情けなき報［父親の病状と訴訟］。為替手形三百リーヴル更に一通父に送付のこと。斯くすればとて余にはなお、父の覚え、世の覚えめでたからず。さわれ、心に喜びなくとも最善を尽すが人の道なるべし。午餐、ゲ夫人宅。リンゼー夫人［昔の愛人］その場に来合す。今は昔の古りにし浮名浮説をめぐる古りにし講釈解説。何れも凄まじく味気なし。スタール夫人より優しく情ある便り一本。本人が我慢し得るていどの身分において夫人の復権をはかり、そして⑫、今の願いこれに尽きぬ。

シャルロット音信なし。来ずとあらばその旨寄越せしはずなり。シャルロット来りぬ。偕に宵を過す。①。優しく懐し、情あるも神《しん》いたく不安定なれば、一語の誤解に心惑わし取乱ること半時《はんとき》に及びぬ。この種の失口連発は余の悪しき癖なり。明日会いし後、二月の間《ま》を置きその期間仕事に没頭せん。

十日（土曜日）　発信、父、為替三百リーヴル同封。発信、ドワドン、ナッソー夫人。ドワドンに為替百二十リーヴル送金。来信、スタール夫人。優しく対応せしが、相手は嫌がる余を鳶口で引掛け矢面に突出さんとする、例の如し。シャルロットと散歩。心根細やかにして尽きせぬ真心、優しさ、恋慕、神過敏、はつかに見する一本調子《ひとつさま》。午餐、シャルロット。芝居。宵、シャルロット、拙宅にて。①。しんみりと懐しき一日、だがシャルロットいたく神過敏、情、睦まやかなるも一抹の憂い帯びたる、この憂い余の心《しん》を悩ます。

十一日　旅程、自パリ至ムラン。かくて、二週間前二度と足は踏入るまじと固く誓いし当地〔アコスタ〕に舞戻りぬ。無益な噂を招かぬために身をシャルロットから遠ざくる要あり。此処では身を仕事に投ぜん。これ一石二鳥の効あり、即ち喧嘩防止と懸案の著書脱稿なり。七月一日印刷に付したし。それまで約五月半。なお⑫あり。この間、身の憂さはさておき、孤立と②は避けらるべし。

十二日　④。原稿の一部、宗教史論をラボリに読み聞す〔ラボリ、仏政治家、新聞雑誌界で活躍、〈デバ新報〉創立に尽力。統領政府時代参事院評定官 P〕。ラボリ傑作と見る。脱稿なるまで筆は擱かぬとの覚悟なり。これ余にはなべてにおいて有益なり。心ゆく落着きというもの身に覚え始む。恐らくは余が計画なお一段と煮詰りし故ならん。シャルロットの出発まで中断なく此処において仕事のこと。この作に依り相応しき地位と名声を獲得したる後⑫をとる、斯くありたし。

十三日　発信、シャルロット。④、優。

十四日　④、良。表《おもて》の平和。此方《こなた》と彼方《かなた》、二方面に対する気詰りと当惑。

十五日　発信、シャルロット。彼方より便りなきは何故か。此方〔スタール夫人〕、移住場所模索中なり。此方に凶変あるとも、神よ、巻添えは容赦せさせ給え！　発信、ルスラン。

十六日　来信二通、シャルロット。シャルロットのお陰で安息休心得らるべし。余の沈黙に心痛めたりという。

作家の八つ当り。人が作品を然るべく褒めざりし責は余にありと難ず〔スタール夫人、『コリンヌ』原稿サロンで朗読した模様。人は、『コリンヌ』出版に関心を寄せたラボリか N〕。返す言葉なし！　発信、フルコー、ナッソー夫人、シャルロット。その場を鎮めんものとラボリに一筆認《したた》む。さしたることなく骨折り損。人の言動に非難の余地なきとき、人情に訴えてあれこれ言うはかえって戸惑うものなり。

十七日　④、良。終日鬱情隠然、表に出すまいとすれば腹ふくるる心地す。全体が納得の行く暮しならば問題にもならぬ些細な邪魔《さわり》に萌すのが常なりし鬱情なり。いざ一身の脱出を謀らんとすればそれまでの余の辛抱がかえって相手を正当化することになるとは予想だにせず、厭うべき身の上を意に反し耐えきたる者には、一滴の障《さわり》に我慢の表面張力が切れて激怒乱心の引き金となる。

夜、原稿を読む。事例種々挙げられたるが、混乱、矛盾あり、中には所を得ぬまま引用されしものもあり。一神論《テイスム》言及の箇所すべて削除したし。

十八日（日曜日）④。平穏。シャルロット恋し、我が家で偕に暮す、余が願いなるも、半年前に変ることなし、我が身の自由いまだ遠し。スタール夫人に報、思うに吉報なり［不詳］。この吉報、余がお陰なるも夫人の謝意は常のそれに変らざるべし。

十九日　来信、ラボリ。余の手紙、ラボリの笑を買いしこと宜なるかな。その笑、余が責に非ず。新移住計画［スタール夫人］をめぐり小諍。利己主義の最たる人間なること間違なし。ところでこの女に降りかからんとする凶、実は余には大吉となるやも知れず。それまでは仕事に励むべし。②。⑫。④、捗《はか》ゆかず。二《ふた》月の孤独得ずは身の動揺不安、仕事に影響及ぼすは必定。いや、この二月の孤身得ざるべからず。発信、シャルロット。

二十日　さて、事の緒を辿るに、⑫、支障難題多々あり、デュ・テルトルの遺恨、余が悪人説流布、世に容れられぬ女、二度の離婚、もう一方の女の狂乱激怒、神経過敏、充分に予測し難き過敏反応、等々。⑧［他の女との結婚］、アントワネットには以上の難いずれもなく、直ちに実現可、反撃のつけいる隙なし、また、こちらが気を使う女ならねば思わぬ自由に恵まるべし。⑧を採るべし。以下その策。先ず当地を発ち父の許に行き新計画に着手、そこからアントワネットに結婚を申込み、スタール夫人に嗅ぎつけらるる前にすべてを取決めおく。これ最善策なり。喧嘩。②。現下の情況堪え難し。

二十一日　来信、ルスラン。シャルロットなし。⑫の支障難題に愕然とせしもシャルロットの沈黙には心痛むなり。嗚呼！　此処を立去らんとの願いしきりなり！　かくあるべし。④、不調。原稿、数章読む。傑作間違なし。いま少し変化の妙あって然るべし。発信、ルスラン。嗚呼！　明日こそシャルロットより来書一通あれかし。

二十二日（木曜日）　この「日乗」を開始せしは三年前の今日この日なるも、心境は変らず、つまり②の一日として脳裡を占めざるなし。進展なく思いは初日の域を出ず。来信、父。シャルロットなし。沈黙の不可解なる。発信、シャルロット、ボワヴァンに託す。不安の熱に浮かさる。

事態一転、スタール夫人に無情の新事態［パリ三十里以内接近禁止］。かの一夏の無量の艱難、さては水泡に帰さんとす！　余に残されたるは夫人を郷里へ連戻す以外になし。余が心の人［スタール夫人］への、無くてはならぬ思遣《なさけ》と、余に無くてはならぬ自由との両立こそあらまほしけれ。旅程、自オベルジャンヴィル至パリ。①、しかし快なし。

二十三日　発信、シャルロット。今夜会いたしとの念しきりなり。

事態危急の秋《とき》ついに来りぬということか。衝動的行動に及ぶ場合に非ず。間違なくスタール夫人同様のあしらいを受くべし。凄まじき喧嘩を繰返す、或は喧嘩中断、和解して迫害［スタール夫人追放令］に対処する、この喧嘩と迫害の二者択一しか許されぬが我ら二人の関係なり［この語「和解」スタール夫人との和解、権力側との和解の二つの意で用いられ判別し難き場合がある］。これを思えば、お目出度き役を演ずるにも限度《ほど》あり、身に染みて感ず。

⑯は大なる危険あり［国外脱出］。スタール夫人と外国へ行く、狂気の沙汰なり。本人がどう言おうと行けば夫人の冷遇

二十六日　④、纔。

二十七日（火曜日）　発信、シャルロット。④。六巻中残りたる最後の一章、「エウリピデス」脱稿。次に控うるは巻七なり。抜書の扱い白紙状態なるも、先ず全抜書の分類に掛る。中に忘れ置かれたる「宝物」あるは確実なり。意あらば半年後の脱稿可能なるも、もう一年原稿を温め斧鉞を加う、採るべきは恐らくこの道なるべし。成るか成らぬか、例の「和解」案しだいなり。発信、父。

二十八日　④。註［抜書］の多数分類す。他は措いて註を全て分類のこと、ただし草案の小修正はこの限りに非ず、事実の裏付補強を特に要する章若干あり。最終二巻着手前に巻一から巻六全巻落了のこと。発信、レカミエ夫人［母親死す］。

二十九日　来信、父。④。註分類。この作業にまる一月取らるべし。だが分類なくしては註いずれも意味をなさず。草稿中何箇所か「論点」不足、目に余るものあり。

三十日　発信、シャルロット。④。註分類。終了せしは僅か二冊、手許に残十四冊あり。註分類、更に一冊半。返答［和解に対するスタール夫人の返か］、前《さき》と変りばえなし、だが乱れあり。何とか決着のこと。ルメルシエ、『ボードワン』［原稿段階、韻文三幕物悲劇］。着想の巧、何箇所かに筆の才、作詩法杜撰、表現の奇妙なる。

スタール夫人の余に再び愛着する、未だ曾てなき様なり。如何にせん。何はあれ和解か⑫。

三十一日　来信、シャルロット。天女と言うべきか。為せば成るなら⑫。だが可能ならば「和解」最優先のこと。意に反し危うく出発延期せんとす！　何たる薄志弱行！　力ずく、余を恣に支配せんとすればかえって余が心の離反いかばかりなるか、当の本人にその自覚なし。さて、時は過ぎ、来週には余が運命の展開判明すべし。

④。註分類、五冊半。ルメルシエの『騙されし者の一日』［原稿段階、上演は二十八年後］。新傾向の戯曲［作者「歴史喜劇」と称す］。奇才。深憂。絆、切断のあらばこそ、緊縮す。スタール夫人、優しく情を絆に籠めたり。これ余の悩むところとはなりぬ。相手の暴戻に泣かされしは今の比にあらず、だが今の深憂はその時の比にあらず。

一八〇七年二月

一日　パリへ発つ。⑫。⑦。⑧。⑰。だが、②、絶対なり。それを思えば気分は陰。明日「和解」の件、態度決定すべし。嗚呼、我が身の上の特殊事情のなかりせば、何が「和解」ぞ、拒絶せん。到着すれば来信、シャルロット。天女シャルロットに今宵逢うことあるべし。『ニコメード』［コルネーユ作］、タルマの才、恐るべし。シャルロット。①。結婚、真剣味を帯ぶ。シャルロット、細やかなる心根優しき人にして、余も憎からず想うところなり、されば、並の幸福は得らるべし。晩餐、ゲ夫人宅。

二日　朝方、悲観に淫すること例の如し。あらゆる意味において余の人生を決するは②なり。⑫。⑰［敵との和解］は②放棄の方便なるが、立派な方便とは言えまい。されば、力を、天よ、力を。発信、シャルロット、ナッソー夫人。午前、奔走。⑰の件で会見［仕官を求めてか、相手は不詳］。不可解至極。余に何事か注文あるべき気色《けしき》なれども、一体なにを。余を尊敬すればさすがに言うに憚るということか。午餐、コンドルセ夫人宅。『ヘラクレス』［コルネーユ作］。レカミエ夫人。

三日　発信、スタール夫人。午前、奔走。⑰の方向で記事を手掛くるも筆、握るに忍びず抜落ちたり［フーシェの要望。後出二十一日参照］。終日、シャルロットと。①。後はこちら次第とあらば、我が意は迷わず結婚なり。すべてはその線上にありとの希望きざしぬ。来信、スタール夫人、ナッソー夫人、父。ルイーズ［異母妹、この時十五歳、ブザンソンに下宿して教育職を目ざす］、寄宿学校の師範となるまで、その後は厄介払とせん。この一家奴《め》、忌々しき厄介者なるかな！

四日　来信、ルコント、スタール夫人。④、少しく、註分類、六冊半。夜、ルニョー夫人宅。晩餐、ゲ夫人宅。嗚呼、諸人《もろびと》こぞりて間抜なること。生恥さらして仲間入りし、眼を労め時を無駄にし、可惜《あたら》、才能ことごとく空しくす。薄志弱行のつけ恐るべし！　来信、シャルロット［オペラ座舞踏会の誘い］。昨日は飽かず口惜しかりきとある。発信、シャルロット。この返書、機嫌直しとなるを期す。②のために⑫、絶対なり。いずれにしろ、⑫叶わずはむしろ⑭で行くべし。この場合、目下の事態終焉が条件となる。

五日　発信、シャルロット。オペラ座舞踏会、受けて立たん。これまた一の無分別なり。無分別無用のこと誓いしはずが。ままよ、これを最後とすべし。④、分類、八冊。午餐、提督宅［不詳］。妄誕譫語《もうたんせんご》！　如何ナル国ト言ウベキヤ《What a country!》！　来信、スタール夫人。憂おびたる便りにして、余もまた憂おびたり。オペラ座舞踏会。場内うろつき二時間に及ぶもシャルロットの姿見当らず。ついに見つけ得たり。甘美の三時間。知らず、シャルロットに勝る優美、甘心、天女振りあるを。曾てなく⑫。

六日　発信、スタール夫人、フルコー、ジャネ［行政裁判所請願委員］。ジャネより返、見込や如何に。人生、時に埋合《うめあわせ》というものあり。昨夜三時より六時半に至るまで余は幸福に浸りたり。余が幸ことごとくシャルロットのお陰なり。オシエ。オシエより些か教えられ、⑰に進展見られしこと朧気ながら判明せり。この気分で④。午餐、クワニィ夫人宅。会話の愉快なる。②の重圧のなかりせば余が才能浩然と暢び行かまし。発信、シャルロット。シャルロットの在れば生くることの快を取戻すべし。更に十月《とつき》。夜、レカミエ夫人宅。

七日（土曜日）⑰のための記事脱稿［信仰再編成に際し新教の立場から教会とナポレオンの和解を諮った元老院ラボーの「歴史の詳細」についての評論かN］。原稿持参。要領得ぬやりとり。今のところはここで止むべし。来信、シャルロット。明日まで会えず。来信、スタール夫人。「汝を幸にするためには何かは惜しかるべし！」と言い寄越したるが、命いがいはすべてを与えんと言いし例の軽騎兵にも似たるかな［出典不詳］。原稿再読。さほど満足ゆくものにあらず。嗚呼！　既にシャルロットを妻とし、ここなる衆生の群を離れてあらましかば！　⑫。⑫。

八日　父の訴訟の件でジャネと談。余の田舎行［スタール夫人滞在地アコスタ］の障碍となればこの一件検討不可。だが、この「腐縁」を見よ、すべての障碍となりたるに非ずや。父の件で来週パリへ取って返すとスタール夫人に予告せん。自尊の機嫌損うことやある。発信、スタール夫人、父、ルイーズ、フルコー。④。分類、残四冊のみ。予想を遙かに上回る迅速ぶりなり。来信、スタール夫人。「私の成功はひとえに汝の力しだいなり」。事によっては余を悪し様に言わんとする伏線なりや。多分にあり得るなり。

午餐、シャルロット。甘美なる宵。或る男を憎からず想う心ふと兆し始めしが、余のためにそを振切りたりと言う。余に誓約す。その言や信じたし。①。来信、父。

我が記事掲載の有無知りたし。余が世間の評、この記事により落つるとあらば無念なり。

九日　記事載らず［掲載なく原稿散逸］。理由知りたし。発信、シャルロット。パリを発つ。オベルジャンヴィル着。懇ろなる出迎。記事に思いを致せば不安生ず。余、記事の一件一切話題にせず。恐らく掲載はあるまい。それはそれでまたよし。⑫。⑫。

十日　小競合、暴力沙汰に至らず穏やかに遣過すも、きたるべき大衝突の時期と規模、構えて念頭に懸け置くべし。余が「嘘《うそ》偽《いつわり》」、相手を思えばの情けから今に至るとはいえ、苦痛赤面禁じ得ず。相手を思遣ればの余が「計算」、誤算なり。

④。抜書の分類、残すは二冊半。次に控うるは全体の鋳直なり。夜、数章読む。構成、然るべき体をなさず。

十一日　④。分類、一冊半を残すのみ。発信、ジャネ。画家ゲラン［その作品「フェードル呪詛」、小説『コリンヌ』中に言及あり P］。夜、喧嘩。相手に十全の理あり。相手を幸福にせんとの意なければ、絶交の勇なくてはあらじ。

十二日（木曜日）発信、シャルロット、ルスラン。④。十四冊目の分類了。新草案に掛る。新規やり直しと言うべきか。再び喧嘩、午前三時に至る。態度決定、焦眉の急。

十三日　シャルロット、音信なし。嗚呼、筆無精！

喧嘩、午前中一杯。もはや迷いは論外なり。相手を苦しめ、また自らも苦しむ。相手の新たな定住は待つに及ばず、此処を発ち父の許に行くべし。然るべき計画も既に組まれてあり。神よ、実行の力を与え給え！　今から三月一日にかけ出発準備万端整えん。相手が『コリンヌ』印刷に掛るを静かに見守り、父の病を口実に発つ。『コリンヌ』の印刷あれば動きは取れまい。父の許にて暫く時を遣過す。余の不在にも今やうち慣れぬ、とのスタール夫人の言あり、今回もさもありぬべし。ドールからジュネーヴ、ローザンヌへ向かう。ジュネーヴにてドイツ旅券を取得する、シャルロット余に合流とあらば旅を共にする、さもなくばローザンヌに残り年の暮を待つ。親類縁者のあれば力強くもあり、事を仕掛くれば難局解消あるべし。されば、沈着平静、行動のいちいち須くこの計画に則して為さるべし。決着つけざるべからず。発信、ドワドン。

十四日　シャルロット音信なし。かくて、女二人あるなか、一方は動揺焦燥はげしく余を心痛させ、他方は、余の心慰となればこそ、音沙汰なく無精をきめこむ。いずれにせよ昨日の計画固持のこと。いかなる愚であれ、愚に走り身の不幸を招くとも、今のここでの生様《いきざま》にまさる不幸はあるまじ。④。原稿、減削し抑えをきかせたれば筆の自由得られ、あとは浄書待つのみ。

シャルロット音信なきは何故か。実は尻軽ということか。あれほどの空虚者《うつけもの》を亭主に据えし女なり！　いとも無造作に余に身を任せし女なり！　嗚呼！　否、かくなる当推量は余の心には非ず、明日の便り一本こそ本望なれ。

十五日　来信、シャルロット。無沙汰の三日間、何あろう、筆無精なり。シャルロット、優しく有情、安息休心得らるべし。発信、シャルロット、ジャネ。余が手紙をめぐり喧嘩。この場処《ありどころ》、在るに堪え難し。脱出すべし。一昨日の計画こそ最善なれ。④。新草案に従えば進捗速やかなるべし。

十六日　来信、ルスラン。記事掲載さる、効果のほどいかなるや。効なきことなきにしもあらず。それはそれでまたよしとせん。④、可。

十七日　天女の優しきに今日逢うことやある。旅程、至パリ。来信二通、シャルロット。シャルロット宅とあらば、なにがしかの危険あり、しかも「淫楽」叶わず、折角の今日の逢瀬興ざめなるべし。責はシャルロットにあり。行くには行くが、気詰りに窮し時間の無駄を思えば頭重く、それにしても有らまほしきは定まりたる家宅なり。②。②。夜、シャルロット。二人の軽挙妄動に触れたるシャルロットの言、実に真実なり。憂に沈み思煩い帰りきぬ。「年期明け」まで相見ぬが最も賢明なるべし［一年間相見禁止、その後離婚に応ずとの夫の条件］。だが、覚悟のほどや如何に！

十八日　発信、ドワドン、スタール夫人、シャルロット。④、纔。夜、奔走。クワニィ夫人。来信、シャルロット。

十九日　発信、スタール夫人。今晩シャルロットに逢うこと叶うべし。④、良。原稿、進捗す。シャルロットより一筆あり。されば逢うこと叶いぬ。アミヨ氏訪問。良き隣人一家、⑫の場合役に立つ知己なり。来信、スタール夫人。例に変らぬ不平不満。我ら二人の間に存するは何処までもこの不満なるべし。十三日の計、良計にして無くてはあらじ。固持すべし。夜、シャルロット。①。常に優しく心行く女なり。

衆人あまねくスタール夫人とエルゼアール結婚の噂をす。噂なればさして喜ぶ気にもなれぬが、こちらは噂の滑稽なる当人として馬鹿づら晒す、偏頗といえば余りに偏頗なり。

二十日　発信、シャルロット。明日午餐をもがな。発信、スタール夫人。朝餐、ルスラン宅。談、興を咲かせたり。ジャネ訪問、実りなし。明日にならねばジャネもブーレ[国有財産訴訟係]に会えぬという。一体いつまで此処に釘付せらるべし。④、少しく。来信、フルコー。発信、フルコー、父。夜、クワニィ夫人宅。スタール夫人より来書、厳しく素気《すげ》なき。嗚呼！　この女には思い屈じ果てたり！　シャルロットより来書。これとならば安息休心得らるべし。これなくば在らず。

二十一日　フーシエ訪問。セルネー暗黙の了解[スタール夫人パリ近郊十里セルネー城館を買収し居住許可申請するも期待に反し翌月却下さるP]。発信、スタール夫人。来信、シャルロット。フーシエのために記事をものす[「右派すべからく大革命の行過ぎと戦うべし」とのフィエヴェの社説に反論。掲載されずN]。筆鋒峻激。発信、シャルロット。午餐、シャルロット。芝居。甘美なる宵。数刻離れず相見れば、必ずや余が心中に愛しき情の敷きゆき、その余りに愛しければ真の幸福はこれのみで即ち足る。⑫。⑫。シャルロット我がものとならば余が幸福は保証せらるべし。来信、ドワドン。

二十二日　発信、ドワドン、シャルロット、スタール夫人。記事の筆鋒和らげんとす。記事脱稿、角《かど》とれて良。エルゼアール訪問。来信、ゲ夫人。夜、ルニョー夫人宅、クワニィ夫人宅。

二十三日　来信、スタール夫人。その不機嫌、強情いよいよ募りたり。だが、これが余に及ぼす影響力めっきり減ず。フーシェ訪問、一昨日に変りて余所余所しく不安げなり。これ「帰還」もあるやと恐れてのことか〔ナポレオン、プロイセン東部に遠征、アイラウの会戦で多大の犠牲を払い辛勝（二月七日）〕。スタール夫人より第二信、改心、言訳、友情。友とすればまた愉しからずや、だが、余はシャルロットを諦むる能わず、またその意なし。発信、スタール夫人。来信、シャルロット。天女なり。発信、シャルロット。④、纔。午餐、ルニョー夫人宅。嗚呼、退屈！　クワニィ夫人訪問。夜、ベルタン・ド・ヴォー宅。

二十四日　ブーレ訪問。父の件、絶望には及ばず。報〔不詳〕。この報に接し深刻なる考えに突落されたり。来信、父。ムール盗まる〔飼犬〕。無念。ムールのこのこ帰り来ぬ。
来信、シャルロット。会えずとある。余がこの世の最愛の女《ひと》、なおまた余の救世主たるシャルロット。余のものとなり得るや、余の解放あり得るや。せめてこの解放、保証されたし。発信、シャルロット、スタール夫人。
我が「小説《アドルフ》」をクワニィ夫人に読み聞す。この作の夫人に与えし奇妙なる印象。男主人公に対する反感。

二十五日（水曜日）　別れの動機を説くは無益なること昨日の朗読で判明す。棄つべきときは棄つべし。人の口の端捨てておくべし。発信、シャルロット。
オベルジャンヴィル復。歓迎。スタール夫人、優れた才気長所あり、愛着かりそめならず、だが余は今の隷属状態に堪うる能わず。また、或る女《ひと》に心操をたてんとは余が願なり。

二十六日　発信、父、ゲ夫人。父の為に請願書ものす。
　奇妙なる会話。余ここに在らざらばエルゼアールと結婚すと言う。その結婚あるべし、そのために余去るべし。喧嘩始り須臾にして終りぬ。何故に期限の一年明けやらざる［シャルロット離婚の条件］。嗚呼、シャルロットと即刻結婚したし！

二十七日　来信、ゲクハウゼン嬢、ルロワ嬢、シャルロット、ルイーズ。シャルロットの便り、天女の便りと言うべし、凡下凡俗なる世の諸子よ、汝らの口を恐れシャルロットとの結婚を諦むとでも思いたるや。夜をこめてつらつら思うに、セルネー獲得あらば時はまさに好機なるべし。発信、シャルロット。④、不調。余が記事未だ新聞紙上に掲載なし。セルネー要注意。万事けりをつくべき策を思巡らす。機会《しおあい》の違《たが》うことあるは常の例なるべし。

二十八日　④、不調。スタール夫人に図星を指さる、「君、干涸らびたる心様《こころざま》なお続けんか、ついに君の才能枯渇するに至らん」。だが、干涸らびたる心様のよりてきたる因はと言えば、今の我が身の上を憎む心なり。されば、才能のみならず幸福の為にも脱出謀るべし。

一八〇七年三月

一日　④、悪くなし。午餐時、痛撃の一言、「君、⑫を採れば世間的評判は完全に失墜すべし、その時、好機めぐりくるとも、名聞失墜が出世の妨げとなる、君は悔みても悔み切れぬ痛手に泣きの涙を見ん」。だが、シャルロットの如き天女の優を断念する、また不可能なり。

二日　会話、苦、辛。如何せん！　即絶交、今のごとく自ら苦しみかつまた相手を苦しむるに勝るべし。旅程、至パリ。来信、シャルロット。今宵逢う。今一度美《うま》し一日《ひとひ》あることもがな。新聞紙上、余が記事なし。フーシェ、余に何事か個人的反感情有したるか。余の不安、如何なる虫の知らせなるべし。

夜、シャルロット。①。いと甘美なる数刻ありし後、二人いわれなく深き憂に沈みたり。不吉なる前兆、余が四辺を飛び交うとでも言うべきか。

三日　ジャネとの会見を逸す。明日となる。来信、ナッソー夫人。今のお前の身の上認め難しとある。人は非難するとも、本人が好きこのんでやることにはあらず。人には思いも寄らぬ余が意志薄弱ぶりなり。今から一月、このこと必ず終りぬべし。新聞紙上、余に関すること何もなし。明日かそれ以後事情解明せん。来信、父。「父《おや》が苦しみ、子たるお前は父を独りうち捨ておきぬ、いかなればにや！」。孝行として為すべき犠牲にまさる犠牲を払うも、御返《おかえし》は非難の言葉なり。

発信、シャルロット。終日、陰にして失意。シャルロット、なかなかつれなき風情を体《てい》したり。シャルロット、今夏に備え若干の計画あり、それに専念すれば余に会えぬ苦しみいかほどのこともなし。余自身は、思うに余の感情の大半は障碍に起因するなり、そして何処にも受け容れられぬ一人の女［スタール夫人］に震え怯ゆるなり。ローザンヌへ発ち②を採るの覚悟あらば事態は解決さるべし。さもなくば半年後自殺に至るは確実と見たり。

四日　発信、ナッソー夫人、スタール夫人。ジャネに会う。余が請願書不備あり。もはや何をなすにも不足ありと思うまでに自信喪失す。だが気を取直すべし。目的はただ一つ、我が身の上を変うることなり。フーシェ訪問。セルネー、壁高し。フーシェがスタール夫人の同所滞在を許すとはとても思えず。余が執るべき態度明らかなり。セルネーに大人しく逗留とあらば、こちらは立去るまで。夫人追放の身とならば、いったん夫人に同行後ここへ戻る。スタール夫人がオベルジャンヴィルに身を置きし時、嗚呼！　なぜ余は去らざりしか。

夜、シャルロット。①。穏やか、心根優しき女なり。だが、⑫よりもなお「自由独立」こそ余の好むところなるも、今あるものの中から選ぶとすれば⑫に勝るなし。②。②。②。②。

五日（木曜日）　深思深憂。スタール夫人の問題の解決、本人の性格を思えば余には策の一つとしてなし。斯くあれば去るに如かず。発信、スタール夫人。憂苦、一日無駄にす。来信、スタール夫人。余が行くべき所に［夫人救援の奔走］行かざりしを恐らく不満に思い、悲嘆に暮れたるは間違なし。②。②。憂労疲弊、神《しん》の乱れかくあれば、いま阿片の手中にあらんか、そを仰ぐべし。

オペラ座舞踏会。初回に比して愉快劣りたり。何事も初回が一番なるべし。初回が心に残るは目にせし現実よりも思出のゆかしさなり。

六日　発信、スタール夫人に実文《まめぶみ》一本、ヴェルサイユの知事［セーヌ・エ・オワーズ県知事ローモン。スタール夫人アコスタ滞在の監督責任者 P］、リュザルシュ在のブーシェ。フルコーと手続を済す。必要とせし書類すべて揃う。合図一つで五百ルイ手にする、可能なり。斯くあれば、②曾てなく容易となる、同時に曾てなく必要ともなりぬ。来信、スタール夫人。知事に「駆込訴」せんと言う。危険と思えば諌めてとめん。憐れむべし！　夫人は余の心痛の種なり。シャルロットと俗謡劇《ヴォードヴィル》。シャルロット、優し、快し。偕にめでたく幸福に暮さるべし。発信、スタール夫人。

七日　来信、スタール夫人。知事宛フーシェの書状。夫人、この書に悲痛の体なるが、余は軟化の兆しありと見る。発信、スタール夫人。思うに、余が如何になすとも二人は偕に暮す能わず。④、纔のまた纔。オシエ。オシエから何事か要らぬ節介を仕掛けられ、それがため喧嘩沙汰に及ぶのではと懸念す［スタール夫人はコンスタンの首のすげ替えは出来ず、コンスタンは己の名誉、義務、幸福、利害のため夫人から離れること出来ず、とのオシエのレカミエ夫人宛言」。芝居。

来信、シャルロット。返認む。心憂。⑫に大きく賭けたるも、裏を返せば、独力では②が解決できぬ意志の弱さなり。夜、シャルロット。①。優れた長所を備えその心の誠実なること他に例を見ず。しかし、余が愛の心様《こころざま》あまりに弱ければ、世評衆口ある中でシャルロットを幸福にするは大いに危ぶまるるなり。嗚呼！　我が身、独り立つならば、如何に自由の身とはなるらん！

八日　ジャネに会う。明日、父の報告書こちらに送ると言う。ブーレに手渡すために待つべきだが、出発せざるべからず［スタール夫人より来アコスタ強要］、父の半狂乱を見るにいたるも已む無し。午餐、ドジェランド宅。アネット［同夫人、文才あり『ジェランド男爵夫人書簡集』を残す］、才ある女なり。発信、スタール夫人。原稿荷造。今に至りて②なさずとあらば責はあげて余にある。一万二千フランとの一言で半時《とき》以内に満額懐にして高跳し得る身ならずや。来信、ナッソー叔母［在スイス］。健康衰う。見舞に駆け参ず、叔母の願いに適うべし、余の理と情に適うべし。余はこれに適う良識を弁えたる人間なりや。

シャルロットと午餐、終日一緒す。疑うを知らぬ心もてシャルロットより愛さるれば、その無心に感ぜざるあらず。シャルロット何故にかくも悲しき予感を残して余が許を去りたるや。我ら二人の前に何事か不幸の迫らんとやはする。

九日　アコスタ宛荷造。荷造に明暮の人生。だが、有難きかな、他人ならぬ余自身の荷造をなすに至りぬ。出掛にシャルロット宛発信。発信、父、ルスラン、オシエ。旅程、至アコスタ。談、嘘偽、憂想悲観。⑰［和解］、不可能。これ可能なりし時、さして嬉しとも思わざりき。不可能と知れば無念なり。

十日　④、纔。会話、穏。真実とは異《い》なるものかな！　真実は人の毛穴から外に漏れ出づとでも言うべきか。「君が戻らずこのまま別れとなる、なぜか知らず恐怖に怯えたり」とスタール夫人から告げられたるが、たしかに余がそう思いたる事実あり。シャルロットに対する愛の薄らぎ移ろいたるやとの感ふと生ぜしが、何も言わぬに当のシャルロットそを見抜いたり。

発信、ルスラン、オシエ、シャルロット、ジャネ（請願書同封）、すべてボワヴァンに託す。

十一日　来信、ドワドン、正規旅券同封。諸般、余が②をなすに易《やす》かるべしとの成行なり。④、辛うじて。陰にこもりたる喧嘩の手始め。為すべきは仕事、そして神に誓って出奔。

十二日　来信、父。いぜん患いの身なり。見舞に行くべし。この月内に然《しか》すべく計らん。諸般の事情を思えば然せざるべからず。隠して見せぬ書あるべしと言いて手紙騒動の小競合《こぜりあい》。嗚呼、何たる隷属！　④、纔にして不調。

十三日　来信、ヴェルサイユ知事。発信、ドワドン、旅券返送。④、良。

十四日（土曜日）　来信、ルスラン。発信、シャルロット。④。

十五日　来信、シャルロット。まさに余の知る限り最も細《こま》やかなる感覚と人情の女《ひと》なり。④。出奔計画に一時の迷い生ずるも素志に戻りたり。虎穴に入らずんばあらず。早晩、ならば早きがなお良かるべし。

十六日　発信、シャルロット、ジャネ。④。目下執筆中の巻、「祭司団多神教論」、最大難関なり。

十七日　来信、ナッソー夫人。④、良。

十八日　発信、父、ナッソー夫人、エルゼアール。④、良。他の巻続行前にまず巻一完結のこと。父に三百リーヴル送金。

十九日　来信、マリアンヌ［義母］。余、父の件を等閑せんかいずれ罰あるべし。④、良。巻一のみ先ず刊行せん。発信、シャルロット、ジャネ。来信、ルスラン。この四日間、波風立たぬ安穏とも言うべき時を暮したるも、そは一切逆らわざればのこと、相手の意に異を僅少唱えんか百雷の嵐を呼ぶこと今宵また思知らされたり。②。②。

二十日　④、眼が原因で進行鈍るも悪くはなし。来信、ドワドン（余の正規旅券同封）、シャルロット。シャルロットの手紙、妙に短し。

二十一日　④、不調。道理わきまえたるとも言うべき会話。⑯［海外へ脱出］、未練なきにしもあらず。

二十二日（日曜日）　来信、エルゼアール。スタール夫人について良からぬ虫の知らせ。この件すべてに対して局外者となること、余の切なる願いなり。②の手段として⑯に完全回帰。④、沈滞。

二十三日　昨夜、かなり大荒の喧嘩。躊躇《まよい》は似愚《おろか》し。相手を思遣ればこそのこちらの躊躇《ためらい》が却って当の相手を苦しむることになる。本人の口からこの事告げられたり。アコスタ出発。残し置きし者［スタール夫人］に後髪ひかるる思いなり。永遠の薄志弱行なるかな！　旅程、至パリ。

来信、父。余をブザンソンに呼寄せその新家族に今にも増して引きずり込まんとの魂胆なるべし。こちらにはその気なし。これに拘泥《かかずら》わば諸計画、混乱きたすは必定。例の②の手段、種々支障あるべし。シャルロット、余の意識になし。これ二人の関係生ぜしより初めてのことなり。意外不思議、驚くばかりなり。八日のシャルロットの予感、現実となるということか。

発信、シャルロット、用心深き短箋。本人つかまれば今夜、返あるべし。悩めば埒が明くでなし、過ぎたる悩みはなお及ばざるが如し。⑫には少からざる難欠陥あるを余自らも認めしこと忘るべからず。来信、シャルロット、余の短箋と入違とはなりぬ。明日逢う。憂えて案ずればついに我が心、余す所なくシャルロットに回帰す。先の短箋、折に違いたるやと案ずればなお憂は晴れず。発信、天女［シャルロット］。クワニィ夫人を少時訪問。

二十四日　来信、ロザリー。朝方、頬の寝腫《ねばれ》退くを待つ。発信、スタール夫人、ドワドン。ジャネ訪問。当地長期滞在おそらく避け難し。父の訴訟の件、とにかく解放されたし。午餐、シャルロット。①。優しく愛嬌あり。来信、スタール夫人。

二十五日　発信、スタール夫人、父。④、少しく。ジャネ来訪。父の一件、調停の可能性あり。午餐、ミモン［不詳］。人間の味気なく浅ましきことにもなお大小優劣、程度の差あるとは余は思わず。夜、シャルロット。①。

二十六日　発信、シャルロット、スタール夫人。④、纔。来信、スタール夫人、思いしよりも非道の書には非ず。午餐、ドヴォー宅。

二十七日　発信、スタール夫人。余が今パリに在る、夫人の好意ならましかば、今の余の都暮し如何ばかり嬉しからまし。来信、シャルロット。今夜の逢瀬叶わじとある。諦むるにさほどの未練はなし。余の情《こころ》おそらく薄らぎたるといえども、シャルロット相手の幸福まちがいなし。余は、生を乱されざるかぎり、相手選ばず何人《なんぴと》とも幸福になり得る男なり。休心安息こそ必要不可欠なれ。発信、シャルロット。来信、スタール夫人、しおらしき書。さりとて余が切なる願いはこの女からの解放なり。夜、レカミエ夫人宅。

二十八日　発信、二通、スタール夫人。二通目は月曜まで在京の理由申立なり。嘘偽。嗚呼！　我ながら嘘偽に辟易す！　④、可。来信、シャルロット。なお逢瀬叶わぬ一日。使の下男、女主人患いきと言う。我が心曲《しんきょく》乱れたり。発信、二通、シャルロット。午餐、ピスカトリ宅。芝居、『フランソワ一世』［二戯作者の合作による喜劇、オペラコミック座］。茶番。

来信、スタール夫人。無念なるかな、夫人のかくも深き愛着執心、余が不幸の因となるとは！

二十九日　発信、スタール夫人、父。シャルロットの身を案ず。発信、ロザリー。未だシャルロットより音沙汰なし。不安さらに募る。来信、父。④、不調。②。②。夜、シャルロット。①。シャルロットと在らば少くとも安息休心は得らるべし。シャルロット快方の気色《けしき》なるも寒中の夜帰、身に障るべし。

三十日（月曜日）　発信、スタール夫人。⑦、今夏必ず。来信、スタール夫人。新たなる迫害［在留許可四月一日失効。最終的に二週間延長の旅券支給さるN］。フーシェ訪問。今回はすべて裏目に出たり。怯まず奮戦したれば自らに咎むることなし。嘆きは無用のこと、運命の然らしむるに委ぬべし。夫人をその実家［スイスコペ］に連戻さん。顧て恥ずるところなかるべし。その後、我が身の上を定めん。夜、シャルロット、優しき天女。余が運命はここにこそあれ。発信、スタール夫人。

三十一日　千思百考。方策、三案。一、父訪問と称しそのまま戻らぬこと、難《かた》し。二、行旅流浪［追放の身のスタール夫人ヨーロッパ遍歴］絶対反対を言明し、一夏、余が親族［在ローザンヌ］とスタール夫人との間を往来して過すこと、されば、さすがの相手も余が無気力に愛想を尽かし独り出発すべし。三、夫人の出発に同行し、その後独り引返すこと、愚策。だいいち余に出発同行の意なし。第二案、最善なるべし。発信、スタール夫人。

さて今は暫し神《しん》を休めん。アコスタ一月滞在、暗黙の了解なり。今や往くべき一定《いちじょう》の道敷かれたり、往かざるべからず、さもなくば余いまだ愚かしく冥《くら》しと言うべし。発信、スタール夫人。来信、シャルロット。今宵逢う。発信、シャルロット。夜、シャルロット。余の知る限り、伴侶とするに最も優しき相手なり。

一八〇七年四月

一日　発信、シャルロット。昨宵、余が愛、並にあらず募りぬ。来信、フルコー。処分履行停止との新事態［不詳］。解決さして難ならざるべし。富籤を求む。アコスタ復。相手は感謝。我は苦痛。だが、これ余の務めなるべし。

二日　④、少しく。

三日（金曜日）　発信、シャルロット、ジャネ、ルスラン、ボワヴァン。④、悪くなし。「祭司団」の巻、最難関なるが明日落了なるべし。シャルロットを愛する心かつてなく強し。

四日　④、良。「祭司団」巻ほぼ落了。スタール夫人、優しく情あり、余これに感じこれに悩む。せめて今しばし夫人に心長閑《のどけ》き猶予《とき》を与えん。

来信、ナッソー夫人、シャルロット。シャルロットの心、言い知らず愛《め》でたく貴《あて》なるかな！

五日　発信、シャルロット。昨夜《よべ》、シャルロットの書、熟読熟慮す。我ら二人の計、さしたる障碍なく、やがて二人結ばるる可能性開くべし。我が身の上定まらん。これ天女シャルロットのお陰なり。④、纔。来信、ルスラン。

六日　④、可。夜、原稿を読む。不満残るとはいえ如何ともし難し。ほぼ現状のまま変更なかるべし。

七日　④、可。スタール夫人に新たなる好機［滞在延長許可二週間］。これにより我が状況に狂い生ぜん、されど最後まで夫人に尽す覚悟なり。目的《まと》の単純明快なる一つだに持てぬこと、人生の不幸と言わずして何と言うべし！

八日　熟考。望むは⑫［シャルロット］、されど、また一方［スタール夫人］の深く優しき愛《なさけ》に感ずるところあり。しかし、この愛に余の人生翻弄され、何事も為して完成する能わず。この愛に余の幸福、大小問わず、いずれも阻害されたり。この愛は犠牲を為すを知らぬ愛なり、犠牲に甘ゆる気持余になしとはいえ、犠牲の一端余に見せて然るべし。余が身の自由を取戻すはシャルロットなるべし。小なる幸福数を尽して与えてくれん、そして大なる幸福に口出はすまい。シャルロットの犠牲の大なること、スタール夫人が捧げて然るべき犠牲を遙かに上回るべし。かくあれば迷うに及ばず、②と⑫。してその方法は。理由を仕事に託けローザンヌに居座る、今の生活では著書完成覚束なし。こちらは梃でも動かぬ覚悟、相手の発つにまかす。発てば、⑫。

④、可。来信、父。父の一件、余の財政に如何なる結果を及ぼすか大いに気になるところなり。来信、シャルロット［夫の要求は金銭］。⑫の可能性さらに大。運命の神よ、我にかの天女を与え給え！ 小喧嘩、躱《かわ》しぬ。②。

九日（木曜日） 発信、シャルロット、父。新たなる迫害、暗黙の了解の一月撤回なしと思いしは早計なり［四月十五日まで二週間に短縮さる。スタール夫人、娘の病を理由に更に十日間二十五日まで延長を要求しコンスタン奔走す］。嗚呼、五月九日のめぐり来らんことを！ 心気快々。ここ三日来、余を助くと見えたる運命の神よ、余に不意打をかけ給うな！ 嗚呼！ シャルロット、そして安息休心、無くてはあらじ！ 終日、憂。神《しん》、不安に満つ。嗚呼！ またもやスタール夫人の冒険［禁を犯しパリへ入ること］に付合せらるるはめとなりせば！ シャルロット、シャルロット、そして五車の書。平穏晏如こそ生ある喜びなれ。

十日 アコスタ出立。任務の憂鬱なる。来信、シャルロット。今晩この天女に逢うことあるまじ。明日もまたあるまじ。発信、シャルロット、フルコー。報のますます嬉しからざる報とはなりぬ。知らず、この嵐、何処《いずく》にて果てなんを。雨合羽に身を包み嵐《くる》の滝を追い行く我なり。

十一日 発信、スタール夫人。午前中一杯、奔走。動き一切なし。希望一切なし［ナポレオン、スタール夫人に対するなお一層の厳しき処置をフーシェに命ず］。父の一件、勝訴の可能性あるというも、身をもう一方の嵐の最中に置いていかにしてこの件を追うべきや。来信、シャルロット。海の波に翻弄さるる余が碇なり。今朝逢う。シャルロットと散歩、優しく情あり。不用意なる言動二回。我ら二人、軽率の数を重ぬること幾ばくぞ！　実現間近の期待の夢、破らるることなきを祈るばかりなり。午餐、ルニョー夫人宅。発信、第二便、スタール夫人。この一件すべて了となること、余の切なる望なり。

十二日　猶予期間三日得らる。嗚呼！　やがてスタール夫人発ちて姿を消す、有難きかな！　発信、スタール夫人。夫人余りに騒ぎ立てれば、「三日間」では終らぬやの不安生ず。②。②。②。来信、スタール夫人。別条なし。午餐、シャルロット。夜、シャルロット、情ありて優し。①。来信、父、ルイーズ［異母妹］。

十三日　来信、スタール夫人。午餐、サンジェルマンにて［相手は禁を犯しパリ二十キロに近づいたスタール夫人の可能性］。計画決定。この計に支障のなからんことを！　発信、シャルロット。

十四日　発信、父、スタール夫人。ガラと会見［政治家、情報提供者］。『コリンヌ』の印刷、夫人の出発に間に合うべし。シャルロット音沙汰なし。余の心痛の因なり。発信、シャルロット。これに前後してシャルロットより手紙一本届く。本人いやに悠長に構え、気力散漫なり。この性格、「情婦」としては欠格、「妻女」としてはまさに適格なり。せめて望むらくは、シャルロットを既に我が妻として迎え、危急存亡の秋《とき》去りてついに安息休心を得んことなり。発信、シャルロット。シャルロット、待てど来らず。大いなる時間の無駄なり！　そはシャルロットの所為に非ずして、余がもう一方の絆の所為なり。遂に難局脱出の瞬間《とき》を手中にせんとす。残るは離別絶縁の決行なるが、少くとも余が行動に怯懦卑劣の陰《かげ》一としてなかるべし。

夜、シャルロット。①。シャルロット、心地すぐれず。余が不安深甚なり。嗚呼！　余を愛せし者の少からず運命の手により余から奪取せられたり！　天よ！　シャルロット、我が許に護り残させ給え！

十五日　出発時発信、シャルロット。旅程、自パリ至アコスタ。これ最後となるべき旅程なり。シャルロットの容態につきコレフと談。危険はなくとも大事をとるべし。サンジェルマンより発信、シャルロット。

十六日　千思百考。暴力喧嘩《はげしき》。狂気！　狂気！　時機先延、無意味なり。時機の如何に関係なく暴力避け難し。されば、時機到来までの苦痛回避の唯一の手段、時機先取を措いて他になし。この女の許には戻らじ、覚悟決めたり。如何にして相手の計に機先を制するか一考あるべし。

十七日　発信、シャルロット。一日無駄にす。来信、父、シャルロット。余の十四日便に父が不満なるとも驚くには及ばず。余には為す術なし。こちらが既に必要に余る子の務めを果したるに、なお目に見ゆる行為を余に強要せる父の意、那辺にあるや。シャルロットの病なお続く。余の不安晴れず、陰。暴力喧嘩。決裂なくしておよそこの絆からの解放不可能なること明らかなり。されば決裂避け難し。待てども何ら得るところなし、世評また然り。発信、プロスペール。

十八日（土曜日）　これを最後とアコスタを後にす。悲哀愁嘆我が胸に満つ。来信、シャルロット。病続く。心地ひどくは悩ましからざらば今宵伺うとある。シャルロット来らず。病悪化せしか。嗚呼！　憂苦深甚！　発信、二回、シャルロット。理に適いたる計一つ、頭に描きぬ。

十九日　今日シャルロットより吉報のあらんことを。来信、シャルロット。病状治まることなく、また治療処置なんら講ずるなしとある。午餐、サンジェルマンにて［スタール夫人アコスタより禁を犯して］。穏やかなる会見。これほどの魅力を有しながら、これほどの無神経、強請、我欲を併せ持つは実に惜しむべし！　これから迎うべき二日間、いやむしろ四日間を思えば不安なきにしもあらず。来信、ロザリー。正論なり。来信、シャルロット。今夜逢いたしとあるが、余が帰宅せしは既にその時を逸す。明日の逢瀬を期すべし。来信、プロスペール。

二十日　如何にもあらまほしきは、二十四日を迎え平安と自由を得ることなり。来信、シャルロット。いぜんとして病続く。コレフを病人の許へ連行きぬ。病人にその意志あらばすぐにも恢復すべしと言う。発信、二回、スタール夫人。さもあらばあれ！　発信、ナッソー夫人。シャルロットと半時《とき》。すべて乱離骨灰《らりこっぱい》とはなりぬべき無用の醜聞の危険と背中合せにシャルロットが許に侍る、余の好むところに非ず。某《エックス》と宵の一時［スタール夫人この数日パリ市内に潜伏］。穏やかなる。だが、これは雰囲気の然らしむるところにして、②なくてはあらじ。かくて三日の内の一日は過ぎぬ。

二十一日　午前、奔走。発信、シャルロット。来信、シャルロット。病、復調の兆、余に微恨懐きぬ［スタール夫人と同宿の事実を知る］。発信、シャルロット。読書、拾読。発信、フォリエル。終日、某と共にす、初頭、実に愉快、中頃、陰、終盤、煩。愚にもつかぬ気紛幻想。相手は余にその一つとして持つ権利を認めず、余を生贄として縷々己の気紛幻想に供したり。沈みがちなる晩餐、アレクサンドル宅［ルスラン］。

二十二日　発信、シャルロット。午前、奔走。午餐、オシェ宅。テッセ夫人［宮廷女官としてその才気で名を馳せたP］、卑しむべし。これ、貴なる淑女の誉れ高く世になくもて崇められたる一人なり。怪しく浅まし［スタール夫人からの秘密裏の招待について警察に許可伺を申立てた］！　アルベルティーヌと芝居。愛らしき子なり。

嗚呼！　ついに先発隊出発す。なおすべて終りたるにはあらねども身に染みて感ずるところあり。来信、父。

二十三日　発信、シャルロット。午餐、シャラントンにて［セーヌ・マルヌ合流点。「シャラントン精神病院」あり］。その名に違わず不幸《わざわい》至りぬ。この女のかくなる狂乱、未だ曾て知らず。嗚呼、この世の事ならず！　紛うことなき精神錯乱の発作遣過し、一計講じぬ。実現のほどは神のみぞ知り給う！　まさかとは思うが、日曜日［二十六日］に至るも出発なしとあらば、こちらは月曜日発つ。目に余る異様狂態と我欲なり。マチューの居合せたればこそ、さもなくば我ら二人の喧嘩凄惨を極めたるべし。相手はまさに狂える子供なり。来信、シャルロット。こちらは少くとも良識ある女なり。いや、それ以上のものを有する女にして、余は心底から愛す。

二十四日（金曜日）　発信、シャルロット。今度という今度こそ、②に弥縫策なし、止《と》むる力なし。不運落魄の女ならばそれだけで他人を巻添にしその生活を乱すとも可とはなるまい。人は人、執るべき態度決定せん。スタール夫人発たば我が智恵を絞り、いざ断行。どう転ぼうと今の情況よりはましなるべし。されば、来月初旬、いやひょっとすると数日後、余は自由の身とはなりぬべし。

　午前奔走。明日、アレクサンドルを一緒に連行く。訪問はこれにて打止めとしたし。来信、二通、父、アレクサンドル（シャルロットに触れ、余との結婚を話題にす）。この噂、密かに世間を駆巡るということか。我ら二人の出発によりこの噂立消えとなるべし。芝居。日中暫し凄寥たる悲しみ。だらりと弛みたる精神、打って変りぴんと張詰めたれば気力回復す。来信、シャルロット。

二十五日　発信、シャルロット。新たなる支障。遂にスタール夫人出発整う。千里の道も一歩から。一日千秋、明日の夜を待つ。嗚呼！　またもや糠喜とはならずや！　発信、父。旅程、至モンジュロン。憂宵。隠し事、心疚し。

二十六日　終日、モンジュロン。スタール夫人、優れた能力長所に恵まれし人間なるかな！　濃やかなる情もて惜しみなく余を愛するかな！　アルベルティーヌまた然り！　だが、やんぬるかな！　夫人の計、性格、流儀、何れも本人はもとより周囲の者の幸福の糧とはなり得ぬものなり。延ばし延ばしに遅らすは相手に強いる苦痛、こちらが蒙る苦痛をただ長引かするのみなり。

二十七日　スタール夫人発ちぬ［追放令、スイスコペへ］。余が胸千々に乱れぬ。己の嘘偽を思えば浅ましく恥ずかし［後日合流との嘘］。だが、残余の人生をあたら涯《はて》なき不幸に捧ぐ、余にその覚悟あるべきや。嗚呼、シャルロット在り！　パリ復。来信、シャルロット。今日は逢うこと叶うまじ。逢えぬとあらば悔しさなお募るべし。発信、シャルロット。芝居。夜、レカミエ夫人宅。発信、フルコー。

二十八日　発信、シャルロット、ビュイッソン。④、可。自由の身なりせば、仕事捗にして巧、落了とならまし。来信、シャルロット。午餐、ドヴォー宅。シャルロットと散策。一人の友として、一人の解放者としてシャルロットを愛す。夜、レカミエ夫人宅。

二十九日　①。朝、少からぬ誤解。発信、シャルロット。④、良。発信、デバッサン（フレデリック・シュレーゲル宛）、スタール夫人。来信、シャルロット。シャルロットと散策。宵の一刻終りにきて躓きぬ。忌々しきかな、シャルロットの神過敏。一の女から別の女へ、飛んで火にいる夏の虫。②のための⑫［スタール夫人を捨てシャルロットを取る］、否、⑫なくして②、これに如かずや。

三十日　発信、シャルロット、スタール夫人。フーシェ会見、冷にして寸時。一縷の望、断たれたるか。疾風怒濤、艱難の我が身、脱出を計るべし。④、良。芝居。来信、シャルロット。シャルロット正論、余が心の仔細見事に分析す。才あり情《なさけ》あり。今の余が送生《くらし》、まさに余に相応しきものなれど、そを獲得するに、切切偲偲、努力の如何ばかりなる！

一八〇七年五月

一日　発信、シャルロット。再度発信、フルコー。②の決意、さらに固まる。④、秀。余に相応しき送生《くらし》かくあるべし。②。②。せめて一度なりと臆せざる勇を少しく。来信、シャルロット。夜、シャルロット。半時その傍《かたわら》にあれば忽ち我が愛、心底から漲りぬ。⑫を巡る予期せぬ障碍いくつか生ず。⑫ならずは口惜しく本意《ほい》なきなり。来信、フルコー、ナッソー夫人。

二日（土曜日）　発信、スタール夫人、プロスペール。④、昨日に劣りたるも可とせん。この調子で二月、すべて完了すべし。来信、フルコー。スタール夫人に悪報。如何せん。このまま別るるは酷なり。別れを求めに戻らば、言出しかねて悶々苦しむ。洞ヶ峠を決めこむべし。余の当地残留二月をスタール夫人に要求せん。午餐、デバッサン宅。

三日　発信、プロスペール。シャルロットとレゼルバージュへ。福を得たる一日。嗚呼！　この天女の余を魅了する力の如何なるか！　優しく、飾らず、大人しくして愛嬌ある天女なり。いかなればその昔、この天女に気付かざりしや！　①。
来信、スタール夫人。この女とすべて縁切とならましかば！　来信、父。父の一件落着まで此処を離るる能わず。

四日　発信、スタール夫人。七月一日まで当地残留を夫人に願い出たり。恐らく同意は得らるまじ。④、はか行かず。発信、ロザリー。

苦痛、憐憫、さらには後悔にも近き感情生ず。しかし相手とするスタール夫人の幸福すら保証されずに我が身を犠牲に供せようか。否。否。②。⑫。夜、シャルロット。

五日　ジャネ訪問。父の件まことに悲観的なり。④、不調。発信、シャルロット。終日音沙汰なし。気掛なり。再度発信、シャルロット。発信、父、スタール夫人。

六日　発信、シャルロット。④、可なるも纔。モリ師入会許可［聖職者身分擁護の闘士、ローマに亡命、同地で枢機卿となる。その間一八〇三年の改組で唯一非再任となりアカデミー会員除籍さる。同六年に帰国、ナポレオンに接近し同七年新会員として旧同僚の前に立つ］。厚顔無恥の勇と言うべし。来信、シャルロット。必要な同意［離婚］得たりとある。嗚呼！　天よ、シャルロットとの暮しを許し給え！　日に異《け》に我が愛まさりぬ。発信、シャルロット。

七日　④、可なるも纔。自由の身なりせば早々と脱稿すでに成らまし。朝餐、ルスラン宅。来信、シャルロット、スタール夫人。スタール夫人の手紙、いずれも同型、そして「妾《わらわ》の苦痛」という威嚇。発信、シャルロット。亭主に良心（信仰）の不安ありという［夫は熱心なカトリック信者、先夫生存中に執行われたシャルロットとの結婚には疑義がある］。この不安というやつ、我ら二人の有利に働くことを。夜、シャルロット。①。

八日　発信、スタール夫人。フルコーとの勘定清算。④、纔。来信、シャルロット。新たなる悩み生ずとある。発信、シャルロット。夜、シャルロット。亭主から婚姻の無効なること認知せよと求めらる。余、折衷案をシャルロットに提案す。亭主これを呑まんことを。ルニョー夫人。レカミエ夫人。

九日　④。『コリンヌ』書評のため仕事中断〔〈ピュブリシスト新聞〉紙上三回連載〕。発信、シャルロット。午餐、レカミエ夫人宅。来信、シャルロット。二人の感想《おもい》は同じ、世間の下す「審判」なり。これを避くべき手段探すべし。来信、スタール夫人。妻ならぬ別の女と旅籠を泊り歩く、余がそを「結婚の歓」の真似事とも思わぬことにいたく驚きの体なり。

十日（日曜日）『コリンヌ』書評ものす。来信、シャルロット。その失意落胆ぶり異様なり。問題は曾てなく容易く騒ぎ少なしと余は見る〔婚姻無効による解決〕。そを説き明さんものとシャルロットに筆を執る。ラボリ夫人訪問。

十一日　発信、シャルロット。『コリンヌ』書評第二部、筆を染む。来信、シャルロット。シャルロット、平常心を逸す。再度発信、シャルロット。夜、シャルロット。①。今日、余が心、⑫よりも②へ大きく傾きぬ。

十二日　『コリンヌ』書評第二部了。明日第三部執筆の予定。来信、シャルロット。難なく離婚成立し、すべて落着なるべし。発信、シャルロット。午餐、ルニョー夫人宅。夜、レカミエ夫人宅。『コリンヌ』書評第一部好評を博す。

十三日　発信、スタール夫人、シャルロット。『コリンヌ』書評第三部了。来信、父、スタール夫人（二通）。夫人、猛り狂いたり。否、たとえ女性関係皆無なるとも、息絶《いきだえ》せぬためにはこの女との縁切なくてはあらじ。夜、シャルロット。余が失態で幕切れ異変生ず、だが余が愛は変らず。

十四日　発信、ルニョー（ブーレ宛）、シャルロット、父、スタール夫人。②。②。旅程、至レゼルバージュ。夜、一八〇三年来の「日乗」断片再読。②、②、十年一日の如し。実行を前にしての遅疑逡巡、これまた十年一日の如し。

十五日　終日、決算とリンゼー夫人書簡再読に費す。あれほどの血逆《ちのぼせ》激情を見せたる夫人の情《こころ》が上辺だけとは信じられぬ。余が、相手の情に火を付けては後からそれに水を差す、その時の様々なる情の有様《さま》こそ哀れ悲しき有様なれ、それを思えば深き憂に沈みぬ。シャリエール夫人〔一八〇四年八月十四日註参照〕、クラム嬢〔最初の妻〕（この一件最も怪しく疑わし）、一度は袖にせしシャルロット、リンゼー夫人、スタール夫人、いずれも激しく燃えながら、やがて余が許を、それも他ならず、偏《ひとえ》に余に強いられしが故に去り行くなり。生《な》れる絆は切らねばならぬと思いしは一度や二度のことならず、余のしくじりの一端はこの思込にある。嗚呼！　シャルロットと生を偕にすとあらば、そは逃すべからず。無くてならぬは余を離れぬ「女の情《こころ》」にして、かくばかりうち破《や》りし仲を恨み悔いて生くる孤身は余りに恐し。

十六日　レゼルバージュの仕事了。旅程、至パリ。ガラより書状。余に伝えたき急ぎの件とは何事ならん。来信、二通、スタール夫人。一は狂、二はやや穏便、あれこれ何れも行着く先は如何なるべし。来信、ロザリー、②を促す檄文。終日このこと己に言い聞す。

来信、シャルロット。七時に来るとの約。夜、シャルロット。舞踏会、余には苦痛なりと身をもって示せば、シャルロットそを諦めて行かず。打てば響くの才とは限らぬが、その優しさには不思議な力あり、半時居ればそれに誘われ心に幸福を覚ゆるなり。

レカミエ夫人訪問。『コリンヌ』についての余の記事、好評大なり。

十七日　午前中一杯奔走。来信、スタール夫人。来て合流せよと言う。様子見に徹すべし。シャルロットと午餐、また、宵間を共にす。①。いみじく賢き女にして、余が愛、日増しに募り行く。

十八日　余が眼の容態、警戒域に達す。発信、シャルロット、スタール夫人。午餐、オシエ、ピスカトリ。来信、シャルロット。明日幸《さいわい》きたるべしと言う。期待の裏目に出ざらんことを！　夜、ルニョー夫人宅。ルニョー。嗚呼！

シャルロットと暮し他の交際《まじわり》を断つ、如何ばかりぞ、余が心の平安！　今日一日の終《しめ》はレカミエ夫人宅にて。

十九日　シャルロットに果報届くを待つ間、序でながら異議申立書に目を通さん［父の裁判］。眼、曾て無く悪化。今二時半。シャルロットより先刻報あってしかるべし。幸きたるべしではなかりしか。運命の神よ！　人間の余りに不遜なる言葉を罪せんとしてシャルロットを責むるなかれ！　午餐、レカミエ夫人宅。発信、シャルロット。来信、シャルロット。夜、シャルロット。シャルロット心底愛《いと》おし。

二十日（水曜日）　眼、かなり悪化。発信、父、スタール夫人。曾てなく②。ドムール［評判の眼科医］の命令、余は当地を動かれぬ身なり。そは余が責に非ず。来信、スタール夫人、シモンド、シャルロット。宵間、シャルロットと散歩。

二十一日　眼、病状変なし。時間を潰すべく詰らぬ訪問をなす。来信、シャルロット。宵間、シャルロットと散歩。

二十二日　発信、シモンド。口述筆記一通、スタール夫人宛。シャルロットとコレフ［独の医者］を伴い田野行。来信、スタール夫人。スタール夫人実に優し、だが人間優しければ他人の一生を不幸に陥《おとしい》るるも可との理屈は立つまい。①。ただシャルロット一人のための夜。来信、父。

二十三日　父の書簡、アントワネットに再度触れたり。されば、余が心再びとつおいつ大いに思迷いぬ。⑧—⑫—⑬［アントワネットと結婚—シャルロットと結婚—一切迷妄］。常識的には⑧、だが、スイス暮しとなれば縁者親類の諸々、余が重荷となるべし。アントワネットを伴いパリに暮すには余の財力及ばず。そして別れとなれば、世人は挙げて余を言い腐《くた》すべし。情から言えば、⑫、しかしこれも醜聞は避けて通れず。情況的には、⑦［旅行］が無難ということか。眼病《めやみ》、⑦の立派な理由が立つ。発信、シャルロット。来信、シャルロット、落馬で不調［前日乗馬］、終日外出を控う、午餐は街に出て済せたりとある。事情の如何、明日解明せん。

二十四日　眼、快方の兆なし。一日無駄にす。明日は体勢を整え仕事に掛るべし。夜、シャルロット。①。この行為《いとなみ》、眼には毒なり。

二十五日　我が眼、病状変なし。発信、シャルロット、スタール夫人。後者を思えば神《しん》苛立つ。発信、ナッソー夫人。④、少しく。来信、シャルロット。

二十六日　④、眼の支障あるも可。午餐、シャルロット。夜、シャルロット。えならずいみじく愛恋の情細やかなり。来信、スタール夫人。その際猛《きわだけ》しきこと！　②。②。エーゲの荒海に住まうがましならずや［レマン湖畔コペに来いとの要求に対して］。アルベルティーヌより手紙。この子、哀れむべし！　この子、如何なる宿命に繋がれしか！

二十七日　発信、スタール夫人、アルベルティーヌ、ロザリー。余が心、平静と言うも可、日毎に平静まさり行きぬ。依然として眼変りばえなし。④。来信、二通、スタール夫人。十年前書き寄越ししを模写してまた余に寄越すに等し、手間はいらぬということか。相も変らず、右手《めて》に性格、左手《ゆんで》に苦痛を振りかざす。嗚呼、神よ、我らを二身《ふたみ》に分かち給え。発信、シャルロット。眼、不調。『ハムレット』。タルマ、好演。クワニィ夫人。来信、父。

二十八日（木曜日）　来信、シャルロット。発信、シャルロット。④。フォリエルに我が「小説」を朗読。この男の反応、怪し。つまり、余が性格は人に理解せしむる能わずということか。

二十九日　発信、スタール夫人。④。来信、スタール夫人、一段と物狂おしき様《さま》例の如し。いずれ書く折あらば、それもドールから、少しく明確に答え遣るべきか。夜、シャルロット。シャルロット、えならずよし。①。

三十日　④。来信、シャルロット、優しく魅力溢れたり。発信、シャルロット。②の正攻法見つけたり、「為さねば成らぬこと既に為されたり」との宣告なり。芝居。眼、不調。レカミエ夫人。

三十一日　発信、スタール夫人。④。来信、スタール夫人、一段と穏やかなり。真実漏さず、いや、真実に勝ることを夫人に言遣るべし。午餐、シャルロット。芝居、シャルロット。

一八〇七年六月

一日　発信、スタール夫人、父（為替手形三百リーヴル送金）。④。午餐、レカミエ夫人宅。シャルロットより書なし。このこと気掛なり。

二日　④。眼、失調。発信、シャルロット。来信、シャルロット。来信、スタール夫人。穏やかに優しく、だが己の幸とスタール夫人の幸を思えば、余はシャルロットに付くべし。芝居、シャルロット。①。まことに眼には毒なり。

三日　ヴァンゼルの診察を仰ぐ［評判の眼科医、一八〇七年ナポレオンの侍医 P］。眼病、因は神経の衰弱と言う。最後は失明の恐れあり、その時期を遅らすべく養生すべし。嗚呼！　余になくてならぬは安息休心なり。④。来信、ネッケル夫人。何事に喙《くちばし》を入れんとやはする。夜、シャルロット。

四日　決心つきかね大いに迷う、否、②の決心にあらず、②断念とあらば死を選ぶべし、迷いは②の戦略にあり。いずれまた開けざるを得ぬ傷口に繃帯を巻くの愚！　発信、スタール夫人。④。芝居、シャルロット。情の優しく細やかなる！

五日　終夜、千思百考。不安動揺、遂に屈し仆れん。眼、損傷、出発不能。如何なる犠牲を払うとも②。何はともあれパリに残ること決意せん。「串線《かんせん》排膿法」施療。恐るるはゆめ肉体的苦痛にはあらず。来信、スタール夫人。その悪言嘲罵、来鳴《きな》きて、余、血の涙に暗《く》れ悶絶す。午餐、レカミエ夫人宅。来信、シャルロット。優しき天女なる！

六日　余が不幸の元凶たる女に再び会わんとの心もはやなし。斯く思定む。可能ならばシャルロットに同行、その故国に渡らん。旅券取得の要あり。発信、スタール夫人。④、纏。夜、シャルロット。書類署名さる［シャルロットとの婚姻関係破棄の訴状］。シャルロット、旅券取得なるべし。⑫、何事も順調に運び行くと見ゆ。

七日　もう一年スタール夫人に捧げ、力の及ぶ限り仕え尽さんとの心もてオセールに到着せしは一年前のことなり。かくして余が得たる、何事やある、眼損われ、更に人生の一年損失す。②。②。来信、スタール夫人、シモンド、ナッソー夫人、アルベルティーヌ、父。父、余の手紙いまだ届かぬと言う。来信、シャルロット。今日は会えず。発信、シャルロット。夜、レカミエ夫人宅。

八日　我が態度決定。コペには戻らぬこと。今回この決意不変なるべし。④。発信、シャルロット。来信、シャルロット。午餐と宵の一刻、シャルロットと共にす。②、実行の手筈、整いて余が胸中にあり。

九日　発信、父、スタール夫人、ナッソー夫人。④。来信、シャルロット、発信、シャルロット。午餐、オシエ宅。来信、スタール夫人、傲慢と紙一重、かつまた冷。夫人自らの態度決せんことを。

夜、シャルロット。新たなる問題。デュ・テルトル氏、シャルロットに従いてドイツへ行かんと欲す。前言全面撤回をシャルロット恐る。シャルロット、決定的告白を試みんと欲す。愛しきシャルロット！　素晴しき女なり。

十日（水曜日） 来信、ロザリー。スタール夫人が余に上気狂乱の文《ふみ》書き遣るその最中《さなか》の心中には鬱散解悶《うさばらし》もあると言う。さてもありぬべし。来信、父。為替受領の由。発信、シャルロット。返書。告白を前に余と話したしとある。何事かを巡り夫にひどく脅されたるよし。問題山積す！　父の請願書に掛る。この件で余が為すべき手続はこれを最後とせん。

夜、シャルロット。シャルロット告白開始、デュ・テルトル氏激怒。事態こじれたり。神よ、身に迫りくる不幸から我ら二人を救い給え、偕に幸福に暮させ給え。

十一日　発信、シャルロット、スタール夫人。④。夜、シャルロット。余に女房を奪《と》るる、しかもそれが世間のお褒めにあずかりし女房とあっては、デュ・テルトル氏、亭主の沽券にかかわるなり。忌々しきかな、世のシャルロット讃美者！　とにかく、明日シャルロットに話があると言う。余が知るシャルロットなら、洗浚い相手に打明くべし。結果判明せん。おそらく明後日のこの時刻には余とデュ・テルトル氏の決闘沙汰けりつきぬべし。シャルロット、さても愚なる結婚をせしかな！　最後に小喧嘩、場違なるも、コレフを巡り理由のなきにしもあらず［コンスタン、医師コレフに嫉妬］。

十二日　発信、シャルロット。来信、シャルロット。午餐ともにせん。④。ヴァンゼル宅往訪。なお当地に少くとも水曜日［十七日］まで滞在せん。午餐、シャルロット。コレフをめぐり喧嘩。和解。シャルロット、理屈は熱を帯ぶるが、根は優しく純真無垢そのものなり。亭主の説明、明日に。書類はシャルロットの手中にあり。これを渡さず確と守らばすべて我らのものなり。

十三日　発信、スタール夫人。すべて流れは②に向かいぬ。ドールにて接するはずの手紙の内容、余をこれまでになく強く②に傾倒せしむべし。されば躊躇は無用のこと。④。シャルロットと午餐、終日共にす。シャルロットのいと愛《め》でたかりし。⑫。⑫。

十四日　今日シャルロットに説明あるべし。神よ、「一件落着、三月後二人は結婚」とシャルロットをして我に告げさせ給え。④。五時になるも音沙汰なし！　恐しき不安に襲わる。発信、シャルロット。来信、シャルロット。シャルロットと午餐、終日を共にす［ここ数日間のシャルロットと夫の動静と時間の流れ辿り難し］。天女と言うべし。⑫。⑫。①。愛する女を相手にして営む快楽、愛《いと》しくも懐しきかな！　シャルロット一大決心をす。亭主に諮らず書類［婚姻関係破棄の夫の訴状］を自分の兄弟の許に送るという［四人兄弟］。一騒動持上がるべし、だが亭主いずれ諦め譲るはずなり。

十五日　この「日乗」一旬巡る頃、余が身の上いかにかあらん。願わくば②実現、⑫実行間近とならんことを。午前一杯数所訪問。午餐、ミモン宅。来信、シャルロット。旅券取得、問題あるまじ。嗚呼！　二人の幸のためすべて解決されんことを。夜、レカミエ夫人宅。

十六日　発信、スタール夫人。来信、父、優しく情あり。発信、シャルロット。来信、シャルロット。「君、君の旅券を得べくヴェルサイユへ行き給え」とシャルロットの望めば、せっかくの今夜の逢瀬ふいとはなりぬ。理はシャルロットにあり。例の書類発せりと言う。賽は投げられたり。ヴェルサイユ行。

十七日　スタール夫人が今の如く長く鳴りをひそむるはあり得ぬことなれば、旅券を取得、出発準備にかかるべし。旅券取得す。パリ復。発信、シャルロット。情況に変なからば出発は明後日、道中急ぐには及ばず。夜、シャルロット。書類送られてこの件落着す。驚くべきことかな。異議申立を書き送りたり、と亭主の言えり。だが、これ怪しむべし、それに書類は書類、常に一の武器なり。それに余の曾て無く強き愛という手もある。発信、父。

十八日　発信、スタール夫人。我が身の薄志弱行、廻らす奸策、これを思えば赤面のいたりなるも、何事も御す能わざる「猛女」相手となれば如何ともしがたし。* この長き悲しき惨劇《ドラマ》もこれにて最終幕となるべし。今夜、シャルロットと委細相談のうえ明日はモンジュロンへ。来信、リンゼー夫人。予期せぬ来書。とにかく会うには会うべし。返書。午餐、シャルロット。①。可憐婦！

＊ 追放令でスイスコペに留まるスタール夫人の矢の催促をかわしきれず出発する、コペへの旅を続けると見せながら国境近くのドールから絶交の最後通牒を送りつけその足で独へ向かいシャルロットに合流、結婚との計画。

十九日　発信、シャルロット。今日出発。危機迫り来りぬ。余が旅券、査証を受けてここにあり。この期に及んでなお自由の身とならざらば、その責任はあげて余にある。されば②可能なる今、何を躊躇う。リンゼー夫人と会う。友情《なさけ》の契。空物語の蒸返。お陰でシャルロットへの便り、簡略、素気《すげ》なき便りとはなりぬ。嗚呼！　余が心、怪しの心うごきかな、我ながら愛想つきぬべし！

来信、シャルロット。優しき心、余を想う心、如何ばかりなる！　否、シャルロットと別るべからず。来信、スタール夫人。はや既に非難悪口。嗚呼！　行って嵐に身を晒す、あるまじきことなり。

旅程、自パリ至モンジュロン。スタール夫人出発の思出、余が心に甦らぬは一つとしてなし、だが、②の必要性、それに劣らず鮮明なり。②実行の時は来りぬ、戦ってまた乱射する、なすまじ。

二十日　悲しき夜。新たなる災難。ウジェーヌに担がれたり［スタール夫人下僕、道中お目付役としてコペまで同行との意］。ウジェーヌ、余が意志薄弱お見通しなり！　己の意志薄弱には愛想つきたり。発信、シャルロット。千思百考。己に正直であるべし。パリへ戻りウジェーヌに会い、「コペへは行かぬ」と言明せん。これを以てスタール夫人がコペから飛んでくる、あり得ぬこと、いや、飛んでくるとも書を寄越すとも、こちらはどのみち既におさらばして蛻の殻なり［シャルロットと独へ］。僅か四半時の小仕事、それに下僕の顔《つら》を拝んでくれば済むことなり。これでよし。

リンゼー夫人、余の前でシャルロットの悪口を言うに、ただ顔だけを取上げ腐したるが、余はその時の己の反応について反省す。何かは嘆くべし！　ここ八月らいシャルロットを愛する身なり、相見れば心ゆくなり、相語らえば心やすまん幸福あり、その腕《かいな》に抱かれてあれば楽《たのしみ》あり、シャルロット燃え焦がれて余を愛するなり、余に命を捧げんとす、余にその財を譲らんとす、余がために争の修羅場によく立向かい、不徳のいたす余の非難の幾ばくか甘んじて受くるなり、余と暮すとあらば場所を選ばず、言の葉の一つ、愛撫の一つあらば身の幸《さち》を喜ぶなり、人の魂《こころ》の清らと優しさの証《あかし》数々に余は深く肝銘せり、しかるに、曾てものにせし詰らぬ女リンゼー夫人ごときが、シャルロットを余が昔馴染と人伝に聞き及び、なまじ己の昔が思出されてか、嫉妬して漏しし一言、余はこの一言に躓き怪しく心迷わせり。嗚呼、我が助平根性。この罪深き我が邪念、幸い誰の知るところにもあらず。なんびともこの邪念知る勿れ、余自身つとめてこれを忘るべし。

日の残り、行き悩み躊躇いて過せり、似愚《おろからし》と言うべきか。遂に旅を続くるの愚を犯せり。愚まさに極まりぬ！

回思追想、②の後悔。愚、回避不能。

二十一日（日曜日）　ムランに来たり。狂気の沙汰なり。いずれとも定まらぬ心もて徒に歩を進めたるが、目指す今宵の泊はなお六里かなたなり［モントロー］。しかも今の余の優柔不断、余がかくも滑稽にも恐れ戦く女の知るところにも未だあらざれば、当の女から相手にもされぬ薄弱行動と言うべし。今の時点では引返すは不可能なり。なお一里歩を進めんかシャルロットを失うべし。かくて余が恐るるはウジェーヌの顔なり。浅ましの薄志弱行なるかな。

ウジェーヌ来りぬ。余、パリへ戻ると言明す。ウジェーヌの談判口舌。余、諍《あらがい》に抗すべく怒りの威を借り、ひとたび発憤しては脈絡なきことあれこれまくしたてたり。決断を恐れ、奸策、嘘偽を弄して旅立ちたれば、退くに退かれず、ついに頑固《かたくな》に押返したるが、気持を偽らず、かつ旅立を控えたならばこうまでも片意地はることもあるまいに。嘘偽は人を卑に走らせ、卑に堕ちたる心は人を頑癡に走らす。余、我が非において意地を貫き通したり。
ウジェーヌ部屋を出るや、余の心境一転す。思出のどっときたりて我が心千々に乱れたり。スタール夫人の美点、アルベルティーヌ、絆《ほだし》の数々！　余、うち泣きてその様《さま》小児にも似たり。発信二通、スタール夫人、似無き真実《まごころ》と愛を筆に託しつつ、相手の糾弾に勝るとも劣らぬ厳しき自己糾弾の二書。
パリ復。来信、シャルロット。願い通りすべて事は運びつつありと言う［夫、旅券発行間に合わずシャルロットの単身出発に同意］。その願いが即ち余の願いなる、今は昔のこととはなりぬ。嗚呼、なにもかも変り果てたり！

二十二日　④、興のらず、熱入らず。舞戻を何とも思わぬ連中に出会い意気やや回復す。夜、少時、シャルロット。嗚呼！　感興索然として失せにけり！

二十三日　発信、スタール夫人。余はいぜん痴呆状態にあり。単行孤羈、心の正気に復さんことを。実は、⑫余の目には完全に幻滅と化したり。プロンビエールへ行かん［ヴォージュ地方の湯治場、アントワネットとの縁談話か］。オシェと談。スタール夫人既に余を鬼と言い触らし始むなり。パリまで引返す、なに憚ることもなかりしか。馬鹿を見しか！　意志薄弱のあまり嘘偽りで身を固めたるということなり。スタール夫人より凄まじき剣幕の来書。狂暴きわまれり！　本人が「愛」と称する、激にして猛なるかな！　いずれにしろ、②まとまるべし、しかし、これまでの如何なる時期も及ばぬ修羅場あらずべからず。身を犠牲にせし八年の揚句の果なり。来信、シャルロット。午餐を共にせん、だが⑫の魅力失せて戻らず。さはいえど⑫は少くとも身を固むの基盤とはなるべし。これよりこの「日乗」旬月《とつき》廻りて、今の心境を振返りみるに一として呆れ驚かざるはなかるべし。

午餐、シャルロット。終日憂愁。シャルロット、完璧なる直感力を以て此方の心を読めり。別れたしと言い、悲惨なる状態に陥りぬ。シャルロット、讃歎おく能わざる温和、理性、無死無欲の人なり。右手《めて》に短刀《どす》、口角に泡もて迫る、かの牝獣《めけもの》とは天地雲泥の差あるかな！　哀れシャルロット、怺えに怺えたればついに往還の最中《もなか》で気を失い、優に半時《とき》に及べり。宵も終りにかけて憂苦軽減せんとす。①。だが、この和解の「妙法」も奥の手とはならざりき。されどシャルロット、すべてを約し未来に期せり。

二十四日　発信、シャルロット。その健康気になるところなり。オシエ。談。余の意見に基本的には異論なしと言う。シャルロットより素気《すげ》なき短箋。何事か心境の変化生じたるや。

パウの「エジプト人論」、朗読せしむ。午餐。頭、鎮静す。②に回帰したるも呵責なし。来信、シャルロット、情理《ことわりとなさけ》あり。叶うならばシャルロットを妻とせん。思集《おもいあつ》むるに望ましきはこれなり。

二十五日　発信、シャルロット、スタール夫人、ロザリー。パウを読む。シャルロット、音沙汰なし、いかにも妙なり。心境の変化きたせしか。パリを出て道中シャルロットに釈明せんとの思いしきりなり。シャルロットより短箋。出発予定、明後日と見ゆ。我が身の上の情況全般を仔細に検討す。⑫をよしとする新理由発見、しかもこれ一つを以て足る新手の理由なり。だが、それにはシャルロットに即刻、行動意欲回復の要あり。されば道中にて。

二十六日　発信、父。オシエと談。⑫が世間を敵にまわすことあるまじ。必要なのはシャルロットが即刻行動の意を持つこととなり。シャルロットより短箋。いよいよ明日出発。都合つけば今夜来むと言う。シエヌドレと午餐［仏詩人、革命亡命後スイスに渡りコペのサロンの常連、この時三十八歳］。皆人《みなひと》の隠し持ちたる、老いゆく恐怖、如何ばかりなるかな！　シャルロット来らず。明日の出発、それのみが気掛なり！　シャルロットに筆を執る。執筆中、本人来たる。どことなく変りたる、一段と冷やかなるもの内に秘めたり。ことの委細、道中にて究明せん。
来信、スタール夫人、愛《かな》しく狂おし。だが、これは絶つべし、それにしても喰いついたら離れぬ勢いの！　これ、情の深さというよりは焦燥憤怒なるべし。

二十七日　パリ発。ボンディにてシャルロットに合流。旅程、至ラフェルテ・スジュワール。会話、覚束なく湿りがちなり。シャルロット、余が②の成功怪しと言う。②無くてはあらじ、さもなくば、この身は河に投ぜん。だが、シャルロット、親切、素直、切愛を惜しまず。①。

二十八日　旅程、自ラフェルテ至エペルネ。旅の別れを遅らせん、スイスまで共にせんの心シャルロットに兆しぬ。

二十九日（月曜日）　旅程、至シャロン。今後の予定。シャルロット、ドイツへ行き即刻行動に移る。一月半後⑫実現せらるべし。余自身は、スタール夫人に敢て立向かい得るか、ドールからドイツ直行、幻となるか、今は何とも言えぬ。仔細はドールにて。
終日、シャロン。シャルロット、いよいよいみじく愛《め》でたし。余を苦しめてはならじとの思いからも、よく自身の苦を抑えたり。①。天女シャルロットと袂を分かち運をみすみすふいにする、大過と言わずして何と言うべし。

三十日　シャルロット発ちぬ。発つ人への懸想これまでになく強し。次に控うるはスタール夫人なり、別れは穏やかにゆきたし、されど、別れは時を置かず為さるべし。旅程、至ヴィニョリ。

一八〇七年七月

一日　旅程、至ショーモン。発信、余が恋人《リーベ》ロッテ。プロトワ泊。

二日　旅程、至ディジョン。⑫の確信、曾てなく強し。発信、シャルロット。ドール入り、今夜ないしは明日。ドールにて方針決定せん。面と向かえば売言葉に買言葉、苦と暴の虚しき争となれば口実を、如何に些細なるもよし、設けて［スイスコペに］戻らず②の実行に掛る。面と向かえば、またぞろ、理は此方にあるとはいえ、詰らぬ失言失敗を重ぬべし。誰をも喜ばせぬ苦しみ甲斐なき苦を重ぬべし。旅の道で見かけしハンガリーの乞食一家。嗚呼、人の暮しの運不運における貧窮寒酸の奈落なる！　旅程、自ディジョン至オーソンヌ。

三日　旅程、自オーソンヌ至ドール。父、患い悩ましげなり。スタール夫人より来書数通、常の如く益々猛り狂いたり。ウジェーヌパリへ発ちぬ［コペのスタール夫人の許から］。これまでの道中、ウジェーヌの帰来待遠《とお》なりき。実行の方法はさておき方針決定す。スタール夫人の顔は見たくなし。苦は千辛万苦嘗め尽したり。会えばまたぞろ一から始むることとなる。狂気の沙汰なり。発信、スタール夫人、書の陰にして曖昧なる。当地で時間を稼ぎ、永遠の縁切と為すべくこのまま引返すべし。

　ウジェーヌ到着。スタール夫人より更に一書。要求は二月《ふたつき》のみと見受けらるるが、嗚呼！　お望み通り叶えてやりたし、が、この類の要求、何れも形は違うとはいえ、根は同じ、躁狂苛立、我執偏屈の然らしむるところなり。常よりなお穏やかなる返書認む。断固決断とあらば、向こうに乗込みシュレーゲルを介しけりをつくること、今宵の余が決意のほど斯くあるべし。来信、シュレーゲル。シュレーゲル、余に勧めて曰く、「この絆、甘んじて受け給え、受くるからには、今ひとたび物に憑かれて夫人に熱中するがなおよかるべし」と。憑かるるは人の意志でなることかは。レカミエ夫人コペへ発つと言う［エルゼアール・ド・サブラン同道］。賑いて一時の慰みとはならん、スタール夫人の躁狂ぶり、なお広くパリを駆巡らん［レカミエ夫人帰京して噂を蒔く］。辺境諸州の旅行おそらくあるべし。仲間には加わるまい。逃去る好機なり。

四日　来信、ロザリー。スタール夫人、面白おかしく人に交わりたるとある。来信、スタール夫人。「ウジェーヌに託したる手紙、我が意にあらざりき」と言い、「これからは男に媚ぶまじ」と約す。有難くもかしこき約束かな！　媚びは惜しまずふるい給え、そして余に平安を与え給え！　だが、如何なる別れも頑として聞く耳もたぬ女なり。されど別れのなくてはあらじ。時は待たず。

シャルロット、昨日フランクフルト着なるべし。我ら二人、争の修羅場を切抜けシャルロット自由の身となる時機めぐりきたるべし、されば、即日間髪を入れず、余の妻とせん。発信、オシエ、シュレーゲル、シャルロット。夜、④、少しく。離婚につき父と談、陰。少時、思悩みしも忽ち⑫に回帰。シャルロットよ、余が汝のものとなる、地上の審判一つとしてこれを妨ぐる能わず。

五日　発信、スタール夫人。嗚呼、顔を見ずして立去りたきかな！　④。シャルロット明日はハルデンベルクに到着か［ハノーファー王国ゲッティンゲン近郊ハルデンベルク家領地］。当地出発前にシャルロットより便り一本あるを期す。

六日　発信、シャルロット、ロザリー。④。これをもって参考資料関係了とし、註作成は今後一切なし、作成せし註残らず分類編纂し、もって註関係落了とす。参考資料関係において類書にひけをとらぬに足る註をものせし今、更になにがしかの引用を添うるよりも、残る半年は積文推敲に捧げたし。続けて④。仕事を進むるにつれ原稿もとの頭に納まり興の幾ばくか再び湧くを覚ゆ。嗚呼！　②既に成りてあらましかば！　コペに戻るは意志薄弱の極なるべし。戻るとも、また発つと言えば、相手の激怒、治まるまい、戻らずと言えばそれで相手が自殺するわけでもなし。何かといえば例の〈阿片チンキ〉、そは猿芝居、さもなくば精神錯乱の類《たぐい》なり［服毒自殺の脅し］。

七日　④、可。余を閲《せめ》ぐ地獄の噴煙とも言うべきこの狂暴、危害のなかりせば当地にても著書脱稿ありぬべし。シャルロットより音信のなければ今朝がた不安焦燥を覚ゆ。来信、スタール夫人。まったくもって別種の焦燥を覚ゆ。この女の執着、まさに地獄の責苦なり！　猛り狂える悍婦、まさに怪物なり！　来信、オーギュスト［スタール夫人長男］、卑しくはあらず。返書せん。千思百考。ドイツ行中止の誘惑に負けんとす。シャルロットの居所さえ分れば心迷には及ばぬものを、今は便りを待つには如かず。だが、何処で受取るべきか。シャルロットと離れしは何たる不覚なり！　シャルロット、心の動揺抑えられぬまま、「私をかく独り行かせて留めざりしは貴男の落度なり」と思詰むるあらざらんや。シャルロットを我に繋ぎとめ給え、その音信の日ならず得さしめ給え、もう一方の女から解放せしめ給え！

計画ほぼ固まる。ブザンソン行、自ブザンソン至オルブ［ローザンヌ北二十五キロ、独へ発つに地の利を得た宿場］、同地に車を留置、自オルブ至ローザンヌ、同地に原稿預置、コペに持参するは、記録牌《カード》と旅の夜具袋のみ、ひとたび諍に及ばば立去るべし。

八日　発信、スタール夫人、オシエ、シャルロット。

九日（木曜日）　④、良。原稿の大方、此処に預置。携行品、記録牌篋と抜書十四冊のみ、これを最後の訪問となして退散のこと。それまでにシャルロットより音信あるを期す。

十日　来信、フランクフルトよりシャルロット。万金の書！　有難《がた》の天女なるかな、嗚呼！　然り、一月後我ら二人添い遂げん。天よ、シャルロットに再会あらしめ給え、その傍らに在らしめ給え。転送便、シュレーゲル、スタール夫人、捨つれば恨死《うらみじに》にて思い知らせんとある。その一語とて真とは思うにあらざれども、我が耳には安からぬ噪音なり。発信、シャルロット［宛先は先夫マレンホルツ男爵気付］。④、良。フルコー振出為替手形五百リーヴル、父に与う。

十一日　④、良。当地滞在、ずるずると長引いたり［ドール宿泊］。これ向こうの激怒するところとはなりぬべし。余は為す術を知らず。我が人生の華の時期、今に続く暴戻隷属に如何に堪えきたりしか時に驚くことあり。

十二日　④、優。進捗大。来信、オシエ、我が意を得たる素晴しき書。来信、レカミエ夫人、ロザリー、アルベルティーヌ。哀れ愛しき女子《おみなご》よ。無念なるかな、子を幸にする能に欠け、よろず他に情熱を燃やすばかりが能だけの母のもとに生れし子よ。来信、スタール夫人。決着つけざるべからず。会いに戻るもまた立去る覚悟なり。

十三日　発信、オシエ、スタール夫人、レカミエ夫人。シャルロット。④、纔。来信、スタール夫人。別れ、まったく夫人の脳中になし。これでは半年前十年前に変らず、進捗なし。夫人の許に戻るとも得るところ何もなし。されば戻らず立去るべし、この別れ、更に工夫のしようもなし。別れは絶対的条件なり。戻る戻らぬ、ほとほと困惑す。かねての我が策を講じ一刻も早く発つべし。

十四日　発信、ナッソー夫人。昨日の手紙祟りて悪夜。②成らざらばやがて死すべし。シュレーゲル忽然と現れたり［兄アウグスト］。激論。明後日行くことになる。この女には困憊の極なり。去れば鬼と言われ、去らねば責め殺されん。懐しくもあれば憎くもあり、我が心測りかねたり。ともあれ、いつ何時《なんどき》の退散逃亡に備え持物一切ここに残し行かん。確かに優しく魅力あり、不幸を抱えし女なれども、要は狂人なり、相手として暮しに折合をつくるは不可能なり。

十五日　発信、ナッソー夫人、シャルロット、オシエ。父、来たる。シュレーゲル、退散。余とシュレーゲル明日出発。眼悪化。限界に達す。さて、明後日は女の傍らに在る身なり。嗚呼、会見、見ものなるかな！

　此方の出方いかにあるべきか。沈着と沈痛。気持を偽るには及ぶまじ。註の口述筆記をせん、仕事それだけ進捗せん、眼を労らん、可能ならばシャルロットより書到着まで退散見合せん。書の至らば退散、道中は馬で行く。もはや我慢ならぬとあらば、出発を早め旅先で逗留のこと。原稿保管安全、有効旅券所持、所持金六千リーヴル。備あれば憂なし。

十六日（木曜日）　ルジュウ［法制審議院時代の同僚、弁護士］に託し発信、オシエ、ルニョー、ジャネ、ドジェランド、ルスラン。シュレーゲルより短箋。苦き思もて返書認む。大事なし。よって今日出発せん。相手に会うは明日となる。沈着と沈黙を心掛くべし。

　退散前に計るべきこと二つのみならず三つあり、シャルロットからの便りを待つこと、一人旅に備え身体の故障を治すこと、［ローザンヌに］真相説明のこと。世聞《よのきこえ》千里を駆巡るものなれば、ローザンヌの世聞、当のローザンヌのみならずパリのことを考えても余には無視できぬ世間なり。神よ、シャルロット自由の身となりて余を待ち受くとの報の疾く来たらせ給え。シュレーゲルと発つ。来信、オシエ。

十七日　終日走行。シュレーゲルと話を交すも心は許さず。千思百考。九時到着。凄まじき騒動！　余は冷静沈着なり、騒あれば却りて心の静を得たり。恫喝もて平服させんとの魂胆見えすいたり。余はもはや我が身のためを計るばかりなり。相手は遠慮容赦なし。されば計るに相手は要らぬこと。

十八日　発信、シャルロット、ナッソー夫人。心痛煩乱の一日、少なからず情にほだされたり。②に気後《きおくれ》。何を為すとも、日を追うて譲歩すれば、こちらが悪者となりなお見苦しき姿を曝け出すが落《おち》なるべし。来信、プロスペール。

十九日　談、昨日に変らず。互いの心が幾ばくかの優しさと情《なさけ》を見せたる今、相手は余と別るべく思案の最中と見ゆ。その思案の詮ずる所、別れとありたし！

余の仕事と同じ主題のドイツ書［不詳］、翻訳口述筆記開始。目的は時間潰し、能う限り相手との接触回避、ただこの二つなり。目的の言うも情けなき！

午餐後、再び談、例の如し。不平不満、余が聞返《きこえかえ》す忍従の返答、この忍従がけしからぬとの狂乱激怒、自尊心の苛立、詭弁妖言、揚句の果が例の恫喝、「恨死《うらみじに》」。これぞこの女の遣口なる。発信、父。

二十日　千思百考。ここは、周辺、夫人の一味郎党ばかりなり。身をローザンヌへ移すべし。余が親類縁者控え、また必要とあらば、別れを公にするも可。身の自由を求めんとすれば辱めんというのが相手の魂胆なれば、此方にも味方のあること、相手の攻撃が天を仰ぎて唾する類の攻撃となること、この二つ、目にもの見せてくれん。今度という今度、この一件に全関心を向くべし、久しき昔より斯くすべきを怠りてせざりき。一件決着早まるべし。終日、頃日に変らず。だが計はすべて我が胸中に仕組まれてあり、脱出まちがいなし。「身の自由得られずは悶死すと言うならば、その悶死とやらはこちらの望むところ、身の自由を許すくらいなら」と、相手はまさにこの口調もて宣いき。

二十一日　発信、シャルロット、ロザリー。談続く。結論変らず。

二十二日　発信、オシエ。ニヨン行。ムール不明［飼犬］。来信、ナッソー夫人。

再び談。例の調子なれども、冷静を装わんとの素振二三見せたり。相手の冷静こそ余が期するところなれ。別れは未だ一筋縄では行かぬも、別れし暁には、余を奪《と》り戻さんとのまたの未練、これだけはあらずあらなん。

二十三日　ピニャッテリ氏死す［反革命の敵としてナポリを追われコペの庇護を受けた伊の自由主義者、レカミエ夫人に恋慕］。ジュリエット［レカミエ夫人］愁嘆。この愁嘆、一週間で気が紛れ一月後には晴るべし。

終日、頃日の例に変らず。「御身を此許《ここもと》に留置くは九月一日まで」との誓約、一筆取ってあり。これを盾に余計な議論は抜きにして、手紙一本、「誓文はお忘れか」と、九月朔発つ、これに如かずや。

二十四日（金曜日）　来信、ロザリー、ナッソー夫人。翰林院《アカデミー》賞に応募せんものと、「十八世紀文学展望」の筆を執る。一気呵成、脱稿をと思うに、「宗教」の原稿父の家に置いてきたれば、なおこれに専念すべき好機なり［執筆直後筆を投げた模様］。状況、例に変らず。だが心に迷い生じ我が計に対する自信怪しくなりぬ。

二十五日　二人の関係に対する余の心の行方《ゆくえ》に深刻なる不安兆し始む。相手は、感情抑制、大人しくなりぬ、そをうけて此方の憂苦減ぜんとす。相手は再び余に愛着す、されば半ばまで行きし決裂の道、今や究むるは生木を裂くの苦痛とはなりぬべし。本音を相手に知らしむるが良策ならん。徒に希望を抱かするは罪なるべし。発信、ナッソー夫人。来信、ロザリー。発信、ロザリー。

スタール夫人の従妹［ネッケル夫人。著書に『スタール夫人の性格と作品』あり］、第三者の立場として余と談。余を好かぬ身ながら、さすがに薄情男との見方は変えざるを得ざりき。余の面目回復さるべし。ムール、発見。

二十六日　頃日に変らぬ一日。双方詭弁の応酬、余の詭弁は問題の核心を避けんとする詭弁なり。来信、父。発信、父。明後日此処を去る。大いなる第一歩なるべし。ローザンヌにてシャルロットの書に接せん。この書、余の決断の力となるべし。余が構え、余が迷い如何ともあれ、為すべきは荒療治なり、いずれ為さねばならぬとあれば迅速こそ最もよけれ。

二十七日　来信、ナッソー夫人。余宛の書簡三通保管とある。せめてその一通、シャルロットなれかし。
　談、苦言に始り冷語に終りぬ。出て行くとの一大決心を余がなすとも、非は少くとも我のみならず相手にもあること確実なり。

二十八日　スタール夫人、氷河へ〔シャモニー〕、余はジュネーヴへ。明日はローザンヌへ。発信、シャルロット。〔ローザンヌにて親族と〕五六日の会話《かたらい》あれば余も心強し。スタール夫人戻らば、曾てなく正直に心を明さん。何事のあれ、此処には二度と戻らぬつもりなり。

二十九日　旅程、至ローザンヌ。我身ついにローザンヌに在り。もはや此処を動かぬこと、万事この一事にあり。味方あるべし、されば要は余の意志力なり。
　来信、シャルロット、オシエ、ヴァロワ〔不詳〕。シャルロット兄、ハノーファーに在り〔法学者カール・フィーリプ〕。我ら二人の件、進捗状況いずれ分るべし。オシエ、余の味方なり。いずれにしても有難きかな。スタール夫人の転送便。
　ロザリーと談。余が方針に深き心入《こころいれ》ありたり。ナッソー夫人の人情《なさけ》。要らざる不安に過度に怯ゆるは余の常なり。

三十日　発信、シャルロット、オシエ。オドゥワン〔下僕・筆耕〕病、予定大いに狂う。家族《うちわ》の一日。シャルロットをめぐりナッソー夫人と談。話の切出しで躓きたるが、改めて話題とせん。世の反対〔シャルロットとの結婚〕を持出し弱音を吐くは禁物なるべし。ナッソー夫人の⑫反対論、些か耳痛し、だが余が信念は揺がず。シャルロット、気がおけず、余の心に適いし女なり、余を愛し、辛苦難題数ある中、余と結ばれんとの設計を進めきたれり、余の相手、シャルロットに非ずして誰かある。

三十一日　発信、スタール夫人。終日無為。ロザリー。皆、②〔スタール夫人と絶縁〕は大賛成。だが⑫は、薄々嗅ぎ取り、ならぬと釘を刺さる。大いに結構、だがシャルロットに替る女のあらばこそ。この点、ナッソー夫人の考えに変更を迫らんものと決意す。

一八〇七年八月

一日（土曜日）　なお終日無為。午餐、ダルラン宅。千思百考。すべて勘案のすえ、此処の連中の非難の有無に拘らず⑫変更の意なし。

　余に四案あり。完全なる自由独立か、スタール夫人か、アントワネットか、はたまた⑫か〔シャルロット〕。第一案自由独立に三難あり。財の余りに乏し、老積《おいつ》む齢《よわい》、まさかの時の逃所《にげど》となるべき人間を敵にまわし、頼りは退屈やるかたなき此処のみ。第二案スタール夫人、今や夫人との関係いかんとも耐え難し、「流浪」〔追放亡命の旅〕、更にその数を重ねんその性格ますます余の性格を押し潰さん、余が人生と才能無に帰すべし。第三案アントワネット、此処に永久に繋ぎ止められ、長き耐乏、死すべき倦怠あり。第四案⑫、自由の束縛少かるべし、世間の反対なしとは言えぬが、いずれほとぼりは冷むるもの、何時なんどきの逃所、寛ぎ安住の場なるべし。情は措いて純粋に理に従えば、以上四案斯くの如し。却説《さて》、ここで情を問うならば、情こそ人生のすべてなれ。シャルロットの似無き性情堅固、似無き試練の愛、天使の心、これを情と言わずして何を情と言うべし。されば行着く先は⑫。

二日　昨夜、神秘論者の所で、不思議な宵の一刻。ランガルリ夫人、才女、間違なし〔コンスタンの従兄の妻、神秘主義者バリフの娘〕。外部の力を借りずして斯くなる能力を獲得せし者多数あり。発信、ヴァロワ。

なおまた無益なる一日。長日遣過すに遅々たり。ナッソー夫人及びロザリーと談。②は願うところ、だが⑫は歓迎できぬと言う。「両判事とその判決」、呪われてあれ！

三日　計をめぐらすにおいておよそ余が浅短無巧なること、他にその例あらざるべし。目の前の障碍に恐れをなし、却りて難路の中の難路を行くというのがこれまでの例なり。コペに向かわず、父の許からそのまま発つべきではなかりしか。事態はあげて紛糾錯綜しもとより人は言騒ぐとも、非難はさほどならず、⑫為留《しと》められたるべし。それを一家眷族のただ中に舞戻りたり。連中、余の肩を持つには持つがそれも条件つき［スタール夫人との別れは賛成、シャルロットとの結婚は反対］、そして余は、「⑫の意なし」を敢て否定せず欺きけり。言出しかねて初端で躓き、現状のままドイツへ発たば、連中、余の欺きを知りやがて余から離反するは必定。ドイツ行の目的はシャルロットとの結婚にありとスタール夫人の言えば、一笑に付して余を庇いたるつもりが、結婚が事実となるや一家眷族の憤慨いかばかりなるらん。本心明すべし。だが内気な性格からしても、およそ論争と名の付くものを恐るる意志薄弱からしても、そは容易ならざることなり。この行詰り、活路や如何に、熟慮のこと。

来信、父。スタール夫人に対する父の苛立、過ぎたる苛立とはなりぬ。今の窮状、他力は脱するに由なし。過ぎたる無関心、或は過ぎたる厳しさ、他人は両極端なり。ふと或る日身を隠してこそ浮ぶ瀬もあれ。

来信、スタール夫人。シュレーゲル到着をめぐる余の十五日投函オシエ宛手紙、オシエから聞き及ぶと言う。余がその奇行をオシエに漏せしを憤慨す。申開きできぬ立場につけ込み余を痛め苦しめんとの魂胆なり［シュレーゲルを使者に立てコペへ連戻す、否とあらば自ら乗込み毒を呷って死んでやる、とのスタール夫人の言をオシエに漏した事実］。

四日　発信、シャルロット。なおまた終日無為。ドリニィ行。ローザンヌ、思い屈ず。

スタール夫人到着。談、苦言から甘言に至る。余の活路は唯一つ、スタール夫人に結婚の否諾《いなせ》を問い詰むるにある。これ怠らば、相手は失恋絶望の相を見せつけその余りに酷ければ余は似無き人非人と指弾さるべし。この備えのあらば、「相手の男と何故結婚せざりしや」と問われては本人一言もあるまい。

五日　不定、流浪、不安、失意の今の生活、心労辛苦、才能鈍弊、財政破綻、性格惰劣の今の身の上、けりをつけねば立ち行かず。可能な選択肢五つあり、一、スタール夫人と無条件別離、二、スタール夫人に結婚か別離かの二者択一を迫る、三、一ないしは二の「別離」を選択の場合、単身、鰥夫《やもめ》、自由独立、学問一筋の生活、四、財産、体面に相応しき結婚を当地でする、相手はアントワネット或は別人、五、⑫。

　無条件の絶交となれば、相手は余を離すまいとしてあらゆる絶望的手段に訴うべし。世界の果てといえども追ってくるべし。苦しみをこれ見よがしに見せては喜ぶべし。かくて諍となるは必定、此方も我が身を守り、攻めては相手を傷つけざるを得ぬが、これ余には凄まじく浅ましきことなり。結婚か別れかの二者択一の場合、勿論、騒動は避けて通れぬが、足元固めて確かなれば、「愛する女が命を断つかもしれぬというに十三年の関係《ちぎり》を破捨《やりす》てんとす」との世の非難、もはやあり得ず。良からぬ評判二つ、我が身に降り懸らん、大金持の女との結婚を望み、年百年中頭にありしはこの目的のみと世間は見る［スタール夫人との結婚］、一族に好かれぬ女を娶らんとす、と余の一家眷族は見る［シャルロットとの結婚］。以上の検討すべて中断。夜を徹し午前五時まで凄まじき喧嘩。相手は余よりもむしろ穏やかなりき。独り悪者は余なりき。この為体《ていたらく》、難局突破あやし。

六日　疲弊、一日無駄にす。午餐、ドリニィにて。夜、シャリエール夫人宅、スタール夫人同席す。ロザリー、スタール夫人を手厳しく物々しく攻撃す。戦果零。余は決意のほど固めたり、決断のほどはひとえに余が意志にあり。コペ帰館まで待ち、スタール夫人とその従妹及びシュレーゲルに書面認め、何処と知らせず去り、行ってシャルロットと結婚し身を固む、これなくして救いなし。

七日　発信、父、ブラッケル氏［旧領主。コンスタン父の支給停止年金復活の件Ｐ］、シャルロット。我が身の上、再び忌々しき事態に陥りぬ。シュレーゲル到着を潮時にドールを発つべきではなかりしか。かくてまた昔の嘘偽りに身を固むる羽目とはなりぬ。余から暗黙の約を奪取りたれば、スタール夫人優し。
シャルロット、音信絶えてなし。不安、胸潰《つぶ》らわしき心地す。

八日（土曜日）　シャルロット、音沙汰なし。嗚呼、明日こそ良き書の一本あれかし。書のこれ無くてはあらじ！　シャルロットを巡りオーギュスト［従弟］と談。この地の居心地、シャルロットの意に適うべし。
エルミオーネ［ラシーヌ劇『アンドロマック』女主人公。エルミオーネは、他の女に走った婚約者ピリュス殺害を自分に横恋慕するオレストに迫り実行させた毒婦、スタール夫人この役を演ず、コンスタンはピリュス役］。スタール夫人、髪筋に蛇絡ませ、十二音綴《アレクサンドラン》の節回しよろしく契約実行を迫る老代訴人とでも言うべきか。げに女の、約束を迫る、疎ましくも憎くもあるかな！　スタール夫人、余との関係に則し「行動原理」一本ものしたり。来信、オシエ。

九日　『アンドロマック』下稽古。エルミオーネに向かいピリュスの台詞を吟ずれば幾何かの痛快を得たり。だがこの類いずれをもってしても余が身治まらず。余、水遁《すいとん》ならぬ「嘘遁」の術に溺没せんとす。
シャルロットと交しし契［結婚］、おおやけとなる恐れ大なり。シャルロット、この契を既に家族に告げたるべし。シャルロットが離婚を請求するとなれば、いや先刻請求の可能性もある、その理由は遍く人の知るところとなり、スタール夫人にそを書き寄越す者も現れん、されば、余が忠実男《まめおとこ》ぶり何れも化けの皮剝がるべし。逆の流れもまたこれに劣らず恐るべし。スタール夫人、「私とコンスタン二人は切っても切れぬ仲」との噂をすすんで世間に定着させんとし、この噂、周りまわって耳に入らば、シャルロット二の足を踏むべし。「阿片《どく》を呷《くら》ってやる」が口癖の相手では余も本心は明すに明せず。

已んぬる哉、来書なし！　知らず、何を為すべきか、行くとして何処《いずこ》へ行くべきか。

十日　今日来書のあらば思い和《のど》まらん。いずれにせよ、父の健康に託けて近々発つべし。そこからドイツ、長期滞在、スタール夫人の苦痛、乱心ともに尽くるを待つ。来書なし！　如何にすべきや。夜、喧嘩、躱《かわ》して避けたるも夜更し午前三時まで。うたて浅ましの事態かな！　シャルロットのあれば事態なお紛糾す。

十一日　嗚呼！　明日来書の一本！　発信、シャルロット、オシエ。言痛《こちた》き雑音。アルディ夫人と談［ロザリー莫逆の友、コンスタンの従姉］。「二度の離婚」批判の大仰なる！　シャルロットを迎え二人ひっそり暮す、これ、とるに足らぬ犠牲なり。世の中覚えず浅まし。プロイセン皇子アウグスト［普大王の甥、レカミエ夫人と恋仲になる。後に戦争論で知られるクラウゼヴィッツ随行］。独人の我らに優る、如何ばかりなるや！

十二日　シャルロット、来書なし。今のところ、事情一向に判然とせず。此方の手紙、或は相手の手紙、紛失せしか。一切不詳。為すべき最善は、ローザンヌ滞在後出発し、せめて目下の「鎖」は切断するにあり。シャルロットが自由の身となるを待つ、成否覚束なし、然る程に事はなお醜状帯ぶべし。十日後には事情判明せん。来信、オシエ。

十三日　午餐、スタール夫人宅［ローザンヌ近郊に数週間居を構えたP］。ピリュス、下稽古。この役柄、外連《けれん》みあり、しかもなお余が心ここにあらざれば真面目に取組む気にもなれず。夜会、ボワ・ド・スリーにて。

十四日　シャルロット、来書なし。不可解。手紙の何れか紛失まちがいなし。

十五日（土曜日）　今日シャルロットより来書なからば余の思考停止すべし。『アンドロマック』、下稽古。心幾許《ここだ》がれたれば忘れてとちることしきりなり。幼稚《しども》なき詰らぬ遊戯に一日無駄にす。残り少き歳月をさることにかまけて過すべきかは！

十六日　シャルロットより来書。余に三週間の無沙汰をきめこんだり！　ドイツでの離婚無用とのこと。されば、我らの契《ちぎり》、なお一段階前進す。我が心にもあらず人の口の端《は》に頭悩ましたり。さりとて、⑫は余の願いにして為さざるべからず。取るべき策を巡らすべし。来信、父。

千思百考。ドイツにて一冬送り著書の第一部完成させ、一廉《ひとかど》の学者としての名を立てフランスに戻る、これ最善の策なり。この方向で行くべし。ライプツィヒにて再会せんとシャルロットに約す。行って父に会い、原稿を携えドールを発ちライプツィヒを目指す、九月末彼の地に入り著書完成なるまで同地に滞在、万一、スタール夫人来るとも、相共に援軍無しの中立地帯、余はシャルロットを傍らに抗戦によく耐うべし。

デュ・テルトル氏、病の可能性。嗚呼！　氏もし死なましかば。午餐、メズリー。幾何かの金子《きんす》得たり〔賭事〕。

十七日　来信、ド・ヴェーヌ氏〔特定できず〕。方策を巡らす。スタール夫人の出発を見届け〔八月二十四日コペ復の予定〕ドールへ向かいそこからライプツィヒ、同地に逗留せん。時に心後《おくれ》をとるとも実行のなくてはあらじ。延期して一利あるではなし。

十八日　来信、父。父の年金停止あらざるべし。発信、シャルロット。余が計画背水の陣とも言うべし、約に従い準備せよ、とシャルロットに書き送りぬ。発信、父。

夜、神秘主義者連中〔「敬虔主義」、別名「内面の魂派」の教徒、従兄シュヴァリエ・ド・ランガルリの教誨と創始者ギュイヨン夫人の書に影響を受けコンスタン省悟して心の平静を得る〕。

夜、スタール夫人と談。余を操る絆縄《たづな》なお厳しく引締めんとす。理性と純心に基づくと本人は信じたる「嫉妬理論」を打立てぬ、己の支配欲に適えばなり。

十九日　朝餐、リゼット［ロザリー妹］。かの神秘主義連中とゴーチエ［「内面の魂派」教徒、スタール夫人親戚］に縋れば②成るやも。下稽古、例になく成功。ロワ夫人訪問。我が身の上を遍く鑑みるに、なお理において、情において⑫の思募りたり。願わくば余の期待、難なからんことを。一月後、シャルロットの許に在らん。

夜、喧嘩。相手となりて疲弊困憊するも、覚悟のほど固まりぬ。

二十日　下稽古。芝居、案ずるには及ぶまい。午餐、シュヴァリエ［ランガルリ、前出十八日］。これ、少くとも才気溢るる男なり。スタール夫人がこの男に「帰依」する、余が望これに尽くべし！

二十一日　来信、シャルロット、長文傑作の書。過たぬ才、弁えたる道理、愛情の漲り溢れたる！　妻にせんか、余には過ぎたる幸福というべし。朝餐、シュヴァリエ宅。

スタール夫人が慰安の種々《くさぐさ》に心の安らぎを得べく、余は能うかぎり慰撫に勤めん。この発想の転換には我ながらはっと胸つかるる感あり。

発信、シャルロット。計画些かの変更を施す。居所を定むるに、父の近くとするか或はライプツィヒとするか、本人の選択に任せたるが余自身はむしろ前者に傾いたり。二度の離婚を巡る衆口の雑音煩しく心苛《いら》るれば、つい我知らずシャルロットにそを仄めかさざりしか、気掛なり。

『アンドロマック』、衣裳を纏い舞台稽古。余が役、好演なるべし、だが昨年に比して気が乗らぬこと恐るべし！

二十二日（土曜日）　計画、また一つ改善。シャルロット、パリ近くに身を寄すること利あらば、レゼルバージュも可なり。発信、シャルロット。来信、シモンド。

『アンドロマック』上演。観る者、思いしよりも好意的なり。余が演技悪くなし。スタール夫人、まめやかに優し。

嗚呼！　進退両難！

二十三日　来信、ヴァロワ。嗚呼、シャルロットとレゼルバージュにあらましかば！　時いたりぬ、今こそ計画実行に思いを致すべし。

　午餐、ドリニィにて。心憂。此処に居合す者こぞりて余に親切なるも、余が女の一方と手を切ると期せばこその心にして、余が女の他方と結婚するとは思いの外のことなれ。連中の驚き如何なるべし！　是非に及ばず。事なりなば迷わず出発すべし、さればすべて如何さまにもなおよく治まるらん。

二十四日　父の件、ブラッケル氏と調整す。シュヴァリエを巡りスタール夫人と談。夫人が宗教の救いを必要とするは見ての通りだが、悟に縁ある衆生とも思えず。その頭、過ぎたる我利私欲、虚栄の塊なり。疲弊、宵の交際《つきあい》。

　レカミエ夫人、恋の騒動［相手はプロイセン皇子アウグスト。「愛の誓文」を交し夫に離婚を要求、自殺未遂までおかしながら結局男の求愛を拒否、異郷暮しの貴賤相婚を避けた］。女連中今日出発［コペへ］。今週出発するの勇、我にあるやなしや。発信、父。

二十五日　スタール夫人発ちぬ。出立前小喧嘩。父訪問絶対的条件なり。これ怠らば万事水泡に帰すべし。

　例の如く同じ話題を巡り、ロザリー、リゼットと談。彼《か》の女《ひと》、貴男を悪者にして罵り言いひろめ給うべし、蓋しその効、目に見えてあるべしと言う。所詮なし！　今の身の上を変えず悶死せよとや。

二十六日　午餐、敬虔主義教徒宅。心内不安動揺。破綻《わかれ》を思えば胸裂け心砕くるばかりなり！　コペには戻らぬとの覚悟、余の能くすることか自信なし、だが戻れば何事の成るでなく、況んや終止符を打つべき理由なくなるべし。

　来信、オシエ。余を称うる褒言葉の、余には相応しからぬとでもいうべきを頂戴す。来信、父。発信、シャルロット、スタール夫人。
　夜、ドリニィ。シャルロットを巡りナッソー夫人と談。二度の離婚、ここスイスでは余が恐るるほど世間の顰蹙をかうこともあるまじと。これ大なる発見なり。
二十七日　思案百考とナッソー夫人相手の漫物語《ざつだん》、この二つにて午前は過ぎぬ。ナッソー夫人、シャルロットに会わば覚えいみじかるべし、されば余が一家眷族も然あるべし。これ大なる幸なり。今や為すべきは行動という時、余が心ただ悶嘆す。午餐、エプネーにて［ローザンヌ近郊］。
二十八日（金曜日）　天下分目の日、なんとなれば今宵おそらく出奔せんとすればなり。無念なるかな、然《さ》に非ず！うじうじと行き悩みて終りぬ。午餐、シャリエール夫人宅。
二十九日　百悩尽きず。午餐、ドリニィ。百悩、怖気《おぞけ》を震う。来信、スタール夫人。頑として余が意を認めず。夫人差向けの車到着す。またもや飛んで火に入る夏の虫となるか。思うだに、ぞぞ髪《がみ》ぞ立つ。
三十日　腹は決りぬ。ドール行。絶交決行。絶交、言うにも余る苦なるが、敢て絶たんと欲す。知恵の限りを尽してスタール夫人に書を認《したた》めたり。明日のこの刻、余が心の行方いかならん、余が身の行方いずこにかあるべし…。
　すべては覆りぬ。我が意、通すに由なし。認めし書うち捨てぬ。苦の恐しき一日。落行く先はコペなり。嗚呼、落行きて何をか為さんとす！　余が心を操るは怪しき魔力なり。
三十一日　コペへ発つ。到着して一騒動。何《なに》とてここへ舞戻りしか。

一八〇七年九月

一日　心身痙攣の一夜。朝七時ローザンヌへ逃げ行く。これにてすべて絶縁とはなりぬ。心痛、七転八倒！　ナッソー夫人、ロザリー二人して慰《いさ》め励まさんとすれど、余が胸は千々に張裂けたり…女、追い来りぬ。五体を余が足下に投出し喧喚鳴号す。およそ鉄の心臓にしてこれに耐うるやある。来た道を女と返してまたコペに納りぬ。

来信、父。今やシャルロットのために如何はせん。

二日　苦の一日。余が意《こころ》は「絶縁」にありと相手に言張る勇なし、だが、相手に「復縁」を言出す、これまたなし。女、狂躁、余、窮厄。一月半を共にす、その後相手は余を置いてウィーンへ発つ、と二人して取決めたり。九月末の再会を信じ合流せんものと恐らくこの十五日旅立つはずのシャルロット、何と言うべし。余の幸福根底から危うし。

三日　やや落着きたる一日。だが頭は支離滅裂砕け散りぬ。

四日　本日九月四日より十月十五日まで仕事に手を染め時を遣過さんとす。悲劇、『ヴァレンシュタイン』の草を起す［ヴァレンシュタインは三十年戦争時代の勇将、皇帝を裏切り暗殺さる。シラーに同名三部作あり］。

五日　発信、シャルロット、ナッソー夫人、ロザリー、シャリエール夫人。オドゥワンをローザンヌに遣す。『悲劇』執筆。スタール夫人、助言の人、言い知らず賢し。

六日　④。『悲劇』、筆すすむ。ナッソー夫人より冷やかなる返書。来信、ロワ夫人。

七日　④、良。既にものせし詩文二百八十行に及びぬ。先の事件百事万般の昏迷から胸開く。シャルロットを完全に失う、これあるべからず！

八日　詩文三百二十八行ものす。今の筆勢ではこの『悲劇』六千行にも及ばんとすれば、一部削る要あり。発信、父、シャルロット。④、良。

九日　『悲劇』を続く。明日までには第一幕了を期す。詩文の秀、絶詩と言うべし。発信、ロワ夫人、ナッソー夫人。

来信、シャルロット［別れた地シャロンでの再会希望を伝えくる］。その愛と優しさ、常に変らず。こちらの返を待ち行動路決定せんとある。余は既に、例のお目出度き優柔不断の為せるわざ、方角正反対の三案をいずれ劣らず強く説き勧めし後なり［前月二十一、二十二日、独ライプツィヒ・父の住むドール・パリ近郊レゼルバージュ］。シャルロットが期待は第三案なるべし［レゼルバージュ］、同地を目指せば当の余が約を守らず姿を見せぬとある。いい加減な男と思わるべし。再会の地が何処となるか見当もつかぬが、余の意志力でなるとすれば、そはこの冬ならん。

『悲劇』、筆すすみ四百五十四行となる。しかも筆の冴え絶妙。

十日（木曜日）　オシエ、結婚す。余の沈黙に立腹の体《てい》なり。余は事あるごとにオシエの親身を必要とするなり。発信、オシエ。④、良。第一幕完成。この一幕長々と詩文五百を超えたれど中に秀句あり。

十一日　発信、シャルロット。第一幕朗読。聴く者拍手惜しまず。冗長に過ぐる条《くだり》、二三あり。残る四幕完成まで妄に筆いれまじ。第二幕に掛る。第一幕に比し筆の速度劣るを恐る。シャルロットへの愛、曾て無く高まる。ナッソー夫人より寸簡。

十二日　発信、ナッソー夫人。④、可、量は勝れど昨日よりも見劣りす。だがこのまま先を続けたし。ジュリエット［レカミエ夫人］、人柄の奇なる［プロイセン皇子との関係か］！

十三日　朝、憂想。今の生活に倦み疲れたり。シャルロットを失う危険を冒ししか、不安なり。事なれる今はただ待つのみ。④。六十行、だが気力鈍る。②再び激化、⑫失敗とならばその打撃からの再起不能なるべし。

十四日　来信、ナッソー夫人（二通）、父、シャルロット（二通）。シャルロットが余を恃む心、驚くばかりなり！　今回のこの逆転騒動、シャルロットの苦痛いかばかりか！　心優しの天女よ、汝よく我を許し給うや。更に二月、そして汝になおその意あるならば我ら二人必ずや結ばるべし。夜、ネッケル夫人宅。嗚呼！　時、遅々として進まず！　ウィーン出発まで苦の絶えずして悩みは多し！　危機数多あるべし！　如何なる火に飛んで入りしか夏の虫！

十五日　うたておぞましき喧嘩。地獄の底と言うべきか！　生きて帰ることやある！　夜、このおぞましき様に耐えんとして酒に酔《え》いにけり！

十六日　釈明。嘘偽、明暮れの嘘偽に徹せざるべからず。相手は際猛《きわたけ》き女なれば、つゆにても本音は漏すべからず。ウジェーヌのパリ行、用心のこと！　とにかく、スタール夫人の出発〔ウィーン行〕まで待つべし。だが、シャルロット堪忍袋の緒が切れて、手を引くとでも言出さば！　ともあれ相手が発たば余は自由の身、自由とあらば、たとえカナダなり落行くとも可。

十七日　朝、穏。態度決定、これより出発まで痛言冷語は禁句のこと。発信、シャルロット（三所宛）、父。まったき自由の身とならば、今行く末、為し為さんとする業《わざ》、為さずに済むべし。ともあれ、今や鳴りを静《ひそ》めて天命を待たん。⑫叶わずはアメリカ、思うに悪くはなし、この窮余の一策、最善に優るとも言うべきか。すべて順調に事運ぶと仮定して、その時の事の運びを想像す、また愉しからずや。

されば、あらまほしき運び以下の如し。余の手紙シャルロットが許に届き、シャルロットなお奔走し、人の口の端《は》おさえて首尾を遂ぐ、スタール夫人嫉妬疑猜つゆ覚えずウィーンへ発つ、余シャルロットを妻とし、一冬、心長閑にローザンヌにて過し、シャルロットその地に懇ろに迎えらる、かくして我が身穏やかに治まるなり。全能の神よ、これを余に叶え給え、余その心得あれば授かりたる幸福は徒にはなさじ。④、『悲劇』、少しく。

十八日　発信、フルコー、ナッソー夫人。来信、父。ひとたびウィーンへ発たば、⑫或はアメリカ。一日、穏。出発までここの連中に望むはこの穏を除いて他になし。

十九日　④、『悲劇』、少しく。この因果な『悲劇』、行動遅延の原因ともなるべし。間断なく筆を進め巧拙問わず完成の要あり。『アンドロマック』上演。

二十日　昨日、この悪縁十四年目を迎えたり。徒に腐縁を断たんとして十二年にはなりぬ［一七九四年スタール夫人と出会の蜜月は二年にて終る］。未だ何事も確信なし。だが、肝に銘ずべきは、暴は無用のこと、余が宿願には益なくして害あるばかりなり。事を為すに欠くるところあるべからず。さて、偽計奸策は相手の余に強いるところなれば手加減は要らぬこと。②実現とあらば、⑫、⑦、⑧、何れも可。相手がひとたび百里彼方の人となりし暁には、この三方策から一つ選ばん。④、『悲劇』。

二十一日　スタール夫人とナンジで出会いしより本日で四年となる。その一夏、別れんとして胸を悩まし後の出会なり。上京、追放［コペからパリ復途上のスタール夫人にパリから百六十キロ地点へ退去命令、続いて国外追放令が出された。ナンジはパリ南東の町］。そして余はこの　篰《しがらみ》　にかつてなく強く締付けられたり。ここはよく経験に学ぶべし！　ひとたび別れし暁には自由の確保なくして再会はすまじきこと。願いをすべて叶えてやれば相手として暮すに優しき女なるが、願いをすべて叶うるは余のよく耐えてするところにあらず。

シャルロット、音信なし。然もあるべし。シャルロットを陥れたらん迷路を思えば怖じ震うなり。とまれ、待つべし。ゲクハウゼン嬢亡くなりぬ。ワイマールで余に友情を惜しまざりし良き人なりき。点鬼簿いよいよ厚みを増しぬ。『悲劇』進捗大、修正上出来。

二十二日　発信、シモンド。④、『悲劇』。第二幕冒頭三場、書直す。

時は流れ行くに危機は土壇場に至るまで切迫感なし。気力と忍耐、試練の時なり。コレフ、パリに。これまた一つ危険増したり［シャルロットとコレフの仲を邪推］。

二十三日（水曜日）来信、ロワ夫人。発信、ロワ夫人。『悲劇』、進捗驚くべし。この分野、スタール夫人の存在実に重宝す。

二十四日　④、良。『悲劇』第二幕、まさに落了ならんとす。仕事に専念すれば心まことに愉快なり。だが、シャルロットが！　時間の事業《わざ》は時間に任せ、我は我の事業を為さん。

二十五日　発信、コレフ。シャルロット、音信なし。不思議なり。シャルロットからの便《たより》一本、恐れかつまた求む。④。第二幕落了。贅肉を削ぎ刪正《さんせい》すればこの幕傑作なるべし。いかにも不本意ながら此処へ「出戻り」したればこそなれ、悲劇に筆を動かし、まったくの未経験分野に名を成す、なきことかは。プロスペール着きぬ［仏軍占領地を十月に渉り視察 P］。積る奇談の仔細聞せてくれぬべし。なおまた怒りに震え恐怖に怯ゆることのなくもがな。さりとて相手［ナポレオン］は鬼の鬼なる！

二十六日　余の出発、十月十五日から十一月十五日へ変更、それまでは出発なしの可能性大なり［シャルロットに合流の旅］。我が『悲劇』のあれば憂さの種々《くさぐさ》忘れぬ。第三幕着手。第二幕、刪削多岐に渉れり。

プロスペール来たる。驚くべき仔細！ 人間の怪異、滑稽、残忍なる、驚くべし！ 発信、ロワ夫人。

二十七日 ④、『悲劇』、纔。明日はなお捗《はかど》るものと期す。スタール夫人、うって変りて愛想よし。だが、①のために⑫に回帰、①［肉の快］のなければ夜も日も明けぬ身なり。

二十八日 来信、父。シャルロット、音信なし。不安このうえなし。その時期シャルロット余の奇行知る由なければ、音信なきは憤懣のなせるわざとは考えられず。明後日、シャルロットに書を認めん。二十四日までブザンソン通過の跡見られぬは父の手紙から判明す。此処での明暮れ倦み屈じ始めたり。シャルロット、シャルロット、余の幸は汝あってのもの。我ら二人してついに幸福を得ることのあらんや。

二十九日 ④、『悲劇』。はか行くも、これをいつか舞台に乗する、その当てなし。明日シャルロットより佳音《かいん》のあらなん、しかも、それが故の喧嘩沙汰のなくもがな。

三十日 来信、ダルラン夫人。②。シャルロットより八月十八日便に対する返書。思わぬ展開とはなりぬ！ 余を信じ当てにするなり、されば、二十一日便［合流再会地、ドールかライプツィヒ、コンスタン前者に傾く］と二十二日便［レゼルバージュも可］に接しブザンソン［ドール途上］にて落合わんものと既に出発せし可能性大なり。シャルロット如何ばかり浅ましく驚き惚《ほう》けん！ シャルロット何をか為さん。ともあれ、余は運を天に任せた身なり。待つべし。最もあらまほしきは、シャルロットパリへ向かい、同地で懸案決着［離婚成立］、このこと噂とならぬこと、スタール夫人出発し、我ら二人急ぎ結婚することとなり。これを叶え給え。発信、メラン（百四十七仏フラン同封）、発信、シャロンの旗亭「黄金丸《ポムドール》」気付［六月三十日ここで別れシャルロット独へ、コンスタンドールへ向かった］。

本日仕事の筆を執るは容易ならざるべし。スタール夫人感づき疑う。さほどの労なく躱《かわ》しぬ。およそこの嘘偽、心に重くのしかかりたり、何と言おうと余は夫人を心魂から愛する者なのである。かたや、シャルロット、気立の斯くも優しく愛情の斯くも真なる、こなた、スタール夫人、言動の斯くも粗暴なる。時の為すに任すべし。やがて生《な》り出ずるは「運命の書」に記《しる》されしことなり［ディドロ『運命論者ジャックとその主人』か］。④、悪くなし、思いしよりも良。明日手掛くるはアルフレッドとガラ二人の場面なり［アルフレッドはヴァレンシュタインの副将兼皇帝代理官ガラの息。その父親ガラはヴァレンシュタインの裏切りを皇帝に告げんとす、息アルフレッドはヴァレンシュタインの娘テクラと相思相愛の仲］。最も難儀する場面の一つなり。発信、シャルロット。

一八〇七年十月

一日　発信、父、シャルロット（ライプツィヒの「皇帝賓館」気付）。危難迫らんとす。過ぎにし狂暴の記憶と来べき狂暴の予感なかりせば、余の心なおまたスタール夫人に向かわまし、今やその手弱女ぶり斯くばかりなり。⑫、世間の目あれば些か心後《おく》るるところ無きにしもあらず。

　余を愛する女二人あり、一人は結婚を拒みて余の人生を狂わせたり、一人は結婚に同意して狂おさんとす。されど余は天になお強く祈らん、シャルロットの愛絶やさず、その身を自由にさせ、十一月三十日我ら二人相見《まみ》えさせ給わんことを。まだ二月あり。嗚呼、待遠《まどう》なるかな！　来信、フルコー、リゼット。④、纔。

二日　発信、リゼット、ナッソー夫人。見ればスタール夫人の内に不安、強要、騒立《そうどき》、また首を擡げつつあり。これがためなおまた⑫に傾きぬ。④、『悲劇』、悪くなし。難しき仕事なり。余が心を動顚さするの書来らざるを祈る。

三日　発信、メラン、ロワ夫人。来信なし。これ幸いと仕事に精を出しぬ。『悲劇』二幕《ふたまく》をフレデリック・シャトヴィユに朗読して聞す。深く感じ入りぬ。

四日　④。第三幕後半三場草案をものす。この三場、名場面となるかは余の筆の運びひとつなるべし。ただ気掛は事件《こと》生じ仕事中断せらるることなり。

五日　来信、メラン、シャリエール夫人。④、『悲劇』、良。

六日（火曜日）『悲劇』第三幕書きあぐね落了ならず。この幕短縮、芝居全体圧縮すべく草案変更す。発信、ナッソー夫人。会話、先生風ふかされ、憂鬱の風舞えば心は⑫へ吹き流されぬ。常に自身の神経感情の「脈拍」を計り、その「自己分析」に此方が真面目につき合わねば癇癪をおこす人間と間《ま》なく時なく鼻つき合す、あいなく浅まし。これに比し、シャルロットは性単純にして共に暮すも波風立つまじ。本日シャルロットより書やある、して如何なる書が！　運命の神よ、良きに計り給え！

七日　④。第三幕了。シャルロット、音信なし。シャルロットの十月一日ブザンソン在おそらく可能性なし、とすると九月二十一日の出発は無しが真相なるべし。されば、余の四日便［九月五日発］はハルデンベルク［生地実家］で受信ということか。プロイセンを巡る報、シャルロットのために些か気掛なり［ナポレオンのヴェストファーレン王国建設をめぐる一連の事件のことか N］。

八日　『悲劇』三幕朗読。出来栄すこぶる良し、人々いたく感銘す。

ローザンヌ行。応対に棘あり。居合す者こぞりて余を非難す、「我が意に反し事を為す、今日の幸福を顧ず明日の幸福を危うくす」と。いずれも当を得たる、だが暴力《ちからずく》では窮状脱出能わず。されば我が計を追うべし。

九日　来信、シャルロット。余の四日便受信。すべて本人の知るところとはなりぬ［十月十五日までスタール夫人と同居］。シャルロット、喪意、不安、悲嘆に暗れたり、だが未だ余を見限るにあらず。篤《とく》と宥め静め、余の胸内を言い含めんか、二人の幸福いまだ可能なるべし。果してその首尾や如何に。
ウィーン行中止となるべき「吉報」なきにしもあらず〔スタール夫人追放解除〕、その時は我が意に違いて余は再び八方塞の身の上とはなりぬべし。ともあれ、時の為すに任せ期待を繋ぐべし。朝餐、ランガルリ宅。気づまりの午餐、ナッソー夫人宅。発信、シャルロット、ハルデンベルク及びブザンソン宛。すべて事よきに治まりて、我ら二人の幸、彼《か》の女の旅立〔ウィーン〕、ともに成らんことを。発信、父。

十日　昨日、ロザリー及びナッソー夫人と談。話題、例の常に変らず。余が計画、もはや何人にも明すこと欲せざれば及腰とはなりぬ。余が真意、シャルロットのよく悟らぬ恐れあり。絶対的必要に迫られし時が即ち決行の時なり。旅程、至コペ。『フェードル』上演。スタール夫人見事に演じたり、だが妻として夫の幸福を叶え得るはこの才にはあらず。

十一日　余の『悲劇』を口実にスタール夫人にずるずると居続けらるる恐れあり。ともあれ、口実封じのためにも脱稿急ぐべし。④、『悲劇』、だが纔。サブラン氏〔仏詩人、スタール夫人信奉者〕、神経発作。シャルロットへの愛、曾てなく強し。

十二日　十一月スタール夫人出発に期待を繋ぐ、これ叶わば、そしてまたシャルロットなお懲りずに余を頼み心優しくあらば、余には新生の緒とはなりぬべし。④。詩文、数はこなせど生彩を欠く。殺がれし感興、取戻す術なし。来信、ヴァロワ。

十三日　此処での明暮とよんどころなき①〔肉の快〕の代替手段、行着く先は寿命が尽きるか腑抜けになるか。* これ、②を得んとする主たる理由なり、更に、⑫なければ②また得る能わず。④。詩文、数はこなせど意に適わず。

カラマン氏の結婚**。げに幸福なる結婚かな［タリヤン夫人の二回の離婚歴とシャルロットのそれとの比較においてか］。⑫、⑫、心迷なし。嗚呼、神よ、この幸福の道、余が見失うことなきよう計り給え！

＊「この頃スタール夫人と肉体関係復活、夫人の絶倫ぶりに腎虚を恐れる」とするデニス・ウッド説に従えば、supplément（代替手段）の訳文は「二回では済まぬ①の無理強い」となる。

＊＊カラマン伯爵、ベルギー「シメー城主」、統領政府時代の当世女（メルヴェイユーズ）として名を馳せたタリヤン夫人と結婚（一八〇五年）。夫人の二度目の先夫は革命政治家タリヤン、夫人の色香に迷い反革命行為取締の手を弛めロベスピエールの信を失う。テルミドールの変はロベスピエールによる夫人の逮捕起訴が引金となったと言われ、夫人は〈ノートルダーム・ド・テルミドール〉と称された。

十四日　④、不調。中でも最終二幕、いざ筆を執らんとすれば実に難儀す。だが完成の手は弛めず。手こずれば此処に釘付の恐れあればなり。来信、父。⑫。⑫。⑫。スタール夫人相手に虚労困憊す。この種の疲労、昔は無縁のものなればさしずめ老いたりということか［上記デニス・ウッド説参照］。来信、父。

十五日　④、不調。第四幕の一場を第三幕に移す。これのみにて進捗なし。来信、オシェ。

十六日（金曜日）　当地滞在延期の功罪を思うに、スタール夫人に隷属の暮しは金輪際我慢できぬを別の角度から学びし事実、功とはなりぬべし、ただし、最悪の事態、シャルロット離反の可能性という罪《ざい》、避け得るとすればの功なり。この延期がずるずると際限なく続くのではとの不安れいになく兆し始めぬ。夫人の予定、何れもゆらゆらと定まらず来月の旅立も危うし。ともあれ、仕事、そして事情の許ししだいシャルロットに通信のこと。自由の身［離婚］を得んとの意欲なお強くシャルロットにあらば、余が避難所こそシャルロットなれ、その腕《かいな》に飛込まん。④、良。発信、ヴァロワ。

レゼルバージュの恨み侘びたる！　我と汝レゼルバージュ再び相見ることやある［コンスタンは所有するパリ近郊の農地レゼルバージュをこよなく愛し魂の休息所とした］。

十七日　④、良。第四幕、二十日脱稿を期す。細部の批評、悩み多し。だが中に適評もあり。
十八日　④。本日、捗らず。シュレーゲル、余を巡り疑心を抱かせんとしてスタール夫人を悩ます。いやはや、ご苦労なること！
十九日　④、纔。眼やや不調。安息休心さらに必要とす。天、我にシャルロットを返し給わば休息得らるべし。来信、シュヴァリエ・ド・ランガルリ、ナッソー夫人、父。
二十日　発信、シュヴァリエ・ド・ランガルリ、ナッソー夫人。④、可。目下の幕、完成は早くても明後日にずれ込まん。スタール夫人に悪報〔不詳〕。シャルロットの心変らずは余が事態風波立たず解決さるを期す。
二十一日　発信、ロザリー。来信、ナッソー夫人、シャルロット〔スタール夫人か私か、二者択一を迫る〕。シャルロット、余の言を理解せんとの心なし。愛情の薄らぎたるや。⑫。明日、シャルロットに書を認めん、確と明解に、確と情をこめて。①。④。第四幕、長丁場となる。明後日落了の要あり。
二十二日　シャルロットと共にレゼルバージュに在りしは一年前の今日この日なり。いと懐しくも結び初《そ》めにし関係《まじわり》をシャルロット断たんとやせん。去年《こぞ》のこの時刻、余その腕に抱《いだ》かれてあり。④、良。目下の幕、明朝了とならん。
二十三日　発信、父、シャルロット。来信、ナッソー夫人。第四幕了。知事宅にて四幕通して朗読す。我ながら出来すこぶる良し。第三幕と第四幕、聴く者いたく感銘す、だが詩文二千行立て続けに朗誦すれば咽喉《のど》潰れたり。
二十四日　来信、ロザリー。発信、ナッソー夫人。④、纔、不調。②と⑫、千思百考。余は生を治むる術を知らず。
二十五日　本日は余の誕生日なり。この「日乗」にて「我が生を治むべし」と唱えしより一年は経ちぬ。生の治められざるは去年と今、相似たり。その時期、シャルロットを娶らんものと心急《せ》かれたり。神よ、二人して幸福を得さしめ給え。④、不調。この第五幕、未だ行かず。夜、最終二幕を朗読す。

二十六日（月曜日）発信、オシェ。第五幕、散文原稿成る。首尾の如何、まったく自信なし。

二十七日　④、少しく復調。詩文をものするにつれ自信回復す。この第五幕、良ならずとも可なるべし。

二十八日　発信、ルスラン。日がな一日シャルロットと偕にし、夜がな一夜《よっぴて》、恋に狂いなお切なさに思乱れつつ、かつは覚悟のあれこれ固めつつ過ししは一年前の今日この日のことなるが、この覚悟、覚悟のほどとは名ばかり、延期に延期を重ねたり。

④。第五幕、草案に問題あり。行手に立ちはだかる困難、何れも草案に由来す。明日、先行四幕再読の上、為すべき変更検討のこと。第五幕にきて初めてブトラー［ヴァレンシュタイン陣営の将］の性格を詳述するには難あるべし。されば先行四幕鋳直の要あり。プロイセン皇子発つ［レカミエ夫人に結婚を誓約］。旅立の悲しからざるはなし。

二十九日　④、第五幕。第五幕の進行には第四幕修正の要あり。修正草案をものす。物憂く浅ましきまでに心鈍《おそ》し。

三十日　④。予定の修正をなす。第五幕第一場。一場全体訂正の要あり。仕事にかくも手こずるは如何なる訳やある。

三十一日　来信、シモンド、ナッソー夫人、シャルロット［十月二十二日独を発ちブザンソンへ向かうと宣言］。醇朴、誠心、分別、その為人《ひととなり》、実に立派なるを、此方のふらふらと定まらぬ態度に、況や、ブザンソンに来てみれば余の姿そこに見えぬとあらば、シャルロットの心の離反ありぬべし。ともあれ、時の流れとともに成行き見守らん。④、不調。忌々しきかな、この第五幕一向に埒あかず。発信、シャルロット、ブザンソン宛。

一八〇七年十一月 ［十九日まで。それ以降欠］

一日　④、良ならずとも可。いずれにせよこの幕完成のこと。来信、父。当地来訪の計を告げ寄越しぬ。余を有利にせんとの牽制か、真面目なはなしか、真意計りかねたり。恐らくは前者、余の窮状救出なり、だが父来訪は更に余を窮状に陥《おとしい》るべし。さても、我が薄志弱行の生様《いきざま》、打捨つることもがな。

二日　④、またもや不調。この幕、消え失せてあれ！　新規に散文でものする要あり。シャルロットを巡り談［スタール夫人］。「君、シャルロットと結婚せんか、人々卒愕仰天すべし」。知らぬこと、本人の余がよく幸福ならばそれでよし！　狂気正気どちらに転ぶとも、今の不幸に勝る不幸は有得ぬこと、言を俟たず。

三日　④、もて悩み呻吟す。だが完成を期す。恐らく本日シャルロット、ブザンソン入りなりぬべし。如何なる思いを余に向けん。如何なる文《ふみ》を寄せぬらん。「日乗」今月下旬に及ぶ頃、我が身此処には在らざるを期す。発信、父。

四日（水曜日）④、少しく復調。来信、父。来訪ならず［身体不調］。必要とあらば父の書簡、余が出発の口実となるべし。すべて事もなく、父恙なく、シャルロット余を信じ、要慎おさおさ怠らず我ら二人の計を危うくせず、その到着スタール夫人の知るところとならぬこと、以上目下の緊要なり。事の万端熟視百考するに、⑫と完全なる孤独、⑫逃すとあらば、学問と絶対的完全孤独。発信、父、為替手形同封。

五日　④、不調［この語 mal 原典（直筆原稿）は判読不能、全集版は採らず］。この忌々しき最終幕、完成ついにあるべきや。明日、先行四幕再読のこと、第五幕の内容は必要不可欠なものに限るべし。さらぬだに余が心凄寥を極めたり。

六日　④、不調。発信、ナッソー夫人。此処での暮し、余が才と能を塵埃に帰すべし。

七日　④、午前、不可、夕刻、復調。余が戯曲、すこぶる評のよければ自信甦りぬ。今や完成少日にしてなるべし。

八日　④。午餐、コロニィ［レマン湖畔村］。人々繰返しなお余が『悲劇』を激賞するも、第五幕の草案、草といえる代物にあらず。再考あるべし。明日おそらくシャルロットより報のあらん。①。

九日　第五幕草案の申分なきを決定す。草に基づき執筆開始。出来よかるべし。自信復調。げにスタール夫人、真《ま》情者、文才の人なり［草案に助言を得ての感想］。来信、ナッソー夫人。

十日　④、進捗はかばかしからずも良。明日シャルロットより来書ありてしかるべし。戯曲、秀作なるべし。眼不調。

十一日　④、詩文、僅少なれども良。来信、父。シャルロットに言及なし。不安兆しぬ。

十二日　④、良。この幕、ヴァレンシュタインの性格描写失敗す。要鑄直。来信、マリアンヌ。父、な患いそ！　シャルロットに言及なし。九日までシャルロット余の手紙を取りに人を遣せし形跡なし［ブザンソンへ］。更に合点の行かず。

十三日　発信、父、ロザリー、シャルロット（藁をも摑まんとして）。④、秀。アルフレッド死の場、仏語詩文による感動《あわれ》、これに勝るものなしと言うも可。

十四日　④、悪くなし。はや残すは僅か二三百行とはなりぬ。シャルロット、音信なし。更に合点の行かざるも、頭はすべて『悲劇』の占むるところなり。せめて上演の叶いましかば！

十五日（日曜日）④、悪くなし、だが今朝ものせし最終場、恐らく不適切と指摘せらるべき箇所幾つかあり。要再考。脱稿まで残すは僅か百八十行とはなりぬ。明日、シャルロットより来書あるべきや。

十六日　発信、オシェ。④、良。ほぼ一週間で『悲劇』脱稿を期す。シャルロット、音信なし。異様なり。我が『悲劇』、心慰みならずして苦の種となる、これ無きを祈るばかりなり！　来信、ロザリー。

十七日　発信、ナッソー夫人、ミモン〔不詳〕。④。執筆、残るは四場。余りの遅筆、如何なればにや。
余を幾ばくか憂に陥れたる会話。シャルロットの件、今冬の悩みとはなりぬべし。とまれ何事も運命の然らしむるところなり。『ヴァレンシュタイン』ぶじ脱稿とならばまことに肩の荷おりぬる心地すべし。

十八日　④、かなりはか行く。二三日後脱稿とすべし。
スタール夫人、女の虚栄虚飾いかんともし難き人間なり。共にする今の暮しの穏やかなるは、此方が相手の要求ことごとく呑めばこそなれ。やはり②。嗚呼！　シャルロットの音信疾く聞せ給え！　この沈黙、不可解なり。

十九日　④。もしや明日脱稿となるか、怪し。大詰の数場、「本当らしさ」に鑑みなすべき点竄若干あり。次に控うるは序文なり。来信、父。十五日に至るまで、シャルロットの使者余の手紙を取りに来ざりきとある。合点ゆかず。我が先行を千思百考。
スタール夫人と談、陰。折角の余の行為も、それで相手が幸せとなるでなし、また、所詮この暮し、不自然な或は辻君相手の処理手段〔性欲処理〕を以てして辛うじて耐え忍ぶなり。根本に間違あり、だが如何にして正すべし。未だ余にはこの事を熟視する勇なきなり。

〔以下、訳者註記〕
「日記」一葉（自十一月二十日至十二月十日）欠脱、散逸か意図的破棄か不明。自叙伝的物語『セシル』と書簡からこの間の経緯《いくたて》を以下に記す（十二月五日までは全集版註に基づき概略を辿る）。

二十一日　シャルロット、前日ブルヴァン到着、ナッソー夫人気付コンスタンに発信、病を訴えその意図を問う。
二十二日　コンスタン、『ヴァレンシュタイン』朗読会の計を練る。
二十三日　『ヴァレンシュタイン』、二三の加筆刪削を残しほぼ完成。シャルロット、コンスタンに発信、その意図を明確にせよと迫る。
二十四日　コンスタン、ロザリーに『ヴァレンシュタイン』ほぼ完成を伝う。
二十五日　コンスタン、父親を介してシャルロットの宛先を問う。シャルロット、コンスタンに発信、返を迫り自分の行くべき場所を問う。
二十六日　コペにてスタール夫人作戯曲『ブラバンのジュヌヴィエーヴ』、作者とその子供により上演さる。
二十八日　コンスタン、ナッソー夫人に発信、夫人自筆の空の封筒落手を告げる〔シャルロットの書転送に関してか〕。
三十日　シャルロット、コンスタンの返落手、再会まで「なお十日間の猶予」を許す。
　コンスタンとスタール夫人、コペからローザンヌへ移り最後の別れを惜しむ。
十二月三日　コンスタン、ロザリーに発信、五日のナッソー夫人宅朗読会出席を乞う。
四日　スタール夫人、ウィーンへ発つ。
五日　コンスタン、ナッソー夫人宅で『ヴァレンシュタイン』を朗読。
六日　コンスタン、シャルロットの待つブザンソンへ向かい道中難儀のすえ合流、再会。

以下は自叙伝的物語『セシル』に基づく合流再会までの経緯（訳者編著）。

ローザンヌからブザンソンへの道中は「私」（コンスタン）の心中の反映か、雪模様の暗夜、強風唸りをあげて吹き荒る。馬具外れ車体平衡を失い、まさに遙か下方を流るるドゥ川に転落せんとす。「私」は人生の定めなさから死を望む。「人生の定めなさ」は「私の意志の定めなさ」に通ず。人生の有為転変が私の我意の有為転変に重なり、この自分を下方の川に投げ捨つとも可の心境に至る。心配し徒歩で迎えに出で来たるシャルロットの姿を認むるや無性やたら怒りに荒立つ。シャルロットを闇夜に残し一人ブザンソンの宿に車を走らす。シャルロット帰宿の暇を偸《ぬす》んでスタール夫人に愛情流露の艶書を認む。戻り来たるシャルロットと対面、離婚いまだしの報告に、まだ結婚できぬ絶望と焦燥を見せれば、相手は、まだスタール夫人に会える男の希望をその裏に見抜く。嘘偽りの策を弄しての再会は二人の不幸を招来するための再会となる。眠られぬ一晩、来し方行末、女二人の処遇を思えば胸中うたた騒然、己の存在の非を苛み、悪の根源が己の意志にあることの反省に再び戻る。「スタール夫人コソ汝ガ背負ウベク天ガ命ジシ十字架ナリ」、曾て仕えし敬虔主義派の師の説諭を反芻し、シャルロットは運命の為すに任せ、スタール夫人を宿命として背負うを当座の結論とす。再びその場限りの口実を弄しスタール夫人に会うための半年の猶予（別居）をシャルロットに求む。ブザンソンからドールへの途上、シャルロット胃の炎症に倒れ死線を彷徨《さまよ》う。回復の兆しを見せて一杯の牛乳を口にす、ここで『セシル』未完のまま断（一八〇七年十二月十三日。十一日から三日間の記述は残存する「日記」と重なる）。

一八〇七年十二月［一日から十日まで欠］

十一日　シャルロット、病。先行や如何に！　余、言葉を選ぶに慎重最善をつくしぬ。ことこれに関しては女はいずれも相似たり。嗚呼、ミネットよ［スタール夫人幼少期愛称］！　汝を散々苦しめそのあげく、自業自得、余また苦しむ。「ハルデンベルク夫人［シャルロット旧姓］宛書簡、如何になりしか」と、父手紙で尋ね寄越しぬ。これ如何なることなりや。余気付でドールへ転送されしか。

我が身いま地獄にあり。さて、シャルロット、ドールへ行かんとす。余、困惑す。シャルロットを如何にせん。此処でシャルロットと別るるは不可能なり。思知らされたり！　嗚呼、天よ、余が偽計の為せる結果《わざ》から余を救い給え！　ハルデンベルク夫人が余の奸計の犠牲となる、あるまじきこと、何事も元の鞘に納まらんことを！　シャルロットの悲嘆、なお募りてとどまるところを知らず！　ドールで病床に伏されんを恐る。前途なお曾てなく凶兆を呈す、しかもこれすべて余が望み余が仕組みしことなり！　嗚呼！　嗚呼！

病人やや恢復す。道中に病人の気の晴れんこともあらんかし。最も深刻なる事態遠のきしか。神の足下に身を投出し、我が罪障の許を乞わん、ミネットとの友情維持、ハルデンベルク夫人との穏やかなる別離を祈り求めん。発信、ミネット。余は狂人ならざるや。女と別るるを得んとして嘘偽りの半年、目的達成するやまた女の許に戻らんとする！　嗚呼、天に在す神よ、我が罪深き癲狂の沙汰を許し給え、我が窮状を救い給え！

ブザンソンを後にす。道中暫し病状安定せしも、その後続けて気を失うこと三回、三度目は半時《とき》の長きに渉りたり。病者、死人の相を呈す。嗚呼、万事休したり！　ドール着。

十二日　病人、過度に衰弱し食餌一切受けつけず。この容態よく治まらずは余万事休すべし！　病人、余が父宅近く、パリへ通ずる街道に臨み身を休めたり。病人シャルロットこのまま発つ能わずは、余最も恐しき状況に直面すべし。シャルロット、天女の優を見せたり。瀉血と阿片投薬いらい目に見えて快方に向かうも、未だ喜ぶ段にはあらず、ひたすら祈るばかりなり。シャルロットの如何なる魅力に惹かれしか。言うに及ばずのことながら、延べ三回の離婚［コンスタン一回、両者結婚すればシャルロット二回］とミネットの存在のなかりせば、シャルロットと偕に在る、いと嬉しからまし。

痙攣発作、その余りに凄まじければ鎮まることあらじと恐れたり。発作治まりたるも意識定かならず、魘《うな》されて口走りたる譫言、余が胸剔られたり。話しかけんと欲すれば余が声にうち戦慄《おのの》きぬ。言えり、「この声、この声、妾《わたし》を苦しめるのはこの声。妾を殺したのはこの男」、更に、「誰、あの男《ひと》を悪く言うのは。やめて、悪く言うのは。いい人なの、そうよ、でも妾には違う。あの男《ひと》はウィーンへ行ってしまったわ、ウィーンへ、遠い所ね」。嗚呼！　神よ！　憐れみもて車裂《くるまざき》も及ばぬこの刑罰から我を護り給え。かくも恐しき教訓、今思知らされたり。〈余は女の心を知らざりき〉。許し給え、許し給え！　病人、やや鎮まりたるも未だ譫妄覚めやらず。眠るに任すべし。

十三日（日曜日）　シャルロット、衰弱はげしければ半時も持つまじき気色《けしき》なり。危険軽減すというも遠のきたるにはあらず。胃辛うじて牛乳《ちち》を受けつけたり。夜、痙攣再発するも前回ほど劇しくはなし。

来信、スタール夫人、オーギュスト。マリアンヌ［義母］余を訪ね来たり。スタール夫人との結婚を余に強く勧む。

十四日　衰弱昨日にも増してすすむ。深き睡《ねむり》につきたり。この睡に望みを託す。

マリアンヌ再来、スタール夫人と結婚する勿れと余に迫る。かくマリアンヌの意を翻させしは何者ならん。

シャルロット、今夜、心臓発作を起しあわや命危ぶまれたり。発作治まりぬ。余、この二日間祈りに祈りぬ。祈は心の大なる救なり。発信、スタール夫人。

十五日　病人快方に向かいぬ。実に晏如たる一日とはなりぬ。田舎医者、阿片をすすめ、それがためひどく苦しみたるが、これまた治まりぬ。

十六日　実に晏如たる一日とはなりぬ。病人、勢《ちから》を回復す、だが、病苦鎮まるにつれ心苦また息を吹返し始む。①。

発信、スタール夫人。

十七日　快方進む。本人の今後について談。何も信ずる気にはなれぬと言う。むべならん。「試験期間半年許してはくれぬか」と、シャルロットに求む［シャルロットと当面別居してスタール夫人との別れを画策する期間］。談、病人の神《しん》にいたく障り再び病痛と痙攣《ひきつけ》を惹起す。

十八日　病人ほぼ平常となりぬ。これ実に天の配慮にあらずして何と言うべきや。心身恢復す。シャルロット、再び余を信頼するに至りぬ。この三日間、余は「家庭の幸福」の何たるかを先取して味わい、この種の幸福、余に相応しと覚ゆ。発信、オーギュスト。①。

十九日　着実に快方に向かいつつあるも、悲痛なおまさりてぶり返し、ために身体また憂うべき状態に陥るの恐れあり。出発の時期大いに危ぶまるるところなり。発信、スタール夫人。午餐、父宅。〈デバ新報〉の浅ましき記事［プロイセン皇子、コペのスタール夫人宅滞在中悪しき言論思想に接し堕落して帰国、父母の許での再教育を必要とすＰ］。②。②。だが如何にして。忍従、闘い、どちらにしても此方の希望でその期限定めらるるものに非ず。宿縁かな。

〈デバ新報〉記事、間接的には余も関係あるべし、とシャルロット指摘す。これを巡り悲痛きわまりたる会話とはなりぬ。シャルロット、スタール夫人との結婚を余に迫りぬ。機嫌を斜めにすれば、相手は切なく心を痛め、ために病悩の軽症ならざる再発、一時半《いっときはん》に及びぬ。余、宥め癒したるが、シャルロット、当面の別離いかにして耐うべし。

二十日（日曜日）　病人、恢復、諦観、心穏やかなり。かくあれば、旅と別離とローザンヌ暮し、本人のよく耐うるところなるべし。来信、スタール夫人（二通）、ロザリー。①。

二十一日　父来訪。人生齢《よわい》を重ぬるにつれ「血縁」の如何に尊きものとなるか。曾て余は父子関係を隷屈と見て不平を鳴したものなり。何はさて得んと望みし目的の「自由独立」、これを得たるはなんとも皮肉なり。発信、スタール夫人。シャルロット、本復の兆し見ゆ。明後日あたり出発あるべし。

二十二日　頃日に変らぬ一日。シャルロット、日増しに本復の勢なり。有難き万能の神よ！　我は汝の恩寵忘るべからず！　何事のなからば明日出発とならん。

二十三日　発信、スタール夫人。ブザンソンへ発つ。余、風邪劇甚、ために心身衰弱。

二十四日　風邪、終日苦痛昏迷。

［二十五日］　①［原典（直筆原稿）、日付の位置に×印、それに並んで数字の①あり。底本、全集版これを載せず］。　発信、スタール夫人。来信、スタール夫人。

［二十六日］　余が病、続く。シャルロット復調。同行には及ばぬと言う。これが彼の女《あ》なら［スタール夫人］、首に縄かけ余を引摺り行くべし、むろん此方が死ぬまで。

二十七日　発信、スタール夫人。余が手紙、夫人を苦しめ悩ますべし。二人の反自然的関係に忍従せんと頭は思うも心が裏切るなり。如何にせん、如何になるらん！

［以下は一八〇八年四月十二日付作者コンスタン註記］

「日乗」一八〇七年十二月二十八日まで書き続けしが、この日また別の仔細ありて完全に中断するに至れり…茲に本日［一八〇八年四月十二日］再開する次第なり［この再開日記存在不明。残り現存分は一八一一年五月十五日より一八一六年九月二十六日まで］。

バンジャマン・コンスタン日記（三）

（一八一一年五月十五日―一八一六年九月二十六日）

コンスタン（48歳）

レカミエ夫人（ジュリエット）

一八一一年五月

十五日　ローザンヌ発［八日スタール夫人と最後の別れ、妻シャルロットの故国独へ旅立つ］。妻同行。ムドンにて午餐。ビルド夫人［従兄ヴィラール長女］。パイエルヌ泊。

十六日　ギュメネンにて午餐。ベルン泊。

十七日　プラテン夫人［妻シャルロット姪］。芝居。『フリドリーン』［フランツ・フォン・ホルバイン作、この日旅の一座が公演、ベルンを湧かせたがコンスタンは三流芝居と見た］。

十八日　仕事［宗教史論執筆］。

十九日　散歩、エンゲ［ライン川左支流アーレ川に突出た二つの中洲、夕焼の美で知られる］。

二十日　午餐、ギンギンス夫人宅［シャルロットの若い時の知己］。クネヒト［男色罪で財産没収終身幽閉となった若き日の友の運命をこの時耳にした模様］。

二十一日　ゾーロトルン［地名、仏名ソルール］。修道院［女子修道院三つあり］。隠者庵。隠者の靴屋［隠者の見せ物よろしく修道士の身なりで十字を切る靴職人］。

二十二日　バーゼル。旅の一座［ベルンの一座に再会］。

二十三日　フェッシュ［バーゼルの銀行家、コンスタンが郵便の宛先とした P］夫人。聖マルガレーテ寺院。ザンクト・ヤーコブ古戦場［一四四四年スイス盟約者団、仏傭兵隊（アルマニャック軍）と衝突玉砕した］。シュヴァイツアーブルート［スイス人の血、ザンクト・ヤーコブの役に因む葡萄酒名］。

二十四日　仕事。

二十五日　セザール夫人［コンスタン従弟オーギュストのベルリン時代知己］。シュトレキゼン夫人［セザール夫人長女。夫はアムステルダムで手広く商いをした商館主、バーゼル生 P］。

二十六日　仕事。

二十七日　散歩。リーナー嬢情話［バーゼル高官の十九歳になる娘、結婚を父に反対され恋死］。

二十八日　キュスティーヌ夫人［エルゼアール・ド・サブランの姉、当時独医師コレフの愛人とも称された。エルゼアールは仏詩人、スタール夫人信奉者 P］。コレフ。

二十九日　図書館［兼美術館、一四六〇年バーゼル大学と同時創設］。ホルバインの「キリスト受難」。フォルカール夫人［富豪、組紐製造業、邸宅の庭が有名 P］。その庭園。

三十日　アルレスハイム［バーゼル郊外逍遙地］。

三十一日　仕事。

一八一一年六月

一日　シュトレキゼン夫人とその令嬢達。音楽。
二日　仕事。
三日　仕事。荷造。晩餐、シュトレキゼン夫人宅。
四日　仕事。荷造。夜、フェッシュ夫人宅。
五日　仕事。荷造。アウグスト行〔近郊村、ローマ時代の遺跡で有名〕。結婚記念日〔一八〇八年ブルヴァンの改革教会にてシャルロットと再婚、秘密結婚〕。
六日　荷造。明日の出発準備完了。
七日　来信、ヴィルヘルム〔シャルロットと前夫の間の息、来パリの誘い。この時シャルロットの一族パリ滞在中〕。迷い〔誘いを受けてパリへ出るか〕。フリブールへ発つ。
八日　仕事。フリブール逗留。
九日　仕事。カトリック教会とカトリック結婚式。エメンディンゲン〔『ヘルマンとドロテア』舞台の地、ゲーテ妹の墓がある〕。
十日　旅程、自エメンディンゲン至ストラスブール。
十一日　仕事。
十二日　仕事。ルヌアール・ド・ビュシエール氏〔銀行家〕。
十三日　仕事。午餐、ルヌアール氏宅。
十四日　仕事。新草案。大聖堂。死後三百年の童女〔ほぼ完全な状態で発掘〕。
十五日　仕事。ブライマン〔リセの教授か〕。午餐、フランク〔有力な銀行家〕夫人宅。ブリオ〔総裁政府書記官、パリ時代コンスタンと激論を闘わした者か〕。

十六日　仕事、優。シャルロットの人柄ただならず愛《め》でたし。
十七日　仕事。午餐、ルヌアール氏宅。
十八日　仕事。
十九日　仕事。
二十日　仕事。迷い消滅。来信、ヴィルヘルム。出発決定とある〔シャルロット一族パリを離れカッセルへの帰途に就く〕。
二十一日　仕事、纔。ヴァン・ロベ〔豪商、羅紗業〕夫人。午餐、フランク夫人宅。コック〔政論家、一七八九年国民議会議員〕。
二十二日　仕事。シャルロット不調。気掛なり。
二十三日　無為。時間を無駄にせしこと如何ばかりなるや！
二十四日　仕事。修正点竄を重ぬれば出来栄なお良し。
二十五日　旅程、自ストラスブール至バーデン。仕事。賭事。勝、三ルイ。
二十六日　バーデン逗留。賭事。
二十七日　仕事、少しく。賭事。負、痴《おこ》の沙汰。
二十八日　旅程、自バーデン至ハイデルベルク。
二十九日　ロワ家の青年達〔従弟二人、アントワネット弟〕を相手に一日を過す。独の監獄〔ハイデルベルクに二十ある牢の残忍ぶりをロザリー宛に伝えている〕。
三十日　旅程、自ハイデルベルク至フランクフルト。暴風雨。出水。

一八一一年七月

一日　手紙の山。眼痛なし。ハーナオ〔フランクフルト東十キロ〕。ヴィラール夫人〔コンスタン従兄、連隊長妻〕。

二日　フランクフルト逗留。芝居〔コッツェブー『ブルグンド伯爵』〕。ベートマン〔銀行家、郵便物の宛先とした〕夫人。
三日　仕事、少しく。クロイツァー〔ハイデルベルクの教授、大著『古代民族の象徴と神話』第一部刊行〕。参考資料秀逸。
四日　仕事。男爵という称号の忌々しきかな〔独の旅館が姓にドの付く顧客に好んでつける称号〕。
五日　仕事、少しく。ヴィラール。
六日　旅程、自フランクフルト至ヴィスバーデン。午前、仕事。
七日　仕事。舞踏会。詐欺師《いかさま》。賭事、少しく。
八日　散歩。賭事。
九日　父より忌々しき来書〔父子間の金銭問題〕。芝居。この一座、見所あり。
十日　散歩。賭事。
十一日　芝居。悲壮劇。ドイツ人には殆ど芝居としての反応なし。
十二日　無。賭事。
十三日　無。賭事。負。狂。生活の似愚《おろかし》。芝居。
十四日　無。ベートマン。愚回避〔賭事〕。リネット〔妻シャルロットの愛称〕の謂れなき猜疑心。芝居。舞踏会。賭事。
十五日　無。賭事。負。
十六日　無。
十七日　ドイツの茶番狂言。賭事。負。
十八日　『群盗』〔シラー作〕。賭事。負。明日、出発。
十九日　賭事。出発準備。リネット、勝ちぬ。
二十日　シュバルバッハへ発つ。到着。
二十一日　当地の居心地、ヴィスバーデンに勝る。賭事。勝。

二十二日　仕事開始。賭事。負。
二十三日　仕事、少しく。賭事。リネット、さほどの一流女博徒には非ず。負。
二十四日　賭事。余は賭事において愚かなることなおリネットを凌ぐ勢いなり。丸負。
二十五日　仕事なし、賭事なし。シャルル・ルベック〔異母弟〕を巡る悪報〔親の居候となったことか〕。我が父の憂や如何に！
二十六日　仕事なし、賭事なし。リネット、病〔赤痢〕。今のこの暮し、侘しくも悲し。
二十七日　昨日に変らぬ今日の一日。
二十八日　賭事、狂人に似たるかな。しかと手綱締めざるべからず。愚に愚を重ねたる！
二十九日　無為。賭事。負。
三十日　同右《イデム》。同右。
三十一日　賭事。勝。

一八一一年八月

一日　賭事。端《はな》、大勝《おおがち》。そして倍負。狂。
二日　賭事。負。
三日　賭事。負。
四日　常に変らず同じ事、思いなお屈《くん》ず。
五日　同じ明暮。
六日　なお同じ明暮。この明暮改むべく方策求めざるべからず。

七日　無益《むやく》憂節の一日。シャルロットの憂顔、宜なるかな。
八日　更に賭事。更に負。だが纔。何事も改むべし。
九日　なおまた同じ明暮。
十日　常に変らず同じ事。頭に大計あり〔宗教史についてか〕。
十一日　旅程、至フランクフルト。芝居。
十二日　旅程、至ギーセン。
十三日　旅程、至イエスベルク。
十四日　カッセル着〔ヴェストファーレン王国首都。当王国はこの時ライン連邦（仏の従属諸国）の一部であった（一八〇七―一三年）〕。
十五日　リネット息〔シャルロット初婚の子、ヴィルヘルム・マレンホルツ〕。リネット兄〔五兄弟の一人、ヴェストファーレン王国宮廷侍従アウグストか〕。午餐、ヒュールステンシュタイン宅〔ヴェストファーレン王国国務・外務大臣、妻はシャルロット姪〕。
十六日　午餐、ヒュールステンシュタイン宅。行くところ歓迎喜接なべてならず。
十七日　ナポレオン丘〔夏の離宮、旧ヴィルヘルム丘〕。午餐、ハルデンベルク家〔妻実家〕。妙な立場〔一家眷族の華々しい肩書に圧倒される〕。
十八日　旅程、至ゲッティンゲン。ヴィレール〔仏人、ゲッティンゲン大仏文学教授〕、懇情まめやか。用心怠るべからず。
十九日　ヴィレール。ハイネ〔独の文献学者、ビザンチン考古学研究〕。立派な翁人。ハルデンベルク〔義兄カール城館〕。
二十日　明暮穏やか。愉快心地よき一家〔従姉ロザリー宛便で、五十歳三人の娘を持つ義姉マリアンヌ・フォン・シュリーベンを賞讃〕。
二十一日　同じ明暮。ゲッティンゲンを巡る計。自由独立の必要性。
二十二日　物狂おしき妄想。書類整理。
二十三日　数多の手紙を認む。明日は仕事。
二十四日　心中不快。
二十五日　同じく不快、胸に納めて面《おもて》には出さず。

二十六日　ヴィレール、宮廷人的追従の気《け》あり。ゲッティンゲン行。
二十七日　深憂。ハルデンベルク復。
二十八日　仕事。仕事に手を染むれば気力甦りぬ。
二十九日　仕事、良。原稿拾読。意、充分に通ず。
三十日　仕事、良。拾読。
三十一日　仕事、良。拾読。

一八一一年九月

一日　仕事、可。
二日　仕事。ついに脱稿となることあらんや。その時に非ずや。
三日　仕事。参考資料調整。進捗。来信なし。
四日　仕事。来信なし。
五日　同右。同右。
六日　来信、数通。手紙発信。痛みなし。
七日　仕事、良。
八日　仕事、優。
九日　仕事、良。来信、ミショー［刊行中の列伝記正補全八十四巻『世界列伝』の編著者ミショー兄弟。コンスタン執筆協力者］。執筆項目。ゲッティンゲン行。
十日　良日、麗《うらら》けし。リネット、えならず愛嬌あり。

十一日　仕事、少しく。ヴィレール。宿をとる。
十二日　仕事、少しく。著作進捗。散歩。
十三日　ハルデンベルク復。来信、数通。財政不安。神ノ御意《みこころ》ノ行ハレンコトヲ。
十四日　仕事、不調。よしなき瑣事に仕事の腰折らる。
十五日　余が事業［農地経営］についての返書意をつくし認む。仕事精進のこと。
十六日　仕事、良。来信、スタール夫人。悪報［コペ幽閉のスタール夫人、禁を犯しレカミエ夫人と共にマチュー・ド・モンモランシーに接触、これに対し後者二人にとられたパリ市外四十里追放令］。スタール夫人、不憫なるかな！
十七日　仕事、良。スタール夫人の身の上を思えば心悽《かなし》び傷むなり。
十八日　仕事、不調。「霊性」書直の要あり。見解の至小に過ぎたる。
十九日　仕事。来信、シモンド。スタール夫人の身ますます由々しき事態になりぬとある。
二十日　仕事。「殿リチャードに臣ブロンデルあり」［オペラ『獅子王リチャード』のもじり。迫害を受ける王に対する吟遊詩人ブロンデルの忠誠心。対スタール夫人忠誠のもじり　P］。
二十一日　仕事、良。
二十二日　仕事。ゲッティンゲン騎馬行。
二十三日　仕事。スタール夫人を巡る報、なお由々しきものとはなりぬ。嗚呼、冷酷無情！　衷心、書を認む。一旦緩急あらばブロンデルたるべし。
二十四日　仕事、良。フルコーより吉報［事業復調］。
二十五日　仕事。良否は明日にならねば分らず。
二十六日　仕事。余の仕事にぶつぶつと雑音あり［妻の不平］。仕事に励むべし。
二十七日　仕事、可。スイス便り［十八日付スタール夫人書］。これにまさる凶報あるまじ［警察監視下コペ幽閉］。
二十八日　仕事、良。戦争の噂［ナポレオン露遠征準備］。

二十九日　仕事、はか行かず。だが孜々と努むべし。
三十日　仕事。いまだ欠陥脱落、少からずあり。そを埋むるの要あり。

一八一一年十月

一日　ゲッティンゲン徒歩行。復。
二日　仕事、良。
三日　仕事、悪くなし。依然として余の論述方法二本立なり。
四日　仕事。小嵐。かくて存生、明暮して過ぎ行きたる。
五日　仕事。音信なし［スタール夫人］。心中安からず。
六日　仕事。雅量に欠くるところあり、ために余が感情害さる［妻に対する不満］。
七日　仕事、不調。音信なし。不安恟々。
八日　仕事。音信依然としてなし。皆目合点ゆかず［全集版、前日の記述とするが誤り］。
九日　仕事、自己診断では優。なお音信なし。
十日　漸く来信二通。良報と言うべきか。さてもありなん。ゲッティンゲン行。
十一日　仕事、良。進捗。いまだ為すべき編集四分の三を残すなり。
十二日　仕事。仕事の情熱、人生の幸福と言わずして何と言うべきや！
十三日　仕事、はか行かず。来書、ジロー［弁護士、コンスタン父子紛争の仲裁人］。一日に一日の苦労あらざるはなし。
十四日　仕事、可。未だ為すべきこと多々あり。

十五日　仕事、少しく。父の件〔父子間金銭問題紛糾〕。世に在れば煩悩憂患あり。
十六日　仕事、不調。加筆修正は措くとも、とにかく先へ進むべし。
十七日　仕事、不調。〔妻の〕不貞腐、慣れの境地に達すべし。我ガ身一ツヲ宝ニシテ〔キケロ〕。
十八日　仕事、はか行かず。シャルロット、抜歯二本。
十九日　仕事、復調。
二十日　仕事、怠る。グロッセンロッデ行〔ゲッティンゲン近郊村〕。
二十一日　仕事、可なるも遅々たり。
二十二日　仕事、可。リヒテンベルク〔ゲッティンゲン大教授、文芸批評で名を成す〕。我が意を得たり。
二十三日　仕事、不調。疲弊。喧嘩。千篇一律。金銭。
二十四日　ゲッティンゲン行。
二十五日　仕事。糸口摑みたるも筆遅々たり。四十四歳〔誕生日〕。
二十六日　仕事。為すべき鑄直、敷衍の多きこと驚くべし！　ヴィレール来訪。
二十七日　仕事、復調。気性の頑固一徹なる。為すべきは仕事。義姉の気難しく愛想なげなる〔前出八月二十日参照〕。
二十八日　仕事。小喧嘩。さても、我が生を治むる術、会得すべし。
二十九日　仕事、優。リネット、いと穏やかにものす。
三十日　仕事、悪くなし。巻六、大いに難儀す。
三十一日　仕事、悪くなし。ゲッティンゲンへ向け荷造。

一八一一年十一月

一日　仕事、少しく。荷造。明日出発。
二日　仕事、少しく。引越。ゲッティンゲン着。
三日　悪夜。荷解。終日憂。厭倦。リネット［妻シャルロットの愛称］、いと優し。
四日　整理。年少の朗読係。リネット優し。ゲーレス重宝す［独作家、この頃独最古の民衆本蒐集研究に従事］。仕事、怠る。
五日　仕事、怠る。終日憂。リネット退屈す、余また然り。
六日　なお整理。なお仕事怠る。
七日　仕事、少しく。一章了。我が身いまだ定まらず。
八日　仕事、纔。されど世にものすべき、これを措いて他になし。
九日　仕事、少しく。学士院入会許可［従兄ヴィレール、ゲッティンゲン学士院］、感無量。穏やかなる明暮。
十日　仕事、為さずに等し。似愚《おろか》しき一日。なべて似愚し。午餐後、穏。
十一日　仕事、少しく。ハンシュタイン夫人［不詳］。リネット、憂、その後、復調。
十二日　仕事。巻十一了。残るは最終巻。訪問。
十三日　仕事。中断せらるること余りに頻なり。仕事に励むべし。
十四日　仕事、良。妨害の無くもがな！
十五日　仕事、良。学士院祭典。舞踏会。ヴンダーリッヒ［ゲッティンゲン大教授、ゲルマン語学］と間違えられたり。
十六日　仕事、纔。教授数人訪問。病兆す。
十七日　終日、病に沈む。ヴィレール。ベネッケ［ゲッティンゲン大教授、ゲルマン語学］。

十八日　病続く。仕事、怠る。あれこれ我が身なべて憂うべし。
十九日　仕事、良。父の健康よろしからず。労《いたわ》し。
二十日　仕事、不調。小喧嘩。生くこと憂し。
二十一日　病再発。仕事、怠る。喧嘩。時の無駄。
二十二日　顔面に丹毒。感情的角目突合《つのめづきあい》。仕事、怠る。
二十三日　病。読書纔にして無為。
二十四日　仕事。病、恢復の兆し。『湖上の美人』［ウォルター・スコット著、前年刊］。
二十五日　仕事。病ほぼ本復。指輪［『湖上の美人』中の願いが叶う指輪］。
二十六日　仕事、復調。進捗、思わしからず。リネット優し。
二十七日　仕事、悪くなし。過ぎたる孤独。父の身の上懸念さる。
二十八日　仕事、良。余には例の「指輪」あり、されどこの指輪、余が著作にまさめやも。
二十九日　仕事、悪くなし。巻首と巻尾、間繋の要あり。
三十日　仕事。午餐。社交。音楽会。著作進捗す。

一八一一年十二月

一日　仕事。訪問。舞踏会。何は措くとも著作専念。
二日　仕事、纔。余が隠し立を巡り喧嘩。責は余にあるとも妻に隠し立は改むる能わず。我が道を行くべし。
三日　仕事、良。為すべき章、六章。

四日　仕事。復活祭前落了、絶望的なり。
五日　仕事。ローデ夫人［仏亡命将校、ゲッティンゲン大仏文学教授ヴィレール愛人］。朗読係、約を違えたり。
六日　仕事、良。為すべき章、いまだ三章あり。
七日　仕事。ローマ旅行計画［不詳。伊は生涯未踏の地となった］。
八日　仕事。大夜会、ローデ夫人宅。シャルロットの理不尽なる喧嘩。
九日　仕事。初稿落了。
十日　仕事、纔なるも進捗あり。夜会、ローデ夫人宅。
十一日　仕事。少しく。音楽会。晩餐の愉快なる、ローデ夫人宅。歳月人を待たず。無念なるかな！
十二日　仕事。周辺、過ぎたる喧噪。
十三日　仕事。我が身の上、なお波乱煩擾の種は尽きず。
十四日　仕事。思いのほかはか行かず。
十五日　仕事。身辺に囲繞せる世事俗塵を振払い我が流儀もて生くる術、さても心得あるべし。
十六日　仕事。父より来信、いと浅まし［四月成立の「父子紛争の和解」破棄を要求］。父はまことに悪人なるや。マリアンヌこそ悪婦なるべけれ。有様《ありよう》に言いて答うべきか。
十七日　仕事。父の一件、心重し。
十八日　仕事。落了の目処、期待に違いて遅るべし。
十九日　仕事。進捗遅々、例の如し。
二十日　仕事、章の一つとして成らず。蹇《けん》々遅々！
二十一日　仕事。時世無情！　卯畜《うちく》の明暮！　そして我が生親男《うみおやお》！
二十二日　仕事、怠る。父の件につき筆を執る。寒心に耐えず！

二十三日　仕事、怠る。父に書を認む。認めし書発送せず。
二十四日　仕事、怠る。外出なし。父の件につき筆を執る。
二十五日　漸く仕事。絶対的孤独極まりぬ！　仕事なすべし。
二十六日　仕事。宵間男数人、耐うるに足りたり。だが、心闇《ダーク》。
二十七日　仕事、少しく。父の件につき必要事項漏さず書留む。
二十八日　仕事。筆の遅れ、予想せし遅れを更に半ば上回りぬ。
二十九日　仕事。時間の無駄、能う限り最小にすべし。
三十日　仕事。舞踏会の愉快なる、午前三時まで。
三十一日　仕事。実に愉快なる晩餐、自宅にて。リネット、さてもいと優し。

一八一二年一月

一日　仕事、纔にして為さずに等し。
二日　仕事。書の歓迎せられざる、来らず。だが明日を恐るべし。
三日　仕事。来書なし、即ち時を稼ぎ得たり。
四日　仕事、纔。リネット息。父よ、余を独り静かにせさせ給え！
五日　仕事。「教父」を読む。渉猟すべき新分野。
六日　仕事。巻九了。夜、ブルーメンバッハ［解剖学教授］。朗読係去りぬ。
七日　仕事。進捗なきにしもあらず。

八日　仕事。我が「小説」を読む［『アドルフ』原稿］。情況変れば関心も移ろい変りゆくものなり。今となってはもはやこの小説、書くに由なし。

九日　仕事。父、余を誹謗するの書スイスに送りたり。父は人に非ず！

十日　仕事するも邪魔中断に悩まさる。

十一日　仕事、良。原稿終尾再読、出来栄なのめならず。

十二日　仕事。巻十一了。夜、ブターヴェック宅［哲学教授］。パトリック・ピール［本名ゼッケンドルフ、詩人、劇作家当時ゲッティンゲン大無給講師］。

十三日　来信、スタール夫人より愚かなる書。思いしよりもなお価値《あたい》低き女なり。仕事。夜、シュトックハウゼン宅［ヴェストファーレン王国御料地管理局長官］。パトリック・ピール、親切そのものなり。

十四日　仕事、纔。興を覚えぬままシャルロットの実務《しごと》をこなす。学生の晩餐。嗚呼！　既に連中、余には縁なき衆生とはなりぬ。

十五日　仕事。晩餐、リッペルダ宅［不詳］。さて明日は如何なる音信到来せん。

十六日　仕事。来信、父。寒心に堪えぬとはこのことなるべし［父、息子名義で手形を振り出す］！　晩餐。

十七日　仕事、怠る。父、「誹毀文書」公表す［金銭を巡る息子の不正を告発］。父はついに我ら皆に見捨てらるべし。これを最後とマリアンヌに書を認めたり［父を説得し文書を撤回させよ、されば扶養の約は厳守する、さもなくば二十年来の父と貴女からの書簡を証拠に此方も受けて立つ］。すべては弁護士に委ね、もはやこの件には関らぬをよしとせん。心汚の如何ばかりなる！

十八日　仕事、怠る。父の一件につきジローー［担当弁護士］に書を認む。この一件、憂労甚憊。

十九日　巻十三了。ゲッティンゲンを巡り妻と喧嘩。寒心に堪えぬ人生。

二十日　仕事。進捗を期待す。夜、自宅にて宴、実に愉快なる。
二十一日　仕事。来信なし、郵便屋の気配あるごとに動悸覚ゆ。
二十二日　仕事、良。邪魔の絶えてなかりせば三月までには第二次編集執筆落了ならまし。
二十三日　仕事。来信、ルイーズ〔異母妹〕。余と父の一件了となるを祈る。
二十四日　仕事。来信、スタール夫人、優なる書。仕事進む。
二十五日　巻十五了。外出なし。リネットと読書。穏やかなる宵間。
二十六日　仕事。人に邪魔されずは落了間違なし。夜、ローデ夫人宅。
二十七日　仕事、良。晩餐、ヴェヒター宅〔ゲッティンゲンの旅館主かP〕。嗚呼！　我、独り身ならましかば！
二十八日　仕事、良。舞踏会、午前六時まで。
二十九日　巻十六了。晩餐、ローデ夫人宅。
三十日　仕事。来信、スタール夫人。余の結婚が父の心配の種ということか〔民事結婚手続の不備についてか〕。
三十一日　父、余の財産差押をパリ市に申立。父は人に非ず！　自衛抵抗せざるべからず。されど仕事怠るべからず。
仕事、為す能わざりき、だが夜、少しく為す。

一八一二年二月

一日　巻十七了。今夏の住手配。
二日　仕事、進捗なきに等し。財産を巡り人には言えぬ心憂あり。神ノ御意ノ行ハレンコトヲ。
三日　仕事、進捗なきに等し。ブラウンシュヴァイク行荷造〔若き日此処の宮廷に出仕、結婚・離婚を体験した〕。

四日　旅程、至ブラウンシュヴァイク。到着。尽きせぬものは思出にしありけり！
五日　逗留一月に備う。娯楽館《カジノ》。旧知己彼此《かれこれ》。デンツェル［エルベ監視部隊の将軍か］。
六日　仕事、饑。深憂。尽きせぬものは思出にしありけり。最初の妻、コペ、フランス。過ぎにし昔の散り残りたる破片の種々《くさぐさ》。さて今の有様や如何に！　さて行末や如何に！
七日　仕事。さても明暮の愚かなる。待つべし。
八日　仕事。進捗大。余が著作、余が唯一の関心事なり。
九日　仕事。進む。
十日　仕事。シャルロットの情冷めぬと見ゆ。有難きかな。
十一日　仕事。夜、モヴィヨン［ブラウンシュヴァイク公国士官学校経済学教授。哲学神学政治学に造詣深く、コンスタンは師と仰ぎ薫陶を受けた。一七九四年急死、五十一歳］夫人。
十二日　仕事。シャルロットと喧嘩。この女との偕老同穴あやし。
十三日　仕事。舞踏会の実に退屈なる。余の人生、「丸負」の人生なり。万事休すか。
十四日　仕事。午餐、夜会、ジールスドルフ宅［王家主猟頭P］。
十五日　仕事。来信、スタール夫人、素晴しき書。嗚呼、無念！　ならぬことかは！　シャルロットと政治論、苦々しき口争。考えの二つと続かぬ女なり。
十六日　仕事。夜、ミュンクハウゼン宅［ブラウンシュヴァイク市長］。前妻再見［官女ミンナ・フォン・クラム、一七八九年結婚、九五年離婚。王家から多額の年金を受け百羽に余る小鳥、猫三十五匹等小動物に囲まれての暮しと知る］。
十七日　仕事。舞踏会。妻と喧嘩。先行き永くはあるまじ。
十八日　仕事。またもや喧嘩。厭倦。
十九日　仕事。美術館。エムペリウス［古典文学教授、美術館長］。父死す［二月二日於ドール近郊ブルヴァン、八十六歳］。頭錯乱、血また凍る。
二十日　無為と言うも可なり。発信、ジロー、マリアンヌ。傷み悲しびにうち沈みぬ。
二十一日　仕事。我が心いよよ悲しく倒れ伏しぬべし。父を思えば愛《かな》しも！

二十二日　仕事。父の死、日を追う毎に哀痛いよよ増しぬ。
二十三日　旅程、自ブラウンシュヴァイク至ゲッティンゲン。
二十四日　書類整理。悲書、束をなしぬ。仕事、少しく。
二十五日　仕事。悲報に筆を染む。
二十六日　仕事。ここ暫く眼の不調憂うべき状態なり。
二十七日　仕事、質、量ともに不調。心気憂憊。されば、非は子の我にありきということか。
二十八日　仕事。父在らましかば余の著作待ちうけ喜ばまし。
二十九日　仕事。ロイス公国大公来訪［ハインリッヒ八世］。夜、拙宅にて大公。

一八一二年三月

一日　仕事、纔。図書館、美術館行。晩餐。
二日　仕事。
三日　仕事。夜、ベネッケ宅。
四日　仕事、沈滞。余が怠惰無精、言訳の立たばこそ。
五日　仕事、不調。デュ・デファン夫人［仏の社交家・書簡文学者、五十代で失明、二十歳下の晩年の恋人英作家ホーレス・ウォルポール宛恋愛書簡集がこの年刊行された］。人生寂寥！
六日　仕事、復調。過ぎたる筆勢。明日記録牌《カード》開始［分類カード、各項目に該当原稿頁が記された］。
七日　仕事。草案、大風呂敷の感あり。夜、ヒニューバー宅［ブラウンシュヴァイク公国関係法著作、仏語不規則動詞論等あり P］。
八日　仕事。午餐、ブライマン宅。夜、知事宅。

九日　仕事、優。自宅にて晩餐。忍ぶに足る明暮。
十日　仕事、悪くはなし。
十一日　仕事、良。記録牌、仮の整理終了。
十二日　仕事、不調。草案、いまだ混乱を呈す。夜、ポット宅［神学教授］。プロイセンより報［二月二十四日締結の仏普同盟、普王、兵二万をナポレオンに提供、仏軍に国内通過を認め普国事実上仏軍占領下に置かれる。見返として露割譲、領土拡大を許される］。盲目ナルカナ、人間ノ心［正しくは「嗚呼、哀レナルカナ、人間ノ心、嗚呼、盲目ノ感情ヨ」］［ルクレチウス］。

十三日　仕事、復調。歯痛。
十四日　仕事。本日は父の誕生日なり［事実は二十三日］。晩餐、ブターヴェック宅。ジョアノ［コンスタン最初の愛人の夫、国民議会議員としてルイ十六世処刑に賛成した］。何たる時世［原典（直筆原稿、ギリシャ文字による表記）τημσ（tems）時間。全集版はこれを type 人間と誤読した］！
十五日　仕事。晩餐、ブライマン宅。心底深憂。
十六日　仕事。なかなか愉快なる夜、ゼッケンドルフ宅。
十七日　仕事。原稿、過ぎたる混乱、煩。シャルロットと予期せぬ喧嘩。シャルロット足手纏いとなりて一歩も進めず。余が不幸の因は何ものも好きにはなれぬことにあり、好きになれねば易《い》の最なるもすべて難と化す。
十八日　仕事。芝居、シュトックハウゼン宅。シャルロットと小喧嘩。家に在りては断固家長《あるじ》然と構えざるべからず。
十九日　仕事、許多たび中断さる。斯くてはあらじ。
二十日　仕事。多々逸脱あれば多々脱落あり。
二十一日　仕事。朝な朝な二時間無駄にす。晩餐、ローデ夫人宅。
二十二日　仕事。執筆、今の生活、ゲッティンゲン、ともに倦ず。

二十三日　仕事、不調。来信、ロザリー。スイスへ行くべきか［長年の付添リュウ嬢の死に傷心のナッソー夫人慰問のため］。心にもあらず日々人生を犠牲に供するは我が定めなるや［シャルロットの存在で旅もままならぬ］。

二十四日　仕事。シャルロット曾てなく愛嬌あり。

二十五日　仕事、不調。シャルロットと喧嘩。薔薇の木一本にて和解［不詳］。

二十六日　仕事、羊歩。スタール夫人より来書、吉信。ならぬことかは。

二十七日　仕事。仕事、羊の歩なれども進捗あり。

二十八日　仕事。カッセル行荷造［ヴェストファーレン王国首都］。晩餐、リックスフェルト宅［国有財産管理官］。

二十九日　カッセル行［戦時下に備え正規旅券申請］。ラインハルト［独出身、仏政府に仕える旧知の外交官、当時ヴェストファーレン王国大臣。英仏アラビア語に堪能、ゲーテ等と親交があった。文明開化の代表的知性人］。

三十日　午餐、ラインハルト宅。芝居。

三十一日　シメオン［法務大臣］。ベルカニィ［警察庁長官］。ピション［財務長官］。マラルティック［カッセル公使館秘書］。愉快このうえなく興ず［久しぶりに同胞に接し仏語を話す。オシェ宛書簡「人間は異国においてこそなお愛国主義者となるものなれ」とある］。午餐、ヒュールステンシュタイン宅。

一八一二年四月

一日　ゲッティンゲン復。ブランケンゼー［法学学位論文刊P］、痴《おこ》。

二日　引越荷造。

三日　引越。晩餐、知事宅。酩酊、二本足で立つ能わず。面目なし。

四日　昨夜の失態の為せるわざ、宿酔。新居搬入整理了。

五日　なお整理。無為。長き中断。夜、ハンシュタイン宅。

六日　仕事、だが図書館利用に合せ時間通りに切上ぐること、余には苦手なるべし。

七日　仕事、沈滞気味。思い屈ず。

八日　仕事。シャルロット、性格一変す。寛大から吝嗇！　温和から強情。結婚は魔物なるかな！　脱禍あり得るや。

九日　仕事。来信、マリアンヌ［義母］。一件また紛糾す［不詳］。午餐、知事宅。

十日　仕事、不調。思倦！　思倦！　努力惜しむにはあらねども。無念！

十一日　仕事、不調。スタール夫人気掛なり［来書途絶える］。自宅にて晩餐。

十二日　仕事、為さざるに等し。シャルロットと喧嘩、陰にこもって長引く。心内穏やかならず。旅の計。先行き何事かあるべし。

十三日　仕事、為さざるに等し。ジローより不条理な書簡［父との件を依頼した弁護士。書簡内容不詳］。私生児《おちば》［異母弟妹］との一件紛糾す。夜、シュトイドリーン宅。

十四日　無為と言うに等し。目下の意気阻喪、一掃して立直るべし。

十五日　例の一件に対し書を認む。心、安定に向かう。仕事。自宅にてヴィレールと午餐。

十六日　仕事、纔、因はマリアンヌ及びジローの書にあり。マリアンヌの心に嘘なかりしか確めんとして三千フラン送金す［終身年金二年分。一年前の私署証書「法的義務はないが善意から、父とその二子に一括して年金千五百フラン支給す、その分割は当事者間で決定のこと」父死後は同千五百フランを二子で分割、割合は両者間で決定のこと」］。

十七日　仕事、少しく。マリアンヌの一件、今の明暮、思い屈ず。シャルロットと喧嘩、例になく重大かつ深刻なる。思うに、我ら二人の仲すべて終りぬ。人生不可解。

十八日　仕事、悪くなし。妻と冷やかなる一日。これはこれで我が意に適いたると言うべし。相手が不幸になるでもなし、此方は自由独立が得らる。余は単独スイスへ行かん。

十九日　無為。午餐、ハルデンベルク家。夜、オスターハオゼン宅［不詳］。妻と談。一昨日に変らず。すべて言い尽されたるべし。

二十日　仕事、少しく。スタール夫人、病［水腫、夫人は臨月。後出五月七日参照］。嗚呼、余は何をか為さん。

二十一日　仕事。発信、ファニー［スタール夫人の英語師範、夫人の忠友］。余は人のために何をか為さん、あれも為さん、これも為さんと思わば悩み困じて動きのとれぬ人間なり。

二十二日　仕事。著作、いまだ混沌。夜、ゼッケンドルフ宅。

二十三日　仕事。午餐、ハルデンベルク家。城壁上で喧嘩。

二十四日　仕事。来信、プロスペール。その頭の働き、余にさも似たるかな。自宅にて午餐、ヴィレール。

二十五日　仕事、良。晩餐、ブライマン宅。

二十六日　仕事、良。訪問。先行き暮塞《くれふた》がりて陰。

二十七日　仕事、良。スタール夫人、ご機嫌麗し、だが余を愛《うるわ》しぶるは露ばかりなり。自宅にて読書。

二十八日　仕事、良。

二十九日　仕事、少なりともはか行きぬ。

三十日　仕事。リックスフェルト死す。人の命の儚き。

一八一二年五月

一日　仕事。行きて哀れリックスフェルトの亡骸を見たり。

二日　仕事。晩餐、シュトイドリーン宅。

三日　仕事。リックスフェルト埋葬。

四日　巻三十一了。午餐、ハルデンベルク家。

五日　仕事、これまでの調子鈍る。詩歌独唱会《デクラマトリヨム》［当時流行］。
六日　仕事、調子鈍る。
七日　仕事。スタール夫人身重とか、まさか［夫人四十六歳、相手のジョン・ロッカ二十四歳、四月七日秘密裏に出産。一八一七年スタール夫人死、その遺書により子供の存在とロッカとの結婚の事実明さる］。来信、マリアンヌ。
　一件紛糾す。成行や如何に。
八日　仕事、羊歩。最初の妻を娶りしは二十三年前の今日この日のことなり。
九日　三年前のこの日、我が生涯における恐るべき一日［シャルロット、コンスタンとの秘密結婚を明しスタール夫人と対決］。仕事。進捗、纔。
十日　仕事、やや復調、だが心は憂にして消沈。
十一日　仕事。奮起一番、「秘儀」巻、執筆再開。
十二日　浅ましき親子の争を巡り手紙何通かものす。
十三日　仕事、悪くなし。昨日の手紙投函。リネット優し。
十四日　来書、マリアンヌ、嬉しからざる書。これに対し筆鋒鋭く返書認むるも、然りとて万事解決を望まざるには非
　ず［前出「私署証書」の約に忠実なること］。仕事。
十五日　仕事。発信、マリアンヌ、率直かつ然るべく懇ろに。
十六日　仕事。茶話会《クレンツフェン》、ローデ夫人宅。
十七日　仕事。
十八日　仕事。広漠広遠なる野を征くに等し、だが奮起して精進怠るべからず。
十九日　仕事。
二十日　仕事。
二十一日　仕事。
二十二日　仕事、良。夜、自宅にて。著作進捗す。

二十三日　仕事。
二十四日　仕事、良。
二十五日　仕事、良。スタール夫人の計画［仏支配圏を回避、墺・露・瑞経由欧州横断渡英旅行、変装して女中の旅券を携え五月二十三日コペ出発。娘アルベルティーヌ、長男オーギュスト同行、ベルンにてシュレーゲル、ザルツブルクにてジョン・ロッカ合流、次男アルベール後発］。
二十六日　仕事、良。
二十七日　眼のために仕事鈍る。
二十八日　仕事。スタール夫人の消息、不安を覚ゆ。
二十九日　仕事。ペルシャ人の一大謎［不詳］、ヘーレンのお陰で解決［ゲッティンゲン大歴史学教授。『古代世界最上流階級の政治・交流・貿易概論』全三巻一七九三―一八一二年にかけて刊］。
三十日　仕事。夜、ブライマン宅。
三十一日　仕事。明日は便りの如何なるか。

一八一二年六月

一日　仕事。ナッソー夫人より吉報［傷心癒ゆとの報］。
二日　仕事。
三日　仕事。鬱虫再襲。この虫、繰返し出入《ではいり》す。
四日　仕事、不調。スタール夫人発ちぬ。嗚呼！　嗚呼！
五日　仕事、不調。
六日　仕事、不調。夜、在宅するも深憂。
七日　仕事、不調。だが進展あり。嗚呼！　明日は如何なる報に接すべし。

八日　仕事、為さざるに等し。旅人［スタール夫人］より吉報。束の間の喜。シャルロットの思うだに恐しき胸の内［密告］。性格恐るべし！　秘して言わざるに如かず。また何をしでかすか、これまた測り難し！　胸潰るる思いなり。彼女《かのひと》を護らせ給え、そして御意の小子《われ》の上にも行われんことを。

九日　無為。シャルロット筆を執りたる気配いささかもなしとは思えど、余の不安戦慄治まらず。

十日　無為。何とは一言も触れずに、旅人にそれとなく注意促したり。神ノ御意ノ行ハレンコトヲ。

十一日　無為。不安に翻弄せられたり。天命に任せんと思えば鎮まりぬ。神ノ御意ノ行ハレンコトヲ。シャルロット治まりて穏やかそのもの。

十二日　無為。夜、舞踏会。すべて余にはさながら外の世界のことなり。

十三日　なおまた無為。脳中、旅人ただ一人。我が事は運を天にまかすべし、我が才能惜しむべし、残されたる歳月疎かにせざるべし。

十四日　無為。読書、マルモンテル［仏作家、ヴォルテール友人。著書に『父の子に寄する教訓覚書』］。幸福《しあわせ》の一刻。

十五日　仕事、少しく。来信なし。不安大。

十六日　仕事。リネット［シャルロット］、愁顔、余、懊悩、世の中あいなく似愚《おろか》し。

十七日　仕事、復調、だが不安に心苛《いら》る。

十八日　仕事。来信。嗚呼、旅人の不用心なる！

十九日　仕事。夜、ローデ夫人。ドーム氏［元独外交官］。時代遅れの傑士。シャルロットと二度の喧嘩、種はローデ夫人及びゲッティンゲン。女子の為せる揶揄嘲弄に辟易す。

二十日　仕事、纔。午餐、フーゴ宅［高名な民法学教授］。憂なかりせばゲッティンゲンまた愉しからずや。少しく手荒に叱咤激励するや、シャルロットいつもながらなお大人しくなりぬ。
二十一日　仕事。だが鬱《ふさぎ》の一日。似愚し、似愚しきかな、世の中。
二十二日　仕事。ファニーより報［スタール夫人英語師範、夫人の心服の友］。願わくは道中急ぎ行かんことを、旅人に代り神に祈らん。夜、ブターヴェック宅。
二十三日　仕事。ゲッティンゲン、残留か再訪、いずれかなるべし。
二十四日　仕事。旅の一件、新聞紙上に報ぜらる［ウィーンからギリシャに向かうとの虚報］。シャルロット、この地上に生ぜし中で最も物煩雑《ものむつか》しき生物《いきもの》なるかな。
二十五日　仕事。無難とも言うべき音信［ウィーン安着か］。だが行手に山あり。
二十六日　仕事。
二十七日　仕事、良。身の上の似愚しき！　鎖の似愚しき。その昔、狂流［スタール夫人］に翻弄され、今は重き荷［妻シャルロット］を擔う身の上なり。
二十八日　仕事、良。夜、ジーヘキング宅［ゲッティンゲン大無給歴史講師、後年ハンザ同盟防衛に尽力、同盟都市ハンブルク代表となる］。
二十九日　仕事。
三十日　仕事、纔。午餐、ハルデンベルク家。

一八一二年七月

一日　仕事。徒労、進捗に不足あり。
二日　仕事。ハルデンベルク一族郎党一堂に会したる午餐。来信なし。

三日　仕事。来信なし。不安。晩餐、ヴィレール宅。
四日　仕事。期待を上回る進捗ぶり。
五日　仕事。シャルロットと談、長時間。シャルロット、余に対し愛情ほぼ失せぬということか。このこと本人によく
　自覚せしむる心得の余にあらましかば。
六日　仕事、纔。旅程順調。ほっと安堵す！　ロッカ同行とは！！
七日　仕事。はかばかしくも覚えず、しかもなお不明乱雑少からずあり。
八日　仕事、纔にして不調。憂。
九日　仕事。かく場当り的に仕事を為せば心気疲れ思考統一を欠くにいたりぬ。
十日　仕事。倦憊限界に達す。
十一日　仕事。草案の、我ながらかなりの出来との思い、我にあり。
十二日　仕事。目下の編集に関るものなお計十二巻を残す。
十三日　仕事。なお計十二巻を残す。
十四日　仕事、良。
十五日　仕事。
十六日　仕事、良。旅人音沙汰なし。不安また兆す。
十七日　仕事、良。ハイネ埋葬［著名な言語文献学者。フーバー夫人は娘のテレーズ］。来信なし。
十八日　仕事、良。夜、ローデ夫人宅。
十九日　仕事、鈍る。晩餐、ブライマン宅。シャルロットに愛嬌戻りぬ。
二十日　無為と言うに等し。来信なし。不安の極。
二十一日　シャルロットと喧嘩。喧嘩の種［スタール夫人消息］、例に変らず。嗚呼！　物煩雑《ものむつか》しの生物かな！　仕事、やや復調、

だがシャルロットの存在とその「間諜行為」に仕事乱さる。

二十二日　仕事。進捗す、しかし出発前の脱稿怪し。

二十三日　仕事。なお来信なし。思えば不可解なり。

二十四日　仕事。なお音沙汰無し。消息や如何に。嗚呼！　そして我はといえば憂悩極まりたり！

二十五日　仕事。手掛けし巻三十［秘儀］、編集執筆遂に了。なお七巻を残す。

二十六日　仕事。

二十七日　仕事。旅人より報あり。旅程順調。安堵す。

二十八日　仕事。

二十九日　無為、頭の中で賽を振り丁半の真似事をするのみ。嗚呼、浅ましきかな！

三十日　仕事。

三十一日　仕事。

一八一二年八月

一日　仕事、不調。

二日　仕事、復調。

三日　仕事、纔なるも悪くはなし。

四日　仕事。

五日　仕事。シャルロットと喧嘩、だが、もはやこの種の喧嘩、痛くも痒くもなし。

六日　仕事。神よ、旅人を恙なく通過せさせ給え！
七日　仕事。進捗なきに等し。
八日　仕事。フォークト男爵［慈善事業に献身、ハンブルクの博愛家として天下に名を馳せたP］。本人を前にすれば敬愛措く能わず。誰か能く滾つ瀬に抗せん。
九日　仕事。原稿拾読。脱稿、思いしよりも遼遠なり。夜、会話、許容範囲。
十日　仕事。ミスターカルヴァート［独に派遣の英将軍］。何事か一毫なりとも可能なりや。
十一日　仕事、不調。万事悪化す。金銭、その他等々。リネットの息戻《そく》らず［前月金融取引でポーランドへ発つ］。母、愁嘆。神ノ御意ノ行ハレンコトヲ。
十二日　仕事。旅人の身を案じ行末を憂う。
十三日　仕事。来信、ファニー。その感嘆似愚し［スタール夫人を賞讃か］。
十四日　仕事。「秘儀」巻落了。冒頭部分、鑄直多々あるべし。決着や如何に。
十五日　仕事。嗚呼！　旅人のいま何処に在るやいかにも知らまし。余からもドクサ［ロンドンに開業したスイスの銀行家、共同出資者の娘がコンスタンの従兄シャルルの妻］に書を認めたし［不動産投資同意の件］。
十六日　仕事、情けなくも纔。
十七日　仕事。一部仮出版の計を考う。
十八日　仕事、纔。著作、重荷となり煩苛、進行不調。
十九日　仕事、為さざるに等し。何を好んで苦を求む、筆を執るの意なきときは書を取りて読むに如かず。
二十日　無為。息に関しシャルロットに悪報［不詳］。旅人、音信なし。深憂胸潰。心内闇一色。
二十一日　仕事、少しく。成果、思うほどには悪くなし。
二十二日　仕事。
二十三日　仕事。

二十四日　仕事。
二十五日　仕事。復調。余が仕事、人力の及ぶところに非ず。
二十六日　仕事、良。
二十七日　仕事、不調。
二十八日　仕事、不調。
二十九日　仕事、復調。
三十日　仕事、辛うじて。
三十一日　仕事。

一八一二年九月

一日　仕事。嗚呼！　心幾許《ここだ》悲しも！
二日　仕事、不調。午餐、モヴィヨン〔亡き友の息か〕。退屈。
三日　仕事。だがテールケンその他の面々皆余の先を行くなり〔テールケンは歴史学教授、ギリシャ神話講義案内にコンスタンの学説と資料を無断借用、抗議を受け出典を明記したP〕。
四日　仕事。シャトーブリアンの演説〔一八一一年の幻のアカデミー入会演説稿、要求された修正を拒み読上げられなかったが複製が出回った〕。愚にもつかぬ三流稿！
五日　仕事。ドクサ家、絶対にドクサ家〔渡英〕。
六日　仕事、為さざるに等し。『クラリッサ』を読む〔リチャードソン『クラリッサ・ハーロー』〕。傑作かな。
七日　仕事。進捗、纔のまた纔！
八日　仕事。プロティノスの形而上学、まさに珍糞漢糞！

九日　プロティノス要約試案了。
十日　仕事。ようやく間接的報［スタール夫人露入国か］。有難き哉。
十一日　仕事。女房の煩しき、一向に治まらず。
十二日　仕事。
十三日　仕事。余が義兄弟、隅に置けぬ悪党なり［シャルロットの財産をめぐり］。
十四日　仕事、可。ハンブルクのプル［在野の歴史・経済学者、亡命仏人の庇護者］。ローデ夫人宅にて男の大集会。旅人より直々の報［八月二日モスクワ同十四日サンクトペテルブルグ着］。有難き哉。
十五日　ファッハ行。ヴァンゲンハイム家［シャルロットの母方実家、母の父はハノーファー王国大元帥］、好人物。
十六日　ファッハ逗留。ゲッティンゲン復。人間の心とは異なものなり。僅か一日とはいえシャルロットと別るるとなるや、別離の苦おろそかならず心に染みぬ。我が心、何事も在れば倦み飽き、不在《な》ければ懐しく恋し。この惜別の印象《おもい》、なおまたシャルロットに潰え崩さるべし。嗚呼、人生悲哀、我は狂人！
十七日　無為。
十八日　仕事、纔なるも最終巻の草案整いぬ。シャルロット、ハルデンベルクへ往く。
十九日　独りになりて仕事、良。シャルロット戻りぬ。晩餐の愉快なる。
二十日　仕事、悪くなし。ウィーン旅行計画。第一の閨秀［スタール夫人］と共にするを頑なに欲せざりしをシャルロットと共に為さんとす、天の裁なるべし。
二十一日　仕事。ドクサ行［英国］は単身にて［スタール夫人の英国入りを踏まえ］。
二十二日　仕事、不充分ながら進捗。

二十三日　仕事。第一次執筆作業当地にて落了を期す。

二十四日　仕事。進捗。自宅にて、晩餐の愉快なる。

二十五日　仕事、不調。引越〔不詳〕の迫りたれば集中力乱る。

二十六日　仕事、纔。脳中、混乱と鬱憂。

二十七日　仕事、進捗なしに等し。晩餐、初審裁判所長宅。シャルロットと喧嘩。夫婦に不可欠の関係《まじわり》においてシャルロット余の妻にしあらざれば、いずれ他の関係においても余の妻にあらざるべし。

二十八日　仕事。パリの都に残らんがための結婚、遙かゲッティンゲンに都落とはなりぬ、愚狂の然らしむる、異なことなり。

二十九日　仕事。巻一の草案ついに得たり。「ベアルネ」*。事を為すに余は何をか惜しむべき。

＊「日記」中の暗号、仏陸軍元帥からスウェーデン皇太子となったベルナドットを指す。仏西南部旧国名ベアルンの州都ポー生れに因む。露と組みナポレオン後を画策するに至るが最後の段階で機を逸す。この時点ではいまだその意なし。その長年の知友スタール夫人二十四日からスウェーデンストックホルム在。コンスタンは逡巡思案の末、ベルナドットに賭け同志として合流す。

三十日　仕事。

一八一二年十月

一日　仕事、纔。家探しに奔走す。

二日　仕事。ビュルガー夫人〔独詩人ビュルガー三番目の妻、その後離婚、美貌と詩才で世に時めいた。シャルロットその熱烈な讃美者〕。

三日　仕事。巻一の流れついに把握せりとの感あり。ビュルガー夫人詩歌独唱会。
四日　仕事。原稿、形を成しつつあり。ゼッケンドルフ、ビュルガー両夫人。
五日　仕事、為さざるに等し。引越。モスクワ炎上［ナポレオン軍入城の翌日九月二十五日炎上焦土と化す］。
六日　引越なれば無為。
七日　再度引越のため同右《イデム》。女子養い難し。
八日　なおまた無為、されど用意万端整えたり。シャルロット息来たる。余がシャルロットに仕掛けし喧嘩、陰にして長引く。一事が万事、二人が縁やがて絶ゆべし。無難に治むるには、余が此処［ゲッティンゲン］に残ればそれで済むこと。彼の地［カッセル、シャルロット実家］に戻るには及ぶまじ。
九日　仕事。ドクサ［英渡］まではゲッティンゲン在、最善なるべし。
十日　仕事。シャルロットと少時猛喧嘩。本質的非はシャルロットに在り、形式的非は我に在り。いずれにしろ、すべて事は悪化の一途を辿るべし。
十一日　仕事。シャルロット、奇妙な性格の持主なり。これに対処するには、努めて知恵を絞り我が身の方針を定め、これをシャルロットに強制せんとの態度に出ずべし、すると相手は自由を要求す、さてそを与うれば得べきものは得たりと思込む女なり、ところが、最初から自由を与うるや、今度は此方の自由を奪わんとするなり。
十二日　仕事。なおまたシャルロットと喧嘩。お手並み拝見！
十三日　仕事。羊歩の進み、だが、歩一歩着実に。

十四日　仕事。シャルロット正気に返る。
十五日　仕事。先ずは内を治むべし。外《そと》は易し。
十六日　仕事。旅人、仮の羈留地に到着す［九月二十四日ストックホルム上陸］。すべて神の加護なるべし。ベアルネ。この件、真剣に検討する要あり。利百まちがいなし。問題は形式なり。
十七日　仕事。シャルロットと談、長時間。よく見れば見所ある女なり。教育して好みの女に仕立つべきか、或は縁切とすべきか。
十八日　仕事。夜、ハンシュタイン宅。
十九日　仕事。悪夜、因はシャルロット、床に就くを欲せざるにあり。余が結婚の第一の目的は妻と交接を重ね早寝するにあり。交接絶えてなきに等しく、しかもつき合いの夜更《よふかし》午前四時に至るなり。
二十日　仕事。急がば回れの道を行かず時を無駄にす。まさに余が望みのもの、妻から持掛けられたり［交接かコペンハーゲン行か］。コペンハーゲン。
二十一日　仕事。
二十二日　仕事。茶話会《クレンツフェン》の愚なる。シャルロット、倦怠。シャルロットの案、計画の類、信ずるはほどほどにして、余自身のために行動すべし。
二十三日　仕事。
二十四日　仕事、纔にして不可。嗚呼！　結婚！
二十五日　仕事。妻、悲しげに心満されぬ体《てい》なり。妻の幸福はもちろん余の願うところなり…さりとて相手の心の趣《おもむ》くままに余が趣《こころ》乱さるるは望むところにあらず。
二十六日　仕事。我ら二人、夫婦としての体裁よく保ち得たり。
二十七日　仕事。シャルロット、無聊に苛立たるも本人は「心の問題」と信じて疑わず。

二十八日　仕事、不調。自宅で晩餐。
二十九日　仕事、不調の不調。茶話会。シャルロットと喧嘩、いずれこの喧嘩決定的局面に入るべし。
三十日　シャルロットと論。なんと、煮え切らぬ態度はご免ということか。
三十一日　仕事、だがいたって不調。グリム書簡に意欲喪失［独作家、この年ディドロとの往復書簡集全十一巻刊行。グリム兄弟とは別人］。

一八一二年十一月

一日　仕事。進捗なきに等し。
二日　仕事。著作、行き悩み泥《なず》みたり。嗚呼、スタール夫人の在らましかば！
三日　仕事。
四日　仕事。憂念憂苦。ヴァンゲンハイム［シャルロット母方親族、軍人］。神ノ御意ノ行ハレンコトヲ！
五日　仕事。
六日　仕事。
七日　仕事。
八日　仕事。序論、悪くなし。
九日　仕事。我が「小説《アドルフ》」を読む。自身に対する驚き覚めやらず。
十日　仕事。
十一日　仕事。
十二日　仕事。

十三日　仕事。
十四日　ウジェーヌ着［ネッケル、スタール夫人親子二代に仕えた従僕、ストックホルムまで夫人に同行、同地より着］。今は昔の稲妻《ものがたり》。感興なきに等し。仕事、纔。
十五日　仕事、纔。物多に脳裏を去来《さわ》す。午餐、知事宅。舞踏会。
十六日　仕事。シャルロット、カッセル滞在計画［財産問題］。此処になお泊《とまり》を重ぬる力、我に有りや無しや。嗚呼、これまで他人を責め苦しめきたるが、なにあろう、責むべきは余が性根にこそあれ。
十七日　仕事。シャルロット、優しく愛嬌あり。余は自ら妄想の虜となりて他人を詰責せしが、責むべきは余が内なる狂気にこそあれ。
十八日　仕事、纔、見るも浅まし。
十九日　仕事、復調。
二十日　仕事。
二十一日　仕事。シャルロットも女、皆ながら同種なり。余は個を責めきたるが、相手とすべきは種《しゅ》なりき。
二十二日　仕事、纔。
二十三日　無為。
二十四日　仕事。「序論」ほぼ了。
二十五日　「序論」了。
二十六日　妻、カッセルへ発ちぬ。無為。憂。茶話会。愚。
二十七日　孤身生活開始。数刻後にはよく孤身に慣るるものなり。時間の豊けく！　自由の豊けく！　無念なるかな、この二つ、ともに奪回せんとしてまた別の鎖に繋がれしこと［再婚］。仕事。晩餐の愉快なる。
二十八日　仕事、優。孤身終日。
二十九日　仕事、可。来信、サン・ピエール［露サンクトペテルブルグ発二月遅れのスタール夫人書簡かN］。嗚呼！　嗚呼！　神ノ御意ノ行ハレンコトヲ。

三十日　仕事、良。

一八一二年十二月

一日　仕事。全抜書の分析作業、明日にて完了なるべし。
二日　仕事。抜書の分類開始。
三日　荷造に終始す。昔日まさに斯くの如し。
四日　来信、シャルロット。地名人名は変りたるも昔日まさに斯くの如し。曾て耐う能わざりしこと、今また耐う能わざるべし。無為。夜、ローデ夫人宅。
五日　旅程、至カッセル。* シャルロット愛嬌つくして余を待ち迎えたり。思うに余に生来の意志薄弱の無かりせば我が欲するところをシャルロットに命じてせさましものを。

＊　デニス・ウッドによれば、翌月十八日までの短期移住は以下のような重大な政治的意味がある、一、ベルナドット側近と接触、二、ベルナドットに与する戦略、三、スウェーデン在スタール夫人に合流の計。

六日　すべて整理。一生避けて通れぬ整理事。仕事、少しく。訪問。ヒュールステンシュタイン。此処にての妻が倦怠、他所に変らず。
七日　仕事。意見をしたれば妻少しは改まりぬ。午餐、ヒュールステンシュタイン。シメオン。ラインハルト。
八日　仕事。午餐、ラインハルト宅。
九日　仕事。スタール夫人在らましかばの念《おもい》、曾てなく強し。

十日　仕事、纔。カッセル、余が神《しん》に触れたり。忌々しきかな、余が性格の薄弱なる！　夜、シャル［ナポレオン皇帝使節］。

十一日　仕事。ゲッティンゲンの様には行かず。夜、マルクス宅［内務大臣］。

十二日　仕事。夜、ハルデンベルク家。思わぬ額の金子《きんす》損失［賭事］。

十三日　仕事。不調。余が性格の奇矯なる、不幸なる、憐れむべし。だが人に異りたる性格には非ず。余が身の自由、曾てなく狭まりたり。

十四日　仕事、不調。ここ数日朝方、断ちたき絆［シャルロット］に思いを巡らす、五年前も斯くありしか［対スタール夫人］。余の責任は無論のこと、だが相手も相手なり。泣言はともかく、余が寸時の不在に対する涙と愚痴の雨、これなかりせば余は言うことなし。夜、ヒュールステンシュタイン宅。賭に勝つ。「王立科学院」通信会員に任命さる。

十五日　仕事、纔。スタール夫人音信なし、何処も音信なし。合点ゆかず。

十六日　仕事、復調。余の対シャルロット心理、不思議な境に至りぬ。最初は機嫌を恐るる余り気後れするも、いざ相手が機嫌を損ねんか、当初の不安はどこ吹く風、度胸がつく。されば、試みに一度己の都合を通してみるに叶うところあるべし、シャルロット屈すべし。嗚呼！　取組むべきは余が情況にあらずして余が性格なりき。

十七日　仕事、悪くなし。スタール夫人に関する記事［不詳］。夫人の本質は常に不変なり。その欠点をも含め懐し。夜、ブーシュポルヌ［ヴェストファーレン王妃付女官、美貌と愛嬌で知られたP］。退屈の心地良き。

十八日　仕事。骸《むくろ》にも等しき今の身を忍ぶに堪うる身にするには頭の切換あれば足ること、しかも心の負担なし。

十九日　仕事。憂。厭倦。自他に対する不満。

二十日　仕事、纔。消沈。風邪。厭倦。疲労。
二十一日　仕事、纔。自他に厭倦す。
二十二日　仕事、纔。ゲッティンゲンに賭けん。良き目の出んことを！
二十三日　仕事、纔。朝餐時喧嘩、終日尾を引く。
二十四日　仕事、少しく。無為にして此処に残る、愚と言うべし。時間の無駄は措くとして、残れば不幸の上乗せと言うも可。来信、旅人。さても、我ら二人の仲すべて終りぬ。そは余が望みしことなり。いざや単独航行。関係《おんな》になおまたかかずらうは慎むべし、だが孤舟も及ばぬ魅力のあらばその限りにはあらず。
二十五日　仕事。午餐、ラインハルト宅。驚くべき報［ナポレオン露退却］。
二十六日　仕事、纔、論述の脈絡見失うことなきを努むるのみ。
二十七日　仕事、纔。万事百般悪化の一途なれば然るべき方針決定のこと。
二十八日　無為。
二十九日　無為。目下の荒廃からの絶対的脱出なかるべからず。
三十日　無為。昨日、午餐、シメオン宅。
三十一日　仕事無為。『伝記』原稿二本落了［曾祖父ダヴィドと叔父サミュエル略伝］、明日送付のこと。

一八一三年一月

一日　無為。僂麻質斯《リウマチ》に苦しむ。
二日　無為。何たる明暮！　解決は不可能なりや。
三日　無為。
四日　仕事、少しく。或る計を立つ、余に実行の力あらば良計なるべし。
五日　仕事、少しく。午餐、ヒュールステンシュタイン宅。夜、ラインハルト宅。
六日　仕事。
七日　仕事、少しく。午餐、ラインハルト宅。唯一思慮ある行動はゲッティンゲン住いなり、また他所に移るとも可。
八日　〈アジア研究〉《アジアティック・リサーチ》抜書［インド会社発行、インド研究必読誌］。夜、マルクス宅。
九日　無為。喧嘩。馬鹿を演ずるはこちらなり。執るべき姿勢は「軟弱と硬直」に非ずして「毅然と柔軟」なるが、如何せん、愚を繰返すなり。
十日　〈アジア研究〉抜書。午餐、ハルデンベルク家。ゲッティンゲン仮住決定。
十一日　無為。余に二つの憂あり、妻の厭倦、我が厭倦。一つで足るべし。ナルボンヌ［スタール夫人の曾ての愛人。ナポレオンの副官として露遠征、帰路カッセルに寄る］。思出。スタール夫人、余には亡きに等しき存在とはなりぬ。この喪失感癒ゆるあるまじ。夜、シメオン宅。
十二日　無為。午餐、ラインハルト宅。
十三日　巻一つ調整。午餐、シメオン宅。夜、ラインハルト宅。
十四日　仕事、纔の纔。目下の心神阻喪を自らの手で退治し得るならば、時の無駄、苦痛の量、削減さるべし。夜、シェーンブルク宅［ザクセン全権公使］。仮面舞踏会。

十五日　ナルボンヌと朝餐。ヒュールステンシュタイン宅にて朝餐のはしご。午餐、ラインハルト宅。

十六日　無為。夜、自宅。シメオン。ラインハルト。

十七日　出発準備完了。自らの力に依る自己確立なくてはあらじ。

十八日　旅程、至ゲッティンゲン。手紙。驚くべき発言！　驚くべき狂気の沙汰［不詳］！

十九日　引越整理。留マルベキカ、留マザルベキカ、ソガ問題ナリ［英文］、これ即ち余が人生の問題と言うも可なり。ブルーメンバッハ。学士倶楽部《ゲラールテン・クルブ》。

二十日　仕事。

二十一日　仕事、優。

二十二日　仕事、良。発信、シャルロット、余の当地滞在延長の件。返、その先達《せんだつ》［スタール夫人］と同じなりや。

二十三日　仕事、優。

二十四日　仕事、優。この五日間の仕事量、カッセルの六週間を上回りぬ。

二十五日　仕事、優。

二十六日　仕事、良。シャルロットより来書、文面の優しき、我が琴線に触れたり。明日、行って会うべし。

二十七日　旅程、騎馬行、至カッセル。道中余にしてはよく耐えたり。シャルロット、余が到着を見て喜ぶよりも余が留まざるを悲しむ。

二十八日　午餐、ラインハルト宅。シャルロットと小喧嘩。嗚呼！　シャルロット、余に気兼遠慮、我慢ならぬと言う、余また然り。

二十九日　かなり厭倦なる一日。他の連中は趣味道楽、こちらは同じやるにも「著作仕事」、その自由を寄こせと言いしがため夜大喧嘩とはなりぬ。

三十日　昨日同様、憂に沈みたる一日、シャルロットの不平不満。

三十一日　前日同様の朝。逃ぐるが如くシャルロットの詰難面責を振切り、曾てなく不満顔の本人と別れ来りぬ。結果は推して知るべし。嗚呼、余は不調法者なり！

一八一三年二月

一日　ゲッティンゲン着。夜、ヴィレール。
二日　仕事、良、見事なり。己の心のままに生くべし、さもなくば虚者《うつけもの》と言われて然るべし。晩餐、学士倶楽部。
三日　仕事、良。
四日　仕事、良。リネット［妻シャルロット］より優しき書。されば、交す言葉は穏やかに、行動は己の心に聞くべし。
五日　仕事、量は小、質は良。期待の大いなる去り行く。
六日　仕事。夜の孤独、堪うるに余る。
七日　仕事。思出、心千々に乱れたり。
八日　仕事、良。出発時までの完成、覚束なし。
九日　仕事。夜、無聊に手を出し所持金失う［賭事］。
十日　仕事、鈍る。
十一日　無為に等し。読書『セシリア』［リチャードソン、フィールディングの後継と称される英女流小説家ファニー・バーニー作一七八四年刊。養子を取る条件で莫大な財産を相続した娘セシリアを巡る男二人の恋の鞘当］。なるほど、余はどんな細小《いささ》気紛れにも抗す能わざる風来坊ということか。
十二日　仕事、不可。来信、旅人。前回の発言撤回さる［前出十二月二十四日、内容不詳］。取巻く情況は余と同じなり。余が返、如何にあるべきか。返の疎かならざる。

十三日　仕事、不調。明日、返書認めん。
十四日　仕事、少しく。午餐、ハルデンベルク家。深刻なる報［オーストリア離反、プロイセン抗仏蜂起］。
十五日　仕事。
十六日　仕事。晩餐、学士倶楽部。
十七日　仕事、不調。著書完成、絶望的なり。
十八日　仕事、復調。聖書を読み余の思考すべて覆されぬ。ユダヤ人に関する草案変更の要あり。さもなくば、余の考うるところを説くに数巻を要す、しかも世の信者思想家滅多斬りさるべし。
十九日　仕事、悪くなし。世の中動き出す。
二十日　仕事、悪くなし。時間のゆとりあらば名著となるべし。晩餐、公民倶楽部《シヴィル・クラブ》。孤独愛よみがえりぬ。
二十一日　無為に等し。午餐、サルトリウス宅［教授、ゲーテ親友］。来信、ファニー。スタール夫人との仲すべて終りぬ。
二十二日　仕事、悪くなし。シャルロット、懊悩。近く会いに行くべし。
二十三日　くだらぬ事務通信、仕事、纔。読書、レスピナス嬢［仏社交家、書簡文学者、『愛の書簡集』一八〇九年刊］。四年前の読後感［男女関係の理想は結婚にあり］とは今回印象を異にす。
二十四日　仕事。驚くべき報［普露同盟条約締結、対仏軍事攻撃］。思うに誇張あるべし。
二十五日　仕事。
二十六日　仕事。午餐、ハルデンベルク家。
二十七日　仕事、纔。荷造。明後日カッセルへ発つ。情報、なお誇大錯綜す。執るべき態度決すべし。
二十八日　仕事、纔。

一八一三年三月

一日　無為。
二日　旅程、至カッセル。
三日　妻、苦しげなるも、余が不在にもよく物慣れたり。我ら二人、相手なしの独り暮し、なおよかるべし。午餐、ラインハルト宅。
四日　カッセル暮し。妻と談。陰にして冷。事、悪化の一途。
五日　仕事、少しく。宵間、夜半、喧嘩。事は明白なり。相手の望みは「自由」、或は「女房関白」にあり。自由、呉れて進ぜん！
六日　仕事、少しく。シャルロット荒れぬ。余りの余が仕打ということか。いま少し手柔かぶりを心得《う》べし。
七日　仕事。我が「小説《アドルフ》」を読む。午餐、シメオン宅。
八日　仕事。驚くべき報［仏軍エルベ川へ後退、露軍ベルリン入城］。危機大なるべし。
九日　仕事。動機の妙から方針の妙なる成りぬ。午餐、ラインハルト宅。夜、喧嘩、電光石火。
十日　仕事、悪くなし、当地残留絶対的必要なり。
十一日　仕事。
十二日　相手の同意あらば以下の計画。フランクフルトまで二人旅。其処からシャルロット、パリへ、余はスイスへ［スイス行の意、ロザリー宛に洩す］。シャルロットをフランクフルトまで拉行後、余はいったん戻る。今は更に計を策す段階なり。仕事。
ゲッティンゲン。ゲッティンゲン、胸の中では決定済みなり。

十三日　仕事、纔。来信、旅人。余が書、手許に届かぬとある。フルコー。余が計［渡英、スタール夫人に合流か］、更に容易となる。為すべき計、これに勝るやある［ここ両日の計画の動機と仔細不明］。

十四日　仕事、少しく。来信、アルベルティーヌ。その母［スタール夫人］、余の計を容易にせんとの意志皆無。単身在ゲッティンゲンの計、シャルロットとほぼ合意に達す。

十五日　終日作詩［『ソワッソン包囲』、反ナポレオン詩］。夜、ハルデンベルク・フォン・グロンデ宅［妻の親類か］。

十六日　作詩。

十七日　余が詩、巻一及び草案了。

十八日　詩篇第二執筆開始。先ず第六篇まで手掛け匿名刊行、世の反応を窺うべし。ゼッケンドルフ。愉快なる宵。

十九日　作詩、纔。なお筆を進め行数稼ぐべし、後日修正も可。無念なるかな！　余のゲッティンゲン滞在なし。

二十日　作詩、量まずまず。だが本来の「仕事」［宗教史論］も忘るべからず。夏期ゲッティンゲン滞在合意。

二十一日　拙き挿話を麗句に盛る。

二十二日　計四詩篇の草を為す。午餐、ラインハルト宅。

二十三日　作詩。傑作なりと余に告ぐる者やある。吁嗟！！！

二十四日　無為。斯くも出鱈目なる生様に対する痛恨痛苦、我が心底に潜みてあり。決定的秋《とき》は来りぬ。或るは名誉ある立身出世、或るは完全なる休心安息、或るは死。決定は今夏を見ての上、そして余が打つべき第一の手はゲッティンゲンなり。

二十五日　報、相次ぐ。女房教育誤てるか、妻耐え難き重荷とはなりぬ！　此処から連出しし暁には教育改むべし。余に従うか、余と別るるか、相手の心次第なり。午餐、ラインハルト宅。我が「小説」を朗読。

二十六日　無為。無事ゲッティンゲン入りなるか［戦況悪化］。

二十七日　抜書、ニーブール［独旅行家、バビロン遺跡発見者カルステンか。或はその息、歴史学者ゲオルグか］。午餐、ハルデンベルク宅。

二十八日　無為、されど、仕事は今夏のゲッティンゲンに期す。

二十九日　抜書、少しくニーブール、文字通り少しく。

三十日　抜書、ニーブール。シャルロットと激しき喧嘩。余に十全の理あるもそを立証する術の無ければ、自己弁護せんとするに怪しき壁に突当りぬ。シャルロット、余が出費の中で必要最小限にあらざる出費の分担は理由なしには応ぜられぬと言い、自分の「気紛」は余に支払わせんとす、これを以てすればいずれ余は金銭上シャルロットの隷属となるべし。あるまじきことなり！　それにしても、この喧嘩、決定的なるべし。明後日出発。それまでは黙して語らず。出発時、此方の意志を書き遺り、雨が降るとも槍が降るとも、不退転を決めこまん。

三十一日　抜書、ニーブール。シャルロット、穏、余が計固し。報、エルベ越ゆ［普露同盟コサック軍エルベ川を越え仏属領「ライン連邦」ヴェストファーレン王国に攻め入る］。

一八一三年四月

一日　抜書。午餐、ハルデンベルク宅。夜、喧嘩。

二日　一日に三度《みたび》喧嘩。

三日　荷造。荷造に明暮す。旅程、至ゲッティンゲン［最後の滞在。九月十五日まで］。

四日　ヒニューバーの走り使い。その昔余が「宮仕《みやづかえ》」の情熱かくありしか。夜、ローデ夫人宅。ライスト〔ゲッティンゲン大教授〕。アリックス〔陸軍少将〕。

五日　無為。隠し置きし虎の子二十ルイ盗難の模様。何とも遣瀬なし。

六日　妻を待つ。無為。在ることの愚。

七日　やっと仕事の筆を執るに至りぬ。到着早々の妻を相手に我ら二人の危機と支障を巡る永遠の会話。余が人生最大の支障、そは結婚せしことなり。ジョルジュ・ダンダン〔モリエール喜劇の主人公、身分不相応にも不実な悪妻を娶り自業自得を託つ〕！

八日　仕事。四辺波乱騒擾〔コサック軍侵入〕！

九日　仕事。

十日　仕事。

十一日　仕事。未来は闇。神ノ御意ノ行ハレンコトヲ。

十二日　仕事、纔。住確保。

十三日　仕事、就中《なかんずく》、夜。見事な計画、画に描いた餅に非ざらば！

十四日　仕事。ルーデンショルド〔愛と失寵、栄枯盛衰の辛酸を嘗めつくした美貌のストックホルム宮廷人。国王グスタフ三世暗殺の政変に巻込まれ投獄、スイス亡命十年、スタール夫人の知遇を得る。帰国途上、旧知コンスタンに会い久闊を叙した模様 P〕。それにしても此女《こちら》に引換え彼女《あちら》〔スタール夫人〕の内弁慶なること！　シュレーゲル、スタール夫人の許を去る〔反ナポレオン作戦を執る皇太子ベルナドットの特別書記官として従軍。スタール夫人次男アルベール同行 P〕。夜間、家を外にす。

十五日　仕事。

十六日　仕事。

十七日　仕事、少しく。引越。

十八日　入居。此処の居心地、良ならずも可。仕事。「宗教的情熱」の章、明日書直。
十九日　仕事。昨日の章に掛る。明日再読。
二十日　仕事。不安重圧。
二十一日　仕事。
二十二日　仕事。
二十三日　仕事。
二十四日　仕事、良。
二十五日　仕事。
二十六日　仕事。最終計五巻実に難儀す。
二十七日　仕事。晩餐、学士倶楽部。
二十八日　仕事。
二十九日　仕事。
三十日　仕事。

一八一三年五月

一日　仕事。午餐、サルトリウス宅。夜、自宅。ヴィレールの死を夢に見る。
二日　仕事。進捗覚束なし。全く手つかずの、しかも最難関、計七巻控えたり。とにかく「耕作」のこと。この情熱なかりせば余の生くる道なからざらまし。

三日　仕事、不調。ギリシャ思想における祭司宗教の痕跡を辿るこの巻、内容多岐に過ぎたり。
四日　仕事、不調。原因の一は草案自体の欠陥、「後退」にあり。要変更。
五日　仕事、復調。
六日　仕事、復調。悪霊《アフリマン》！　悪霊［ゾロアスター教の悪。ナポレオンを指すか］！
七日　仕事。スタール夫人と最後の宵を過ししは二年前の今日この日のことなり。シュレーゲル［ベルナドットと行動を共にし活路を拓く］。誰もがよくその生を治む、余の及ぶところに非ず。自業自得とはこのことなり。
八日　仕事。ローザンヌ「王冠亭《ラ・クロンヌ》」の階梯にてこれを最後とスタール夫人と別れしは今日この日の午前十一時頃にして今に至りぬ。生きて再び会うことあるまじ、とスタール夫人余に向かいて言いたり。嗚呼！　アルベルティーヌ！
嗚呼！　神ノ御意ノ行ハレンコトヲ。
九日　仕事、不調。四年前のこの時刻、地獄の刹那［シャルロット秘密結婚発覚してスタール夫人と対決］。
十日　仕事。悪霊《アフリマン》！　願わくは、死ぬまでに「我が座席」指定ありたし。
十一日　仕事。晩餐、学士倶楽部。
十二日　仕事。晩餐、フーゴ宅。
十三日　仕事。
十四日　仕事。心臓、山伸掛《のしかか》るごとく締付けらる。
十五日　気晴をせんと例の詩作を再開す。夜、エアツェーレン宅［不詳］。
十六日　詩句をものす。晩餐、エアツェーレン宅。
十七日　詩句をものす、絶唱なるべし。

十八日　詩句をものす。
十九日　詩篇第二了。エルゼアール〔スタール夫人からの書簡押えられヴァンセンヌに投獄さる〕。災女、ファニー〔スタール夫人の英語師範、夫人腹心の友〕、魔させしか。
二十日　詩篇第三以下の草を為すも、心は本務《しごと》再開にあり〔宗教史論執筆〕。
二十一日　ものせし詩句全体に目を通し斧鉞を加う。優れた箇所あり。午餐、ハルデンベルク家総勢と裁判所長官宅。
二十二日　作詩、不調。仕事再開し作詩はここにて打遣るべし。
二十三日　もはや納得のゆく詩句一もなす能わず。何事も思頽《くずお》れたり。
二十四日　仕事再開。いたく物倦《うん》ず。今の身の処し方、大いに不満なり。
二十五日　仕事、可。ついに仕事、再び我が物となる。
二十六日　仕事。進行遅々。
二十七日　仕事。各章其々将に一書の体を成さんと欲す。だが過ぎたるはなお及ばざるが如しの譬もあり。
二十八日　仕事。最終計六巻落了の暁には、余りに純専門的に偏するは決定稿から一律刪削の要あり。雄弁と思想の点では第一級の書たり得るも、専門的研究書としては第二級に甘んずべし。
二十九日　仕事、可。
三十日　仕事、劣。
三十一日　仕事。

一八一三年六月

一日　仕事。夜、自宅。フーゴ。国家総動員〔プロイセン〕。

二日　仕事。夜、ハイネ夫人宅。
三日　仕事。余が著書、ぶじ完成とならば名著なるべし。
四日　仕事。
五日　仕事。ものすべき計五巻中の一、落了にあと一歩。
六日　仕事、良。神ノ御意ノ行ハレンコトヲ。
七日　仕事、不調。
八日　アルベルティーヌ誕生日［十六歳］。嗚呼！　嗚呼！　仕事、不調。晩餐、学士倶楽部。余はこの世に在るも社会のすべてに対し異人《ことひと》なり。
九日　仕事、可なるも牛歩と言うべし。ここ数日来、シャルロット、世に在る最も優れたる女とはなりぬ、このこと特記すべし。
十日　仕事、良。巻二十六了。後に控うるは計四巻なり。
十一日　仕事、不調。
十二日　仕事、不可の不可。不快、後悔、厭倦、また例の惨状を呈す。
十三日　仕事、復調。仕事の評価に助言を求むるに人なし［スタール夫人なき今］。これ大なる悩みなり。嗚呼！　自業自得と言うべし。「祭司思想」の巻再読。思うにこの巻力弱し。
十四日　仕事なべて不調、だが「一神論志向《テイスム》」の糸口つかみ、祭司思想に対し適切なる修正を施したり。論旨の流れもしどろもどろ、怠けて身が入らぬ時こそ真の不調なれ。
十五日　仕事、纔、だが、この巻の進行順調なり。
十六日　仕事、悪くなし。
十七日　仕事、悪くなし。

十八日　最初の愛人と別れ失意の中エアランゲンを去りしは三十年前の今日この日のことなり［身持の悪い娘を虚栄心から愛人としたが、コンスタンだけが体を拒まれ愛人とは名前だけ、だがこれが禍し辺境伯夫人の寵を失い石もて追われるごとくエアランゲンを後にした、この時十六歳］。仕事、纔。

十九日　仕事、悪くなし。

二十日　仕事、悪くなし。巻の冒頭部分を読む。この巻頭、巻末に繋がらず序論ともずれあり。縺れを摑み修正草案をものす。かくて全体の統一性保たるべし。出来れば今冬パリにて第一部上梓せん、物議をかもす書には非ず。

二十一日　新草案の線に沿って仕事、巧速。午餐、ハルデンベルク家。

二十二日　仕事、良。導入部通俗に過ぎたるが、今や冒頭から一新、新粧えならずなるべし。晩餐、学士倶楽部。

二十三日　仕事、良。芝居、ヴェーヘンデ［近郊の村］。シャルロット、機嫌麗し。

二十四日　仕事、良。

二十五日　仕事、良。余が手を離れ独りで成るの感あり。芝居。

二十六日　仕事、悪くなし。

二十七日　仕事。再襲鬱《ふさぎ》の虫。この虫やがて去りぬべし。

二十八日　仕事。夜更くるまで飽かず思出と心残に暮れたり。スタール夫人の名残惜しき、十年前、八年前、四年前と変らざりけり［アメリーとの結婚計画・シャルロットと情交再開・秘密結婚］。

二十九日　仕事、良。原稿拾読。一段と良くなりぬ。

三十日　仕事。ヴェーヘンデ行。篠突く雨。

一八一三年七月

一日　例の作詩再開。夜、へーレン宅。
二日　作詩進行。スタール夫人発ちぬ、しかも余に一通の挨拶のあらばこそ［渡英、新聞紙上で知る］。
三日　作詩進行。詩篇第三明日了のこと。
四日　詩篇第三了。警策《きょうさく》なるかな。
五日　修正点を整理す。多神論、貼付転写。午餐、ハルデンベルク家。
六日　仕事、不調。フルコーより手紙の滑稽なる。「貴殿が資産、確と管理《ブリーズ》せられたり」［確と奪われ《ブリーズ》たり］。晩餐、学士倶楽部。
七日　仕事、不調。作詩、拙。本来の仕事に戻るべし。来信、旅人。三《み》月来初の書なり！　心いたく乱る。
八日　無為。後悔と不快の一日、久しく覚えざりし最大の厄日と言うべし。
九日　仕事。出来れば今冬、巻十五までを二冊本として第一部上梓を決定す。仕事をすれば意気蘇りぬ。
十日　仕事。
十一日　仕事。原稿拾読。「事実」の羅列に読む者辟易せん。删削か、或は各章小分けしその頭に「論《イデ》」開陳すべし。
十二日　仕事。第一部、「ホメロス的多神教」、「祭司団多神教」の稿成るまでは残る二部に手をつけぬこと、徹底すべし。一度にすべては混乱の因なればなり。
十三日　仕事。
十四日　仕事。芝居。
十五日　仕事、量をこなす。著書、二分すべし。第一部、多神教その爛熟期まで。第二部、多神教その衰退まで。第一部を一本とす。これを出版せん。
十六日　仕事。進捗悪くなし。
十七日　仕事。晩餐、ヴィレール、ベネッケ。
十八日　仕事。仕事過ぎたれば健康を害す。
十九日　仕事。
二十日　仕事。晩餐、学士倶楽部。
二十一日　仕事、纔、原因不明。
二十二日　仕事。未だ混沌として一本の体を成さず。
二十三日　仕事。
二十四日　仕事。先行出版を望みし部分、校訂了。分割刊行惜しむべし。急がず完全刊行、なお良かるべし。
二十五日　仕事。アリストファネスの章、草案ものす。
二十六日　仕事。最後の計五巻を一本に纏めんとする草案明日試作のこと。
二十七日　仕事。この最終部分、難儀す。
二十八日　仕事。最終二巻目未完。
二十九日　仕事。なお最終二巻目手掛くるも功なし。
三十日　仕事。有神論志向に関し一巻ものす。新プラトン派の巻も忘るべからず。
三十一日　無為と言うに等し。午餐、サルトリウス宅。夜、ヴンダーリッヒ宅。シャルロット、哀れに愚痴を零したり。生きて在ることの鬱、厭、嫌、余が犯せし愚、量り知れぬ愚。

一八一三年八月

一日　仕事、復調、だが深憂。アルベルティーヌ！！
二日　仕事、復調。
三日　仕事、悪くなし。来信、シモンド、ほっと心緩びぬ。晩餐、学士倶楽部。
四日　仕事。
五日　仕事。晩餐、エアツェーレン宅。神《しん》に耐えざればベネッケとともに先に退出す。
六日　仕事。新プラトン派の形而上学に暗れ迷いぬ。草案を改め刪削の要あり。
七日　仕事。プロティノス、未だ終らず。
八日　仕事。目下の新プラトン主義、終了不能。一先ず中断。最終三巻の資料蒐集、先行巻関係抜書整理のこと。
九日　仕事。
十日　仕事。午餐、ハルデンベルク家。我が詩三篇朗読。美詩。
十一日　作詩、不調。深憂。
十二日　作詩、復調。来信、二通、スタール夫人。最終目的地に到着［ロンドン］。余の最終地も其処なるべし。シャルロット、渡英となるや臍を曲げ理を逸するは例の如し。神ノ御意ノ行ハレンコトヲ。
十三日　昨日到来せし旅人の書が因、シャルロットより愚にもつかぬ売り喧嘩。此方は、序盤は強にして弱、終盤は冷静かつ毅然たる態度に出たり。簡にして理ある書置一本相手に認めぬ。胸の痞《つかえ》おりぬ。結果恐るるに足らず。相手が絶交と言うか、それもよし。作詩。

十四日　シャルロットを見しは午餐時のみの一日。頑として動ぜずば道拓くべし。忌々しき薄志弱行、余が一生乱離骨灰となるべし！　心は傷みに泣くとも一歩も退かじ。やり直すためなら服従も望むところとはシャルロットの言なりき。明日確認のこと。だが、許す主体は我にあり、シャルロットにはあらず、このこと肝に銘じ置くべし。詩篇第四了。舞踏会、学士倶楽部にて。

十五日　詩篇第四加筆修正。シャルロット、優し。余は後へ退《ひ》かざりしが余の性格からして我が身の調整は難し。

十六日　仕事、纔。気力一気に弛み浅ましき心地す。シャルロット、深憂、そを見れば余の心また傷む。

十七日　仕事、纔。シャルロット、余を親切攻めにす。晩餐、学士倶楽部。

十八日　仕事、纔。余が身の上十年前よりもなお悪し［追放のスタール夫人と独滞在］。

十九日　仕事、少しく。不幸！　不幸！

二十日　進捗。シャルロット、優しさそのものなり、だが結婚は見るに堪えざる、聞くに堪えざるものとはなりぬ。

二十一日　仕事、復調。気力復調。

二十二日　仕事。調整すべき巻、計八巻を残すばかりなるが、その内五巻は既に稿成りぬ。次は収集作成済の資料と註、整理統合す、これを以て調査収集は打切とし本文編集執筆に入る。

二十三日　仕事。

二十四日　仕事。

二十五日　仕事。

二十六日　仕事。願わくば身を余所に置きたし。夜、ローデ夫人宅。

二十七日　「新プラトン派」再開。

二十八日　仕事、少しく。

二十九日　仕事、不調。身に如何なる変の生じたるにや。思考なく筆を運び頭は空なり。余が才能絶えて已みぬ。

三十日　無為に等し。

三十一日　無為。嗚呼！　嗚呼！　我が身いかに成りぬらん。学士倶楽部。

一八一三年九月

一日　仕事、不調。

二日　仕事、不調。夜、ローデ夫人宅。

三日　無為に等し。

四日　無為に等し。午餐、サルトリウス宅。火事［夜間町内火災発生、未明鎮火］。

五日　仕事、少しく。ハノーファー宛荷造着手。

六日　仕事、復調。気力復調の兆。さても独相撲の懊悩辛苦やむべし。置かれたる情況を確と見据え窮余活路を見出すべし。害ありて利なきとき切らず、利あらんとするとき絆を切るという愚を犯したり［スタール夫人との関係］。余は愚を犯しぬ、さはあれ！　今後や如何に。余に何が残されたるかよく見極むべし。シャルロットの愛あり。その愛を禍とせずに福となすべし。余が欲するところのこと、シャルロット叶えてくれん。万事は休したるにはあらざらん、余には過ぎたるほど、なお少からずのもの残されてあるべし。才を生かし失意を克服せん。余が在るべき姿は、愚、頑迷、卑、鈍、無徳にあらずして理なり。神ノ御意ノ行ハレンコトヲ。

七日　仕事、復調。ゼッケンドルフ夫人の物真似《ミーミク》。
八日　仕事、復調。いざ、奮起。
九日　仕事。全資料結収、全文起草なるまでは余が著書の長短、皆目見当つきかねたり。
十日　仕事、悪くなし。シャルロット明日出発［ハノーファーへ帰省、コンスタン後日合流予定］。余十日間の一人暮し。
十一日　仕事。シャルロット発ちぬ。最終数巻の草を急ぎものす。なお為すべき仕事、恐るべき量なり。
十二日　仕事、良。
十三日　仕事、悪くなし。余すところ最終巻二章のみ。
十四日　仕事、良。ブラウンシュヴァイク安着可能なりや［戦況不安］。晩餐、学士倶楽部。
十五日　仕事、良。予定の旅、些かの不安拭い難し。明日は如何なる報に接せん。
十六日　荷造。報、錯綜す。
十七日　無為。ハルデンベルク行、同泊。
十八日　恐しく退屈の一日。荷造、暇潰し。別れの挨拶。ヴィレール、余と別るるにいと悲しげなり。異常時に何処《いずこ》とも知らず余は立ち行くなり。
十九日　ゲッティンゲン発。一面の静寂。噂の針小棒大なる。ゼーゼン［ゲッティンゲン近郊］にて仏軍兵士集団負傷、大混乱と言う。再び辺り一面静寂。車輪破損。馬捻挫、肌身の五万フラン、泥濘《ぬかるみ》のどたばた。バイヌーム泊［ブラウンシュヴァイクまで二十キロ］。
二十日　ブラウンシュヴァイク着［先着のシャルロットに合流。ナポレオンによりブラウンシュヴァイク公国はヴェストファーレン王国に併合された］。至シュヴュルパー［シャルロット先夫、マーレンホルツ家の領地］。大歓迎。余の行く所、歓迎のなからざりしはなし。シャルロット、親身《しんみ》懇ろなり。余、惚れ直す、だがシャルロットの愛情を見るにつけ、想いはスタール夫人の余に寄せし愛着に行きつき、即ちスタール夫人とアルベルティーヌの思出に胸つと塞がるなり。されどシャルロットを幸せにせん。これまで少からず傷つけ苦しめたり。

二十一日　整理。邪魔入らずは此処で十日前後の仕事、大いにはか行くべし。だが報〔戦況〕錯綜す。神ノ御意ノ行ハレンコトヲ。自作の詩を読む。最初の四詩篇、玉石問わずこのまま置くべし。

二十二日　仕事、散漫。此処での仕事、はや限界なり。散乱せる註を整理、すべて今の原稿に振分け山なす註を減ずべし。されどこの作業に頭を悩ますの意なし。成る時成るべし。

我が身の上千思百考。余が心、孤独に生く。人を愛するは、無くてぞ人は恋しかるの時、恩に感ずるの時、哀を誘わるるの時に限らる。人を苦しむるは止むべし、だが何人《なんびと》とも心奥から生を偕にするは叶わぬ身なること忘るべからず。今にして思うにスタール夫人とはこの限りにあらざりき、その似無き頭《エスプリ》ゆえに。だが余はそれを望まざりき。己が過を人に転嫁せず、その天罰は自ら負うべし。

二十三日　仕事。後悔の絶えてしなくば日々平らかならまし。

二十四日　仕事。いたく思い屈じたるが、この思倦、理由《わけ》あれば終りなし。

二十五日　仕事。危急存亡の秋《とき》〔同盟軍ナポレオン軍を包囲、ライプツィヒの役（諸国民戦争）迫る〕。神ノ御意ノ行ハレンコトヲ。

二十六日　仕事。近隣界隈、上を下への大騒！　神ノ御意ノ行ハレンコトヲ。

二十七日　仕事。百報錯綜。我ハ常ニ傍聴スルダケノ身カ〔発言の機決シテナキカ〕〔ユウェナーリス〕。

二十八日　仕事。明日のことは明日に聞くほかなし。シャルロット、すぐれて愛《め》でたし。神ノ御意ノ行ハレンコトヲ。

二十九日　ブラウンシュヴァイク行。午餐、晩餐、エムペリウス宅。

三十日　報を求め奔走す。報、甚大深刻なり。午餐、ジールスドルフ宅〔王家主猟頭〕。

一八一三年十月

一日　シュヴュルパー復。報、なお益々緊迫す。脳中混乱動揺。計と願。如何ともし難き余が薄志弱行忘るべからず。愚を犯せし先例のあれば軽挙妄動慎むべし。機を待ち仕事に励まん。
二日　無為。如何なる野心の迷妄か、再び我が心を捉う。斯くなる邪念を以てしては何事もならず。
三日　作詩。この穴から這出たし。
四日　作詩、進捗。
五日　筆よく動き詩句数をなす。シャルロット素晴し。骰子は投げられたり。執るべき態度決定せん。
六日　作詩、よく数をこなす。詩篇第五ほぼ落了、だが外は陣哨騒動《そうど》き地《ち》震動す。
七日　作詩。明日、詩篇第五落了なるべし。斯くあらせ給え。
八日　詩篇第五添削。満足す。詩篇第六着手。
九日　旅程、自シュヴュルパー至ブラウンシュヴァイク。
十日　シャルロット、その息傍らに控えたればいたく満足す。余、現役復帰目指さんとすれば今がその時なるべし。
十一日　無為、頭にあるは身の振方のみ。嗚呼！　身は処するに一筋縄では行かぬなり。カッセルより報［九月三十日コサック兵ヴェストファーレン王国首都カッセル入城］。相次ぐ事変、我らが運命や如何に！
十二日　作詩少しく。動揺。不安。シャルロットいと優しければ苦しむるに忍びず。
十三日　作詩少しく。筆を執りたきは他のことなれど、未だ想固まらず［『征服の精神』］。
十四日　作詩少しく。憂うべき不安。神ノ御意ノ行ハレンコトヲ。
十五日　無為。コサック兵きたる。チェルニシェフ［コサック兵を率いカッセル入城の露将軍、仏軍の反撃を受けブラウンシュヴァイクに退却すP］。極度の動揺。得るところなし。

心身衰弱虚労。
十六日　コサック兵去る。予期せざりし報。ジャクリーヌ裁判［コンスタンが憚ってつけたナポレオンの異名。裁判は戦況の意］。目下の恐しき裁判、この極悪兇漢の勝訴するところとなるや。シャルロット、献身、優。
十七日　無為。
十八日　同じく《イデム》。シャルロットを残し発つは凡そ不可能なり。
十九日　作詩少しく。
二十日　無為、だが常態やや甦りぬ。明日「一神教」再開のこと。
二十一日　筐底に納めんとして詩を整理するばかりにて無為。
二十二日　無為。
二十三日　ようやく一神教に着手。
二十四日　仕事、纔。記録牌《カード》の整理、苦痛極まりたるも、弛まず先ず第一に終了すべきものなり。
二十五日　仕事、少しく。大転覆！　神の怒《ネメシス》［ナポレオン、ライプツィヒ敗戦］。
二十六日　仕事、記録牌。敗戦確認さる。
二十七日　仕事、少しく。金銭を巡りシャルロットと小喧嘩。この一件、我関せず焉。ドイツを去らんとする時、為すべき整理は他にあるべし。
二十八日　仕事、記録牌。
二十九日　仕事。
三十日　仕事。為すべきは他にありと心は感ず。不安に戦慄す。
三十一日　無為。明後日出発を期す。

一八一三年十一月

一日　無為。午餐、倶楽部にて。賭、負、痴々《しれじれ》の明暮。

二日　ベアルネ［ナポレオン後を狙う瑞典皇太子ベルナドット］、ゲッティンゲンに。絶望極まりたり［皇太子との会見を待ち望みながらゲッティンゲンを離れたこと］。シャルロット、煩し。諍。シャルロット、優し。和解。ハノーファーへ発つべし。シャルロットには置手紙して行かん。されば事を尋ね探るに自由の身となるべし。

三日　旅程、自ブラウンシュヴァイク至ハノーファー。ヴァンゲンハイム［ベルナドット幕僚武官］。デッケン夫人［夫はハノーファー王国大臣］。得るところなからば、余が立つ此の地、自然に背く不毛の地と言うべし。すべてを決するは「会見」なり［ベルナドット］。待つこと。社交界。戦捷。既に復讐を企まんとす［占領仏人に］。人間の愚かにして性悪《せいあく》、単調なる。

四日　「主」［ベルナドット］来たるの噂に市中もちきり。独り淋しき朝。待つというも日数殆どなし。夜、デッケン夫人宅。紹介。妻シャルロット、その息と共に到着す。息の到来、時宜悪しく冷遇せらるべし［ナポレオンの露遠征に従軍の事実あり］。

五日　妻の支度ごたごたと煩しき朝。嗚呼、結婚！　余が妻《さい》、女であることは措くとして、なべて他に劣るというわけではなし。訪問。義理息子、余が予感に違わぬ待遇《あしらい》を受く。大夜会、シュヴィッフェルト宅［不詳］。余が妻の評《うけ》すこぶる高し。ベアルヌ地方［ベルナドット］、或はドクサ［英国］のためにこれ利用せざるべからず。

六日　ベアルネと午餐。下にも置かぬ親近友好ぶりなり。明日、さもなくば万事窮すべし。余、敬昵混同、鄭重かつ狎狎れしく接したれば相手の心に水を差すの愚を犯したるべし。明日判明せん。とにかく、この話、断念するにしてもその後の執るべき態度を決め、決めたからには後悔せぬこと。成功の中にも棘はあるべし。

七日　午前、会見。事は二件、一は義理息子の件、二は余自身の件。前者、解決、苦境救わる［ベルナドット軍参謀本部付］。他人の件は余のよく処するところなれど、我が事となるや！　一般的な話について談。粗案を描く［意見書「仏国内と意思疎通を謀るの要」、ライン渡河時点で出す仏国民むけベルナドットの声明］。柵の越えられ得るや見届けん。

八日　粗案文書提出す。大いに満足の体。結果は判然とせず。現時点で肯定さるべき事柄も障碍は少からず生ずるものなり。

九日　午餐、ベアルネ。極めて友好的なり。信書約束さる。「道筋」稍示さる。ボーデンハウゼン採用［瑞典軍参謀本部付武官P］。常に他の連中にして、余の例《ためし》皆無。更に明日会見。ヴィクトール［従弟、駐和蘭軍司令官］。

十日　午餐、昨日に同じ。余が態度決定。意見を表明せん。天下の大業に協力せざるべからず［ベルナドット仏帝位］、これ一の義務なり。

十一日　妻《さい》出発。夜、シュヴィッフェルト宅。ベアルネ余を所望す。余、相手に心を許す。余に好意的と見ゆ。だがベアルネの立つ地盤流動的なり。その上に余が小屋を建てんとすれば、そは砂に砂を重ぬるに等し。会見、明日に。

十二日　朝の会見中止、夜の会見中途半端に終りぬ。明日、午餐と懇談。これにより何らかの結論得らるべきや。夜、キールマンゼーグ宅［愛国歩兵隊を組織しハノーファー入城を果したP］。

十三日　家《いえ》探し。ベアルネと差しの午餐。大名誉！　かくなる好意のあれば余が身の上になにがしか約束されて然るべしと思わぬ人やある。無何有《なにもなし》。話の種としてはよし。雑談。信書ものさる。穏やかならざる提案。これ最後の企《くわだて》なるべし、そして我は在野の作家の役にまた戻らん。

十四日　一つの結論を目指し最後の会見。なにがしか得るところあり。さて如何に。待つこと、書くこと。

十五日　仕事、気抜け。暗中模索。己自身を含め誰彼なべてに不満を覚ゆ。アレンスヴァルド［国務大臣］、才人。

十六日　作詩、腰折。時間を無駄にす。ベアルネより合流手段届く［後日合流の要あらばに備えて旅券］。

十七日　無為。己自身の命運なお悟り難し。神ノ御意ノ行ハレンコトヲ。

十八日　作詩、少しく。詩篇第六完成を目指したし。

十九日　作詩、少しく。さても思頽れ気力喪失す。

二十日　作詩。マレンホルツ［義理の息］到着してまた発ちぬ。羨まし。

二十一日　孤独。作詩。無為。夜、アレンスヴァルド宅。

二十二日　政治論文執筆再開［『征服の精神と簒奪』一八一四年一月刊］。暗中模索。不運浅まし。

二十三日　手紙数通ものす。手形一通危うくす。公主催の舞踏会［英王息、カンバーランド公。駐ハノーファー英王名代。英王ハノーファー王を兼ねる］。レーベルク［ハノーファー憲法（一八一四年）起草者、同国大臣 P］。アレンスヴァルド。コーク［不詳］。政治論文構想。

二十四日　論文草案、これまでに比して秀逸。この草案捨て難し。久しぶり初めての浮気。

二十五日　拙稿草案、再改、改善。久々の仕事復調。シュティーグリッツ［ハノーファーの名医 P］。

二十六日　仕事。夜、アレンスヴァルド宅。

二十七日　仕事。晩餐、デッケン夫人宅。シャルロットより良き便り。少くとも余には捨て難き女なり。

二十八日　論文の目鼻つきぬ。夜、公宅。

二十九日　仕事、はか行かず。されど順調な運びを期す。

三十日　シュレーゲル［ベルナドット依頼の仕事済せ来訪］。我より幸なり。余に比して幸福ならざる者やある。スタール夫人の仔細。余のこと大方忘れたりと見ゆ。

一八一三年十二月

一日　シュレーゲルと談。世人、他の誰にもまして余の才能を認めながら余よりもむしろ他の連中を容るる、妙と言えば妙なり。午餐後仕事、可。夜、シュレーゲル兄宅［長兄牧師モーリッツか、或は次兄長老会参事ヨハンか］。
二日　仕事、悪くなし。だが常並みの政治論冊子となる恐れあり。午餐、シュレーゲルとヴァンゲンハイム宅。
三日　仕事、別の論文に掛る［「ナポレオン所信表明（十二月十四日）」批判（匿名）］これを最後に先の仕事に専念のこと。夜、レーベルク宅。
四日　無為に等し。ジーフエキング［ヴィレール宛書を託す］。ペルテス［仏軍にハンブルクを追われた書肆P］。シュレーゲル［ベルナドットに合流すべくキールへ発つ］に午餐を供す。ポッツォ・ディ・ボルゴ［コルシカ独立運動闘士、反ナポレオンを貫きベルナドット・露皇帝陣営につく］宛シュレーゲルの書簡［不詳］。画策。仕事怠るべからず。
五日　引越。シャルロット到着。明日は仕事、目下の政治論冊子、功速を期す［『征服の精神』］。
六日　無為。新居にて身辺整理。余が期待と希望悉く水泡に帰すべし。せめてその痕跡なりと残さんがため目下の冊子に励むべし。
七日　仕事、良。草案を拡大す。大風呂敷の愚は避けて先を急ぐべし。
八日　仕事、良。なお急ぐべし。
九日　仕事、良。
十日　仕事、良。明日本文執筆に着手。
十一日　仕事、良。

十二日　仕事、良。だが思いしよりもはか行かず。舞踏会、カンバーランド公宅［帰国送別会］。

十三日　仕事、良なるもなお遅れ生ず。冒頭部分、印刷へ。神ノ御意ノ行ハレンコトヲ。夜、シュヴィッフェルト宅。

十四日　仕事、良。延べ二日の遅。夜、デッケン宅。

十五日　仕事、良。延べ三日の遅。内容は悪くなし。テールケン来たる。余が仕事の翻訳をせんと言う。成功は望むところだが、余の期待に応え得るかどうか［翌年独訳刊行さる］。夜、シュタインベルク宅［不詳］。

十六日　仕事、良。だが進捗、牛歩に似たり。なお三日の遅。刊行急を要するなり。

十七日　仕事、悪くなし、だが纔、しかも印刷屋、羊歩遅々たり。『（王権）簒奪』篇を予告しながら『征服の精神』を先行出版するの是非、検討すべし。

十八日　仕事。カンペ［法制史家］に見事邪魔さる。長舌弄言！　印刷開始。

十九日　冒頭一葉を校正。幸先よし。情勢の緊迫さほどならずは二部同時刊行が望まし。ケンブリッジ公入城［カンバーランド公の弟、英王名代後任。十八世紀初から英王ハノーファー王を兼ねる（同君連合）］。披露。市民心酔。君主挙りて歓迎せらるるは、暫時その後釜に座りたる仏人の「迷王」ぶりのお陰なるべし［フランス保護領ヴェストファーレン王国国王、ジェローム（ナポレオン弟）］。夜、ボートメール夫人宅［夫はハノーファー高官］。

二十日　仕事。

二十一日　前篇了。印刷屋、歩亀の如し、すべて仕損ずる恐れあり。舞踏会、ナイト・スチュアート宅［英武官ロンドンデリー卿］。義兄逮捕［妻シャルロット兄アウグスト、ヴェストファーレン王国儀典長、仏体制崩壊に伴い過去の行動が問われた P］。不憫なるかな！

二十二日　無為に等し。先を急げと印刷屋の尻を叩くが、当の余の筆の運び鈍りたり。夜、公宅。午餐、ボートメール宅。賭、負。

二十三日　仕事。印刷屋に先を越されたり。急ぐべし。

二十四日　仕事、良。順調に運ぶべし。晩餐、マチルド宅〔不詳〕。
二十五日　仕事、悪くなし。だが鑄直あるべし。
二十六日　仕事、悪くなし。著書に我が名は記すまじ。迫害増大す。
　世人、撤退を歓喜せしが〔仏体制崩壊〕、いずれ旧《むかし》を懐しむことあるべし。夜、シュヴィッフェルト宅。
二十七日　仕事。午餐、公宅。金子《きんす》失う〔賭博〕。
二十八日　仕事。進捗纔。しかも時は待たず迫りぬ。
二十九日　仕事。前篇のみ刊行のこと、印刷屋と調整す。後篇も一気に完成可能か明日検討のこと。
三十日　仕事。前篇独立刊行決定。されば、骰子やがて投げらるべし。晩餐、ボートメール宅。シャルロットと喧嘩。その性、吝嗇。火花散る喧嘩。
三十一日　最終数葉校正。この仕事、傑作と見ゆ。成功や如何に。終日シャルロットの影を見ず。余なくとも立ち行くこと間違なし。されば余が思いを巡らすは我が身の上なれ。午餐、ヴァンゲンハイム宅。シャルロットに一言も喋らざりき。願わくは斯く続かんことを。論文冊子に我が名を付すか付さぬか、思案の為所なり。明日決定のこと。

一八一四年一月

一日　和解。お人好しとは余のことなるべし。金の件も我が意を通さん。前篇近々印刷了。ままよ。
二日　仕事、後篇に掛る。前篇よりもなお紙価を貴からしむべし。晩餐、ボートメール宅。
三日　仕事、纔。夜、レーベルク宅。我が詩篇朗読。

四日　仕事。前篇のみを印刷に付したる、浅はかならざりしか。連中、これで大人しくなるほど甘くはあるまい。

五日　仕事、纔。ホワイト来訪〔出版元か〕。冊子、英国に発送のこと。前篇に限らず、前後篇一挙に出すこと決定す。それには仕事疾く急ぐべし。

六日　仕事。余が印刷屋に先んずるとの自信あれども、それも余が「事変」に先んぜらるることなければの話。神ノ御意ノ行ハレンコトヲ。

七日　仕事。断固これにて賭はせざること。ヴォー州《カントン》、再びベルンの手に〔ナポレオン下の〈調停体制〉崩壊とともにベルンはヴォー州併合を狙ったが露の介入あり果せなかった〕。さて！　さて！

八日　仕事、良。後篇、前篇を凌ぐべし。

九日　仕事、纔。幸い印刷屋、蟹の後退《あとしさり》に似て遅々たり、さもなくば余は印刷屋の前進を阻まざるべからず。夜、デッケン宅。

十日　仕事。〈ガゼット新聞〉記事〔ナポレオン後のベルナドット代行とブルボン復帰についてか〕。ベアルネの計進展す。夜、マチルド宅。

十一日　仕事、ベアルネ論に充てらるべき章〔英名誉革命を例に引くベルナドット即位待望論〕。

十二日　仕事。印刷屋に先を越されたり。

十三日　仕事。午餐、公宅。ヌーテ川の事故〔不詳〕。ヘンデル夫人〔独の有名なパントマイム役者〕。

十四日　仕事。「前篇」をアレクサンドル〔露皇帝〕とベアルネに献ぜんと思い決めたり。他はまたその時に。

十五日　仕事。来信、スタール夫人。シャルロット、冷淡かつ不機嫌。シャルロット、自らの心は自ら処すべし！　スタール夫人を巡るシャルロットの感情は如何ともしがたし。本人の勝手にさせおくとして、余は自ら決すべし。

十六日　仕事。来週には方《かた》つくべし。キール行招待〔キール在のベルナドット或はシュレーゲルからか〕。仕事の方が先決なり。

十七日　進捗、纔。印刷屋に追付かるべし。

十八日　仕事。時勢の推移余りに急なれば、余が大胆なる見解もその時宜を逸さん。儘よ、これで行くべし。先のことは誰ぞ知る。晩餐と舞踏会、公宅。

十九日　仕事、少しく。ナポレオン演説［十二月十九日帝国議会所信表明か］。嗚呼、卑劣漢！

二十日　仕事。原稿を小間切れ一枚ずつ印刷所に渡し筆を進むるに、論の一貫性保ち得るや、うまく行かば御慰み。

二十一日　仕事。勝閧《かちどき》［ナポレオン失墜］に遅れじと欲すれば時間なお切迫す。

二十二日　仕事、筆の不調に気付きぬ。正さんとして筆端を修正す。

二十三日　仕事。巻末まとめ悪くなし。夜、自宅。公、拙宅に来りぬ。

二十四日　最終第二番目の章落了。夜、シュヴィッツフェルト宅［不詳］。ベアルネ一日到着予定という。それまでに仕事完了のこと。

二十五日　時宜に適いたる刊行に備え最善を尽す。実名出版のこと［スタール夫人の助言あり］。ままよ。出来良し。

二十六日　補遺に着手、これ一字千金の雄文たるべし［初刊本二百五―八頁］。夜、公宅。スウェーデン将校。ベアルネ到着五日に延。完結の時間的余裕あるべし。

二十七日　補遺了。印刷終了間近。舞踏会。公のシャルロットに対する振舞、些か度が過ぎたり。一騒あるべし。カンペと喧嘩［法制史家か］。この結末興味あり。

二十八日　校正一葉を残すのみ。反響の如何なるや。神ノ御意ノ行ハレンコトヲ。カンペと和解。

二十九日　印刷明日了。製本に二日を要す。愈々世に出でん！　ボーデンハウゼン。それにしてももう一人遅すぎぬか［ベアルネ］。オルデンブルク大公妃［露皇帝の妹］、貴人諸公を物真似の鳥風琴《おうむがえし》。余が著書の反響いかなるべし。

三十日　刊行に際し原稿整理推敲。「爆弾」刊行さる［反ナポレオン書『征服の精神と簒奪』、好評を博す］。神ノ御意ノ行ハレンコトヲ。

三十一日　詩再読。詩篇第六ものすべし。ベアルネ到着四日。余を所望の有無やいかに。

一八一四年二月

一日　無為。シュレーゲル着。閑談。伸るか反るかの時は来りぬ。夜会、煩、デッケン夫人宅。

二日　ヴォロンツォーフ［露将軍、一八一四年仏占領の露軍指揮官］に託しラインの彼岸［フランス］に我が著書を発送す。午餐、カンペ宅。フンボルトとゲンツ［独政治家、普墺を結ばせナポレオンに当らせようとしたが失敗。メッテルニッヒの協力者となる］、献本二部送付。夜、拙宅にて公と。ベアルネ到着。今回はベアルネ自ら決断あるべし。神ノ御意ノ行ハレンコトヲ。

三日　談。明確なる、ついで曖昧なる提案。夜間、仕事［対ベルナドット提言書］。

四日　対談。何ら決定なし。ブッケブルク行計画［ハノーファー近小巷、ベルナドット宿営地］。

五日　今回の計画に神経懊悩、何事も手付かず。瑣事に神経懊悩。

六日　出発。旅程、至ブッケブルク、無蓋橇。降雪物凄。到着。遠慮。歓待。遂に何事か決定さる。いまだ時間のあらばベアルネ余を所望すと言う。すべてについて合意取決めぬ。

七日　朝の会話。「北極星騎士団」［瑞典騎士団、騎士に叙せらる］。有難き幸。別懇なる歓迎。夜の会話。余が訪問、無益ならず。人物、偉秀と言うべし。

八日　辞別。別れ来たれば胸つと塞がりぬ。まさにさなり、余は生涯をかの男に捧げん。降雪のためネンドルフ泊。

九日　ハノーファー着。来信二通、スタール夫人。「後篇」［『（王権）簒奪』］に比べ見劣りすと余は見るが、「前篇」［『征服の精神』］に対し早くも英国において感嘆の声ありと言う。印税なにがしか入るは間違あるまい。有難キカナ、神ノ御意ノ常ニ行ハレンコトヲ。夜、シュヴィッツフェルト宅。
十日　雑用をこなす。ゲッティンゲン行計画。シャルロット、公［英王名代ケンブリッジ公］との関係に窮す。怪しの出来事なり。フランス行、得策なるや。
十一日　無為。晩餐、公とデッケン夫人宅。
十二日　支度。他の連中と発たざりしを悔ゆ。如何に合流せんか、その手立を知らず。夜、シュタインベルク夫人宅。
十三日　夜、公と拙宅にて。ゲッティンゲン行支度万端整いぬ。余をそこへ行かすは天命の為せる業《わざ》なりや。
十四日　シャルロットの迷いを説得せんとして一日無駄にす。シャルロット度し難し。
十五日　「木乃伊《ミイラ》」の安置場所［シャルロット財産、安全のため英に移す］。余り有利とは言えぬが安全なるべし。出発。アインベック泊。
十六日　旅程、自アインベック至ゲッティンゲン。今や決断の時なり。行って皇子［ベルナドット］に合流する、さもなくば唯一の機会逸すべし。要検討。夜、ヒニューバー宅。
十七日　訪問。談。千思百考。我ニシテ我ニ非ズも同然にいざフランスへ発つ、これ最善なり。
十八日　無為。機会逸せしこと頭を離れず、優柔不断に責め苛まる［この間、逡巡から二十七日の決断に至る仔細不明］。
十九日　予期せぬ出会。行着く手段取得す。天の声なりや。そに従うべし。
二十日　そに従わず。殿下に書を認む［皇太子ベルナドット］。今は待つべし。それにしても、シャルロットから独立すべし、さもなくばシャルロット余に依存せん。
二十一日　つまり余には計画実行の能なかりきということなり。計画に手を染めぬが得策なりき。時と金と労の無駄なるべし。晩餐、フーゴ宅。
二十二日　憂苦心痛。忌々しき旅！　シャルロット不憫なり。シャルロットを虐《しえた》ぐは今や止むべし。
二十三日　我が憂苦積りぬ。これ身体の故障なりや。ハルデンベルク行。談。だが、痛み、我が心に定着す。

二十四日　ゲッティンゲン復。思厭きわまりぬ！　何故にのこのこ出かけたるや。

二十五日　常の如し。いざ帰りなん。受難の苦とも言うべし。何を為すとも心杳《よう》として晴るるなし［この日の出費簿に「女」八フラン」とある］。

二十六日　終日、他の日に違わず。この旅の逆浪《げきろう》なる！

二十七日　心気変らず。ハノーファー復に備えハルデンベルクに人を遣りたり。来信、シャルロット。余の動揺苛立、さすがと言い、独り発つことを余に勧めたり。出発を控えたるはただシャルロットの反対あったればこそなれ。決行。いざ出発［仏］。シャルロットに余の計画を書き遣りぬ。神よ！　御意ノ行ハレンコトヲ。

二十八日　ゲッティンゲン発。ミュンデン着。事きまりぬ。我ながら自身の決断に驚くばかりなり。宿泊手形《クヴァルティルト》、医師ローゼンバッハ宅。

一八一四年三月

一日　旅程、自ミュンデン至ヴァルブルク。道中遅緩。パーダーボルン［ヴァルブルクから三十キロ］。

二日　徹夜行。

三日　ハーゲン着。

四日　馬払底。何たる煩！　はたして到着なるや。エルバーフェルト泊。

五日　ケルン泊。

六日　徹夜行。

七日　リエージュ着。殿下の許に至る。ブッケブルクと変らぬ歓迎、懇ろなる挨拶を頂戴す。だが、恐しき偏頭痛のため殿下ほとんど口きく能わず。四時に延期さる。赴き至れば、殿下、頭痛なお積りたり。侍従連中これに乗じ余を午餐の招待から外したり。この種の陰湿な闘い数多あるべし。一歩も引かずの覚悟で行くべし［通行、宿泊、会食陪席をめぐる不満をベルナドットに直訴］。浅ましき人間どもかな！　ヨーロッパ危機に瀕し、諸国同盟紐帯緩み「怪物」［ナポレオン］再び起たんとする時、首脳部周辺につまらぬ意固地片意地健在なり。ところで、憂うべき報、人心あまねく失望、コルシカ御大［ナポレオン］と和平の可能性、とまれ、希望失うべからず。

八日　殿下との会見、妨害あり。だが会見なくてはあらじ。如何にかりそめなるとも我が身の上の始末これにあり。

九日　会見を求め闘争。遂に会見なる。我が身の上、仮決定。今や熟考し決断せん。捕虜となりし仏人将軍を前にして、殿下、余に演説を打《ぶ》つ。ブルボン王家のこと、その他のこと。殿下謀るに、大地ほとんど応答なし。音楽会。余は何を為すべきか、明日判明せん。

十日　オーギュスト到着［英からスタール夫人の息、ベルナドット軍副官］。また愉しからずや。余が立場は変らず。思考整う。

十一日　スタール夫人に短き覚書を送る［コンスタン、「同盟軍パリ進駐と仏帝政打倒を英政府に具申」を依頼か。典拠はスタール夫人の返書］。殿下に会えず。他の枝に飛び移るべきか。

十二日　同じ一日。覚書、二通ものす［不詳］。この覚書、敢て渡すに時を待つべからず。ジャクリーヌ［ナポレオン］に運ふたたび巡りぬ。

十三日　覚書手渡す。殿下と会見。待つこと。

十四日　終日無。

十五日　同じく《イデム》。
十六日　午餐、殿下宅。殿下と談。殿下、歩み寄るかに見ゆ。
十七日　ショホンテーヌ行［湯治場］。美《うま》し国。心底深憂。
十八日　来信、ゲッティンゲンより。シャルロット、些かご機嫌斜めなり。これを知り心大いに痛む。妻の心を鎮めんか、我が心を慰めんか。午餐、殿下宅。晩餐、ズッフテレン［対仏戦争時ベルナドット側近］。
十九日　意欲喪失、理無く常軌を逸す。余は何を欲せんとすか。今の失意状態、心身に甚大なる被害あり。
二十日　深憂極まりぬ。孤独。散歩。芝居。
二十一日　朝餐、オーギュスト。午餐、殿下宅。殿下、もはや余に口を聞かず。さもあらばあれ。
二十二日　覚書の傑作ものす［提言］。前回同様手渡す。明後日、連中、余の著書と提言携え出発。余が為し得るはこれまで。神ノ御意ノ行ハレンコトヲ。憂減ず。
二十三日　ものせし覚書スタール夫人に送付。殿下、機嫌回復。明日会見。殿下に書簡認むべきか。著書売行良。
二十四日　殿下に書簡認む。余の書簡について談。いまだ尽すべき手段あるべし。
二十五日　最終決断、出発［ベルナドット仏ナンシーへ］。すべて明らかになるべし。待つこと。
二十六日　シュレーゲル着。午餐ともにす。晩餐、ズッフテレン宅。
二十七日　妻より家書、価千金。天女と言うべし。
二十八日　ブルボン党の連中、声高に喋り始む。あなかま！　あなかま！
二十九日　小覚書着手［ナポレオン二世擁立、ベルナドット摂政案か］。やや時期遅れなり。驚くべき報［二十四日同盟軍、全軍を以てパリ進駐開始、既にボルドーリヨン占領］。旅行、歩遅緩に加え、後手とはなりぬ。
三十日　覚書、敢て世に問う。我が詩篇の妙《たえ》なる。一月半後、我が身パリ入城となるか。晩餐、ズッフテレン宅。
三十一日　覚書、反響大なるものあり。午餐、ショホンテーヌにて。

一八一四年四月

一日　仕事、作詩。印刷はパリにて。快報。嗚呼！　コルシカ御大、地に墜つとか。

二日　我が詩篇を読む。逸興一入なり。妻より音信なし。心痛。針路、近く決定せざるべからず。

三日　仕事、作詩。詩篇第七の草、我が意に適いぬ。ついにリエージュ去るべきか。晩餐、ズッフテレン宅。

四日　斯くてパリ奪還なりぬ〔三月三十一日同盟軍パリ入城〕。殿下、彼の地を踏まずして還来りぬ〔同盟軍に先がけパリ入城、ブルボンに与せず帝位か摂政を狙うの野望潰えベルナドット、ナンシーから引返す〕、落花枝に戻らず！　タレイラン返り咲く〔ナポレオンに抗し失脚のシャルル・タレイラン＝ペリゴール臨時政府主席となる〕。神の裁き！　神ノ御意ノ行ハレンコトヲ。

五日　ルイ十八世即位〔正しくは六日、同じ六日フォンテーヌブローにてナポレオン無条件退位〕。余、殿下と談。行先はブリュッセル。全体の流れの行着く先は悪魔にも分るまじ。行くにまかせん。妻より音信のあらましかば！

六日　作詩。事業情況を検討〔小作農地〕。深刻なり。

七日　「自由」失われておらず。穏やかなる体制に適当な地位を尋ね求めん。一試為すに価す。

八日　発信、タレイラン〔祝賀状〕。怪しの一試。旅程、至ルーヴァン。オーギュスト・ド・スタール、余の知る最も誇り高き利己主義者の一人なり。この男なら出世間違なし。オーギュストが余に読み聞せしその母からの手紙。何とも度し難き姦智百策〔新政府との折合を考えベルナドット支持を無かったものとするスタール夫人の魂胆か　N〕！　胸の内、反吐をつき、頭の内、最後の緒絶たれたり。しかも、娘の教育に当るに同じ流儀を以てす。アルベルティーヌ不憫！　我が著書、英国での成功かんばしからず。世の激動に我が著書その息の根を止められたるか。パリを窺いパリ入りに備うべし。

九日　ブリュッセル着。ボナパルト退位〔四月六日。実名ボナパルトとの記名、これが初出〕。このことあるは余が常に口にせしことなれども、今の心境複雑なり。

十日　住手配。殿下発つ［パリへ。十二日パリ着、王弟に面会。三十日、スウェーデンと同君連合のノルウェーの民族利害対立、独立運動激化を機に帰国］。大なる迷。即刻行くべきか否か。

十一日　行かざるがよかるべし。国、泥濘と化しぬ。泥濘治まり水澄むを待つべし。フランスには縁故寄辺なし。何一つ当に出来ぬ身なり。人から嘱望せらるべく努むべし。

十二日　出発決定。オーギュスト、余を伴い連行くと言う。手を引かれ連れられ行かん。此処に残るは愚の骨頂なり。諸人去り行く。パリに身を置き誇りもて行いすます、余のよくするところなり。様子を見届け、結果の如何によってはまた去るも可なり。

十三日　ブリュッセル発。

十四日　徹夜行。

十五日　パリ着。オシエに会う。「自由」いまだ見棄てたるものにあらず。我らが首魁ベルナドットもはや力なし。余が著書好評博すべし。だが視界なお不良。

十六日　奔走。〈デバ新報〉、余を巡る出鱈目な記事［スウェーデン皇太子側近バンジャマン・コンスタン氏、皇太子に随行今夜パリ入り］。惜しむべし、我らが盟友ベルナドット失墜！！　ポッツォ・ディ・ボルゴ、才人。諸氏に再会。好意的なり。タレイラン、健在の由。よしや余は大義に仕え自らに仕えん。

十七日　奔走。嗚呼！　ベアルネの落花枝に戻らざる転落！　会話種々。不穏なる動きの芽いまだ少からずあり。午餐、ラインハルト宅。アミヨ。凡そ仏人にして今外国に対し恨みを懐かぬは一人としてなし。些か手遅なり。

十八日　新聞に記事をものす［二十一日掲載］。タレイラン音沙汰無し。いったん棒に振りし地位を取戻すは至難の業なり。

十九日　雑用山とこなす。元老院小冊子［六日元老院、「国民」の意志に基づく立憲君主政新憲章採択］。情けなき国民！　前途危うし。

二十日　仕事進捗［『征服の精神』通算三版、増補改訂第一版］。明後日発売の予定。アレクサンドル［露皇帝］に一本献呈すべし。午餐、オシェ宅。フランス、余にはあまり愉しき所に非ず。

二十一日　学士院会議［仏語仏文学部門、露皇帝晋王列席］。新聞記事［〈デバ新報〉、コンスタンの「英の一六六〇年及び一六八八年革命と仏の一八一四年革命」十八日執筆分Ｐ］。午餐、ドヴォー宅［ベルタン］。仏人、旧態依然変化なし。タレイランに会う。悪くなし。

二十二日　ものは試し、著書をアレクサンドル宛ネッセルロード気付発送す［パリの露大使館アッタシェ］。反響の如何近く判明せん。

二十三日　数部発送。この国の前途危うし。連中、挙りて狂人にして悪人なり。

二十四日　残部発送。著書、新構想ものす、短期脱稿可能ならん［『立憲君主政における権力配分と保障義務』五月刊］。出版社との交渉必要なり。来信、スタプフェール［前スイス公使］。ラ・アルプ来たる［スイスヴォー州出身、露皇帝師傅］。事態好転を期し、この男を介しアレクサンドル接近を謀るべし。賭。許し難きことなり、二度と再びなすことあるまじ。さようなことにかまけている時かは。学士倶楽部の仲間に再会、連中今やパリ征服者なり。

二十五日　著書激賞、前代未聞。これ何事か展望あらざるや。ネッセルロード返なし。明日、ズッフテレンとラ・アルプを介し働きかけん。

二十六日　仕事。午餐、ラインハルト宅。来信、妻。ラ・アルプより返。待つべし。

二十七日　仕事。

二十八日　仕事。憲章の賛否両論、いずれも印刷出版望ましくなしとの検閲官。これを巡り投書白熱。ズッフテレンより「叙勲」の予告〔露皇帝の約、結局反故となる〕。余は虚栄心の卑小下劣ことごとく併せ持つ人間である。いずれも人を見て身に着けしものなり。虚栄の効能枚挙に遑無し。焦りは禁物。首尾おそらく叶うべし、さもなくば死あるのみ。首尾と死、何ほどの違いやある。

二十九日　訪問数をこなす。性、小心内気なれば、我が身の上の難渋なお輪を掛けて複雑とはなりぬ。

三十日　植物園。マリニィエ書簡〔仏劇作家評論家、「新憲章草案につき露皇帝陛下に奉るの書簡」四月五日発表Ｐ〕。約束の「叙勲」の件、ズッフテレンに当ってみん。パリにおける余が縁故すべて絶たれたり。今やお手上げと言うべきか。

一八一四年五月

一日　訪問。余が失意落胆過大と言うべし。午餐、ロジェ夫人宅〔総括徴税請負人の娘、スイスの銀行家に嫁ぐも離婚、共和主義者とボナパルト派を財政的に支援したＰ〕。

二日　無為。なべていと味気なし。シャルロットとスタール夫人鉢合の可能性あり。シャルロットを説き伏せねば面倒生ずべし。

三日　国王入城。熱狂なし。いや、これも熱狂のうちか。国外追放令。変り映えあるとすれば名前だけか、追放せらる者の本質に変りなし。連中に幸《さち》あれかし。まさに自業自得と言うべし。「叙勲」沙汰なし。

四日　訪問。アデライード〔シャルロットの姪か〕。リニィ嬢〔仏海軍将校アンリ・ド・リニィ姉か〕。マルエ〔政治家、ナポレオンの露遠征を批判し失脚、王政復古で海軍大臣〕。金曜日、皇帝アレクサンドル一世に拝謁予定。

五日　自宅に訪問客引きも切らず。仕事、政治論第二作。容赦なき反動の嵐吹き始む。さて、度し難き国民よ、勇気を。余はもはや汝らの仲間に非ず。

六日　朝方、訪問。仕事。余が社交に怯ゆるは三尺の童子にも似たり。明日拝謁。その後は閑居のこと。

七日　拝謁。式滞りなく遂行。アレクサンドル、天下一の風格を具えたり。皇帝と参列者を隔てんとする侍従の介入なかりせば完全なる自由と信頼関係得らるべし。皇帝、「叙勲」の約を余に繰返したり。ズッフテレンまた然り。午餐、ラタン宅［不詳］。妻より理と情に満ちたる家書、スタール夫人にも分隔てなく。余は身に余る果報者なり。

八日　自宅に訪問客頻繁。仕事忘るべからず。「叙勲」未だ沙汰なし。余のお人好しぶり推して知るべし。

九日　午餐、ルニョー宅［政治家、ナポレオンの信厚く百日天下時国務大臣］。この連中の智慧暗し！　その愚昧、無知ゆえの愚昧には非ず。夜、シュアール宅。

十日　仕事。午餐、ピスカトリ宅。

十一日　仕事、良。午餐、ドン・ペードレ［ポルトガル外交官、スタール夫人知己、ウィーン会議代表］。ニコール［出版業］、第二刷希望す［『征服の精神』増補改訂第二版］。売行き衰えずと言う。仕事精進。

十二日　仕事、良。午餐、宮内卿宅。スタール夫人到着。余の帰宅あまりに遅ければ会いに行くこと叶わず。明日会う。夫人に仕事の邪魔せらるるを恐る。来信、妻。英国投資の件、梨の礫と言う。余が不安、生きた心地せず。神ノ御意ノ行ハレンコトヲ。

十三日　仕事、纔、スタール夫人訪問のため。痩せ細り顔面蒼白、昔日の面影なし。余いたずらに感傷に走らず。今さら何をかの思いなり。アルベルティーヌ、いみじく麗しく聡明この上なし、見惚るるばかりなり。心残りはアルベルティーヌなり。願わくは偕に暮したし。

十四日　纔の纔。午餐、ドジェランド宅。アンシロン［プロイセン殿下師傅］、才人。フランスは人の住むべき国には非ずと言うべきか。
十五日　仕事、良。午餐、スタール夫人宅。
十六日　仕事、大いにものす、なお進行加速、分量縮小の要あり。午餐、スタール夫人宅。
十七日　進捗大。完成間近なるべし。午餐、ラボリ宅。
十八日　仕事、良。午餐、スタール夫人宅。全くの別人と変り果てたり。放心自失、まるで無表情、独りよがり、馬耳東風、一切無関心、実の娘にすら義務的関心を示すのみ、余にいたっては何もなし。
十九日　仕事、良。アルベルティーヌの物の感じ方、余そのものなり。仕事の内容満足すべきものあり。
二十日　仕事、不調。だが、残るは「序論」のみとはなりぬ。夜、ゲ夫人宅。
二十一日　序論了。火曜日、すべて世に出るべし。午餐、ラインハルト宅。
二十二日　序論加筆訂正。明日印刷完了を期す。別の著書第四版着手［『征服の精神』通算四版、増補改訂第二版］。午餐スタール夫人宅。
二十三日　仕事、なお序論。午餐、スタール夫人宅。
二十四日　徹夜、序論書直す。印刷了。明日全域に発送のこと。文学的政治的評価判明せん。午餐、昔の仲間と。我が詩篇をスタール夫人に読み聞す。夫人より褒め言葉なきに等しければ、その心もはや余を離れぬるは見て明らかなり。夫人が褒むるは夫人と一体をなす者のみ、今囲いたる男がその例［ロッカ］。夫人との再会は余が人生の重荷一つ減少の機とはなりぬ。夫人の内に愛情の一欠片もあらざれば今や未来の計り難きを憂うるには及ばず。我がリノン［妻シャルロット愛称］こそなお勝るべし。何故にリノンの来らずや。
二十五日　著書発送［『立憲君主政における権力配分と保障義務』］。夜、アレクサンドル。厚情大なり。これを生かさぬ手はあるまじ。余が著書、大成功との報。
二十六日　かなりの成功。妻到着予定不明。マレンホルツ到着［義理の息］。探せどもその姿見掛けず。
二十七日　著書、大好評。だが、政府の意図《こころ》那辺にあるや曖昧なるべし。明日、仕事のこと。
二十八日　憂。我が身の上定まらず。この国の先行き怪し。再び愛国の立場執らざるべからず。
二十九日　終日、失意落胆。精神苦、重なりて肉体苦となる。余が運勢かいもく不明。未だ曾て一人の人間がこれほど過分に褒め囃されし例なし。未だ曾て一人の人間がこれほど完全に棄ておかれし例なし。朝餐、ラクルテル宅。実なき褒讃は目出度さよりも苦痛まさるなり。ラ・アルプ［露皇帝師傅］を相手に藁をも摑む思い。
三十日　訪問。憂晴解悶を試みるも心底の憂悶いかんともしがたし。余が願書《ねがいしょ》回さるべし。パリよりもいっそコーカサスがよかるべし［露国仕官の意か］。
三十一日　新版［『征服の精神』］に追加すべき三章の内一章をものす。迷執狂懐。誰からも相手にされずとは余の思過しなり、余を無視せんとは誰の頭にもなし。自ら場所を取ろうとせずに人が場所を取らせてくれぬと思込むなり。『ブロワ三部会』［レヌアール作、韻文五幕物悲劇］。駄作。妻、音沙汰なし。このこと心痛。

一八一四年六月

一日　昨日の章添削。午餐、宮内卿宅。君主殿下の数添えて賑々しきこと！　スタール夫人、その息のために任官を願い出る。余が志願をあれほど貶せしスタール夫人なり。嗚呼！ 人間！ 露の「叙勲」期待薄らぎ始む。

二日 仕事。午餐、ラインハルト宅。スタール夫人に対する余の態度を巡る根も葉もなき笑止千万の噂。万事百般、悩みの種は尽きず。

三日 仕事、不調。ナッソー夫人死す［五月二十七日於ローザンヌ］。胸潰る思いなり。死ぬは余一人ということか！

四日 国王陪席、立法院議会［新憲章公布］。

五日 仕事、不調。残る二章完成能わず。午餐、ロジェ夫人宅。音楽会、モンジュルー夫人宅［ピアニスト、作曲家］。

六日 やや進捗するも不満あり。午餐、ロワ家の若造宅［従弟］。

七日 一章了。残るは最終一章。ナッソー夫人の遺言［生涯年金千六百スイスフラン、一時金三千スイスフラン、アイルランドトンチ式年金株配当の五分の一を譲られたがコンスタンは不満であった］。

八日 午餐、スタール夫人宅。仕事、最終一章。

九日 露の「叙勲」、新たな約。約は易し。妻の沈黙もはや皆目合点ゆかず。

十日 最終章了。校正刷を見てなお数所加筆修正の予定。来信、妻。いまだハノーファー在、いや少くとも今月二日は同地在。

十一日 校正段階、最終章再考のこと。

十二日 仕事、詩篇。調整好調。

十三日 午餐、タレイラン宅。今一度、人との交際築くこと可能なりや。

十四日 午餐、スタール夫人宅。仕事、詩篇。添竄箇所多々あり。

十五日 午餐、パルメラ宅。仕事、詩篇。不調。

十六日 仕事、詩篇。午餐、ガニル［法制審議院旧同僚］。夜、タレイラン宅。

十七日 午餐、フーシェ。談。夜、シュアール宅。

十八日 最終二章、新鋳直。午餐、オシエ、ヴィクトール・ド・ブロイ［ブロイ公、仏政治家。タレイランに与す。七月王政、第二共和制下要職を歴任。一八一六年アルベルティーヌと結婚］。

十九日　仕事、詩篇。午餐、スタール夫人宅、ウェリントン卿〔英軍人、政治家。この時駐仏英大使、仏語に堪能〕。
二十日　詩篇浄書。夜、ラインハルト宅。
二十一日　仕事、詩篇。午餐、スタール夫人宅。タレイラン。ヴィルヘルム三世〔普王〕の意向大いに広まる〔仏分割案〕。来信、ヴィレール。不憫なり〔ゲッティンゲン大教授職不当に解雇さる〕。
二十二日　訪問。午餐、ラインハルト宅。
二十三日　仕事、出版報道の自由について。
二十四日　仕事、不調。
二十五日　仕事、復調。第二版、次週刊。
二十六日　デュルバックの演説原稿了〔モーゼル県選出代議士の「出版報道の自由」、コンスタン代理執筆〕。午餐、マルエ宅。
二十七日　シャルルより妙な手紙〔異母弟、ジュネーヴ在。当時経済不如意〕。二人の私生児奴《め》、また蒸返さんとの魂胆なりや。
二十八日　「新聞」に関する冊子、草案を成すのみにて終る〔出版報道の自由〕。デュフレーヌ・サン＝レオンの悲劇『フィロメール』〔仏財務大臣ネッケル下の役人、劇作の趣味あり友人間で回覧されたP〕。
二十九日　新聞論着手。ミラン〔仏の博物・考古学者、百科事典関係の業績多〕。妻、音信なし。集成の才。
三十日　立法院。デュルバック不評。爾後他人の演説原稿の筆は執るまじきこと。来信、妻。リノン恋し〔妻の愛称〕。偕に幸福に暮すべきはこの女なり。

一八一四年七月

一日　スタール夫人、今払う義務なき件につき返済方を余に求む。* 冗談にもほどがある。我が耳を疑いぬ。柳に風と受流し、この女と私生児［父の遺子］からともに逃出すべし。とにかく財産の管理形態を変更すべく急ぎ方針を決定せん。

＊　両者の金銭問題の衝突は不明な点が多いが夫人に対し遺産を担保の借金（土地購入代金八万リーヴル）があった模様。夫人は娘を嫁がせるに当り財産の総点検をしたと思われる。コンスタンは賭博の借財、ナッソー夫人遺産の見込外れ、父親の遺子の養育費負担等財政不如意にあった。

二日　仕事、「新聞の自由」小論。夜、カトラン夫人宅。余、妄想の奇妙なる、「人に嫌われ相手にされず」との観念に取憑かれたり。

三日　仕事。午餐、ヴィクトール・ブロイ。夜、スタール夫人と閑談。

四日　仕事。午餐の愉快なる、ガラ、フーシエ、その他面々。

五日　新聞に関する小冊子了。午餐、フーシエ宅。言の葉幸《さきわ》いぬ。

六日　小冊子、明日刊。眩暈《めまい》。卒中で死すやも。

七日　午前中一杯、病、かなり深刻なり。ハルバウワー［パリの医者］。小冊子刊行［出版報道の自由］。評判やいかに。

八日　小冊子発送。好評。余が声価上がりぬ。午餐、ラインハルト宅。人柄一変す。一昨日より参事会員［事実は外務省局長］。人間、嗚呼、人間！

九日　朝餐、レネ［後の百日天下前後下院議長］。「法案」通過、或は微修正付の通過とならん［出版報道規制法五日上程。コンスタン大反対の論をはった］。パルメラの愛人［不詳］。

十日　来客。小冊子、いぜん大好評。フーシエ。相手に喋らせ繰返し言わする多弁饒舌。

十一日　午餐、デバッサン［インド駐在仏政府弁務官か］夫人宅。「外国人」というこの言葉、防戦能わず［スイス出身のコンスタンの仏国籍取得の経緯につき敵から生涯疑惑が指摘された］。

十二日　スタール夫人宅にて大集会。曾て無き讃辞。だが障碍いぜんとして立はだかる。神ノ御意ノ行ハレンコトヲ。

十三日　〈デバ新報〉記事ものす［不詳］。午餐、フーシエ宅。

十四日　スタール夫人発ちぬ［スイスコペへ］。我ら二人、意よく相通じたり。
十五日　午餐、デポルト宅［ボシュロン（司法官）或はフェリックス（旧ジュネーヴ住民）かP］。出版報道の自由を巡る議論。居合す連中の理解、昏暗極まる。
十六日　午餐、パリゼ宅［新聞検閲官］。夜、ラボリ夫人宅。プロスペールを巡り話は尽きず。
午餐、レカミエ夫人宅。夜、カテラン夫人宅。外国人倶楽部［内外の王侯貴族政府高官等の有名な高級社交場］。

十七日　惨めなる朝。時の政府に容れられて身を立つる、これなくはフランスにおける我が身無に帰すべし。だが斯く身を立つるは難《かた》し。全知を尽すべし。来信、シャルロット。来ぬとある。今から一月半後、身を固めざるべからず。

十八日　仕事。午餐、ラインハルト宅。倶楽部。夜、タレイラン宅。
十九日　仕事。午餐、ジェランド宅。
二十日　仕事。午餐、倶楽部にて。
二十一日　第二版増補完了。午餐、シュテディング宅［瑞典将軍］。
二十二日　午餐、アラール宅。
二十三日　我が「小説」をラボリ夫人に読み聞す。居合す婦人皆涙にかき濡れぬ。午餐、ブニョ宅［仏政治家、第一次王政復古下欽定憲法起草に従事、海軍大臣。百日天下時国外亡命の王に随行す］。
二十四日　朗読、カテラン夫人宅。成功。
二十五日　無為。
二十六日　午餐、レネ宅。小冊子第二版了。来月一杯を「運動」に充て、然るべき成果なき時は九月一日出発のこと。
二十七日　談、ラファイエット［仏政治家、アメリカ独立戦争の英雄。終身統領制に反対、ナポレオンと反目し野に下る。王政復古後、反政府・自由主義の立場からコンスタン等と共に闘った］。糸口摑めず。午餐、オシェ。夜、ブニョ宅。

二十八日　小冊子印刷了。来信、シャルロット。天女なり。午餐、ヴィクトール・ブロイ。
二十九日　午餐、ラインハルト宅。指導者層、機嫌麗しからず。さもあらばあれ。フランスにしかと巣を構え既得権を守るべし。
三十日　増補版成功。我が身の上を計るべし。
三十一日　朝餐《デジュネ》。ルイ〔大蔵大臣〕。タレイラン。

一八一四年八月

一日　午餐、ガラ、その他。
二日　午餐、シュアール宅。
三日　午餐、デュルバック宅。エムリ〔貴族院議員〕、好々爺。余が名声拡大す。
四日　新聞紙上に歪曲記事〔七月十三日執筆記事に対し〕。午餐、モンロジエ、トロムラン〔准将〕、ダラモン〔政治家〕。思いしよりも自由の観念フランスにあり〔復古王政の憲章は帝政下よりも自由主義的であった〕。デュルバックのために我ながら見事な演説草稿をものす。
五日　議会。一般人侵入。午餐、デポルト宅。俄の「開運」ありと言う。またもやただの与太話か。この男、口では色々言うが実力なし。だが或る「動き」を嗅ぎ取りそこから先を読込み先見の明を誇示したしということか。
六日　午餐、ブニョ宅。夜、タレイラン宅。余の記事好評。「開運」や如何に。
七日　政治論文執筆開始〔一八一五年刊の『閣僚責任論』か〕。二月後脱稿のこと。
八日　午餐、タレイラン宅。
九日　無為。〈フランス新報〉余を攻撃す。反論のこと。

十日　仕事、〈フランス新報〉への回答。午餐、倶楽部にて。ヴァランス氏［上院書記］より招待。

十一日　反論脱稿、発送［不掲載］。大いなる期待。事醒《ことさ》む。法案成立［出版報道規制］。憲法よ、さらば。フランスよ、悪魔の手に。支配者よ、曾ての味方なりし世論の息の根を止めんとす、汝等の狂愚きわまりぬ！　余は国別《くにわかれ》せん。

十二日　午餐、ラインハルト宅［仏政治家、現代史学教授。自由主義的立憲君主政の立場から体制批判、ギゾー等と純理派（ドクトリネール）の論陣を張る。元ヴェストファーレン王国大臣］。ギゾーと論争。いかに微小なるとも権力は大なる腐敗者となる。夜、シュアール宅。なべて居合す者、余と意見を同じくす。

十三日　午餐、オーギュスト。

十四日　午餐、クールランド公爵夫人。夜会。タレイラン。ラヴァル夫人［アドリアン・モンモランシー妻］。

十五日　内務大臣宛直接の反論に着手［内務大臣の出版報道規制法提出趣旨演説に対して］、筆走る。敢て不遜を顧ず。ままよ。夜、ブニョ宅。

十六日　反論、筆走る。時迫る。論に不足なし。午餐、ブニョ宅。時勢、反革命一辺倒とはなりぬ。余は国別せん。

十七日　父が残る人生棒に振り大愚を犯したるは二十七年前の今日この日のことなり［裁判敗訴で行方を眩ます、事実は十六日］。反論脱稿、反響やいかに。

十八日　印刷了。発送既に始りぬ。午餐、プロスペール。好感これにとどめをさすべし。

十九日　発送なお続く。大成功。午餐、セバスティアーニ宅。モンテスキュー氏［内務大臣］の激昂あるべしと人々噂す。夜、シュアール宅。賞讃止むことなし。復讐要慎のこと。余が愛する者一人として此処に在らず、耐え難し。妻恋し。明暮の余りに潤いなし。

二十日　大成功。これにて四度目。大したものなり。午餐、タレイラン宅。ジョクール［スタール夫人旧友、ウィーン会議時タレイランを継ぎ外務大臣］夫人より招待。社交界復帰なる。

二十一日　事務通信ものす。シャルロットに開斯米披肩《カシミヤショール》のめでたきを送る。いかなれば便りを寄越さずや。午餐、レカミエ夫人宅。明日、小冊子第二版。
二十二日　午餐、ラインハルト宅。
二十三日　午餐、ロジェ夫人宅。来信、ブラカ氏［宮内省大臣、ルイ十八世忠臣］。妻より音信なし。大なる不安兆しぬ。
二十四日　午餐、レディー・ホーランド宅［後出一八一六年二月四日註参照］。
二十五日　午餐、デュルバック宅。代議士連中の虚説妖言。余、そのいずれも諳んじたり。妻より音信なし。如何なる仔細やある。
二十六日　午餐、トラシー宅［仏の観念学哲学者、ナポレオン下の文教委員。皇帝廃位を上院に諮った］。身に余る褒め言葉。ランジュイネ［仏政治家、法政学者。ジャコバン党の前進ブルトン党の創設者、政教分離に尽力、自由主義思想界重鎮］。斯くありながらいずれも余の心中喜びのいかにも少きは何故《なにゆえ》ならん。
二十七日　午餐、ガラ。世人の称す「愛国者」というものに関心失せぬ。何事も期待せねば何事も興味なし。
二十八日　午餐、クールランド公爵夫人宅。
二十九日　午餐、マッキントッシュ［英の公法学者。「仏革命思想擁護論」で仏市民資格授与。コンスタンエディンバラ遊学以来の生涯に渉る芝蘭の友。下院議員、グラスゴー大学長歴任］。宴。
三十日　午餐、キュスティーヌ夫人宅。ようやく来信、シャルロット。スタール夫人に対する誹謗書の予告［不詳］。
三十一日　午餐、於倶楽部。レカミエ夫人。嗚呼、まさか！　我としたことが色に迷いたるや。* ブニョ、タレイラン。

＊「勇気があったらやってみたら」と挑発されたと思込み、十数年来の知己レカミエ夫人に突然のこと恋情を燃やし異常な心理と行動を一年数月に渉り「日記」に綴る。生涯最後の「恋の奴《やっこ》」の狂態を演ず。コンスタンにとってのジュリエット・レカミエ像髣髴の例として参考までに以下に記す。
「カーサンは残忍性を持つ人だ。餌を見せびらかして人を釣り寄せる。俺のように馬鹿な奴はついウカと乗って接近しようとする。モー駄目さ。埒が設けてあって、それより奥へは一歩も足を踏み入らせない。『お前達の這入る場所ではないよ』と冷然としている。いつもこの手で追払われるのだ。カーサンのような悪党はありゃしない」（米倉守『中村彝　運命の図像』より。カーサンは、新宿中村屋を興した相馬愛蔵の妻良。良は北村透谷、島崎藤村等の教えを受けた才媛、筆名黒光で小説も書いた）。

一八一四年九月

一日　午餐、カファレリ夫人宅［レカミエ夫人、ヴィレール等自由主義者集団の一人］。恋情脳裡を離れず。明日見ものなり。

二日　午餐、デポルト宅。苦なかりせば恋するはいと愉しからまし。

三日　午餐、ギゾー宅。余が恋の苦、我ながら呆るるばかりなり。だが、明日のアンジェールヴィリエ行、自ら思いとどまる勇なお余にあり［パリ近郊ランブイエ在の城館、レカミエ夫人別荘（夫人の忠友カテラン夫人所有）］。頭を冷やすためにも、「成功」のためにも良し。

四日　頭にありしはジュリエット［レカミエ夫人］のことのみ。狂気の沙汰！　気を晴さんとして賭博に手を出す。勝。

五日　昨日に変らぬ一日。タレイラン、余に対するに誠意あり。だが余の関心、ジュリエットを措いて他になし。明日出発。二日間の儲け、百二十八ナポレオン［二千五百六十フラン］。

六日　旅程、至アンジェールヴィリエ。ジュリエットの在ればよろず華かに匂い立つなり。ジュリエットなかりせば此処に残されし余が鬱屈いかばかりならまし。

七日　終日、ジュリエットに。余、未だ相手の愛は得ずともその心に付きたり。余の夢中逆上の惚れぶりを見て心動かされざりし女なきに等し。これ余が人生の「心意地」とはなれり。在りし乍らの熾炎《しえん》久々血管を巡れり。

八日　オーギュスト・ド・スタール［スタール夫人長男、レカミエ夫人讃美者］。余の動きを観察す。その母に逐一報告せん。母の反応恐るべし。邪魔をせんとの謀反気起さぬことを祈る。この母には随分と痛い目にあわされたり。ジュリエット、落すに難き女。疑心忘勝の女《ひと》。だが、どの男も併せ持たぬ余が細やかなる情《なさけ》、その目に止るべし。余を愛するにいたるべし。

九日　ジュリエットとおろそかならぬ物語。道理わきまえ誠意ある女《ひと》と見たり。余は妻を苦しむる意なし。万事折合つくべし。ジュリエットの心中に一歩前進を果しぬ。余その魅惑の虜とはなれり。明日出発とジュリエットに告げぬ。

十日　発たず残りたり。大前進との感あり。余が今の細やかなる情、これに勝るは無しとの自信あり。ジュリエット、余の不在に、「無くてぞ恋しき」を思知るべし。今はここまで。無理押しはなお相手の神《しん》に触るべし。顔見ざらば淋しとの気にさすべきなり。習慣《ならい》とならばその気になるべし。夜を明し手紙を書きぬ。為すべきは手紙に非ず。手紙は読まぬ女なり。余に想を寄す、素振で示したり。パリに在らば人目の関《せき》緩やかならん。明日発つ。

十一日　さてもまた新しき恋路に踏込むこととはなりにけり。これにより生活動顚一変せざるためし一度としてなかりき。ここまでは、あるは喜びのみ。されどジュリエット未だ余を愛するにはいたらず。だがそは時間の問題なり。定則、リノン［妻の愛称］を不幸にさせざること。獲らぬ狸の皮算用と言うこともある。出発すべし。パリでは如何なる報の待ち受けん。発たず残りたり。相手の心中に歩を進めしこと見るに明らかなり。だが相手は敏にして利発、悪戯あり、余を手玉にとる憎めぬ子供と言うべし。いずれ余を愛するにいたるべし。

十二日　快き朝。ジュリエットの在ればなべて快し。発ち来りぬ、だが明夜再会あるべし。ジュリエットの在れば命蘇りぬ。パリ着。スタール夫人より良き便り。妻、音信なし。この間《かん》の経緯何事か異変ありたるや。パリにて身の解決を謀らんこと心に誓いぬ。

十三日　悪しき一日。仕事、奇妙なる「申立書」［ナポレオン義弟ナポリ王ジョアシャン・ミュラはウィーン会議宛「廃位回避・王位存続の申立書」作成をレカミエ夫人に頼み夫人からの依頼で「ジョアシャン一世ナポリ王国王位継続論」を執筆することになった］。神経の痛。目下の恋の苦しみ身に染みて恐し。この恋を抑うる力、我になし。その行着く先の如何なるか覚束なし。魅惑の忘我は一時《いっとき》、苦しみは許多《ここだ》繁しき、しかも万々一、余が思う以上にジュリエット情を解する女ならば計り難き不幸。そして余が妻。それにしても、何故に妻は来らざるや。
パリにおける余が身の上を思えば、世人の評芳しくあるとも、心痛むなり。何一つ自らの幸福と為すの術知らず。己をも他人をも益することなくただ空しく浪費せし才と情の幾ばくぞ！　ジュリエット来らず。だが本人より短箋の来りぬれば安堵す。

十四日　「申立書」脱稿、悪くなし。反響いと良しとジュリエットの言えり。
今一度色恋の道を志さんとふと思いしが、結果やいかに。何はさておき行動こそ望ましけれ。筆に倦み厭いたり。さればジュリエットに会いぬ。本人が自覚する以上に、その婀娜心《あだごころ》性来のものと余は見るが、その裏に情の下地あり、下地の開墾は余がよく為すところなり。相手に気に入られたるは間違なし。あるべきは、「余の無くてはあらじ」との境地なり。近くジュリエットを試すべし。スタール夫人用心のこと、その知るところとならば万事休せん！

十五日　ものせし「申立書」を読む。傑作なり。
ジュリエット、余に散歩を約せしが言に違いぬ。午餐、ジュリエット宅。単独会見絶望的なり。ついに相対の約。相手を余り苦しむることあってはならず。恋初《こいそむ》が苦痛とあらば自らの恋の芽を潰しかねぬ女なり。されば己を抑うる心得あるべきなれど、余にはその心得なし。急いては事を仕損ず。だが、たとえ相手に弄ばるるとも相対逢瀬重ぬる要あり、徐々に女を虜にする唯一の手段なればなり。明晩まで会えぬとある。欲心抑えこの一日遣過すには如かざらん。このこと肝に銘ずべし。不覚にも懊悩。我が妻に在りし日のリノン［妻シャルロットの曾ての愛称］の色香のあらませば彼《か》の許へ立ち返らましものを。この一件、可惜《あたら》、余が人生を無に帰さん、結末のめでたきは叶わざるべし。

十六日　午前来客数人。ラファイエット。

この恋、何処《いずこ》に至るべし。余の関心、ジュリエットを措いて他になし。まさにこの関心あれば我が心は逸《はや》るなり。女のお陰で行方も知らぬ感奮に明暮す。賭博、夜更し、その他色々すべて時を潰すに由あり。余が血潮燃え立ちぬ。午餐、アラール宅。ルノー［ルニョー］。シュアール。夜、ジュリエット宅。相対せしは僅か十五分。たしかに未だこれほどの婀娜心《コケットリー》なし、しかもこの女の魅力はこれにこそあれ。余、相手の心中に些かなりとも侵入なりしや否や、推して知ること叶うとあらば死も厭わず。パリに来てこの女一変す。アンジェールヴィリエでは今よりも優しかりき。為す術なし。男女の駆引を弄び、余にはその心を摑む機会すら許すことなし。「無くてぞ人は恋しき」と余を恋い求むるか、試みに姿を消すもよし、だがそれすらもこちらの知り及ぶところにあらず。取るべき道定むべし。女の婀娜心なるもの、余は知らざりき。嗚呼、我としたことが！

十七日　凄まじく物恐しき動揺の一日。七時目覚む。閑談。有難きかな。道ハ運命…［次第ナリ］［アエネーイス］。四時に会うとの約。ジュリエット約を違えり。最初の苦痛、激しく耐え難し。大事の訪問［不詳］。この訪問格別なり。女にかけ何もせぬとは人に言わすまじ。夜、ジュリエット宅。言うにも余る苦痛。ジュリエット、明日二人だけで会うを約せり。一度なりと約言を守ることやある。絶望に追遣らる。

ボデュ、才の人［亡命先のハンブルクで反革命新聞〈北国通信〉主幹で名を馳す。帰国後ナポリ殿下師傅、最後までミュラに忠誠を尽す。王政復古後外務大臣補佐］。如何に相成るや。

ジュリエット宅、夜会耐え難きものとはなりぬ。退出す。身悶して落涙す。嗚呼、やんぬるかな、余が性来の性格よ！　この一件、如何にして終るべし。いずれ終あるべし。ジュリエットに余を愛する心皆無。嗚呼、かつがれたり！　友情のかけらさえ無し。明日談判あるべし。ともあれ、余が運命、この女の手中にあるは否定し難し。己自身に倦み厭いたり！　平穏なりしゲッティンゲンの暮し。リノン！　リノン！　嗚呼！

十八日　今の気分に違わぬ夜。半夜泣き明しぬ。尋常ならざる。一時起床。プロスペール。二時、ジュリエット宅。余をリュクサンブールに連出しぬ。あるのは婀娜心というよりはなお情《なさけ》を欠きし振舞なり。男の気を惹き媚態を見す、それにはまれる男の苦痛を見れば心が痛む、苦痛は苦手なれば今度はその苦痛を嘘と見る。ジュリエット相手に余が「恵まれし」もの、動揺と絶えぬ煩悶を措いて他になし。相手には余を想う心まったくなし。ジュリエット本人は自らの媚態の渦に目眩き我を忘るるなり。しょせん余を愛する心なし。余は目的も希望もなきまま一途に思詰め身を徒にするばかりなり。病気と見なして治すべし。遊女《あそびめ》漁り精気射尽すべし。よく自制してジュリエット避くべし。

居合す人に混じりてのこの夜会、胸潰るる思いをす。行って明日にも田舎に籠るの勇あらましかば！　その勇あらざるべし。なおこの一日、自ら宥めすかさん。不幸と絶望を更に重ぬる一日とはなりぬべし。それも仕方なし、余りに意志薄弱なれば想いを断つこと能わず。今後の身の振り方思巡らすべし、

一、フェリエール［フーシェ所有の城館、パリ東三十キロ］との交渉に一週間［ミュラの件、対フーシェ交渉。フーシェは伊総督時代からミュラとは知己の間柄］。

二、スキナ［マリオ・スキニナ、ミュラ腹心、ナポリ外交官、メッテルニッヒとの秘密交渉役］の件に三週間、そして推挽あらば受諾のこと［ウィーン会議ナポリ王国代表団員］。

三、一と二ともに功奏さずは独へ発つ。この出発、仏居住と文筆活動に支障あり。だが事は病気にも等しきもの、当座の支障もあるものかは。病の恢復なくてはあらじ。

十九日　夜から朝にかけなお錯乱す。涕涙止むことなし。手紙を書き遣りぬ。二時に来給えとの使者の言。今さら何をか得らるべし。この「日乗」大型日記帳に逐一転記清書す。この部分《くだり》浄書の頃の余の情況やいかに、気になるところなり。十月九日参照ノコト［この一行欄外に追記］。ジュリエットに会いぬ。艶めきたる物語して長時に及びたるも、余が物語に込めし想いと男を迷わす女の色香ありたればの艶にして、相手が言《こと》に出《いだ》しての艶こそ少かりしか。艶ある楽しき物語が欠かせぬ女、深き情を解さざるまったくの木石腸、同情の余りというよりも見るのが辛きが故に此方の苦痛に苛立を覚ゆ、余に会うべく自ら手筈を整えんとの心根まったくなし、余に格別の好意のあらばこそ、人並の扱いなり、そして此方の心を手玉にとり心中なにがしかの快感を得る、これがこの女の本性《ほんしょう》なるべし。これを相手に一生を棒に

振るには及ばず、たとえ相手を射止めんとも我が身は立ち行くまじ。されば熱冷ますべし。遊君一人漁りぬ。今宵また一人、明日また一人、女の魔手見るもおぞましとなるまで。

午餐、ジュリエット。頃日に比し余をもてなすこと厚し、だが、男の苦痛を鎮めんとのお情けはともかく、心ずから、情に絆《ほだ》されてというよりは計算ずくのもてなしなりき。女から離れんとの努力に変りなし。再会をよしとするもその意は、ついに別れが女には苦痛となるまでなお女の関心を惹きよせ、別れを恐るる気持に期待を繋がんとするにある。成功の有無は神のみぞ知り給う！　さて、女の所でなお苦しみたるが、苦痛はげしさを減じ我が心すこしく落着きぬ。されど、この苦痛、余になお耐え難き苦痛となる折あり、そはこの苦痛に苛立の打ち混じる時なり、何を言おうと手応なし、或は、余を喜ばさんとして耳は傾くるとも、蝿の一匹飛び来れば、そこまで、或は、ふとおかしきことを考えて笑いこくるなり、この苛立遣り難し。

二十日　穏やかと言うべき一日。ジュリエットに会うこと四回。余に些かの心遣りを見せたり。相手の心中に入込むには斯くなる術《て》に依るべし。余を相手に心行き顔なり。かく数を重ねて余を見馴るるほどに「無くてはあらじ」の心境に至る、そを待つべきなり。その時はじめて…嗚呼！　懲りずまに！　助平心と言わずして何と言うべきや。数多《あまた》ある他の連中同様、余もジュリエットの心中になお深く入込むことあるまじ。さて、頭を冷やし、例の三つの案件、結果を待つとせん。

スタール夫人到着す。この女、厄介な存在なり、この女なかりせばいかに嬉しからまし。余の疎音がちなるを苛立ち恨むべし、だがジュリエットと過すべき時間は一刻たりともこの女に割くこと能わず。事の成るにまかせん。遊君を相手にせしが嫌悪感これにとどめをさすべし。だが、なお漁色続けて物狂わしき妄念を冷まさん。リノンより常にはあらぬ穏やかなる嬉しき便り届く。これ頼むに足る友にして心休まる隠屋《かくれが》ともなるべし。

二十一日　この沙汰、完全に終りぬ。我が身哀れにまた沈みがちとなれば絮々《くだくだ》しくは書かず。清女《すがしめ》は余に友《アミ》の情けもかけは給わず。アンジェールヴィリエにおけるあの振舞にはまったく合点が行かぬ、というのも、今や余が才の器量にすら関心さらさら示すことなし。これほどの徒し女、前代未聞のことなり。心の内では泣こうとも、せめて見せしめに、「お前には未練のみのじもなし」と扱《あしら》い遣るべし。

二十二日　胸潰るるかと覚えしが、今や苦悶やや治まりぬ。今回の一部始終、人の遣口に譬えんとすれば、淑やかに相手に近づきやおら匕首の一突を見舞う、これに尽く。七転八倒の苦しみ、当初、致命傷とも思われ、事実、命取りともなりかねぬ有様。だが、日数《ひかず》経るにつれ、痛み続くも次第に治まり、恢復の兆しも見ゆるに至る。努めて為すべきは、今夜女の許に行かず、明日発って三日空け…。

女の許に行きぬ。姿を見せぬことで相手の気を引かんとの此方の最後の手段をこの愚により無とはなしぬ。ジュリエット、この一週間、日毎に理と冷淡まさり行きぬ。おぞましき存在とはなりぬ。今度こそ、金輪際、二度と会うまじ。嗚呼！　余の不在、相手には痛くも痒くもなし！　復讐のためなら人生の十年も惜しからず。所詮、復讐は余のよくするところに非ず。救ありとせば、そは逃亡にあり。いや、忘却に如くはなし、だが如何にして。嗚呼、余が怨憎《うらみ》骨髄に徹せり！

明日、フェリエールへ。今の苦痛の半分なりと相手に嘗めさすること叶わば、いかなる不幸も余には和《なご》わしく映るべし。フェリエールとスキナ、効虚しとあらば［ウィーン会議ナポリ王国代表団員に指名されなければ］、いざドイツへ。坊主憎めば袈裟まで憎し、ジュリエットがためフランス厭うべきものとはなりぬ。余はジュリエットを憎む。蒙りし痛みの一部、相手に分かち与うるの手段、如何せん、一つとしてなし。以下捨鉢の計、この件これにて終とすべし、それには捨鉢の覚悟、後れを取らば死すとも可。

ジュリエットの内には不可解なるものあり。心は余に惹かれ頭は禁ずということか。四半時の会見にてすべては明らかとならん。

二十三日　この会見、実現す。女を前にして涙にかき濡れたり。女、哀れに思いぬ。「貴男が愛の物語、差しで聞かん」と約せしも、よく相手の反応を窺うに、情け見られず、哀れ色に出すともその心、素気なく冷たかりき。なにはともかく、また得たるせっかくの約、先ずはここから始めん。

夜、再度会いぬ、見れば一人なり。ジュリエット、努めて余が立場を話題にせんとす。その態度に誠意あり。余は強いて返事は求めず、こちらの想いを有無を言わせず聞せたり。斯くして徐々に相手の耳を慣らすが大事なり。パリに来てからの相手の不可解なる決意を切崩すべく、我ながら度を越して激しく迫りぬ。この変心の相手は、ジュリエットが名を明さず口の端にのせし男フォルバンに間違なし［画家、国立美術館理事長としてルーヴル美術館の拡大に努めた］。男の様子から見て然もありぬべし。邪魔者はこの男なり。事実とあらば目にもの見せん。情況は余に不利なり。弱気は禁句、勝運なきにしもあらずとあらば、そを目指し怠りなかるべし。道の途中で身を退くもまた可なり。人事を尽して天命を待たん！

二十四日　重ねて再考す。不可解なる障碍はフォルバンなり。ジュリエット、抜差しならぬ羽目に陥る前に余を切らんとの意なりき。男、切れと強要し、女そを約せしは、女の今なお余ににべなく薄情《つれなき》を見れば当然のことなり。ジュリエット、心乱さるるを嫌う女なり。性急は避けて懐《なつ》くを待つべし。今朝、カテラン夫人宅で姿を見掛くるも瞬時に消え去りぬ。無関心の気色見え隠れす。

夜、色男フォルバン来りぬ。余の後も居残ると見ゆ。よく自制と良識もて同氏に道を譲りぬ。ために天より褒美を賜る［賭事］。勝運ありて金子《きんす》を得、しかも女への想い吹切れて数刻に及びぬ。よく抑えて明日女の許へ通わずは、我が病の恢復大なるべし。この勇忘るべからず。全般的に気分復調す。激発《パロクシスム》、峠を越しつつあるとは少くとも経験で知るところなり［パロクシスム、間歇的激烈発作、痙攣発熱症状。恋は病、コンスタン医学用語をよく用いる］。熱も断続的とはなりぬ。嗚呼、この苦痛、これを機に去りぬとあらばジュリエットを許すも可なり。斯くまでにあらま欲しきは苦の免除なり。気持も新たにいざ闘わん、ジュリエットは悪魔の手にこそ！

二十五日　女の許へは行かざりき、有難きことかな！　苦痛なきに等しき数刻をなお得たり。だが、女の事、一時《いっとき》も我が脳裡を離れざりき。斯くなるも女に会わざりき、なかなかのことなり。ならぬこととは知りながら、あらま欲しきは相手が余の不在に気付くこと、それほどに余はいまだ未練がまし。彼《か》の許には足を運ばぬまでに意志強くあれかし。激しき心苛を覚ゆ。

午餐、スタール夫人宅。アルベルティーヌと閑談。

二十六日　激発再来。だが心は恋情よりも苛立まさりぬ。否、生涯、この女を許すことあるまじ！　女の噂、余が耳に入らざらば今はせめて今日一日遣過さん。フォルバンに出会うとせんか、いずれか一人、禍あるべし。さても出会いぬ。余から持ちかけ明日決闘と相成りぬ。ジュリエットにこの報を持込めば、「若し貴男闘わずとあらば、時間の久しきを貴男のものにせん」と余に約せり。退《の》くに退かれぬ決闘ならざるや。目眩く恋といえども名誉とあらば話は別なり。必要とあらば闘うべし。相手の欲せざるところとあらば闘わざるべし。モンロン［タレイラン腹心］にこの決闘伝えしこと遺憾なり。明日を待たん。

二十七日　安枕熟睡。例の一件治まるや否や未だ不確かなり。此方が少しでも退く構えを見せんか、相手は攻勢に出ずべし。名誉に悖る行為は余が毫も望むに非ずといえども、ジュリエットが約せし福の「小吉」なるをみすみす逃すもこれまた惜しまるるところなり。さて、如何に相成るや…一件落着す。余、強引に過ぎたるや。何とも言えぬ。様子からして立会人もさとは思わぬと見ゆ。さて、ジュリエットが約せし福にあやからん、だが余とフォルバン我ら二人、不満あらば即決闘と取決めたれば如何に相成るべし。ジュリエットに会いぬ。心に任せて相語らうこと半刻《はんとき》を超え、余が胸の内大いに鎮まりぬ。我が狂行の数々些か赤面のいたりなり。ジュリエットがパリへ戻りたる当初俄に構えたる冷淡強顔、いま少しく手柔かなりせば、すべて斯くまで事は紛糾せざりしものを。今や覆水盆に返らず。簡にして易き道に戻すこと能わず。人の噂するところとはなりぬ。ジュリエット、我ら二人の関係をもて扱い悩み、噂によってはすぐにも余を遠ざけんと欲す。我が身、間無時無《まがなときがな》、逆上す。朝間止む時なくなおまた泣き惑いぬ。頼みの綱はただ一つ、ドイツへの旅なり。リノン［妻シャルロット］の優情と思遣に我が心慰められん。二週間以内に出発のこと。モンロジエ書評を立派にものして我が才を世に深く印象づけ出発せん［モンロジエ著『仏王政史』、この書評日の目を見ず］。

二十八日　朝間、午餐時、宵の間と重ねてジュリエットに会いたれば殊のほか嬉しき一日とはなりぬ。さりとて、これと余が願いの隔りの大なること、女に与えし余が印象の小なること、如何ばかりなるや！　出発こそ間違なく最善策なれ、残りて何をか期待すべき。淡き狎昵《したしみ》はあれど、格別の情《なさけ》は無縁、恋の成就は夢のまた夢。命を費すには不足あり、だが、絶交は我が能くするところに非ず。旅の支度整え、行き成りに、昼夜問わず出奔すべし。その前に立派な作品一本ものし、余が文名もてジュリエットの耳を驚かせ、かつはその心を得たし。

二十九日　なお忍ぶに堪うる一日。ジュリエット余に親しくし、二人して相語らえば余の心治まりぬ。ジュリエット出発せんとす、余は敢て追わず。如何にして女の不在、余の堪え得るところとなるか見てみん。我が身それに慣れ得るとあらば、いま余を支配下に置けるジュリエットには些かの驚きなるべし。否、未だ尚早、その期にあらず。

スタール夫人、余の立身のために働きかけんとす［この日午餐を共にしたウェリントン卿に対してかＰ］。神ノ御意ノ行ハレンコトヲ。

三十日　望外の一日、だが、これに現《うつつ》を抜かすべからず、反動さらに恐るべし。ジュリエット、本日、アンジェールヴィリエへ発ちぬ。オルセーまで同行苦しからずと許されたり。四時間を共にす。ジュリエット優しさそのもの、しかも憂い顔、心と闘いたるは目に見えて明らかなり。だが、常ながらその葛藤ぶりこそ恨めしけれ。居並ぶ「証人」に囲まれての葛藤、こちらは「証人」の手前一言も声を掛けられず。ジュリエットの心揺ぎたるは間違なし。「文を寄こし給え」と言われ、「返《かえし》は貰う前からお見通し」と遣返せば、「されば君はよく本人の妾《われ》よりもその内容を知りたるかな」とうち言えり。これ色ある辞に非ずして無《な》げの言葉なり。約の一つをくれたれど、書によるもの、この種の約、ジュリエットの惜しまざるところなるも、壁はここにこそあれ。壁を越えんとすれば何がな妙法の無くてはあらじ。苦悩はもとより覚悟の前なれども、気力、些か取戻しぬ。ジュリエットに書を認む。その返、如何なるべし。斯く思いながら女と別れ来りぬ。女反省して余を拒むべし、されど余は闘うべし。月曜日、女に会うこと叶う可能性あり。舞踏会、ウェリントン宅。

一八一四年十月

一日　発信、ジュリエット。この書、レカミエ氏開封せざらんことを！　返のあらば、して如何なる返を寄越すべし！　ジュリアン回想録［仏政治家。フーシェの密使としてミュラに接触、ミュラ失脚とともにブリュッセルに亡命。『我が回想一七七四―一八一四年』この時未刊、原稿か写しを見た模様 P］。頭はジュリエットで一杯。ジュリエットに縁なき言葉一として余に入らず。終日心に重石《おもし》。夜、俄に計。

二日　アンジェールヴィリエ近くまで行く。ジュリエットに言伝。返の無下なる。心とり乱るるを恐るればここには何も記す気にはなれず。決意。パリ復。余の出発［独へ］を告ぐべくジュリエットに書を認む。むろん出発は相手の帰京前なるべし。

三日　荷造。恐るべき懊悩憂苦との闘い。弱音は禁物。乾坤一擲！　出発のこと。午餐、スタール夫人宅。ジュリエット、プロスペール秘話。まさか、余が窮厄苦悶の女が不実偽りの塊とは。

四日　未だ知らざりし懊悩憂苦の常住すと言うも可なり。ポッツォより地位与えられんとの期待。無念なるかな。心千々に砕け散りぬ！　立直るべし。祈天、哭泣。祈れば胸晴れぬ。嗚呼、慈悲深き神よ、我、神に謝せん。恐しき懊悩憂苦なおまたきたりなば、ひたすら祈り泣き明し遣過さん。

五日　穏やかというも可なる夜。なお懊悩憂苦残りたるも祈を恃みの綱とす。叶うなら此処に残るべし。金曜日、田舎行。四時から五時にかけ激しき苦悩。またも一過性なり。再来あらば耐うべく努めん。懊悩再び襲い来りぬ、だが一過性たるを信ず。ジュリエット、一言の挨拶なし。人間も及ばぬ冷酷無情、この女にあり。

六日　苦痛なお大なるも減ず。ジュリエット、「明日来給え」と言い寄越しぬ。談、覚悟を決めてかかるべし。余を引き留むるに情《こころ》をもってなさぬとあらばプロスペールと出発のこと。為すべきは出発にこそあれ。所詮、不幸の元凶たる滑稽的「恋の奴」の息の根は止むるに如かず。

七日　ジュリエットに会いぬ。愚かといえば愚かなり。同義語［愛と友情］について議論をす。相手は、根は浮気者、文学少女《ロマネスク》ぶるがこれは借物、しかも情張り、この強情、本人にこれらの自覚一切なければしたたかなり。余は斯くなる人物を悲恋の対象とはするなり。アンジェールヴィリエ詣禁止さる、苦痛、狂気の沙汰と化しぬ。「禁を犯して詣でしかば、汝いかなる態度に出でなまし」と今朝問えば、「さもあらばいと嬉しからまし」と言えり。この言をしかと受け止め、余が心のすすむ限り、能う限り相手に会うべし。叶うことなら、かつ相手に心あらば、その心に踏込むべし、ただし、成就せぬもの、持続せぬものに思いを悩ませ理を失い七転八倒する勿れ。

八日　今日もなお苦しみたるが、苦とは言えぬ苦にして余は完全に恢復期にあり。明日また会い得るの希望なく女の許を辞し、明後日とて覚束なしというに女のことはうち忘れ賭場《サロン》に遊びぬ。余には門を閉ざしながらフォルバン至れば早速その日招き入れしこと、氏を明日田舎に案内すと約束せしこと、女のこの二つの仕打に傷ついて然《しか》るべきが然にあらず、これいずれも余が恢復の証なるべし。さすがに、田舎行案内は余のために遠慮せんと言う、これ余との絆も無下には切り難しとの証拠なるべし。なべてジュリエットの余に対する心遣、例よりも篤く、此方がなおまだ相手に優しき顔を見せ得るならば、余に懐《なつ》き、余に会わずは恋しさ募るべし。余が望はこれに尽きたり。

　知はスタール夫人、情はシャルロット、美顔は他にいくらでもある、いずれもジュリエットに勝りたり。先ずは斯くなる情況に甘んじ、余が心の埋火《うずみび》は熾《おこ》すよりも消《た》やすべし。これぞ安心休息の道にして、ジュリエットを得んとする術《て》あらばこの道なるべし。

九日　余が苦しみ、もはや以前とは比べものにならぬとはいえ、いまだ執着余りに深ければ、手綱緩めんか血逆上《ちのぼせ》の二の舞とならん。これあるべからず。本日、九月十九日の項転写清書したるが、そこには、清書この日付に至るとき我が身の上いかにあるべし、気になるところと記されたり。我が身の上好転す。再起せんとす。これを見れば、気の狂いたる時といえども絶望は禁物と言うことなり。午餐、スタール夫人宅。今日この日、レカミエ夫人のこと余が脳裡に無きが等し。相手の上京の不確かさにやきもきすまじ、明日はヴァルへ逃れん［リラダン近郊、友人ルニョー所有の古い僧院あり］。されば夫人には明後日まで会うことなし。天のお陰か、気持癒えたり。

十日　ヴァル行。憂嘆。居合す連中の文《あや》なくゆうかいなし。夜、激発《パロクシスム》ややぶり返す。

十一日　パリ復。レカミエ夫人、一昨日帰館。夫人と共にすべき一日をふいにせしか。着いたその足で夫人宅へ行きぬ。門閉ざされたり。激発、見事にぶり返しぬ。泣き濡れて書を遣りぬ。発作、片時《へんじ》にして止む。夫人の心を動かす、我には叶わぬことと思知る時こそ悲しけれ。ヴァル行は試みとして裏目に出でしか。短箋に返あり。四時半会うとある。焦る勿れ。女に会いぬ。浮かるる勿れ。何が起るか、不意打恐るべし。だが、ジュリエット、余の出発を恨み侘び余に短箋を遣せしもその短箋取返しぬと言う。取返すというも筆を執りたる心は否定できぬ事実なれば、前進一歩成し遂げたりとの感あり。「貴男の愛は誰も及ばぬ夢中捨身の愛なり、されば疑念はただ一つ、持続にあり」と言い、「移ろうが恐し」とほぼ認めたり。「愛《いと》しの君」と折節《せっせつ》繰返し、余を見詰むること頻りにして余が言葉に必ず耳を傾けたり。余には他の連中となにがし異る待遇《もてなし》を以てし、余が捧げ惜しまぬ精神《こころ》と忠様《まめざま》、ジュリエットがやがてそを捨て難く思うにいたらんを期す。今晩、相対で会わんとすれば、ナダイヤック［ジュリエット讃美者］を避けざるを得ざりき。氏に悟られしか気になるところなり。

十二日　ジュリエットと朝を過し散歩を共にす。相手の心に触れぬと見しが、なお抵抗の構えかたく、その証拠に相対はすべて頑なに避けんとす。何事も心鬱《ふさ》ぎ疲厭す。明日相対の場もつべく努めん。

十三日　セバスティアーニ訪問［コルシカ出身軍人、ナポレオン皇帝忠臣］。恋物語に現を抜かす、十八歳ならいざ知らず、世における我が政治的地位を思えば愚なるべし。草案ものす。仕事を以てして気力恢復のあらんことを！

会見。フォルバン競う。なにがしか策のあらば余優位に立たん。諦むと見せ掛くること。寛容の出番。寛容はただ同然なり。この趣旨の手紙。その効、いずれ分るべし。手紙をジュリエットに手渡しぬ。憎《にっ》きフォルバンの姿そこにあり、なおジュリエットの許に居残るべし。譲らざるを得ざりき。復讐の日の来ることやある。思いしよりも懊悩少なし。情況一段と明らかなり。行くべき道見ゆ。他の事も合せ顧るべし。午餐、ギゾー宅。明日は仕事のこと。

十四日　物狂おしき夜、苦痛と言うにはなお余りある。今朝苦痛の追打。心身痙攣、これ余が独相撲の為せる業と言うべきか…ジュリエットに会いぬ。我が如何ともし難き性格を抑うること叶いなば、なべて良きに進むべし。相手の心を得たること間違なし。余、譲りてフォルバンを亭主に祭り上げたり、そして今、この男ジュリエットに煩くつきまといたれば、その愛を得るに至るは余なるべし。嗚呼、せめて苦痛のなかりせば！　服従、焦燥、懊悩、叶うことなら病、これ余が目下の行動手段、手口なり。病は敵も武器とするところなり。夜、ジュリエット再見。優しかりき。運命の厳しかれば、喜ぶはまだ早しとはいえ徴候良好なり。余を一人留置くを欲したり。そが叶わぬを残念がりて我ら二人密かに心かよわせぬ。明日会いに来給えと自ら余に告げぬ。一種苛立を見せて、余にフォルバンの気難しきを語りぬ。だが余に不公平の仕打もあるは覚悟すべし。されど叶うことなら、なお自若の心もて行い賢《クレヴァリー》く、苦少くすべし。

十五日　仕事、少しく。会見。常に人あり。ジュリエットもこれに不満げなりき。憎からぬ気色見ゆ。だが殆ど進捗なし…愉快ならざる夜。余に一言もなく出発す。明日は二人して何をせんと余に計ろうとの意あらばこそ。心穏やかならず帰宅す。書を遣しぬ。フォルバンと共にせしか。明日返書なしとあらば、黙《だんまり》を決めこみ、明後日、「不在」と「病」という二種の武器もて家に籠る、これ最善策ならん。不在が淋しく病が気になる、さほどに余を憎からず思いたるや。結果や如何に。

十六日　いまだ何も言い寄越さず。昨晩は余の書を手にするも返は思案の外ということか。朝起きて何事か言い寄越すか。寄越さぬとあらば、執るべき態度はただ一つ、彼処《かしこ》に行かず、便りも出さず、今日一日を遣過し、病なれば失礼すと明日スタール夫人の許に伝うることとなり。余のために時間を割かんとの心しらいのあらばこそ、余に会うも興なしとあらば、そんな相手から時間を奪取って何になる。余を想う心のあらば、好ましと胸に留めしことどもを、余なき時に思起すはずなり。無クテゾ人ハ恋シカルベキ。

決意とはまったく裏腹に、ジュリエットに手紙を書き遣りぬ。美術館に同行し給えと言い寄越しぬ。我ら四時間、似無くしめやかに過せり、しかも半時は二人きり、むろん、ジュリエットが望んでのこと。フォルバンの嘆きの文《ふみ》を余に読み聞せたり。ジュリエット、さすがに哀れと思いたるも、「あの男、熱かわしくことごとし、貴男を相手とするがなお心愉し、云々」と余に認めざるを得ざりき。貧者への喜捨に応じジュリエットの慈善事業に一枚かませてもらいぬ。これまた一つの絆とはなれり。一度なぞ、「貴男、献身的人間なること自ら知り給うや。スタール夫人より聞き及びしはまったくの別人なり。心底、貴男は情に脆き人なるかな」、とうち驚きて言いしことあり。運命の前にひれ伏すとも諦めぬこと。

十七日　げに諦めたり。女のために悪夢の一日また強いられたり。この女の、阿呆鳥、浮雲、記憶喪失症、無分別、没趣味なる。その美貌ゆえに引きも切らずちやほやされ、耳にせし恋物語から情《こころ》を解する風情身につけたるも、しょせん上辺《うわべ》に終始す。前日別れしジュリエットは翌日のジュリエットならず。記憶力不確かなれば、せっかく会話に喜びを見出すことあるとも、また続きを追うの動きなし。対する相手が誰であろうと余と同じ扱いぶり。ナントへ発つべし［友人プロスペール・バラント、県知事］。昨日、鬱消沈の後、フォルバンに話しかけ、次にこの男を前にしてジュリエットに話しかけ、そして我とフォルバン二人して我らの恋を女に縷々披瀝して肝胆相照したり。余、突如、可笑しさこみあげ吹き出しぬ。見切をつくべし。善は急げ。

十八日　植物園散歩。何と言うとも、ジュリエットは男の気を惹き弄ぶを本性とする女なり。如何すれば相手は時をも割かんか、如何すれば会いもせんか、策をあれこれ講ずる役は今日限り返上せん。「貴男がやらぬとあらばこちらから仕掛けん」とのいとも無邪気なる言、ジュリエットの口癖ではなかりしか。されば試みに相手に仕掛けさせん、激発再発するともうち耐えて抑うるは覚悟の前なり。アルベルティーヌに余の恋の一部始終を告げぬ。失言なり、だが、名は明さざりき。それにしても、この恋見限るに如かず。いや少くとも、アンジェールヴィリエ行までは待つべし。彼《か》の地に行きて、無クテゾ人ハ恋シキ「不在」と「脅迫」を手に伸るか反るかの一発勝負。

十九日　フォルバン来訪、長時間。我ら二人の仲、奇なり。ジュリエットには余の方が相手とするに愉し、だがフォルバンを諦め余を採るとはなるまい。かくて我ら三人、一種悲喜劇的《トラジコミック》三角関係《トリオ》成立す。近々、例の「立離《たちわかれ》」という奥の術《て》を試みん。功奏すことほぼ間違なし。何故ならば、今や、本人の口とは裏腹に、ジュリエットの情薄きこと紙の如しとはなれり、また、人目に付けば本人には興醒とはなれり、されば追焚《おいだき》には「恋の不安」こそ必要なれ…子供の火遊、苟も余の如き大人のすることかは！　だが、余が心の爪痕、いまだ生々し。この狂恋の時宜を得ぬこと未だ曾てなし。

二十日　一歩前進すといえども、有頂天にはならず。それどころか、運命の前に平伏する我が身なり。一日穏やかなり、朝の一時《ひととき》、午餐、芝居、余を嫌うにはあらず。されば、余が全霊、持てる情けのすべて惜しみなく、全幅の服従もてジュリエットに捧げたり。フォルバン、目に映る余の「前進」に心痛めたり。足にすがりて嘆哭したはず、さればジュリエットの余に対する心に後退《おくれ》あるは覚悟すべし。ここは騒がず相手に配慮、穏やかに我慢のこと、だが、必要とあらば恋の苦悩の極に訴うべし。しかし、ジュリエットに訴うる苦悩は、時に不可欠な場合もあるにはあるが、一時的手段に過ぎず、結果的には常に愚策なること忘るべからず。後退の気配に対しただ諦観忍従をもって臨まば、相手は関係絶やすまじと努むるはず、思うに、余とジュリエット二人の仲は、今やほぼこの段階まで達せり。だが、期待は禁物、心して事に当ること、苦は能う限り小さきを以てよしとせん。

二十一日　女のお陰でまた悪しき一日とはなりぬ。しかも別の問題加わりぬ。スキナからの推挽書到着［ウィーン会議代表団員推薦］。決断迫らる。決断、応諾す。

余が滑稽にして痛ましき恋愛沙汰、勢衰えず、ために著作、俗務の意欲悉く喪失し、此処での暮し不可能とはなりぬ、この恋愛沙汰は措くとして、応諾には幾つかそれなりの理由もあることなり。フランスに於ける余の立場危うし。財政難、妻の存在、貴族階級の仇怨、外国人との先入観に根ざす障碍、以上を思わば別の道を採らざるべからず。その道与えられたり。運命の勧むるところ、そに従わん。最悪の場合、或はスイス、或はドイツ、或はアメリカ。何処なりとも。余はいま幸なるや。世によく容れられたるや。狂恋いまだなかりし時、余は幸なりしか。否《いな》、絶望自滅の境にありき。ままよ。

二十二日　斯くてすべて決せられたり、遅くとも四十八時間後いざ危路《ほきじ》に踏出さん。余が決意は余が恋の然らしむるところなり。ジュリエットに賭けし余が期待過てり。フォルバンの愁嘆、ジュリエットをして旧のジュリエット、初めてパリへ戻りし時のジュリエットたらしめたり。しかるに余は己に打克つことも苦を抑うることも叶わず。さて、行くべき道は危険な賭なれども、運の開くことなきにしもあらず。そして余が今の身の上、いずれも八方塞なり。されば、ままよ。疾く行くべし。

二十三日　終日、支度に明暮す。スキナと共にクリシー訪問［スタール夫人］。スタール夫人雄弁なり。確かに夫人に理あり、我が身の破滅なるべし。レカミエ夫人の許に更返《さらがえ》りぬ。「取引」成立。相対約束されて出発を見合す。午餐。酔。賭博、敗。睡魔。愚は幾つ犯せば足るべきや。

二十四日　スキナと決裂。一千ルイ辞退す〔スタール夫人の忠告か〕。この金、未練なり。だが、よくぞ辞退したりとの人々の褒めぶりから見るに、受けたらばその時の貶しぶりや思うに恐し。胸襟を開き、オーギュスト及びスタール夫人とジュリエットを巡り談。「あの女こそ正真正銘、顔は女の遊治郎《ゆうやろう》なれ、主《ぬし》は何たる狂《たわ》け者！　尋常勝負が出来る手合とでも思いたるや」、かく話を交せば余が心地やや治まりぬ。されど深き憂はなお残りたり。

夜会、はねてジュリエットと相対す。例のフォルバン奴《め》を愛することかりそめにもなし、フォルバンとの契《ちぎり》は余を絶望させんとの方便なり。こちらも対等の武器もて戦うを得べし。先ずは、誰でもよし、必要とあらばフロ夫人もよし〔不詳〕、女に言寄ることとなり。この際、人の笑は言うに足らず。次に、ジュリエットに会見の強要は止むべし。相手が応ぜぬとあらば深追は禁物。愁嘆場は幕引とする。かく歩を進めたらば、相手は余を手放すまいと真剣になるべし。恋の苦悩再来とあらば、蟄居して遣過さん…。

妻より音沙汰なし。一体全体、何事ぞ。そしてシャルル〔従弟、中国を旅しシノワ（中国人）の異名を持つ。この頃在ジュネーヴ〕、スタール夫人に何を告げしか。この女の作話ということか〔悪い噂話か〕。妻シャルロットの沈黙、妙なり。

二十五日　本日、四十八歳に突入す。セバスティアーニ、ラファイエットと談。世評に占むる余の地位、いと大なるものあり。希望なきつまらぬ「熱病」のために、可惜《あたら》、宝の持腐れ、憂うべきことならざるや。ならば、試みにこの女と会うを断つ、余の為し得ぬことかは。余を繋ぎとめんとして少しは心を痛めん、一挙両得なるべし。今朝方、ジュリエットに優しく待遇《もてな》されたるも今宵なお苦しみに襲われたり。恨めしきかな。

ブニョ〔国務大臣〕と談。余に最高勲章《レジョン・ドヌール》を約し、さらに有難きはなし色々ありたり。恨むべきはこの恋なり！

二十六日　日中の徒然なる、常の日に変らず、続いては午餐後と宵間の悲痛なる。余りに理不尽なれば、悲痛徒然みなながら悪魔のもとに送届けたし。

二十七日　深憂。午餐、クリシーにて。終日、ジュリエットの姿を見掛けず。妻より来書。出京の意なし、ケンブリッジ卿の情《なさけ》に感じ抗《あらが》えずと告げ寄越したり。されば余は吾妹《わぎも》をも失いたるか。独居《ひとりい》は余の切なる願なりしが、今それに怯え震うなり。

二十八日　完全なる失意喪心。数刻、座して釘付け。ジュリエットへの熱下がりぬ。シャルロットへの未練、胸裂くる思いなり。如何にせん。行って合流するは、種々はなし舞込みたる今この時、すべてを捨て行くに等し。舞踏会、ウェリントン邸。ジュリエットを見ざる、二日目。

二十九日　ジュリエットを見ざる、三日目。本人、この事実に気づくことありや。思うに、否。ジュリエットを見ざる、習慣とならんとす。なまじジュリエットと「事成る」よりも、見ざるを習慣とすることこそなおよけれ。午餐、ブニョ宅。夜、リンゼー夫人宅。徒にジュリエット宅で時を過すは余の望むところにあらず、時の埋合としてこの女と縒を戻したし。

三十日　乞即刻出京、妻に書き遣りぬ。妻、来るや。余が取りし態度、世間道徳的に正しき態度と言うべし。我と妻、厄介なる問題種々抱うる身の上とはいえ、それに堪えつつ二人して解決を図るべし。自ら余に告げて寄越せし情況に妻を打捨ておきたるはやはり間違なりき。妻が余の要請に背くとあらば、話は別なり。神ノ御意ノ行ハレンコトヲ。
　終日また深憂にうち沈みぬ。己をよく制し遂に立直るを期す。その他大勢に交りてジュリエットに会いに行きぬ。個人的に話す機会を与えられたるもそを避け強いて相対を求めず退出す。今やしばらく彼処に足は運ぶまじ。

三十一日　愚かめきたる一日。今朝、ジュリエットに会う。余、冷たく慳貪に構えたるも無くもがなのことなりき。

夜、彼処に再び参りぬ。ジュリエット、フォルバンと内に閉じ籠りたり。嗚呼！　女を成敗するの手段あらましかば。余が願これあるのみ、だが何処に求むべし。もはや彼処には、未来永劫、足は運ぶまじ。

一八一四年十一月

一日　不安動揺の夜。詮なき復讐の計。失意喪心。ジュリエットに会えぬを恐るる懊悩。出発の計、不動。この計告知。会見。愛嬌あれど情《こころ》のあらばこそ。午餐。ジュリエットと共にすれば苦すくなき一日。だが、出発せざるべからず。余が恋、公然となるも狂奔止まず。遅くとも明後日出発せん。妻に再会せん。妻の心優しくあらば、すべてを妻に捧ぐべし、さもなくば一人となるもまたよし。

二日　出発準備。ジュリエットと談数回。最後の談に至り相手はいたく心動かされたるも、立去り給えと余を追出しぬ。出発すべし。出発なくして解決なし。

三日　余が言に間違なかりき。見ればジュリエット全くの別人なり。余、狼狽《うろた》えて浅まし。はや如何ともし難し。ジュリエット、曾てなく「フォルバン化」されたり。復讐すべきか、復讐せざるべきか。問題はただこの一点にこそあれ。もはや希望失せにけり、恋情抑うべし。

四日　ジュリエットより、「正午会いに来給え」との突如の報。斯くなる報、今に至るまで、この恋愛沙汰には実に無縁の報と言うべし。これを最後と策を弄し出発前の余を苦しめんとの魂胆とも言うべきか。いや、余を失うと思えば、しかも昨日「立離《たちわかれ》」を見せつけられての「無クテゾ恋シ」、忍ぶの乱れに迷いたるということか。然にはあらざるべし、昨日の今日とはいかにも尚早、それに相手はそれほどの単純な女にはあらず。さて如何に。まったく然にはあらず。「面会謝絶」を余に宣言の呼出なり。一月前ならこれ余には死刑の宣告に等し。今は頭の中はただ復讐あるのみ。だが復讐は如何にして。

五日　余、また正常に復すとの感あり。これまでの浅ましくも気長《けなが》き血迷うち去りぬ、或はうち去りなんとす。今は、己の四辺に視線をめぐらし、己が立場を見守り、身を治むべし、

一、妻は来さすに及ばず、此方から合流のこと。

二、ナポリの件《はなし》、これを活用し、せめて最高勲章《レジヨン・ドヌール》手中にせん。

三、余が知己知縁一覧に当り社会復帰のこと。ジュリエットのこと、もはや触れまじ。ジュリエットを見ざりき。彼処には行くまじ。この一件これにて止むべし。午餐、スタール夫人宅。

六日　ジュリエットより伝言。何用ならん。まさか余を失うは忍びずとでも。ジュリエットに会いぬ。話があるにあらずして、ただ余に会うがためなりき。午餐を勧めらる。断る。日暮れて参りぬ。長居をせんと此方から仕掛くる一切なし。午前三時まで引留めらる。余、愛の言葉を口にすること殆どなし。この女を落さんとすれば為すべきは斯くこそありしか。もはや独り悩むは無用のこと。ジュリエット、余の意に適いぬ。相手が望むとあらば、この恋、我が慰めとせん。なんと、此方が消極的になれば、相手はなお積極的になるなり。この事実、などて我は知らざりき！

七日　ナポリより申立書到着［ウィーン会議宛「王位存続申立書」にミュラ目を通し起草者コンスタンの手許へ］。結果は運命の為せる業《わざ》と心得べし。ままよ！　ジュリエット、これにかなりの関心を示す。午餐、スタール夫人宅。夜、ジュリエット宅。オシエ、愚、鈍、遅。オシエにから

まざるを得ざりき［オシエから狂恋を揶揄された］。我関せず焉こそよけれ。

八日　午餐、ジュリエット宅。ジュリエットに浮薄蓮葉ならざるを求むるはこれ愚の骨頂なり。その心中に第一の地位を与えらるるとも、余が幸福は叶わざるべし。在るがままのジュリエットをジュリエットと認めん。相対で会うことあらば、能う限り大いなる戦果あぐべし。だが、毫も当てには出来ぬ女なり。その感情、半時《とき》とは続かぬ女なり。

九日　理と知に適いたる計、

一、ジュリエットは余の生活圏外に在る人間なり、圏外に置くべし。

二、されば余は余の生を聢《しか》と治むべし。

三、先ず家を買うか借りるかして居を然《しか》るべく定めそこに落着き、旅に出るはその後にすべし。

四、ドクサ［英のスイス系銀行］に預けたる資金、「百分の五整理公債」に投資すべし。

五、成る話なら、レジョン・ドヌール勲章得べし。

六、十二月朔出発のこと。

七、十日ゲッティンゲン、ハノーファーに着すべし。

八、我が立場を包み隠さず妻にしかと説明すべし。

九、一月、二月は独に留まるべし。

十、「多神教論」再開し刊行に備うべし。

十一、三月初頭パリへ復すべし。

一日、リンゼー夫人と過す。我が心、懲りずまに似愚《おろから》し。心の行くに任せんとするか、今なおジュリエットに血のぼせの、拒まば燃ゆる我が情《こころ》、またリンゼー夫人に逆上《のぼ》せ上がるべし。この種のあらぬ妄想一切断つべし。ジュリエットが許に行きぬ。此方の恋慕を見てとるや、構えて、余を喜ばせんとは色にも見せざりき。三日の間、かの敷居は跨ぐまじ。

十日　午餐、トラシィ宅。リンゼー夫人宅にて朗読。ジュリエットの姿見かけず。

十一日　午餐、ブニョ宅。ジュリエットの姿見かけず。

十二日　午餐、ジョクール宅［貴族院議員、スタール夫人知己］。家一軒購入［パリ六区、現ベリ街、被選挙人資格取得が購入理由の一つ］。

十三日　午餐、スタール夫人宅。

十四日　スタール夫人、ジュリエットにいたく干渉す、ためにジュリエット、余に激怒す。来書数通、余が心鎮む。愛は終りぬ、残るはただの友情なり、実よりも表面《うわべ》だけの友情なり。天が、いや地獄が創りなせると言うべきか、人の心にして、ジュリエットほどの心の薄情、曾てその例を見ず。

かたやスタール夫人、そは虚栄極悪の蛇なり。その本心は余を憎むなり。仕返として此方も同じくす。怪物〈女面鷲身《ハルピュイア》〉の猛爪から我が財を守るべし。これ以外にこの女を恐るること殆どなし、いや、恐るるとも、余にはなに恥ずるところなき防御手段あり。最も緊要なるは、妻との関係の現況を知ることなり。此処での用件決済後即、独へ高飛び当座の手配をして居を定むべし。

十五日　午餐、シュアール宅。心底痛苦。さすがに、歩を一歩進むるの意、一行書くの意もはやなし。家の周囲の土地を購入す。

十六日　契約に問題あり。この取引破棄と願いたし。学士院。ルニョー、難局脱す［学士院人事］。午餐、スタール夫人宅。

十七日　激発《パロクシスム》再来。幸い、徒に足掻いてそを勢いづくることせざれば滅ず。我が身の処し方につき千思百考す。抗し難き自殺の誘惑、自殺こそ道理至極なれども、勇なきなり。午餐、モンロジエとトロムラン宅。余の評よし。だが、やんぬるかな、精神失調なれば、そを生かす状態にあらず。今夜、ジュリエット例よりも余に優しかりき。ジュリエットから離るること能わずば、やんわりと手繰り寄せその心を靡かすべし。妻より音信なし。我が妻、帰らざる人とはなりぬべし。過は我にあり。

十八日　例よりは分別ある一日。ジュリエットと理を弁えたる会話。余はまさに狂人なりき。午餐、スタール夫人宅。妻より佳書。曾ての優しきリノンなり。なお例になくリノンに愛着すべし。

十九日　妻への手紙の中で世間の離婚反対論を云々せしこと思い咎め不安生ず。とはいえ目下の難しき情況がひとえに余に起因すとは限らぬを妻に知らしむる要あり。だが妻が詰らぬことを考えぬべく、明日また手紙を書かん。午餐、ペール宅［国民公会、五百人委員を歴任したルイか、パリ消防庁創設者アントワーヌか］。夜、ジュリエット宅。かくも見事な無関心、この女にして初めて可能なりき。

二十日　ほぼ三月ぶり、初めて仕事をす。願うは仕事続行。午餐、マッキントッシュ宅。

二十一日　仕事。午餐、スタール夫人宅。ジュリエット、余に優しかりき。なにがな好《よしみ》を得んとすれば求むる勿れ。

二十二日　仕事、纔なりとも為しぬ。午餐、ジュリエット宅。タレイラン。

二十三日　午餐、ロジエ夫人宅。余が悪者となり、ジュリエットとスタール夫人和解あるべし。天の裁き！　スタール夫人宅泊。喧嘩。我ら二人、犬猿も啻《ただ》ならず。君子危うきに近寄らず。

二十四日　一日、クリシーにて［スタール夫人宅］。パリ復。学芸倶楽部《アテネ》［学者、教授等による公開講座］。愚。

二十五日　午餐、リヴリー宅［エルバ島脱出のナポレオン歓迎の書『皇帝帰還』で知られるが、その他は不詳 P］。妻より佳書。だが望むらくは、春まで上京なきことを。

二十六日　家の前の土地を購う。
二十七日　仕事、申立書。午餐、キナード卿宅〔英国会議員、美術愛好家、ナポレオン戦争時代散逸の美術品を収拾、スコットランドの私設美術館のコレクションとした P〕。オックスフォード卿逮捕さる〔熱烈なナポレオン崇拝者、仏からナポリへ渡ろうとして逮捕 P〕。ブニョを思い心配す〔仏内務省役人、この逮捕との関連不詳〕。ジュリエット不在、休心安息如何ばかりぞ！
二十八日　スキニナ。午餐、ブニョ宅。家の契約を結ぶ。されば一件落着。
二十九日　追加せし敷地の測量。午餐、クールランド公爵夫人宅。
三十日　午餐、スタール夫人宅。妻の上京許すべし。

一八一四年十二月

一日　午餐、デュナン夫人宅〔不詳〕。
二日　午餐、スタール夫人宅。
三日　レカミエ夫人復。ナポリの件、再考を勧めらる〔ウィーン会議ナポリ代表委員〕。なる話ならこれに優るはあるまじ。午餐、ティシュキヤヴエッチ王妃宅〔露遠征ナポレオン軍指揮官ポーランド人将校ポニアトスキーの姉。そのサロンの常連タレイランを崇拝 P〕。
四日　独へ発つ支度をするも、心なお優柔として定まらず。ジュリエットが余にこの旅を勧むるは厄介払にこそあれ。ジュリエットに苛立を覚え抑うる能わず。思案は明日に。
五日　旅行準備了。すべて決定済みと見ゆ。だが何事も覚束なし。ジュリエットと午餐を共にし、談。嗚呼！　いかにもとるに足らぬ女にして、これに身を悩ませし我は愚なりけり！　余に旅を勧むる女の魂胆見えたり。亭主づらのフォルバン奴《め》に鬼の居ぬ間を楽しませんとのことなり。およそ男の魯鈍にしてその右に出る者なきナダイヤック氏《うじ》相手に、午餐たけなわ、科《しな》を見せてやまざりき。まさに、薄情、独善、浮薄の女《ひと》なり。いかにも我は愚なりけり！

六日　出発準備。午餐、ラボリ宅。余が旅行の趣旨として非の打所なき計画。これに則るべし。

七日　旅行の趣旨、見事に案出。午餐、スタール夫人宅。その爪を研ぐ、常のごとし。猛り狂うべし。猛り狂いなば為す術なし！　今のこの身上、実を結ぶこと皆無、捨ててこそ発つべけれ。

八日　旅の大いなる迷。その実現あるまじ。午餐、トロムラン、その他面々。或る点で人の覚えまことにめでたければすべてを断つは残念なり。

九日　両シチリア王国勲三等《コマンドゥール》授与指名［シチリア王がナポリ王を兼ねた十五世紀の一時期「両シチリア王国」なるものが存在した。その名に因み一八〇八年創設された叙勲制度（一八一九年廃止）］。出発無くてはあらじ。ままよ。午餐、スタール夫人宅。出発は控えよと言う。ならぬこと。夜、ジュリエット宅。スキニナ罷免。ジュリエットに告別《アデュー》。さすがのジュリエットも動ずるところあり。此処に残るとも、もはやジュリエットに会うことなければ因果な関係これを限りに終りぬ。とにかく出発のこと。

十日　千思百考。出発なし。然り、この「日乗」、妄語狂言の掃溜《はきだめ》と言わずして何と言うべし。午餐、ポンテクーラン［貴族院議員］夫人宅。

十一日　スキナ［スキニナ］より受取りたるものレカミエ氏を通して返却す［ウィーン会議派遣旅費］。

十二日　スキニナ。この男のために嘆願書、申立書をものす。レカミエ夫人より使いあり、来宅されたしと言う。断る。午餐、スタール夫人宅。レカミエ夫人より昨日の返却につき褒め言葉あり。これはこれとして、夫人宅の敷居は確かな合図あるまで跨ぐまじ。夫人のことは努めてきっぱり忘るべし。

十三日　余、かくて、狂気の劃策から解放されたり、残火の生心苦《なまこころぐる》しきはあるとも堪えん、我が地獄の愛恋燃焦おさまりたり。この三月半、我が身を灰燼に帰せしめたり。再起やいかに、思案あるべし。『責任論』執筆開始。午餐、リヴリー宅。金を用立つ。この金、返済せらるか。余との不和を意に介せぬレカミエ夫人の態度、いささか余の苦痛とはなりぬ。堪え怺うべし。苦痛やがて去りぬべし。

十四日　重度激発再来。だが徒に動ぜざりき。珍しきこと。『閣僚責任論』草案ものす。明日も仕事の可ならなん！

十五日　仕事、少しく。我は我にして我が身不可解。今の苦、昔の苦に勝るとも劣らず。女より蒙りし傷の如何なる。

十六日　出発すべきは見て明らかなり。妻シャルロットの考えを知るためにも、また「多神教論」脱稿のためにもよかるべし。されば問題は、即出発か一週間後かの一点にしぼられたり。ジュリエットに手紙を認めぬ〔八月三十一日以前の友情に戻るとの趣旨〕。ジュリエットに会えぬまま此処に残る能わず。余を拒むとあらば、即出発のこと。懇ろなる返の来らば、此処にて用事決済、かつ目下の『責任論』脱稿のこと。委細は二時間後判明せん。「来給え」との返あり。彼処にて午餐。摩訶不思議なるかな！　ジュリエットと不仲の身ならずと思えば即ち心鎮まりぬ。されば此処に留まる間、努めて穏やかに身を持すべし。夜、カテラン夫人宅。

十七日　ジュリエットに会うこと二回。会わずば在らずのこの心、不思議なり。一月十五日までには出発のこと。

十八日　ジュリエットと約を結ぶ。余は相手の考えを尊重する、相手はその見返として日に一度、分《ふん》にして五六《ごろく》の三十、余と差しで会う。この約、双方守る心なかるべし。音信寄越さぬ妻に会い、二人して執るべき道を定むるの、或は妻の扱いにつき決断するの要あり。近日中かつ忽然と発つべし。

十九日　仕事、可。午餐、スタール夫人宅。夜、ジュリエット宅、まったく余に対するに勝るとも劣らぬナダイヤック相手のジュリエットのご満悦ぶり。だが余と差しの約は守る積りと見ゆ。それはそれとして出発準備のこと。

二十日　仕事。午餐、トラシー宅。

二十一日　特別の事態に筆を執る［エグゼルマーンス嘆願書］。エグゼルマーンス［仏将軍、元ミュラ副官、禁を犯しミュラと通信の廉で十二月二十日逮捕、二度にわたるコンスタンの嘆願書あり一月後無罪放免］。午餐、ジュリエット宅。この関係、全く以て由なき業《わざ》なり。ラギューズ公爵［ナポレオン副官、後に元帥］夫人宅。

二十二日　仕事。午餐、ラギューズ公爵夫人宅。妻、音沙汰なし。さては、余がものなりしかの唯一の吾妹《わぎも》、完全に余が手より失われたるや。

二十三日　計。目下の小冊子脱稿、一週間後印刷完了のこと。なお一週間留まり、一月十五日を目処に出発のこと。この予定、シャルロットの考えを知るに絶対的必要なり。遂に妻より書。到着やや遅るとのこと。こちらは家の整理もあり余の出発延期とならん。仕事。午餐、ジュリエット宅。

二十四日　ジュリエットのための仕事を為す。午餐、リンゼー夫人宅。中傷干渉［不詳］。嗚呼、似愚しき国なるかな！　そしてヴィクトール［従弟、ロザリー異母弟］！　嗚呼、法螺吹！

二十五日　発信、ラガルド［シャルロット・コルデ、マリー・アントワネット等の弁護人となった弁護士か、或は警察大臣ブニョの秘書かP］、ダンドレ［警察局長］。午餐、リヴリー宅。

二十六日　仕事。はか行く。ラガルド。例の中傷干渉、思いしよりも面倒なり。午餐、スタール夫人宅。余のことよりも自分のことに心を奪われ、余が事柄《はなし》も自分の事柄に擬《なぞら》うなり。ジュリエット。この女、余の心中に不幸の礎を築いたり。根は薄情、蓮葉、強顔のつまらぬ女なり。もはや生くる力つきたり、未来は見渡してみるに好事《こうじ》毫もなし。

二十七日　仕事。午餐、マッキントッシュ。興ある会話《はなし》。嗚呼、語れば居合す者大いに興を示すが語る余本人さしたることなし！　無念なるかな！　ジュリエット、愛想あり、余の言葉に耳を傾け少しく喜色を見せたり！　それにしても、余は言うにも余る奴隷の身！　口から出る優しき言の葉のなきに等しき女に金縛りの有様、如何なればにや！

夜、ラムフォード夫人宅［夫の化学者ラヴォワジエ処刑後、米の著名な物理学者ラムフォードと再婚し四年後離婚、パリでも有数の華かなサロンを開いた］。ダンドレ。

二十八日　仕事。近々印刷に着手［『閣僚責任論』］。午餐、スタール夫人宅。

二十九日　〈デバ新報〉、名誉毀損の記事［ルイ十八世のスタール夫人讃辞に対する悪意ある囲み記事か　P　国王・大臣・議会三者の権力執行論か　N］。反論投稿す。掲載なるか［不載、原稿不明］。何たる国！　何たる姦計。午餐、ジュリエット宅。終日穏。

三十日　仕事。原稿、前半一部、印刷所に送りたるが今一度全体に目を通すべきか。午餐、ジュリエット宅。いずれ余を見馴るるに至るべし。余計な手出は禁物のこと。夜、シュアール夫人宅、ラムフォード夫人宅。

三十一日　仕事。午餐、スタール夫人宅。ジュリエットに会うもほんの露の間、かえって苦痛を覚えぬ。嗚呼、魔物に惑いたる！　さて年の終なり。よく熟慮反省あって分別ある生を得ざるべからず。我が心狂いの種々《くさぐさ》に倦み疲れはて不幸限りなし。再び立つべし、まさにその時は来りぬ。

一八一五年一月

一日　仕事。深憂。クリシーにて午餐。ジュリエットの口より懇ろなる言葉少からず掛けられたり。だが、口先ばかりにて実なし。旅こそ最善なれ。ニコールに原稿褒めらる。蓋し拙文をよくものしたるは、賭事、不眠、女ジュリエット、憂悩常住の中の離れ技と言うも可なり。

二日　仕事。原稿かなりの出来とならん。家の周囲の土地を買い足す。ジュリエット、愛想よし。リノン恋し。

三日　仕事、纔。速筆進行、前半九章鑄直のこと。午餐、レカミエ夫人宅。明日の約、本人から直接与えられたり。それはそれとして、月末には出発せん。

四日　議員の演説集を読み小冊子に備う。ここは確と勉強のこと。初校刷落手。ジュリエット、薄情。この事実いちいち嘆くに及ばず。脱稿後家政を済せシャルロットに合流のこと。

五日　仕事、可。ジュリエットと予期せぬ会見。ジュリエット、気憎《けにく》からずありたり、だが…。

六日　仕事、不調。午餐、リンゼー夫人宅。ジュリエット。余が才気を好ましと見る、ほぼ間違なし。緒戦から今の心もてジュリエットに接近せませば敵陣侵入進展ならましものを。だが今は生き方変うべき時なり。

七日　仕事、少しく。初校刷一読、大いに満足す。午餐、ジュリエット宅、八時間通しで共にす。

八日　仕事、少しく。歩遅々たり。

九日　仕事、少しく。ジュリエットと相対二時間。相手はかくあるを好ましと思うにいたるや。こちらは大人しく構えて相手に逆らわずは言うまでもなし。夜また来給えと誘われたり。明日は手ずから余を案内せんと言う。言い尽せぬ魅力余に発揮せり。午餐、トラシー夫人宅。

十日　土地新規購入の契約を為す。
　ジュリエットと相並びて、いや、後塵を拝してと言うべきか、殆どその姿視野に入ることなく駆け走りぬ。許されたるも昨夜は敢て彼処には行かざりき。早寝したくもあり、また、見えぬはもしや物病みかとの胸騒ジュリエットに生ぜんか知りたくもあればなり。いや、そは甘い考えなり。余を恋初《こいそむ》と自覚せんか、その感情を押殺し余に敵対せんとする女なり。著書完成の暁には出発のこと。

十一日　仕事、少しく。放心散漫を恣にするとも原稿の出来、可の上となるべし。離れ技なり。午餐、ジュリエット宅。夜の愉快なること、七日のそれに及ばず。相手の心中に歩を進め得ず。似愚しき執念なるかな！　著書完成の暁には出発のこと。だが、如何すれば妻との再会なるべきか。

十二日　仕事、少しく。ジュリエットと会見。余に見する優しさ例よりも深し。午餐、スタール夫人宅。

十三日　仕事、不可の不可。明日は五時まで閉門蟄居、仕事進行のこと。ジュリエットと会う約。理解できぬ何物かジュリエットの内にあり。こちらが少し迫らんとの気色を見するや、相手は当惑し呼鈴を鳴す。脈なしか、それとも深入を恐るるということか。鬼婆スタール夫人来れり。余、ジュリエットに追立を喰いぬ。機嫌を斜めにし、夜、彼処には参らざりき。出発して終止符を打つべし。

十四日　仕事、復調。午餐、ジュリエット宅。要するに、全く脈なしということなり。著書成りなば即出発のこと。

十五日　仕事、悪くなし。章十一から十三再見の要あり。なお書下すべき章二三あり。願わくは今週すべて完了、そして出発。ジュリエットがらみの激発《パロクシスム》またぞろ初期の猛威再来あるとの予感、いや、此処を出て十駅の彼方に至れば我が身解放されんとの予感、交互す。

十六日　仕事、為すも不調。だが進捗あり。午餐、ラガルド宅。ジュリエット、かなり友好的なり。著書完成、薄志弱行制御、好機必得、そして出発。

十七日　仕事、良。ジュリエットの姿ほとんど見掛けず。友好的なれど、余に心留むるは露ばかりのこと、余が想い、その心に染まるは難し。余の性格に対する恐れ、余の性格をめぐる世間の悪評わざわいす。すべてこれ我が愚かなる苦しみの種なるが、同じ苦しむにも、愛せられてとあらば苦しみ甲斐あるべし。

余が著書発売延期すべしとスタール夫人言いぬ。日毎に焦眉の急なる出発を控えたる今、延期は予定外なるも、然《さ》もありぬべし。妻来りてスタール夫人とジュリエットと三つ巴をなす、あってはならぬこと。二月一日出発のこと。妻より書、懇ろに冷たし。曾ての二人の仲に復返《おちかえ》ること、如何に。怪し。ジュリエットより焚きつけられし愛執の因果なかりせば、妻と昔の情誼《よしみ》に憂を散じ相共に気兼なく暮し行かまし。ともあれ何事も天の計によるべし。

十八日　無為。ジュリエットと会見、懇ろと言うも可。シカール僧［児童教育家、聾唖教育に尽力］。午餐、スタール夫人宅。ジュリエット宅に戻る。今朝本人が言うところでは外出のはずなりしが、見ればフォルバンと二人水入らずなり。斯くせんものと自ら手筈万端整えたるに違いなし。ややあってジュリエット、男を退出させたり。余の感激も束の間、此方もすぐに退出させられたるが、男舞戻るべしとの疑い去りやらず。狂乱憤怒、懊悩痛苦。いまだ苦しみ消えずとも所詮なし。フォルバンを殺す、年甲斐もなき物笑の種、何の解決にもならぬ。著書完成、出発、斯くしてこの恐るべき柵断つべし。妻来りなば事態はなお悪化すべし。女房、スタール夫人、我が狂恋、この三竦《さんすくみ》、地獄と言わずして何と言うべし。されば為すべきは出発、ハルデンベルクにて妻シャルロットを摑まえベルリンへ旅立つ、余が頭よりジュリエット一掃されぬ限り此処には戻らず。二月五日出立のこと。

十九日　確定計画。自十九日至二十二日著書脱稿。二十四日火曜印刷完了。二十五日水曜ロワイエ・コラール宛送付［王政復古期ギゾー等と純理派に属し自由主義思想を唱う。当時内務省図書出版局長］。二十七日同氏より返却。三十日月曜刊行。三十一日出発手配万端用意、大急出奔。

ジュリエット宛、縷々綿々悲痛の書を認む。ジュリエット、さすが人並に哀れと思いたり。懇ろなる物語。昨日の応待《あしらい》に弁明あり。本人の口から弁明聞さる、驚きなり。夜、会見、だがバランシュ氏同席［神秘思想家、ジュリエット崇拝者、墓を共にす］。氏を前に余が胸の思いを述べさせられたり。ジュリエットの心に好転の気色《けしき》そこはかと見ゆ。

二十日　今朝会うとの約、ジュリエットより前もってあり。行けばフォルバンあり。ジュリエットの意に反しこの男席を外さず居残りぬ。余、暫く時を遣過しその後、努めて愛想よく振舞いぬ。午餐、ジュリエット宅。相対叶わず。その心に入ること至難の技なり。ルメルシエ朗読会、スタール夫人宅。

二十一日　仕事、可。午餐、スタール夫人宅。束の間、ジュリエットに会う。明日会わんとの約あり、優しかりき。結果や如何に。我が心、穏やかならずジュリエットに占められたり。

二十二日　仕事、纔。この調子では脱稿もとより成り難し。午餐、キナード卿宅。ジュリエットと相対、二時間。執るべき態度まことに決めかねたり。余とはいかなる関係も結ぶまじと意志鉄石で固むと見ゆ、されば、その心を動かさんとすればかえって相手を警戒させ、翌朝、一晩熟慮の肘鉄を喰らうが関の山なり。されど、午前二時、惚れた女と二人きり、指一本触れぬは烏滸《おこ》の所業なるべし。しかし、こちらが愛の言葉を口にするや話はそこまでと遮らる、頑としてとりつく島もなく、耳を汚したくなしとの相手の意は本心と見ゆ。

二十三日　仕事。原稿一部印刷屋に手渡す。いまだ為すべきこと山積す。束の間ジュリエットに会う。ヴォーデモン夫人宅［不詳］にて我が「小説《アドルフ》」朗読。

二十四日　スタール夫人の件で奔走。返債の見込あり［ネッケルが仏に貸与せし二百五十万リーヴル、百日天下後返済さる］。学士院に推薦さる［落選］。潮も叶いぬ。ジュリエット、優、友好的。ギゾー。余、ジュリエット庇護者［バランシュ］にレジョン・ドヌール勲章を期す［運動功を奏さず］。夜、ジュリエット宅。ジュリエット、情愛《なさけ》仄めく風情と見ゆ。しかしその媚態のあからさまなる！

二十五日　仕事、纔。斯くては脱稿危うきか。巻末縮小し持って回りたる表現を避け、更に、法律遵守、立憲反対の二項についての考察は補遺に載すること。

午餐、スタール夫人宅。食前、ジュリエットと長き会話。懇ろにして、しかも余と話すこと満更でもなき面持なり。十一時ジュリエット宅に舞戻る。見ればフォルバンと水入らず。面白くなし、だが立てた腹を据えなおし三人物語して二時間に及べり。ジュリエット、フォルバンよりもむしろ余を話相手とす。さらには、余を贔屓せんとでも言うべきしるし、気色に見え隠れす。未だに我が目信じ難し。フォルバン、猛り狂いぬ。フォルバンに騒がれその矛先余に転ぜられん。全文これ讃辞、狂喜、感謝の手紙一本、明日に備えてものしたり。フォルバン、全文これ非難の一本ものせんこと確実なり。この男の乱暴狼藉の振舞と此方のもの優しき振舞、ジュリエット天秤に掛けて計るべし。ジュリエット、やや物思い顔とはなりぬ。そは既にここ数日来のことなり。今朝、余に曰く、「当初、妾《われ》ながら信じ難きほどつれなく悪しく待遇《あしら》いしは、貴男より蒙りし心の乱れをうち隠さんとしてのこと」。

二十六日　冊子脱稿［『閣僚責任論』］、補遺付けぬとあらばこの体《てい》にてよし。明日まで待たん。

午餐、ジュリエット宅。十一時から一時まで相対す。余に関心を示すこと大なり。いや、関心以上のものあるべし。余に曰く、「貴男の性格ついぞ安心できぬが恨めし」と。せめて一度なりとジュリエットに愛せらるる、あり得ることかは！　本人自ら明夜の約。

二十七日　仕事、専ら「ジュリエット回想」［夫人の要請で筆を執った「レカミエ夫人讃」、未完］。午餐、クールランド公爵夫人宅。十一時から二時までジュリエットと相対。

二十八日　最終校正刷、校正。来週刊行予定。明日、なお加筆修正の要あり。午餐、ジュリエット宅。ジュリエットを今や心底愛し、ジュリエットから愛情《なさけ》をかけられたるも、かえって余の悲しさなお募るにまかせたり。我が身、如何に相成るや。

二十九日　なお原稿加筆修正。刊行予定明後日。午餐、クールランド公爵夫人宅。ジョクールと談。この談、何事か効あるべきや。ジュリエットに会う。今夜の約、違えり。

三十日　昨日のラギューズ公爵元帥夫人主催舞踏会のため起床一時となる。ジュリエット宅三時の約違えり。ジュリエットと散歩、その後、談、小半時。余が履歴に興味の色示す。だが、余に向くる甘心の色また薄らぐ。これまでの折角の水入らず、手を拱いて生かさざりきということか。憂、深甚昏乱。あらためて言い思う、出発せざるべからず。この一件、未来は無し。ジュリエット仮にも余を本命に据うるとも、余の憂に変あるまじ。僥倖ありて仕官叶うとも、今の一件あれば何事も為す能わずと言うべし。この恋病、癒えぬ限り、万事窮せん。出発のこと。原稿完了。近日中にも刊行。問題解決し出発のこと。旬日待たず旅立つべし。

三十一日　明日ロワイエ・コラールに送本［内務省図書出版局長］、販売許可を要請せん。午餐、クールランド公爵夫人宅。我が

「小説」朗読。大成功。朝、ジュリエットと会見。妻より佳書。ベルリンへ行くと言う、同地にて合流せん。夜、ジュリエットと相対す。折角の相対、利して生かせず、無念なり。フランスで然るべき地位得らるるか探るべし。無しとあらば出発のこと。

一八一五年二月

一日　ロワイエ・コラールに冊子送付。成功を期す。午餐、ジュリエット宅。余に優しかりき。

二日　来書、ロワイエ・コラール、絶讃。朝、ジュリエットに会う。婉順有情、だが余が胸の内は聞きたくなしと、その機は避けて与えず。学士院より好意的報。午餐、スタール夫人宅。余が原稿激賞。「汝の作が論より証拠、立派な仕事を為すには才能横溢なくてはあらじ」と。

　夜、ジュリエット。ジュリエット来りて余を連出し服飾小間物店に至る、余を車中に待たしめ、しかる後、余を伴い自邸に帰る。めでたき徴候とも言うべし。明夜を約せるも、「今日のところはフォルバン氏と相対を許させ給え」と言う。恨めしと思えば、そを察し余を宥め慰めんとす。

三日　本刷開始。ブラカ〔宮内省大臣〕、問題なし。沙汰いかに。午餐、ラギューズ公爵夫人宅。ジュリエットと水入らず。これに付け入らんとの心余にはなし、だが発展ありぬべし。

四日　午前、奔走。「貴男に希望を懐かせ自責の念に駆られたり」とジュリエット出抜けに言い、二人きりで会うはこれを限りとせよとの口ぶりなりき。後からまた姿を見せに来たるが、恋に身を流されまいとの必死の覚悟を内に秘めたり。今頃フォルバンがジュリエットと水入らずと思えば、午餐もスタール夫人の舞踏会も何ならず、死ぬるばかりの悲痛に打拉がれぬ。二時まで味いしは紛れもなき死の苦しみなり。ようようフォルバンに会い言葉を交したるが、見ればその憂顔、余と変るところなく、ほっと安堵す。だが執るべき道を決めこの一件見限るべし。もはや精根尽き果てぬ。

五日　午餐、エグゼルマーンスとキナード卿宅。だが、我が脳中、政治談義の入る余地まったくなし。夜、ジュリエットとの約。その心を動かさんものと一文ものす［ジュリエット回想］。効あり。これまでになくその心動かされぬ。されど余はそれに乗ぜざりき。愚かと言うべきか。いや、その心動くとも未だ触れなば落ちんの境にあらざれば、手を出さば相手はさだめて逃げたるべし。余の唯一の関心はこの「戦闘」にあり、されば「布陣」を確と見守らん。既に一度ならず二人きりの場を許されたり。余に真の友情を誓いぬ。余の苦痛見るに忍びずと洩しぬ。手持ちの「駒」斯くの如し。これを以て事に当らん。案ずるより産むが易し、忘るべからず。

六日　学士院のため奔走す。今回は指名あらざるべし。ジュリエットに束の間会う。友好的なり。午餐、ラヴォワジエ夫人宅。妻より来書。ベルリンへ行く由。

七日　冊子数所発送［閣僚責任論］。発信、ブラカ氏。世人、余が冊子入手に殺到す。午餐、ラギューズ夫人宅。夜、衆人混じりてジュリエットと。

八日　冊子配布。政治的成功、覚束なし。スタール夫人と喧嘩。悪子《あくし》毒蝮！　少くともかの帰省の間［一八一四年夏スタール夫人スイスコペ滞在］この女に纏る思出、感情すべて払拭されしは確かなり。

午餐、ジョクール宅。余が冊子、連中の関心はひとえに余のスルト批判論なり［スルトは仏元帥、エグゼルマーンス逮捕とその処置をめぐり威信失墜、三月陸軍大臣辞職。後七月王政下二度首相歴任。一八一四年十二月二十一日参照］。夜、ジュリエット宅。いまはた無下につれなくなりぬ。すべてを推して見るに、心は早期出発に強く傾きぬ。

九日　冊子献呈配布了。紙価を貴からしむ。午餐、ブルース宅［インド諸国で富を蓄えたスコットランド貴族、或はその息か P］。夜、カステラーヌ宅［仏軍人、後に元帥。騎兵中隊長として露遠征に従軍］、続いてジュリエット宅。如何なる心境の変化か、別人の変り様なる。諦むるに如かず。

十日　家を見る［前年取得、ヌーヴ・ドベリ街六番地］。立派な邸となるべし。だが、先立つものは金なり！　午餐、スタール夫人宅。夜、シュアール宅。本の成功について少しく議論あり。どうでもよし。

夜、ジュリエット宅。相対叶わざりき。嗚呼！　何とも！　ここはよく自省自問のこと。余の人生においてなにが得るところあるべき女とも見えず。この女からそれなりに愛せらるるとも幸せにはなれまい。色を作り科《しな》を遣る思わせぶり、灰になるまで忘れぬ女なれば。古参、新参、何れも所得《ところえ》顔に取入りたり。それにまた、この女、落ちたら落ちたで飽きがくる。余が愛は障碍あればこそ燃ゆる愛なり。今は心地常よりも穏やかなり、理由は、会いたしとの焦がるる想いに相手が積極的妨害もて立ち塞《さ》うことなければなり。だが、何かを要求せんか、相手の妨害を誘うところとなり、それがため激情に火が付くのである。この情況、脱出せざるべからず、余が心身の力枯渇せん。これ一つの情況！　また一つあり。三万フラン勝ちたるがその二万負けて失いぬ。余が賭博で豊かになるは決してあり得ぬこと、言うも更なり。賭博は身の破滅、信用失墜、時間と才能の浪費なり。いまだ救いは可能なり。数年暮すに足る資金はある。賭博、ジュリエット、ともに思断つべし、そのためには出発のこと。シャルロットに会い、二人の関係を見極め、単身か同伴、五月舞戻るべし。以上決定。

十一日　午前訪問。余が冊子好評。しかし、何とは言えぬが足らざる点ありと人は見る。そは執筆時の精神状態の然らしむるところなり。午餐、ジュリエット宅。スタール夫人のさがなき干渉。仲違せんとの思いしきりなるも、先ずは出発せん。明後日にも出発すべし。

十二日　スタール夫人について筆調なべてならず厳しき手紙をジュリエットに。スタール夫人に会う。本人、自身のことに感《かま》けたれば、余に非難を浴《あぶ》する余裕なし。

午前、ジュリエットと。余につれなく、驚く勿れ！　男の中、一等の呆子《ぼうし》ナダイヤックに優しかりけり。昨夜、余に嘘をつき、呆子に相対《あいたい》の約を与えしか。ナダイヤックとはジュリエットも堕ちたもの、余には相手がフォルバンよりも苦痛少なし。出発、出発のこと。

十三日　ジュリエットと会見。余を邸から遠ざけんとの狙い、此方から叶えてやりぬ。誠ある女とは思えず。今すぐにも遠離《ざか》るべし、いと簡単なこと、これに如かず。仮に、よりを戻すとすれば、失敗、破綻、退散は覚悟の前、如何なる危険も顧ず、情に訴うるか力ずくか、自殺の脅をかけながら今度こそこの女、犯さざるべからず。二人きりになりながら臆病風に不覚をとりし昨今の無様な結果だけは頂けぬ。だが、出発こそなお勝れ。

十四日　朝方憂愁。この情熱《ほむら》に我が身いたずらに焼尽されんとす。発信、ジュリエット。ジュリエットより会見の申出。女、優しかりけり、事の始終、何をか言うべし。その心、一枚の薄板に等し。午餐、モンロジエ。人より頂戴する誉名声の数々！　さるを我が身は、益体もなき女に翻弄せらるるなり！！　だが、直ぐにも出発可能な身とはなりぬ、有難きかな。二週間後我が身此処には在らじと期して信ず。

十五日　なおまた呪われたる一日。発信、ジュリエット、ふた時《とき》、返なし。発熱、苦悶錯乱。再度発信。長文かつ情ある返。少しく鎮静。午餐、スタール夫人宅。前もって許を乞いジュリエットを往訪す。舞踏会、ボヴォー大公夫人宅［ナポレオンの妻皇后マリー・ルイーズの女官を務めたＰ］。深憂断腸。夜間悶悶。世の賞讃喝采身に受くとも今の我にはそを生かす術なし。往くは地獄、残るも地獄、往かざるべからず。本日は余がハノーファー出立一周年記念日なり。三秋を共にし一日として相離れざりし吾《わが》妻に会わぬまま一年《ひととせ》は立ちぬ。

十六日　仕事、「ジュリエット回想」。ジュリエット、余に誓いし約、小半時の散歩を以てこれに代えしめたり。かにかくに日々は過行き、我は明後日発ち行かん。

十七日　呪われたる一日。常に寄せ返しきたるこの奇妙な昏乱、我ながら事訳《ことわけ》ゆかずまことに不思議なり。ジュリエットの近くに在らば心静まり、些《ち》と妨害の在らば心また狂と化す。夜、ジュリエット。ついに軟化し、「貴男に屈しまいとして心と闘いけり」と認めたり、さても曾てのジュリエットに戻りぬ。残らば四五日の良日保証されん、されど出発こそなお賢明なれ。万端整いてあり。機逸すべからず。

十八日　仕事、「回想」。余が時間、あらん限りジュリエットに奪わる。朝方、書きすすめしをジュリエットに読み聞す。ジュリエット感銘。然もありなん、文の端々に才知閃きたり。午餐、ジュリエット宅。夜会。皆去りし後、余引き留めらる。ジェニー侍りたるも［御付の一人か］、余が胸の内を明したれば、ジュリエット身に染みて心動かされたり。余は場所柄に非ざれば大人しく控え、手を出せば騒がるる、手を拱けば悔やまるるの煩とは無縁に済せたり。二週間前の在りしジュリエットに戻りぬ。決断。出発用意万端整いてあり。苦痛あらば直ちに馬にて出発、目指すはベルリン。

十九日　仕事、「回想」。ジュリエットを見ること、纔、だが余に関心の色を見せたり。まさにあるべきは、この国に「碇を下ろす」に如かざるや。そのためには、出発と第二版刊行断念のこと［『閣僚責任論』か］。

二十日　仕事、「回想」。華文一篇ものす。ラファイエット。行末まことに不確かなり。確かなるはただ一つ、「強硬派」［王党派、ブルボン派等］には余は要らぬなり。連中に未来なし、余に見捨てらるべし。午餐、ジュリエット宅、会食者群れをなす。夜、また顔を出す。ジェニー常に脇に控えたり。ジュリエットの情薄らぎぬ。思断つべく努むべし。どの道、諦むるに如かず、相手を見限るか、或は、それほど安価に手懐けらるる男に非ずと思知らせてやればすむこと。

二十一日　無為。とにかく、我が身の上、フランスにおける我が立場、如何にあるべきか方針決定の要あり。ジュリエットと閑談。ジュリエットいと懇ろにものしたり。ついに落ちなんということか。残念ながら然にはあるまじ。だが、ジュリエット、余を憎くはあらぬ男と見る。大夜会、スタール夫人宅。

二十二日　ラファイエットの原稿再見了［不詳］。午餐、スタール夫人宅。学士院再編。余の選出あるまじ。ドイツへ発ち余が「多神教論」急ぎ持帰るべし。
ジュリエットと相対。女いと優しくものしたるも落つる気配なし。待てば甘露の譬となるか。

二十三日　「第二版」に向けての仕事準備。思考朦朧、寸暇ままならず、いずれも因《もと》はジュリエットにあり。それはそれ、情あるもてなしを受けたり。かりそめならずはなお心地慰むべし。午餐、スタール夫人宅。ヴァリエテ座。メゾンフォール［王党派活動家、代議士。一八一四年『欧羅巴政治一覧』刊］。ジュリエット、この男に余のこと口添せしや。首尾や如何に。

二十四日　更新版にむけ最初の論文ものす。ジュリエットに会う。メゾンフォールとの遣取りを聞き、我は此処では無用者との思いをなお強くす。午餐、スタール夫人宅。夜、ジュリエット宅。一週間前と同じくジュリエットの心に後退《おくれ》生じぬ。絶望。マリアンヌ［義母］より愚書。

二十五日　仕事、「第二版」補遺。ジュリエットより依頼されしも、その「回想」打ち捨置きぬ。執着断ちぬと思うは錯覚か、否、斯くあれかし。されどいまだ喜ぶ時にはあらず。午餐、ウヴラール宅［仏政商、軍御用商人として巨額の富を蓄え百日天下時ナポレオンに物資軍資金を調達した］。

二十六日　仕事、可。午餐、ジュリエットとスタール夫人宅。夜、ジュリエットと二人。再び懊悩。不落、恨めし。

二十七日　仕事。明日、バランシュのため例の記事ものす要あり［ジュリエット崇拝者バランシュの悲劇『アンティゴネ』書評。ジュリエットの機嫌取としてものすN］。束の間ジュリエットに会う。思いしよりも有情。〈フランス新報〉記事、手厳し［コンスタンの『閣僚責任論』に対する批評二本］。「第二版」、慎重に運ぶべし。

二十八日　仕事、バランシュ抜書。午餐、ジュリエット宅。独りのところを話し掛くる、寸時も叶わず。ジュリエット相手にナダイヤックの奇人ぶり。

一八一五年三月

一日　仕事、第二版。午餐、オシェ宅。夜、ジュリエット宅。他の連中去りし後、ジェニー傍らに控えジュリエットと会見。その態度摑み所なきものあり。心に葛藤ありと思わるる時もあれば、とりつく島もなき無関心に突当る時もあり。一か八か事に及んでけりを付くるに如かずや。浅ましきかな、我が心根の！

二日　ジュリエットに絶望的書を認む。仕事、「第二版」。ジュリエットに会う。余の書、蛙の面に水というも可。何がジュリエットをして変心せしめしや。一月前に比べ進展なきに等し。午餐、レネ宅［下院議長］。談。連中余を拒むというからには、さもあらばあれ。反対派に回れというからには、反対派に身を投ぜん。

　ジュリエット、再見。その不安と疑怖に加うるに愚かな誤解あり。余を理解できぬは明らか、謎ある男と見てその謎に怯ゆるなり。ジュリエットの直勘的中ただ一つあり、ひとたび移ろい行けば余が愛は友情も縋るに由なし、まさに図星なり。ジュリエットには目に見ゆる確かなる長所一つとしてなし。余の苦しみ敢て言うほどのこともなし。

三日　仕事、纔。午餐、スタール夫人宅。ジュリエットと長談義に及びぬとのこと。ジュリエットが許に馳参ず。余のことで二人言い争いぬとのこと。ジュリエット相手の恋の一件、進むるに由なし。出発、出発のこと。

四日　仕事、少しく、註作成。午餐、ジュリエット宅。ジュリエットのスタール夫人より受けし傷、余りなれば、如何なる形にせよ、スタール夫人の「庭訓《カノン》」に則り我ら二人の関係を続くることジュリエットには不可能なり。その心に萌し始めし情けの芽は余りに繊弱なれば、心の平安を犠牲にしてまでジュリエットの生かすところにあらず。されば、情けをなお求めんとすれば毎日が新たなる修羅場の相を呈すべし。覚悟決りぬ。いざ出発。

五日　発信、ジュリエット。出発準備万端整う。今回は決行となるか。ジュリエットに会う。今夜会うとの約。午餐、クールランド公爵夫人宅。スタール夫人訪問。ジュリエット居合せたり。余スタール夫人と喧嘩、浅ましの女なるかな！　出発宣言す。夜、ジュリエット。いと友睦なる閑談。それ以上のことには及ばざりき。そはもはや無用のこと。出発、明後日。

六日　出発準備。予期せぬ報。ボナパルト仏上陸、真なるや［三月一日七百の将兵を従えゴルフジュアンに上陸］。これがため暫時出発見合す。午餐、ラムフォード夫人宅。
夜、ジュリエット。恋、為す術なし。友情、かくも薄情な心にはそれも通ぜず。朝、スタール夫人と談。哀れを覚え、余が本心、腹立たしくはあれども、夫人を怨み憎むにはあらずと悟りぬ。

七日　報、事実と確認さる。レネ訪問［下院議長］。政府ついに我らに接近せんとするか。人から相手にされぬ一匹狼との汚名返上さるべし［旧制度完全払拭、王政と自由主義思想結束をコンスタン、ラファイエット等政府に進言］。レネのため「小覚書」［不詳］。
ジュリエットに会う。余との交際《つきあい》を歯牙にも掛けぬがごとき女の傍らに侍るがまさに今の余の暮し、いささか倦み厭いぬ。されば、招かるるも夜は行かざりき。
午餐、スタール夫人宅。夫人、動顛して色を失いぬ。今回の事態で懸案の「返済」危うし［ネッケルに対する国の債務］。夜、ラムフォード夫人宅。世間至る所、帝政復興論者《ボナパルティスト》の歓声、思いしよりも遙かに大なり。ダンドレ［警察局長］より明日の招待。
事態の解明は明日に。

八日　ダンドレと談。侃々諤々。スタール夫人の政論口争。ガニル、ガロワ［ともに法制審議院旧同志］。余に筆を執れと言う者皆無。だが記事一本ものす［反ナポレオン論］。レネそを送付す。検閲に拒まる。連中よ、このまま済むとはな思いそ。午餐、ラタン宅［不詳］。ジュリエットを寸時訪問。いとつれなし。夜のしめはスタール夫人宅にて。また政治論のお説教。

九日　記事再送。掲載さるべし［〈パリ新報〉十一日付「我々は十二年間一人の男の圧政に苦しめられ」に始るナポレオン弾劾の記事］。来書、妻。佳音。ヴィレール死す［二月二十六日於ゲッティンゲン］。

十日　驚くべき報。潰走の惨憺たる［グルノーブル陥落、ラ・ベドワイエール将軍連隊を率いてナポレオンに合流］。明日の余の記事、命がけなり。ままよ。死逃れざる時は立派に死すまでのこと。余を現下政府の敵と見なさんとせし生粋王党派連中の卑劣千万の振舞い様。連中、怖気づき、余一人、抵抗せんと敢て身を投出すなり。余を待つは死か。なお詳細は明晩判明せん。

十一日　報、愈夥しくなりぬるが、「万事休す」との万人の確信いがいは全て杳《よう》として明らかならず。余は「万事救済可能」となお信ずるが、時は待たず過行くなり。スタール夫人発ちぬ［スイスへ避難］。シャラントン［パリ東南城外］まで無くてもがなの同行。午餐、ジュリエット宅。レネと果てしなき協議、結論の一つでもあらばこそ。デソル［貴族院議員、国民軍指揮官］訪問。「万事休す」と諸人《もろびと》のこぞりて言えばその言にて即ち「万事休しぬ」。

十二日　レネ宅で協議。結論なし。吉報［ナポレオンに呼応する北仏軍陰謀失敗のことか］。フーシェ。セバスティアーニ［親ナポレオン］。帝政復興論者《ボナパルティスト》、余を丸め込まんとす。午餐、モンロジエ、ド・ペレ［タレイラン特別秘書］。ジュリエットに会う。款待、余を勇気づけんとす。レネの許に戻る。恐しき報［ナポレオンリヨン入城］。貴族院側の案［旧憲法制定議会（一七八九年）議員を以て充てる貴族院増員案］。この案まとまらば、余は暴君撃退に命を懸け命を捨つる惜しまず。

十三日　余、抵抗を組織せんとして試案百計す。何れも手の内にて腰砕とはなりぬ。議員総会。嗚呼、浅ましの弱志卑行！　午餐、ラインハルト宅［外務省高官］。昨日同様、帝政復興論者より和解の働きかけ。ジュリエットに会う。フォルバンに約を与えんとし余を拒みて入れず。破廉恥漢。情けなく恨めしと思えど、余には為すべきこと他にあり。

十四日　事態、流れに任せたり。クワニィ夫人。例の案［自由主義者入閣案］、実行至難の業と見ゆ。午餐、ジュリエット宅。約違《たが》いぬ。己の首が飛ぶか飛ばぬというに頭の中はこの女のこと、狂痴の沙汰なるかな！

十五日　朝、奔走。昨日の案、他の案同様実行難し。だが修正不可能にはあらず。されば修正あるべし。デソル。夜、ジュリエットと相対、久しきに及ぶ。明日、何事か報あるべし。

十六日　国王臨席立法院議会［必要トアラバ国民ノ為ニ死モ辞セズと国王宣言］。感に堪えず。悪報［ナポレオンパリ南東百六十キロ、オセールに迫る］。一昨日の案再浮上。成功祈るばかりなり。危機増大す。今日明日にも我ら全滅の恐れあり。余、踏み留まらんとの勇、無きにしもあらず。午餐、ジュリエット宅。夜、ジュリエット。

十七日　レネ。訴え［自由主義者を以て充てる議席数増員を国王に訴え］、悪くなし。だが、この期に及んでの訴え効あるべきか。午餐、グラモン夫人宅。クワニィ夫人。「彼奴」がオセールに寄せ来りぬというに相も変らず万事翌日回しの体たらく！　連中の狂愚たるや！　かく言う我はその上を行く狂愚なり、己が命を弄ぶとは。ジュリエット脱出の計。共にドイツへ行くとあらば余の嬉しさ如何ばかりなるべし。

十八日　〈デバ新報〉に記事一本ものす［ルイ十八世下の立憲王政を支持し、ナポレオンをアティラ、ジンギスハンに喩える］。彼奴が凱旋し余その手に掛らば命はなし。さもあらばあれ。世に存えば憂きこと多し、忘るべからず。人が愚の道を行くは世の常の例なり。今日明日にも合戦あらん、いや、それよりも潰走とともに幕切とならん。午餐、カステラーヌ宅［参事院高官］。夜、ジュリエット。結局、余を愛する心無きに等し。コルシカ御大《おんたい》敗北とあらば、ここでの余が立場好転すべし。然り！　だがその可能性、二十分の一なり。

十九日　余の記事出る。時機に違《たが》いぬ。全滅。もはや戦うことすら頭になし。

二十日　国王脱出［十九日深夜。二十日夜ナポレオンパリ入城、組閣に着手］。天下遍く顛覆恐怯。

二十一日　余、脱出。車馬払底。悲嘆、恐怖、避難［米公使宅、親米派ラファイエットの仲介］。

二十二日　避難と不安の一日。

二十三日　遂にパリを脱出す。疾駆徹夜行。

二十四日　なお疾駆徹夜行。アンジェー。ヴァンデー県［知事バラントを頼り］。

二十五日　憂慮すべき報［ヴァンデー県首都ナント陥落］。転意変心。復返《おちかえり》。疾駆急行。

二十六日　疾駆急行。

二十七日　午前五時セーヴル着。パリを前に後足《しりあし》を踏む。終日憂愁。夜、パリへ発つ。

二十八日　訪問数所。セバスティアーニ［親ナポレオン］。心強き約束。信書［ナポレオン皇帝宛、自薦書か忠誠心表明か］、封をせずセバスティアーニに託す。フーシェ［ナポレオン内閣閣僚、警察大臣に任命さる］。セバスティアーニに劣らぬ心強き約束。フーシェの約、半信半疑。

来書、妻。無念！　今となりては何時《いつ》かは我ら二人合流やある！　同じくは我が「多神教論」に再会もがな。午餐、ジュリエット宅。恋の沙汰、蒸返無用。ヴォードモン夫人。カテラン夫人。余が帰来、人の驚くところなり。

二十九日　世の中うわべは二年前と同じ仕組となりにけり。ガニル［現職国会議員］。悲嘆。セバスティアーニ。安全、希望。午餐、アラール宅。夜、ジュリエット宅。我が恋終焉か。再度セバスティアーニ。余の件、確定と言う。ままよ。

三十日　ジョゼフ訪問［ナポレオン兄、元ナポリ王。亡命中のスイスから帰国、百日天下時政府主席、その後米へ亡命。スタール夫人昵懇］。希望見ゆ。自由主義の可能性間違なしや。午餐、ジュリエット宅。任命に迷いあり［憲法改正委員］。はてさて！　拝命せん。セバスティアーニ。決定明日のこととなるべし。この運、巡合いとあらば従わざるべからず［日和見変節の批判に対する本人の四月三十日の記述参照］。

三十一日　和平のための覚書ものす。ジョゼフ。目的は自由主義なるが、手段は独裁主義とならん。さもあれ。午餐、ヴィクトール・ブロイ。いかなる地位《いす》も世論の支持は得られざるべし。さもあれ。しかし余が望むもの、用意されたるや。いずれ分るべし。夜、ジュリエット宅。

一八一五年四月

一日　ヴィクトール・ド・ブロイ。スタール夫人、余との和解を強く望む。セバスティアーニ。事態判然とせず。何ら動きあるとも思われず。運命の妙なる！　午餐、ゲ夫人宅。夜、ジュリエット宅。

二日　朝、セバスティアーニ。事態なお益々判然とせず。ドイツに関する覚書［不詳］。デュルバック。如何にあいなるか。明日、旅券申請。午餐、ジュリエット。オペラ。カテラン夫人。余、フォルバンの水入らずに水を差し遣りぬ。

三日　フーシェ。旅券。大仕事に掛る、大仕事というからには筆、並の速度では叶わじ［『政治原理』五月刊］。仕事もさることながら、この国に定住の手段獲得せざるべからず。

四日　朝方、憂悶多少。三十一日ジョゼフに手渡しし記事〈パリ新報〉に出る［「ウィーン会議宣言にかんする所感」匿名。今や仏国民の意志を代表するはナポレオン皇帝なりと説いた］。傑作、反響あるべし。万一余が名露見することあらば、いやあり得ること、あれこれつまらぬこと言わるべし。午餐、キナード卿宅。フーシェ。役職の話［参事院］。バサノ［百日天下時国務大臣、ナポレオンの文官側近］。好意的。詳しくは明日。

五日　［新憲法試案起草引受く］。セバスティアーニ。ジョゼフ。約束。午餐、フーシェ宅。

六日　仕事。午餐、ジュリエット宅。恋の余燼余を悩ます。フーシェ。明日最後の説得試みん。我が身、苦境。

七日　仕事。セバスティアーニ。明日、目下の件決定せらるべし、さもなくば出発のこと。ジュリエット、余に関心を示しぬ、だが、非難攻撃すさまじ、これ余が自業自得ともいうべし。今の己の立場を捨てとりあえずドイツに身を置けばすべて解消せん。午餐、セバスティアーニ宅。ロヴィゴ［ルネ・サヴァリ、仏将軍。一八一〇年フーシェの後任として警察大臣、百日天下時近衛騎兵隊総監、エルバ島配流のナポレオンを追い逮捕、マルタ島に流さる］。フーシェ。明日再度ジョゼフ。而して何ら進展なしとあらば出発のこと。

八日　ジョゼフ。これにてはっきりす。連中にその意なく、余にその意なし［不詳］。布告［造反分子タレイラン他十三名の氏名公表、財産没収、国外追放］！！！この種の巻添は御免蒙る。午餐、ポンテクーラン宅［国民公会、上院をへて現貴族院議員］。居合す者あげて憤慨。夜、ジュリエット。

九日　仕事。だが、ここ数日の内に出発となるべし。午餐、ジュリエット宅。ここ七月間余にありとある辛酸を嘗めさせ、ありとある狂気を演じせしめしは他ならぬジュリエット本人ではなかりしか。

十日　仕事、良、だが、筆禍、なおまた追放の身とならん。ガニル。芝蘭の友。午餐、ラムフォード夫人宅。ジュリエット、つれなし。今や言うまじ。原稿印刷の暁には早速出発のこと。

十一日　出発計画。発信、ジュリエット。談。出発延期。仕事、纔。午餐、ジュリエット宅。来書、ラファイエット、不賛成［コンスタンの政治的言動に］。来信、スタール夫人、不賛成。理は二人にあり。印刷に付して出発のこと。

十二日　仕事、良。大胆不敵の作とならん。既に成る一篇『王権論』、これに加うべし。午餐、セバスティアーニ宅。

十三日　仕事。脱稿。午餐、ジュリエット宅。不和、決定的となる。

十四日　皇帝［ナポレオン］に謁見。談、久しきに及びぬ。驚くべき人物なり。明日、皇帝に「憲法草案」進上のこと。余が首尾ついに相成るや。これに飛びつくべしや。先は闇なり。神ノ御意ノ行ハレンコトヲ。午餐、ジュリエットとラギューズ公爵夫人宅。

十五日　第二次謁見。我が「憲法草案」、不合格と言うも可。自由はまさに相手の望むところにはあらず。明日腹を決め事に渉《あた》る要あり。これ、皇帝から頼まれし本来の仕事に非ず、余が好んでする仕事に非ず。

十六日　仕事。「憲法草案」案。構想良。午餐、ヴィリー〔パリ近郊〕ラギューズ公爵夫人宅。夜、ジュリエットと相対。

十七日　仕事。明日草案提出。余が任命の噂〔参事院〕。あり得るか。ガロワ。午餐を共にす。夜、ジュリエット。かく徒に甲斐なき恋にうつつを抜かす。

十八日　謁見二時間。「修正案」合格間近。明日あらためて提出のこと。余の会談、新聞紙上に出る。世論かなり手厳し、だが、天下の為を思えばの行動なり、また余の今の情況からの脱出という思いもある。午餐、レカミエ氏宅、ジュリエット不在。

十九日　謁見、長時間。余が憲法観の多く容れられたり。談、他の話題にも及ぶ。余の言、皇帝の心に適いたること明らかなり。参事任命の内示。我が「小説」朗読。哄笑〔作者と聴衆の嗚咽一転して狂笑に転ず〕。午餐、ジュリエット宅。夜、フーシェ宅。任命せられんか、原則一つとして枉ぐることなく打って出ん。

二十日　マレ、ルニョーと会議出席。余が任命署名せらる。賽は投げられたり。我が決意おろそかならず。来信、スタール夫人。「君の資産、手をつけずそのまま残せ、手許の端金こちらに譲り給え」とある。盗人《ぬすっと》猛々し！　どちらも不可。寸時、ジュリエットに会う。賭博と恋、諦めざるべからず。事決れり。これに乗ぜん。

二十一日　局長会議。政務、実に愉快。余よく弁ず。会議、ルニョー、マレ、メルラン〔仏政治家、元総裁政府総裁。国王処刑加担を問われ第二次王政復古時外国亡命〕と皇帝官邸七時まで。夜、ジュリエット宅。さはあれ、この恋を犠牲に供し我が道を観ずべし。

二十二日　参事院会議。無修正とあらば誇るべき憲法とならん、しかるを…ジュリエットに会う。頭は拒むとも心は余に惹かるる風情なり。御前会議。最終起草案［「帝国憲法附加法」、コンスタンの名に因み別名「バンジャマン法」二十四日公布］。無惨にも手を加えられし点あり、世論その欠陥見逃さざるべし。ままよ。賽は投げられたり。余が賽また然り。

二十三日　朝の引見［午前九時重臣大臣居並ぶ前へ皇帝御出座、一巡ありて各自と言葉を交す］。斯くて新宮廷人となりぬ。午餐、フーシェ宅。夜、ジュリエット宅。憲法、攻撃さかんなり。余、果敢に憲法を擁護す。総じて今の自分にほどにつけ満足す。余が今の姿、在るべき余が姿なれ。フォルバン、ナダイヤック両人の板挟となりたるジュリエットの悩み。余が病状恢復すと覚ゆ。

二十四日　記事一本ものし皇帝に送付す。午餐、ラムフォード夫人宅。夜、ロヴィゴ宅、クワニィ夫人宅。余と憲法に対し世の風当り強し。如何にして収拾せらるべし。

二十五日　余、宣誓す。参事院会議。午餐、ジョゼフ宅。将来に陰り射さんとす。さはれ少くとも、余は今まさに一つの道を目ざし行く者なり。クロフォード訪問［米公使］。此処を出てフランス脱出を計りしは一月前のことなり。ジュリエット訪問。フォルバンを残して退出するも苦痛なし。頭は別事に塞がれたり。

二十六日　ジョゼフ。余、かくて廷臣とはなりぬ。世評いぜんとして悪し。打つべき手を打たず。午餐、宮中の間。夜、オトラント公宅［フーシェ。ナポレオン創設の帝国貴族公爵に叙せられ（一八〇九年）封土オトラント（アドリア海入り口）を授与された］。何とやらん失望落胆の色、この連中の心にも染み入るかに見ゆ。思うに、余は我が陣営にとり「疫病神」なるべし。

二十七日　朝の引見。何ら手打つことなく、世評いぜんとして悪し。深憂。匿名の投書。一日一通、毎日のことなり。

午餐、コランクール宅。夜、スーザ夫人宅［仏作家、夫はポルトガル外交官・文人、侯爵］。

二十八日　深憂。賽投げられたる今、世評また好転することあらん。参事院。皇帝と談。午餐、アラール宅。夜、ジュリエット宅。夫、またもや破産す。夫人哀れむべし！

二十九日　〈デバ新報〉記事一本ものす。* 午餐、スーザ夫人宅。夜、クワニィ夫人宅。余が皇帝について触れし事の取るにもたらぬ言葉の端くれ、人の蒸返すところとなりぬ。黙して遣過すべし。三月十九日の記事［コンスタン署名記事「ナポレオン弾劾」］、再版に付さんとの声あり。要警戒！

＊「ルイ十八世修正王命」（＝第一次王政復古時公布の「憲章」の異称）と「帝国憲法附加法」（起草者コンスタンの名に因み「バンジャマン法」と呼ばれた百日天下時公布の改正憲法）比較論。

三十日　悪日《あくび》。記事再版、所選ばず配布さる。* 皇帝に信書。** 失態を演じしか。本音を言えば、この件については筆を執るはもとより一字たりとも活字にする気はなかりき。迷わず今の気持で臨むべきではなかりしか。午餐、ジュリエット宅。思案多事ある今、女のつれなきに頭を悩ます、愚とや言われん。リノン［妻シャルロット］も思案の種！　再会、神のみぞ知り給う。神ノ御意ノ行ハレンコトヲ。

＊「十善万乗の仏国王擁護に畏くもその才筆を揮いし男が数日を待たずして参事の椅子をボナパルトに乞うとは誰かよく思いきや…」とのビラと共に配布さる。

＊＊ 印刷体。「自分は体制党派に囚われず首尾一貫自己の原則〈自由擁護〉に忠実である。情況の変化の中にあって自分は終始不動であり、転向変節漢（アポスタジ）呼ばわりされる謂れはない…」と自己の正当性を訴えた。

一八一五年五月

一日　例の再版記事、影響なしと見ゆ。大きな山越えたるの感あり。来信、シャルロット。素晴しきかなリノン！　リノン此処に在らましかば。招集令［選挙民招集］。されば議会開催か！　この議会、良識あらんことを！　世論、好転す。余が代議士の可能性、それも悪くはなし、だが特に望むは今の身分の保障と持続なり。午餐、フーシェ宅。

二日　参事院。余、愚かにして過てるか。乗りかかりたる船というに。午餐、ヴィサンス公宅［公爵コランクール、外交関係大臣］。

三日　余が名声を再確立、余が政治原理を立証するところの著書一本、これより最短時間にものする要あり［一八〇六年『アドルフ』執筆のため完成間近に筆をおった『政治原理』を脱稿、この五月出版に漕着ける］。午餐、倶楽部にて。

ジュリエットの許で時を無為にす。忌々しきは恋の余燼なり。さはれ、余が人生、三人の女により決定せられたり。ジュリエットなかりせば、我が身遙か遠くに在りて此処には縁なかりしものを。神ノ御意ノ行ハレンコトヲ。

四日　仕事。印刷、決行のこと。午餐、ジュリエット宅。この女、いっそ閻魔の庁に召さるるがよし！　フーシェ。スーザ。キナード卿。戦争必至［対仏同盟軍侵攻の可能性］。国民、国土防衛に立つか。余に言わせれば怪し。

五日　印刷開始。参事院。午餐、フーシェ宅。これら一連の動きには余に知られざる何事かあるべし。夜、ジュリエットと寸時。

六日　校正刷、校正。この件、明日にて完了。評判いかならん。来信、スタール夫人。嗚呼、女面鷲身《ハルピュイア》！　此方をそれほど甘く見たるは大間違。午餐、ロヴィゴ宅。

七日　朝の引見。午餐、ジュリエット宅。夜、ベランジェ夫人宅。「帰還」を嘉する華文一本［ナポレオン自ら要請か］、筆を執らざるべからず。

八日　印刷了、二章追加、これにより刊行なお時宜に適いぬ。ジュリエット発ちぬ、予定数日間。午餐、トロムラン、モンロジエ、その他。もはや皇帝の噂聞かず。

九日　参事院。午餐、コランクール宅［ヴィサンス公］。夜、皇居。

十日　奔走、スタール夫人の用件でゴダン宅［税務大臣、仏銀総裁］、選挙運動でフーシェ宅［セーヌ県補選、コンスタン落選］。訪問、レアル［警視総監］、リュシアン［ナポレオン次弟］。午餐、倶楽部にて。夜、キナード卿宅。ラファイエット当選。

十一日　仕事。自宅の支払、五千フラン。デュルール夫人［不詳］に対する余の債権、不良化の恐れあり。午餐、オーギュスト。セバスティアーニ。事は両議員総会待ち。

十二日　仕事、少しく。会議。午餐、ジェランド宅。

十三日　原稿、進捗大。頁数四百が望まし。午餐、セバスティアーニ宅。夜、皇居。談、久しきに及びぬ。自由、皇帝のよく理解するところなり。

十四日　謁見。城外地区《フォブール》、連盟運動《フェデラシィヨン》［同盟軍の侵攻と王党派蠢動に対するサンタントワーヌ及びサンマルソー地区の反王政民衆運動］。この功罪や如何に。午餐、プロスペールとモンロジエ宅。激論暴発！

十五日　仕事。この仕事、良書一本の実結ぶべし。これ「弁明」に勝るべし。午餐、ラムフォード夫人宅。夜、オランダ女王宅［オルタンス・ド・ボーアルネ。ナポレオン一世皇后ジョゼフィーヌとその前夫との娘、才色兼備。百日天下時皇后不在の宮廷の主役を務めた。ナポレオン三世生母］、クワニィ夫人宅。

十六日　仕事、孜々奮励。会議。夜、バサノ夫人宅［前出バサノ公爵夫人、その美貌と魅力により敵味方の別なくすべてから崇められた］。

十七日　仕事、孜々奮励。原稿そこそこながら進捗せん。午餐、倶楽部にて。夜、キナード卿宅。

十八日　進捗大。午餐、セギュール宅［貴族院議員、自由主義擁護派］。

十九日　仕事、少しく。会議。午餐、ポンテクーラン夫人宅。エリゼ宮［ナポレオン居城］。来信、スタール夫人。斯くて我ら二人「戦争」状態に入れり。受けて立たん。喜んで臨まん。

二十日　仕事。午餐、ボヴォー大公宅〔神聖ローマ帝国大公、ナポレオン宮廷式部官〕。モローの布令〔西部管区警察庁長官モロー独断で「恐怖政治」を思起させる布令を出しコンスタンその撤回を迫ったP〕。なおまたはた迷惑な一件。自由健在ナリ、言えた義理かは！

二十一日　仕事。午餐、モンロジエ宅。ドイツで逮捕者〔不詳〕。リノンのこと心配募る。

二十二日　仕事。午餐、リュシアン宅。皇帝と談。

二十三日　参事院。午餐、ヴィサンス公宅〔コランクール〕。レカミエ夫人戻りぬ。訪問控うべし。

二十四日　仕事、少しく。午餐、倶楽部にて。レカミエ夫人見掛けず。

二十五日　仕事。午餐、フーシェ宅。芝居、於皇居。

二十六日　会議。余は特殊な事柄を余りに軽々しく扱う癖あり。報告に先立ち少くとも一覧通読の要あるべし。午餐、ジョゼフ宅。連中の為すことなべてぎこちなし。

二十七日　校正了。明後日全文印刷のこと。オシエ。スタール夫人より狂暴烈火の書来る〔娘の婚姻まとまらぬはお前の罪、死に際、生涯犯せし罪障の数々に震え上がるべし〕。その気性の狂暴なる、死ぬまで改まるまじ。ルニョー。議員招集の計。午餐、オランダ女王宅。モンマルトル城塁〔モンマルトルヴァンセンヌ間防塁、ナポレオン視察〕。夜、ジュリエット宅。モンロジエ。前言否認。如何にせん、果し合い必至なり〔憲法論議白熱の余り〕。

二十八日　決闘。モンロジエ、手に傷を受け剣を把《と》ることもはや叶わずと訴う。如何せん、これにて即ち終了とは相成りぬ。午餐、ジュリエット宅。ジュリエット、いたく感動す。余、そにつけいることはせず。雨降って地固まるの決闘とはなりぬ、だが、それにしてもモンロジエが傷、深手なりせばうれしからましものを。

二十九日　再校、若干の頁組直を命ず。デュルバック。ラファイエット。両人、「嵐」を告ぐ。ラファイエット、今やこれまで、人望失するは時間の問題なり〔皇帝から自由主義の確約を取りつけるべき努力実らず〕。午餐、ベルトラン宅〔帝国元帥、エルバ、セント・ヘレナ島へナポレオンに従行した〕。夜、クワニィ夫人宅。レカミエ夫人そこへ来合せたり。

三十日　レカミエ夫人訪問。夜、ルニョー夫人宅、ラムフォード夫人宅。

三十一日　午餐、モリアン宅〔ナポレオンの財政顧問〕。今回の余が決断、吉と出でたり。スタール夫人より凄まじき書〔借金返済をめぐり「どちらが正しいか、貴女の私信を公表せん」とのコンスタンの脅しに対する激しい反論「サド侯爵にもあるまじき振舞…」〕。本人の来るを待ち受けその息の根を止めてつかわさん。エリゼ宮。夜、クワニィ夫人宅。

一八一五年六月

一日　閲兵式《シャン・ド・メ》。祭典〔新憲法発布〕。鷲章旗。演説。〈モニトゥール〉〔コンスタン著書『政治原理』絶讃〕。余が著書、成功。午餐、ジュリエット宅。夜、ルニョー宅。サペ〔イゼール県選出自由主義派議員サペ、同県立候補者リュシアン・ボナパルトの支持にまわるP〕。いったい、連中〔自由主義陣営〕の目指す所は那辺にありや。そしてリュシアンは〔兄ナポレオンに対し自主独立の立場を取る〕。余が前途多難なるべし。神ノ御意ノ行ハレンコトヲ。

二日　献本発送。会議。レカミエ夫人。午餐、ルニョー宅。エリゼ宮。来信、スタール夫人。猛り狂いたる！

三日　レカミエ夫人と閑談。午餐、スーザ夫人宅。カルノ〔内務大臣〕。事態紛糾す〔ボナパルト派と自由主義派対立〕。夜、クワニィ夫人宅。

四日　宮廷。寸時、レカミエ夫人。午餐、セバスティアーニ宅。ランジュイネ選出〔皇帝の意に反し代議院議長となる。前年四月元老院議員としてナポレオン退位に加担した〕。同氏のこと気掛なり。ランジュイネ訪問。談、安堵。発信、ジョゼフ。皇帝と会見。すべて事は順調に推移すべし。

五日　午餐、ラムフォード夫人宅。エリゼ宮。閑談。宣誓［皇帝に忠誠宣誓の勅令］、難渋す。明日に。夜、レカミエ夫人宅。

六日　会議。余が著書、好評なれども諸新聞あえて取上げず。午餐、ジェランド宅。「宣誓」勅令布告さる。夜、レカミエ夫人宅。

七日　帝国議会。皇帝所信演説。然《さ》るべき事どももあるも言い足らざるところまたあり。皇帝出陣間近し。先行や如何に。シャンベリー［サヴォワ県首都、ナポレオンによるサルジニア王国制覇で仏領となるもウィーン会議により旧に復す］、不安材料。そしてヴァンデー［前月蜂起に失敗の王党派第二次蜂起画策中］！　ベルギーにおける成功［不詳］。とるに足らぬ成果。午餐、倶楽部にて。エリゼ宮に赴くべきを、レカミエ夫人会いたさにクワニィ夫人宅に腰を据え徒に夜を過す。この非常時、恋に惚痴《ほけし》るとは。

八日　午餐、ヴィサンス公爵夫人宅。エリゼ宮。「戦捷」なくては在らじ［戦勝以外にナポレオンの権威回復はなし］。声明書《マニフェスト》作成［ナポレオンの意を受け］。天下に恥じぬ声明たるべし。ヨーロッパ、旧態を存するならば、この声明に度肝抜かるべし。

九日　支給金、参事院［この日の出費簿に一五九九・一〇（フラン）の記述あり］。午餐、ジュリエット宅。今夜の約。バサノ公［政務次官］。憲法委員会創設計画。余が喜び一入なり。エリゼ宮。雑談。皇帝、余と個別の話は避けて望まぬが、雑談には極力応じ多弁なりき。約［ジュリエット］、違いぬ。明日、声明書。今晩草稿に掛りぬ。

十日　仕事、声明書。見る限り事態杳として判然せず、しかも周囲は何処も密かに和解妥協工作進行中と察すれば、ほとんど仕事に身入らず。無くて恋しきはリノンと我が「多神教論」なり。さはれ乗りかけたる船なり。

十一日　仕事。声明書、悪くはなしと言うも可。エリゼ宮。遂に皇帝出陣［十二日］、我らが命運すべてその道連となる。

心中勝利を確信する者一人としてなし。「公安委員会」の類を恐るれば「憲法委員会」反故。現実となるべき恐怖、これにとどまらず数知れずあり。

十二日　声明書脱稿［ベルギーのナポレオンに届けられたが日の目を見ず］。午餐、オトラント公宅。声明書コランクールに読み聞す。上出来との言。
十三日　諸事雑件の筆を執り手紙山をなす。午餐、ジョゼフ宅。
十四日　「原稿演説」に対し一文ものす［帝国附加憲法二十六条が例外的に規定する「原稿演説」（用意された書面の棒読み）に対する所見Ｐ］。午餐、倶楽部にて。夜、ジュリエット宅。
十五日　分科会。ルニョーの言、一考に価す。午餐、ロヴィゴ宅。またも深刻な話。ヴィサンス公。同じ話。行くところ何処も失望と和解妥協願望。皇帝に忠誠を尽すは余を措いて他になしと見ゆ。妙なことなり。
十六日　会議。英国の新聞。我らに対し敵意むき出しなり！　リノン再会［妻シャルロット］、何時のことか。嗚呼、天よ！　リノンを護り給え。午餐、オトラント公宅。
十七日　手紙と用件。午餐、レカミエ夫人宅。夜、オランダ女王宅。
十八日　大捷の噂［十五日シャルルロワ会戦、十六日リニ会戦、プロイセン軍敗退、だが仏軍の損失甚大］。確報ならばこれからが本番。嘘報ならば別の意味で最悪なり。午餐、ジュリエット宅。戦捷の報、立消ゆ。されど余は勝利を信ず。ジュリエットと談、長時に及びぬ。余が立場の苦境に興を示す。苦境脱出あるとは思えず、しかもリノンを失いたる、ほぼ間違なし。
十九日　午餐、セバスティアーニ宅。芝居。夜、ジュリエット。
二十日　会議。オランダ女王に我が「小説《アドルフ》」を朗読す。午餐、ルニョー宅。勝利の音沙汰なく不安に包まる。ル・トール夫人宅［仏将軍十七日戦傷死］。知れば地獄。十八日敗走との取沙汰［ワーテルロー会戦、仏軍壊滅］。神ノ御意ノ行ハレンコトヲ。

二十一日　今は限りの時近し。完敗［この日ナポレオンパリ帰還、敗戦公表さる］。軍隊、大砲、抵抗手段、今や無し。議会開催。ラファイエット。議会、冷やか［大勢、譲位に傾く］。議会の同意［議会解散、対連合軍抗戦をナポレオン提案］、議会の独立、どちらを採るも議会の存在危うし。この事態、三月二十日［ナポレオンパリ入城、百日天下開始］と好一対をなす。午餐、ジュリエット宅。

皇帝より召しあり。皇帝、沈着才智、常に変らず。明日譲位あるべし。自由主義を蹂躙せんとする皇帝にあの時熱狂して仕え、今自由主義を掲げる皇帝を見捨てんとする、いずれも性《さが》卑しむべき連中なり［フーシェ・ラファイエット一派］。夜会の最後はジュリエット宅。いと優しかりけり、いずれ余の落目を見越したればのことなり。いよいよ明日、神ノ御意ノ行ハレンコトヲ。

二十二日　ジュリエットと会見。余に関心の大なるを示す。ジュリエットの計。発信、マクドナルド［仏元帥、ナポレオン譲位を推進］。議会。騒然。分裂。皇帝譲位［四歳の在墺ナポレオン二世即位］。摂政。オルレアン公［後の七月王政のルイ・フィリップ］。いずれルイ十八世来りて二人の間に滑込むべし。午餐、ヴィサンス公爵宅。フーシェ。暫定政府任命さる［首班フーシェ］。ラファイエット除外せらる。仏国民に向け声明書作成の用意。

二十三日　声明書成る［対連合軍交渉委員団派遣の用意］。フーシェ。余、派遣の可能性。望むところなり。決定。午餐、ヴィサンス公宅。ジュリエットに訣別《アデュー》の挨拶。ジュリエットが心の動揺、余の期待を上回りたり。

二十四日　出発準備。皇帝拝謁。心静かに個人的立場を語り、心の行くままに公的立場を語る、その沈着驚くべし。その精神の円転滑脱、極まりなし。出発。ソワソン着。

二十五日　ラン着［パリ北東百三十四キロ］。ブリュッヒャー［普将軍、一八一四年要衝ラン攻防戦にてナポレオン軍を撃退］に軍使派遣。通行拒絶。ブリュッヒャーより軍使。ヨーゼフ・フォン・ヴェストファーレン［連隊付副官］。余、一年半前ハノーファーでこの男に会いしことあり。情況、様変りぬ。今や我らの信書受渡し役なり。ツィーテン［普軍第一軍団代将］よりモラン［仏軍副官］へ書翰［ナポレオンの身柄引渡要求］。外国軍の不遜無礼なる。

二十六日　二十七日　二十八日　二十九日　三十日

馬にて前哨へ赴く。ブリュッヒャーへ伝言。通行拒絶。ブリュッヒャー差向けの三委員到着［幕僚］、ノスティッツ、シェーンブルク、フレミング［コンスタンの妻方の親類と婚姻関係にありP］。休戦協定条件、無謀なる要求［要塞即時明渡、ナポレオンの権力剥奪等］。拒否。独立に関する演説、フランスに独立を保証と公言す。政府を押しつくる意毛頭なしとの明言、驚くべし。だが、ナポレオンに対する仇恨宿怨はかりしれぬものあり。シェーンブルク殿下と共にランを発つ。殿下の話題、専らオルレアン公に集中す。メス。脱走［ナポレオン譲位に抗し仏軍脱走多発、ナポレオン奪還擁立を暫定政府恐れる］。ベリアール［仏軍参謀総長］。ミオリス［仏将軍］。皇帝の忠臣《カイザーラオテルン》。バークレイ・ド・トリー［露軍総司令官、スコットランド出身］。午餐。アグノ［地名］。不吉なる前兆。我ら逮捕の素振。停滞、難渋のはて会談、対する相手はスチュアート卿［英外務長官、同盟国側代表首席］、カポディストリアス［ギリシャ政治家、ウィーン会議時露外務大臣。ギリシャ初代大統領となるが暗殺さる］、クネーゼベック［普軍副将］、ヴァルモデン［露将軍］。仏声明。スチュアート、誑《たぶら》かしの回答。同盟国に対するスチュアートの不遜なる態度。出発通告。オーストリア皇帝より差入の夕食。委員二度目の来訪。摂政に関する質問。

一八一五年七月

一日　二日［日付区分は全集版に従う。原典（直筆原稿）は区分判然とせず。底本は五日まで一括りとする］

スチュアートを除く委員三名来訪。カポディストリアスの内輪話。露皇帝、御機嫌いと麗し。

三日　四日　五日
アグノー発。行路難渋。地方に国民精神あり。ラート将軍［ジュネーヴ市民、露軍に入るP］。デュ・ソジ［コンスタンと同郷、この時露軍将校P］。世間狭し。
シャロン略奪。外国軍の横暴強圧。五日夜パリ着。暫定政府に報告。政府の無力哀れむべし。

六日　暫定政府に書面報告。午餐、ジュリエット宅。すべて水の泡とはなりぬ。外国軍、アレクサンドルに先んぜんと欲す［露皇帝アレクサンドルは強権発動弾圧に対し抑制的であった］。万事休す［この日仏軍撤退、外国軍パリ入城防塞占拠］。

七日　正午、ジュリエットと会見。素晴しき友なるかな。午餐、アラール宅。暫定政府解散［新政府タレイラン首班・外務大臣］。代議院の抗議。防塞撤去。もはや丸裸。フーシェ大臣［仏王処刑の当事者フーシェをルイ十八世忌避するが押切られ警察大臣に任命］。余の護身刀となるや。

八日［ルイ十八世パリ入城］。議会の扉、武力を以て閉鎖さる。ラファイエットの勇［議会閉鎖抗議署名運動］。ジェームズ二世御世の事始とはなりぬ［英王ジェームズ二世、「庶子モンマス公の乱」参加者に極刑を科した（「血の裁判」）。名誉革命で仏に亡命］。余はジェフリーズを待つ身なり［血の裁判判事］。弁明の筆を執る。ジュリエット。ナダイヤック。不遜と狂気。午餐、コランクール宅。ベランジェ夫人訪問。この破局、思い屈ずべき破局なり。

九日　〈広報新聞《ジュルナル・ジェネラル》〉、余に関する記事、驚く勿れ、好意的なり［著書『政治原理』書評］。だが新聞はこれ一紙にあらず、要警戒。午餐、ポンテクーラン宅。ジェランド訪問。

十日　〈日刊新報《フーイユ・デュジュール》〉紙上、攻撃の小手調べ［コンスタン起草の「憲法」一部条項批判さる］。我が詩再開［『ソワッソン包囲』、過激なナポレオン批判］。
ジュリエットと相対。情けあり。まことに愛想よし。されど深入は禁物。夜、クワニィ夫人宅。

十一日　ただあるは、索漠、深憂、此方が呼寄せし外国軍の横暴強圧を巡る泣言類話。

十二日　同じ一日。午餐、ロヴィゴ公爵夫人宅。夜、ゲ夫人宅。

一八一五年七月

十三日　午餐、ダルジャンソン〔対同盟軍交渉委員〕、ヴィクトール・ブロイ〔政治家、ダルジャンソンの義理の息、翌年コンスタンとスタール夫人の娘アルベルティーヌと結婚、「七月王政」下大臣〕。

十四日　フーシエ、自らも失脚を感ず。午餐、コランクール宅。何処《いずこ》へも落行かん。

十五日　午餐、ジュリエット宅。やがて会うことの絶えてしなくは、その面影絶えて消えまし。リュイヌ夫人〔元マリー・アントワネット女官、レカミエ夫人親友〕。この筋は当てにすまじ〔処罰回避運動のことか〕。

十六日　他日に変らぬ朝を過す、暗鬱、無聊。今のこの生様に終止符を打ち、余が持てる手段方策を点検、何《ど》うがな将来の生を設計すべし。午餐、ジュリエット宅。「粛清」宣言さる。アレクサンドル〔露皇帝〕、同じ穴の狢なるべし。

十七日　フーシエより旅券送付さる〔警察大臣として王に提出すべき追放者名簿を作成しつつ該当者に密かに通知し旅券を支給したN〕。憂慮すべき一言添えられたり。ままよ。午餐、ルニョー宅。恐怖遍く行渡りぬ。さても外泊厳に慎むべし。

十八日　旅券査証さる。今や為すべき手続はドクサ関係のみ〔英国〕、後は運を天に任せ出発のこと。レカミエ夫人相手のこの忌々しき愛の沙汰、なお余が苦しみの種とは誰か知るべし！

十九日　追放令。遂に来るもの来りぬ。警視総監と談〔ドカーズ〕。連中の狙いは立憲専制政治にあり。勝手な真似はさせまじ。来信、妻。天女なり。再会、余の喜び大なるべし。レカミエ夫人の冷淡きわまる。これと縁を切る、地獄脱出と言うに等し。来週火曜日の車確保。待ち遠し。

二十日　弁明申立書ものす、我ながら上出来、謙遜にして気品あり。明日連中の許に送届けん。その効や如何に。強《あなが》ちに余を追放すとは思えず。

二十一日　弁明書送りぬ。午餐、レカミエ夫人宅。好意《アミチエ》あるとも、余が愛の談義に耳藉すまじとの決意は堅し。この女を知りたる、百年の災難と言うべし。

二十二日　また恋に惚痴れてなお恐しき一日とはなれり。なにはあれ、お陰で出発決断という実《じつ》は手にしたり。弁明書なお簡潔に引締め印刷に付し、長期間フランスを離れん。余は「連中ども」とレカミエ夫人に傷つけられ精根尽き果てたり。心と頭、一身総体、休心安息なくてはあらじ。スイスと我が伴侶、これぞ今の余に無くてはならぬものにして、そを与え給えと神にも祈る思いなり。

二十三日　朝間不調。ハルデンベルク公［シャルロット兄カール、普国大臣］。ドジェランド夫人。益なき心中披瀝。来信、警視総監。余が追放、取消の可能性。ジュリエットと嬉しき会話。余に好意を寄す、疑なし。余に吹き荒る世間の波風、ジュリエットが心痛の種と見ゆ。ナダイヤックの傲慢非礼。今日明日にもこの仇はらすべし。モンロジエ相手とは訳《わけ》が違う、擦過傷《かすりきず》ていどで済むとはな思いそ。此方が相手の弾に倒る、さらばそれもよし。神ノ御意ノ行ハレンコトヲ。

二十四日　警視総監と談。弁明書、大なる功を奏す。国王直々の通達。これに乗るべきか、或は、せっかく精神の安定を得たる今、すまじきものは宮仕なるべしや。ジュリエットと相対、快。

二十五日　追放者名簿［該当者、猶予三日後パリを離れ指定の地を目指す。友人知己多数追放］。間一髪、名簿から外されぬ。午餐、ジュリエット宅。妻より佳書、お陰で余のあらぬ想像治まり直るべし。

二十六日　タレイラン［首相兼外務大臣］に申立書を送る。デュルバック［追放指名］のため警視総監に書を認む。午餐、ゲ夫人宅。

二十七日　午餐、ジュリエット宅。明日間違なく記事一本ものすべし［附加憲法起草の弁明］。ジュリエットと相対、懇ろにして長時間。

二十八日　〈独立新報《アンデパンダン》〉に記事ものす。

二十九日　午餐、ジュリエット宅。

三十日　申立書、印刷に付せとの勧め。会見予定ドカーズ［仏政治家。警視総監から警察大臣、内務大臣を歴任、極右ユルトラ派から転向ルイ十八世寵臣として立憲君主政治を推し進めた］。

三十一日　午餐、デュナン夫人宅。会見ドカーズ。余が目指すは代議士の道。

一八一五年八月

一日　午餐、ジュリエット宅。カテラン夫人手厳し［弁明書に対し。夫は高等法院次席検事、後貴族院議員］。「連中」の理不尽。〈独立新報〉に記事一本ものす。友人ルスランの恥ずべき間諜行為［コンスタンの百日天下時の言動を巡ってか］。明日その対策を講ぜん。
二日　新聞と話をつける。続刊ならば年収六千リーヴル。午餐、ヴィサンス公宅。
三日　外国人に関する記事［英の立憲君主政を範とする復古王政の自由主義的体制（出版の自由容認）に一縷の希望を繋がんとの主旨を友人との対話形式で述べた。なお外国人とは権力側を示す婉曲的表現］に着手。この記事、注意疎かならず慎重期すべし。選《と》るべきは筆かパリか［新聞か権力か］、パリに如かず。行くとして何処へ。ドカーズ訪問。打つ手なし。国亡びぬ。脱艦用意。
四日　記事ものす。ジェに届け遣る［〈独立新報〉編集長］。見事な記事との自信あり。ナダイヤックと予期せぬ椿事［レカミエ夫人をめぐる恋の鞘当］。今度は擦過傷で済むとはな思いそ。フォルバンより使者。延期申入。同意するも、即刻会見ありたしとナダイヤックに一筆認む。逃げたるやと取らるるは心外なり。
五日　記事、明日印刷の予定。大胆なる記事。ナダイヤックとの決闘、一週間延期。
六日　記事発表さる。実に見事との評。午餐、ジュリエット宅。
七日　記事、各方面で好評。もう一本、短文一本送付［ラ・ベドワイエール助命嘆願］。

八日　〈独立新報《アンデパンダン》〉発行禁止［ラ・ベドワイエール擁護記事のため。翌日名称変更して続刊、後に〈コンスティチュシオネル（立憲）新聞〉として自由主義の牙城となる］。余は政府、新聞に不幸をもたらす疫病神ということか。午餐、ゲ夫人宅。ナダイヤックとの決闘あるまじ。

九日　全新聞発行禁止［新聞の事前許可制命令］、新聞界再編成。午餐、ジュリエット宅。夜、ヴィルヘルム三世［普王、メッテルニッヒの反動政策に与した］。その気充分あるべし［言論弾圧］。

十日　百日史草案をものす［『百日天下回想録』、一八二〇年刊］。午餐、ジュリエット宅。来信、ラ・ベドワイエール夫人。

十一日　ジュリエットに会う。ジュリエット発ちぬ、予定数日間、有難きかな。ラ・ベドワイエール接見許可おりる［エルバ島脱出のナポレオンに合流、副官としてワーテルロー参戦、八月二日逮捕、ブルボン王朝支持派出身の夫人の献身的助命運動も功を奏さず十九日銃殺］。

十二日　接見、ラ・ベドワイエール。放免あるまじ。悠然として臆せざる。

十三日　ラ・ベドワイエールのため小文［ラ・ベドワイエール助命嘆願記事か］。甲斐のあらばこそ。奥方、哀れむべし！

十四日　深憂の朝。ドカーズにラ・ベドワイエール嘆願書［国王宛］。出発計画。此処にては何事も為す能わず。人喰人種の反動、来べくして来りぬ［白色テロル横行］。ヨーロッパ向け弁明書刊行すべきか。訪問。ケルカド［不詳］。トラシー。ラムフォード。クワニィ。

十五日　弁明書着手［『百日天下回想録』］。ラ・ベドワイエール有罪。午餐、ジュリエット宅。

十六日　弁明書はビルコック宛書簡形式による覚書にとどめたし［ビルコックは弁護士、王政復古熱烈支持者、『王政復古前暴政・王政政府・旧帝国暴政論』この頃刊行P］。此処は余が身の保証なきに等し。

十七日　仕事、かなり山葵を利かせたる「新旧ジャコバン主義比較考」［『百日天下回想録』に収録さる］。匿名出版の予定。夜、クワニィ夫人宅。

十八日　原稿書き進む。午餐、ジュリエット宅。

十九日　原稿書き進む。午餐、スーザ夫人宅。今晩ジュリエットが許へ行くこと叶うも心すすまざれば行かず。ラ・ベドワイエール銃殺さる、合掌！！！
二十日　午餐、ジュリエット宅。
二十一日　午餐、サン＝レオン［仏の劇作家］、ヴィクトール・ブロイ。覚書一本ものす［不詳］。
二十二日　手掛けし詩作再開。如何なれば妻より音信はなし。
二十三日　午餐、ヴィクトール［従弟］。明日、ジュリエットと午餐の予定。この午餐なくともよし、余が意、半ばす。
二十四日　仕事、詩作。脱稿の暁には、いや、既に書き控えたるを仕上げたらば、序文一本、才筆みごとなるをものし余が名を付さずに出版せん。
　午餐、サンジェルマン［サンジェルマン・アン・レ］、ジュリエット宅。およそ眼中にも置かぬその態度に接したれば、またぞろ例の苦と恋に襲われたり、だが一歩外に出るや治まりぬ。妻、音信なし。思いは半ば、妻の来ぬもまたよし。
二十五日　仕事、詩作。
二十六日　午餐、デュナン夫人宅。依然として妻より音信なし。
二十七日　妻より書。此方に来るとある。快く妻を喜ばせ我が身治むべく努めん。仕事、詩作。午餐、リヴリー宅。
二十八日　無為。
二十九日　午餐、ジュリエット宅。夜、クワニィ夫人宅。
三十日　来信、義姉。二十二日、妻いまだハノーファーに在り。
三十一日　無。

一八一五年九月

一日　ジュリエット宅にてジェランド夫人と閑談、神秘主義論。ジュリエットより明日一時の約を得《う》。午餐、キナード卿宅。クワニィ夫人宅での朗読会を請合いたればジュリエットに書き遣り時間変更を求む。

二日　憂難また一つ。ジュリエット、なしのつぶて、曾ての似無き狂乱絶望の海になおまた陥溺す。クワニィ夫人宅にて我が「小説」を朗読するも余が心そこにあらざりき。午餐、オーギュスト宅［スタール夫人長男］。喪心、胸裂痛苦。

三日　怖しき悪夜。ジュリエットに悲痛の書を認む。優しき返書。午餐、ジュリエット宅。余が苦痛を見ていたく打たれたればさすがにジュリエットも知らぬ振りは出来かねたり。余は語るほどに涙にかき暗れぬ。この恋、逃るる術なしとあらば、せめて「肘鉄砲」の痛みは無くて済さん。相手から如何なる仕打を受くるとも、昨日に勝る苦痛は今後あるまじ。さればなおまた求愛迫るべし。妻到着までの時間潰しともなりぬべし。ジュリエット、情に感じたるとはいえ、いずれ逃腰に及ぶ女なり、だが此方の苦痛が相手の心に通じたる事実あり。ならば、この苦しみもて女の心を囲繞せん。余が苦痛をジュリエットが自身の苦痛と感ずる情はいずれ恋の感情に変ずべし。遠慮小心無用のこと。

四日　クリューデネル夫人に会う［露の作家（使用言語仏語）、露仏独で活躍。敬虔主義派に帰依、露皇帝、普王妃に取入り影響を与えた。コンスタンその心霊術に縋りレカミエ夫人の心を捉えようとした］。ジュリエット居合す。寸暇。今夜相対を約せり。談、宗教。余が心、宗教の本質には深く感ずるところあるとも、その形式主義、奇跡論には反発を覚ゆ。ジュリエット、不実。フォルバンのため相対の約違えり、理由のあらばこそ、詫びもそこそこに、つゆ悪びれたる気色もなく。なおまた絶望に陥りぬ。

五日　思案の夜。死を決意す。恐るべき身の不幸、縷々一覧、クリューデネル夫人に書き遣りぬ。終日、もの喉を通らず。ジュリエットに書を認む。相手からも書あり。明日二時に会わんとある。余が失意喪心、尋常一様のものにあらざれば、今回はさすがのジュリエットも看過する能わず。死の決意に変化なし。解脱の境に達しぬ。存えて何を待つべき。愛か死か、ジュリエット次第なるべし。愛を得ることあらば貧者に一万二千フラン喜捨せんと神かけて誓いぬ。死の決意に苦痛なし。絶望の前には心身の苦痛も殺《そ》がるるものなり。決意の後退あるべからず。

六日　昨日、余が戸口にジュリエット来たるも、自室に居て疾く出でざれば会うを逸しぬ。余、本日ジュリエット宅に寸秒違わず到着したれば二時の約叶いたるが、さもなくば会うを逸したるべし、ジュリエットの性格かくの如し。暫時、談、だが相手に壁あり。されど内に一脈の情けあれば、相対を避けんとする心は薄情とは異るべし。これまた断言はできぬが、スタール夫人が曾て言いしごとく、「結局、ジュリエットが求むるは、男の欲情を見て感ずる「刺戟」の類に限らる、男から得らるるはこの程度のものと踏んでのこと」、ところが、余は例の内気臆病の性格が足枷となり、この種の刺戟を相手に与うるに至らざる、度々に及べり。折角の相対を無為にせしこと一度ならずあり。

　クリューデネル夫人より書あり、行きて会いぬ。その話に心癒さる。願わくは我が身一切、夫人の加護にあやかりたし。余を苦しめ苛む恋情をめぐる夫人の診断、実に見事なり。余がジュリエットに懐くは尋常一様の恋にはあらず、これ事実なり。願わくは、クリューデネル夫人が紐帯を以て余とジュリエット二人の心魂を繋ぎ、これに依り余なくばジュリエット在らじとならしめんことを。だが夫人が首尾よくこれを為す、疑わし。夫人の魔術的力はジュリエットも感ずるところなれど、深く心を動かすことも、超自然的存在を信ずることもなし。

　フーシェ更迭の可能性［十五日辞職、駐ザクセン大使に左遷、翌年一月解任］。復古反動の大合唱、新聞紙上も例外ならず。恐るべき処分予想さる。脱出すべきや。皆、その意見なり。未練なり、ジュリエット、それに懶惰思怠、身動きならず。

七日　クリューデネル夫人と談。心大いに癒さる。午餐、ジュリエット宅。夜、舞戻りてクリューデネル夫人宅。談、長時間。話の一部始終、余の思考のなお及ばざるものあり。妻より天女の書。近々上京あるべし、待望まる。優しく品あり、誠心献身、言うに余りあり！

八日　クリューデネル夫人、ジュリエットのためにと、余の許に手稿本遣《よこ》しぬ［「孤独者」、「大罪人の悔悛」］。夫人の尊くもあるかな、我ら二人の心魂に紐帯を結ばんとの意なり。この稿本を読む。思想の新しさはともかく、心緒に触るる真実あり、余が心底に達せし至言あり。真実はここにこそあれ。余が心内、なお鎮まりて穏やかなり、ジュリエットへの感情また然り。新刊〈芸術新聞《ジュルナル・デザール》〉に記事一本ものす［発禁〈黄色矮星新聞（ナン・ジョーヌ）〉後継紙、正しくは〈芸術政治新聞〉。記事は創刊趣意書の類か］。英国漫遊を勧めらる。余の来英歓迎さるべしと言う。午餐、キナード卿宅。

九日　〈時報《クーリエ》〉に記事一本ものす［発禁〈独立新報〉後継紙、「大革命時の世論と関心」（フィエヴェ）の書評か］。ジュリエット、「四時に来給え」と言いしが、本人のご帰館五時半となりぬ。一緒に「稿本」を読まんとの約反古とはなりぬ。他の連中と下らぬ話を長々と続け、我ら皆追立を喰いぬ。余、文句は言わず大人しく従いぬ。祈れば苦痛の快を感ず。全能にして優しき神よ、汝の憐れむべき衆生を癒し果《おお》せ給え。なお我に持たせ給え、忍従諦観の意志、涙する心、祈る力を！

十日　祈禱を文に起せば涙にかき濡れたり。嗚呼、クリューデネル夫人より賜りし救い、言うに余りあり。ジュリエットに会うも迷いなし。神よ、なお斯くあらしめ給え！　御意の行われんことを、御名の尊ばれんことを！

十一日　心穏やかなる一時《とき》、祈のお陰なり。ジュリエットと長時間心静かに談。宗教心には無縁とも言うべき女なり。〈軽く色を作り科を遣る《プティット・コケットリー》〉、この得意技を弄んでは「恋の奴」三四人を、思えば余もその一人たりき、苦しめては喜び、傷を見ては憂え、快と悔に揺れ動く女なり。更にこの女、一握の仏心を見せもするが、それも己の都合次第なり、弥撒《ミサ》と懺悔を似無く大切にす、本人は信心のつもりだが、なに、暇を持余すまでのこと。さはいえ、ジュリエット余に関心を示しぬ、だが身に染む言の葉、嬉しき言の葉の一つあらばこそ。神力に縋り、離れ構えて相手から乞わるるまで会わぬこと、されば、まんざら見捨つべき男にもあらざりきと気づきもせん、一途に惚るるばかりでは得るは苦痛のみとはなりぬべし。

午餐、ラムフォード夫人宅。夜、クワニィ夫人宅。キナード夫人の厚かましき、メッテルニッヒとの陪食を求む[オーストリア外相、ウィーン会議主宰者。後年オーストリア宰相としてウィーン体制を指導した]。

十二日　新聞[〈芸術政治新聞〉]に小文[「新聞数紙の奇跡的転向」、「ニームの白色テロル」]。二本では意つくせず。尽日孤独に徹す。ランジュイネ。

十三日　記事一本、冒頭部分執筆。午餐、倶楽部にて。従弟ヴィクトールの凡短なる。人間は凡短なるものなり。

十四日　記事脱稿[「選挙議会と代表質問」]。余の筆になると分れば数多の敵を招来せん、いや、才の切れある一文なれば知れ渡るは避け難し。

ジュリエットにまたもや一杯喰わさる。四時の約。行けば外出して留守。ジュリエットを待つフォルバンの姿あり。相対は無理と踏み、午餐を申出ればジュリエット承知し、更に別墅《べっしょ》[サンジェルマン]へ連行かんと約し、フォルバンに悟られぬようこの場は引取り給えと言う。余、同意す、着替なれば何人も通すなと余を前にして命じたり、一時間後舞戻ればフォルバンの姿なおあり。余を面前にして氏を午餐に招き、この男を衝立にして余の追従を断たんとす。明後日別墅に招かれたり。行かずもがなのことなるべし。

十五日　身も心もすべてジュリエットに奪われ終日愁嘆。この状態脱せざるべからず。午餐、レディ・キャロライン宅

［英作家、バイロンとの恋愛破局を描いた作品あり、夫は著名政治家メルバーン子爵］。夜、クリューデネル夫人。その話に心癒されぬ。

十六日　なお愁嘆の一日。サンジェルマンには行かざりき。

十七日　記事、二本目をものす。午餐、リヴリー宅。夜、クリューデネル夫人宅。

十八日　サンジェルマン行。ジュリエット、いと優しく情けあるも恋には頑なに心閉ざしたり、クリューデネル夫人を避けて会わず。〈芸術新聞〉発禁。余が疫病神とならざる新聞なし。

十九日　記事三本目に着手［シャトーブリアン論か］。午餐、ヴィサンス夫人宅。断固出発、叶うならばブリュッセルへの推薦状入手、三日以内に此処から姿を消すべし。

二十日　フーシェ辞職［左遷、ドレスデン宮廷付公使］。余、ノルヴァンとブリュッセルへ発つ可能性あり［仏の歴史家、『ナポレオン史』四巻あり］。ブリュッセル行、理由数多あり、それにまた余が浅ましき恋の病、癒ゆべし。

二十一日　出発前小準備。出発の決意は固し。シャトーブリアン論［不詳］。激怒あらんか。明日、明後日、もはや此処には在らじ。

二十二日　出発準備。出発の意なお強まる。全閣僚罷免［タレイラン内閣、後継はリシュリュー］。出発までレカミエ夫人不在ならば余が胸中なお安寧なるべし。会えば苦痛生ずべし。

二十三日　クリューデネル夫人より余をバーデンへ連行かんとの話あり。妻なおハノーファーに在らばバーデンから足を延ばさん、ハノーファーに在らずとあらばブリュッセルにて合流せん。いずれにしろこの旅行、為すに価す、利点四あり、一、身を隠すの利。二、原稿［多神教論］取戻し脱稿に漕着くの利。三、妻に見すべき愛情の証たる利、また愉しからずや。四、レカミエ夫人と完全縁切の利、これなくしてこの一件終局なく、痛苦絶ゆることなく、この女、恋もへちまも友情もあるものかは、扱いかねたり。

二十四日　レカミエ夫人再見。目の前に出れば余が心冷むるは常のことなり。この女の心の不感症、自覚なき冷淡無関心の生地《きじ》、一人余のみならず何人に対するに尋常一様のものにあらざればその声を聞くや想は冷めぬ。離れて相見ざれば想像を恣縦《ほしいまま》にしてその面影を追い、関戸《せきど》障碍ありて相見ることの叶わざればなお燃え焦るるものなり。されどこの女、人を思遣る心あり、本人なりに好意を寄する心あり。余は、この心を知りながらも、相手に些少なりとも拒否の素振り見てとらんか、頭はまたもや血逆《ちのぼせ》し、さながら苦悶狂死するが如し。この精神錯乱に終止符を打つは出発を措いて他になし。妻より書なし。今や妻来らぬもまたよし。

二十五日　クレレの件［家の支払条件。前年十一月十二日参照］、これで今後二十六月間家の支払猶予ということで落着か。クリューデネル夫人に会う。家の支払の件、手直し迫らるるとも、事情許せば夫人と出発ともにせん。レカミエ夫人に会う。余に友情は惜しまぬと本人本気で信じいたるが、友情の何たるかは本人の存じ知らぬところなり。午餐、キナード卿夫人宅。

二十六日　クレレの件、落着。これに関し書を認む。夜、ジュリエットに会う。ジュリエットに革命的変化。突如宗教を必要とす。これクリューデネル夫人の余に予言せしところのことなり。

二十七日　モンロジエ論の筆を執る［その著書『仏国現下の混乱とその収拾策』書評］。クリューデネル夫人、余を連行く予定無し。余の出発なかるべし。午餐、倶楽部にて。

二十八日　ジュリエットが許へ馳参ず。宗教の慈善事業により恋情の迷いを断ちたしと余に言う。

二十九日　モンロジエ論ものす。夜、クリューデネル夫人。英と露が仲違せば仏の災禍癒さるべし。妻より転送便。素晴しき天女！

三十日　来る意志の有無を妻に確めんとして書数通を認む［立寄先数所へ］。午餐、ヴィサンス公爵夫人宅。クリューデネル夫人と長時間談。

一八一五年十月

一日　〈芸術新聞〉に小記事ものす〔十八世紀仏箴言作家サニアル＝デュベ論〕。クリューデネル夫人に会う。ジュリエット音沙汰なし。余なおこの恋に執着懊悩す、この恋、断たざるべからず。今年は恋は不作として年暮れぬべし。而已焉《それだけのこと》。

二日　〈芸術新聞〉に発表の「信仰告白」をものす〔批判記事に対する反論、「歩きながらの信仰告白」〕。モンロジエ論、大成功。クリューデネル夫人。ジュリエットが余を待ち設け余が書を待ち望みたりとのこと。夫人と共に祈る。夫人、余とジュリエット二人を心霊的に結びつけんとの意図なり。ジュリエットに宗教心生ず、かなり真剣なりとのこと。かりそめならずや。〈芸術新聞〉発禁。

三日　明暮れ想はジュリエット、心悲《うら》し。一撃、ジュリエットに心奪われしが、姿を消す以外に救いはなし。午餐、オーギュスト宅。来信、スタール夫人。金銭問題蒸返し始む！！

四日　ジュリエットに宗教書簡を認む。その効や如何に。

五日　サンジェルマン行。はなから冷遇、いや無関心と言うべきか。悲痛愁嘆。さすがに不憫とは思いぬべし、明後日、余を招かんと言う。談、長時間、カテラン夫人の面前なるも談中宗教に関心を示しぬ。

六日　〈時報《クーリエ》〉関係者から午餐招待。顔ださぬが賢明と判断す。午餐、オーギュスト〔スタール夫人長男〕、ヴィクトール〔ブロイ〕。オーギュスト、サンジェルマンへ行かんと欲す。余の当惑。

七日　余の努力の甲斐なくオーギュスト、サンジェルマンへ行かんとす。最善策は同行することなり。されば同行す。ジュリエットのオーギュスト待遇ぶり、いかにも睦まじければ余が心痛みぬ。明日パリでの約。

八日　約違いぬ。激発、曾てなき猛威もて再来。午餐、ロヴィゴ公爵夫人宅。帰宅、絶望。言うに余りある頸木かな、そを打毀する力余にはなし。

九日「自裁こそ余の望むところ」とクリューデネル夫人に書きながら夜を明しぬ。夫人の情け。夫人宅でジュリエットに出会いぬ。ジュリエット、余の蒼顔死色に驚きぬ。クリューデネル夫人、余の仔細をジュリエットに伝えんと言う。午餐、ジュリエット宅。ナダイヤック居合せたり！

十日　アンペェタと談［ジュネーヴの神秘論者、クリューデネル夫人同志］。この男、思いがけずも余の宗教観とそれほど隔りはなし。クリューデネル夫人、ジュリエットに話をす。有難きかな。サンジェルマンへ馳す。ジュリエットと談、四時間。懇ろに優しかりけり。余が心蘇りぬ。嗚呼、恋の奴隷！

十一日　発信、ジュリエット。終日、悲。余がサンジェルマン行、オーギュストに知れわたる。これに不安を覚え寝るまで神《しん》を悩ます。痴れがましくも浅ましき今の心情かな！　夜、クリューデネル夫人宅。居合す連中、天国の話となるや、まるで自室を語るが如く、その描写とどまるところを知らず。何故《ゆえ》に宗教的感情を措いて子供騙しの描写を始めんとする！

十二日　朝方、ジュリエットがために宗教論の一文をものせんと努めて昼に至る。
議会、反動色を強め厳しく締付けんとす。妻の沈黙、不可解至極。明日ジュリエットに苦しめらるるなきを祈る。

十三日　モンロジエ論第二部を始む。午餐、ヴィクトール・ブロイ宅。反動の猛威かくあれば一週間後にはすべて壊滅状態となる恐れあり［議席九割を占める超王党派（ユルトラ）の憲法無視反動政策激化］。妻、音沙汰なし。

十四日　モンロジエ論を続く。サンジェルマンへ馳す。情けあり。ドクサ［英の銀行］より返。これ余が最も確実な財なればこれに乗るべし。妻、音沙汰なし。不可解。

十五日　モンロジエ論脱稿。午餐、ジュリエット宅。この恋、終とすべし。苦しみはこれにて充分なり。

十六日　ドカーズと談［警察大臣］。連中難儀す［反動議会の行過ぎを抑えにかかる内閣と国王一派］、我らいずれも難儀す。妻より書。妻ついに来べし。

十七日　ジュリエットに悲嘆の書。友情溢るる返書。ジュリエットのために註作成す。夜会うとの約とりつけぬ。午餐、フンボルト。夜、ラヴォワジエ夫人宅［ラムフォード夫人］。アウグスト殿下来［プロイセン殿下］、ために約違いぬ。明日にお預け。

十八日　〈時報〉に余の論文［「貴族の諸権利復活論」（モンロジエ）に対する反論　P］。憲法停止。事態激化す。ジュリエット、優し。デュルール夫人［債務者］との金銭問題悪化深刻なり［弁済不履行］。フルコーをして打開策を計らせん。午餐、ヴィクトール宅［ド・ブロイ、翌年アルベルティーヌと結婚］。好青年！

十九日　〈メルキュール誌〉に記事一本ものす［「市民的自由に不可欠の政治的自由」］。これで出来よしとあらば離れ業とも言うべし。五時間で大判十二頁。カテラン氏。余が覚書、納得されたり。ウェリントン宛書簡の計画。午餐、ジュリエット宅。クリューデネル夫人、余に好ましき影響力をジュリエットに及ぼしぬ。有難きかな、なお持続せんことを！

二十日　クリューデネル夫人に謝書を認め、貧者への浄財を送りぬ［百リーヴル］。早とちり糠喜の礼とはならぬを祈る。ゲンツ［独政治家、対仏強硬論者、第二次パリ条約起草者の一人　P］。午餐、ヴィクトール宅。余が第二論文、評判となる。

二十一日　クリューデネル夫人とクリシー訪問。クリシーの司祭。信仰と慈善の尊き熱情。レカミエ夫人より短簺。四時の約。アウグスト殿下のため門前払。午餐、サミュエル・ロミリー［英政治家］とオーギュスト宅。第二の約に従い七時再度赴く。カテラン夫人のため門前払。九時に再度赴く。引留めらるるも、そは、「貴男、妾《わたし》の立場を危うくせんと欲す」と自ら余に告げんがため、勇を鼓して迎え入れよと迫る余の強要に我慢ならず、その苛立をあるがまま余に見せつけんがためなり。クリューデネル夫人、予言者にはあらざりき。かくてこの話、終りぬ。

二十二日　午餐、キナード卿宅。ジュリエットの新たなる不実、嘘、偽善、媚態、かず限りなし。

二十三日　終日、深憂。ジュリエットに文《ふみ》を書綴り休《や》む間なし。実に浅まし。午餐、ジュリエット宅。国会議員熱狂猛威［ユルトラ王党派九割を占める］。一七九三年［恐怖政治］。

二十四日　〈時報〉発禁。ジュリエット、優し。余に寄する「愛情」あるにはある。余は相手が寄する能わざるものを求むるなり。相手は友情、その他多々御託を並べしが、余が為すべきは旅立、この事実に変なし。旅立の利点残らず挙げてみるに、一、妻の消息とその真意判明す。二、我が文名を挙ぐべき「多神教論」原稿を取戻す［独に放置］。三、将来につながる仕事をす。四、「嵐」を遣過す。五、また出国を強いらるるの憂なく此の地に戻り定住す。

二十五日　手持の旅券すべて査証さる。余が出発、最も理に適うものにして、フランスにおける地位安定を得るにも然なり。妻の再三の遅れの意味、今や知る要あり。行動に謎ある女にして、スタール夫人からも暗に指摘されしことあり。午餐、倶楽部にて。

夜、ジュリエット。ジュリエット、フォルバン両人喧嘩。アウグスト殿下と約ありと言う。ジュリエット、可惜《あたら》その生を弊《ついや》す、浅ましき所業かな！！　このこと明日ジュリエットに書き遣りたし。

二十六日　午餐、ジュリエット宅。午餐後、談。嗚呼、その心の木石なる！

二十七日　ジュリエットより短箋。余に苦痛を与えしこと、後から思えば辛かりきとある。根は憎むべき女というよりも情緒不安定の女とも言うべきか。時に夢想に耽り、時に自己本位をむき出しにし、他人を苦しめなおまた自分をも苦しむ。出発準備はかどる。午餐、ゲンツ、展望暗し。さあれ、今日明日にも我が意定まりぬべし。

二十八日　出発の計不変、恐らく明日にも。準備手配に掛る。ついに出発とあいなるか。午餐、ジーフェキング宅。

二十九日　梱包。昨日の審議、前代未聞の狂［国会審議、言論取締法。不穏文書・言辞厳罰化、死刑を求める声もあった］。午餐、ジュリエット宅。明日出発となるか。

三十日　四時の約。ジュリエット、プロイセン殿下と隠《こも》りたり。会うこと叶わず。出発するに如かず。夜、ジュリエットより寸簡あり。午餐、ラムフォード夫人宅。

三十一日　出発準備手配完了。発信、ジュリエット。四時の約。愚かにもオーギュストに秘密を打明く。如何なればにや、余この男に心を許すとは。ジュリエットと談。ジュリエット深憂。恋の奴《やっこ》連中の中傷たくらみ数をなし、余が出発も少しは応えしか、ジュリエット道に迷いぬ。
さても我は発ち来りぬ。サンリ泊。我ながら驚くばかりなり。

一八一五年十一月

一日　旅程、至ペロンヌ。終日懊悩。賽は投げられたり。もしやオーギュスト、余を裏切り女との仲を裂くことあらんや。いや、余は妻シャルロットの許に行く身ではなかりしか。

二日　旅程、至モンス。去レバ疎シの効あらわる。我が身、狂乱を抜け出でつつあり。苦しみ少なし、日を追うごとに苦しみ減じゆくべし。

三日　覚悟に勝る苦しみなりしが、幸なるかな、余と女を隔つこと距離にして七十余里あり、我が身と愚を隔つこと時間にして三十六時間あれば愚には及ばぬものなり。ブリュッセル着［オランダ王国領］。先ず尋ぬべきは妻の所在なり。ベランジェ［仏の直接税局長官］夫人当地に所在す。奇遇なり。夜、夫人宅。心《うら》悲し、ジュリエットの無くて恨めし。

四日　種々手紙をものす。人一人会わざりき。妻、未だ来らず。我が心、空《うつ》け痴《お》れて繕う由なし。

五日　深憂、死と隣り合せ。夜、ベランジェ夫人宅。

六日　あるは深憂ばかりなり。全権委員に関する著書刊行予告［『百日天下史概要』、これに刺激され弁明書執筆再開となったか］。

七日　ハノーファー旅行計画断念。夜、ベランジェ夫人宅。

八日　我が弁明書断固刊行のこと［『百日天下回想録』］。来信、ジュリエット。少くともこの手紙執筆時まではオーギュスト余を裏切りたる事実なし。安堵す。夜、レディ・グルヴィル宅［英政治家ポートランド公ベンティンク娘 P］。

九日　手紙数通ものす。妻宛に最後通牒。明日弁明書執筆開始。これがため命路断たるる者少からず出づべし。節度品格をわきまえたる弁明書との心構あるべし。

十日　弁明書草稿。夜、ベランジジェ夫人宅。宿替す。

十一日　仕事、弁明書。如何なる国からも来書なし。妻、音信なし。この謎いずれ解明せらるべし。ジュリエット、音信なし。この女のため胸中に悲しみ澱《おり》として残りたるも、うち慣るる心地す。何故、いま一年早く「姿を消す」の挙に出でざりしか！　夜、グルヴィル家宅。

十二日　仕事、弁明書。かくも余に理あるとは思わざりき。夜、グルヴィル家宅。

十三日　仕事、弁明書。物議醸すべし。

十四日　仕事、弁明書、捗る。アムラン夫人［統領政府時代「伊達女」（メルヴェイユーズ）として名を馳す。シャトーブリアン取巻貴婦人の一人］。

十五日　仕事、弁明書。悲歎去り遣らず、だが今の不幸、パリに比ぶれば遙かにましなり。夜、グルヴィル家宅。

十六日　仕事、弁明書。妻、音信なし。不可解。

十七日　第一部脱稿。夜、ベランジェ夫人宅。

十八日　浄書。セバスティアーニ、在英［旅団長、ナポレオン忠臣。ワーテルロー戦後コンスタン等と休戦交渉団員、その後英に亡命。七月王政で復権、海軍、外務大臣歴任］。余も英に渡るべし。

十九日　浄書。来信、ジュリエット。妻、音信なし。

二十日　我が「小説《アドルフ》」をベランジェ夫人に朗読。妻、音信なし。計画。当地にてドクサ［英国］からの返を待つ、およそ十日を要すべし。その間妻来らざらば急ぎハルデンベルクへ向かう、行程八日間。同地に四日逗留後、行程八日間、オスタンドに引返し英へ向け乗船のこと。計三十日。叶うならば一月一日までに英国入りを果す。差当り今は我が弁明書を続けん。

二十一日　弁明書第二部執筆開始。
二十二日　仕事、弁明書。国外追放致命傷なるべしとの思いに沈み意気阻喪すること一再ならず。
二十三日　仕事。ラ・ブールドネ動議［国王処刑犯、百日天下関係政治・軍事犯、皇族ボナパルト一族を対象とする大赦除外の動議。ラ・ブールドネは仏政治家、復古王政反動派の象徴的存在であった］。天晴《ブラヴォー》。
二十四日　仕事。弁明書に目を通す。悪くなし。
二十五日　仕事。少しく。パリから人の到来、引きも切らず。警察、余が滞在に怯ゆ。発信、ティエンヌ氏に書を認む［和蘭王国司法大臣、警察庁長官歴任 P］。我が立場似愚《おろから》し。これぞジュリエット恋慕のなれの果てなり。以テ瞑スベシ。妻、音信なし。神よ、せめてドクサの件［渡英］叶えさせ給え！　さなくば我が身の行方知り難し。
二十六日　ドクサの件解決す。随時出発可能となりぬ。弁明書に励むべし。妻、音信なし。
二十七日　無為。ハノーファーに寄らず渡英したしとの思い心の片隅に生ず。夜、ベランジェ夫人宅。
二十八日　妻より来書。今日明日にも到着あるべし。採るべき最善策は如何に。妻とパリへ出る、妻をパリへ遣る、妻と渡英、単身渡英、何れか何れ。
二十九日　頭にあるは専らジュリエットとの恋愛沙汰《アヴァンチュール》、思えば恨めし。かくも不覚をとりしこと、己を責むるも無念晴すに由なし。とりわけ当初は長時間の相対を許されたり。日を追うごとになお無巧こうじて相対につけ込むこと能わざりき。余は大馬鹿なりき。
三十日　弁明書、草を新たに書直す。ジュリエットより便絶えたり。これにて一巻の終とは相成りぬ。残滓、三文の値打なし。妻、来らず。

一八一五年十二月

一日　仕事、弁明書。さても妻来れり［前年二月二十三日来の再会］。置かれたる情況、最も有効に生かすべし。妻、有情。

二日　憂き一日、だが大事の一日。疑い得ぬ事実、
一、妻に余を愛するの気持もはや無きに等し。
二、此処に来りしは消え残りたる一片の情《アミチエ》のなせるわざ、余に構わず独りドイツに残る、これぞ本音なるべし。
三、余の行動、今も将来も理解できぬ女なり。
四、妻は独人にして狂信的反仏家なり、仏に来らんか、余が身の破滅なるべし。妻が仏に来ざりしは幸いなり。
以上勘案するに、二原則、①フランス行、妻の同行厳禁のこと。②妻を穏やかにもとの鞘ドイツに収むること。

三日　仕事、弁明書。午餐、メウス宅［市会議員］。

四日　仕事。まさに悪日、なお力落すべからず。状況を確と見極め最善を尽して脱却計るべし。一昨日の二原則、実行に価す。第一は不変、第二は、シャルロットを独に連戻すこと可能か、可ならば望まし。理と情を以て連戻すべく働きかけん。次善の策、英へ同行のこと。

五日　引越。政治的煩。グルヴィル夫人宅にて妻を説得するも裏目に出る。余の立場、妻の立場を説くに、機嫌を斜めにし頑として耳を藉さず。置文《おきぶみ》にて妻に再度ドイツを薦む。夫に同行し英に渡るは妻の義務と本人は心得たり、妻を

伴い英に渡るは夫の義務と余は心得たり、お互い意に添わぬを為すが義務と心得て我慢する、この我慢、双方にとり有難迷惑と言うべし。

六日　詰る息を少しは抜かんものと一部屋追加すれば、それが喧嘩の種となる。二言《ふたこと》となくシャルロットの言えり、「いっそのこと独りドイツへ帰りたし」。余、これを受入れぬ。以後この件二人の話題とはならざりしが、余が計は決れり。社会的政治的煩を思えば英は不可能。英はシャルロット余の足手まといとなりぬべし。だが、相手を切捨てざるを得ぬは争《いか》でも避けたし。妻が単身、或は二人してのドイツ行を持出すまで此処に残り梃子でも動かず、妻が英国の話を蒸返さば、断念せりと告ぐるまでのこと。談、長時間。二人に別るるだけの力あるとは思えず、されば英へ連行くにせよ、余が条件をよく言い含めての上のこと、さもなくばあらじ。

七日　穏やかと言うも可なる一日、我が思案の糸解《ほぐ》れたる一日。英へ渡ると言うはひとえに夫たる余のためなり、妻が本音は、「自由の身こそ嬉しけれ」。ハーグまで連行き状況好転まで暫く相別れん。弁明書、漸く様形《さまかたち》整う、然るべき書とは成りぬべし。芝居。

八日　弁明書、進捗す。単身生活はシャルロットとの協同生活よりも身に辛きものなり。だが二人一緒とは、嫌がる相手を連行くこととなるが、それは自らを譲って相手を立てんという余の常の心遣に反するなり。余が計は変らず。ハノーファー街道とハーグ街道の分岐点はブレダなり。そのブレダにて書を以て妻に宣告せん、いわく、「後は追わぬこと、これ余の切に望むところなり」、いわく、「たとえ追い来るとも余は一切請合わず、我が身の立身定住なるまでは汝を人前に出す気なし、汝の相手を務むるはこれまた能わず、つまり汝を一人自由のまま捨置くべし」と。

九日　仕事。明日「多神教論」荷造のこと［原稿シャルロット独から持参か］。先ずは出発の手始。
十日　仕事、良。弁明書ひろく世間の関心惹くべし。
十一日　弁明書はかどる。ネー処刑［仏元帥、仏革命戦争の英雄。エルバ島脱出のナポレオン征伐を国王に命じられ「鉄の檻に入れてお連れ申す」との言に背きナポレオンに合流、王政復古後逮捕、反逆罪で七日銃殺］！　ベランジェ夫人より短箋。余に対する連中の敵意和らぐことやある。失望。夫人、自宅に不在。
十二日　仕事、弁明書。ベランジェ夫人の姉妹死す。これにより余が当地逗留の支障決定的となる［情況不詳］。今宵の招き外されたるを見るに、グルヴィル家の礼儀作法いまだ怪し。
特赦令［特赦除外の令］。処分恣意的なれども緩和さる。フランスが住むに適する国となるか見極めん。此処になお数日留《とど》まり弁明書おそらく当地にて刊行のこと。
十三日　新計画、余の見るところ最善なり。一月間良き住居《すまい》を確保、弁明書を脱稿、当地で印刷に付しパリへ発送、ルイ十八世及び内閣には直送のこと、かく身の証を立てし後、仏在住許可の有無を待たん。仕事。
十四日　弁明書、進捗少しく。
十五日　仕事。リノン［妻の愛称］と渡英、良しとせん。
十六日　仕事。来信、マッキントッシュ。渡英、良しとせん。
十七日　弁明書、然るべき書とはなりぬべし。夜、妻とグルヴィル家宅。
十八日　仕事、代議院［衆議院］に関する部分。脱稿出版の念《おもい》しきりなり。
十九日　仕事。ハーグより返。英国行旅券、難。難打破を図るべし。
二十日　旅券のためあらゆる方面に書を認む。午餐、シューマッハー［ブリュッセルの実業家、紡績業］夫人宅。
二十一日　仕事。

二十二日　仕事。パリ、音沙汰なし。不可解。夜、グルヴィル家宅。妻、機嫌回復の兆。
二十三日　仕事。進捗、意のままならず。
二十四日　仕事。弁明書、揺ぎなき体をなす。我が身はや英国に在らましかばうれしからまし。
二十五日　仕事。午餐、ジェラール宅［仏元帥、ベルギーに亡命。ベルギーはナポレオン後、列強諸国の取引を経て一八一五年英国主導で成立したオランダ（ネーデルランド）王国に所属］。
二十六日　仕事。余が弁明書、国民的賞讃を得べきものに成し遂げたし。リノン、まさに天女なり。リノンが許に完全回帰す。生涯これと別るることあるまじ。晩餐、アムラン夫人宅。
二十七日　仕事。パリ、音沙汰なし。ジュリエットならば驚くにはあたらぬも、相手が余の事業［小作農地運営］関係者なれば、無音もって不可解なり。
　ラヴァレット氏脱走に両議院狂乱激怒［郵政局長官として信書検閲にあたるが百日天下に与した廉で死刑判決、妻（ジョゼフィーヌの姪）と娘の手引あり女装して脱獄］。天晴《ブラヴォー》、我が友どちよ、我らの手にフランスを取戻すは同志諸君なるべし。夜、妻とレディ・アルヴァンレ宅［英議員娘］。
二十八日　進捗纔なるも然るべき弁明書とはなりぬべし。仏人一人残らず当地追放との噂。
二十九日　進捗、纔。深憂。仕事怠るべからず。
三十日　仕事。パリより旅券受領。夜、グルヴィル家宅。
三十一日　〈パリ新報〉。特赦から除外か。〈モニトゥール〉紙。〈パリ新報〉、誤報［特赦除外者は三月二十三日以前任命された大臣・参事院評定官。コンスタンは四月二十日、該当せず］。

一八一六年一月

一日　新年。仕事。進捗、纔。グルヴィル家舞踏会。
二日　仕事、纔。レディ・ジョージ＝シーモア宅［夫は後の英海軍提督］にて余が「小説《アドルフ》」を読み聞す。
三日　終日、眼痛。
四日　仕事、少しく。夜、レディ・シャーロット宅［既出グルヴィル夫人か、或は後出カンベル夫人か］。
五日　仕事。レカミエ夫人、当地に在りきとの噂。この噂に動顚す。
六日　仕事。夜、レディ・ジョージ宅。
七日　仕事。英国行旅券。なべて思は英国に馳す。
八日　仕事。夜、バーネット夫人宅［不詳］。
九日　仕事、少しく。英国に在らざらば然るべき成果挙ぐるに由なし。午餐、クリーニー氏宅［不詳］。
十日　無為。急ぎ英の地を踏まざるべからず。
十一日　仕事、進捗なしに等し。来信、ジュリエット。情けあり。
十二日　仕事、少しく、だが筆遅々として時切迫す。
十三日　仕事、少しく。来書、事務通信落手。メラン手当かさむ［筆耕］。
十四日　為せしは事務通信執筆のみ。午餐、クリュッケンブール宅［オランダ王国当主オラニエ公臣下、仏人亡命者と交流ありＰ］。夜、レディ・シャーロット宅。余が帰宅遅かりしを巡り妻と諍。余、見せしめに怒りを顕にす。女房強く出れば亭主遠慮すとの了見封ずべし。
十五日　出発準備着手。著作新計画。書簡体、分冊刊行［弁明書『百日天下回想録』］。この書、ヨーロッパを相手とする書たるべし。
十六日　報［国王処刑犯、百日天下関係政治犯・戦犯、ボナパルト一族、以上三関係者に対する大赦令（減刑）国会可決。大半は国外追放処分となったが、軍人の多くは選に洩れ処刑された］。前代未聞、最悪の反動。さもあらばあれ。弾圧に喘ぐ仏の生き証人として英に渡らん。
十七日　午餐、グルヴィル家宅。明後日に備え馭者確保。
十八日　荷造。出発、遅くとも日曜日を期す。
十九日　荷造続行。出発明後日。午餐、ドムゥル宅［王政復古亡命画家ダヴィドの寄寓先か P］。この期に及んでは行動は賢明なるべし。
二十日　準備了。明日出発。ままよ。
二十一日　出発す。旅程、至ガン。
二十二日　旅程、至ブリュージュ。
二十三日　旅程、至オスタンド。妻と長時間喧嘩。英へ連行くことの危惧、ぶり返しぬ。
二十四日　渡りに船。「国王郵船《キングスパケット》」まさに出航せんとす。乗船。
二十五日　航路十六時間。ドーヴァー着。我ついにドーヴァーに在り。妻、いと賢し。
二十六日　ダートフォード着［ロンドン東二十キロ］。為すに何が最善か探るべし。戒むべし、無為に此の地に来たるにはあらず。
　我が立つ地を調べ、後は果敢に戦うべし。
二十七日　妻をダートフォードに残しロンドン着。
二十八日　妻、到着す。金銭をめぐり妻と喧嘩。外部からの連絡皆無。
二十九日　妻、優しさそのもの。二人折合つくべし。仕事。
三十日　住居を求めて奔走。嗚呼、女子、養イ難シ！
三十一日　未だ何も見つからず。

一八一六年二月

一日　家見つかりぬ、これにて叶うべし。
二日　バーク夫人訪問［デンマーク公使夫人、元女優P］。妻、この上なく優し。
三日　引越。これにて仕事［著作］叶うべし、此処で何を為すべきか見極めん。
四日　訪問。午餐、バーク夫人宅。夜、レディ・ホーランド宅［ホーランド卿夫人。才媛、ロンドン社交界の花形。夫のホーランド卿は仏革命支持の自由主義先駆者フォックスの甥にして弟子、人種差別宗教弾圧と闘った英政治家］。接待《もてなし》、総じて抜かりなけれども、女主人、余に格別の関心を示さず。ルビコン未だ渡らざる。渡ることやある。
五日　奔走。車確保。この国の生活費、我が身破産すべし。妻、帰国の決意。本人の意志に任せん。
六日　奔走。理由は定かならねども余が立場曖昧なり。
七日　なお訪問を重ねたり。残すはごく僅か、後は沈黙《モートゥス》。
八日　芝居。英の役者、我が国の役者に比して遙かに自然なり。夜、バーク夫人宅。
九日　訪問数所に及びぬ。ペリー［下院批判の筆禍でパリ亡命中コンスタンと相識ったサンプソン・ペリーか、或は〈モーニング・クロニクル新聞〉社主・主幹の同姓ジェームズか］。さても余は反政府側に立つに至るべし。著書、新構想浮びぬ。だが、筆を執らぬことには始らぬ。レディ・ホーランドに会う。夜、ミス・ベリー姉妹宅［作家ホラス・ウォルポールとの関係で知られた姉の文人メアリーの回想録にロンドン滞在中のコンスタンと『アドルフ』朗読の記述が散見される。妹はアグネス］。社交、軌道にのるべし。
十日　仕事開始。夜、フィッツヒュー夫人宅［ロンドン在住従兄シャルル知己］。
十一日　仕事。午餐、レディ・デーヴィー宅［イタリア時代のスタール夫人知己］。社交、良。労少くして功ありと言うべきか。
十二日　午餐、ストリート宅［不詳］。新聞雑誌屋《ジュルナリスト》、皆ながら相似たるかな。

十三日　午餐、セバスティアーニ。オペラ。
十四日　午餐、バーク夫人宅。我が「小説」朗読。願わくは売行よからんことを。これまでの評判良し。
十五日　パリより不吉な信書。遂に破産の身となるか［パリの資産危うくなる］。仏芝居。
十六日　無為。芝居。サー・ジャイルズ＝オーヴァーリーチ［風俗喜劇『旧債支払新方法』の主人公］。キーン［著名なシェークスピア劇役者］。夜、レディ・デーヴィー宅。

十七日　我が「小説」朗読、レディ・ベスバロー宅［第四代ベスバロー伯爵ホイッグ党党首ダンカノン母 P］。朗読はこれにて最終とす。印刷に付さん。我が弁明書の件、マッキントッシュに打明けしこと気掛の種なり。反政府の立場、余に禍す、政府恐れをなす。連鎖反応の皮肉なる。

十八日　レディ・ホーランド訪問。キナード書簡［英首相ジェンキンソンに宛てた自身の仏国外強制退去抗議書簡、ロンドン刊。キナードは英国会議員、スコットランド美術愛好家、渡仏経験豊富 P］。幸いなるかな、斯う様《ざま》に筆でものが言える国家。なお反政府がよし。
十九日　訪問。午餐、レディ・キャロライン＝ラム［英作家］。
二十日　仕事、少しく。
二十一日　夜、ミス・ベリー宅。キーン、リチャード三世役。
二十二日　仕事、少しく。仏芝居。
二十三日　仕事。夜、ミス・ベリー、レディ・ホーランド宅。
二十四日　午前、マッキントッシュ。刊行控え給えとセバスティアーニの忠告［『百日天下回想録』］。同じ趣旨の筆鋒鋭き書、レカミエ夫人より。さても態度決定せざるべからず。
二十五日　我が「小説」、これが最後の朗読、ミス・ベリー宅［レディ・シャーロット宅との傍証あり］。夜、タイ夫人宅［不詳］。

二十六日　午餐、バーク夫人宅。

二十七日　あるは煩、憂念のみ。

二十八日　著作新構想［書簡体弁明書］。この想、捨つべからず。晩餐、レディ・キャロライン＝ラム宅。レディ・ホーランドより伝言。社交界が敬遠するは余にあらずして余が妻なりと。

二十九日　ランズダウン卿［英の有力な自由主義的政治家、当時野党］より招待状、宛名は余一人。昨日と同じ謂《いい》なり。仏芝居。帰宅、喧嘩。

一八一六年三月

一日　図書館にて仕事。喧嘩続く。夜、バーク夫人宅。

二日　書簡体構想。いずれ出版間違なし。午餐、レディ・デーヴィー宅。妻の仏頂面おさまらず。

三日　仕事。午餐、ミセス・ハーヴェイ宅［幻想文学の傑作、奇書『ヴァテック』で知られるベックフォードの姉妹で同じく作家のエリザベスか］。「あの奥方では貴男の名が廃《すた》る」、バーク夫人からも言われたり。妻の仏頂面おさまらず。

四日　書簡体の構成配列作業了。妻の扱いに窮す。その落胆消沈、見るに見かぬれども如何ともしがたし。

五日　仕事。和解。妻は根は情愛深き女なり、幸福に恵まれて然るべき女なり。夜、ミス・ベリー宅。

六日　仕事。夜、バーク夫人宅。

七日　仕事。第一書簡、骨格なる。妻ここを去るの決意。仏芝居。カミーユ・ジョルダン［仏政治家、反ナポレオン親国王派から反動王朝批判に転じ純理派に与す］。カミーユ、何をせんとて此処へ来たるや。

八日　仕事。キナード卿に読み聞す［弁明書序］。効果、今ひとつの感あり。夜、ミス・ベリー宅。

九日　数頁鋳直す。午餐、キナード卿宅、サー・バーデット、ブルーム卿と共に［前者、自由主義的政治家、カトリック信者の政治的諸権利奪回に尽力す。後者、スコットランド出身の政治家、広い教養と才気で知られたP］。夜、レディ・デーヴィー宅。

十日　仕事、少しく。午餐、ランズダウン卿宅。

十一日　雨中徒歩行にて千里の道。午餐、ホーランド卿宅。

十二日　第一書簡草稿再開。今回草稿進捗間違なし。午餐、レディ・シャーロット＝カンベル宅［英小説家、ジョージ四世時代傍証日記で知られる］。上院［国会傍聴、「さすがなり、本物の議論に胸の高鳴りを覚ゆ、それにひきかえ仏は」とレカミエ夫人宛書にある］。カーナーヴォン卿。カミーユを見掛く。

十三日　サセックス公爵［英王ジョージ三世第六子、人身保護法（ハビアス・コーパス）廃止反対・旧教徒復権支持の国会活動で知られる。後に英フリーメーソン団親方］。仕事。夜、レディ・ホーランド宅。

十四日　仕事。「フーシェ小論」をものす［不詳］。午餐、バーク夫人宅。仏の歌姫。仏芝居。

十五日　仕事。上院。ランズダウン卿。

十六日　仕事。午餐、アバークロンビー宅［英の医師、思想家］。夜、クロフォード夫人宅［エルバ島脱出パリ帰還のナポレオンを恐れコンスタンは一時米公使館に避難したがその時の公使夫人か］。パリより来書。レカミエ夫人友情篤く。結婚せしアルベルティーヌより書［新婦新教、新郎旧教の二重神前結婚二月二十日於ピサ、夫は貴族院議員ヴィクトール・ド・ブロイ公］。

十七日　朝餐、キナード卿宅。仕事。訪問。午餐、レディ・ロミリー宅［夫は仏革命思想を擁護し司法改革と死刑廃止に取組んだ英法学者P］。洋の東西同じ礼節。

十八日　仕事。夜、ミス・ベリー宅。来信、ロワ氏。余が資産、種々の危険にさらされたり。財のなお残《ざん》ある今、建直を計るが賢明なるべし。

十九日　弁明書執筆了。「多神教論」、序説の紙幅を拡大し著書全体の構成と論旨を書き加え、これを一本として先行自費出版を目指す、政治関係書［弁明書］刊行はその後に譲るとの新構想浮上す、悪くなし。英芝居。

二十日　序説を一本とする出版不可能、だが思捨て難ければ序説を増補、これに冒頭三章を加え一本として刊行との想浮上す。夜、レディ・ホーランド宅。

二十一日　検討するに前半三章刊行は準備不足と判明す。先ずは簡にして要を得たるものから始むべし、「ホブハウス宛書簡」［バイロン知友の英政治家ホブハウスの新刊書『ナポレオン最後の治世下パリ在住一英人が綴りし書簡抄』、これを弁明書の題名とすることを思いつくP］。再び弁明書に戻りぬ。次いで、身は仏国内か国外か、我が「多神教論」本格的執筆に掛るべし。仏芝居。忌々しき風邪。

二十二日　訪問。午餐、ビッジ氏宅［特定できず］。風邪に体調を崩す。二三知己を得る。早速招待を受く。

二十三日　仕事、第二書簡。夜、フィリップス夫人宅［不詳］。

二十四日　第二書簡浄書ほぼ終了。夜、アバークロンビー夫人宅。妻に出発の意再来。

二十五日　第三書簡編集開始。午餐、レディ・デーヴィー夫人宅。

二十六日　第三書簡、大部を浄書す。夜、レディ・ランズダウン宅。

二十七日　第三書簡浄書了。夜、マーセット夫人宅［スイス出身、通俗科学書出版で知られる］。舞踏会。

二十八日　仕事。仏芝居、退屈至極。

二十九日　仕事。午餐、ウェッデル夫人宅［若き日のディズレーリがバイロン宛書簡で〈華アル老女〉と言及せし婦人か］。

三十日　仕事、少しく。午餐、サー・ジョン・スウィンバーン宅［大詩人スウィンバーンの祖父か］。

三十一日　仕事。訪問。午餐、ダーンリー卿宅。

一八一六年四月

一日　仕事。訪問。夜、レディ・ジャージー宅［ジャージー伯爵ヴィラーズ夫人P］。ヨーク公爵夫人［普王フリードリヒ二世娘］。妻に手こずり煩憂。

二日　奔走。妻、病。人生は行くに任す、学んで知りぬ。金銭関係を除き万事整う。夜、仕事。

三日　キナード卿に書簡朗読。断固、第一第二書簡早急に印刷のこと。舞踏会。

四日　仕事。午餐、キング卿宅［ホーランド卿の友、同じく自由主義的野党で活躍］。仏芝居。

五日　仕事。夜、バーク夫人宅。

六日　仕事。夜、アバークロンビー夫人宅。

七日　午餐、バーク夫人宅。夜、グレー卿宅［英政治家、ホイッグ党党首。アウステルリッツ敗戦の衝撃で病没した反ナポレオンの急先鋒小ピットの宿敵。一八三〇年首相］。

八日　仕事。第一書簡［弁明書］を二分割す。その前半部、直ちに刊行のこと。夜、レディ・ジャージー宅［離婚、異母姉との醜聞等で社交界の大顰蹙を買ったバイロンの名誉挽回を図らんとして開かれた夜会であったが、婦人連の非難収まらず追放宣告を受けたに等しくバイロンは英を去ることになった。コンスタンこの夜会で前述のホブハウスを識る］。

九日　独からの為替手形受領。午餐、レディ・ホーランド宅。

十日　家《いえ》探し。夜、仕事。

十一日　仕事、纔。田園の家見学［不詳］。仏、事態紛糾深刻なり［新選挙法をめぐり内閣と議会の抗争から議会と国王の対立へと発展］。夜、レディ・デーヴィー宅。

十二日　ブロンプトン街の家に決定。夜、バーク夫人宅。

十三日　仕事、良、だが出版と相成るか。外出なし。

十四日　仕事、良。夜、レディ・ホーランド宅。

十五日　市長主催の舞踏会入場券を求めて奔走。夜、レディ・ジャージー宅。市長主催舞踏会。妻との暮し、それなりに穏やかなり。

十六日　無為。

十七日　仕事。第一書簡完了。夜、ミス・ベリー宅。

十八日　仕事。序文なる。月曜日印刷開始。事は大胆無謀なれども世論これを受くる機充分熟したり、それに余が立場、座して待つには余りに悪し。アーガイル・ルームズ［有名な演奏会場］。

十九日　序文浄書。午餐、ホープ夫人宅［舞踏会、晩餐会主催者として知られバイロンの書簡にもその名が出るトーマス・ホープ夫人か P］。夜、レディ・ホーランド宅。

二十日　キナード卿に「書簡」を渡し閲覧を乞う。引越。

二十一日　引越片付。夜、レディ・ホーランド宅。予算通過［仏代議院長期の対立抗争後予算案一括投票］。議会分離案［不詳］、現状のままでは不可、或は時期尚早なり。

二十二日　原稿［弁明書］を引取にキナード卿宅へ赴く。原稿、卿の意に適いぬ。断固今週印刷に着手のこと。ままよ。晩餐、レディ・ジャージー宅。帰宅、三時。

この「日乗」再読して千思百考す。ジュリエットへの恋情去りぬ。何時かまたあの女と同じ町に住むことあるとも生涯再会はすまじ。余の心はあの女に友情の一片《かけら》とて持つに持てず、もはやなし。あれほどの悪党にはお返しは要らぬこと、されど呉れる友情は事荒立てずに貰っておく。余の安心休息、学問、人生を手玉に取りし女なり。呪われてしかるべし！　嗚呼、余は狂人なりき！　今やすべては終りぬ。女に文を書き遣る、そこまでお目出度くはなし。金輪際、女には再び会うまじ。金輪際、女には仕うまじ。なおせめて女の名は傷つけまじ。またぞろ！

二十三日　奔走。原稿戻る。序文明日発送のこと。徒に時を遣らず、書簡続篇準備のこと。

二十四日　仕事。夜、ミス・ベリー宅。舞踏会。

二十五日　仕事。序文、印刷屋に手渡す。だが仏の政情沈静化せんか、余なお刊行に踏切るか、怪し。仏芝居。夜、レディ・デーヴィー宅。

二十六日　我が弁明書再考。攻撃的態度は一切無用のこと、一八一五年のフランスは「自由」に依り救国可能なりしを明らかにする、為すべきはこれなり。されば敵の数も減少せん、それはともかく、余にしてもすべてを語ること可能なるべし。この主旨に沿い仕事を進めたり。午餐、ペリー宅。サセックス公。演奏会。

二十七日　妻の旅券でドスモン訪問［駐英仏大使］。妙に厚遇さる。可能とあらばフランスへの道を自らに閉ざさざるべし。

妻、出発決意と見ゆ。序文再読。鑄直、筆調和らぐる要あり。午餐、フィリップス氏宅〔不詳〕。夜、ミス・ベリー宅。

二十八日　仕事。第一書簡了。今回はこれをもって良とせん。妻、余に愛着あり、添うて残らんと思直したり。愛情ということでは申分なき人間なり。社交界には適さぬ女と思悩みしは余の取越し苦労なり。このこと妻に隠して言わざりしは幸いなりき。夜、レディ・ホーランド宅。

二十九日　仕事、第二書簡編集執筆。出来よかるべし。芝居。『コリオレイナス』〔シェークスピア劇〕。夜、ウィルモット夫人宅〔筆名レディ・ディクルの英作家か〕、レディ・ジャージー宅。

三十日　仕事。ラムフォード夫人。パリ、予想に違わず。いざ出版。我が「小説《アドルフ》」印刷に廻しぬ。夜、レディ・デーヴィー宅、ランズダウン卿宅。

一八一六年五月

一日　午前、訪問。エルジンの大理石〔英大使エルジン伯が持帰ったパルテノン神殿円柱頭の一部、大英博物館収納〕。浄書。夜、舞踏会。

二日　午餐、クロフォード夫人宅。

三日　所用で奔走。仏芝居。演奏会、ビッジ夫人宅。来信、レカミエ夫人。大いなる迷。今の余の困惑支障の因は政治にあらずして如何ともし難き妻の立場なり。妻を此処から出さんとすればフランス行決意せざるべからず。

四日　午餐、ベアリング〔自由貿易擁護の英政治家か〕夫人宅。余一人のみレディ・デーヴィー宅招待。行くに及ばず。妻に対するかかる非礼、許し難し。妻が此処に居るかぎりいっそのこと社交生活断ちたし。

五日　粗忽女《め》レディ・デーヴィーのお陰で不快なる朝。午餐、当の本人とクライヴ夫人宅［エドワード・クライヴ郷士妻］。当人の弁解めいた嘘八百。夜、レディ・ロミリー宅。

六日　不快なる朝。千思百考。余の手で妻をこの島国から連出すが最善策なるべし。単身出国ゆめあるまじ。この妻あれば余は社交の外に置かれたり、身の破滅をも招くべし、さても善は急ぐべし。夜、レディ・ジャージー宅。

七日　なおまた不快なる一日。ピーターシャム行［テムズ左岸小邑］。喜劇的社交。スペンサー氏［反政府自由主義政治家］。カンバーランド公。午前五時帰宅。

八日　二十七年前の今日この日、結婚す［初婚］。あの時、これを書き記す今この時刻、余は異様な情況の中に居たり。かの結婚は驕愚なりけり。爾来、この驕愚数多《あまた》たび犯すにいたれり。

妻と談、妻に旅券を持ち来たるが、妻そを行使するには及ぶまじ。情愛いと細やかにしてまさに天女なれば、これを苦しめ虐《しえ》ぐる、心を鬼にするとも余にはその力なし。さればここから始めん、我が力の及ばざるをなお望みて自ら懊悩す、止むべし。此処に残るは我が身の破滅となる、此処の社交は余が望むところにあらず。だが「外国人法《エイリアンビル》」［外国人の不動産所有・職業選択の自由禁止］撤回とならば試みに新聞に手を出さん。存続とあらばベルギーに渡り著述に身を入れん。フランスは不可能なり。もはやフランスは諦むるとも、気力を尽し我が力と時を徒にはすまじ。舞踏会。

九日　七年前の今日この日、余が結婚をスタール夫人に宣告せしめたり［現妻シャルロットとの秘密結婚］。政治書簡浄書再開［弁明書］。我が「小説」の序文をものす。仏芝居。

十日　仕事。夜、ビッジ夫人宅、レディ・グレー宅。馭者の錯覚、カーディガン卿宅、飛入りの大夜会《ラウト》。

十一日　仕事。午前、訪問。夜、マーセット夫人宅。レディ・デーヴィーより招待。

十二日　外出なし。

十三日　仕事、小説の序文。夜、レディ・デーヴィー宅、レディ・ジャージー宅。
十四日　仕事。ペリー宅にて大演奏会。サセックス公。
十五日　仏叛乱［ボナパルト派によるブルボン転覆の謀叛、於グルノーブル。六月首謀者逮捕処刑］。「日乗」五年前今日開始。序文調整。夜、ミセス・ビッジ宅。舞踏会。
十六日　仕事、政治書簡。仏芝居。
十七日　仕事。仏騒擾。夜、レディ・グレー宅。
十八日　仕事。前書《まえがき》の悲にして抑えあるをものせん。余が弁明書、潔《いさぎよ》き行為の書となすべし。妻、天女なり。
十九日　仕事。セバスティアーニ、パリへ発つ。午餐、ダグラス・キナード宅［前出の弟、バイロン友］。
二十日　仕事。英芝居。『バートラム』［アイルランド作家マチューリンの傑作悲劇。俳優キーンの出世役］。つまらぬ通俗劇《メロドラマ》。夜、レディ・ジャージー宅。
二十一日　夜、ミス・ベリー宅。舞踏会、ダーンリー卿宅。
二十二日　訪問。午餐、ミセス・クライヴ宅。サー・フランシス・バーデットより招待。列座危険なきか［バーデットは野党首領］。夜、マーセット夫人宅。舞踏会。この暮し、倦《うん》じ始む。
二十三日　仏より報。容赦なき惨殺［叛徒処刑殺戮、白色テロル］。出版の念つのる。午餐招待躱《かわ》しぬ、賢明なり。午餐、クライヴ夫人宅。仏芝居。
二十四日　仕事、前書《まえがき》。危ない橋も渡るべし、もとより余の考えに変りなし。だが昨日の招待を避けたるは賢明なり、身の破滅間違なし。舞踏会、ミス・ボディントン宅［木綿王サミュエル・ボディントン一族か P］。
二十五日　完全版の新草案、再度一から手直す。午餐、レディ・クルー宅［曾て美貌で浮名を流した。この時七十四歳 P］。夜、ミス・ベリー宅。プレーフェア［スコットランド出の地質学者か］。スコットランドの思出［若き日の遊学と放浪、生涯至福の思出］。彼《か》の地へ行きたし。集会、レディ・ロミリー宅。
二十六日　仕事、良。今回の新草案、これに勝るはなかるべし。夜、ミス・ベリー宅、レディ・ホーランド宅。
二十七日　仕事。夜、レディ・デーヴィー宅、レディ・ジャージー宅。
二十八日　仕事。妻、眼病もて余を百悩せしむ。仏より報。連中なお益々猛り狂いぬ［急進王政復古主義者］。此処を出れば災難《わざわい》降りかかるべし。さりとて妻を思えば此処を出《いで》ざるべからず。
二十九日　仕事。妻の眼病いたく悪化す。何はさておき急ぎ出版を考えスコットランド旅行断念す。
三十日　仕事。マリアンヌ〔義母〕相手に馬鹿らしき一件〔後出八月十七日参照〕。仏芝居。
三十一日　仕事。発信、マリアンヌの一件。『ヘンリー八世』。ミセス・シドン〔英名優〕。下男の姿見当らず一荒れ。些事、余を狂人と化す。舞踏会、レディ・グレー宅。
　出版、千思百考す。出版を先送りし、妻をブリュッセルへ連戻すをよしとするか。問題は出版の時機を逸することだが、刊行まで三週間を要するのが常であり、今すぐかかるとも時機を逸する可能性に変りはあるまい。現政権が宥和主義に転ずとあらば、後の祭り、早まった出版により数知れぬ敵を持つ身となり、フランスには住めぬ。暴政継続とあらば、余が弁明書、これまでに勝るとも劣らぬ物議醸すべし。現政権崩壊とあらば、唯一この場合、出版見合せが悔やまる、しかし弁明書の対国王穏和主義が世に出れば急進愛国一派〔急進共和主義者〕に於ける余が評価失墜せん、この可能性なしと言い得るか。
　余の個人的立場からすれば、出版延期の利は明らかなるも、財政、妻の今の心身煩苦、いずれ劣らず禍し、この立場せっぱ詰りついに社会的立場を根こそぎ失うこともあり得る。かくならぬために、妻を海の向こう側へ連帰し、余単身此処へ戻る、在京《パリ》代理人に今少し時間を与え余の「事業」に当らす。社交生活に自由を得る、身の破産回避しつつ仏の動向を再び追う。妻と此処に残るは実質的に不可能なり。妻を引き留《とど》むるも得るところ結局なにもなく、我が身を危うくするばかりなり。機を逸すれば此処へ戻ること許されぬ恐れある。追出すよりも入るを妨ぐる、国にとっては面倒少なし。思うに以下なるべし。独への旅券取得。「小説《アドルフ》」のため一週間在ロンドン。発売期間中二週間英国内巡り、三週間後出発。

一八一六年六月

一日　午餐、デヴォンシャー公宅［ダービシャー州知事］。
二日　仕事。分冊とせず完本として出版のこと、言を俟たず。
三日　ロンドン行。仕事、少しく。
四日　仕事。午餐、カーナーヴォン卿宅。
五日　妻をスパへ連行［ベルギー温泉地］、断固決行のこと。ベルギーでも構わぬとあらばベルギーでよし。舞踏会。
六日　仕事。仏芝居。
七日　仕事。夜、ミス・ベリー宅、レディ・グレー。レディ・シャーロット・グルヴィル。
八日　銀行とドクサ家巡り。先々で田舎へ誘わる。妻なかりせば！　夜、レディ・コーク宅［ロンドン屈指の文学サロン］。妻、例になく目の患に鬱ぐ。妻を連行き一人戻るべし。アルベルティーヌ誕生日［十九歳］！
九日　田舎行、ホブハウス宅。
十日　ホイットン山荘滞在［ロンドン東郊外、ホブハウス別荘］。
十一日　帰宅。夜、レディ・デーヴィー宅。ベルギー、千思百考。憂。
十二日　市中の部屋を借る。午餐、ウィルモット氏宅。夜、ミス・ベリー宅。舞踏会。
十三日　奔走。レディ・シャールヴィル［ロンドンとダブリンの上流社交界で名を馳せたP］。アーガイル・ルームズ。ヨーク公爵夫人。
十四日　サセックス公、レディ・キャロライン＝ラム訪問。夜、ミス・ベリー宅。
十五日　引越。
十六日　深憂、よしなき消沈。

十七日　サセックス公。夜、レディ・ジャージー宅。
十八日　上院、「外国人法《エイリアンビル》」審議［前出五月八日］。
十九日　整理。我が「小説」、才ある作として大成功［六月六日前後刊行か］。訪問。妻のベルギー計画。土地を求め適所に居を定むと言う、本人に任すに如かず。夜、レディ・コーク宅、レディ・ロミリー宅。舞踏会。
二十日　政治書少しく浄書［弁明書］。仏芝居。
二十一日　草案改良。夜、レディ・グレー宅。
二十二日　訪問。クライヴ夫人死す。斯くも人は死に行くなり！　新聞紙上、『アドルフ』評、嘆かわしき一節［作者と現存人物数人を廻る私小説との評］。如何せん。夜、レディ・キャロライン＝ラム宅。
二十三日　新聞に否定記事ものす［〈モーニング・クロニクル新聞〉投稿、作者と現存人物一切関係なしとしてモデル説強く否定］。深憂断腸。
二十四日　出発準備。絶望。夜、レディ・ジャージー宅。我が「小説」大成功。
二十五日　コルバーン［『アドルフ』版元］と由なき商談。騒動。一人で発つ、と妻より提案。午餐、サー・チャールズ・コルヴィル宅［ウェリントン麾下の将軍］。愛しのリノン［妻シャルロット愛称］が独り流離《さすら》うは見るに忍びず。同道すべし。我が「小説」の序文に掛る。
二十六日　序文脱稿、出色の出来。終日在宅。
二十七日　序文鋳直す。アーガイル・ルームズ。
二十八日　来書、レカミエ夫人。フランスへ戻り給えと夫人から急かせらるるにつれその意なお減ず。夜、ダヴェンポート宅［英の伝記作家］。
二十九日　我が「小説」、コルバーンと協定。印税七十ルイの約。夜、ミス・ベリー宅。

三十日　浄書、少しく。夜、レディ・クルー宅［当節十指に入る美女と言われた］。

一八一六年七月

一日　訪問。舞踏会、レディ・グレー宅。
二日　夜、ミス・ベリー宅。
三日　奔走。妻に肩掛を贈る。我が「小説」の翻訳［英訳原稿］、悪くなし。夜、レディ・シャールヴィル宅。
四日　浄書。仏新聞、余に関する記事［『アドルフ』書評］、攻撃控えられたり。仏芝居。
五日　浄書。妻と予期せぬ喧嘩。非は完全に我にあり。相手には余にふと見せし愛情表現の積りなりしが、余はそれを種に相手を責め苦しめたり。夜、レディ・コーク宅。
六日　なお喧嘩。和解。妻は根は素晴しき人間なり。夜、仕事。
七日　我が「政治書」、進捗良。果してこれ我が身を助くることやある。夜、ミス・ベリー宅。出発、金曜日と定む。
八日　仕事。夜、レディ・ジャージー宅。午餐、ウィルモット氏宅。
九日　無論、二人同道オスタンド経由のこと。身に余るリノンの有情。
十日　用事、買物に奔走す。夜、レディ・コーク宅。セント・ヘレナ島でボナパルトに会いたる英人［不詳］。舞踏会。
十一日　午前中一杯奔走。ファジェル［駐英蘭大使］。旅券関係完了。英国、心残り多し。アーガイル・ルームズ。
十二日　出発準備。夜、ミス・ベリー宅。
十三日　朝餐《デジュネ》、ラボルド［仏政治家考古学者］。和解の可能性をめぐる連中の愚論愚考、いやむしろ転向脱党を考え騙されたる振りをすと言うべきか。夜、ウォーカー［『アドルフ』英訳者、エディンバラ大講師］、この男に余の問題何がな取計い頼みたし［印税の一件］。

十四日　朝餐、ロジャーズ宅。*サー・フィリップ・フランシス［英政治家］。妻、ヨーク公爵夫人より懇ろなる接遇《もてなし》を受く。この国を去る、残念なるかな！　余の「政治書」［弁明書、正式には『百日天下回想録』（書簡形式一八二〇年刊）］、印税三百ルイ約さる［ウォーカー仲介によるも実現せず］。夜、レディ・ホーランド宅。

＊英詩人、その日記十四日（抄）「朝餐、バンジャマン・コンスタン。独語英語を交え他人に判読出来ぬ日記欠かさずつけたりしが今は以前に比し記述きわめて短くなりぬ、理由数多あるべし。『アドルフ』、告白場面、多くは作者の体験に基づく。今なお仏人男性とパリに暮す英国女リンゼー某夫人、コンスタンの胸に去来す…」P

十五日　本日この日より我が生活なお厳しく律すべし。自堕落放縦の実害、身に余るほどなり。我が「戒律」以下の如し、一、交接、或はその類を断つ。二、仕事に精進。三、再入国叶えば早速ここ英国に暮す、そを目標とす。四、余が在仏資産、亡きものと見きわめその残滓を拾い集め此処へ移す。

身辺整理。夜、レディ・ジャージー宅。麻疹用心！

十六日　整理、浄書。パリの本屋と談［『アドルフ』版元］。コルバーンとの約、恐らく不調に終るべし、だが印刷はブリュッセルのこと。夜、ウォーカー。

十七日　奔走。所用。銀行《ドクサ》勘定。来信、スタール夫人。我が「小説」に因る我ら二人の「仲違い」なし。

十八日　荷造。妻の情、身に染みて感ず。仏新聞に『アドルフ』抜粋。讃辞と悪意。アーガイル・ルームズ。

十九日　新聞記事。貴重なる資料。新教徒迫害に関するペロー報告書［第二次王政復古下宗派対立厳しき南部で白色テロル荒れ狂い旧教徒による新教徒大量虐殺事件が起った。ペローは英国教会牧師 P］。これについては然るべき一章ものせずばあらず。夜、ミス・ベリー宅。

二十日　新聞抜粋。出発準備。午餐、ミス・ベリー宅。

二十一日　発信、ドスモン氏［駐英仏大使］、カレー経由につき。些か過ぎたる懇切丁寧の返書。薄気味悪し。ままよ。

二十二日　リーへ発つ［ロンドン南二十キロ］。三十五年ぶり、昔の我が家庭教師に会う［英人ナサニエル・メイ、この時リーの牧師。和蘭瑞西での家庭教師、師二十歳、弟子十三歳］。師老いたり、愚弟また然り。師その生よく治めたり、愚弟その生しくじりぬ。

二十三日　リーを発ちぬ。「多神教論」、神の御加護に委ね預けたり［メイに原稿を託す］。これ失うことあらんか、余が生涯の文業すべて断たるべし［一八一八年手許に戻る］。ロンドン着。優しさ勝る妻にしあれど、余は結婚の重荷煩労に取憑かれたり。

二十四日　下男、ドーヴァーへ発ちぬ。余が仕掛けたる憂と乱の一日。妻、驚くべき忍と情もてよくこれに堪えたり。自分はスコットランドに定住せんとの妻の申出。まさに天女なり。パリの「事業」気掛なり。

二十五日　出発。リーへ立戻り原稿の保管遺漏なきを確認す。セヴンオークス泊［ロンドン南三十五キロ］。明日はドーヴァー。神ノ御意ノ行ハレンコトヲ。

二十六日　旅程、至ドーヴァー。カシャン［下男］と行李先着。

二十七日　カシャンを乗船させオスタンドへ向かわす。カレーへ発つ。浪路快走二時間。小吏の仕事熱心なる。デカロンヌ氏［不詳］の慇懃の過ぎたる。旅券、スパ行査証さる。妻、いと優し。

二十八日　デカロンヌ氏訪問。旅程、至ダンケルク。

二十九日　旅程、至オスタンド。カシャンと行李先着。

三十日　フォルタン［パリの弁護士］より吉報［不詳］。旅程、船上至ブリュージュ。

三十一日　旅程、船上至ガン［ゲント］。

一八一六年八月

一日　旅程、至ブリュッセル。

二日　逗留。スパ行躊躇。決定。
三日　逗留。発信、余が「事業」関係。
四日　旅程、至サン・トロン。
五日　旅程、至スパ。道すがらアルノー［仏政治家、劇作家、第二次王政復古下追放、蘭へ亡命］。リエージュにてテスト［仏政治家、リエージュへ亡命］、クリーニー［不詳］。
六日　住確保。モンロン［仏貴族、名だたる賭博狂］。キナード。
七日　引越。余は尊敬と感謝の念は忘れぬではないが、シャルロット煩。夜、集会。
八日　午餐、キナード卿宅。
九日　用事数件こなす。明日すべての用件にきりをつけ、仕事に掛るべし。
十日　節々《ふしぶし》の凝《こり》。夜、舞踏会。
十一日　病本物。
十二日　病み益《まさ》る。胆汁性発熱症状を呈す。
十三日　少しく回復す。
十四日　更に回復す。
十五日　発信、「事業」関係。病癒ゆ。
十六日　明日、仕事のこと。更に発信、「事業」関係。
十七日　マリアンヌ［義母］弁護の書、ロザリーに認む［関係者の手違によるマリアンヌの金銭的損害を報告］。その直後、当のマリアンヌより似愚《おろか》しき書届く。まともに相手とせば、余また似愚しと言われて然るべし。
十八日　マリアンヌを正気づけるべく手紙を認む。
十九日　明日こそ仕事を期す。「事業」関係通信すべて了。
二十日　仕事。

二十一日　仕事。
二十二日　仕事。
二十三日　仕事。
二十四日　仕事。
二十五日　仕事。
二十六日　仕事。パリより来信なし。余が帰仏の行手に妨害障壁やある。神ノ御意ノ行ハレンコトヲ。クリューデネル夫人迫害さる［秘教布教活動でスイスを追われ独へ逃げる］。不憫なるかな！
二十七日　仕事。なお来信なし。我が妻にその息より雁便を、我に「事業」の吉報を与え給え。
二十八日　仕事、少しく。なお来信なし。
二十九日　仕事。来信なし。

三十日　我が現状に則り身辺整理計りたし。それがために為すべきは、
一、ロワ氏より名義変更届取得のこと、必要とあらば手数料九百フラン送金のこと［ロワ氏夫人（母方叔母）がコンスタンのデュルール夫人に対する債権の名義代理人］。
二、クレレに二千七百七十フラン支払のこと［家購入代金］、必要とあらば資金を送りマリアンヌのために抵当優先権設定手続を行うこと。
三、フォルタン氏［パリの弁護士］と余の債務整理を計り、同氏の手を借り督促やかましき借金をすべて弁済する、必要とあらば、同氏に高金利を払い、今後一八一八年一月一日まで金の煩はなしとすること。
四、債鬼と言わるるも可、デュルール夫人に厳しく返済を迫ること。
五、以下の物取寄すること、①ローデ夫人から、ゲッティンゲン残置私物一式、②ロザリーから［全集版脱漏］、スイスの蔵書と鞍、③フォリエルから［全集版脱漏］、パリの蔵書、メイから「多神教論」。

来信、ロワ氏より愚にもつかぬ書、名義変更届出し難しと御託《ごたく》並べたり。この悪党、デュルール夫人の七万五千フラン猫ばばせんとの魂胆なるべし。この男なしで済すべし。

三十一日　フルコーより吉報。舞踏会。

一八一六年九月

一日　仕事。パリ不参、ブリュッセル英国往来、著書刊行、以上三案再浮上。

二日　浄書。余が著書、大評判となるは間違なし、だが、余のフランスの「事業」処理こそ望ましけれ。フォルタン、余の委任状入手いらい返なし。如何にや。

三日　浄書。午餐、アムラン夫人宅。フォルタン音沙汰なし。

四日　浄書。なお来信なし。

五日　浄書。妻と喧嘩。来信なし。不可解なり。

六日　なお来信なし。皆目合点ゆかず。

七日　来信、ＤＴ［妻の前夫デュ・テルトルか、或は銀行家ドクサ（Doxat）か］。肝腎の書にはあらず。

八日　ウォーカーより来書［アドルフ英訳者］。英国が余に最も相応しきは明らかなり。

九日　来書なし。

十日　同じく来書なし、だが他の諸情報入る。仏議会解散。事態一変す。この情勢全体における我が立場見極むべし［国王・政府対議会（与党急進王党派）の対立から解散選挙、与党敗北、自由主義派野党の進出著しくやがてコンスタン、ラファイエット等の登場となる］。

十一日　騎馬行。篠突く雨。

十二日　「回想録」、レネが許に送届けんとの案ふと思浮びぬ〔弁明書、『百日天下回想録』、レネこの時内務大臣〕。検討すべし。とりあえずこの方向で仕事進めたり。舞踏会。

十三日　選挙人指名名簿、立憲主義派一色。結果や如何に。

十四日　パリへ出る決意に後《おくれ》なし。来信、フォルタン。余が「事業」、自らパリへ乗込まば何とか解決可能と確信す。

午餐、レディ・アルソープ宅〔前出スペンサー妻〕。

十五日　来信、ベルタン〔〈デバ新報〉創刊者〕。招待の冷やかなる。午餐、妻とキナード卿宅。

十六日　パリ行決意頓挫。彼《か》の国は常に我には意心地悪かるべし。為すべきは、一、余が彼の国に所有する財資産と債権、出来る限り現金化する、二、家を賃貸に出す、三、家を形《かた》に目一杯の借金をし返済は長期とする、四、余の「政治書」に欠けたる資料をすべて蒐集する、五、シャルロットに安住を定むる、六、渡英。

十七日　パリ行決意して以来、徒に時を遣過すばかりなり。午餐、ハードウィック卿宅〔三代目ヨーク伯爵〕。

十八日　展望なく、あるは自堕落厭倦而已《のみ》。

十九日　まさに二十二年前のこの時刻、初めてスタール夫人に出会わんとす。この関係、そもそも結ばざるが、結んだからには断たざるが、今にして思えば賢明なりしか。

競馬。大午餐会。シャルロット、孤独の身に仏頂面をさらす。何故《ゆえ》に関係《なかま》を求めざる、形《つく》らざる、何故に余一人に纏い付かんとす。

二十日　荷造。芝居。正劇《ドラマ》、『アングラード一家』［アルマン・フーキエ著『古今犯罪著聞集』に材を取った「愛とダイヤと泥棒」をめぐる翻案劇］。

二十一日　スパ発。リエージュ泊。ボヴォー夫妻の懇情［ナポレオン侍従・皇后マリー・ルイーズ女官］。

二十二日　ティルルモン泊。

二十三日　ブリュッセル着。されば、パリへ。だが最善は、許多《そこばく》の現金を手中にし、シャルロットをイタリアへ発たせ、そして渡英。

二十四日　シャトーブリアンの著書［『憲章に基づく君主政』、王の忌諱に触れ発禁、本人失脚］。卓見に富む。著者貶斥の王命。厳重処罰。内閣、背水の陣を敷きぬ。妻の執念《しゅうね》く余に追い次《すが》う、いと熱《あつ》かわし！　余に為すべき百事あらんとせんか、妻、百難となりてそを妨ぐべし。人生、行くに任すべし。午餐、シューマッハー夫人宅。

二十五日　鬱として勝《すぐ》れず。さてもフランスへ行かんとす。彼の国に期するところ何もなし。政府は、国民と過激派［過激王党派］の挟間にあって刃の上を渡り歩くに似たり。その寿命永くはあるまじ。シャトーブリアンの著書発禁。相も変らぬ座形《ざなり》彌縫の策、相も変らぬ専横ぶり。我も人の子、野心の色気を懐きしことあり。その色気、今や似愚《おろか》し。行って「残滓《ざんし》」［資産］を拾い、「事業」を畳む、そして英国へ舞戻るべし。これぞ最善なる。シャルロットの幸福を思えば、その身の処置は本人に任すがなおよかるべし。

この「日乗」、当地に残し行かん。この「日乗」に再会ある時、我が一生は決定せられてありぬべし［遂に再びこの「日記」を目にすることはなかった。この「日記」は、預かった人物（銀行家ゲオルグ・シューマッハーと推定される）によってコンスタン死後残された妻シャルロットの許に送届けられた］。

二十六日　止処《ど》なき優柔不断の曲折を経て出発明日に控えたり。されば遮莫《さもあらばあれ》。我が「政治書」持参せん［『百日天下回想録』］。無謀と言うも可。

アメリーとジェルメーヌ

（一八〇三年一月六日―四月十日）

章一　一八〇三年一月六日

余はいま心と精神の危機にあるようだ。過去にも、このような危機のため、生活を根底から覆し、あらゆる人間関係を断切り、新しい世界に逃げだしたことが一度ならずあったが、捨ててきた過去は、釈明を強要され思厭《うんざり》させられた敵のことがかなりぼんやりと、というよりも悲しく思出されるだけで、むしろ、身に沁む解放感と生活を変えてよかったという確信が得られるのが常であった。だが、軽挙妄動は慎むべし。三十五を越えた今、先が頼める身ではない。若さに免じて無分別が許される年はもはや昔のこと、いや、とくに、己を正当化し世間にも名を知られるのに力あった自己愛と自己弁護はもはや持合せぬ身だ。今でも流れる血の激しさはなかなかのものだが、我が身のことなどどうでもよしという気持になり、他人に対する不信感が増大し、その結果、絶望に苦悩するというよりは絶望に無反応というのが今の精神状態なのである。ところで、主として自分を衝動に駆りたてるものはこの倦怠感に対する不安であり、これまでのように生活を変えるとしても余がいちばん恐れるのはまさにこの倦怠感に他ならない。余の今の生活が偽りの生活であるのはもちろんだが、華かな面もある。嵐の渦に巻込まれ、しかも脇役に撤せざるを得ぬ男女関係［スタール夫人］に辛酸のかずかずを嘗め尽している次第だが、この関係があればこそ華かな交際にも恵まれるので、よそではとてもこれだけのものは得られまい。とくに何をせずとも世の主流にのっていられる。流れに逆らって身を投捨てるとも前へ流され、しかも、櫓も漕がなくていいとくる。かりに今の関係を断つとすれば、すべてが変る。呑込まれまいとして渦と闘う努力、肌の合わぬ知名人にまじって伍してゆく苦役、女にして有名とくれば一種の失寵はつきもの、人気が落ちれば思慮を欠く、思慮を欠けば人気が落ちるという因果の悪循環、その愛人である余の評判も落ちる、これらの苦と憂はほぼなくなるはずだ。だが同時に、定住を望むフランスとの絆の多くが断たれるわけだし、さらに、いま自分が我が物にできるジェルメーヌ［スタール夫人］の煥発広博な才気、すぐれた心根、比類なき献身も失うことになる。

だが先を見てみよう。もはやジェルメーヌを愛さなくなって久しい。激しく転変する性格の面白さが愛の不在を忘れさせてくれるのは正直いって事実だ。二人を近づけるすばらしい精神的紐帯がある。しかし、この状態がいつまで続くか。余の心が、想像力が、そしてなによりも、肉欲が愛を必要としているのだ。余の求める女は、余が保護し余が命令し余が自らの腕に抱く女、幸せになるのに難しいことを言わず、横に居ても気にならず、おとなしくこちらの流儀に従うそのような女である。一言でいえば、夫婦生活の外では目立たぬ存在で、余の優しく親密で軽妙な分身となるようなそんな女が必要なのだ。だが、それを何処に求むべきか。頭の悪いのはまったく期待できまい。頭がよければよいで逆効果。頭の良し悪しはともかく、先を続けよう。ジェルメーヌは愛のことばなしでは生きて行けぬ女なり、この愛のことばというやつ、語って聞せてやることが余には日毎に難しくなりつつある。我々二人が仲違いし別れとなるのは火をみるよりも明らかだ。今の関係は続ければ続けるほど、ついに、老と孤立は避け難く、不満をぶつけあい他人の前でも見境なくなるであろう。事そこにいたればいかなる関係も苦痛以外のなにものでもなくなるが、我々の場合、二人それぞれの仕事の性質上苦痛は二倍となる。二人には同じ思想が根づいているが、根づく土台の性格が異るとなれば、二人は支え合うどころか傷つけ合うことになる。余は独裁政治［ナポレオン帝政］の下で口を閉ざすことは出来るが、それとの和解は望まぬところだ。ジェルメーヌは和解は望むところかもしれぬ、だが口を閉ざすことは出来ない。

ところで、繰返しになるが、余に必要なのは、余が自ら腕に抱く女、日毎、夜は快楽を以て夜となし、昼は淑やかさを以て昼となす女である。ジェルメーヌとこのまま続けていくには、卑しい妾でも囲わずばなるまいが、妾でも日陰者といって拗ねたりする、教育すれば穏やかになるものでもない、人目にさらせば恥をかく、隠せば隠すで手に負えぬ。こういう面倒は年とともに益々ひどくなる、物難しく恥ずべき妾でもお払い箱にすれば、自分は独り身を託つことになる、手もとに置けば置くで、尻に敷かれ騙されて我が身の不幸を嘆くことになる、これぞ十年後の余の姿ならん。

余は結婚を望む。結婚こそ最小限の不便と余が求める便の折合がつく場である。他の女との電撃的結婚によりジェルメーヌとの本来の友情がよみがえり、もう愛だ絆だという問題もなくなる。ジュネーヴで結婚すれば世間晴れての塒《ねぐら》がそこに得られる。相手の気持をくみ寛大に情けをもってした離婚であればこちらが誉められて然るべきを、世間はそれを悪ときめてかかる、その離婚の思出も結婚によって消え失せる［一七八九年九歳年上のミンナ・フォン・クラムと結婚、一七九五年離婚成立］。結婚して後悔ということになるかもしれぬ。だが、今をもってして幸福といえるか。常に非難され常にジェルメーヌの政治的立場［ナポレオンに敵視されこの年九月国外追放となる］から注視され、己の人生の舵を一度も手にしたことなし！　二十一歳、余は女［初婚の相手ミンナ］を手懐ける術を知らざりき。初手においてしくじりたり。今はちがう、その心得はある。期待が裏目にでようとも少くとも、穏やかな安定した、まっとうな生活は得られるであろう。長年月の思出のかずかずがこびりついて払拭できなかったジェルメーヌの影響を逃れ独り身になれば、己の能力と手段がいかなるものか、とくに、己の意志がいかなるものか分るはずだ。されば、自身の自由と名声のために為すべきこととして何が残されているか判明せん。かくして、ジェルメーヌの軽率な政治的言動に面目をつぶされることも、その要求に振りまわされて頭は混乱、計画はだいなしということもなくなる。この方がジェルメーヌにとってもよし。ジェルメーヌの意見ほど派手ではないが言出したら頑として自説を曲げぬ男の尻拭はせずにすむのだから。余は結婚すべし。だが、いかなる相手と？

章二　一月八日

当地で余をアメリー［ジュネーヴの良家の出、この時三十二歳 P］と結婚させるはなしあり。いわゆる「歓びの愛」に相応し、といえる類の女ではない。余はアメリーを才ある女とは思わぬ。教育もなく、交友関係にせよ一つとして真面目なものなし。ジュネーヴの社交、気の抜けた夜会通い、おきまりの冷笑の中で大きくなった女だ。思いついたことはなんでも言うので他の連中よりも多少はぴりっとした才を見せることもある。当地の婦人ときたら物笑いになるを恐れるあまり、消極的で、善においても悪においても目立つまいと右へならいをするものだから、女で威勢のいいのは、たとえ繊細を欠くとも、すこしは得をする。亭主にとってこの種の女はどうだろうか。経験上言えることは、或る女と関係を結ぶや、その女のどんな不作法軽率、愚言愚行もこちらにもその責任の一端があるように見えて、実に嫌な思いをさせられるということである。されば、ジュネーヴ人特有の没趣味と無縁とはいえぬ、気の抜けた、節度のない駄洒落の応酬をその生活としてきたジュネーヴ育ちの女が相手となれば、先が思いやられる。ところで、アメリーは美しい目をしている。それに、その態度や威勢のいい言葉《せりふ》とは裏腹に、自分の生活に些かうんざりしているはず、それくらいの良識はある女だと思うのだがどうだろうか。その非常識に悩まされることも時にはあるが、アメリーにすれば今の生活がやりきれず気を紛そうとするあまりのことかもしれぬ。いずれにせよ、アメリーと一緒になる、脈ありと世間は見ているようだが、確かな謂れがあるわけではなし。

章三　一月九日

昨日、舞踏会にてアメリーとかなり話をする。その頭の中、その心の中は、まったくの空っぽ、何も発見できず。冷笑をまじえた果てのないお喋りか、前後の脈絡を欠き、話し手の当人すらなにを言っているのやら分らぬことばの行列だ。見るところ、余に愛される、アメリーには願ってもないこと、いや、余に限らぬ、他の男でもよし、アメリーにとって毎日見ている男と余はまったく同列にあるは間違なし。

余の才能を理解する者、ジェルメーヌをおいてなし。余を他の男と同一視せず、格別の扱いをするもの、ジェルメーヌをおいてなし。だが、ジェルメーヌ、世事政治に夢中！　上の空！　頭は男、気持は女、いっぱし女のように愛されたいとくる！　個人的意見が問われるささいな問題にせよ、二人の考えがぴったり一致する、これぞ愛する男女の紐帯をさらに強化するものと我々は思いがちだが、実は、間違っている。考え方の一致というやつこそ、情を交え仲睦まじくやる二人に水をさす元兇なのである。ましてや、意見の対立となればそれどころではなくなる。要するに、婦人は意見を持つべきでないということになる。

章四　一月十五日

当地に結婚適齢の若い女が四人いる［セロン三姉妹とその従姉妹アメリー P］。四人ともかなりの財産を持ち、うち三人はたいへんな美人である。この三人は父を同じくする姉妹で社交、芝居の常連である。今よりも家居の機会を増やし、社交の無駄口を減し、より真摯な深い愛情を持つ、この三人のよく耐え得るところか、怪しいものだ。家を持ち、亭主を持ち、パリだジュネーヴだ、とその粋をほしいままにするためなら結婚も望むところであろう。パリの粋、政治家の身として、また財産からして、それは余には無理だ。ジュネーヴの粋といっても、余にはこの地に定住の意なし。

余の結婚の目的、それは愛の充足、しかもその愛は余が妻にする以上に妻が余にする愛である。余も人の子、人情、気性、性欲も人並に併せ持つ身なり。よって、色気ある優しい気性の、余に情を寄せる女が一人必要なり。頭の方は余一人でこと足りる。されば、いやしくも余の妻たるもの、頭は不要のこと。ただ、妻は愚を犯すべからざること。余の大なる不安は、アメリーにその恐れのあることとなり。境遇の点では、まさに余に適格といえるかもしれぬ。その財産は余のそれの三分の二に匹敵す、結婚して今よりもこちらが貧窮する憂いはない。係累なく完全に独り身である。独身が人生において最大の強みである年齢はもう過ぎている。我が愛はアメリーに大いなる歓びとなるはず。パリ或はパリ近郊の余の田舎まで余に随いてくるであろう。

しかし、アメリーその人は一体いかなる人物であるか。今日、アメリー主催するところの舞踏会あり。病気の身ながらなかなか艶かな風情ではあった。だが、身の軽薄は否めぬ。昨年主催せし百五十名に及ぶという舞踏会の模様を嬉々として語ったものである！　アメリーにとって結婚は、当初は、愚劣ともいえる生活からの解放感もあり、また、初体験でもあることからして甘美なものかもしれぬが、時が過ぎれば、今の夜会、晩餐、徒言徒事の生活を惜しむ気が起らぬか。なるほど、相手は余に些か関心があるようだが、予期せぬ果報とでも思うからか、或は愛情からか、本人自身なにも分ってはいまい。それにまた、不行儀の数々、つまらぬ冗談の数々、なんという節度のなさ、何事も、考えのあらばこそ、でまかせに応答しようというその習慣こそ恐しけれ！　アメリーを相手とするや男連中の声の調子までが、それにつられて、なんと冷笑的になることよ！

以上その原因の一端は、たぶん、アメリーが受けた田舎教育、現在の生活上の混乱と孤独にあるといえる。いい年をした大人の口からでる十歳の子供の言種にも似て、アメリーの言葉《せりふ》のいちいちに皆が笑う。そして、笑ってくれたといっては自信を持つ。「いや、それがアメリーのすべてではなし、情熱と無縁ならず、愛を必要とし愛を受容れる女なり」と誰か余に告ぐるものありや、「アメリーにとって結婚は決して今の生活の延長となるものにはあらず」と誰か余に告ぐるものありや。さても余は取返しのつかぬ愚を犯すことになる。相手の気持を無理押しし、軽薄で移り気、お喋りの鬱ぎ女を横に侍らせるとなれば、いまの不幸と孤独にさらに不幸と孤独を上乗せすることになるではないか。

章五　一月十九日

余とアメリー近々結婚との噂絶えず。本人もその気なり。今夜の余に対する話しぶりにはなかなか情がこもっていた。そこには、愛が女性に入れ知恵する例の思わせぶりが感じられた。女性はたいてい愛となると頭の回転が早くなるものだ［巻末三月二日自註(二)］。愛となると！　ということは、アメリーの内にも愛のかけららしきものあり得るということか。男に選ばれたという単純な喜びかもしれぬ。アメリーにはめったにない喜びだ。私にも夫がという期待感ではないか。別の男が出現すれば、両方に色目をつかい好意を示すべし。

服装、合格。桃色がよく似合う。むろん、この女に気があるわけではないが、気持としては、優れた点が一つでも発見できれば嬉しくなる、どんな欠点も目にとまれば興醒めだ。せめて、アメリーに思慮分別、常識あらばこちらの心も動くのだが。余に対しすこしは実ある愛情あらば文句はなし。確信がもてず、それとなく他の連中に探りを入れてみるが、これまで耳にした限り、悪口が先行せざりし誉めことば、ただの一つもなしと言わざるを得ぬ。

章六　一月二十日

今晩、或る大舞踏会に行く。例のアイルランド人〔ジュネーヴ滞在中のオブラエン某か、確証なしP〕がジェルメーヌを離さぬものだから、おかげで余は完全に自由の身となり、そこで、こちらもこの男に倣い、アメリーを離さぬ権利を手にしたわけだが、奇妙といえば奇妙、アメリーに関心ありと人にや思われんとの不安に憑かれ、ただ黙して聞くばかりであった。余に対すると同じく、本人は他の連中を相手に馬鹿ばなしに勢いづいたり。余と二人きりにさせてくれという意味の、わざとらしからぬ仕種を一度だけ見せたが、まわりの連中にそれが伝わらぬと見るや、そ知らぬ顔で別の男とお喋りを始めたり。余は、我が意とアメリーの意に反し、二人の傍らを離れざりき。

章七　一月二十二日

今晩アメリーを見るはほんの一瞥。かなり更けて邸に到着。本人、賑やかに迎えてくれたが賑やかなのは声の響きと身のこなしのみ、心とは無縁のいつもの空疎な賑やかさなり。アメリーが正面《まとも》な人間であるのか、他の男よりも余を好しとしてのことか、判断しかねる。他に候補者が現れず、こちらがその気になってアメリーを妻とする、有得ぬことではなし。しかし、アメリーの余に対する愛情が偽りの愛情でないこと、こちらが愛の権利を行使できること、その饒舌に歯止をかけること、余を師、後盾、目上として仰がしめること、これはっきり確認できぬかぎりもちろんお断りだ。

章八　一月二十三日

アメリーと勝負事をして遊ぶ。勝負事となると、浮れはしゃいでほかのことは上の空となる。どんな結婚でもかまわぬ、結婚ばなしに希望がもてるとなるや、その浮れはしゃぎぶりたるやまったくこれと変るまい。この騒々しい浮れようは実に困りものだ。機知と節度のあらばこそ、駄洒落を延々と繰返す。他の連中に混ってそれを聞される余の内心は誰よりも白けている。

ところで、思至る点二つあり。その一、アメリー御し易しということ。内に秘したるものなに一つなし。早くから孤児となりて孤立せしアメリーの教育に関心を示したる者なし。まわりの社会の調子に合せながら一人で大きくなった女子だが、他の子に比べ自分を抑えるという点で劣る。他の子と違い親なし子なればなり。教え導かれたいという気持のあることは、余に洩したいくつかのことばからも窺えるが、誰も知らんふりだ。言えば人が喜ぶものだからおかしなことを言う。その二、余には、ヴィクトワール［セロン三姉妹の一人］のごとき四角く型にはまった女よりも、分別を欠く節度なき女と一緒になるほうが、はるかに得策ということである。ヴィクトワールは余と角突合せ我《が》をはる女だ、それに後盾も控えている。アメリーなら、自分よりも自制心の強い男の言うことは聞くはずで、男の方も相手を一段低い存在と見て優しく扱うであろう、もちろん、優しくと言うも事によってはその限りにあらず。

章九　一月二十四日

今日、余をそこに赴かしめたものは偶然か直感か、或る家に行くとアメリーがいた。服装だらしなく、貌また醜たり。思わず不意をついたというわけだが、結婚すれば日常茶飯のこと、夫婦生活幻滅の種である。しかし、その話しぶり常よりも立派に見ゆ。話題は英国の風習と家庭、女性の隷属等々。これについてのアメリーの発言は穏やかで理性的、素直なものであった。計算の上となれば、奸智に長けた女だ。でないとすれば、真面目な女ではないか。

章十　一月二十五日

今日のところは、アメリーには真にうんざりさせられた。余を虜にせんとの魂胆ありあり、自らの魂胆に目が眩んだか、舞踏会場の喧騒に我を忘れたか、これほどの乱れようは初めてだ。アメリーに話し掛ける若いきざな男どもの冷笑的な態度も、それに答えるアメリーの不作法な態度もかつてなく不様であった。アメリーの性根、いや性根というものがあればのはなしだが、いかなるものか余にはまったく不可解。一人でいるところを捕まえて会おうにも会えない。こちらからアメリーにつきまとい夜会の見せ物となるのも、またそのことで、すでにやきもきしだしたジェルメーヌにしつっこく責められるのもまっぴらである。一瞬皆から取残され、舞台の密談よろしく二人きりになった時でも、アメリーの言うせりふには意味、目的、結論、何もなし。それでは他のご婦人方のせりふやいかにといえば、場をわきまえぬ発言はアメリーほどではないにしても、なにも立派なことを言っているわけではない。品位ということではアメリーが劣るが、軽薄さでは五十歩百歩、いや、アメリーの方がましかもしれぬ。だが、夫として責任を持たねばならぬ妻の評判の一つが、せめて、目立たぬおとなしい女というのであればまだしも、さもなくば嫌気がさすのではないか、今からそんな予感がするのである。

章十一　一月二十六日

アメリーの姿はちらちらと見るのみ。一緒に賭事をすることもなし。アメリーの退席の仕方は些か唐突であった。後悔か不機嫌か、あるいは疲れて眠かった、それだけのことであったか。例のパイ皮の話がいつも思いだされる。或る男が、相手が本気になるとも思わず、一人の女に気のある素振りを見せた。男は間違に気付き態度を改めた。数日後、見ると女は顔色すぐれず、憂い顔に苦しむ気色。近づくと女は静かに、悩ましげに答えた。男は結婚を求め結婚した。翌日、男は、女の愛を得て脂下がり、情をこめて女を膝にのせ抱いていた。男の好意が途絶えた時の不安と男が目撃した苦痛の様子を女の口から聞く気になった。男いわく「しかじかの日、たいそうお苦しみのようすだったが、今はたいへん明るくすこぶるご機嫌うるわしくお見えになる」。女答えていわく、「ええ、お食事で頂いたパイ皮のせいで胃がそれはすごく痛みましたの」。男には後の祭り。こういう話を知りながら、余はアメリーに変らぬ関心を寄せている事実を自ら認めざるを得ない。会っている時よりも会わぬ時のほうがアメリーを想う気持ははるかに強い。一人でいると想像力をほしいままに、いやなものを切り落し欠けているものを補い、都合のよいものを仮定するのである。

これまでもよく考えたことだが、愛の感情と愛の対象は無関係である。愛の感情とは心の一つの欲求であり、或る間隔を置いて定期的に生ずるもので、性の欲求に比べその間隔は間遠だが、両者の仕組に違いはない。性の欲求に駆立てられ快楽の対象となり得る女なら相手選ばず求めるように、心の欲求に駆られて射とむべき対象を探求め、優しさとか美しさ、或は、似たような魅力に惹かれれば相手選ばず、あとは想像力に訴えてその魅力を美化し選択を決定的にするのである。余の場合、心の欲求は、休心安息の欲求という一段と切羽詰ったもうひとつの欲求と相俟ってさらに募る。

ここ八年来、ジェルメーヌのために、余は絶え間なき嵐、いやむしろ、錯綜する嵐に巻込まれた生活を強いられている［一七九四年九月二人の出会］。政治はやる、愛の要求は十八歳のそれ、社交生活が欠かせない、名声欲、精神的砂漠とでも称すべき鬱ぎの虫、人から信頼されたい、目立ちたい、いずれも複雑に矛盾したはなしだ。だが、ジェルメーヌの内には一打《ダース》の才傑に相当するものが詰っている。頭と心の最も卓越した能力をことごとく有する女なり。しかし、このジェルメーヌに友人のだれもが辟易せり。いわんや、自分勝手に生きたいが一人では生きたくないという女にどっしりと居座られた男においてをや。ジェルメーヌを知る者、その近くに居る者にして、程度の差こそあれ、余と同じ印象を懐かぬ者はおるまい。実の父、同性の友人達、夫［駐仏スウェーデン大使、スタール男爵、一八〇二年没］も生前は然り、皆ジェルメーヌと生活の上で一線を画すべく緊張を強いられている。余の心を虜にするや、悲しい苦しいと喚き散す苦痛の表示という暴力で余を支配するにいたりしが、爾来、ジェルメーヌに対し、また我が身に対し気の狂わぬ日一日としてなし。

アメリーはこれとはほぼ正反対の女なり。余とアメリーの優劣の差からして、余の慰物として仕える、それ以外は考えられぬ。その存在は背負うに軽きこと常に羽毛のごとし。アメリーが、結婚を控えた女が夫となるべき男に寄せる好意とは別の感情を余に持つとあらば、余は想像力に火がつけられアメリーにいわゆる恋愛感情を懐くこともありぬべし。だが、慎重であらねばならぬ。あの単純な明るさの背後にどうにもならぬ生来の凡庸が潜み、心に潤いなく、田舎社交界が欠かせず、その優しさ、ときに見せる愛嬌が独身生活の憂さの為せるわざであるとするならば、相対を重ね相語らい、しっかりした真面目なものを身に具えた人物であるかどうか見きわめる要がたしかにある。

章十二　一月二十七日

今晩アメリー食事に同席。席が隣を幸い、こちらから仕掛けて大いにしゃべらせる。会話一時間に及ぶも、一の思想、一の感情なしと見えたり。その責任の一端は余にもある。人に聞かれてはと恐れるあまり、余もほとんど冗談口に終始したものだから、まとまった印象を相手に与えることができかねたのである。周囲の注視と冷笑、耐え難し。だが、アメリーに苟も幾ばくか知なり才のあるならば、何かのはずみにきらりと光って然るべきである。繰返すようだが、ジュネーヴの生活に甘やかされ、それを見て喜ぶ男どもに煽られ、出放題を口走る十歳の子供のままきてしまったということだ。問題は再教育だが、アメリーの内に愛情を生じさせることができるならそれも可能という思いがする。しかし、愛の感情というが、何をもってその印とするか曖昧なり。アメリーが余との結婚を望んでいる、余と結婚するだろうというのはこの目で見てもよく分る。だが、その結婚たるや未通女であることに終止符を打ちたいということではあるまいか。

章十三　一月二十九日

今夜アメリーと四半時《とき》話を交す。相手に常よりも満足を覚える。なぜか。不作法な言葉が一言もその口から出なかったからであり、また、余の神経に触れず、相手が話題を尋常一様に限れば嬉しいからでもある。人物を見極めたしという例の欲求を考えれば奇妙な気分なり。

章十四　一月三十日

夜更けて初めてアメリーに会う。こちらは賭事で負けた後、気分的にかなり感じやすくなっていた。余に会えたのが目に見えて本当に嬉しそうであった。同性の友人に、余を好きになった、或は、余の気持に脈があるらしいと打明けてきたのではないか、そんな気がする。勝負事の相手をしたが、はしゃぎながら他のことは上の空となるは常に変らず。

二人の間には、好意がお互いに了解された時の、あの気脈を通ずというものが感じられた。しかし、そのことと個人的な気持との間にはまだ大きな隔りがある。

章十五　二月一日

アメリーが余を選んだこと、その想いをなんとか余に伝えたいこと、余と会う機会が思うようにならねば恨めしくあること、いずれもその通り。しかし、結婚願望だけではないことを証す言葉一つとしてなし。余のみに示される感情一つとしてなし。今夜もなかなか陽気で、陽気なままに冗談口をたたくが、十歳の小娘の言葉《せりふ》であるのは例に変ることなし。アメリーを想えばこそ、さもなくば余もこれほど厳しくはあたるまい。

頭がいいとされているご婦人連中も、的外れを口にする点ではアメリーと五十歩百歩だ。まともな話をするという連中にしたところで、また別の欠点、アメリー以上に厳しくあたって然るべき欠点の持主ときている。ところで、アメリーが並みの娘であるというのは、誰からも噂をされたり引合いにだされたりすることがないこと、人の前に出てもまったく注目されないという事実からして明らかである。余のアメリーに寄せる好意は馬鹿げている、無駄な闘いはやめ給え、と言わぬ友人は一人としてなし。余にアメリー好しと言わしめるものがあるとすれば、それは、ジェルメーヌ、相変らず、なお苛立を募らせ、ますますやきもきする気難しいジェルメーヌの存在なるべし。

章十六　二月二日

上述の言に間違なし。ジェルメーヌからえらい剣幕の喧嘩！　もちろん、ジェルメーヌの真価は余のよく理解するところなり。だが、今のような生活を続けて行くは不可能なり。二人の関係が、少くとも愛情の面では破綻をきたすという不吉な確信がある。ならば、他の女との結婚によってこの関係を断つべきではないか。それ以外の方法は恩知らずととられかねない。結婚の形は二つ、情熱か計算、余の場合どちらにころんでも言訳がたつ。それに、もとの独り身に戻らんとすれば修羅場は覚悟、しかも期限つきのこま切れの独立しか得られないのであれば、一日隷属に縛られる、日を置いてまた一日同じくする、この日々をつなげば結局一生となるではないか。いずれにしろ、余の強く望んでやまぬことであるが、ジェルメーヌと余の間にあって友情が愛情にとって替り得るとするならば、それは関係を断った後、精神面での琴瑟相和と偕にした過去の思出の再生を縁《よすが》とした、二人の和解いがいにないであろう。

余はアメリーと結婚することになろう。だが、今日、余に告げる者あり、「アメリーときたらお天気屋で気紛れ、激しやすくヒステリー発作を武器とすることもある」。さもありなんか。さらに言う、「このじつに優しく、陽気で素直な娘がまったくの別人に変身するおそれあり」。この面からアメリーを確と観察すべし。だが、いかんせん、相手が我が観察の目から逃れるは避け得ぬことなれば、結婚に臨んでは、その身を完全に我が隷属下に置かしめること、これが肝要なり。明朝、生活の筋書をなぞってみん。

章十七　二月三日

上述したことは、結婚を望み、その相手をアメリーとする、そしてこの二つの願いを叶えしかも最大の利を得るにはいかにすべきか、筋書をなぞらんということであった。その前に、今日アメリーを見てさらに気づいたことをさらってみる。アメリー、普段と同じくありふれた冗談と意味を欠いた言葉を入り交えながら、余を相手に、自身の孤独、心の寂寥、果すべき義務を持たぬ淋しさ、人生における無用者という思いを話題にした。いずれも本来ならば結婚に直結する動機だが、余を個人的に恃んでのことでもなければ、訴えの相手は余を措いて他に人なしということでもまったくないのである。二人の気持は了解済み、と読める表情は、一切、見事なほどかわして表にださなかった。故意か、或は内心そんな気持は毫も無しということか。

今日の自分は、アメリーから闘花牌《ホイスト》のことで「二人一緒に勝負運《しあわせ》に恵まれますように」と言われた二週間前よりも気持において後れがある。ジェルメーヌ出発［身辺の政治的情況不利の中のパリ行］まではいかなる騒ぎもあってはならじと、アメリーに気持を打明けさせる機会はあえて避けているのは事実である。実際問題として一つのことを仮定してみる。相手がこちらに首ったけというのでなければ、亭主関白をきめこむことはできまい。亭主関白がだめとなれば、ジュネーヴの亭主連中の仲間入りだが、それはごめんこうむる。したがって、要は、アメリーに愛を告白させることだ。明日〔金曜日〕はそれが自然と分る好機会なり。明日ピクテ夫人〔不詳〕宅に姿を見せないとしたら、それは芝居見物を好しとした、或は、余にたいする嫌がらせかのどちらかだ。土曜日、アメリーの家にのこのこ出掛けることはやめる。日曜日は黙り戦術といこう。何日間か態度をがらっと変えてみることだ。明日、姿を見せたら、わざわざ来たのは余のためかと尋ねてから、計画は一切棚上のまま、アメリーを憎からず想う余の気持を打明けてみる。

ともかく、ここで筋書の全体像を辿ってみん。余がアメリーを欲すること、だが欲するには条件がある、余の分身としてこちらの思通りになること。そのためには、相手を惚れさすこと、妻としたいというこちらの気持を伝えること、妻とする三条件、余の所有地への同行滞在〔パリ近郊レゼルバージュ〕、英国風しきたり〔夫唱婦随〕、恭順、以上をそれとなく仄めかすこと、これが辿るべき筋書である。筋書どおり進んだら、後は事が熟するを待ち己の頭を冷やす。アメリー来りてジェルメーヌ居合せぬとあらば、明日こそ一気に決行。だがやはり、最善の策となれば、立消えにならぬよう事は続けながらも、ジェルメーヌ出発まではほぼ現状に留まり、その後アメリーに、抑えようにも抑えきれぬ情熱に駆立てられてとの思入れよろしく手紙を書き、愛情と苦渋を入り交えた筆でこちらの明確な条件を述べながら、結婚を申込むということではあるまいか。以下は書くべき手紙のあらましである。

《以前からお気づきのはずでしょうが、あなたを愛しています。あなたの言いようのない力に屈しまいと三月間闘ってきました。正に本気の闘いでした。財産、地位、性格のことを考える前に、政治、文筆活動を続けるためにも、或は、フランスとの関係を維持するためにも、もとの自分でいたかったというのが本音でした。だが、闘いは無益な抵抗に終り、ここにこうして我が身のあなたに屈した事実を打明けるしだいです。あなたにお会いしたい、それは抗い難い欲望です。あなたにお会いできない、それは耐え難い苦痛です。だからこそ、生きていていつもあなたを見ることができる幸福をひたすら願うのです。

ところで、たしかに、あなたの力に心は屈しましたが、理性は揺がずしっかりしています。そこで、こちらの心情をあわれと思召すならばお互い二人の幸福のために、ぼくの身分と性格と結婚哲学をあなたに披露すべきであるというのがその理性の声なのです。たとえあなたを手中にできずともかまいません、こちらにその意識なくとも、本心を伝えずにあなたを騙すようなことはあってはならぬことです。女性の独立が女性自身の幸福にもならず、我々男性の幸福にとっても禍となるというぼくの見解は、二人が交した数少い話からもすでにご察しのことと思います。この意味ではぼくは徹底した英国思想の持主です。ただ、英国人にとっては夫婦関係というものが、専ら肉体的物質的関係に留まるのに対し、ぼくはそれを心と精神の領域にまで拡げて考えます。いやしくも、最も睦まじい関係というものは、心、体を問わずあらゆる面で、常住坐臥、一瞬といえども相離れることなく夫婦を一心同体に結びつけるべきものです。女は優しく、爽やかにして愛嬌があり、慰めと安らぎを与える相方に徹すべしです。しかもそのためにも、共同生活においては従属的存在でなければなりません。夫と趣味や関心、仕事、計画を別にする、つまり、女が「独りで立つ」となるや必ず、遊び心、浮気心、悪魔の囁きに乗ぜられ堕落します。一緒になって夫婦の変らぬ完全な結合が可能と思われる婦人はほとんど見当りません。それが可能なのはあなただけ、あなたのみが、「婦随」、つまり、夫婦二人の幸福のために人生の舵取りを夫に任せることのできるお方とお見受けします。深く想いを寄せる人の導きに身を任せたことのないあなたは今よりも何倍もすばらしいお方になり得る人です。皆の関心は精神の忍耐強さ、思慮分別の正しさを教えるよりもむしろ、あなたの陽気な、生きのいい即答の妙を楽しむことにあったのです。はなしがいつも賑やかで、皮肉が混ざるはしばしばのこと、時に「過ぎたるはなお及ばざるがごとし」にいたるのもそんな事情があってのことでしょう。あなたの優れた飾らぬ自然のままの人間性はすべて生来のもの、今のあなたに欠けているといえるものは、いずれも紋切の馬鹿ふざけに身を染めたこと、孤独の中に心を閉じこめたことと無縁ではありません。友情の手と優しく賢い教えがあれば、あなたは魅力と才能に溢れたお方に生れ変る、べつに目が眩んで言うわけではありません、これぞぼくが願いの務めです。この務めにこそ我が命を捧げたいのです。「今の私の欠点を憶測で云々され自尊心が傷つけられた」、とおっしゃるなら、あなたを見るぼくの眼に狂いがあったということにほかなりません。この手紙は燃やしてくれてけっこう、ぼくの申出は拒むべきです。今のぼくの状況からして、この親密なしかも独占的な結びつきこそがあって欲しいもの、いやなくてはならぬものなのです。

所有する土地のため、また財政的にもフランスに、多分パリ近郊の田舎に住むことになります。おはなしでは田舎はお嫌いでしたね。勝手な解釈かもしれませんが、それはあなたがまだ一度も田舎に、ご自分の田舎にゆっくりと長逗留したことがないからそう言うのでしょう。何日か、つきあいで知り合いの田舎に行ったはいいが、我が家の寛ぎなく感興も湧かず、しみじみ情を交すこともなく、ただ、重くのしかかる無聊を託ち、いつもの賑やかな生活がかえって懐しく思われたはずです。感情の充溢、仕事、真剣な生活、愛、母親たること、自然、こういうものによって自分がどう変るか、あなたには想像できないかもしれません。ならば、ぼくの田舎です。一緒に買物がてらパリに出て娯楽場のいくつかを覗いてみるという意味ではパリに近く、こちらが望むのでなければ向こうからわざわざ人はやっては来ませんから交際に煩わされることがない、とくに都会の雑音が届かないという意味では充分パリから離れています。その田舎で、愛と隠栖の生活を送る、時に抜け出し二人してあなたの友人再会の旅に発つというのはどうでしょうか。

しかしここで、この生活の方法と時期についてぼくの考えを述べておかなければなりません。結婚生活で大切なのはなんといっても最初です。この時期は、お互いをまだ知ることがなかった二人の人間が顔をつきあわせながら相手を研究し、疎遠になるか、結ばれるかの時期で、この最初の関係の在り方がその後のすべてを決定することになります。新婚初期の命取りは「外の目」です。連中は意味ありげなお節介をやき、当てにもならぬ援助を約束します。すると二人は、生活を偕にすべき相手と自分自身の研究を忘れ、「外の目」を研究しだすのです。幸福の要件は家内《やない》の愛情のみをもって足るとせずに、幾百の小事を家内に持込みそれに縋る、ついに小事が二人の心を離反させる、或は、魂を干乾びせしむるにいたるのです。こういうことが我々二人の間に忍び込むや、時すでに遅し、そうなる前に、こうして二人、水いらず、半年の田舎生活をしてはどうかというわけなのです。半年の「研修」といっても、一生が決ることを考えればたいしたことではありません。あなたが本当にぼくの妻になったまさにその時、この世で二人水いらずになりたいと考えているのです。半年後、私たち二人はお互いを知悉、夫婦生活の問題を友人に洩すという大暗礁に乗上げずにすんだことになります。さて、「上陸」して最初の幸福を得ることができるか、二人だけで自ら足れりの生活ができるか、或は、他人とは違うのだという衿持を捨て、遊びと社交に縋りながらお互い我慢の生活に甘んぜざるを得なくなるか、答は明らかです。二人には、相手を知り、労り合い、互いの長所を生かし短所を殺す、これを学んで知ったという大きな強みがあるのです。他人、少くとも友人らの介入によって人に知られたくない体験や発見をするというのが一般の結婚の場合ですが、我々は二人だけで結婚生活はすべて体験済み、夫婦としての自覚と今後二人の行動についての心得は不動にして揺がぬはずです。

こうして理性に訴え長々とここまで述べてきたのは、あなたを見る幸福に目が眩むあまり我を失う、これを避けんがためでした。想像力をほしいままに、あなたとなら得られると思う幸福の仔細をあれこれ想像し、あらま欲しきあなたのお姿を想い描いて時を過せば、厳密な掟と厳しい条件を自らに課す勇気もなくなってしまうでしょう。なにがなんでもあなたを得ようとし、あなたの幸せを望むあまり、ぼくの強烈な性格の一つ、つまり我が身の幸福願望を隠すことになるかもしれません。この性格は世間や雑音、騒ぎに疲れ、静寂と生活の規則正しさ、孤独と休心安息を求める一風変った性格でもあります。この性格がいずれ鎌首をもたげる時、あなたは騙されたとお思いになるでしょうが、ぼくのほうにしてみれば、ただあなたをひたすら愛するあまりのことだったというわけです。

最初に申したように、あなたの魅力とあなたにお会いしたいという思いに屈しましたが、こうして理性に訴え、あなたを幸せに出来る男であるかどうかの判断を仰いだわけですが、ぼくの女性観、人生の筋書、恋が隠すことはできても変えることは出来ないぼくの性格などからすると、とても言うところの幸福は約束されないとお思いになるならば反論をお願いします。

ぼくの資産状況について一言ふれておきます。年収は一万リーヴルをやや上回る額です。財産は何人かの親類からの相続で増える可能性があります。この年収ではどこの都会でも生活していくのに充分とはいえません。ぼくの望む田舎生活なら間に合うのではないでしょうか。あなたの持参金で二人の財産がどれ位になるか、なんとも言えませんが、その持参金ゆえに、結婚生活の幸福の基盤となるはずの家庭内関係に変化が生じることになるとしたら、その持参金は善というよりは悪の種と見做さざるを得ません。そこで、要は持参金ではないということをあなたに訴えながら、夫婦が別々のものに関心を抱き相手を拘束しなくなるのは自然に反する不幸ですから、緊急にあらゆる手段を弄してでもそうならぬようにするつもりです。

たいへん率直に話をさせて頂きました。些か率直さを誇張し過ぎたる感なきにしもあらずですが、あなたにとって快いことしかお耳に入れたくないという気持が強すぎたものですから、反動として逆にそうなってしまったのです。あなたゆえのこの気持、人はこういう気持に滅多になれるものではありません。自分の感情を「無私」の言葉で細心綿密に述べる、これまたなかなかできるものではありません。今のあなたを愛する気持は並大抵のものではありません。これから先の変るであろうあなたを愛する思いはさらにこれを上回るものになるでしょう。人生唯一の幸福、それは相手の幸福に我が身を捧げることにあります。しかし、相手を幸福にするには相手から深く、ただ自分だけが愛されていなければなりません。相手の心を独り占めしていなければなりません。夫が妻を愛する以上に妻が夫を愛することがはるかに大切なことです。か弱き服従者、というのが妻の常にあるべき姿でありますが、夫の上を行く愛情がなければ服従は妻にとって幸福とはならないからです。したがって、ぼくに言わせれば、「愛しているから結婚して下さい」ではなくて、「愛しているのなら結婚して下さい」ということになります。ぼくに対する愛が、「ただあなただけのために生きたい」と言えるに足るほどのものでなければ、結婚はそちらから断って下さい。ぼくという人間は並みの愛されかたではまったくお役に立たぬ男なのです。あなたを失う不幸よりもあなたを不幸にさせる不幸の方がはるかに忍び難いと言いきれるかどうか、自信がありませんが、あなたを失う不幸はぼくにのみ降りかかる不幸、ならばそれを取ります。

この手紙は、あなたのお出しになる結論に関係なく、二人だけの秘密であるべきと心得ます。自らジュネーヴの口さがなき、よしなし物語の犠牲となる、愚の骨頂というものです。拒絶というのでなければ、何回か会ってお話がしたいものです。一回の手紙ではすべては言いつくせぬもの、お察し頂けるでしょう。拒絶というのであれば、このままお会いすることなく、あなたの幸せを切に祈るのみです。》

章十八　二月五日

アメリーに係る問題の根本は余自身がパリ住いを望むか否か、はっきりさせることにある。アメリーと結婚しパリ暮しを望むとなれば苦労は目に見えている。余の望みが田舎住いにあるとすればこの結婚は安定した円居《まどい》を保障してくれよう。ところで、パリの生活といっても長びくのは我が性に合わず無理がある。たとえ政治をやるにしても、ろくに仕事もせず眼をいため健康を害しながら、身からでた錆にしろ、ジェルメーヌ絡みにしろ、相も変らず遊蕩児とか騒ぎを好む男といった風評をたてられながら、さらに人生の十年パリの敷石に靴を磨り減すよりも、己の所有地を耕す地主のはしくれとして土地の人々と交わりを続けながら田舎に住む、このほうがはるかにまし、とは言えぬか。

どんな制度においても、規律の人は得る所多くして規律こそ従うべき範なれ。いかなる社会制度においても、およそ、ジェルメーヌと交わる者、無秩序不規則の人と見なされ不利益を蒙る。運動を重ねれば地位にありつけ有利かもしれぬ、だが、規律を以てして得られる利、「規律の人」に与えられる世の尊敬という利、これはジェルメーヌを友とする者にはどう転んでも無縁なり。アメリーの立場こそ余には多くの点で相応し。見かけ倒しということは決してない、見かけよりも優れた人間ではあるまいか。いや、見かけのままのアメリーが余の目に適うと言うべきか。アメリーとの結婚に臨んでは幻想を捨て、月並の繰返となる会話と人生何度か訪れるお互いの倦怠を覚悟し、頭と性格と冷静と意志において余が常にアメリーの上に立つという当り前の原則を貫くべし。アメリーにとって独身であることはジュネーヴを離れ田舎に暮す恐れに勝る恐れであるのは明白なり。ジュネーヴには二三年おきに来られる、パリへはそれこそ何度も出られると先の話としてそれとなく匂わせれば、田舎暮しもなんのその、飛びついてくるはず。ジェルメーヌとその取巻、余の何人かの宿敵、この連中に雑音の大合唱させずにどう結婚話をまとめるか、難題はこれにあり。

あれほど浮ついた女で結婚したくてうずうずしているのに、アメリーにはどこか醒めたところがある。事に臨んでは慎重、大事をとる女だ。目的は結婚にありとのアメリーの心はいつも読めるのだが、個人的なことはなかなか巧妙に避け一つとして明そうとはせず。ジェルメーヌが出発し雑音の恐れも薄らげば、アメリーに何が期待できるか、今よりははっきりするだろうが、これまでのところ、その性格が然らしむるのか、人から言われて余を警戒するのか、自ら籠りたる小砦の中に在って微動だにせず。

余の願いはアメリー掠奪にあり。さればアメリーを従属せしめよく捕らえておくことができよう。余独自の条件を披露するのも簡単だ。しかし、相手はまったくの自由の身、何を言うにも遠慮のいらぬ身であれば、かかる手段に訴えるにはどのような理屈をとなえるべきか。人の目を恐れるあまりとするか。アメリーも昨日そのような恐れを一般論としては認めたが、人目の関を避けんとして友人等に明さず駈落し他所で結婚する、アメリーにこの覚悟はあるまい。アメリーに本当の理由《わけ》は一つとして明すは不可能なり。アメリー不美人なれば、余の結婚の目的は財産にあり、と世間の皆が思うはず、この種の邪推は各人の心中に伏せ置くとも、自ずから外にでるもの、その噂、聞くに忍びず、だから掠奪とはアメリーにはとても言えまい。ジェルメーヌとその取巻が恐いのだと口に出せるか。言えば、「私を愛する気などほとんどないのでしょう。ジェルメーヌに支配されるあなたは異様ですわ」との答が返ってこよう。アメリーよく愚か者になる、そのアメリーを婚約者扱いして社交界に出る、そこで愚かな真似をされたのではたまらない、というようなことも言出せまい。

以上いずれも、もの言わぬは腹ふくるる心地して不満が残る、

一、汚い打算を疑られたうえは、持って生れた性格上、反証に努め、アメリーの財産は余に関係なくアメリー専有のものという契約にせざるを得ぬ。すると余の生活計画、結婚設計が総崩れとなる。だからといって、金持の女と結婚し

て自立を主張されるくらいなら財産のない女と一緒になるがまだしもなり。

二、ジェルメーヌとその友人連中を相手の熾烈な闘いに巻込まれ、ついには嘆かわしい不和を見ることになる。

三、ひとたびアメリー、公認の愛人となったからには、その不作法な言動の一つでも我慢できるか自信なし。夫としてアメリーを縛る権利を未だ持たぬ身とあらば、縛れば強情冷酷な変人と人は見るべし。

結論、一緒にここを出て他所《よそ》で結婚すべくアメリーを説得できれば、なお説得は諦めぬが、これに勝る策はなし。それが叶わぬとあらば、まず手管をつくしアメリーの心をこちらにつなぎ留める、ついで用事をたてに結婚の契約を急ぎ、帰来を約してフランスへ発ち、頃を見て口実をもうけアメリーを適当な地に呼寄せる、来たらそこで結婚にこぎつける。すくなくともこの計画にはジュネーヴが避けて通れるという利点がある。（自註、章十七で綴りし手紙は余りに小説的、余りに感情的なればただの反故とはなりぬべし）［巻末三月二日の自註（一）に続く］。さてこの計画だが、第一の口実としてはアメリーとすべて同意にこぎつけてから親父の病気を持出す。第二のアメリー呼寄せの口実は、道中危険な事故に遭遇したということにする。

章十九　同日

不自然は何としても避けねばならぬ。そこで、熟慮の果て、以下の案が最も自然に見えるがどうだろうか。ジェルメーヌ出発、不在となった時点でアメリーにはっきりと話をきりだす。相手の同意を得る。世間の埒もない噂は避けたしとして秘密の必要性を説き、ついで余の出発前に互いに契約を交すべしとの方向にアメリーの気持を誘導することに努める。その間、余の財政状態を明らかにし、二人の結婚によって余の計に生じる変化を説明する。事前契約の誘導に失敗とあらば、こちらから契約の必要をきりだす。一件まとまり署名にこぎつけたら、レゼルバージュへ発つ［一八〇二年取得のパリ近郊ポントワーズ在の所有地］。カンバセレス［三執政官の一人、第一帝政期の大法官］へ一書を認め、政府に関することは一切口出しせずと誓う、結婚予定の女性と余の所有地で暮したし、なおこの女性に対し平穏な結婚生活を約束する義務があり、その約束果せぬとあらば計画を断念し自国［フランス］を去るつもりだが、自ら名誉にかけて誓うからには唯一の願いである平穏が保障されることを期待す、との旨を伝える。フルコー［公証人、コンスタンの代理人］の事務所から関係書類を取戻し、カンバセレスの返事を見て、或は返事なければないで、レゼルバージュか外国に居を定めた後、ジュネーヴへ戻りアメリーと結婚する。

章二十　二月八日

この三日間一行も書けず。この間ジェルメーヌと烈しい諍いあり。ついかっとなり怒気を暴にす。翌日帰宅、我が身を取巻く情況は以前に変ることほとんどなし。ジェルメーヌがこの世で最も優秀な人間であること、だが、騒がしく動き回らねばいられぬ「動き魔」、全身これ苦痛の塊、いずれも尋常ならざれば、生活の主導権を握られながら一緒に幸福に暮すはどだい無理な話であること、この二点再確認の要あり。一方、アメリーときたら何もない女、余に惚れるだけの才もなし。だが、そのアメリーを諦める気持余にはなし。今回の計画においてはアメリーはあくまでも、余が平穏尋常の生活を取戻し精神を解放、英気を養い再び世に出るための一手段であり、それ以外の何ものでもなしとの信念に徹すべきである。確と事実を認識すべし。もはやジェルメーヌの愛人にはあらずと世間に認めさすには結婚する以外にない、さもなければ、相変らずその不謹慎な言動の連帯責任を問われ、しかも例の苦痛のとばっちりを蒙るのである。アメリーが持合せぬ条件を他の女に求めるとすれば、不利を覚悟せねば手には入らぬ。アメリーとの結婚においては今の生活水準は保障される。しかも、アメリーはその身分と性格からして複雑な人間関係とは無縁、道徳的権威に縛られることもない。親類縁者に囲まれ入れ知恵される女よりもよく余に従順であるはず。もちろん余はアメリーを虐待する気はない。たとえ自分の支配下にある者でも、周囲の者を不幸にして得られるものは何もなし。とにかく、アメリーという人間は、世間体のために妻を持ち、しかもそれに縛られることなく予定の計画を進めんとの余の目論見におあつらえの人間だ。自分の意見というものを一つとして持たぬ女なれば、こちらの生方や遣方に口出しする恐れ毫もなし。

章二十一　二月十九日

前回に続き久しく筆を断つ。アメリーを見ることなく暫時経過する。余を避けるつもりか、人の入れ知恵あって余を疎んずるつもりか、余の目論見の如何を余自身の口から言わせるつもりか、と勘ぐったりしたものだが、いずれも的はずれであった。その時のアメリーは、招待、親類交際、あれこれ理由あり、二人が四日間すれ違いで顔を合せぬもなんのその、我が道を行っていたわけで、余も他人の一人、すっかり忘れられていたのだった。お会いできぬが恨めしいと伝える心のあらばこそ、アメリーには思いも寄らぬことなり。「女にとって愚鈍も完璧となると、天晴れ、立派な武器となる」、この例があったればこそ学んで知り得たり。「ぼくはあなたに惚れているのです」と面と向かって喚かなければ理解されず、さもないと、あとは何を言おうと暇つぶしの囈言としか見てくれぬ。他の人間なら眼に持つ欠陥を頭に持っている女だ。自分の身の周りが分らず、鼻先に突きつけられてやっと分るという女だ。この四日間余が真面目に苦しんだという事実はまさに愚の骨頂というべきか。想像力を逞しゅうしたが、余に備わる無為という優れた装置がなかったなら、愚行を演じたにちがいなし。アメリーとの結婚は余の評判になにがしかの傷がつくということ、残念だが疑う余地なし。今は世間の連中も、余がアメリーに寄せる特別の感情を遊びと思うからか、半ば滑稽、半ば質のわるい悪趣味と見ているが、本気と知ったら悪趣味どころか滑稽の倍増となる。されば、行着く結論はいつもながら、アメリー掠奪が望ましいとなる。相手の情熱に、或は何ごとか人には窺い知れぬものに絆《ほだ》されてと人は見てもくれよう。しかし、掠奪となると実行は至難の技なり。

章二十二　同日

アメリー脈ありという気にまたなってきた。相手が口にしたいくつかの言葉はかなり直接的な暗示と取れないこともなかった。だが普通のせりふもアメリーの口にかかると、単なる常套句か否か皆目区別がつかぬ。しかし滑稽な熱愛者ファヴェルジュ［伯爵、軍人のオーギュスト・ミリエか］をあからさまに避けながら、あんな男よりもあなたの方がと話相手を余に求め、その時、「逢うて一緒に物語をせん」という男女の邪魔をして喜ぶ連中の悪ふざけに毅然と立ち向かったものだった。これを余に捧げられた好意と言わずして何と言うべきか。

アメリー愚鈍ということについて百考す。たしかに才ある女ではない。教養もあるとは言えぬ、だが可愛がってやろうと愛撫の手を差しのべれば素直に従う女ではあると思う。こちらが優しく接すればなかなか忠実な動物として仕えるはずなり。どんな些細なことも余の遣方にいっさい口出しまかりならぬとあれば、余の癇に触れ可愛さ余って憎さ百倍ということは考えられぬ。強いられる生活に倦み疲れ、余の交際を嘆き、無沙汰を託ち、「冷静でうるおいのない男」と不平の一つでも言おうものなら、アメリーという人間にくだされる正鵠をえた厳しい批判を説いて納得させ、機嫌が直ったところですべてを許し愛撫と歓洽へと誘う、されば余はアメリーの完全なる「主人」たり得る。

三十六歳になる離婚経験者、思想信条が災いして世に入れられぬも同然の男を、美人で金持で頭のいい同胞〔フランス女性〕が相手にしてくれるであろうか（外国女性との結婚を望まぬことについては千の理あり）。そんな事態に気づこうものなら大騒ぎして余の計画をすべて覆しかねぬジェルメーヌとの公然たる関係がありながら、なおこのようなことが期待できるだろうか。たとえそれが可能とするも、我が計画と独立志向とを考えてみるとき、才たけて見目麗しく、しかも金のある女が実は大いなる禍とならぬとの保障ははたしてあるか。生れつき男に従の役割を運命づけられ、その役を捨てようにもお前のためならと一肌脱いでくれる男とておらず、動けば失笑を買うだけで、けっきょくは、冷静で体裁を重んじる夫であればのはなしだが、天然の避難所よろしく夫に縋り夫に従うしか能のない妻というのもひとつの「宝《たま》」ではあるまいか。アメリーに勝る女は五万といる。その中にアメリーよりも余に適う女が一人としているか、問題はそこにこそあれ。

章二十三　三月二日

「日乗」に筆を断って以来このかた悪戦苦闘、毎日が落着きを逸した生活となった。ジェルメーヌ、出発を見合せり

［『デルフィーヌ』出版でナポレオンの不興を買い入京禁じらる］。その落胆ぶりや凄まじいものである。余がアメリーのことであれこれ迷うものだから、それを見た世間は余の執着が本人の自覚以上に強いのではと疑いだし、ジェルメーヌの方では嫉妬を催すようになった。一方、余の迷いはかつてなく大きい。ジェルメーヌは多くの点で優れた女にして、アメリーはまったく何もない女だ。それに加うるに性格が怒りっぽくうるさい女であるとしたら！　いや、そんな性格は押えつける、問題にはならぬ、と偉そうなことを言うものの、いったいこれまでに余の押えが効いた者が一人でもあったろうか。正直に言うべし、そして本音を綴らんとすれば世間向けの筆は捨てるべし。思考の冴えには自信があるが、力は無きに等しい。うるさく言われるのが苦手、面白くない顔をされるのが辛い。召使を叱る時でも、非は我にあるのではと思うが常なり。それが相手が女の場合、こちらが正しくて、しかも不幸にもその女を美化して見ることができぬとあらばどうなるか。こういう性格のやっかいな面は、それは、たとえこちらが正しくても正しいと言いきれる自信がないように、こちらが間違っている時でも、本当に自分が間違っているのか或は自信がないからそう思うのか訳が分らなくなり、暴走してしまうのである。その結果、余は行動において無力、反応において辛辣となる。すべての面倒はここに端を発するなり。従順なること奴隷のごとく、面《おもて》は暴君のそれなり。優しければ人から愛されもしよう、厳しければ人も従うであろう。余はどちらも真似は出来ぬ性分なり。

　昨日ジェルメーヌから、「アメリーと一緒になればなるでお前の想いとは裏腹にどんでんがえしを喰うはず、今は頭のいい有名すぎる女に煩わされ苦労していると言うが、今度は凡庸なそれでいて要求の多い、いや少くとも不平をならす女が相手になるだけで同じことだ」と言われたが、なかなか肯綮にあたる言葉ではある。しかし、繰返しになるが、ジェルメーヌに心惹かれているのでなおさら辛いのだが、今の二人の暮しを続けていくことは出来ない。それには千の理由とどうにも我慢し難い一つの理由がある。余は女が欠かせぬ男である。ジェルメーヌは愛の歓を知らぬ女、「物乞」の従属関係は我慢がならぬ。愛人も囲うには、いずれ下《しも》のことで尻にひかれる覚悟が必要だが、思えば幻滅だ。三十六歳にして亭主持を順繰りに相手とする、これまた余には出来ぬ相談なり。第一に、余に相応しからぬこのような生業は無限の時間の浪費であり、第二に、ジェルメーヌはこれら亭主持も対アメリーに劣らず嫉妬するはずで、これまた確実に二人の喧嘩の種となる。かくて余が妻を必要とする、まさに宜わざるを得ぬ事実である。政略的必要性でもある。妻を得てはじめてフランスで政治的に平和な生活を送ることができるからである。薄志弱行恐るべし！

ここでさしあたり一つの話を記しておく。昨日舞踏会で余の交わる連中からあげて歓待されたり。ジュネーヴで最も才気と人望に恵まれた一人の男が、たまたまアメリーの財産の後見人でもあるが、特に親しく余に近づいて言うには、「およそジュネーヴの紳士淑女にして貴君を愛さぬ者は一人としてなし」、そして最後に、「どんな形の関係であれ貴君との交際は人の望み喜ぶところのもの、あとは貴君がこれと想う相手に白羽の矢を立てるばかりなり」と。好きな時、好きなようにアメリーを我が物とできるのがこれではっきりす。

章二十四　同日

それは思ったほどはっきりしたことではなかった。アメリーとあの小馬鹿なファヴェルジュとの結婚の噂あまねく広がる。まだこちらがアメリーに意思表示の一片も示していない段階で同じ類の噂が広まったように、今回の噂も根も葉もないことかもしれぬ。ひょっとすると余から中途半端な状態に捨置かれ、その中で募った結婚願望が、余に対する愛を、そういう感情があればのはなしだが、凌いだということか。アメリーが余と他の男とをよく区別しその違いが分る女であるとの認識は余にはなし。要は、アメリーが余の獲得に何の関心も示さずファヴェルジュごとき男とすんなり結婚にふんぎれる女ならそれまでのこと、人生の計となれば話は別だが、情の面では惜しむ気なし。今日はジェルメーヌ大人しくしているが例の兆候が窺える。明後日また諍いとなるは必定。今の関係のなかで我々二人が平穏に暮すは不可能に等し。言争いの再開となれば二人の破局は目に見えており面倒なことになろう。とにかくアメリーについて態度を決めておくというのが先決問題なのだが、自分の気持を揣《はか》れば揣るほどかつてなく気持に迷い生ずるなり。

章二十五　三月四日

アメリーとファヴェルジュ結婚の風聞ますます真実味を帯びて行くなか、余は愚かにもその噂がなかなかに辛い。「もともと余にはアメリーと結婚の意志なし」とジェルメーヌいたく吹聴し世間に訴えたれば、また余がジェルメーヌとの喧嘩を恐れるあまりアメリーに対する行動において及び腰になりたれば、「なんだ、やはり遊びでしかなかったのか。ならばファヴェルジュ、くだらぬ男だが面白い、こちらの方が頭の程度も自分に相応しい、しかもこれほど強く乞われるならば」と、あの小僧っ子にアメリーの心が動いたとしてもなんの不思議があろう。余の目論見を余自身の口から喋らせてみようと不得手な策をアメリーなりに弄しながら、再び近づいてきたことが二度ほどあった。こちらはそれに乗じなかった。それが三度目の離反の因となったが、このように有耶無耶に終らせたことが、結婚の意をより明確にしはっきりものを言う男に利することになった、大いにあり得ることだ。しかし、あらゆる外的情況はわが味方であり、余の一言ですむこと、この一言なければやがてあとの祭りとなるであろう。さはさることながら、余とアメリーとの結婚を滑稽と見る世間、余を不実な男と呼ぶジェルメーヌ、この二者に敢て立ち向かうとなると気持に後《おくれ》が出る。

章二十六　三月八日

諍いにつぐ諍い、苦痛また苦痛。ここ三日間、ジェルメーヌ狂乱状態となり嘲罵と涙と非難をもって余につき纏うものだから、こちらもこちらで無関心を装っては緒が切れてかっと激怒し、激怒してはまた無関心をきめこむばかりなり。もはや愛さなくなった男とこれまで通り愛されたいと願う女の関係とはまことに恐しい関係だ。お互い釈明の言葉が実に曖昧冷酷、まったくのうわべに終始す。なぜ互いに相手の苦しみになお敏感になれぬか、なぜ何も聞えぬふりをするのか、我ながら恥ずかし。

ジェルメーヌ、余を失いかねぬとなるや、余にあらためて執着《しゅうじゃく》する、これ常のことなり。余をすべて我が物にすることが長年の習い性となれば、余を失うは思いの外のこと、あってはならぬことなのである。されば、こちらのちょっとした曖昧な表現を誤解し、余がもはや相手が求める感情を持合せぬ身であると思込んだ時のその苦しみは、ジェルメーヌをまだ真実愛しているだけに耐え難く辛い。他方、ジェルメーヌの謂れなき誤解にも我慢がならぬ。仮に相手が順境の身ならば、こちらも後顧の憂いなくもとの自由独立の身に戻れる、されば、「運に見離された女だから私を捨てて行くつもりか」との言葉は、なおさら聞き捨てならぬ。かくて余の生活は自他ともに幸福とは無縁のまま徒に消耗していくのである。

アメリーのことだが、余と結婚の意志はある。疑いの余地なし。はっきり言えるのはこのことだけだ。ファヴェルジュをめぐる余の憶測はまったくの出鱈目であった。ところで、結婚という目的とは関係なくアメリーは余に惹かれるのか、それについてはこれまでいかなる確証も得られていない。余に愛されていると思えばまんざら悪い気もしないだろうが、その態度にも眼にも、愛の「高揚と懊悩」に遭遇したいとの気色はまったく見られない。

ジェルメーヌの呪文《カノン》に縛られ、余は決断できずに今にいたっているのである。また、余自身、何をしたいのか分らぬが故のこの迷いである。だが、アメリーを想うようになってジェルメーヌの怒りを回避する、或は一瞬も屈せずにそれに耐える術を学んだ今、余が目下の四苦八苦の関係よりも更に解消し難い関係を新たに結ぶよりは、先ずは自由の身を取戻すことこそが最上の策ではなかろうか。己の意志堅固ならば田舎に頑なに籠る、意志薄弱を恐れるならば、南仏かイタリア、ないしはドイツへの旅に出る、されば、我が自由独立、獲得可能なり。

ところでこの結婚だが、アメリーが我が妻となりパリ近在の田舎に移り住む、そこへ余の友人連が訪ねてくる、想像するだに額に冷汗ものだ。女の山鳥の尾の長々しき無駄口、余が奇妙な終《つい》の縁組を見て驚くフランス最高の教養人士、余の苛立、並の身分から掬い上げ、「あばたもえくぼを」知らずして妻にした女に向かって見せるであろう余の冷たい仕打、己を責め間違の火種を更に大きくする余の自虐趣味、いずれも考えてみれば地獄絵だ。アメリーがとびきり若いとか大変な美人というのであれば救われもする。余はその性格上、周囲の理解は必要欠くべからざるものであり、驚きと嘲笑の対象となるは耐え難きことである。結婚計画は一時中断し、いかなる決断も措いたまま先ずフランスへ戻るという先きの案こそ絶対ではないか。その後でこちらが強く結婚を要求した時、アメリーが余を袖にするはよもやあるまい。それに、フランスの空気、フランスの精神、旧交再開と膳立そろえば、「男女の絆」に関る計画の一切を放棄するに心に何の支障があろうか。

七十二章　三月十四日

ジェルメーヌにしてやられ、冷静を失い暴言の限りをつくし、アメリーに寄せる感情を白状、つまり余は気が狂《ふ》れたということだ。ジェルメーヌが余に奮う魔力ともいうべき力！　この女を除くすべての人間は余の人格のよく支配するところのもの、相手が誰であろうと慎重で穏やか、言うべきことのみ言い余計なお喋りはせずとの確信がある。それがジェルメーヌが相手となると、心を擾乱され騒動に巻込まれた曾ての生活を思出すにつけ、或は罵詈雑言の礫《つぶて》、謂れなき非難、執拗な要求を見るにつけ、とどめは、なお止まぬ屈従の軛の恐怖、こんなそんなでかっとして我を忘れてしまうのである。啀み合いが長引くにつれ、余がますます理不尽になる、相手はそこを衝いてますます余の性格を悪しざまに言う。かつて嘗めさせられた辛苦の因はジェルメーヌの喧騒を極めた生活、余を扱うにもってする主従の関係、この女に対する恨みの矛先を余に向けるその敵どもであった。今やジェルメーヌの激しい怨恨が余の辛苦の因とはなりぬべし。その友人知己は言うにおよばず、余が引合せし連中を余の敵に仕立てあげるにちがいなし。ジェルメーヌ故に余にはフランスは危険な国となってしまったが、今後は生き難き国となるであろう。ところで、かくなる情況をずるずる延ばしに延ばし、その名声と奇言奇行の片棒を担がされ、大事においてその言行の矛盾を背負わされ、日常茶飯の小事において、止むことなき要求に翻弄される、我慢ならぬことだ。疲弊と動乱のうちに死を待つばかりではないか。

紳士的にジェルメーヌと別れる機会はいくらでもあるにはあった。別れられるなら命の半分をやっても惜しくはなかった。それがいつもジェルメーヌの別れの苦しみに打拉がれる姿が恐しく、一日延ばしに延ばし続けついに事態は混迷に化し、いかなる別れも「汚い」別れとならざるはなく、関係の継続は苦痛いがいの何ものでもないということになってしまったのである。とにかく、困難な問題を常に過大視するあらぬ想像は断つべきだ。その突飛な言動が衆知の事実で、しかも余と結婚したくないという女と手を切ることが即ち然るべき非難の的になるとの考えは放棄すべきだ。余が男として見せた愛想づかしがどんなものか、相手はまさに虚栄心から人には明さず黙りをきめこんだという事実があるではないか。この虚栄心が今度は、「結婚が嫌なら別れると言って男は出て行った」とジェルメーヌをして言わしめるであろう。とにかく、世の一部の讒謗弁詰を浴びようとも、今の奴隷状態の継続を思えばまだましだ。先ずは平常心を取戻し、現状でなすべき最善の策を検討すべし。今の情況が続けば続くほど悲惨な結末となる、これ明々白々の事実なり。

　余も年をとった。年をとるとは、生を安んずるの境遇に入るための時間がそれだけ少くなるということだ。四十歳となる、今よりも結婚の可能性は薄くなる。四十五歳、孤立は必至。関係八年後〔一七九六年スタール夫人の愛人となった〕の破局が面倒な事態なら、十年、十五年後となれば事はさらに悪化するではないか。されば、然るべき体裁はぬかりなく保ちつつ、ジェルメーヌの苦痛を和らげながら、二人の縺れた生活の緒を断ち、関係をただの友情に還元する、それがだめなら相手の心に占める我が存在の影を薄くすることも辞さず、以上がとるべき行動であるは自明なり。口が災いし必ず余が悪者になる類の喧嘩は少々の犠牲は我慢してでもむろん避けるべし。犠牲を我慢といっても、ウジェーヌ〔スタール夫人執事〕が戻りしだい、先ずは出て行く腹づもりなのでながい我慢ではない。ジェルメーヌの抱えている問題の成行に関係なく旅にでも出る。余の身の上が決るまでは絶対にジェルメーヌの前には出ない。こうと決れば、行動の基本方針は、会える時アメリーに会う、しかしジェルメーヌの逆上を再び招かぬよう決して事を急いてはならぬこと、ウジェーヌの帰還まで大勢に順応、帰還なれば持ち帰った情報〔スタール夫人仏入国の可否〕に拘らず一週間以内にレゼルバージュへ発つ。別れの挨拶を欠くとも決行。その時点でアメリーに少しははっきりしたことを言うべきか、それともなにごとも曖昧なままにしておくべきか、その時になれば分ることだ。

章二十八　三月十七日

はっきり決って動かせぬ唯一のことは…［以下原稿数葉欠漏］

章二十九　三月十八か十九日、或は二十日］

…ヨーロッパ諸国流浪の生活、しかもそれを今すぐに、或は自由の身となりながら［夫のスタール男爵前年病死］、本人は余との結婚は不可能と考えている…想像するだに馬鹿げたはなしだ。然るべく平穏な生活を始めたいという余の望みを、「私の追放が怖いから」と邪推し、ドイツ、イタリアもいいが全土を隈なく廻るのはと言って同行を拒めば、友情消滅の証拠とまくしたてるかもしれぬが、こちらは聴く耳もたぬ。田舎隠遁と沈黙がこの非難に対する充分な答となるであろう、また、時いたりジェルメーヌ本人冷静に自らの心に問えばこの非難の間違に気づくはずだ。

章三十　三月二十一日

いったい、余に理は有りや無し。アメリーに戻ってみよう。たいした女ではないが、心根の優しい女だ。最近ある人物が余に告げたように、しかもその者はアメリーに好意的ではないのだが、「間の抜けたところもあるが、それでも才女の片鱗を秘めた女でもある」と。十歳の子供に等しい女だが、同じ子供でも教育のし甲斐はある子だ。あまり情を解する女とも思われぬが、夫に愛着することぐらいはできるだろう。だいいち、存在基盤の脆い不安定な身の上の女だから手懐けて言うことをきかせるぐらい朝めし前だ。浮気性でもない、こちらの一言でファヴェルジュを寄せつけなくなった。打解けずかなり遠慮がちな態度をとるのもこちらが煮えきらぬ実にあいまいな男に見えるからだろう。人目を恥じぬ関係［スタール夫人］、余のよくある忽然雲隠《あくえん》、いずれもアメリーを怖じ気つかせたに相違なし。背後にはアメリーの結婚をまったく望まぬ身内が控えている。貴族階級の親類縁者が余の思想［共和主義］になじまぬはいわば当然で、連中の偏見は余が社会的には打破したが、多くの古い頭の中にはいぜんとして結婚に立ちはだかる障害として残っている。アメリーが従った道は然るべく用意された道でしかなかったのだ。アメリーが情に駆られてこの道を踏み外したならば、余の想いさらに募ったはずなり。しかし、余が言葉においてとった遠慮と不得要領を考えれば相手に逸脱を期待するのは間違っていた。「貴男といると本当に素敵な気分に浸れますの」と言われたことがあった。妻としての義務がアメリーの愛情を強化するに至るならば、自然の成行として余に愛着するであろう。いずれにしても、何事もフランスへ出奔まで先送りするべし。

章三十一　四月十日

ついに出奔。アメリーの顔を見なくなって十日になる。もはやアメリーは余の記憶において薄らぐばかりなり。さて今度は、女とは別の意味で神《しん》を悩ませし「事物《あいて》」［治政］に再びまみえるわけだが、それを思えば心は、既に早や、いま舞戻らんとする世界の引力圏に在り。ジェルメーヌと相対に一週間を過してきた。その優しさ！　愛情！　献身！　才気に感伏す！　だが、ときに無残にも乱れざるを得ぬ例の関係《あくえん》に留まることができようか。アメリーとの結婚の有無はともかく、余の生活が今のような調子で続いていくであろうか。おそらく否。例の計画を固執すべし。ジェルメーヌを守り立て、友情関係を維持しながらその幸福に寄与するにやぶさかではないが、常にジェルメーヌと一緒に、しかも強いられて人前に出る、これはもう御免だ。安定した平穏な生活、これなくして何の人生ぞ。田舎へ戻りそこで暮す。休心安息が約束されるなら田舎こそまさに生きるべき場なり。さもなくば旅に出る。余と離れていれば余に対する世間の冷たい仕打の巻添えは受けずにすむのだから、なぜ別離かジェルメーヌに説くのにまことに都合よし。

自註（一）［自註二点、全集版脱漏］

三月二日　この手紙は愚劣に尽きる。アメリーにはまったく解す能わざる代物だ。だいいち、女を相手に、後になって文句を言わせぬために前もって条件を出したりはせぬものなり。文句は言いませんと確と約束しながら文句を言うのが女ではないか。アメリーを妻と欲するなら、「余が望む通常の居住地はフランスとその田舎なり」と前もって宣言するにとどめ、あとは平易な道を行くべし。

自註（二）

三月二日　これですらアメリーには通じまい。愛について語る、余に懐く愛の兆しをそれとなく言託ける、その知恵がアメリーにはない。アメリーに欠けるもの、理解力。一人称で、しかも明晰この上なく話さなければ理解してくれない。物分りの悪さときたら、非人称文に出くわすやもはやそれまで、人が何を言わんとするか訳が分らなくなる女なのである。

年　譜

一七六七年

十月二十五日、スイスローザンヌ誕生。父、ジュスト・ド・コンスタン・ド・ルベク（一七二六―一八一二年）、オランダ駐留スイス傭兵軍連隊長、母、アンリエット・シャンデュウ（一七四二―六七年）。母、初産、産褥熱で死す（十一月十日）。母方祖母が養育。洗礼、サン・フランソワ新教教会。父母とも先祖はフランスを逃れスイスに移住した新教徒。

一七七二年（五歳）

最初の家庭教師、独人シュトレーリン。父、幼少時から養育の小間使マリアンヌ（一七五二―一八二〇年）と結婚を約す契約書に署名、コンスタンをマリアンヌの手に預ける。

一七七四年（七歳）

ブリュッセル在。家庭教師、仏人ラグランジュ（父の連隊付軍医）。

ルイ十五世没、ルイ十六世即位。

一七七六年（九歳）

家庭教師、仏人ゴベール（元弁護士）。

一七七七年（十歳）

父に同行、ローザンヌ、ブリュッセル、オランダを転々とす。家庭教師、仏人デュプレシ（還俗僧）。

ネッケル（スタール夫人父）、仏財務長官就任（六月二十九日）。

一七七九年（十二歳）

長詩五篇から成る英雄譚『騎士』創作（未完）。春、オランダへ発つ。

一七八〇年（十三歳）

父に伴われ最初の英国旅行（ロンドン、オックスフォード）、年少のため入学ならず。家庭教師、英人メイを伴い帰国、スイス、オランダ在。

一七八一年（十四歳）

家庭教師、ブリデル（牧師補　二十四歳）。

ネッケル、仏財務長官辞任（十月十九日）。

一七八二年（十五歳）　父、家庭教師による教育を断念。二月、独のエアランゲン大学に遊学（翌年五月まで）。賭事に異様な関心を示す。この賭博癖、死ぬまで直らず。

一七八三年（十六歳）　七月、エディンバラ大学に遊学（翌々年五月まで）。文芸哲学クラブに所属、よく学びよく遊ぶ。「我が生涯至楽の年」と後年述懐。

一七八四年（十七歳）　九月、異母弟シャルル誕生（―一八六四年）。

一七八五年（十八歳）　五月、パリ、文人シュアール宅、その合理主義的反宗教的思想に触れ深く影響さる。八月、ブリュッセル。初の恋愛体験、ジョアノー夫人。十一月、ローザンヌ。トリノ駐剳英国大使トレヴァー夫人に狂恋。

一七八六年（十九歳）　十一月、パリ、シュアール宅。「多神教」研究構想（ライフワーク『宗教史論』濫觴）。ジェニー・プーラ嬢相手に奇妙な行動（求愛と狂言自殺）。

一七八七年（二十歳）　シャリエール夫人（二十七歳年長）を知り肝胆相照す仲となる。六月、英国へ逐電、犬と猿を旅の供として放浪、思出の地エディンバラへ向かう。この間、父より独ブラウンシュヴァイク宮廷出仕の話あり同意す。十二月、スイスコロンビエのシャリエール夫人宅寄留、英から持ち帰った花柳病治療に専念す。ジャン・ジリー著『古代ギリシャ史、その植民地と征服』（一七八六年）第二章をパリで翻訳出版（無署名）。

一七八八年（二十一歳）　一月、犬が原因の決闘沙汰、相手の剣先を胸に受けて勝負あり。二月、ブラウンシュヴァイク公国へ発つ（宮廷侍従職、のち公使参事官）。同地で得た唯一の知己、経済学教授、ミラボー友人、文芸を解するヤーコプ・モヴィヨン（一七四三―九四年）から政治哲学、神学の面で深い影響を受け師として生涯敬慕した。父、軍事裁判にかけられ有罪、上告、逃亡、逃亡先から偽装死亡届け。

一七八九年（二十二歳）　ネッケル、仏財務長官に再任（八月二十六日）。

五月八日、九歳年上の宮廷女官ヴィルヘルミーネ・フォン・クラム、通称ミンナ（一七五八―一八二三年）と結婚。これを機に母方の遺産相続。八月、ローザンヌへ、妻をお披露目。シャリエール夫人と不仲、夫人の書簡すべて焼却す（翌年和解）。父の裁判のためハーグ滞在（九月から翌年五月まで）。父、没収を恐れ財産を息子に書類上譲渡、これが後年の父子間の金銭問題へと発展する。

フランス革命、仏財務長官ネッケル解任（七月十一日）。

一七九〇年（二十三歳）　エドマンド・バーク著『仏革命論』批判執筆（未完）。

一七九一年（二十四歳）　五月、父、上告審有罪、失脚、仏へ亡命（ジュラ県ドール近郊ブルヴァン）。父の土地売却のためローザンヌ滞在（九月から十一月まで）。

一七九二年（二十五歳）　六月、異母妹ルイーズ誕生（―一八六〇年）。父、仏に帰化。コンスタン夫婦不仲。女優、カロリーヌと情交。シャルロット（当時マレンホルツ夫人、旧姓ハルデンベルク（一七六九―一八四五年））を知り深い仲となる。紆余曲折、男女関係の修羅場を経て十六年後秘密結婚。

王政廃止、共和政宣言、第一共和政開始（九月十二日）。

一七九三年（二十六歳）　六月シャルロットと別れローザンヌ滞在（十一月まで）。シャリエール夫人宅寄留（翌年四月まで）。同宅でフーバーを知りその共和主義思想に惹かれる。

前国王ルイ十六世処刑さる（一月二十一日）。共和暦採用（十月五日）。

一七九四年（二十七歳）　最後のブラウンシュヴァイク滞在、離婚交渉。九月十八日、スタール夫人と宿命的出会い。シャリエール夫人との関係、疎遠になり始める。『宗教史論』本格的開始。

テルミドール（熱月）のクーデター（七月二十七日）、ロベスピエール処刑。ポーランド分割に反対しコシチューシュコ蜂起（三月）。

一七九五年（二十八歳）

スタール夫人に求愛、入れられず自殺未遂。独宮廷に辞職願郵送。五月、夫人とパリへ出る。夫人、バク街のサロン再開。この年、仏国有地三所取得。十一月、スタール夫人追放処分、離京する夫人に同行、スイス復。十一月、ミンナとの離婚成立。仏定住の計、具体化す。「国民公会議員に寄する三通の書」、シュアール主筆の雑誌に掲載（無署名）。「移民問題」に関する論文発表。

「ヴァンデミエール（葡萄月）の乱」（王党派叛乱、ナポレオンこれを鎮圧）（十月五日）。ポーランド消滅。

一七九六年（二十九歳）

許されてスタール夫人の愛人となる。「愛の誓約書」署名。仏市民権公認を請求。「現政府の実力と現政府支援の要」、「政治権利の復原」、「権力論」発表。

一七九七年（三十歳）

立法部「五百人会議」コンスタンの市民権公認請求に対する回答保留決定。スタール夫人と上京、パリ近郊リュザルシュ町エリヴォー村在。地元官憲の監視下に置かれる。六月十八日、アルベルティーヌ誕生（—一八三八年）。「立憲クラブ」を設立す。フリュクティドールクーデター支持。立憲クラブで活躍。この頃、タレイラン、バラース両人を介してナポレオンに接近を謀る。総裁政府よりリュザルシュ町行政局長に任命さる。この年、スタール夫人ナポレオンと初会見。神父ウダーイユを反革命分子として警察に密告す（事の真相については意見相反す）。

「政治的反動」、「恐怖政治の結果」発表。

「フリュクティドール（実月）十八日クーデター」（九月四日）、総裁政府、選挙で多数を占めた王党派議員一部を国外追放、多数の県の選挙を無効とし中道勢力の安定を謀る。

一七九八年（三十一歳）

スイス併合によりフランス市民となる。ジュリー・タルマ（名優タルマの最初の妻（一七五六—一八〇五年））と男女の仲を越えた交友始る。四月、下院選挙、落選。新聞記事に名誉を毀損されたとし決闘に訴え訂正を強要す。選挙資金で経済不如意、スイスヴォーの土地売却。シャルロット、独亡命の仏貴族デュ・テルトル（一七七四―？年）と再婚。

「英国一六六〇年反革命の結果」（ピュリタン革命後の王政復古、チャールズ二世即位）発表。

「フロレアル（花月）二十二日」（五月十二日）、総裁政府、選挙で躍進の左派議員の多くを当選無効とす。

一七九九年（三十二歳）十二月、法制審議院（護民院）委員に任命さる。ジュネーヴから立候補、落選。父、マリアンヌと再婚。シャリエール夫人を訪問、昔日の好《よしみ》なし。

「ブリュメール（霧月）十八日クーデター」（十一月九日）、総裁政府辞職、臨時政府成立、ナポレオン政権掌握、事実上の国家元首となり軍事政権の色合い強まる。

一八〇〇年（三十三歳）十一月、アンナ・リンゼーとの情交始まる（翌年六月まで）。年末、スタール夫人上京、パリのサロン再開す。

一八〇一年（三十四歳）法制審議院にて演説、ナポレオン激怒。従姉ロザリーにシャルロットの消息を尋ねる。

露皇帝アレクサンドル一世即位（三月二十三日）。

一八〇二年（三十五歳）一月、法制審議院除名。スタール夫人の夫ホルシュタイン男爵死。経済不如意、所有地エリヴォー売却、パリ近郊レゼルバージュ購入、差額を浮す。ウィリアム・ゴットウイン著『政治的公平論』（一七九三年）翻訳（未完）。

ナポレオン、終身統領に就任（八月二日）。

一八〇三年（三十六歳）アメリー・ファブリとの結婚を考える。日記「アメリーとジェルメーヌ（＝スタール夫人）」開始（自一月六日至四月十日）。ナポレオンにスタール夫人退去命令（パリ市外四十里）解除の直訴。パリ滞在中のシャルロットから八年ぶりの便りあり、一足違いで再会ならず。十月十五日、スタール夫人、国外退去命令をうけ独に亡命、コンスタン同行。十二月十三日ワ一八〇四年（三十七歳）　イマール着、同地にてゲーテと会見、シラー、ヴィーラント等を識る。「日記」開始（自一月二十二日至一八〇五年五月八日、それ以降は「略日記」として至一八〇七年十二月二十七日）。ライフワーク『宗教史論』執筆再開。三月六日、スタール夫人ベルリンへ発つ。十八日、コンスタンワイマールを発ちスイスへ向かい、四月七日ローザンヌに至る。道中読書、ギリシャ悲劇。二日後スタール夫人父ネッケル死す、夫人を迎えに直ちに独へ取って返す。四月二十日、ワイマール着、夫人に合流、五月一日同地出発、シュレーゲル兄同行、十九日、スイスコペに帰館。十二月十一日、伊旅行へ出発のスタール夫人をリヨンに見送り上京、二十一日パリ着。二十九日、約十二年ぶりシャルロット（再婚してデュ・テルトル妻）に再会す。

ナポレオン一世、皇帝に即位、第一帝政成立（五月十八日）。ナポレオン戴冠式（十二月二日）。オーストリア帝国成立（八月十一日）。

一八〇五年（三十八歳）　リンゼー夫人との情交復活。パリ・レゼルバージュ往来の生活。スタール夫人の追放令解除に奔走す。五月五日、タルマ夫人死す。死の衝撃に「本日記」継続の意喪失し符牒（数字）を主とした「略日記」に切り替える。帰郷。ローザンヌ・コペ・ジュネーヴ三所往来の生活。十二月二十六日、シャリエール夫人死す。

第三次対仏大同盟成立。トラファルガーの海戦、仏・西連合艦隊破れる（十月二十一日）。アウステリッツ三帝会戦、ナポレオン、墺・露連合軍に大勝（十二月二日）。共和暦廃止さる（十二月三十一日）。

一八〇六年（三十九歳）　大著『政治原理』執筆開始。六月七日、パリ南東四十里オセールにてスタール夫人に合流。九月、コンスタンの奔走でスタール夫人ルーアン在留許可、同地に移りコンスタン合流す。パリ・ルーアン往来の生活。十月十九日、シャルロットとの愛人関係なる。スタール夫人に

一八〇七年（四十歳）

この事実を告白。「小説」（後の『アドルフ』）に着手。スタール夫人、パリ近郊アコスタ城館に移る。『宗教史論』執筆再開。

エトワール凱旋門着工（一八三六年完工）。オランダ王国建設、ナポレオン弟ルイ同国王に即位。仏保護領ライン連邦成立。第四次対仏大同盟結成。イエナ・アウエルシュテット会戦、ナポレオン圧勝（十月十四日）。対英大陸封鎖宣言（十一月二十一日）。

アコスタ・パリ往来の生活。スタール夫人『コリンヌ』刊。六月末、シャルロット、スイス復。スタール夫人『コリンヌ』刊。デュ・テルトル離婚に同意。四月、スタール夫人、追放令、スタン、ブルヴァンの父の許へ。スタール夫人との絶縁の決意を固める。決意鈍り、シュレーゲル来りて夫人の許に連戻される（七月十七日）。敬虔主義「内面の魂派」と接触、しばし心の平安を得る。悲劇『ヴァレンシュタイン』執筆開始。十二月四日、スタール夫人長駆ウィーンへ発つ。六日、コンスタン、ブザンソンにてシャルロットに合流、ドールへ向かう。

スタール夫人著『コリンヌ』書評発表（連載三回）。

仏、普・露とティルジットの和約、第四次対仏大同盟解消（七月九日）。

一八〇八年（四十一歳）

二月、シャルロットと上京。六月五日、ブザンソンにてシャルロットと新教神前秘密結婚、叔母ナッソー夫人にのみ報告。シャルロット、スイスニューシャテルへ、コンスタン、ウィーンより帰国のスタール夫人に合流してコペ在。『ヴァレンシュタイン』脱稿印刷。十二月、シャルロットに合流、年初パリへ出る。

マドリードで反仏蜂起、「半島戦争」に拡大す（五月二日）。ナポレオン義弟ミュラ、ナポリ王に即位（六月六日）。

一八〇九年（四十二歳）

五月、シャルロット、スタール夫人と対決、秘密結婚を明す。六月、リヨンにてコンスタン・シャルロット・スタール夫人修羅場の三つ巴、シャルロット、服毒自殺未遂。ローザンヌの親族、秘密結婚の事実を知る。十二月、パリにて民法上正式結婚。
『ヴァレンシュタイン』刊。
英・墺第五次対仏大同盟結成。仏軍、ウィーン占領（五月十三日）、仏・墺シェーンブルンの和約（十月十四日）。

一八一〇年（四十三歳）　コペ在、自一月至四月。私署証書作成（ネッケル氏から借用の土地購入代金返済として、その娘スタール夫人、或はその相続人に遺産八万フランを約束）。パリ復。パリ・スイス中間地ショーモンにてスタール夫人と一夏を過す。九月、警察大臣ロヴィゴ、非国民の書としてスタール夫人『ドイツ論』の原稿と校正刷を封印押収、即刻国外追放を命ず。スタール夫人、スイス復、コペ軟禁生活。シャルロットとスタール夫人対面。賭博、二万フラン負、土地レゼルバージュ、家財道具、蔵書の一部を手放す。二十二歳年下のジョン・ロッカ（一七八八―一八一八年）、スタール夫人の愛人となる。
検閲制度強化さる。ナポレオン、墺皇女マリー・ルイーズ（マリア・ルイーゼ）と結婚（四月二日）。仏将軍ベルナドット、スウェーデン王位継承者となる（八月十八日）。

一八一一年（四十四歳）　経済不如意、父親と談判、父子間の金銭問題こじれる。ジョン・ロッカと決闘未遂騒ぎ。五月八日、スタール夫人と最後の別れ、ローザンヌ王冠亭の階梯にて。五月十五日、シャルロットと独へ出発、この日、「日記」再開（自一八一一年五月十五日至一八一六年九月二十六日）。道中、賭博に耽溺。結婚生活不満の記述散見し始める。自叙伝的物語二篇、『赤い手帳《カイエ・ルージュ》』（原題は「我が生立《マ・ヴィ》」）、『セシル』、この年起稿か。

一八一二年（四十五歳）　著作に精進。父、再び異議申立て、息子の資産を凍結す。二月二日、父ジュスト・ド・コンスタン、ブルヴァンにて死す、行年八十六歳、同十九日、これを独ブラウンシュヴァイクにて知る。四月七日、スタール夫人、ジョン・ロッカの子を出産、五月二十三日、秘密裏にロシア・スウェーデン経由渡英の長旅に出発、六月四日、コンスタンこれを独にて知る。ゲッティンゲン王立科学院の通信会員に任命さる。ナポレオン後を狙うスウェーデン皇太子ベルナドットに付くべきか否か長き逡巡。

一八一三年（四十六歳）　ナポレオン大陸軍、露に侵攻（六月二十四日）、モスクワ入城（九月十五日）、同撤退（十月十九日）。ナポレオン軍壊滅（十一月二十九日）。

ナポレオン敗北を好機到来と見て、十一月二日、皇太子ベルナドットに与すべくハノーファーへ発つ。同六日、ベルナドットと会見会食。

叙事詩『ソワッソン包囲』脱稿（反ナポレオン作品、刊行は一八九二年）。

普・墺・露第六次対仏大同盟結成。ライプツィヒの会戦（諸国民戦争）、ナポレオン、同盟軍に敗北（十月十九日）、ライン左岸に撤退（十一月二日）。

一八一四年（四十七歳）　二月六日、ベルナドットと会見。四月五日、ブリュッセルへ発ち、同十三日パリへ向かう、スタール夫人息オーギュスト同行。同十八日、ベルナドットと決裂、関係解消を宣言す。五月七日、露皇帝アレクサンドルと会見。同十三日、パリ帰還のスタール夫人に再会。同二十七日、叔母ナッソー夫人死す。コンスタン、遺言（遺産相続）に不満を示す。この頃、言論出版自由擁護の筆を執る。八月、突如、ジュリエット（レカミエ夫人）に狂恋、我を忘れる。ジュリエットの依頼により、ナポリ王ミュラのため、ウィーン会議宛「ナポリ王国存続の嘆願書」を起草。

『立憲君主政における権力配分と保障義務』。「新聞等の自由を政府の立場から見れば」。「出版報道の自由」（投稿記事）。「出版報道の自由に関する内務大臣閣下の法案提出趣旨演説について」。『征服の精神と簒奪』刊。

同盟軍パリ入城（三月三十一日）。ナポレオン退位（四月六日）、エルバ島配流。ルイ十八世パリ帰還、第一王政復古（五月三日）。ウィーン会議（十一月一日）。ゴヤ画、「マドリード反仏蜂起」。

一八一五年（四十八歳）

三月一日ナポレオン、ゴルフジュアン上陸、同六日この報に接す。同十一日、スタール夫人、パリ脱出。同十九日、コンスタン、新聞紙上でナポレオンを厳しく糾弾。同二十三日、米公使館に潜伏後パリ脱出、知事バラントを頼りヴァンデーを目指すが、県都ナント陥落を知り引返し、同二十七日、パリ復。四月十四日、ナポレオン、コンスタンに憲法修正草案作成を依頼、同二十日、参事院委員に任命さる。同二十四日、「帝国憲法附加法」、通称「バンジャマン法」発布。憲法論争で決闘。六月二十四日、退位後のナポレオンを訪問会見。同二十五日、対連合軍交渉委員団書記官の任に赴き、七月五日、パリ復、暫定政府に報告。同十九日、追放命令、国王宛「弁明書」提出、同二十四日、国王より直接沙汰あり、追放令解除さる。八月、『百日天下回想録』（弁明書）起稿計画。処刑一週間前のラ・ベドワイエールを獄舎に訪問面会。対レカミエ夫人狂恋の金縛り。九月、クリューデネル夫人に会う。十月、レカミエ夫人を諦め都落ち、ブリュッセル（当時オランダ王国領）へ向かう。妻シャルロットに合流、ほぼ二年ぶりの再会となる。

『閣僚責任論』。「レカミエ夫人回想」（夫人と共作）（未完）。『政治原理』。

ナポレオン、エルバ島脱出（三月一日）、パリ入城（三月二十日）、百日天下。第七次対仏大同盟結成（三月二十五日）。ドイツ連邦結成（六月八日）。ベルギー、オランダに併合（六月八日）。ワーテルロー会戦仏軍敗北（六月十八日）。ナポレオン退位（六月二十二日）、セント・ヘレナ島配流（七月十五日）。第二王政復古（七月八日）。七月、ユルトラ（極右王党派）の白色テロル始る。総選挙、ユルトラ圧勝（八月二十二日）。第二次パリ講和条約（十一月二十日）、仏、一七九〇年時の国境に復帰。

一八一六年（四十九歳）　一月二十一日、妻同行、ブリュッセルを離れ英へ「自発的」亡命、同二十七日、ロンドン着。アルベルティーヌ、ブロイ公と結婚、於ピサ（二月二十日）。最後の『アドルフ』朗読。「政治書簡」（『百日天下回想録』）草案。『アドルフ』最終加筆修正、六月六日前後刊行。『アドルフ』読後のスタール夫人より激励の書。八月一日、英を引き揚げブリュッセル復。幾多逡巡の後、仏の政治情勢有利と見てパリ行決意、九月二十七日出発。「日記」は前日を以て断、身の安全を考慮しブリュッセルの銀行家に預ける。再び手にすることなし。

『アドルフ』刊。「フランス通信抄」（二月〈エディンバラ評論誌〉）。「仏諸政党連合成立の条件たる政治教義」。「ルイ十八世憲章下の君主制」。

議会解散、選挙、ユルトラ後退、立憲派進出（十月）。


一八一七年（五十歳）　一月、〈メルキュール・ド・フランス〉創刊、コンスタン、毎週署名記事執筆掲載。七月十四日、スタール夫人死す。枕頭に侍るを許されず死目に会えず。追悼文二本発表。死を機にスタール家、コンスタンを遠ざけ始める。アカデミー会員落選。

「出版現行法の諸問題」。

議会選挙、ユルトラさらに後退（九月二十日）。


一八一八年（五十一歳）　二月、王立学院《アテネ・ロワイアル》で講義、「諸宗教の歴史」。この時の受講生エリアーヌなる謎の女性との情交説あり（デニス・ウッド）。坂道で転倒骨折、生涯松葉杖携行となる。下院選挙、落選。

「黒人売買反対」。『バンジャマン・コンスタン既刊論文集成「代議制度論」』（全四巻）。

英・普・墺・露占領軍、仏から撤退決議（十月九日）。


一八一九年（五十二歳）　三月、サルト県より立候補、初当選。自由主義擁護の論客として活動開始。王立学院で連続講義、「英国憲法論」。

初の国会演説、「新聞紙法違反抑止法案」、「追放者帰国許可請願」。

一八二〇年（五十三歳）　自由主義的ドカーズ内閣成立（十一月二十日）。軍に関する国王大権制限、出版物検閲と事前許可制撤廃。

個人の自由、出版言論の自由を求め盛んな国会活動、重大演説をなす。十月「ソミュール待伏」事件、遊説中、騎兵学校の士官連中から私刑の脅しを受ける。

重要演説、「個人の自由規制特例法」、「出版の自由規制特例法」。「二重投票法」（高額納税者に二回の投票を許す法律）。書簡体『百日天下回想録』刊行開始（全二巻）。

王位継承者ベリー公暗殺さる（二月十三日）、反動色強化。検閲制度復活。選挙、右派勝利（十一月）。


一八二一年（五十四歳）　国会でユルトラ相手に絶望的な闘いを続ける。

反対演説「黒人売買」、「新教徒教育への旧教僧侶参加要請」、「新聞検閲」。

自由主義運動シャルボヌリ（炭焼党《カルボナリ》）蜂起（二月）。ヴィレール内閣成立、ユルトラ、政権掌握（十二月十五日）。ギリシャ独立戦争勃発（三月六日）。


一八二二年（五十五歳）　年の前半、精力的に国会で活動、演説発言回数三十を上回る。前々年の王党派・自由主義派青年の集団乱闘事件を巡る紙上論争から決闘（脚不自由なれば椅子に掛けて）。下院議員一部入替選挙、ユルトラに僅差で落選（百九十二対百八十三票）。

『フィランヂェリ（伊の経済・法律学者）著書解説』前篇刊。


一八二三年（五十六歳）　ブルボン王家を狙ったベルトン（炭焼党のソミュール蜂起指導者、逮捕処刑）陰謀事件の心情的同調者の廉で罰金・禁固刑（禁固刑の執行は猶予）。

仏軍、スペイン革命（絶対主義派立憲派抗争）に介入、絶対主義派に加担（四月七日）。


一八二四年（五十七歳）　コンスタンの過去の仏国籍取得経緯に右翼から異議申出。下院選挙、パリから当選。四月、生地ローザンヌへ、最後となる帰郷。この頃、書簡で死に触れること頻り。病状悪化（一説に梅毒後期症状)。

一八二五年(五十八歳)ライフワーク『宗教史論』(宗教、その源泉と形態と発展)第一巻刊行(全五巻)。選挙、ユルトラ勝利。ルイ十八世死(九月十六日)、シャルル十世即位。

一八二六年(五十九歳)反対演説、「亡命者に対する十億フラン賠償法案」。『宗教史論』第二巻刊。「瀆聖禁止令」制定(四月二十日)。「十億フラン法」(亡命貴族に対する賠償)成立(四月二十七日)。シャルル十世、ランスにおいて戴冠式(五月二十九日)。

一八二七年(六十歳)国会活動に疲弊す。予定の帰郷断念(妻病気のため)。この頃、若者の崇拝の的となる。下院選挙、アルザス遊説、バ・ラン県から当選。「出版取締法」反対(議員在任中屈指の名演説)(二月十三日)。「黒人売買」。『バンジャマン・コンスタン氏国会演説集』刊。『宗教史論』第三巻刊。「出版報道の自由規制法」廃案となる(四月十七日)。選挙、自由主義派勝利(十一月)。

一八二八年(六十一歳)アカデミー会員落選。病状悪化、従姉ロザリー宛、死の予感を訴える書。マルティニャック中道内閣成立(一月五日)。「新出版法」事前検閲廃止(七月十四日)。

一八二九年(六十二歳)アルザスで熱烈歓迎。バーデン逗留、湯治。『文学・政治論集』、『悲劇論』刊。ユルトラ、政権掌握、ポリニャック内閣成立(八月八日)。

一八三〇年(六十三歳)下院解散、野党勝利、コンスタン再選なる。六月末、脚の手術、パリ近郊で養生。七月三十日、オルレアン公支持の宣言文起草。新王より賭博借金返済として下賜二十万フラン。アカデミー会員再び落選。病状さらに悪化、脚の浮腫、足、舌その他の感覚麻痺を訴える。十一月十九日、最後の国会演説、同二十六日、最後の登院。十二月八日、バンジャマン・コンスタン死す、行年六十三歳、直前まで『宗教史論』第五巻校正に従事。十二日、サンタンタントワヌ街プロテスタント教会にて国葬、ペール・ラシェーズ墓地に埋葬。パンテオン合祀ならず。
内閣不信任案可決（三月十八日）、議会解散（五月十六日）、選挙、野党過半数を制す。七月革命、パリ民衆蜂起、「崇高の三日間」、シャルル十世退位（八月二日）、オルレアン公ルイ・フィリップ即位（八月九日）、七月王政開始（－一八四八年）。仏軍、アルジェリア占領（七月五日）。ベルギー、オランダから独立宣言（十月四日）。ポーランド独立蜂起（十一月二十九日）。ポーランド王国、露に併合さる（一八三二年二月二十六日）。

一八三一年　『宗教史論』第四、五巻刊。

一八三三年　『ローマ多神教論』全二巻刊。

一八四五年　妻シャルロット、ナイトキャップに火がつき焼死（七月二十二日）。

一九〇七年　『赤い手帳《カイエ・ルージュ》』（原題「我が生立《マ・ヴィ》」）刊。

一九五一年　『セシル』刊。

一九五二年　『全日記』（日記完全版）刊。

一九九三年　『バンジャマン・コンスタン全集』（著作篇三十六巻・書簡篇十八巻、全五十四巻）刊行開始（一『アメリーとジェルメーヌ』一九九五年刊、二『日記』（一八〇四－一八〇七年）二〇〇二年刊、三『日記』（一八一一－一八一六年）二〇〇五年刊）。

年譜作成にあたっては、Kurt Kloocke, *Benjamin Constant. Une biographie intellectuelle*, Genève: Droz, 1984, Dennis Wood, *Benjamin Constant. A Biography*, London and New York: Routledge, 1993 を主として参考にした。また、政治・社会の動きについては、*Journal de la France et des Français. Chronologie politique, culturelle et religieuse de Clovis à 2000*, Paris: Gallimard [Quarto], 2001,『世界歴史大系　フランス史（二）』山川出版社（二〇〇一年）に準拠した。ここに謝して識るす次第である。

家系図

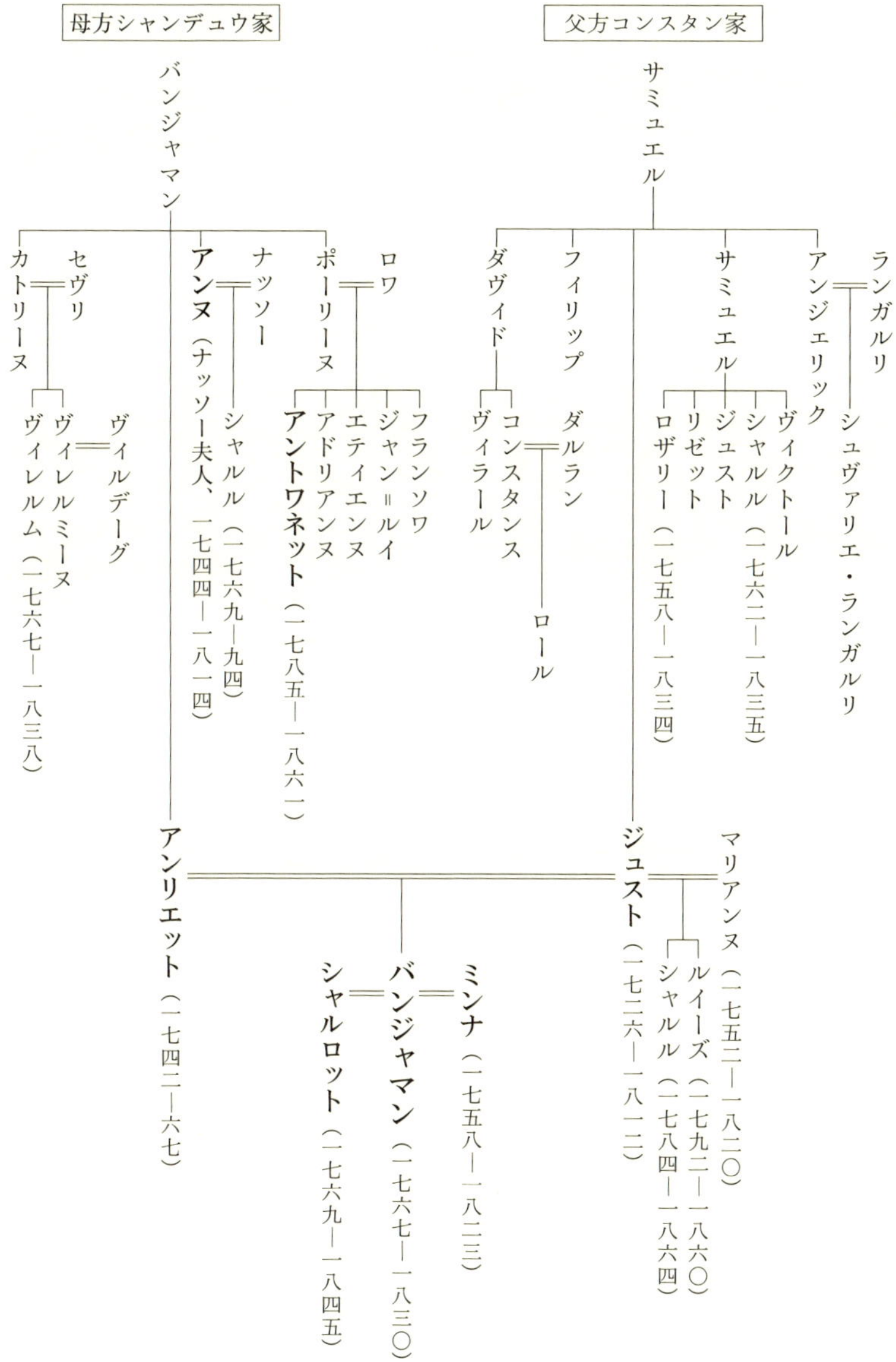
父方コンスタン家
サミュエル
ランガルリ
アンジェリック
シュヴァリエ・ランガルリ
サミュエル
ヴィクトール
シャルル（一七六二―一八三五）
ジュスト
リゼット
ロザリー（一七五八―一八三四）
フィリップ
ダヴィド
ダルラン
コンスタンス
ヴィラール
ロール
マリアンヌ（一七五二―一八二〇）
ジュスト（一七二六―一八一二）
ルイーズ（一七九二―一八六〇）
シャルル（一七八四―一八六四）
母方シャンデュウ家
バンジャマン
ロワ
ポーリーヌ
フランソワ
ジャン＝ルイ
エティエンヌ
アドリアンヌ
アントワネット（一七八五―一八六一）
ナッソー
アンヌ（ナッソー夫人、一七四四―一八一四）
シャルル（一七六九―九四）
セヴリ
カトリーヌ
ヴィルデーグ
ヴィレルミーヌ
ヴィレルム（一七六七―一八三八）
アンリエット（一七四二―六七）
ミンナ（一七五八―一八二三）
バンジャマン（一七六七―一八三〇）
シャルロット（一七六九―一八四五）

関連地図
(ナポレオン全盛時代のヨーロッパ)

解説

一　バンジャマン・コンスタン　その生立と感情教育

1　導前　小説主人公アドルフと日記作者コンスタン

文学の世界にあっては、愛はすぐれて禁欲的であった。すぐれて禁欲的であるというのは、欲望の蠢きに忘我の境を彷徨いながらその充足を拒否する、或は、欲望の充足をひたすら求めるが運命に拒絶され、この世での充足が叶わぬまま悲劇的な別れ、悲劇的な死を認めざるを得ないということである。しかし、ここにこそ愛のからくり、愛の逆説が秘められており、ひたすら求めたが得ることが叶わなかった者と求めたら得ることができた者とでは、求めるという行為の質は前者の方が遙かに内容において意味が深く、想像力において密度が高い。欲望の対象は、ひとたび手中にするや風船が萎むがごとく、時とともに日常化と習慣化の中で魅力が色褪せ、それを得た者は、こんなはずではなかったと幻滅の悲哀に泣く。障碍の故に愛する対象から堰かれた者は一目見たい逢いたいと相手を想い独り懊悩し、他方、障碍を克服し対象を我が物とした幸福な恋人は迫り来る退屈という感情に倦苦する。想像力による「結晶作用」と現実の時間による「風化作用」。

欲望充足を追求して止まぬ近代科学技術文明の勢いを前にして、前者、十二世紀南仏の所産と言われる「恋愛の文化」は衰退し、舞台は〈許されぬ愛〉の悲劇から〈許された愛〉の幻滅と苦悩へと替った。十九世紀初頭の傑作『アドルフ』の登場である。

満されぬままに茫然と日々を送る二十二歳の青年が、ゲッティンゲン大学を卒業、選帝侯の大臣をしている父親の、仕事に就く前に世間を見てこい、との意に従い諸国遍歴の旅に出る。姻戚関係にある、或る伯爵の住む小さな町に羈留する。二人の子供までなした伯爵の囲われ者、十歳年上の美貌で聞えた薄幸のポーランド女性エレノールを知る。その頃、恋の成功に酔痴れる友人の刺激もあって相手を物色、エレノールに食指が動き征服の対象と決める。征服に向けてそれなりに精神と肉体が緊張し、予期しなかった生の実感を覚える。当初の冷酷な誘惑者の計算とは裏腹に、行動は小心翼々、毎回不覚の無念に泣く。意を決して出した懸想文の返書に逆上、逆上に駆られた演技の上の純情が本物の純情の相を呈するに及んで相手のエレノール遂に落ちる。男は、いったん成った恋の興奮に我を忘れるが、それも束の間、〈目的〉が〈絆〉に変貌、絆が〈束縛〉となり、其の束縛に失った自由の大きさを知る。時に、気慰《きなぐさみ》の歓びは覚えても当初の魅力はしだいに色褪せる。伯爵の許を飛出し、子供を残し世間を捨て男を追ってきたエレノールとの同棲が始る。現在の冷えた心を過去の埋み火の助けをかりて熾《おこ》そうと姑息な手段に我を彌縫する。女との別れなくして救いのないこと、しかし、男のためにすべてを犠牲に供した天涯孤独、孤立無援の女を見捨てることは誠実さに悖り、情において忍びぬ、この退引ならぬ絶対矛盾二律背反の心理分析が小説の事件（筋）そのもので、行動と呼ぶべきものはない。

女を征服したときの瞬時の興奮と快楽を愛と見紛い、その思出に懸命に縋りつきながら、〈楽しかった〉過去を現在と未来の内に取込み時間の逆流を願うが、愛のリビドーは戻らぬ。間歇的な過去の蘇生というその間の事情が稲妻の比喩を以てして読者に示される、

　ながいことお互いを見てきた慣れ親しみ、偕にしてきた苦楽のお陰で、ふと口をついて出るどんな言葉も昔の思出と無縁ではなく。そのために二人はとつぜん過去の世界に押しやられ、思わず心は優しさに充ちるのであったが、それは、稲妻が闇をそのままにぴかっと夜陰を走るようなものだった。

女を見捨てることが情において忍びないという一点で女との関係が続くが、《アドルフ、あなたは愛があると思ってい

るかもしれませんが、あなたにあるのは憐れみのお気持だけですわ》、と相手から喝破される。その後、男の離叛と裏切がおぞましい証拠に依って明されるに及び、それまで自ら目をそむけていた真実の衝撃に抗する術もなくエレノールは苦悩と憔悴のうちに息絶える。あれほどの念願であった自由が、実は手中にすれば、虚無そのものであることを知り、男は愕然とする。

文学者、政治家、宗教思想史家、艶福家、漁色家（生来の体質として女なしは健康に障るとの医師の所見あり）、事業家等々、八面像のコンスタンが書き残した全心露出、赤裸な内面告白日記の〈強迫観念〉——女（スタール夫人）と別れるべきか別れざるべきか——この出口なきトンネルに閉込められ決断を回避逡巡する作者コンスタンの当《まさ》にアドルフ的裸心は、〈虚実皮膜〉の創作を経て小説『アドルフ』に昇華された。

2　自叙伝的物語『赤い手帳《カイエ・ルージュ》』（原題「我が生立《マ・ヴィ》」）一七六七―一七八七年

夙にその存在が知られながら筐底に埋もれたまま日の目を見ることがなかった原稿は執筆からほぼ百年後の一九〇七年一月「両世界評論」によって初めて世に出た。原稿装丁の表紙が赤いことから、編者のシャルロット・コンスタン男爵夫人が発表の折「赤い手帳」と命名したもので、原題は「我が生立《おいたち》」である。

誕生から二十歳までの生立（教育）と事件（女性遍歴）が簡潔な文体できびきびと小気味よく語られる。父母ともにその家系を尋ねれば、スイスに安住の地を求め逃げのびてきたフランス系新教徒に行きつく。母は作者バンジャマン・コンスタンを産んで一週間後、産褥の床で死ぬ。養育は母方の祖母を中心に親類の者が当る。父親はオランダ駐留のスイス傭兵軍連隊長を務める軍人である。家庭教師による知育偏重、情操無視の教育は、少年を孤独と利己主義へと追いやった。教師は何れも《スコブル無知、スコブル不道徳ナ輩》、父はその首の挿げ替えに終始するがついに諦めて子を学校へ預けることになる。この自叙伝、先ずはあてがわれた家庭教師の種々相から始まる。

一七七二年、五歳にして最初の師、風変りなギリシャ語教授法の師シュトレーリンに就く。教授のかたわら鞭打が絶えず、しかも他言を恐れるあまり、そのつど今度は一転して甘言愛撫を以てする。父の知るところとなり追放された。師との約に従いその仕打を一言も洩さなかった五歳の子供の心情に驚く、《自分ハ忠実ニ約束ヲ守ッタ》。

一七七四年、七歳、任地に赴く父に従いブリュッセルに出る（当時オーストリアハプスブルク家領）。二番手は、父の連隊付の軍医、無神論を標榜するフランス人ラグランジュ、女狂いの癖あらたまらず、不自由すまいと教師は教え子とともに曖昧宿に住む。父を激怒させ放逐となる。次の師傅を待つ間、音楽教師の許に預けられるが、公衆図書館の出入りを許され、日に八時間、十時間蔵書を濫読、小説本、反宗教的著作に馴染む。霊魂も物質の特殊な働きに過ぎぬと説いた唯物論哲学者ラ・メトリの『人間機械論』に触れその思想の洗礼を受けたという。早熟な読書体験である。この体験が作者の知と情に与えた影響は計り難く甚大でその生涯を決定するものであった。《コノトキノ読書ハ生涯頭ト眼ニ焼キツイテ離レナカッタ》。早熟と言えば、従姉ロザリーに次のような証言がある。《バンジャマンハ十歳ニシテソノ頭ハ三十歳ノ大人のソレデシタ》（リュドレール『コンスタンの青春』）。

三番手は、元弁護士の肩書を有するフランス人ゴベール。好ましからぬ事情から国を出たらしいが、ブリュッセルで私塾を始めるというその鮮やかな弁舌に丸め込まれた父は、高い束脩も言いなりに息子バンジャマンを預けた。教科はラテン語と歴史のみ、そのラテン語も怪しげ、歴史も師ゴベールの論文原稿浄書を命じられるばかりであった。家政婦と称して住んでいた女が実は情婦であることが父の耳に入る。その騒動の場を少年は目撃した。

フランスの修道院を逃出しスイスに身を潜めていた還俗僧デュプレシが四番手に迎えられた。教え方も親切丁寧、成果もあがったが、薄志弱行、その弱い性格を父親は好まず一年余りでお払い箱となった。この師には後日譚がある。次の教え子の姉に年甲斐もなく（五十歳）恋慕の胸を焦したが叶わぬ想いとあしらわれ、ついにピストル自殺に及んだという。

家庭教師による教育の失敗に業を煮やし父親は息子を英国オックスフォードに連行くが、大学は十三歳の子には荷が過ぎることを知らされ、英国青年を英語教師として雇入れ大陸に戻った。名はメイ、無資格の、教師風も吹かさぬ若者を採ったのだが結果は同じ、一年半余りで解雇となった。父が示す露骨な態度を子も真似て師を軽蔑しあげつらう。この頃滞在したオランダで父の僚輩の娘に恋慕する。作者初めての恋慕である。来る日も来る日も長文の懸想文を書いてはそれを我が手に握りしめたまま想いを明すことはなかった。

一七八一年、十四歳、ローザンヌに帰郷、六番手ブリデルに就く。少年の目には、博識家だが学者ぶった鈍感な男と映る。下品な言行と驕傲が父の忌諱に触れる。

五歳から十四歳、目まぐるしくも首が挿げ替えられ、親が師を馬鹿にした言動を露骨に示し、子がそれを見倣う。生活は一所不住、まさに流浪者《ノマド》、スイス、ベルギー、フランス、オランダ等を慌しく往来し、師と各地を転々、宿屋暮しを続ける。長ずるに及びコンスタンに見られる奇妙な性格と行動、異性交渉における常軌を逸した言動は、この期の知育情操教育の苦窳《ゆがみ》もその一因と思われる。

一七八二年二月、十五歳、ドイツに遊学。当時のエアランゲン大学は、アンシュパッハ・バイロイト辺境伯の啓蒙自由主義を伝え聞いた学生、教授、政治亡命者等が淵叢する文化の国際的中心地であった。相異る思想の交流と衝突の中から新思想が醸成されつつある現場に身を置き、コンスタンはついに〈我が祖国ヨーロッパ〉を発見するに至り、後年の国際人《コスモポリタン》コンスタンの誕生となった。勉学にも身を入れたが、ずいぶんと羽目も外したらしい。色と賭事はコンスタンの最大情熱である。《情婦ヲ持ッテ一人前ノ男ニナリ人ニ噂サレタイ》と選んだ相手がとかく評判の女、囲ったはいいがついに女の体は自由にできなかった。作者十五歳のときの挿話である。思わぬ鞘当でエアランゲンを追われ、父の指図でスコットランドへ渡った。

一七八三年、十六歳、エディンバラ大入学、文芸哲学クラブで活躍、討論術《ディベート》に磨きをかけた。一年半余りの滞在、文字通りよく学びよく遊んだ。我が生涯至楽の年、と後年の述懐にある。だが、賭博に手を出し、負債の山、不義理を重ねほうほうの体でパリに辿着き、文人シュアールの許に身を寄せた。そのサロンの合理主義的反宗教的思想に触れ深い影響を受けた。コンドルセ夫妻、ラ・アルプ、マルモンテル、ラクルテル等を識ることになる。お目付役として父親が寄越した男がとんだ食わせ者、二人で放蕩の限りを尽す。報が行きブリュッセルに拘束の身となった（一七八五年八―十一月）。

この時、国民議会議員ジョアノーの後妻と出会い、生涯において最も甘美な恋の喜びを得た。二十代後半の聡明な美人、心を打明ける勇もなく逡巡するとき、夫人からの誘いあり想いを遂げた。コンスタンの恋愛の常套、〈騒動と苦悩〉の揚句の果の成果でなかったことが何よりも嬉しく生涯の思出となった。夫人は、妻妾同居に始まる夫の非道に遂に服毒自殺したという。

ブリュッセル拘禁解除、スイスに帰郷、学問の心きざし、読書エルヴェシウスの『精神論』、異教優位というその思想に感銘、「多神教の歴史」を思立つ（遺作『ローマ多神教論』に結実、全二巻一八三三年刊）。

多神教史に頭を悩ます時、現れたのがトレヴァー夫人。トリノ駐箚英国大使夫人、三十代前半、容色に衰えなく綺羅を張り色香を振りまく、男女の道の才知に長けた女、夫婦仲はよくない。常に身辺に英国青年を何人か侍らせその求愛を楽しむ。コンスタン、競争心を煽られ付文から攻撃開始、さきの〈騒動と苦悩〉が斯くなるものと知らされる、

> ある晩、付文を夫人に手渡し、その次の日、返事を貰いに顔を出した。行為の結果がどう出るか、不安と動揺、熱に浮されたが、それは手紙を書くとき無理にでっち上げたあの恋の悶えと見分けがつかなかった。こういう場合の仕来り通り、夫人は返書を以て答えた。浮世のしがらみを盾に、「最も美しい友情でまいりましょう」と言ってきた。友情という言葉に引掛らず、夫人の言う友情の行着く先を見届けるべきだったが、そうはせずに、こちらの愛に応うるに友情で去《い》なされたのが悔しい、そを思知らせるが得策とばかり、床を転げ回り、壁に頭をぶつけながら友情という不幸な言葉を呪い続けた…常に十歩の距離を置き、相手が宥めすかさんものと近づけば飛び退いて、友情なんかであしらわれたからにはもう死ぬしかない、と喚きちらした。こうして四時間、夫人は為す術もなかった。そのまま帰ってきたが、類義語の議論をしていった〈恋の奴〉に相手は呆れ果てたはずだ。

極端な躁暴性と極端な怯懦の不思議な混淆、これがコンスタンの異性交渉に見られる特徴だが、暴の下に潜む内気な純情を見抜いたからか、夫人は駄々っ子の横暴に堪える。夫人にとっては、友情と恋は同義語、それを弁えぬ青年の初心《うぶ》に勝手が狂い戸惑うが、母性もくすぐられたはず、特別の好意を与えるに至る。だが、関係は純潔に終始し、《イササ

カ鮮度ニカケル》唇の上に置かれた接吻を越えることはなかったという。《求メズニ奪ウ、コレガ未ダ分ッテイナカッタ。求メルバカリデ奪ウコトハマッタク頭ニナカッタ》とは作者後年の反省であった。トレヴァー夫人、色恋の道をめざし嬌態の限りを尽す、英国に帰って発狂したと作者は伝える。

父に同行、パリに出たコンスタン、再びシュアールのサロンに出入り、その辛辣な言辞で人の耳目をひく。誰彼の別なく他人を俎上に載せ情け容赦なくその悪口を居合す者に披露する。賭博癖いまだ癒えず、懲りずまにまたまた不義理を重ね父の尻拭いにすくわれた。

この頃、パリに出てきていたスイスコロンビエ在住のオランダ婦人、生地に因みゼーレン小町と言われた才媛、作家シャリエール夫人を識る。人間嫌い、性悪説に立つニヒリスト、冷笑家、性格の酷似からその交誼は急速に親近を増し肝胆相照す仲となる。相手は二十七歳上の人妻、年の差が夫を寛大にさせ自由に出入りが許され、昼夜の別なく近くに侍り、《茶ヲノミナガラ》人間について、社会について、人生百般の問題を論じた。人間と社会の偏見と月並を徹底して揶揄嘲弄した夫人は、若きバンジャマン、自由放縦な勤勉家、誠実な気取屋、情に脆い冷笑家、論旨明快行動滅裂、矛盾の塊のバンジャマンを魅了してやまなかった。母を知らぬバンジャマンにとって夫人は、先ず母親、次いで人生の師、談交心腹の友であり愛人であった（愛人説については異論あり）。

この頃、コンスタン、或る女性をめぐり尋常ならざる言動を弄し、他人の面前で服毒自殺を図った。息子の風聞に業を煮やした父親から「身を固めよ」との最後通牒を受けて、資産家の娘、十六歳のジェニー・プーラ嬢に狙いをつけ仕来り通り書面で母親の意向を尋ねたところ、先約ありとの鄭重な返が届くがまんざら望みがないでもない応対ぶり。ここから狂気じみた言動が始る。気に入らぬ男との結婚を親から強要される娘の物語《ロマン》をでっちあげ、宮廷風恋愛書簡を綴っては相手に送りつける。事情錯綜し、遂に真相解明と弁明の場に立たされるが、《穏ヤカナ話合ヨリモ一騒動ヲ以テ切抜ケン》ものと、阿片を呷り自殺の真似事に走った。阿片は、その頃常飲していたシャリエール夫人を見倣い持歩いていたもので、この奇行は夫人の影響が大であったと本人は言う。

父ジュスト・ド・コンスタン差向けの監視役をまき、シャリエール氏から拝借の三十ルイを路銀に英へ逐電、千里行、昔の好誼《よしみ》を頼りエディンバラを辿り訪ねた。放浪三月、英を去りベルギー経由、オランダの父親を訪ねた後スイスへ帰国、先ずはシャリエール夫人訪問再会、旅先からせっせと消息の文は送ってはいたが対面してあらためて旅の四方山に弾がつき、パリ時代の辛口の議論と辛辣な月旦評に花開く。《二人ハパリ時代ノ物語ヲマタ始メタ》。二日で切上げローザンヌの父実家に旅装を解き、留守を預かる家政婦、幼少期のバンジャマンの養育係も兼ねていたマリアンヌの親身な世話に長旅の疲れを癒した（一七八七年十一月）。

当時コンスタンは事情をまだ知らなかったが、実はこのマリアンヌ、父の〈家政婦兼情婦〉であった。父ジュスト・ド・コンスタン・ド・ルベクは、一七六一年（三十五歳）他人の娘、九歳のジャンヌ・シュザンヌ・マニャン（俗称マリアンヌ）を両親から奪取るように連去り、養女のごとく意のままにその養育と教育を手掛けた。四十歳の男が四歳になる他人の娘を貰いうけ好みの女に育上げて女房にしようとしたモリエールの『女房教育』を地で行くものだった。マリアンヌ長じて二十歳になった時、祖母に預けてあったバンジャマンの傅育に当らせ、また秘密裏に結婚の約を与え、後にマリアンヌとの間に二子を儲けた。バンジャマンの異母弟妹、シャルルとルイーズである。因みに、父親がバンジャマンの母となるアンリエット・ポリーヌと結婚したのは一七六六年、一少女と奇妙な交渉を続けながらのことであった。

英から持ち帰った旅の道連の犬が因の奇妙な決闘沙汰の顚末を綴って筆を投出し『赤い手帳』未完で終る。

3　章間　一七八八―一七九二年

二篇の自伝的物語の挟間に位置する五年間、二十一歳から二十五歳、ドイツの宮廷出仕、婚約・結婚、妻の不貞と夫婦関係破綻、別居と離婚話、女優の卵との情事、シャリエール夫人との不仲と和解、父の裁判沙汰と有罪判決（罰金刑）・失脚等々、内憂外患慌しく人生の諸問題が輻輳、ドイツ、スイス、オランダと奔走する。その厭世主義が一層深化する時期であった。

二月間シャリエール夫人宅に居候、英から持ち帰った花柳病治療に専念後、一七八八年二月、父との約に従いブラウンシュヴァイク公国宮廷出仕のためドイツへ発つ。ブラウンシュヴァイク公は、尚武を旨とする卓抜な策士、対仏大同盟総司令官、その名のもとに出され軍事的威嚇を以てルイ十六世の安全と自由の保障をパリ市民に求めた「ブラウンシュヴァイク公宣言」で有名である。宮仕え最初は大公付侍従、貴賓招客の案内先導が職務の一つであった。宮廷でのコンスタンは『アドルフ』冒頭の通り、閑居鬱ぎの虫に苦しむ。

父ジュスト・ド・コンスタン（オランダ駐留スイス傭兵軍連隊長、仏語圏ヴォー州出身）とその麾下将校連中（独語圏ベルン州出身）は、スイス両州の歴史的反目と相俟って、日頃折合が悪く、連隊のアムステルダム進駐に際しそれまでの対立が一挙に表面化、一方が将校の暴動謀叛を訴えれば、他方は連隊長の公金横領を持出して訴訟の応酬となったが、翌一七八八年父の敗訴となった。更に上告審で有罪（罰金刑）が確定し父は失脚した。この間、息子のバンジャマン・コンスタンは父の支援に東行西走、難苦心労を重ねた。父はその後、一七九六年復権が叶い参謀長に返咲いた。

一七八八年、ブラウンシュヴァイク宮廷女官、九歳年長のヴィルヘルミーネ・フォン・クラム、通称ミンナと婚約、父の裁判で延び延びになるが、翌年五月結婚した。ブラウンシュヴァイク公夫妻の先導と叔父サミュエルの仲介があってのことらしいが、恋愛か、政略か、義理か、証言が相反して真相は不明である、

日を追うごとに益々その才気、心だて、性格に感心している女性、…最も愛嬌があり最も人から好かれている女性と偕に立派な天職（結婚）に身を捧げ得るならば、二人の平穏と幸福はひとえに叔父様のお陰であると片時も忘れることはありません（婚約成立、叔父サミュエル宛）。

バンジャマンは、お節介な連中の言いなりに、気弱さから断り切れず、財産もない年上の、不細工な、何が嬉しいのか、我が儘な気性の激しい女と一緒になった（従弟息アドリアンの証言）。

結婚後二年、夫婦不和兆し始める。父の土地売却のためローザンヌに帰郷するとき（有罪罰金刑に対処）、妻は同行

せず。コンスタン、年の暮れはシャリエール夫人宅に寄留した。翌年五月破局を迎えて別居、三年後離婚成立。

結婚前後のコンスタンは、初の宮仕え、父の裁判、シャリエール夫人との不仲等々、孤独と心労が重なり（孤独と心労を紛わすための結婚ではなかったか）、心身衰弱、妻を満足させられるどころの状態ではなかった、妻の方から愛想を尽かされたということか。この破局は、「関係」なくして生きて行けず、「関係」生じればそれが「束縛」に変じ金縛りとなるコンスタンの性格そのものに由来し、早晩たどりつく破局でもあったはずである。この頃の心境を引いて『セシル』に続ける、

例になく生きるのが辛い、これといった不満の種はまったくないのですが。しかし利害だ、世間の義理だ、欲望だといった一切に関心が失せてしまいました。倦饜のあげく何か馬鹿げたことをよく仕掛けることがあります。名前を変え、幾ばくかの銀子をかき集めそのままずっと知ったやつが誰もいない所へ逃出しかけたことも一度や二度ではありません。絶えて久しく離ればなれの親父がわざわざ倅の安否を気遣い、親父なりに子の幸福を祈ってくれる、親を喜ばせるつもりで、幸せにやっていると嘘で騙し続けているのですが、その親父のことだけが気掛で飛出せないのです。何処に隠れようと人間は居る、また、ここを逃出し今の憤懣を忘れても次の場所での憤懣は、忘れていただけに、百倍も耐え難い、また逃出す、かくて、愚行はやり出せばきりがなくなるわけです。そこでここに残り、元々ぼくを好かぬ連中や友情が冷えた連中に囲まれて、中の何人からは人格を無視されようとも、誰の相手にもならず、面白おかしくもない本を開いたり閉じたりしながら日の明暮を眺め暮さざるを得ず、出世、色気、学問どれも気が滅入って手が出ません。ぼくの、今は昔となってしまった覇気、心意気を、叶うことなら蘇らせ、それを以てしてぼくの蘇生を図らんという殊勝な人が傍らにいてくれたならば、今の状態もあながち不治とは言えませんが。しかし、周りにはそんな人間はいるわけもありません。いるのは、気に入ったからと言ってぼくを愛《う》いなやつだと褒め、さて気に入らなくなるや、自分の眼鏡の狂いを此方のせいにするのです。仕付けて可愛いやつにしたらいいのに、可愛げがなくなったのが面白くないというのです。揚句の果が、連中がぼくをあしらうに以てする

のは沈黙とよそよそしさと絶交です。午餐はかかさず宮廷で取るとはいえ、もう文字通り人には会いません。誰とも口を聞かなくなりました。妻は本当によくできた女で愛していますが、ぼくの今のひどい鬱ぎのなせるわざ、その妻から愛想を尽かされました。ふと素直な気持になったり元気な力が湧いても、相手は冷淡か素知らぬ振りのどちらかで、此方も苦手な説明はよしにして口をつぐんだまま出てきます。ぼくのことではご意見忠告はご無用、自分がどうしようもないのですから、あなたのお説教は、口が硬直してしまった破傷風患者に水薬を飲ませようとするようなものです。ところで、ぼくは信じやすい人間でも、疑い深い人間でもありません、道徳家でも不道徳家でもありません。誓って申します、ぼくは神の存在を願う者です、だがその証拠、可能性がまったく見当らないのです。神ありせば、ぼくの全存在は変貌し、開眼、目標が定まることでしょう。思うに、道徳は曖昧、人間ときたら根性まがりの、弱い愚かな存在です、そして、ぼくはこういう姿こそが人間の宿命であると考えます（シャリエール夫人宛、一七九二年七月）。

4　自叙伝的物語『セシル』　一七九三—一八〇七年

ほぼ百年の間、『セシル』の原稿は所在不明、散逸して幻となったか、或は、原稿はそもそも存在したのか、存在の真偽も取沙汰されるに至った。

コンスタンは、原稿書簡の類を納めた文箱をローザンヌの従姉ロザリー宛に送らせたが、それを再び開き見る機会もないまま、四年後、一八三〇年他界した。ローザンヌはいずれ帰郷し終の栖とする予定だった。「ゲッティンゲン文箱」と呼ばれた文箱は、その後、ロザリーの手からコンスタン・デルマンシュ家に渡り、同家の蔵の奥に「開かずの文箱」として埋もれたままになった。それが、一八七〇年、その文箱から「日記」原稿（一八〇四—一八〇七年）が発見され上梓、次いで一九三三年、ジュリー・タルマ、アンナ・リンゼー、シャルロットの手紙が出現、日の目を見るに至った。更にそれから十五年後、『セシル』原稿が遂に〈発掘〉され、一九五一年五月劇的な刊行となった。コンスタン・

デルマンシュ家の古文書をローザンヌ図書館に寄贈する折のことであった。執筆時期は、一八〇九年以降、一八一一年以前、場所はドイツ、ほぼ『赤い手帳』と期を同じくする。

『セシル』は「私」と「二人の女」の集散離合の経緯《いくたて》を綴ったもので、作者二十代後半から四十代前半に至る〈感情教育〉とも言える。時期は一七九三年から一八〇七年、十四年の長きに渉り、それが七期に区分され各章となっている（最終章は、一八〇七年十二月六日から一八〇八年二月二日となっているが、実際は十二月十三日を以て中断された）。

刊行を考えてのことであろうか、『赤い手帳』の人物名が実名であるに対して、『セシル』は仮名である。以下、ここでは実名で通し、初出時のみ［ ］内に作中名を補うことにした。「結婚生活破綻と恋人探し」をもって自叙伝的物語『セシル』は始る。

コンスタン［私］が《結婚イライ好キトイウヨリハオ情ケデ愛シタ、私トハ頭モ性格モ作リガ別ノ》妻が若いロシアの貴公子と慇懃を通じたことを、二人の募る思慕が交す視線から知らされ、〈オ情ケノ愛情〉は相手がそれを必要としなくなったいま消え失せた。強く惹かれ合う二人の姿を見るにつけ、夫の立場を忘れて羨しくもあり、《嗚呼、幸セナ御両人、俺ニハコノ幸福ハ許サレヌノカ、マダ二十六歳、恋ニ無縁ノ年デモアルマイ》とばかり、周辺を物色してシャルロット［セシル］を標的と見定め、さっそく〈愛〉の告白を書き遣り拒絶の返あり、がぜん闘志と情熱を燃やす。この間の事情は先の『アドルフ』、『赤い手帳』と同じである。リュドレールはこれを称して「感情のマキャヴェリズム」と言う。以下に、その時の意地と逆上を引く、

その夜、積極的な恋の告白を書綴った。それを送り遣る此方の気持には恋愛感情はまったくなかったが、今後一切面会謝絶という結びの、品と知に富む慇懃冷淡なる返書に接するや、愛恋激情に駆られた、或は駆られたような気になった。

本心と演技、実体と錯覚が瞬時区別できなくなる。〈愛の激情〉とは、実は〈一時的熱中〉の錯覚なのだが、意地を通す中で、錯覚の錯覚という逆転あって、本人には〈情熱愛〉の相を呈するに至る。相手も迫真の演技を本物と見紛い、

この時点で恋愛が成就する。だが、〈熱中〉の本質は覚醒であり、ここにコンスタン（アドルフ）の悲喜劇がある。シャルロットの結婚は姉の画策によるもので、夫となるマレンホルツ伯爵［バルンエルム伯爵］は実は姉の愛人なのだが、姉はそれを義弟ということにして愛人関係の永続を謀ったのである。結婚後この事実を知ったシャルロットは夫とは関係を断ち名前だけの妻として生きる。そこにコンスタンが出現して〈愛の談判〉となった次第である。青年の演技に発する直向きな情熱にさらされ、友情が好意に、好意が情へと変ずる。今度は夫が逆の役回り、その資格すらないのに夫という権利をかざすが、離婚話が進展する。コンスタンの方も、妻の懐妊を知り離婚を決意する。

さて、シャルロットはやがて自由の身、コンスタンもやがて独り身、これで晴れて、とならぬのは、外部の障碍よりも作者自身の揺蕩う二分身に因る。コンスタンを愛し身の振り方について全幅の信頼を寄せるシャルロットの一途な純情は愛《いとお》しく、その愛に対するに〈愛の言葉〉を以て応え、文を書き遣るとき嘘偽りなく情熱に酔う。一方、関係〈結婚〉が絆から束縛となるを恐れる「私」がいる。真実の愛の言葉をせっせと書き遣る「私」と新たな繋束を恐れる「私」の二分身の振幅は大きい。女に呼出され目的地に向かう「私」の心は複雑に重い。約束の時刻を過ぎても姿を見せぬ相手にしびれを切らすとき、その苛立は、忽然として、愛する女を失う不安に変じ、恋慕の情に数刻独り攪乱する。相手が到着すれば、安堵の吐息とともに失う自由と束縛し束縛される煩を思って心は鬱ぐ。ところが、「親が反対する、未成年の身であるからには親には逆らえぬ、再婚はむり」と、言出しかねたを最後の夜、女が洩すや、一緒になれぬ絶望を嘆いて一晩女の足下に泣伏す。恋路の障碍は「私」をして再び恋路の闇に迷わせる。逢って別れる三昼夜、男は女に触れない。将来妻になるはずの女、へたに辱め信頼を裏切ることあってはならじとの反省にたつ純潔だが、それに続く一説が反省の本音を明す、《猥リガマシイ口説デ相手ヲ侮辱スルコトモサルコトナガラ、更ニ我ガ身ヲ縛ルコトニナルヲ恐レタカラカ》。ハンブルクに帰るシャルロットを見送りスイスへ、シャリエール夫人［シュヌヴィエール夫人］の許に寄留、夫人から〈自由独立熱〉を鼓舞される。ドイツから偶さか時宜を逸した便りが届き、男の心は、自由であることの幸福と誓った愛の千万言の間を揺動き焦点が定まらない。男の迷いは相手には理解できぬところのもの、二人を隔てる物理的距離は徐々に心理的距離にもなっていく。ここに、スタール夫人［マルベ夫人］の出現あってシャルロットはコンスタンの妄念から消え去った。

コンスタンとスタール夫人の宿命的出会は一七九四年九月十八日夜、ローザンヌ近郊モンショワジのカズノーヴ・ダルラン宅（本従姉コンスタンスの嫁ぎ先）においてであった。一歳年長の夫人は、スイスの銀行家で大革命直前仏国財務長官の要職に再度就いたネッケルの娘としてパリに生れ育つ。幼少にして既にその早熟と聡明は母のサロンに集う人びとの耳目をひいた。一七八六年二十歳、パリ駐箚スウェーデン大使、スタール・ド・ホルシュタイン男爵（十七歳上）と結婚、翌年一子（長女）誕生。この頃から陸軍卿ナルボンヌとの関係が始った。一七八九年長男オーギュスト、一七九二年次男アルベールを生むが、ともにナルボンヌとの子であるという。その性多情、「ジェルメーヌ（スタール夫人）は情事をあまりうるさく考える女性ではなかった。生命が横溢、体も心も精力的、その著作活動におけるように、男遍歴においても自らの花を咲かせていった」（ポール・バスティド）。一七九三年、父の許に逼塞中のスイスコペからロンドンのナルボンヌに合流同棲、翌年帰国、ナルボンヌとの交情終焉に向かう。コンスタンと出会うのはこの時のことである。

スタール夫人は、大革命に対してはその理想と主張に積極的共感を示し、幼少から百科全書派の人士の中にあって育まれた自由主義思想に則りジロンド派と行動を共にしたが、革命が国王退位をはさんでしだいにその過激な様相を呈するに至るや、いわゆる反動派と称される友人知己、亡命貴族との幅広い交際やシンパ活動から自らの立場も危うくした。思想的には、共和主義と立憲王政主義の中間、その行動に見せる心情はときに反動王党派的でもあった。独裁者の姿勢がしだいに鮮明になるにつれ、スタール夫人のナポレオン讃美は、逆に革命思想高揚の立場から、ナポレオン批判へと一変する。また、その気性がナポレオンの嫌うこととも相俟って宿敵視され、追放・亡命の繰返を余儀なくされることとなる。

コンスタンの政治思想は、頭は「ヴォルテール」、体は「貴族」の二つ旋毛《つむじ》、政治状況の変化に応じて揺動く。革命の理想に燃えては過激共和主義者の姿を呈し権力と対峙する。現実主義者として自由を政治制度に生かすべくナポレオンに与したコンスタンは理想主義者としてナポレオンに追われる（一八〇二年法制審議院除名）。王政と共和政を足して二で割る体の〈立憲君主政〉に加担してはナポレオンに迎えられる（一八一五年百日天下時）。しかし、その振幅のエネルギーはあくまでも「自由」にある。政治、宗教、恋愛、いずれもその基調は自由にあり、語の本来の意味での自由主義者《リベルタン》であった。ナポレオンなき後は、機を窺い、極右王党派（ユルトラ）―立憲王党派（王、リベラル派、教理派＝ドクトリネール）―共和主義左派（進歩的自由主義者、プチブル、労働者）という右―真中―左の三巴構造に入り込み、真中―左の中点に現実主義の足場を固め左右に振れながら「自由」の理想を追う。一八二〇年、王弟アルトワ伯次男王位継承者ベリー公暗殺、権力が大きく右に振れて反動化する時代にあって、自由主義擁護、野党の論客として活躍した。

　スタール夫人は、『セシル』中の描写、或は肖像の複製からしても、姿態丰《ふう》貌は決して姿色容麗とは言えぬが、静から動、全体が醸し出す雰囲気は、《最初ノ一瞥ニハゲッソリシタガ、夫人ガ喋リ始メ動キニ活気ガデテクルヤ抗シ難イ誘惑トナッタ》。外形はその細部を仔細に検討すればまさに不均衡そのもの、だが、ひとたび知性と才気の光背をうけて動きだすや、全体の律動美は得も言えぬ魅力となった。そして、《一時間後、私ハ女性ガオソラク曾テ振ッタコトモナイ無限ノ支配力ニ屈シタ。ソノ近隣ニ住ミ、次イデ夫人宅ニ住ミツキ、マル一冬、夫人ニ愛ヲ語ッテ過シタ》。

　許されてスタール夫人の愛人となるには、それまでの対女性交渉と同様、極端な怯懦に裏打ちされた猪突猛進があった。夫人宅に転がり込んで住みついた冬の或る夜、同宿の亡命貴族の面々をむこうにまわし自室に籠城、自殺の脅しで夫人の夜伽を要求したという、

> 　バンジャマン・コンスタンのは狂った情熱です。それに狙われて怖しくてなりません。私の部屋から出るようにお願いすると、そこの暖炉棚でご自分の頭を叩き割ろうとするのですよ…才気煥発の狂人、酷い醜男で、立派な狂人です（愛人リビング宛スタール夫人書簡、一七九五年三月三日）。

曲折一年有半、愛人関係成立、翌年六月パリにて女児アルベルティーヌ誕生。しかし、この幸福も二年有余で終焉をむかえ、女性の魅力の無限の支配力は、作者の言を借りれば、〈女＝男〉の相を呈するに至ったスタール夫人の鬼の支配

力に取って代ることとなる。以後、最後の別れ（一八一一年五月八日）に至り着く十数年、心の紐帯を欠いた男と女が知的共感を窮極の拠所としながら別れる別れられぬの修羅場を続けて行く。以下、従姉ロザリー報告の修羅場の一つ、

（夫婦となって対等な男女の関係にできないかとのコンスタンの問に対して）夫人は子供達と教育係（シュレーゲル兄）を呼ぶやこう言ったのですって、私を絶望の淵に立たせ、お前達の生活や財産を必ず危うくするのが、ほらこの男ですよ。バンジャマンはこの不当な非難に答えて、絶対にお前なんかと結婚なんかするものか、ときっぱり断言したんです。すると、夫人は席を立ち、それは恐しい悲鳴をあげながら床に身を投げ、首にハンカチを巻いて自分の喉を締め上げる格好をするのです。要するに、夫人は、可哀相なバンジャマン、それが出るともうお手上げの例の十八番、あの恐しい狂言の一つを演じたわけですよ。バンジャマン、弱気になって、最後は優しい言葉をかけるはめに。でも、翌日は早くから目が覚めて、今の身の上を考えると背筋が寒くなって、下へ降りるとちょうど中庭に自分の馬が見つかったので、それに飛び乗り走りづめでここまで来たのです。私たちはできるかぎり親身に慰めてやりました。ナッソーおば様も、おば様はその意志の弱さを非難しながらも甥のバンジャマンが大好きなのですが、私たちのところにやって来て、慰めたり元気づけたりしました。皆で一緒になって然るべき計画を考えましたが、それが終ると、おば様は帰りました。バンジャマンがやっと落着いた頃、下の方から喚き声が聞えてくるではありませんか。その声が誰の声かバンジャマンにはすぐ分りました。私がとっさにしたことは、サロンを出て外から鍵を掛けることでした。出て見ると、夫人が階段の上で仰向けにひっくり返り振り乱した髪をひきずり、はだけた胸を揺すりながら、「あいつはどこにいる、どうしても見つけ出してやる」、私が、ここにはいません、と言おうとすると、町の方はいま捜してきたんですって。私の叔母が夫人を起してあなたの部屋に連れて行きました。そうこうしていると、バンジャマンが中からサロンの扉を叩くではありませんか。開けないわけにはいかないでしょう、夫人が耳にして飛んできて、バンジャマンの懐にとびこみ、それから床に転がって聞くに耐えない罵詈雑言を浴びせかけるではありませんか。私、言ってやりました、「一体、あなたはどんな権利があって、この人を不幸に

して、この人の人生をめちゃくちゃにするんですか」って。すると、相手は、およその頭の中で考えつく最もひどい悪態のかぎりを私につくのでした（弟シャルル宛ロザリー書簡、一八〇七年九月八日）。

アルベルティーヌ誕生から七年間中断あって『セシル』物語再開は、一八〇三年八月のことである。この間の空隙に生じた主な出来事は、一、俳優タルマの前夫人、ジュリー・タルマを識り男女の仲を越えた親密な交際が始った、コンスタンが求めてやまなかったところの、母の幻影を具現し母性の優しさから駄々っ子バンジャマンを慈しむ型の女性で、ジョアノー夫人、シャリエール夫人の系列に入る。近親交歓の交わりは夫人の死まで絶えることなく、その死にうけた傷魂癒えぬままに「本日記」を続ける気力沮喪し「略日記」を以て代えたほどであった。二、シャルロット再婚、相手はシャルロットの親の許に亡命していた仏貴族デュ・テルトル［サン・テルム］の息子。三、タルマ夫人の許で出会ったアンナ・リンゼーとの衝動的恋愛。四、スタール夫人の夫、ホルシュタイン男爵死す、これを機にコンスタン結婚を持出すが夫人に拒絶された。五、アメリー・ファブリとの結婚によりスタール夫人との問題解決を考えた、その時の千思百考逡巡が日記「アメリーとジェルメーヌ」に詳述。

既にスタール夫人との感情の齟齬は退引ならぬ事態に至り、絶縁の決意は固い。だが、薄志弱行は如何ともし難く、ドイツ亡命、諸国遍歴に発つ追放の身の夫人に同行する（一八〇三年十月十五日―一八〇四年五月十九日）。それは、亡命を余儀なくされた女を見捨てることは、情において忍びず、自分の性格と心が許さぬからと作者は言う。

長らく音信の途絶えていたシャルロットから予期せぬ連絡があり、スタール夫人はイタリア旅行で留守、コンスタンパリに急ぎ実に十一年ぶりの再会となった。亭主持の相手の立場を慮って足を遠のければ追うように愁訴の問言が届く。すると、《女ノ愁訴ニ弱イ私》は愛の確認と約束を書き送る。〈愛の用語〉を駆使するとき演技から迫真の情熱が湧出、それに酔い痴れる。そんなある日、《運命ヲ夫ノ手中ニ翻弄サレルヨリハ貴男ノ手ニ委ネタイ》という意の女の最後通牒が届く。ここに、コンスタン的、アドルフ的思案と逡巡の堂々巡りが始る。以下は作者の理屈（抄訳）、

結婚となれば、シャルロットは二回の離婚歴を持つ女、悪徳は許されても、偽善に満ちた慣習が人を律するフラ

ンス社会にあっては醜聞となる。しかも、自分は共和主義的言動から睨まれの身である。だが、今のシャルロットの不幸は、自分の曾ての過ち（優柔不断）の然らしむるところのもの、この女の幸福を思い付《はか》るは自分の義務である。亭主の権利と悋気を綯い交ぜにして妻を虐《しえた》ぐ夫と別れることはシャルロットにとってはよいことだ。その後はどうする、だが、事の解決（離婚）にはかなりの日時を要するから、今からこちらが態度を決めてかかることもあるまい。結婚する羽目になるか、結婚せずに済せるか、相手が離婚できた上のはなしだ。先のことは分らぬものだ…そして、問題の帰趨が自分には分らぬことを隠蓑にして態度を曖昧にした。

コンスタンの曖昧さはくせもので、先のこと、将来のことは不確かだから今から態度を決めることはできぬ、ということの理屈がそのまま決断の理屈にもなるのである。先のことは分らぬのだから、今する決断に将来も拘束されるとは限らない、今する決断が反古になることもある。つまり、とるべき態度は決定できないと同時に決定してもかまわぬのである。こちらの決定を待望む相手がいる、色よい返事で喜ばせてやりたい。その場しのぎの因循姑息な《判断中止ニヨル決断》、これが作者自ら言うところの《二重人格》の原理である。そして、なした決断を反古にする決断はできず、善意と誠意からその決断に拘束され、自ら傷つき相手をも傷つけるのである。同時に二人の婦人を相手の、この決断と不決断の再三再四の繰返である。

態度を曖昧にしたままシャルロットに会う、結婚の意志を尋ねられ《判断中止ニヨル決断》を以てしてその意あることを明言する。相変らず純潔は遵守する。一方、スタール夫人に対しては、その男勝りの気性に辟易しながら諍いの絶えぬ耐え難い日々を送るが、口論の後の一時的和解（精神的共感）に心の対立を彌縫しつつ、別れられない隷属関係を続けていくのである。〈ヘッド〉と〈ハート〉、知と情の問題（マーティン・ターネル）がいよいよ抜き差しならぬものになってくる。

一八〇六年春、パリ在留の許可を求める、長くて悲しい陳情の旅を続けるスタール夫人に合流同行を繰返し、同年九月、ルーアン滞在が許された夫人に合流し居を偕にする。離婚手続でドイツに帰国、そのまま音信の途絶えたシャル

ロットからの半年ぶりの便りに接し、パリに出て再会、ついに決定的な関係を結んだ。以下は、その前後の仔細（抄訳）、

パリ着、朝から女に会う。夫は遠方の田舎に行っていて妻の帰館を知らず、女は完全に自由の身である。午餐を一緒にぜひと言われたが、場面が場面だけに、あれかこれか決断を迫られると思うと、またぞろ例の優柔不断になりそうで、用事を口実に、夜また来ると約束した。友人の一人を誘って食事に行った。シャルロットに会い、はしなくも未来の道がまた開けるのを目前にした興奮は、食事中も尾をひき昂ぶった。話題が女に及び、男どうしのいつもの話になった。自惚れの後悔とでもいうものに襲われた。女に十三年ものあいだ愛されながらその愛の確証を相手に求めなかった自分を馬鹿だと思った。そこで、何が何でもすべてを奪うと覚悟を決めて女の許に戻った……（これまでのコンスタンの態度に相手は安心しきって、人払いをし警戒しない）二人の幸福な未来図がその心の琴線に触れ、シャルロットは自らの言葉に酔い、こちらの言葉に陶酔し、男の愛撫に惑乱され取乱し、遂に身を任せたが、襲われるとはつゆ思わなかったので抵抗の気構えもないまま、驚きと狂態のない交ぜを見せた。

コンスタンは、征服の快楽の最中にありながら、相手の信頼を虚仮にした苦い後悔と恥に苦しみ、それは、《道案内ヲ乞ウ盲《めしい》ヲ身グルミ剝グ》思いだった。出来上がった関係をかさに男に恩義を求めるのが多くの女のとるところだが、シャルロットは、自分は堕落した女、相手に軽蔑されて然るべき姦婦といった反省にしょげかえり言葉もない。

この純情に感涙し夫婦の契りを固め、切っても切れぬスタール夫人と絶縁の決意を新たにするが、決意はそのつど腰砕け、完全別離は、切った張ったの出入を繰返し（先のロザリー報告はその一つ）更に四年の歳月を要することになる。

一八〇七年十二月、スタール夫人長駆ウィーンへ発つ。それを見送り、ブザンソンに待機のシャルロットに合流、離婚いまだしの報に、結婚できぬ絶望と焦燥を見せれば、相手はまだスタール夫人に会える男の希望をその裏に見抜き、嘘偽りの策を弄しての再会は二人の不幸を招来するための再会となる。道中、シャルロット胃の炎症に倒れ死線をさまよい、回復の兆しを見せて一杯の牛乳を口にしたところで、『セシル』了（未完）。

5　『セシル』以後　一八〇八―一八四五年（年譜評伝等から主な関連事項を引いて辿る）

一八〇八年　シャルロットと秘密結婚（六月五日）。叔母のナッソー夫人にのみ通知。

ウィーンから帰国のスタール夫人と同棲（六―十二月）。

シャルロットに合流、同棲（十二月末）。


一八〇九年　シャルロットと上京（一月）。

スタール夫人、シャルロットと対決、秘密結婚の事実を知らさる（五月九日）。

スタール夫人、シャルロットをリヨンに呼出し対決（六月九日）。シャルロット自殺を決意、遺書をコンスタンに残す。

シャルロットと上京（六月十五日頃）。

シャルロットを残しスタール夫人の許へ（六月二十四日）。

秘密結婚、スイス親族の知るところとなる（七月）。

一八一〇年　スタール夫人と同棲（六―七月）。
シャルロット、パリオーストリア大使館火災で危うく難を逃る（七月一日）。

一八一一年　最後の晩餐、スイスコペのスタール夫人宅（四月十八日）。ジョン・ロッカ（スタール夫人愛人、二十三歳）より決闘を挑まる。

スタール夫人、ジョン・ロッカと秘密結婚（五月一日）。

スタール夫人と最後の夜、於ローザンヌ（五月七日）。

スタール夫人と訣別、王冠亭の階梯にて（五月八日）。

シャルロットとドイツへ発つ（五月十五日）。「日記」再開。

一八一二年　結婚生活に不満の記述、愛惜スタール夫人、「日記」に散見さる。

父ジュスト・ド・コンスタン死す（二月二日）。
一八一三年　スタール夫人、ジョン・ロッカの子を産む、夫人四十六歳（四月七日）。
一八一四年　スタール夫人、前年五月コペ脱出、長駆モスクワ、ストックホルム経由ロンドン入（六月十九日）。ナポレオン退位、エルバ島配流。スタール夫人パリ入（五月十二日）。
スタール夫人を訪問再会、交流復活（五月十三日）。
最後の情熱、対レカミエ夫人（八月三十一日）。狂恋、独相撲、翌年秋まで。
一八一七年　スタール夫人死す、コンスタン面会許されず死目に会えず（七月十四日）。
一八一八年　王立学院で講義、受講生エリアーヌなる謎の婦人との情交説あり（デニス・ウッド）。
一八三〇年　バンジャマン・コンスタン死す（十二月八日）、国葬（十二月十二日）。
一八三八年　アルベルティーヌ死す、四十一歳。
一八四五年　シャルロット死す、七十六歳（ナイトキャップに着火焼死）（七月二十二日）。

二　解題

1　「日記」原典

「日記」は四種の手稿（直筆原稿）から成る。以下、「日記」の名称は、④の「アメリーとジェルメーヌ」を除き、訳者が便宜上振ったもので原典は無題である。

①「本日記」（一八〇四年一月二十二日―一八〇五年五月八日）

百十一葉（360×260mm）、記述は八十六葉百七十一頁まで、以下余白。表紙に作者自筆のタイトル「雑纂」（Mélanges）という盾形の貼札が付されている。最初の一葉は（正しくは、七葉目、残る六葉は余白が切取られ白紙）フェヌロン、テレマックに関する註が記されている。本来は読書備忘録であったものを途中から日記帳として利用したらしい。日付は、共和暦（革命暦）を採用、しかし、グレゴリオ暦も散見される。

「日記」は、共和暦十二年雨月一日（一八〇四年一月二十二日）に始り、同十三年花月十八日（一八〇五年五月八日）を以て終る。最終八日（花月十八日）は当初日付のみを記入、空欄のまま置かれていたが、三年後一八〇八年同欄に断り書きを記し、「親交深かったタルマ夫人の死にうけた傷魂癒えぬままに五月七日以降〈日乗〉を続ける気力を沮喪したが、完全に断つことも我が意にあらねば大方は符牒（数字）を用いて労を省き記述も大幅に省略し更続させた」旨を述べ、符牒一覧とその意味を掲げている。

②「略日記」（一八〇四年一月二十二日―一八〇七年十二月二十七日）

三十六葉（325×215mm）、七十二頁、表紙なし。各頁左右に二分され記述に充てられる。「日記」は、一八〇四年一月二十二日から一八〇七年十二月二十七日に渉るが、落丁か意図的破毀か、一葉欠（一八〇七年十一月二十日から同十二月十日まで脱漏）。タルマ夫人の死後ほぼ五月間は、死の衝撃から未だ立直れず符牒によるごく簡単な要約のみの記述に終始している。本格的日記の体を成すに至るは同年十一月頃からである。

冒頭から一八〇五年五月七日まで「本日記」と重複する部分は符牒を雑えた略記となっている。つまり、この重複期間については、「詳述版」と「簡略版」併行二版が存在する。作者は既に成った「本日記」を通読閲覧しながら要点のみを拾い上げ縮約版を作成しこの第二の「日記」に先行させたと考えられる。この重複部分の「簡略版」は、「日記」詳述に備えた下書き、メモとして最初から存在していたという説があるが、グレゴリオ暦の採用、両「日記」の異同、筆跡、インクの濃淡、ペン先交換、連綿体（くずし）の変化等の綿密な調査からこの説は誤りとされる。「日記」再見

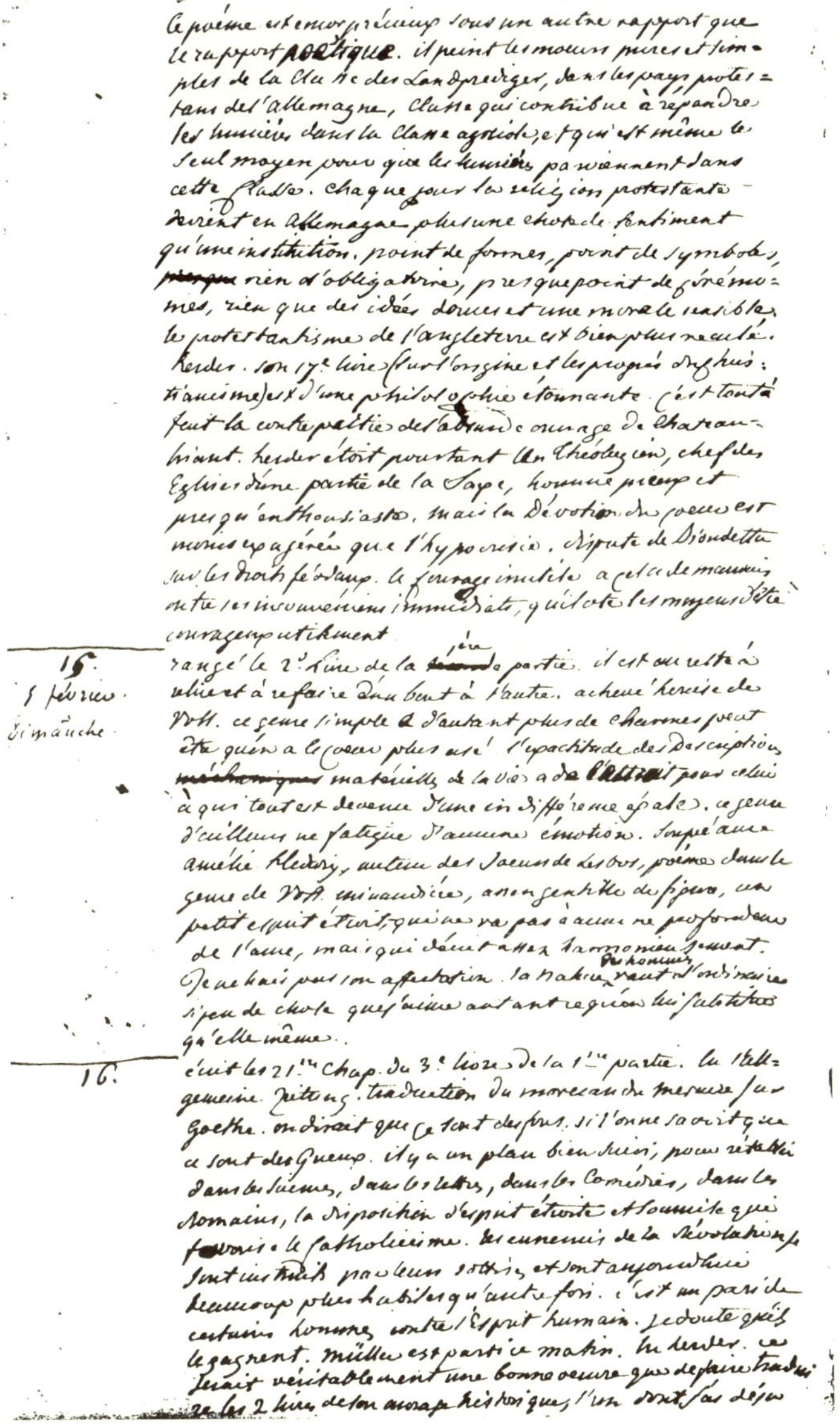
Ce poème est encore précieux sous un autre rapport que le rapport poétique. il peint les mœurs pures et simples de la classe des Landprediger, dans les pays protestans de l'allemagne, classe qui contribue à répandre les lumières dans la classe agricole, et qui est même le seul moyen pour que les lumières parviennent dans cette classe. chaque jour la religion protestante devient en allemagne plus une chose de sentiment qu'une institution. point de formes, point de symboles, ~~presque~~ rien d'obligatoire, presque point de cérémonies, rien que des idées douces et une morale sensible. le protestantisme de l'angleterre est bien plus reculé. Herder. son 17e livre (sur l'origine et les progrès du christianisme) est d'une philosophie étonnante. c'est tout à fait la contrepartie de l'absurde ouvrage de Chateaubriant. herder étoit pourtant un théologien, chef des Eglises d'une partie de la Saxe, homme pieux et presqu'enthousiaste. mais la dévotion du pieux est moins exagérée que l'hypocrisie. dispute de Biondetta sur les droits féodaux. le courage inutile a celui de maintenir contre ses inconvéniens immédiats, qu'il ôte les moyens d'être courageux utilement.

15. 5 février dimanche. rangé le 2e livre de la 1ère partie. il est encore à revoir et à refaire d'un bout à l'autre. achevé Louise de Voss. ce genre simple a d'autant plus de charmes peut être qu'on a le cœur plus usé. l'exactitude des descriptions ~~mécaniques~~ matérielles de la vie a de l'attrait pour celui à qui tout est devenu d'une indifférence égale. ce genre d'ailleurs ne fatigue d'aucune émotion. soupé avec amélie Kleist, auteur des Jeux de les bois, poème dans le genre de Voss. minaudière, assez gentille de figure, un petit esprit étroit, qui ne va pas à aucune profondeur de l'ame, mais qui décrit assez harmonieusement. je ne hais pas son affectation. la nature des hommes est si ordinaire si peu de chose que j'aime autant rencontrer les substituts qu'elle même.

16. écrit le 21e chap. du 3e livre de la 1ère partie. la Allgemeine Zeitung. traduction du morceau du Mercure sur Goethe. on diroit que ce sont des fous, s'il on ne savoit que ce sont des Gueux. il y a un plan bien suivi, pour rétablir dans les sciences, dans les lettres, dans les comédies, dans les romains, la disposition d'esprit étroite et soumise qui favorise le catholicisme. les ennemis de la Révolution se sont instruits par leurs sottises, et sont aujourd'hui beaucoup plus habiles qu'autrefois. c'est un pari de certains hommes contre l'Esprit humain. je doute qu'ils le gagnent. müller est parti ce matin. lu Herder. ce seroit véritablement une bonne œuvre que de faire traduire les 2 livres de son ouvrage historique, l'on n'a pas déjà

「日記」の原典（直筆原稿）

（一八〇四年雨月十四日（二月四日）後半部ー十六日前半部）

に際し主要出来事のみ読取るべく、作者はこのような省略版を作成したのではないかと思われる。

③　「ギリシャ文字日記」(一八一一年五月十五日―一八一六年九月二十六日)

百二十葉(360×240mm)、記述は六十葉百十九頁まで。以下余白。表紙付き、背とコーナーは緑羊皮紙。記述は一八一一年五月十五日から一八一六年九月二十六日に渉るが、一八一四年八月頃までは冠省を極め、平均一日一行、時に一語のみを以てする。

この「日記」の特徴は表記がギリシャ文字によることである。家人、使用人の容易な判読を恐れてのことか、理由は作者も触れず不明だが、この期間、コンスタンを取巻く国内外情勢、自身の政治的立場は微妙であり、時に危険であった。ナポレオン批判は名指しせず仮名を以てなし、禁を犯してパリに潜入したスタール夫人を某夫人と記すなど、人目を憚り警戒している。ナポレオンに与した百日天下後、一年弱に渉る亡命生活を経てベルギーから機を窺いパリに入る時この「日記」の携行は控えブリュッセルに残していった。

④　「アメリーとジェルメーヌ」(一八〇三年一月六日―同四月十日)

形式・内容ともに小説に近く、「私」の結婚観(女房教育)を綴った省察録とも言える。全集版は「創作」の巻に収録。原稿は三部分から成る。

その一、帳面(170×115mm)、十八葉二つ折り三十六丁計七十二頁。記述は三頁から六十八頁まで。期間は、一八〇三年一月六日から二月三日半ばまで。二頁と六十九頁にそれぞれ三月二日追記の「自註」あり。

その二、仮綴じ雑記帳(160×110mm)、三十二葉計六十四頁、期間は、前記を受けて三月四日末まで。表紙裏に他人の筆になる以下の書込あり、

一八〇三バンジャマン・ド・コンスタン日記の一部　ジェルメーヌはスタール夫人　アメリーはジュネーヴの

ファブリ嬢一人暮し、快適な家の持主　ウジェーヌはスタール夫人忠僕　二人（コンスタン・スタール夫人）の太い紐帯は現B公爵夫人アルベルティーヌなりき　ブロイ（頭文字Bの下に別人の手で註記）。

その三、帳面（160×110mm）、六葉二つ折りプラス一葉、計十三丁二十六頁。記述は一頁から十九頁、三月四日末から最終四月十日まで。中間の一葉二頁分鋏で切取られ欠（章二十八、二行目から章二十九にかけて。章二十九は最後の十九行のみ現存）。

2　「日記」刊本

①『バンジャマン・コンスタンの日記』*Journal intime de Benjamin Constant*, dans Revue Internationale, t. 13, 1887.

雑誌に掲載、初めて世に出た。内容の真偽に疑問は持たれず、秘められたコンスタン像とその思想が人々に明され大きな反響を呼び貴重な文献となった。ポール・ブールジェは、この「日記」の出現により十九世紀末厭世主義《ペシミスム》哲学の流行が更に勢いづいたと述べている。

「日記」原稿は親類縁者、その他相続人の手を経てアドリアン・ド・コンスタン（コンスタンの従弟オーギュスト息）の所有となった。このアドリアンの手になる草稿がその死後、ドラ・メレガリ夫人主宰の雑誌〈国際評論〉に掲載されたのである。アドリアンの草稿は、改竄、置換、翻案を恣にしたものだったが、オリジナル（「日記」原稿）が個人の手に秘匿され他人の閲覧が許されなかったので、内容の真偽は確める術もなかった。例えばこの草稿で有名となった一節、「二週間で小説《アドルフ》を書上げた」«J'ai fini mon roman en 15 jours» は原典（直筆原稿）の、「十月三十日、我らの物語となるべき小説執筆開始。十一月十四日、我が挿話ほぼ完成」«Commencé un Roman qui sera notre histoire.1806. 10. 30. Mon épisode presque fini. 1806. 11. 14.» からの捏造であろう。

②『バンジャマン・コンスタンの日記と家族友人宛書簡』*Journal intime de Benjamin Constant et Lettres à sa famille et à ses amis*, précédés d'une introduction par D. Melegari, Paris: Ollendorff, 1895.

前記雑誌掲載分を、編者メレガリ夫人が序文を添えて一本に纏め刊行したものである。版を重ね更に多くの読者に読み継がれることとなった。

③　バンジャマン・コンスタン『日記　一八〇四―一八一六年』*Journal intime 1804-1816*, Nouvelle édition accompagnée d'éclaircissements biographiques, de notes et d'une introduction par Paul Rival, Paris: Stock, Delamain et Boutelleau, 1928.

ポール・リヴァル編、新版と銘打たれたが、前記メレガリ版を底本とし新規と言えるものは伝記的事実の解明、数所に及ぶ本文訂正注釈、日付修正等である。

④　バンジャマン・コンスタン『日記、附赤い手帳・アドルフ』Benjamin Constant, *Journal intime, précédé du Cahier rouge et de Adolphe*, introduction et notes par Jean Mistler, Monaco: Edition du Rocher, 1945.

ジャン・ミストレール編、個人所有になる「写稿《コピー》」、特に、コンスタン異母弟の妻エミリーの手になる「ギリシャ文字日記」写稿（ただし一八一五年十月まで）を参照した良心的な校訂本だが、原典（直筆原稿）に基づかぬ限りこれが限界と言える。

⑤　バンジャマン・コンスタン『全日記』*Journaux intimes*, avec un index et des notes par Alfred Roulin et Charles Roth, Paris: Gallimard, 1952.

ルラン、ロト共編になる初の原典（直筆原稿）に基づく決定版、註、人名索引付き。作者死後百二十二年にして初めて「日記」の全容が完全な形で公刊された（先行四点は、「アメリーとジェルメーヌ」と「一八一五年十一月―翌年九月」分を欠くものであった）。

コンスタンの伯父コンスタン・デルマンシュの曾孫マルク・ロドルフ・ド・コンスタン・ルベクが相続する全「日記」原稿をローザンヌ大学・州図書館に寄贈、ルラン、ロト両氏に「日記」刊行の許可を与えたことにより、遂に全容が日の目を見るに至った次第である。

先行四点がすべて「日記」を *Journal*（単数）としているのに対し、この版の編者は *Journaux*（複数）とした。これに鑑み、ここは仮に『全日記』と振ってみた。

⑥『バンジャマン・コンスタン著作集』収録『日記』（プレイアード版）*Œuvres*, texte présenté et annoté par Alfred Roulin, Paris: Gallimard [Bibliothèque de la Pléiade], 1957.

前記⑤の『全日記』がそのままの形で「プレイアード叢書、コンスタン編」に収められたものである（編者はルラン単独）。

⑦『バンジャマン・コンスタン全集』収録『日記』・『アメリーとジェルメーヌ』（全集版）

ⓐ『日記』（一八〇四－一八〇七年）*Œuvres complètes, Œuvres, t. 6, Journaux intimes (1804-1807)*. Textes établis et annotés par Paul Delbouille avec la collaboration de Simone Balayé et d'autres, Tübingen: Niemeyer, 2002.

全集第六巻に収録。前記⑤が二本立（一八〇四年一月二十二日－一八〇五年五月八日、一八〇四年一月二十二日－一八〇七年十二月二十七日）としているのに対し、本全集は、一本とし、重複部分（前述「略日記」の項参照）は「本日記」に併記させ、各日付の日記記述は「詳述版」と「簡略版」の連記となっている。

ⓑ『日記』（一八一一－一八一六年）*Œuvres complètes, Œuvres, t. 7, Journaux intimes (1811-1816)*. Textes établis et annotés par Paul Delbouille et Kurt Kloocke avec la collaboration d'Axel Blaeschke et d'autres, Tübingen: Niemeyer, 2005.

全集第七巻に収録。前述の「ギリシャ文字日記」である。

ⓒ『アメリーとジェルメーヌ』*Œuvres complètes, Œuvres, t. 3-2, Amélie et Germaine*. Textes établis et présenté par Simone Balayé,

Tübingen: Niemeyer, 1995.
全集第三巻（上下二冊本）「創作集」（上）に収録。前記⑤が「日記」とするに対し、全集版はこれを「創作」の範疇に入れる。

三　底　本

翻訳に際しては、前記⑥、ルラン編（プレイアード版）を底本とした。底本は、「日記」を四部に分け、『日記』一（アメリーとジェルメーヌ）、『日記』二、『日記』三（略日記）、『日記』四としているが、本訳書は、一を「アメリーとジェルメーヌ」と題して巻末に置き、以下、『日記』二、三、四をそれぞれ「日記（一）」、「日記（二）」、「日記（三）」とした。

上記⑦、「全集版」の『日記』及び『アメリーとジェルメーヌ』が完結し出揃った段階で、「プレイアード版」と読合せをし、異同が認められた場合は、手持の原典（直筆原稿）（ローザンヌ大学・州立図書館蔵、複写）に当りいずれが妥当か検討した。連綿体の判読が困難で何方とも決定しかねる場合は文脈を拠所としたが、これも決手とならぬこともあった。なお、異同箇所は註において指摘し解説を加えた。句読点の異同については指摘を省略した。

「プレイアード版」刊行から半世紀に渉る研究成果の上に立つ「全集版」の註は、新発見、新解釈、傍証、書簡引証等、量と内容、質において先行版を凌駕すること大にして、詳述を極める。訳稿落了後、この新注釈に逐一当りながら改めて「日記」を一から読直す作業に掛り、それまで論理的対応関係が曖昧不明で意を取りかねた文脈、語脈の少からずが解明され、より正確な原典解読に至り得た。これに負うこと多大なるを謝して明らかにする次第である。

あとがき

翻訳に際しては、日本語書き下ろしによる一つの文学作品として読まれるべく文体に工夫を凝らし、「創作的翻訳」を訳業の基本とした。コンスタンと同時代江戸期の文人政治家がものした「日記」が仏語に翻訳されたと仮定し、「コンスタン日記」をこの仏語訳「江戸文人日記」と見立ててその翻訳に取り組む、つまり、仏語訳「日記」の反訳（一度翻訳されたものをもとの言語に戻すこと）というのが今回の試みである。その原著としては鷗外、荷風の両日記、芭蕉の『奥の細道』等を想定し、これら先人の擬古文体のリズムを訳文の基調とし現代日本語文に転調すべく努めた。「創作的翻訳」とはこの謂いである。もとより文語文に素養なき者の試み、素人の真似事に終始したか、今になって心許ない。

以下に、原著、仏語訳、反訳の一例、

十月初五　風雨今日に至るも猶歇まず、午後より晩間風勢最強烈、天地瞑濛たり、夜に入り風歇み星出づ、夜寒の床の眠られぬままに笈日記をよむ、（荷風日記　昭和二十年）

Le 5 octobre. Aujourd'hui encore pluie et vent incessants. De la fin de l'après-midi jusqu'au soir, le vent a soufflé très fort. Le ciel, la terre, tout était sombre. La nuit venue, le vent s'est calmé et des étoiles sont apparues dans le ciel. Tenu éveillé sous la couette par le froid, je relis mon journal.

十月五日　本日風雨なお絶えず。過午より暮方風さらに吹暴《あ》る。天地一面暗転す。初更、風治まり空に星を見る。夜具にくるまるも寒さに眠られず、我が日乗を読む。

コンスタンの「日記」の存在とその現物を見たのは、今から凡そ四十年も昔のこと、或る大学の仏語研究室の書架においてであった。早速注文し入手したが、ながく〈積ん読〉のままであった。後年、ドゥニ・ドゥ・ルージュモン『愛と西欧』（邦題「愛について」）の「この世の許された恋の幻滅と風化」説が「日記」を初めて繙く契機となった。精読都合三回、コンスタンの文章邦訳は文語体を措いてなしとの確信から自称「創作的翻訳」を思い立ち、先ず「アメリーとジェルメーヌ」から取組んだ。一九九二年のことである。毎年暇になる二月三月訳業に集中し、成果を所属する機関の「紀要」に年に一二回のペースで発表することにした。こうして訳了に漕ぎつけ上梓して定年の記念とする目論見であったがみごとにはずれた。定年後、未完部分を訳し進める傍ら、既発表分を一から見直し推敲を重ね、更に、全集版「日記」と底本プレイアード版とを読合せ、最後に原典（コンスタン直筆原稿）との照合を経て訳稿完結となった。実に二十年弱の歳月を費やしたことになる。

「脱稿したとき、よろこびよりもなにか大きなものを失ったという気持の方が強かった。ほぼ五年間を彝と共生してきたからである」（『中村彝、運命の画像』の著者米倉守氏のあとがきより）。此方はコンスタンと凡そ二十年の共生、感一入ながら、手塩に掛けて育てた子が手から離れ行く虚脱感、大なるものがある。

最後に、本書刊行を引受けて下さった九州大学出版会に感謝するとともに、編集担当の尾石理恵氏にはその行届いたご配慮、並々ならぬご尽力と助言に対し茲に記して満腔の謝意を表する次第です。

二〇一一年三月二十一日　福岡にて

高藤冬武　識

人名初出一覧

五十音順。イタリック体数字は初出年月日を示す。見出は初出をそのまま採った。
姓が見出となるとは限らない。夫人については判明するものは旧姓を付した。

ア

アイスキュロス（AISCHYLOS　前 525–前 456）　*1804.6.1*　65
アイルランド人［オブライエン］（O'BRIEN）　*1803.1.20*　657
アウグスト［ザクセン・ゴータ世襲大公］（EMIL-LEOPOLD-AUGUST von Sachsen-Gotha und Altenburg）　*1804.3.19*　28
アウグスト［プロイセン皇子］（AUGUST, Prinz von Preußen　1779–1843）　*1807.8.11*　424
アウグストゥス（AUGUSUTUS, Gaius Octavius　前 63–後 14）　*1804.2.13*　13
アスパシア（ASPASIA　前 5 世紀中頃）　*1805.4.1*　261
アチェルビ（ACERBI, Giuseppe　1773–1848）　*1804.7.2*　82
アッチェレンザ（ACERENZA-PIGNATELLI）　*1804.9.12*　126
アディソン（ADDISON, Joseph　1672–1719）　*1804.3.26*　31
アデライード（FÜRSTENSTEIN, Adélaïde de）　*1814.5.4*　530
アデル［アデライード］　→　セロン［三姉妹］
アドリアン［モンモランシー］（MONTMORENCY, Adrien de　1768–1837）　*1806.7.22*　336
アドリアンヌ［アンドリエンヌ］（LOYS-CHANDIEU, Andrienne-Henriette-Louise-Sophie de 1789–1850）　*1804.7.30*　99
アネット　→　ド（・）ジェランド夫人
アバークロンビー（ABERCROMBIE, John　1781–1844）　*1816.3.16*　631
アバークロンビー夫人（Mme ABERCROMBIE）　*1816.4.6*　633
アピウス（CLAUDIUS, Appius　前 4–前 3 世紀）　*1805.2.22*　235
アポロドロス（APOLLODOROS　前 2 世紀）　*1805.4.9*　267
アミヨ（AMIOT, Louis-Aspais　1751–1825）　*1804.5.2*　51
アミヨ夫人（Mme AMIOT）　*1804.12.24*　192
アムラン夫人（Mme HAMELIN, Fortunée　1780–1851）　*1815.11.14*　620
アメリー（FABRI, Amélie　1771–1809）　*1803.1.8*　653
アメリー・ヘドヴィッヒ［アマリア・フォン・ヘルヴィッヒ］（HELVIG, Amalia von 1776–1831）　*1804.2.5*　10
アラール（ALLART, Nicolas　?–1817）　*1804.7.7*　86
アラール夫人（Mme ALLART, Marie-Françoise GAY　1765–1821）　*1804.12.30*　197
アリストテレス（ARISTOTELES　前 384–前 322）　*1804.8.3*　100
アリストファネス（ARISTOPHANES　前 445?–前 385?）　*1804.8.19*　111
アリックス（ALLIX DE VAUX, Jacques-Alexandre-François　1768–1836）　*1813.4.4*　499
アルヴァンレ夫人（Lady ALVANLEY, Ann Dorothea BOOTH　?–1825）　*1815.12.27*　625

アルガン（ARGANT, André　1762–1829）　*1804.4.12*　40
アルキェ（ALQUIER, Charles-François-Marie　1752–1826）　*1804.12.29*　197
アルソープ夫人（Lady ALTHORP, Esther SPENCER　?–1818）　*1816.9.14*　647
アルディ夫人（Mme HARDY, Charlotte de BONS　1760–1812）　*1807.8.11*　424
アルノー（ARNAULT, Antoine-Vincent　1766–1834）　*1816.8.5*　644
アルベール［スタール］（STAËL, Albert de　1792–1813）　*1806.11.24*　357
アルベルティーヌ（STAËL, Albertine de　1797–1838）　*1804.1.25*　4
アレ（HALLÉ, Jean-Noël　1754–1822）　*1805.2.27*　238
アレクサンドル　→　ルスラン
アレクサンドル一世（ALEKSANDR I, Pavlovich Romanov　1777–1825）　*1814.1.14*　520
アレクサンドロス［大王］（ALEXANDROS　前 356–前 323）　*1804.11.10*　164
アレンスヴァルト［アルンスヴァルド］（ARNSWALDT, Karl Friedrich von　1768–1845）
1813.11.15　516
アンジェリック　→　シャリエール夫人
アンシロン（ANCILLON, Jean-Pierre-Frédéric　1767–1838）　*1814.5.14*　532
アントーン［ザクセン選帝侯弟］（ANTON　1755–1836）　*1804.2.14*　14
アンドリュウ（ANDRIEUX, François　1759–1833）　*1804.8.3*　101
アントワネット（LOYS, Antoinette de　1785–1861）　*1804.5.31*　64
アンナ　→　リンゼー夫人
アン・ハードル［ハール］（HURLE, Ann）　*1804.4.20*　45
アンペェタ（EMPEYTAZ, Henri-Louis　1790–1853）　*1815.10.10*　615
アンリエット　→　セロン［三姉妹］
アンリエット・モナション（MONACHON, Henriette　1766–?）　*1804.8.14*　106

イ

イダ（BRUN, Ida　1792–?）　*1806.3.25*　321
イフラント（IFFLAND, August Wilhelm　1759–1814）　*1804.2.8*　11
イルサンジェ（HIRSINGER, Yves-Louis-Joseph　1757–1824）　*1804.3.25*　30

ウ

ヴァシェ（TOURNEMINE, Charles Vacher de　1755–1840）　*1805.9.6*　302
ヴァトラン夫人（Mme WATRIN）　*1805.4.23*　277
ヴァノ夫人（Mme de VANNOZ, Phillipine de SIVRY　1775–1851）　*1805.10.9*　306
ヴァランス（VALENCE, Jean-Baptiste de Thimbrune　1757–1822）　*1814.8.10*　539
ヴァルファ（WALCH, Johann Ernst Immanuel　1725–1778）　*1804.11.4*　160
ヴァルモデン（WALLMODEN, Ludwig-Georg　1769–1862）　*1815.6.26–30*　601
ヴァレ（VALLET ou VALET）　*1804.1.31*　7
ヴァロワ（VALLOIS）　*1807.7.29*　419
ヴァンゲンハイム（WANGENHEIM, Georg von　1780–1851）　*1812.11.4*　487
ヴァンゲンハイム家（Les WANGENHEIM）　*1812.9.15*　483

ヴァンゼル（WENZEL, Jakob, baron de） *1807.6.3* 403
ヴァン・ロベ夫人（Mme van ROBAIS） *1811.6.21* 455
ヴィーラント（WIELAND, Christoph Martin 1733–1813） *1804.1.23* 3
ヴィクトール → ヴィクトール・ド・ブロイ
ヴィクトール［コンスタン］（CONSTANT, Jean-Victor de 1773–1850） *1813.11.9* 515
ヴィクトール・ド・ブロイ（BROGLIE, Victor de 1785–1870） *1814.6.18* 534
ヴィクトワール → セロン［三姉妹］
ヴィサンス公［コランクール］（Duc de VICENCE, Armand CAULAINCOURT 1773–1827） *1815.5.2* 594
ヴィサンス公爵夫人（Duchesse de VICENCE, Adrienne-Hervé-Louise de CARBONNEL DE CANISY 1785–1876） *1815.6.8* 598
ヴィマール（VIMAR, Nicola 1744–1829） *1806.11.5* 352
ヴィラール（CONSTANT-VILLARS, Guillaume-Anne de 1750–1838） *1805.7.15* 298
ヴィラール夫人（Mme de CONSTANT-VILLARS, Françoise-Godardine-Constance LYNDEN-HŒVELAKEN 1763–?） *1811.7.1* 455
ヴィラス（VILLAS, Elysée de） *1804.12.11* 186
ヴィリ（WILLI, Hans Jakob 1772–1804） *1804.5.13* 57
ヴィルヴォ夫人（Mme de VIRVAUX, Françoise-Camille GALLATIN 1767–1847） *1805.12.6* 310
ヴィルデーグ夫人［ヴィルデーグ領主夫人］（Mme d'EFFINGER, DE WILDEGG Angletine-Livie-Wilhelmine de CHARRIÈRE DE SÉVERY 1770–1848） *1806.1.6* 314
ヴィルヘルム［ヴィーレム］ → マレンホルツ
ヴィルヘルム三世（FRIEDRICH-WILHELM III 1770–1840） *1814.6.21* 535
ヴィルマン（VUILLEMIN / WILLEMIN, Jean-Henry-François） *1805.12.18* 311
ウィルモット（WILMOT, Valentin） *1816.6.12* 639
ウィルモット夫人（Mrs WILMOT, Barbarina OGLE 1768–1854） *1816.4.29* 635
ヴィレール（VILLERS, Charles de 1765–1815） *1804.1.27* 5
ヴィロワゾン（VILLOISON, Jean-Baptiste-Gaspard d'Ansse de 1753–1805） *1804.6.5* 67
ウヴラール（OUVRARD, Gabriel-Julien 1770–1846） *1815.2.25* 583
ウェッデル夫人（Mrs WEDELL） *1816.3.29* 632
ヴェヒター（WÄCHTER, Georg-Karl） *1812.1.27* 468
ウェリントン（WELLINGTON, Arthur Wellesley 1769–1852） *1814.6.19* 535
ウェルギリウス（VERGILIUS 前70–前19） *1804.6.9* 69
ヴェルサイユ知事 → ローモン
ヴェルダー夫人（Fr. von WERDER, Sophie Charlotte Friederike 1772–1813） *1804.3.19* 28
ヴェルテル［小］（petit Werther） *1804.2.16* 15
ヴェルノン（VERNON, Léonard Gay de 1748–1822） *1804.3.24* 30
ヴェントゥリーニ（VENTURINI, Karl Heinrich Georg 1768–1849） *1804.3.9* 24
ウォーカー（WALKER, Alexander） *1816.7.13* 641
ヴォーデモン夫人（Mme de VAUDÉMONT, Louise MONTMORENCY 1763–1832） *1815.1.23* 574

ウォチャップ家（WAUCHOPE of Niddrie） *1804.8.9* 105
ヴォルツォーゲン夫人（Fr. von WOLZOGEN, Friederike Sophie von LENGEFELD 1763–1847） *1804.3.13* 25
ヴォルテール［通称］（AROUET, François Marie, VOLTAIRE 1694–1778） *1804.4.15* 42
ヴォルネ（VOLNEY, Constantin François de Chassebœuf 1757–1820） *1804.1.25* 4
ヴォルフ（WOLF, Friedrich August 1759–1824） *1804.1.23* 3
ヴォロンツォーフ（VORONTZOF, Michel Semenovitch 1782–1856） *1814.2.2* 522
ウジェーヌ［通称，本名ユジネ］（UGINET, Joseph, Eugène） *1804.10.28* 154
ウスト（HOUST, Jean-Frédéric 1759–1826） *1806.6.21* 332
ヴンダーリッヒ（WUNDERLICH, Ernst Karl Friedrich 1783–1816） *1811.11.15* 463

エ

エアツェーレン（ERZELEN） *1813.5.15* 501
エアハルト（ERHARD, Christian David 1759–1823） *1804.3.4* 21
エインスリー（AINSLIE, Gilbert 1777–1804） *1804.9.15* 129
エウリピデス（EURIPIDES 前 485?–前 406?） *1804.4.4* 36
エグゼルマーンス（EXELMANS, Rémi-Joseph-Isidore 1775–1852） *1814.12.21* 569
エグロフシュタイン（EGLOFFSTEIN, Wolfgang Gottlob Christoph von und zu 1766–1815） *1804.3.17* 26
エスメナール（ESMÉNARD, Joseph-Étienne 1767–1811） *1805.10.1* 305
エスリンガー（ESSLINGER, Friedrich David 1761–1812） *1804.1.28* 6
エドワード［懺悔王］（EDWARD the Confessor 1003?–1066） *1804.2.14* 13
エムペリウス（EMPERIUS, Johann Ferdinand Friedrich 1759–1822） *1805.6.27* 297
エムリ（EMMERY, Jean-Louis-Claude 1742–1823） *1814.8.3* 538
偉物《えらぶつ》（Le Grand Homme） *1806.8.29* → ナポレオン
エリザベート・ファブリ → シャトヴィユ夫人
エルヴェシウス（HELVÉTIUS, Claude Adrien 1715–1771） *1804.6.19* 75
エルジン（ELGIN, Thomas Bruce 1766–1841） *1816.5.1* 635
エルゼアール・ド・サブラン（SABRAN, Louis-Marie-Elzéar de 1774–1846） *1805.10.2* 305

オ

オウィディウス（OVIDIUS 前 43–後 17） *1804.5.25* 62
オーギュスト［コンスタン従弟］（CONSTANT D'HERMENCHES, Auguste 1777–1862） *1804.5.31* 64
オーギュスト［ラモワニョン］（LAMOIGNON, Auguste de 1765–1845） *1805.3.18* 249
オーギュスト［スタール夫人長男］（STAËL, Auguste de 1790–1827） *1806.5.10* 327
オコーナー（O'CORNER, Arthur 1763–1852） *1805.1.8* 205
オシェ（HOCHET, Claude 1772–1857） *1804.3.11* 24
オスターハオゼン（OSTERHAUSEN） *1812.4.19* 473
オステール夫人（Mme OOSTER, Christine-Élisabeth MONTROND 1784–1811） *1806.5.25* 329

オッカール夫人　→　ジェニー・プーラ
オックスフォード卿（Lord OXFORD, Edward HARLEY　1773–1848）*1814.11.27*　566
オディエ＝シュヴリエ（ODIER-CHEVRIER, Jacques　1746–1827）*1804.9.24*　136
オディエ夫人（Mme ODIER-CHEVRIER, Andrienne LECOINTE　1756–1830）*1806.3.31*　322
オドゥワン（AUDOUIN, Joseph）*1805.3.19*　250
オトラント公 *1815.4.26*　→　フーシェ
オランダ女王［オルタンス］（Reine de Hollande, HORTENSE de BEAUHARNAIS　1783–1837）*1815.5.15*　595
オルデンブルク大公妃（Herzogin von HOLSTEIN-OLDENBOURG, CATHERINE PAULOWNA　1788–1819）*1814.1.29*　521
オルレアン公［ルイ・フィリップ］（LOUIS-PHILIPPE, duc d'Orléans　1773–1850）*1815.6.22*　600

カ

カーディガン卿（Earl of CARDIGAN, Robert BRUDENELL　?–1837）*1816.5.10*　636
カーナーヴォン卿（Earl of CARNARVON, Henry George HERBERT　1772–1833）*1816.3.12*　631
怪物（Le Monstre）*1814.3.7*　→　ナポレオン
カシェ（CACHET）*1806.1.9*　314
カシャン（CACHIN）*1816.7.26*　643
カステラーヌ（CASTELLANE, Esprit-Victor de　1788–1862）*1815.2.9*　579
カズノーヴ［キラン］（CAZENOVE, Quirin-Henri　1768–1856）*1804.12.6*　182
カズノーヴ［テオフィル］（CAZENOVE, Théophile　1740–1811）*1804.12.27*　195
カゾット（CAZOTTE, Jacques　1719–1792）*1804.2.4*　9
カッシウス・ディオ［ディオン・カッシオス］（CASSIUS Dio　155?–235?）*1804.2.13*　13
ガッテラー（GATTERER, Johann-Christoph von　1727–1799）*1804.3.13*　25
カテラン（CATELLAN-CAUMONT, Jean-Antoine de　1759–1834）*1805.3.31*　261
カテラン夫人（Mme de CATELLAN, Amélie-Louise-Marie-Madeleine CAUMONT-JULIEN　?–1841）*1805.4.24*　278
カトー［大］（CATO Major　前234–前149）*1806.9.30*　344
ガニル（GANILH, Charles　1758–1836）*1814.6.16*　534
カバニス（CABANIS, Pierre-Jean-Georges　1757–1808）*1805.3.2*　240
カバニス夫人（Mme CABANIS, Charlotte de GROUCHY）*1805.5.6*　287
カバノン夫人（Mme CABANON）*1806.9.26*　344
カファレリ夫人（Mme de CAFFARELLI, Juliette d'HERVILLY）*1814.9.1*　541
カプララ（CAPRARA, Carlo　1755–1817）*1805.12.17*　311
カポディストリアス（KAPODHISTRIAS, Ioannes　1776–1831）*1815.6.26–30*　601
カミーユ・ジョルダン（JORDAN, Camille　1771–1821）*1804.12.8*　183
ガラ（GARAT, Dominique-Joseph　1749–1833）*1804.2.13*　13
ガラタン（GALATTIN, Paul-Michel　1744–1822）*1804.7.20*　93
ガラタン・ド・ジョソー　→　ガラタン（ジョソーは妻の旧姓）

カラマン（CARAMAN, François-Joseph de RIQUET　1771–1842）　*1807.10.13*　438
カランドラン［カランドリーニ］（CALANDRINI）　*1804.9.26*　137
カリヨン＝ニザ（CARRION-NIZAS, Henri de　1762–1842）　*1804.5.26*　62
カルヴァート（CALVERT, Harry　1763?–1826）　*1812.8.10*　481
カルス（CARUS, Friedrich August　1770–1807）　*1804.3.5*　22
ガルニエ（GARNIER, Étienne-Charles　1774–1849）　*1804.6.13*　71
カルノ（CARNOT, Lazare　1753–1823）　*1815.6.3*　597
ガロワ（GALLOIS, Jean-Antoine　1761–1828）　*1805.1.8*　205
カント（KANT, Immanuel　1724–1804）　*1804.1.22*　3
カンバーランド［英作家］（CUMBERLAND, Richard　1732–1811）　*1804.2.8*　11
カンバーランド［英皇子］（CUMBERLAND, Ernest August of　1771–1851）　*1813.11.23*　516
カンバセレス（CAMBACÉRÈS, Jean-Jacques de　1753–1824）　*1803.2.5*　671
カンペ（CAMPE, E. F. L. von　1781–1829）　*1813.12.18*　518

キ

ギーニュ（GUIGNES, Joseph de　1721–1800）　*1804.10.14*　147
キールマンゼーグ（KIELMANSEGG, Ludwig Friedrich von　1765–1850）　*1813.11.12*　515
キーン（KEAN, Edmund　1789–1833）　*1816.2.16*　629
キケロ（CICERO, Marcus Tullius　前 106–前 43）　*1805.4.4*　264
ギゾー（GUIZOT, François　1787–1874）　*1814.8.12*　539
キナード［兄］（KINNAIRD, Charles　1780–1826）　*1814.11.27*　566
キナード［弟］（KINNAIRD, Douglas James　1788–1830）　*1816.5.19*　637
キナード夫人［チャールズ妻］（Lady KINNAIRD, Olivia FITZGERALD）　*1815.9.11*　611
ギボン（GIBBON, Edward　1737–1794）　*1804.2.29*　20
キャロライン［＝ラム夫人］（Lady LAMB, Caroline PONSONBY　1785–1828）　*1815.9.15*　611
キュスティーヌ侯爵夫人（Marquise de CUSTINE, Delphine de SABRAN　1770–1826）
1811.5.28　453
ギヨーム［征服王ウイリアム一世］（GUILLAUME I ou WILLIAM I　1027–1087）　*1804.2.14*　13
キラン・カズノーヴ　→　カズノーヴ
ギローデ（GUIRAUDET, Charles-Philippe-Toussaint　1754–1804）　*1804.11.16*　168
ギンギンス夫人（Mme de GINGINS, Marie Élisabeth PILLICHODY　1781–1828）　*1811.5.20*　453
キング（KING, Peter　1776–1833）　*1816.4.4*　632

ク

クールランド公爵夫人（Duchesse de COURLANDE, Anne-Charlotte-Dorothée de MEDEM
1761–1821）　*1804.2.26*　19
クセノフォン（XENOPHON　前 430?–前 355?）　*1804.6.1*　65
クネーゼベック（KNESEBECK, Karl Friedrich　1768–1848）　*1815.6.26–30*　601
クネヒト（KNECHT, Johann Rudolf）　*1811.5.20*　453
クライヴ夫人（Mrs CLIVE　?–1816）　*1816.5.5*　636

クラヴィエ（CLAVIER, Étienne） *1805.4.9* 267
クラム［通称ミンナ］（CRAMM, Wilhelmine von, Minna 1758-1823） *1804.7.17* 91
クリーニー（CREANIE） *1816.1.9* 626
グリム（GRIMM, Friedrich Melchior von 1723-1807） *1812.10.31* 487
クリューデネル（Mme de KRÜDENER, Juliana VIETINGHOFF 1764-1824） *1804.2.26* 19
クリュッケンブール（CRUCQUEMBOURG, Henri 1785-1861 / Victor 1788-1855） *1816.1.14* 626
クリヨン（CRILLON, Louis-Alexandre 1742-1806） *1806.5.7* 326
クルー夫人（Lady CREWE, Frances Anne GREVILLE ?-1818） *1816.6.30* 641
グルヴィル夫人（Lady GREVILLE, Charlotte BENTICK） *1815.11.8* 619
グルヴェル（GROUVELLE, Philippe-Antoine 1757-1806） *1805.2.10* 227
クレアルコス（KLEARKHOS 前5世紀後半） *1804.10.1* 140
グレー（GREY, Charles 1764-1845） *1816.4.7* 633
クレレ（CLAIRET, Jean-Baptiste） *1815.9.25* 613
クロイツァー（CREUZER, Georg Friedrich 1771-1858） *1811.7.3* 456
クロフォード（CRAWFORD, William Harris 1772-1834） *1815.4.25* 592
クロフォード夫人（Mrs CRAWFORD） *1816.3.16* 631
クワニィ夫人（Mme COIGNY, Louise-Marthe de CONFLANS ?-1832） *1806.10.25* 348

ケ

ゲーテ（GOETHE, Johann Wolfgang von 1749-1832） *1804.1.22* 3
ゲーレス（GÖRRES, Joseph von 1776-1848） *1811.11.4* 463
ゲクハウゼン［ゲーヒハウゼン］嬢（Frl. von GÖCHHAUSEN, Luise Ernestine Christiane Juliane 1752-1807） *1804.3.3* 21
ゲ夫人（Mme GAY, Marie-Françoise-Sophie MICHAULT DE LAVALETTE 1776-1852） *1805.1.28* 217
ゲラン（GUÉRIN, Pierre-Narcisse 1774-1833） *1807.2.11* 378
ケルカド（KERCADO） *1815.8.14* 606
ゲンツ（GENTZ, Friedrich von 1764-1832） *1814.2.2* 522
ケンブリッジ（CAMBRIDGE, Adolphus Frederick 1775-1850） *1813.12.19* 518

コ

ゴア（GORE, Charles 1729-1807） *1804.1.27* 5
公太后［ザクセン・ワイマール・アイゼナハ公生母］（Herzogin Anne-Amalie von Sachsen-Weimar 1739-1807） *1804.1.25* 4
皇帝（Empereur） *1815.4.14* → ナポレオン
コーク（COKE） *1813.11.23* 516
コーク夫人（Lady CORK, Mary MONCKTON 1746-1840） *1816.6.8* 639
ゴーダ世襲大公 → アウグスト
ゴーチエ（GAUTIER DE TOURNE, François 1775-1828 / 1849） *1807.8.19* 426

ゴールドスミス（GOLDSMITH, Lewis 1763–1846） *1804.3.5* 22
ゴケ（GOQUET, Antoine-Yves 1716–1758） *1804.2.1* 8
ゴダン（GAUDIN, Martin-Michel-Charles 1756–1841） *1815.5.10* 595
コツェブー（KOTZEBUE, August Friedrich von 1761–1819） *1804.2.15* 14
コック［コッホ］（KOCH, Christian / Christophe-Guillaume 1737–1813） *1811.6.21* 455
ゴドー（GAUDOT, David-François 1756–1836） *1804.6.13* 71
ゴベール（GOBERT, Jacques-Nicolas 1760–1808） *1806.10.9* 345
コペルティーノ＝ピナッテーリ（COPERTINO-PIGNATELLI, Alphonso） *1804.9.12* 126
御本尊（Le Maître） *1805.3.8* → ナポレオン
コラドン（COLLADON, Jean-Antoine 1753–1830） *1804.11.21* 171
コランクール → ヴィサンス公
コルシカ御大（Le Corse） *1814.3.7* → ナポレオン
コルバーン（COLBURN, Henry ?–1855） *1816.6.29* 640
コレフ（KOREFF, Johann-Ferdinand 1783–1851） *1806.8.19* 339
ゴロウキン（GOLOWKIN, Fedor 1766–1823） *1805.10.5* 305
ゴロウキン夫人（Mme de GOLOWKIN, Wilhelmine MOSHEIM 1740?–1823） *1806.4.28* 325
ごろつき金太郎（Le Gros Coquin） *1804.6.4* → ナポレオン
コロ・デルボワ（COLLOT D'HERBOIS, Jean-Marie 1750–1796） *1804.9.13* 127
コロナ（CORONA, Camillo 1760–1813） *1805.3.22* 253
コンスタン父［ジュスト・ド・コンスタン］（CONSTANT, Arnold-Juste de 1726–1812） *1804.1.31* 7
コンスタンティヌス一世（CONSTANTINUS I, Flavius Valerius 280?–337） *1804.12.11* 186
コンタ（CONTAT, Louise 1760–1813） *1804.8.1* 99
コンドルセ夫人（Mme CONDORCET, Sophie de GROUCHY 1764–1822） *1804.7.5* 83
コンペール・マチュー［通称，本名メルシエ・ド・コンピエーニュ］（MERCIER DE COMPIÈGNE, Claude, Compère Mathieu 1763–1800） *1804.11.21* 171

サ

サヴォワ＝ロラン（SAVOYE-ROLLIN, Jacques Fortunat de 1754–1823） *1806.9.19* 343
ザクセン選帝侯 → アントーン
サセックス（SUSSEX, August ou Augustus Frederik 1773–1843） *1816.3.13* 631
サピエハ（SAPIEHA, Alexandre 1773–1812） *1804.7.10* 88
サブラン → エルゼアール・ド・サブラン
サペ（SAPEY, Louis-Charles 1775–1857） *1815.6.1* 597
サミュエル・ロミリー → ロミリー
サルガ（SALGAS, Claude de Narbonne-Pelet 1730 頃–1813） *1804.7.19* 93
サルトリウス（SARTORIUS VON WALTERSHAUSEN, Georg von 1765–1828） *1813.2.21* 495
サルム夫人（Mme SALM, Constance de THÉIS 1767–1845） *1805.2.11* 228
サント＝クロワ男爵（Baron de SAINTE-CROIX, Guillaume-Emmanuel-Joseph GUILHEM DE CLERMONT-LODÈVE 1746–1809） *1804.1.23* 3

サン＝トバン（SAINT-AUBIN, Camille 1758-1820） *1805.2.9* 226
サン＝ランベール（SAINT-LAMBERT, Jean-François de 1716-1803） *1804.6.29* 80
サン＝レオン → デュフレーヌ・サン＝レオン

シ

ジーヘキング（SIEVEKING, Karl 1787-1847） *1812.6.28* 478
ジールスドルフ［ジールシュトルプフ］（SIERSTORPFF, Gaspard Henri von 1750-1842） *1812.2.14* 469
ジェ（JAY, Antoine 1770-1854） *1815.8.4* 605
ジェームズ二世（JAMES II 1633-1701） *1815.7.8* 602
シェーンブルク［全権公使］（SCHÖNBURG-PENIG, Wilhem August von） *1813.1.14* 492
シェーンブルク［対仏同盟軍幕僚］（SCHÖNBURG-WALDENBURG, Otto Victor von 1785-1859） *1815.6.26-30* 601
ジェニー（Jenny） *1815.2.18* 581
ジェニー・プーラ（Mme HOCQUART, Jenny POURRAT 1770-1835） *1804.10.25* 153
シェニエ（CHÉNIER, Marie-Joseph 1764-1811） *1804.12.14* 187
シェヌドレ（CHÊNEDOLLÉ, Charles-Julien Lioult de 1769-1833） *1807.6.26* 410
ジェブラン（COURT DE GÉBLIN, Antoine 1725-1784） *1805.4.14* 270
ジェフリーズ（JEFFREYS, George 1644-1689） *1815.7.8* 602
ジェラール（GÉRARD, Maurice-Étienne 1773-1852） *1815.12.25* 625
ジェランド → ド（・）ジェランド
シェリング（SCHELLING, Friedrich Wilhelm von 1775-1854） *1804.1.27* 5
ジェルマニィ（NECKER DE GERMAGNY, Louis 1730 / ?-1804） *1804.7.3* 82
ジェルマニィ息（NECKER DE SAUSSURE, Jacques） *1804.8.2* 100
ジェルマニィ夫人（Mme GERMAGNY, Suzanne GAMPERT ?-1832） *1804.8.2* 100
ジェルメーヌ → スタール夫人
シカール（SICARD, Ambroise de 1742-1822） *1815.1.18* 573
シドン夫人（Mrs SIDDONS, Sarah KEMBLE 1755-1831） *1816.5.31* 638
シブール（SYBOURG, Jean-Victor de 1750-1826） *1804.8.19* 111
シメオン（SIMÉON, Joseph-Jérôme de 1749-1842） *1812.3.31* 472
シモンド［シスモンディ］（SISMONDI, Jean-Charles-Léonard-Simonde de 1773-1842） *1804.4.10* 39
ジャージー夫人（Lady of JERSEY, Mrs VILLIERS, Jane FANE） *1816.4.1* 632
シャールヴィル夫人（Lady of Charleville, Mrs BURY, Catherine Maria DAWSON 1762-1851） *1816.6.13* 639
シャーロット［レディ］ → グルヴィル夫人
シャーロット・カンベル夫人（Lady CAMPBELL, Charlotte 1775-1861） *1816.3.12* 631
ジャクリーヌ（Jacqueline） *1813.10.16* → ナポレオン
ジャック（NECKER DE SAUSSURE, Jacques） *1804.8.2* 100
シャトヴィユ（LULLIN DE CHATEAUVIEUX, Jacob-Frédéric 1772-1842） *1804.6.4* 66

シャトヴィユ将軍夫人［上記シャトヴィユ生母］（Mme la générale de CHATEAUVIEUX） *1806.4.15* 324
シャトヴィユ夫人（Mme LULLIN DE CHATEAUVIEUX, Elisabeth FABRI 1779-1856） *1806.4.15* 324
シャトーヌフ（CHATEAUNEUF） *1805.5.12* 293
シャトーブリアン（CHATEAUBRIAND, François René 1768-1848） *1804.2.4* 9
シャトレ夫人（Marquise du CHÂTELET, Émilie LE TONNELIER DE BRETEUIL 1706-1749） *1806.2.14* 317
ジャネ（JANET, Laurent-Marie 1768-1841） *1807.2.6* 376
ジャネット［通称］ → ボタン嬢
ジャネット［ロザリー友人］（Jeannette） *1804.8.12* 106
シャパール（CHAPPARD） *1804.12.26* 193
シャリエール夫人［ド・チュイル］（Mme de CHARRIÈRE, Isabella van TUYLL VAN SERROSKERKEN 1740-1805） *1804.8.14* 107
シャリエール夫人［アンジェリック］（Mme de CHARRIÈRE, Angélique SAUSSURE-BAVOIS 1735-1817） *1805.8.25* 301
シャル（SCHALL, Clément-Auguste de） *1812.12.10* 490
シャルト夫人（Fr. von SCHARDT, Sophie BERNSTORFF 1755-1819） *1804.3.13* 25
シャルル［異母弟］（CONSTANT DE REBECQUE, Charles-Louis de 1784-1864） *1804.11.7* 163
シャルル［ル・シノワ］（CONSTANT, Charles-Samuel 1762-1835） *1814.10.24* 559
シャルル → ラ・ベドワイエール
シャルル・トロンシャン（TRONCHIN, Charles Richard 1763-1835） *1804.11.21* 172
シャルロット［旧姓ハルデンベルク⇒初婚マレンホルツ夫人⇒再婚デュ・テルトル夫人⇒再々婚コンスタン夫人］（Mme Georgine Charlotte Augusta VON MARENHOLTZ ⇒ DU TERTRE ⇒ CONSTANT-HARDENBERG 1769-1845） *1804.1.31* 7
シャルロット兄 → ハルデンベルク［カール・フィーリプ］
シャルロット夫［亭主］ → デュ・テルトル
シャルロット息 → マレンホルツ［ヴィルヘルム］
ジャングネ（GINGUENÉ, Pierre-Louis 1748-1816） *1805.1.28* 217
ジャン＝クロード・イズアール → ドリール・ド・サール
シャントルゥ（CHANTELOUP, Aubin-Jean-Baptiste-Sylvestre de） *1806.9.15* 342
ジャンリス夫人（Mme de GENLIS, Stéphanie Félicité DU CREST 1746-1830） *1806.1.23* 315
ジャン・レ（REY, Jean 1583?-1645） *1804.8.21* 112
シュアール（SUARD, Jean-Baptiste-Antoine 1732-1817） *1804.12.24* 192
シュアール夫人（Mme SUARD, Amélie PANCKOUCKE 1750-1830） *1804.12.31* 198
シュヴァリエ［未亡人］（veuve CHEVALIER） *1805.1.11* 207
シュヴァリエ → ランガルリ
シュヴァルツコプフ（SCHWARTZKOPF, Joachim von 1766-1806） *1804.3.24* 30
シュヴァルツコプフ夫人（Fr. von SCHWARTZKOPF, Anna Sophie Elisabeth BETHMANN-METZLER） *1804.3.25* 30

シュヴィッツフェルト（SCHWI[E]CHELT, Heinrich Ernst von 1748–1817） *1813.11.5* 514
シューマッハー夫人（Mme SCHUHMACHER, Élise BELLEROCHE） *1815.12.20* 624
シュザンヌ・ガンペール［ジェルマニィ未亡人］（Mme NECKER-GERMAGNY, Suzanne GAMPER ?–1832） *1804.8.2* 100
シュタインベルク（STEINBERG） *1813.12.15* 518
シュタインベルク夫人（Fr. von STEINBERG） *1814.2.12* 523
シュッシェ（SUCHET, Louis-Gabriel 1770–1826） *1806.10.29* 350
シュティーグリッツ（STIEGLITZ, Johann 1767–1840） *1813.11.25* 516
シュテディング（STEDINGK, Curt von 1747–1836） *1814.7.21* 537
シュトイドリーン（STÄUDLIN, Karl Friedrich 1761–1826） *1804.8.6* 103
シュトックハウゼン（STOCKHAUSEN） *1812.1.13* 467
シュトライバー（STREIBER） *1804.3.20* 28
シュトレキゼン夫人［シュトレカイゼン］（Mme STRECKEISEN, Dorothée-Charlotte-Eléonore CÉSAR 1763–1851） *1811.5.25* 453
シュライアマッハー（SCHLEIERMACHER, Friedrich 1768–1834） *1804.11.14* 167
シュライバー（SCHREIBER, Christian 1781–1857） *1804.3.20* 28
ジュリアン（JULLIAN, Pierre-Louis-Pascal de 1769–1836?） *1814.10.1* 551
ジュリアン・スエ（SOUHAIT, Julien 1749–1842） *1806.10.8* 345
ジュリー → タルマ夫人
ジュリー（Julie） *1806.7.28* 336
ジュリエット → レカミエ夫人
シュリヒテグロル（SCHLICHTEGROLL, Adolf Friedrich 1765–1822） *1804.3.19* 27
シュレーゲル［長男モーリッツ］（SCHLEGEL, Karl Gustav Moritz von 1756–1826） *1813.12.1* 517
シュレーゲル［次男ヨハン］（Johann Karl Fürchtegott von 1758–1831） *1813.12.1* 517
シュレーゲル（兄）［三男アウグスト］（August Wilhelm von 1767–1845） *1804.4.23* 46
シュレーゲル（弟）［四男フリードリヒ］（Friedrich von 1772–1829） *1804.7.9* 87
ジョアノー（JOHANNOT, Joseph-Jean 1748–1829） *1812.3.14* 471
ジョアノー［アギトン］夫人（Mme JOHANNOT, Marie-Charlotte AGUITON） *1806.6.27* 333
ジョージ・シーモア［ジョージーナ］（Lady SEYMOUR, Georgina Mary Cranfield BERKELEY） *1816.1.2* 626
ジョーンズ（JONES, William 1746–1794） *1804.11.7* 163
ジョクール夫人（M[me] de JAUCOURT, Charlotte de BONTEMPS） *1814.8.20* 539
ジョゼフ（BONAPARTE, Joseph 1768–1844） *1815.3.30* 588
ジョフロワ（GEOFFROY, Julien-Louis 1743–1814） *1804.2.2* 8
ジョン・スウィンバーン（SWINBURNE, John 1762–1860） *1816.3.30* 632
ジョン・ワイルド（WILDE, John 1763–1840） *1804.8.9* 105
シラー（SCHILLER, Friedrich von 1759–1805） *1804.1.28* 6
ジラルダン（GIRARDIN, Cécile-Stanislas-Xavier, Louis de 1762–1827） *1806.4.22* 325
ジロー（GIROD, Pierre 1776–1844） *1811.10.13* 461

ス

スウェーデン王［グスタフ四世］（GUSTAVE IV 1778-1837, 在位 1792-1809） *1804.9.12* 126
スーザ［ドン・ペードレ，パルメラ公爵］（SOUZA-HOLSTEIN, don Pedro de, duc de Palmella 1781-1850） *1806.6.12* 332
スーザ氏（M. de SOUZA） → スーザ［パルメラ公爵］
スーザ伯爵（Comte de SOUZA-BOTELHO, José-Maria 1758-1825） *1806.2.28* 319
スーザ夫人（Mme de SOUZA-BOTELHO, Adélaïde FILLEUL 1761-1836） *1815.4.27* 593
スキナ［スキニナ」（SCHININA, Mario 1782-1864） *1814.9.18* 545
スタール［男爵］（STAËL DE HOLSTEIN, baron Eric-Magnus de 1749-1802） *1803.1.26* 660
スタール夫人（Mme de STAËL, Germaine NECKER 1766-1817） *1804.2.4* 9
スタール夫人従妹 → ネッケル夫人
スタプフェール（STAPFER, Philippe-Albert 1766-1840） *1805.2.6* 223
スチュアート（STEWART, Charles William 1778-1854） *1813.12.21* 518
ズッフテレン（SUCHTELEN, Jean-Pierre 1751-1836） *1814.3.18* 526
ストーモント卿（Viscount of STORMONT, David MURRAY 1727-1796） *1804.6.28* 79
ストリート（STREET） *1816.2.12* 628
スピノザ（SPINOZA, Baruch de 1632-1677） *1804.1.27* 5
スペンサー（SPENCER, John Charles 1782-1845） *1816.5.7* 636
スルコフスキー（SULKOWSKY, Jozef 1774-1798） *1806.7.5* 334
スルト（SOULT, Nicolas, duc de Dalmatie 1769-1851） *1815.2.8* 579

セ

セアール（CÉARD, Nicolas 1745-1821） *1804.11.16* 168
セヴィニエ夫人（Marquise de SÉVIGNÉ, Marie RABUTIN-CHANTAL 1626-1696） *1805.2.10* 227
セヴリ［同年いとこ，通称ヴィレルム］（CHARRIÈRE DE SÉVERY, Guillaume-Benjamin-Samuel de, Wilhelm 1767-1838） *1804.6.1* 65
セヴリ［従妹］ → ヴィルデーグ夫人
セヴリ夫人（Mme CHARRÈRE DE SÉVERY, Louise-Alexandrine PERRET 1788-1827） *1806.5.6* 326
セギュール → タルマ夫人息
セギュール（SÉGUR, Louis-Philippe de 1758-1830） *1815.5.18* 595
セザール（CONSTANT, César-François de 1777-1868） *1805.7.17* 298
セザール夫人（Mme CÉSAR, Elisabeth LEVAUX 1744-1825） *1804.9.3* 120
ゼッケンドルフ（SECKENDORF, Gustav Anton von 1775-1823） *1812.1.12* 467
ゼッケンドルフ夫人（Fr. von SECKENDORF） *1805.5.26* 294
セバスティアーニ（SÉBASTIANI, Horace 1772-1851） *1805.3.8* 243
セルバンテス（CERVANTES Saavedra, Miguel de 1547-1616） *1804.5.7* 55
セロン［三姉妹］（Jeanne-Victoire de, Adélaïde-Suzanne de, Jeanne-Henriette de SELLON） *1804.6.14* 71

ソ

ゾイメ（SEUME, Johann Gottfried 1763–1810） *1804.3.5* 22
ソクラテス（SOKRATES 前470–前399） *1804.9.24* 136
ソシュール夫人（Mme de SAUSSURE, Albertine BOISSIER 1744–1817） *1805.12.20* 312
ソニエ（SAULNIER） *1804.8.11* 105
ソフィー（Sophie） *1805.2.7* 224
ソフォクレス（SOPHOKLES 前496?–前406） *1804.3.30* 33
ゾロアスター（ZOROASTER） *1804.2.11* 12

タ

ダーンリー伯爵（Count of Darnley, John BLIGH 1767–1831） *1816.3.31* 632
タイ夫人（Mrs TIGHE） *1816.2.25* 629
ダヴェンポート（DAVENPORT, Richard Alfred 1777–1852） *1816.6.28* 640
ダグラス・キナード → キナード［弟］
旅人（la voyageuse） *1812.6.8* → スタール夫人
ダラモン（ARAMON, Pierre-Philippe-Auguste de Sauvan, baron d' 1768–1858） *1814.8.4* 538
ダランベール（ALEMBERT, Jean Le Rond d' 1717–1783） *1804.6.27* 78
タルクイニウス・スペルブス（TARQUINIUS SUPERBUS 前534?–前510?） *1805.2.9* 226
ダルジャンソン（ARGENSON, Marc-René Voyer de Paulmy, marquis d' 1771–1842） *1815.7.13* 603
タルマ（TALMA, François 1763–1826） *1806.10.18* 346
タルマ夫人（Mme TALMA, Julie CAREAU 1756–1805） *1804.1.31* 7
タルマ夫人息（SÉGUR, Félix de 1777–1805） *1804.7.25* 96
ダルラン［マルク］（CAZENOVE D'ARLENS, Marc-Antoine 1748–1822） *1804.5.31* 64
ダルラン夫人［コンスタンス］（Mme CAZENOVE D'ARLENS, Constance de CONSTANT D'HERMENCHES） *1805.8.23* 301
タレイラン＝ペリゴール［ボゾン］（TALLEYRAND-PÉRIGORD, Bozon-Jacques de 1764–1830） *1805.3.3* 241
タレイラン＝ペリゴール［シャルル］（TALLEYRAND-PÉRIGORD, Charles-Maurice de 1754–1838） *1814.4.4* 527
タンテ（TINTER） *1804.7.7* 85
ダンドレ（ANDRÉ DE BELLEVUE, Antoine-Balthazar Joseph d' 1759–1825） *1814.12.25* 569
ダントレーグ（ANTRAIGUES, Louis-Emmanuel de Launay d' 1753–1812） *1806.3.18* 321

チ

チェルニシェフ（TCHERNYCHEV, Alexandre Ivanovitch 1779–1857） *1813.10.15* 512
父 → コンスタン父
チャールズ・コルヴィル卿（Sir COLVILLE, Charles 1770–1843） *1816.6.25* 640
チュンメル（THÜMMEL, Hans Wilhelm von 1744–1824） *1804.3.19* 27

ツ

ツィーグラー（ZIEGLER, Leonhard　1782–1854）　*1805.12.12*　310
ツィーテン（ZIETEN, Hans von　1770–1848）　*1815.6.25*　601
ツキディデス（THOUKYDIDES　前 460?–前 400?）　*1804.6.1*　65

テ

ティーク（TIECK, Ludwig　1773–1853）　*1804.10.24*　151
ティーデマン（TIEDEMANN, Dietrich　1748–1803）　*1804.10.19*　149
ティールマン（THIELMANN, Johann Adolf　1765–1824）　*1804.2.21*　17
ティエッセ（THIESSÉ, Nicolas-François　1759–1840?）　*1806.10.8*　345
ティエンヌ（THIENNES, Charles-Ignace-Philippe de　1758–1839）　*1815.11.25*　621
ディオドロス（DIODOROS, Kronos　?–前 296）　*1804.8.25*　115
ディオニュシオス・ハリカルナッセウス（DIONYSIOS Halikarnasseus　?–前 8?）　*1805.1.22*　213
亭主［シャルロット夫］　→　デュ・テルトル
ティシュキャヴェッチ王妃（princesse TYSZKIEWICZ　1765–1834）　*1814.12.3*　566
ティトゥス・リウィウス（TITUS LIVIUS　前 64?–17）　*1805.4.4*　264
ディドロ（DIDEROT, Denis　1713–1784）　*1804.6.27*　78
ディラン（ILLENS, Jean-Louis-Emmanuel d'　1749–?）　*1804.7.8*　86
デヴォンシャー公爵（Duke of Devonshire, William George Spencer CAVENDISH　1790–1858）　*1816.6.1*　639
デーヴィー夫人（Lady DAVY, Jane KERR　1780–1855）　*1816.2.11*　628
テールケン（TÖLKEN, Ernst Heinrich　1785–1869）　*1812.9.3*　482
デオナ（DÉONNA, Henri　1745–1816）　*1804.8.19*　111
テオフィル・カズノーヴ　→　カズノーヴ
デカロンヌ（DESCALLONNE）　*1816.7.28*　643
デサリーヌ（DESSALINES, Jean-Jacques　1758–1806）　*1804.2.23*　18
テスト（TESTE, Jean-Baptiste　1780–1852）　*1816.8.5*　644
デソル（DESSOLLE, Jean-Joseph-Paul Augustin　1767–1828）　*1815.3.11*　586
デッケン（DECKEN, Claus von der　1742–1826）　*1813.12.14*　518
デッケン夫人（Fr. von DER DECKEN, Eleonore EICHSTAEDT-PETERSWALD）*1813.11.3*　514
テッセ伯爵夫人（Comtesse de THÉSSÉ, Adrienne-Catherine de FROULAY-NOAILLES　1741–1814）　*1807.4.22*　394
デ・バッサン（DES BASSYNS DE RICHEMONT, Philippe-Panon　1774–1840）　*1805.9.30*　304
デファン夫人　→　デュ・デファン侯爵夫人
デポール（DESPORT）　*1804.2.8*　11
デポルト（DESPORTES, Nicolas-Félix　1763–1849）　*1814.7.15*　537
デュヴォー（DUVAU, Auguste　1771–1831）　*1804.3.4*　22
デュ・ソジ［ド・ソジ］（FROSSARD DE SAUGY, Jules　1795–1869）　*1815.7.1–5*　602
デュ・デファン侯爵夫人（Marquise du Deffand, Marie-Anne DE VICHT-CHAMROND　1697–1780）　*1804.8.19*　110

デュ・テルトル（DU TERTRE, Alexandre Maximilien　1774–?）*1804.12.30*　197
デュ・テルトル夫人　→　シャルロット
デュナン夫人（Mme DUNAN）*1814.12.1*　566
デュピュイ（DUPUIS, Charles-François　1742–1809）*1804.1.30*　7
デュ・ピュシュ（MORAND DU PUCH, Pierre　1742–1822）*1805.12.18*　311
デュフール（DUFOUR, Jacob）*1804.3.4*　22
デュフレーヌ・サン＝レオン（DUFRESNE SAINT-LÉON, Louis-César-Alexandre　1752–1836）*1814.6.28*　535
デュ・プレシ［デパンド藩主一門］（DU PLESSIS-GOURET, François　1755–1833）*1805.1.8*　205
デュボワ（DUBOIS, François-Louis　1758–1828）*1804.12.9*　184
デュポン・ド・ヌムール（DUPONT DE NEMOURS, Pierre-Samuel　1739–1817）*1806.12.22*　363
デュルール夫人（Mme DUROURE）*1815.5.11*　595
デュルバック（DURBACH, François-Jean-Frédéric　1763–1827）*1814.6.26*　535
デュロ・ド・ラ・マール（DUREAU DE LA MALLE, Jean-Baptiste-Joseph René　1742–1807）*1805.3.7*　243
デルシェ（DERCHÉ, Jean-Joseph）*1805.8.11*　300
テレーズ・フォルスター嬢（Frl. FORSTER, Thérèse　1786–1862）*1804.5.8*　55
テレンティウス（Publius TERENTIUS Afer　前 190?–前 159?）*1804.2.22*　17
殿下［皇太子］（le Prince）*1814.2.20*　→　ベルナドット
デンツェル（DENTZEL, Georg-Friedrich　1755–1828）*1812.2.5*　469
天女（ange）*1806.10.22*　→　シャルロット

ト

ド・ヴェーヌ［ドヴェーヌ］（DE VAINES ou DEVAINES, Jean-Marie-Eusèbe　1770–1840）*1807.8.17*　425
ドヴォー　→　ベルタン［ド・ヴォー］
トゥケ（TOUQUET　1780–1854）*1804.12.28*　195
ドーム（DOHM, Christian Konrad Wilhelm　1751–1820）*1812.6.19*　477
ドカーズ（DECAZES, Élie　1780–1860）*1815.7.30*　604
ドクサ（DOXAT, Jean-Alphonse　1759–1849）*1812.8.15*　481
ドクサ夫人（Mme DOXAT, Marie-Octavie MARTIN ou Mme DOXAT-d'ILLENS du Château de Bossey）*1806.3.12*　320
ド（・）ジェランド［革命期・帝政期ド・ジェランド，王政復古後ジェランド］（DE GÉRANDO ou GÉRANDO, Joseph-Marie　1772–1842）*1804.6.15*　72
ド（・）ジェランド夫人［通称アネット］（Mme DE GÉRANDO ou Mme GÉRANDO, Marie-Anne, Annette RATHSAMHAUSEN）*1807.3.8*　385
ドジャン［兄弟］（DEJEAN, Antoine-Jérémie ou Jean-Jacques）*1804.8.17*　109
ドスモン（OSMOND, René-Eustache d'　1751–1838）*1816.4.27*　634
ドヌゥ（DAUNOU, Pierre-Claude-François　1761–1840）*1804.12.21*　190

ド・パンジュ［パンジュ］（PANGE, François de 1764–1796） *1804.10.7* 143
ド・ブロス［ブロス］（BROSSES, Charles de 1709–1777） *1804.7.27* 97
ド・ペレ［ペレ］（PERRAY / PERREY, Gabriel de） *1815.3.12* 586
ドムール（DEMOURS, Antoine-Pierre 1762–1836） *1807.5.20* 401
ドムゥル（DEMEURS, Michel Joseph） *1816.1.19* 627
ドモラン → モラン［ド・モンタニィ］
トラシー（DESTUTT DE TRACY, Antoine-Louis-Claude 1754–1836） *1814.8.26* 540
ドラロ（DELALOT, Charles 1772–1842） *1804.9.5* 121
ドランディーヌ（DELANDINE, Antoine-François 1756–1820） *1804.12.8* 183
トランブレ夫人［義姉妹］（Mme TREMBLEY, Louise-Isabelle-Augustine ROGUIN 1770–1818 ou Mme TRAMBLEY, Julie Constance van BERCHEM 1766–1823） *1804.9.18* 131
ドリール・ド・サール（DELISLE DE SALES 1741–1816） *1804.7.5* 83
ドルゴルゥキ王女（Princesse DOLGOROUKI, Catherine Féodorovna BARIANTINSKI 1769–1849） *1804.9.4* 120
ドレール（DELEYRE, Alexandre 1726–1796） *1804.6.29* 80
トロムラン（TROMELIN, Jacques-Jean-Marie-François Boudin 1771–1842） *1814.8.4* 538
ドワドン（DOIDON, Jean-Baptiste 1757–?） *1804.1.30* 6
ドン・ペードレ → スーザ

ナ

ナダイヤック（NADAILLAC, Sigismond du POUGET, marqui de 1787–1837） *1814.10.11* 554
ナッソー夫人（Mme de NASSAU, Anne-Pauline-Andrienne de CHANDIEU 1744–1814） *1804.1.29* 6
ナポリ王妃（Reine de Naples, Marie-Caroline d'Autriche 1752–1814） *1805.3.24* 256
ナポレオン［一世］（BONAPARTE, Napoléon 1769–1821） *1804.6.4* 66
ナルボンヌ（NARBONNE-LALA, Louis de 1755–1813） *1804.2.21* 17

ニ

ニーブール（NIEBUHR, Berthold Georg 1776–1831） *1813.3.27* 498
ニコール（NICOLLE, Gabriel-Henri 1767–1829） *1814.5.11* 531
ニコライ（NICOLAI, Friedrich 1733–1811） *1804.8.25* 114

ネ

ネー将軍（Maréchal NEY, Michel 1769–1815） *1815.12.11* 624
ネッケル［スタール夫人父］（NECKER, Jacques 1732–1804） *1804.3.19* 27
ネッケル夫人［スタール夫人従妹］（Mme de NECKER, Albertine-Andrienne de SAUSSURE 1766–1841） *1804.4.8* 37
ネッケル夫人［スタール夫人母］（Mme NECKER, Suzanne CURCHOD 1739–1794） *1804.6.28* 79
ネッセルロード（NESSELRODE, Charles-Robert de 1780–1862） *1814.4.22* 529

ノ

ノアイユ（NOAILLES, Jean-Paul de　1739–1824）　*1806.4.28*　325
ノスティッツ（NOSTITZ, August Ferdinand von　1771–1866）　*1815.6.26–30*　601
ノルヴァン（NORVINS, Jacques de　1769–1854）　*1815.9.20*　612

ハ

ハーヴェイ夫人（M[rs] HERVEY, Elizabeth）　*1816.3.3*　630
バーク夫人（M[rs] of BOURKE）　*1816.2.2*　628
バークレイ・ド・トリー（BARCLAY DE TOLLY, Michel　1761–1818）　*1815.6.26–30*　601
バーデット（BURDETT, Francis　1770–1844）　*1816.3.9*　630
ハードウィック（HARDWICKE, Philip York　1757–1834）　*1816.9.17*　647
バーネット夫人（Mrs BARNETT）　*1816.1.8*　626
バイィ（BAILLY, Jean-Sylvain　1736–1793）　*1804.10.17*　149
バイエルン選帝侯［バイエルン王ヨーゼフ］（MAXIMILIEN IV　1756–1825）　*1804.10.3*　141
バイガング（BEYGANG）　*1804.3.20*　28
ハイネ（HEYNE, Christian Gottlieb　1729–1812）　*1804.2.23*　18
ハイネ夫人（Fr. HEYNE, Thérèse WEISS）　*1813.6.2*　503
パウ（PAUW, Cornelius de　1739–1799）　*1805.4.4*　264
パウサニアス（PAUSANIAS　115?–?）　*1804.2.15*　14
パウルス（PAULUS, Heinrich Erhard Gottlob　1761–1851）　*1804.5.5*　53
バゲッセン（BAGGESEN, Jens Immanuel　1764–1826）　*1804.12.27*　195
バサノ公爵（Duc de BASSANO, Hugues-Bernard MARET　1763–1839）　*1815.4.4*　589
バサノ公爵夫人（Duchesse de BASSANO, Marie-Madeleine MARET-LEJÉAS　1780–1827）
1815.5.16　595
パテ＝シャケ（PATHEY-CHAQUET, Pierre　1756–1827）　*1804.4.11*　40
パトリック＝ピール　→　ゼッケンドルフ
ハラー（HALLER, Ludwig Albrecht von　1773–1837）　*1805.12.6*　310
バランシュ（BALLANCHE, Pierre-Simon　1776–1847）　*1815.1.19*　574
バラント［クロード］（BARANTE, Claude-Ignace Brugière de　1755?–1814）　*1804.5.26*　62
バラント［プロスペール］（BARANTE, Guillaume Prosper Brugière de　1782–1866）
1804.12.23　191
パリゼ（PARISET, Étienne　1770–1847）　*1814.7.16*　537
パリ大司教（Cardinal-archevêque de Paris, Jean-Baptiste de BELLOY　1709–1808）　*1804.3.5*　22
ハルデンベルク［カール・フィーリプ］（HARDENBERG, Karl Philipp von　1756–1840）
1807.7.29　419
ハルデンベルク［アウグスト］（HARDENBERG, Augsut Wilhelm Karl von　1752–1824）
1811.8.15　458
ハルデンベルク［カール］（HARDENBERG, Karl Augsut von　1750–1822）　*1815.7.23*　604
ハルデンベルク・フォン・グロンデ（HARDENBERG von GRONDE）　*1813.3.15*　497
ハルデンベルク夫人　→　シャルロット

ハルバウワー（HARBAUER Franz-Joseph 1776-1824） *1814.7.7* 536
バルブダ（BALBEDAT） *1806.10.6* 345
パルメラ → スーザ［パルメラ公爵］
ハロルド二世［イングランド王］（HAROLD II 1022?-1066） *1804.2.14* 14
ハンシュタイン（HANSTEIN, Carl von 1772-1840） *1812.4.5* 472
ハンシュタイン夫人（Fr. von HANSTEIN, Wilhelmina von HAYNAU 1783-1866） *1811.11.11* 463

ヒ

ビィ［通称，本名ベルケム］（BERCHEM, Guillaume van, Billy 1772-1857） *1804.9.25* 136
ビィ夫人（Mme van BERCHEM, Georgette-Julie d'ILLENS 1786-1832） *1805.1.30* 218
ピカール（PICARD, Louis-Benoît 1769-1828） *1806.7.7* 334
ピクテ（PICTET, Marc-Auguste 1752-1825） *1804.8.7* 103
ピクテ夫人（Mme PICTET） *1803.2.3* 664
ピシュグリュ（PICHEGRU, Charles 1761-1804） *1804.3.10* 24
ピション（PICHON, Louis 1771-1850） *1806.10.22* 347
ピスカトリ（PISCATORY, Antonin-Pierre 1760-1851） *1804.12.31* 198
ビッジ（BIGGE, Charles William 1773-1849） *1816.3.22* 632
ビッジ夫人（Mrs BIGGE, Alicia WILKINSON） *1816.5.3* 635
ピニャッテリ（COPERTINO-PIGNATELLI, Alphonso 1774-1807） *1804.9.12* 126
ヒニューバー（HINÜBER, Georg Heinrich） *1812.3.7* 470
ピフォン（PIFFON, Pierre） *1805.3.20* 251
ピプレ夫人 → サルム夫人
ビュイッソン（BUISSON, François） *1806.7.20* 336
ヒュールステンシュタイン（FÜRSTENSTEIN, Pierre Alexandre Le Camus 1774-1824） *1811.8.15* 458
ビュティーニ（BUTINI, Pierre 1759-1838） *1804.6.11* 70
ビュティーニ夫人（Mme BUTINI, Jeanne-Pernette BARDIN 1764-1841） *1804.9.13* 127
ビュルガー夫人（Fr. BÜRGER, Elise HAHN 1769-1833） *1812.10.2* 484
ビュルクリ（BÜRKLI, Johann Heinrich 1760-1821） *1804.5.13* 57
ビヨ（BIOT, Jean-Baptiste 1774-1862） *1804.10.12* 145
ビヨンデッタ（Biondetta） *1804.2.4* → スタール夫人
ビルコック（BILLECOQ, Jean-Baptiste-Louis-Joseph 1765-1829） *1815.8.16* 606
ビルド夫人（Mme BIRDE, Anne-Wilhelmine-Françoise-Constance de CONSTANT 1783-?） *1811.5.15* 453
ピンダロス（PINDAROS 前518-前438） *1804.6.1* 65

フ

ファーヴル（FAVRE, Guillaume 1770-1851） *1804.9.18* 131
ファーヴル夫人（Mme FAVRE, Marguerite FUZIER-CAYLA） *1804.8.23* 113

ファーガソン（FERGUSON, Adam　1723-1816）　*1804.2.1*　8

ファヴェルジュ（FAVERGES, Auguste Milliet　1780-1854）　*1803.2.19*（章 *22*）　673

ファジェル（FAGEL, Henri　?-1834）　*1816.7.11*　641

ファニー［通称］（RANDAL, Frances, Fanny　1777-1833）　*1812.4.21*　474

ファルグ（FARGUES, Henri　1757-1804）　*1804.10.4*　141

ファルケンショルド（FALKENSKIOLD, Seneca Otto　1738-1820）　*1806.5.7*　326

フィエヴェ（FIÉVÉE, Joseph　1767-1827）　*1804.5.17*　59

フィッツヒュー夫人（Mrs FITZHUGH）　*1816.2.10*　628

フィフテ（FICHTE, Johann Gottlieb　1762-1814）　*1804.3.5*　22

フィリップス（PHILIPS）　*1816.4.27*　635

フィリップス夫人（Mrs PHILIPS）　*1816.3.23*　632

フィリップ・フランシス卿（Sir FRANCIS, Philip　1740-1818）　*1816.7.14*　642

フーゴ（HUGO, Gustav von　1764-1844）　*1812.6.20*　477

フーシェ（FOUCHÉ, Joseph, duc d'Otrante　1759-1862）　*1804.7.21*　94

ブーシェ（BOUCHER, Charles-Louis　?-1836）　*1805.2.17*　232

プージャン（POUGENS, Marie-Charles-Joseph de　1755-1833）　*1805.1.2*　200

ブーシュポルヌ夫人（Mme DE BOUCHEPORN）　*1812.12.17*　490

ブースバイ（BOOTHBY, Sir Brooke　1743-1824）　*1804.3.24*　29

フーバー（HUBER, Ludwig-Ferdinand　1764-1804）　*1804.3.23*　29

フーバー夫人（Fr. HUBER, Thérèse HEYNE　1764-1829）　*1804.5.8*　55

フーフェラント（HUFELAND, Gottlieb　1760-1817）　*1804.5.5*　53

プーラ夫人（Mme POURRAT, Madeleine-Augusta BOISSET　1740?-1818）　*1804.12.28*　196

ブールグワン嬢（Mlle BOURGOIN, Marie-Thérèse-Étiennette　1781-1833）　*1805.6.3*　295

ブーレ［哲学史家］（BUHLE, Johann Gottlieb　1763-1821）　*1804.11.19*　170

ブーレ［ド・ラ・ムルト，国有財産訴訟係］（BOULAY DE LA MEURTHE, Antoine-Jacques 1761-1840）　*1805.1.30*　218

フェッシュ夫人（Mme FAESCH, Marguerite-Elisabeth PASSAVANT　1783-1859）　*1811.5.23*　453

フェラン（FERRAND, Antoine-François-Claude　1751-1825）　*1804.10.13*　146

フェリエール　→　フーシェ

フェリックス　→　タルマ夫人息

フェルノ（FERNOW, Karl Ludwig　1763-1808）　*1804.1.22*　3

フェルモン［ド（・）フェルモン］（DEFERMON / DE FERMON DES CHAPELIÈRES, Joseph-Jacques　1752-1831）　*1806.3.2*　319

フエンテス（FUENTEZ）　*1805.2.11*　228

フォークト（VOGHT, Gaspar von　1752-1839）　*1812.8.8*　481

フォーゲル（VOGEL, Paul Joachim Sigmund）　*1805.4.4*　264

フォス（VOSS, Johann Heinrich　1751-1826）　*1804.2.4*　9

フォリエル（FAURIEL, Claude　1772-1844）　*1804.3.8*　23

フォルカール夫人（Mme FORCARD）　*1811.5.29*　453

フォルスター［ゲオルグ］（FORSTER, Georg　1754-1794）　*1804.5.8*　55

フォルスター嬢　→　テレーズ・フォルスター嬢
フォルタン（FORTIN, Jean-Jacques）　*1816.7.30*　643
フォルバン（FORBIN, Auguste de　1779-1841）　*1814.9.23*　548
ブザンヴァル（BESENVAL, Pierre-Victor de　1721-1794）　*1805.9.11*　302
ブターヴェック（BOUTERWEK, Friedrich　1766-1828）　*1812.1.12*　467
プティ（PETIT, Marc-Antoine　1766-1811）　*1804.12.8*　183
ブニョ（BEUGNOT, Jean-Claude　1761-1835）　*1814.7.23*　537
ブフレール（BOUFFLERS, Stanislas de　1738-1815）　*1806.12.26*　364
ブライマン（BREYMAN）　*1811.6.15*　454
フラヴィニ（FLAVIGNY, Alexandre-Victor-François de　1770-1819）　*1804.3.25*　31
ブラウンシュヴァイク公妃（MARIE　1782-1808）　*1804.2.15*　14
ブラカ（BLACAS, Pierre　1771-1839）　*1814.8.23*　540
ブラコン（BLACONS, Henri-François de　1758-1805）　*1804.5.19*　59
ブラコン夫人（Mme de BLACON）　*1805.3.15*　247
ブラッケル（BRACKEL, Henri-Frédéric de　1764-1857）　*1807.8.7*　423
プラットナー（PLATNER, Ernst　1744-1818）　*1804.3.4*　22
プラテン夫人（Fr. von PLATEN, Julie-Marie-Charlotte von HARDENBERG）　*1811.5.17*　453
プラトン（PLATON　前427-前348?）　*1804.5.6*　54
フランク［ブランク］（BLANK, Joseph-Bonavita　1740-1827）　*1804.5.5*　53
フランク夫人（Fr. FRANCK, Marie-Cléophée von TÜRKHEIM）　*1811.6.15*　454
ブランケンゼー（BLANKENSEE, G.-F.-A. von）　*1812.4.1*　472
フランケンベルク（FRANKENBERG, Sylvius Friedrich Ludwig von　1729-1815）　*1804.3.19*　27
フランシス・バーデット　→　バーデット
フランソワ（UGINET, François）　*1804.4.10*　39
フランソワ・ド・ヌシャトー（FRANÇOIS DE NEUFCHÂTEAU, Nicolas-Louis　1750-1828）　*1804.10.4*　141
フリードリヒ　→　シュレーゲル（弟）
フリードリヒ大王［プロイセン王］（FRIEDRICH der Große　1712-1786）　*1804.8.15*　108
ブリオ（BŒRIO）　*1811.6.15*　454
フリ夫人（Mme de FRIES, Anna d'ESCHERNY　1737-1807）　*1806.1.4*　313
ブリュッヒャー（BLÜCHER, Gebhard Leberecht von　1742-1819）　*1815.6.25*　600
ブリンクマン（BRINKMAN, Carl Gustav von　1764-1847）　*1804.6.1*　65
プル（PŒL, Piter　1760-1837）　*1812.9.14*　483
ブルース（BRUCE, Charles Lennox Cumming）　*1815.2.9*　579
ブルーム卿（Lord BROUGHAM, Henry　1778-1868）　*1816.3.9*　630
ブルーメンバッハ（BLUMENBACH, Johann Friedrich　1752-1840）　*1812.1.6*　466
フルールノワ（FLOURNOY, Jean　1726-1811）　*1804.8.19*　111
ブルーン夫人（Fr. BRUN, Friederike Sophie Christiane MÜNTER　1765-1835）　*1806.3.25*　321
フルゲンティウス（FULGENTIUS　468?-533?）　*1804.8.25*　115
フルコー（FOURCAULT DE PAVANT, Pierre）　*1803.2.5*　672

ブルス＝デフォシュレ（BROUSSE-DESFAUCHERETS, Jean-Louis 1742–1808） *1804.8.3* 101
プルタルコス（PLOUTARKOS 50?–125?） *1804.8.25* 115
プルタルコス → ルスラン
フルリー枢機卿（Cardinal de FLEURY, André-Hercule 1653–1743） *1804.10.28* 155
プレヴォー（PRÉVOST, Pierre 1751–1839） *1804.8.7* 103
プレーフェア（PLAYFAIR, John 1748–1819） *1816.5.25* 637
フレミング（FLEMMING, Karl Ludwig Adam Friedrich von 1783–?） *1815.6.26–30* 601
フレレ（FRÉRET, Nicolas） *1805.4.27* 280
プロイセン王（Friedrich Wilhelm III 1770–1840） *1804.9.12* 126
プロイセン皇子 → アウグスト
フロサール（FROSSARD, Marc-Étienne-Gabriel 1757–1815） *1805.9.15* 303
プロスペール → バラント［プロスペール］
プロティノス（PLOTINOS 205?–270） *1812.9.9* 483
フロ夫人（Mme FLOT） *1814.10.24* 559
フンボルト（HUMBOLDT, Alexander von 1769–1859） *1805.2.12* 229

へ

べ（BAY, David-Louis 1749–1832） *1804.5.16* 58
ベアリング夫人（Mrs BARING, Anne Louisa BINGHAM） *1816.5.4* 635
ベアルヌ（Béarn） *1813.11.5* → ベルナドット
ベアルネ（Béarnais） *1812.9.29* → ベルナドット
ベートマン（BETHMANN, Simon Moritz 1768–1826） *1804.3.24* 30
ベートマン夫人（Fr. BETHMANN） *1811.7.2* 456
ペール（PEYRE, Louis-François 1769–1828 / PEYRE, Antoine-Marie 1770–1843） *1814.11.19* 565
ヘーレン（HEEREN, Arnold 1760–1842） *1812.5.29* 476
ヘシオドス（HESIODOS 前 484?–前 420?） *1804.2.23* 18
ベスバロー夫人（Lady BESSBOROUGH, Henrietta Frances SPENCER） *1816.2.17* 629
ヘッセン小男（petit Hessois） → ゾイメ
ベッティヒャー（BÖTTIGER, Karl August 1760–1835） *1804.1.22* 3
ベネッケ（BENECKE, Georg Friedrich 1762–1844） *1811.11.17* 463
ベヒトルスハイム夫人（Fr. von BECHTOLSHEIM, Juliane Auguste Christine von KELLER 1752–1847） *1804.3.20* 28
ヘムシュテット（HEMSTEDT） *1804.3.8* 23
ベラミ（BELLAMY-AUBERT, Pierre 1757–1832） *1804.11.1* 159
ベランジェ（BÉRENGER, Jean de 1767–1850） *1804.1.31* 7
ベランジェ夫人（Mme de BÉRENGER, Claudine-Élisabeth SAUSSAC ?–1828） *1815.5.7* 595
ベリアール（BELLIARD, Auguste-Daniel 1769–1832） *1815.6.26–30* 601
ベリー［姉妹］（BERRY, Mary 1753–1852 et Agnes 1764–?） *1816.2.9* 628
ペリー（PERRY, Sampson 1747–1823 ou PERRY, James 1756–1821） *1816.2.9* 628
ペリゴール → タレイラン＝ペリゴール［シャルル］

ベルガー（BERGER, Johann Gottfried Immanuel 1773–1803） *1804.3.19* 27
ベルカニィ（BERCAGNY, Legras de 1761–1833） *1812.3.31* 472
ヘルダー（HERDER, Johann Gottfried von 1774–1803） *1804.1.23* 3
ベルタン［ド・ヴォー］（BERTIN DE VEAUX, Louis-François 1771–1842） *1805.3.18* 249
ペルテス（PERTHES, Friedrich Christoph 1772–1843） *1813.12.4* 517
ベルトラン（BERTRAND, Henri-Gratien 1773–1844） *1815.5.29* 597
ベルナドット（BERNADOTTE, Charles 1763–1844） *1812.9.29* 484
ベルモンテ皇子（Principe BELMONTE, Giuseppe-Emanuele VENTIMIGLIA 1766–1814） *1804.9.12* 126
ベルモンテ王女（Principessa BELMONTE, Chiara PIGNATELLI-SPINELLI 1739–1823） *1804.8.21* 112
ペロー（PERROT, Clément） *1816.7.19* 642
ヘロドトス（HERODOTOS 前 484?–前 425?） *1804.6.1* 65
ヘンチュ（HENTSCH, Herman-François-Henri-Gottlob 1761–1835） *1806.6.1* 331
ヘンデル夫人（Fr. HENDEL, Henriette SCHULER 1772–1849） *1814.1.13* 520

ホ

ボヴォー（BEAUVAU, Marc-Étienne-Gabriel de, prince du Saint-Empire 1773–1849） *1815.5.20* 596
ボヴォー夫人（Mme de BEAUVAU, Nathalie de ROCHECHOUART-MORTEMART） *1815.2.15* 581
暴漢（homme violent） *1804.2.18* → ナポレオン
ボーデンハウゼン（BODENHAUSEN, Carl Bodo von） *1813.11.9* 515
ボートメール（BOTHMER, Ernst Christian von 1770–1849） *1813.12.30* 519
ボートメール夫人（Fr. von BOTHMER, Wilhelmine MANSBERG） *1813.12.19* 518
ポープ（POPE, Alexander 1688–1744） *1804.3.26* 31
ホープ夫人（Mrs HOPE, Louisa Beresford） *1816.4.19* 633
ボーマルシェ（BEAUMARCHAIS, Pierre Caron de 1732–1799） *1804.8.5* 103
ホーランド卿（Lord HOLLAND, Henry Richard FOX 1773–1840） *1816.3.11* 631
ホーランド卿夫人（Lady HOLLAND, Elizabeth VASSAL 1770–1845） *1814.8.24* 540
ボゾン・ド・ペリゴール → タレイラン＝ペリゴール［ボゾン］
ボタン嬢（Mlle POLIER DE BOTTENS, Jeanne 1759–1839） *1804.8.12* 106
ポッツォ・ディ・ボルゴ（POZZO DI BORGO, Charles-André 1764–1842） *1813.12.4* 517
ポット（POTT, David Julius 1760–1838） *1812.3.12* 471
ホッブス（HOBBES, Thomas 1588–1679） *1804.7.17* 92
ボディントン（Miss BODDINGTON） *1816.5.24* 637
ボデュ（BAUDUS-VILLENEUVE, Jean-Louis-Amable 1761–1822） *1814.9.17* 544
ボナパルト *1814.4.9* → ナポレオン
ホブハウス（HOBHOUSE, John Cam 1786–1869） *1816.3.21* 631
ホメロス（HOMEROS 前 9 世紀中頃） *1804.1.23* 3

ポリュグノトス（POLUGNOTOS 前 5 世紀頃） *1804.2.15* 14
ポリュビオス（POLYBIOS 前 201?–前 120?） *1806.3.18* 321
ボルゲーゼ（BORGHESE, Camillo 1775–1832） *1804.10.23* 151
ホルバイン［子］（HOLBEIN, Hans, le jeune 1497–1543） *1811.5.29* 453
ホワイト（WHITE） *1814.1.5* 520
ボワヴァン（BOIVIN） *1806.10.12* 345
ボワシエ（BOISSIER, Henri 1762–1845） *1804.9.24* 136
ボワロー（BOILEAU-DESPRÉAUX, Nicolas 1636–1711） *1804.6.25* 78
ボンステッテン（BONSTETTEN, Charles-Victor de 1745–1832） *1804.5.28* 63
ボンタン嬢（Mlle BONTEMS, Anne-Jeanne-Catherine 1754–1830） *1804.8.7* 104
ポンテクーラン（PONTÉCOULANT, Louis-Gustave Le Doulcet de 1764–1853） *1815.4.8* 590
ポンテクーラン夫人（Mme de PONTÉCOULANT, Anne-Élisabeth MARAIS 1763–1844）
1814.12.10 567
ポン＝ド＝ヴェル（PONT-DE-VEYLE, Antoine） *1804.8.19* 110

マ

マーセット夫人（Mrs MARCET, Jane HALDIMAND 1769–1858） *1816.3.27* 632
マイスター（MEISTER, Jakob Heinrich 1744–1826） *1804.11.16* 168
マイナース（MEINERS, Christoph 1747–1810） *1804.1.23* 3
マエケナス（MAECENAS, Gaius 前 70?–前 7） *1804.2.13* 13
マクドナルド（MACDONALD, Alexandre 1765–1840） *1815.6.22* 600
マチュー［（ド・）モンモランシー］（MONTMORENCY, Mathieu de 1767–1826） *1804.3.8* 23
マチュー・デュマ（DUMAS, Mathieu 1753–1837） *1804.3.5* 22
マチュー＝ミランパル（MATHIEU-MIRAMPAL, Jean-Baptiste-Charles 1763–1833）
1804.6.19 75
マチルド（Mathilde） *1813.12.24* 519
マッキントッシュ（MACKINTOSH, James 1765–1832） *1814.8.29* 540
マッシュー（MASSIEU, Jean 1772–1846） *1804.11.13* 166
マラダン（MARADAN, Claude-François） *1804.1.29* 6
マラルティック（MALARTIC, Charles-Jean-Baptiste-Alphonse de 1786–?） *1812.3.31* 472
マランダン（MALANDAIN） *1806.2.14* 317
マリアンヌ（CONSTANT, Marianne de, Jeanne-Suzanne MAGNIN 1752–1820） *1804.3.24* 30
マリニィエ（MARIGNIÉ, Jean-Étienne-François 1755?–1832?） *1814.4.30* 530
マルエ（MALOUET, Pierre Victor 1740–1814） *1814.5.4* 530
マルクス（MALCHUS, Karl August von 1770–1840） *1812.12.11* 490
マルタン（SEEGER, Martin） *1804.2.17* 15
マルモンテル（MARMONTEL, Jean-François 1723–1799） *1812.6.14* 477
マレ（MALLET, Paul-Henri 1730–1807） *1805.1.20* 212
マレンホルツ［ヴィルヘルム］（MARENHOLZ, Wilhelm 1789–1865） *1811.8.15* 458
マレンホルツ夫人 → シャルロット

マロン（MARRON, Paul-Henri　1754–1832）　*1804.3.5*　22

ミ

ミオリス（MIOLLIS, Sextius-Alexandre-François　1759–1828）　*1815.6.26–30*　601
ミショー（MICHAUD, Joseph-François　1767–1839）　*1805.10.1*　305
ミネット（Minette）*1804.3.7*　→　スタール夫人
ミモン（MIMONT）　*1807.3.25*　388
ミュラ（MURAT, Joachim　1767–1815）　*1814.9.13*　542
ミュラー（MÜLLER, Johannes von　1752–1809）　*1804.1.24*　3
ミュンクハウゼン（MÜNCHHAUSEN, Friedrich Ludwig von　?–1827）　*1812.2.16*　469
ミラボー（MIRABEAU, Honoré-Gabriel Riqueti　1749–1791）　*1804.9.13*　127
ミラン（MILLIN, Aubin-Louis　1759–1818）　*1814.6.29*　535
ミンナ　→　クラム

ム

ムニエ（MOUNIER, Jean-Joseph　1758–1806）　*1805.1.13*　209

メ

メアリー・ウォートリー・モンターギュ夫人（Lady MONTAGU, Mary Wortley　1689–1762）
1804.9.5　122
メイ（MAY, Nathaniel　1761–1830）　*1816.7.22*　643
メウス（MEEUS, F.-J.　1765–1821）　*1815.12.3*　622
メエ（MÉHÉE DE LA TOUCHE, Jean-Claude-Hippolyte　1760–1837）　*1804.5.26*　62
メクレンブルク（MECKLEMBOURG-SCHWERIN, Friedrich Ludwig von　1778–?）
1805.8.19　301
メゾンフォール［ラ・］（LA MAISONFORT, Louis Dubois des Cours　1763–1827）　*1815.2.23*　582
メッテルニッヒ（METTERNICH, Klemens Wenzel von　1773–1859）　*1815.9.11*　611
メデム（MEDEM, Jean-Frédéric de　?–1788）　*1804.2.26*　19
メラン［ローザンヌ連絡先］（MEYLAN, Georges-Louis　1748–1818）　*1804.6.28*　80
メラン［筆耕］（MELLIN）　*1816.1.13*　80
メリッシュ（MELLISH OF BLITH, Joseph Charles　1769–1823）　*1804.5.3*　52
メルシエ（MERCIER, Louis-Sébastien　1740–1814）　*1804.2.8*　11
メルラン（MERLIN DE DOUAI, Philippe-Antoine　1754–1838）　*1815.4.21*　591
メンデルスゾーン（MENDELSSOHN, Abraham）　*1804.11.5*　162

モ

モヴィヨン（MAUVILLON, Jacob　1743–1794）　*1805.3.15*　246
モヴィヨン［息］（MAUVILLON, Friedrich Wilhelm von　1774–1851）　*1812.9.2*　482
モヴィヨン夫人（Fr. MAUVILLON, Luise SCIPIO　1750–1825）　*1812.2.11*　469
モーリツ　→　ベートマン

モスカッティ（MOSCATI, Pietro 1739–1824） *1805.12.15* 311
モラン［ド・モンタニィ］（MOLIN DE MONTAGNY, Jean-Samuel-Antoine 1769–1851） *1806.4.11* 324
モラン［副官］（MORAND, Charles-Alexis-Louis-Antoine 1771–1835） *1815.6.25* 601
モリアン（MOLLIEN, Nicolas-François 1758–1850） *1815.5.31* 597
モリエール（MOLIÈRE, Jean-Baptiste Poquelin 1622–1673） *1805.2.10* 227
モリ師（Abbé MAURY, Jean-Siffrein 1746–1817） *1807.5.6* 398
モルレ（MORELLET, André 1727–1819） *1806.7.15* 336
モロー［将軍］（MOREAU, Jean-Victor 1763–1813） *1804.2.27* 19
モロー［警察長官］（MOREAU） *1815.5.20* 596
モンシエル（TERRIER DE MONCIEL, Antoine-Marie-René 1757–1831） *1804.12.8* 184
モンジュルー夫人（Mme de MONTGEROULT, Hélène 1764–1836） *1814.6.5* 534
モンセ（MONCEY, Jeannot de 1754–1842） *1804.3.5* 22
モンタンシエ嬢［通称］（Marguerite BRUNET, Mlle MONTANSIER 1730–1820） *1805.6.1* 295
モンティ（MONTI, Vincenzo 1754–1828） *1805.10.19* 306
モンテスキュー［作家］（MONTESQUIEU, Charles de Secondat 1689–1755） *1804.1.28* 5
モンテスキュー［大臣］（MONTESQUIEU-FEZENSAC, François-Xavier de 1756–1832） *1814.8.19* 539
モントゥ（MONTHOUX） *1804.6.9* 69
モンモランシー → マチュー
モンロジエ（MONTLOSIER, François-Dominique de 1755–1838） *1805.7.25* 299
モンロン（MONTROND, Casimir de 1769–1843） *1814.9.26* 549

ユ

ユヴェナリス（JUVENALIS, Decimus Junius 50?–130?） *1805.1.15* 210
ユベール（HUBER） *1804.8.26* 116

ヨ

ヨーク公爵夫人（Duchess of YORK, Frederica Charlotte 1767–1820） *1816.4.1* 632
ヨーゼフ二世（JOSEPH II 1741–1790） *1805.1.10* 206
ヨーゼフ・フォン・ヴェストファーレン（JOSEPH von Westfalen） *1815.6.25* 600
ヨンヌ県知事 → ラ（・）ベルジュリ

ラ

ラート（RATH, Simon 1766–1817） *1815.7.1–5* 602
ラ・アルプ［劇作家］（LA HARPE, Jean-François de 1739–1803） *1804.7.7* 85
ラ・アルプ［露皇帝師傅］（LA HARPE, Frédéric-César de 1754–1838） *1814.4.24* 529
ライスト（LEIST, Justus Christoph 1770–1858） *1813.4.4* 499
ラインハルト［独の学者］（REINHARD, Franz Volkmar 1753–1812） *1804.6.11* 70
ラインハルト［仏外交官］（REINHARD, Charles-Frédéric 1761–1837） *1812.3.29* 472

ラヴァル夫人（Mme de MONTMORENCY-LAVAL, Bonne-Charlotte） *1814.8.14* 539
ラヴァレット（LAVALETTE, Antoine Marie Chamans de 1769-1830） *1815.12.27* 625
ラヴォワジエ夫人 → ラムフォード夫人
ラガルド（CHAUVEAU-LAGARDE, Claude-François 1756-1841 / LAGARDE, Pierre 1768-1848） *1814.12.25* 569
ラギューズ公爵夫人（Duchesse de RAGUSE, Mme MARMONT, Hortense de PERREGAUX 1779-1859） *1814.12.21* 569
ラクルテル［弟］（LACRETELLE, Jean-Charles-Dominique de 1766-1855） *1804.8.3* 101
ラクルテル［兄］（LACRETELLE, Pierre Louis de 1751-1824） *1804.12.14* 187
ラシーヌ（RACINE, Jean 1639-1699） *1804.6.25* 78
ラ・ショッセ（LA CHAUSSÉE, Pierre-Claude-Nivelle de 1692-1754） *1804.8.8* 104
ラタン（LATTIN） *1814.5.7* 531
ラ・チュルビ（LA TURBIE, Blancardi Rovero de） *1805.8.9* 300
ラ・チュルビ夫人（Mme LA TURBIE, Jeanne-Victoire SELLON） *1804.11.18* → セロン［三姉妹］
ラ・ファイエット（LA FAYETTE, Marie-Joseph de 1757-1834） *1814.7.27* 537
ラ・ブールドネ（LA BOURDONNAIE, François Régis de 1767-1839） *1815.11.23* 621
ラ・フォンテーヌ（LA FONTAINE, Jean de 1621-1695） *1804.6.25* 78
ラプランシュ［ドラプランシュ］（DELAPLANCHE, Jean-Lazare 1765-1842） *1804.8.19* 111
ラ・フロット（LA FLOTTE） *1805.3.13* 245
ラ・ベドワイエール（LA BÉDOYÈRE, Charles de 1786-1815） *1815.8.11* 606
ラ・ベドワイエール夫人（Mme de LA BÉDOYÈRE, Victoire-Georgine de CHASTELLUX 1790-?） *1815.8.10* 606
ラ（・）ベルジュリ（ROUGIER DE LA BERGERIE ou DE LABERGERIE, Jean-Baptiste 1762-1836） *1806.6.29* 333
ラボリ（LABORIE, Antoine-Athanase Roux de 1769-1842） *1807.1.12* 370
ラボリ夫人（Mme de LABORIE-LAMOTTE） *1807.5.10* 399
ラボルド（LABORDE, Alexandre-Louis-Joseph 1773-1842） *1816.7.13* 641
ラム → キャロライン
ラムフォード夫人（Mme RUMFORD, Marie-Anne PAULZE DE CHASTEIGNOLLES 1756-1836） *1814.12.27* 570
ラルシェ（LARCHER, Pierre-Henri 1726-1812） *1804.8.16* 108
ランガルリ（LANGALERIE, Charles-Louis Gentils de 1751-1835） *1807.8.18* 425
ランガルリ夫人（Mme de LANGALERIE, Sophie BALLIF） *1807.8.2* 420
ラングロワ（LANGLOIX） *1805.1.7* 204
ランジュイネ（LANJUINAIS, Jean-Denis 1753-1827） *1814.8.26* 540
ランズダウン侯爵（Marquess of LANSDOWNE, Henry PETTY-FITZMAURICE 1780-1863） *1816.2.29* 630
ランズダウン侯爵夫人（Lady of LANSDOWNE, Louisa Emma FOX-STRANGWAYS） *1816.3.26* 632

リ

リーナー嬢（Mlle RYHINER, Annette） *1811.5.27* 453
リヴリー（LIVRY, Hippolyte de） *1814.11.25* 565
リエ夫人［リリエ］（Mme RILLIET, Jeanne-Marie NECKER 1753-1816 ou Mme RILLIET, Catherine HUBER 1761-?） *1804.4.7* 37
リゼット［通称］（CONSTANT Louise-Philippine de, Lisette 1759-1837） *1806.5.12* 327
リックスフェルト（LIXFELD, Karl von 1785-1812） *1812.3.28* 472
リッペルダ（RIPPERDA） *1812.1.15* 467
リニィ嬢（Mlle RIGNY, Geneviève-Marie-Auguste GAULTIER 1776-1857） *1814.5.4* 530
リネット［愛称］（Linette） *1811.7.14* → シャルロット
リネット兄 → ハルデンベルク［アウグスト］
リネット息 → マレンホルツ［ヴィルヘルム］
リノン［愛称］（Linon） *1814.6.24* → シャルロット
リヒテンベルク（LICHTENBERG, Georg Christoph 1742-1799） *1811.10.22* 462
リュイヌ夫人（Mme de LUYNES, Guyonne-Élisabeth-Josèphe de MONTMORENCY-LAVAL 1755-1830） *1815.7.15* 603
リュウ嬢（Mlle RIEU, Julie 1726-1812） *1806.5.14* 327
リュース（RÜHS, Christian-Friedrich 1781-1820） *1804.12.16* 188
リュシアン（BONAPARTE, Lucien 1775-1840） *1815.5.10* 595
リンゼー夫人（Mme LINDSAY, Anna 1764-1820） *1804.7.28* 98

ル

ルイ（LOUIS, Joseph-Dominique 1755-1837） *1814.7.31* 538
ルイ十四世（LOUIS XIV 1638-1715） *1806.3.28* 322
ルイ十八世（LOUIS XVIII 1755-1824） *1814.4.5* 527
ルイーズ［オーギュスト・デルマンシュ妻］（Louise de BOTTENS） *1804.6.2* 65
ルイーズ［異母妹］（CONSTANT DE REBEQUE, Louise de 1792-1860） *1804.10.29* 156
ルイエット［ルリエット］（LEUILLETTE ou LEULIETTE, Jean-Jacques 1767-1808） *1804.12.30* 197
ルイ・デュクレ（DUCRET, Louis-Juste） *1805.2.22* 235
ルージュモン（ROUGEMONT, Denys de 1759-1839） *1804.3.25* 30
ルーデンショルド（RUDENSKJÖLD, Magdalena 1766-1823） *1813.4.14* 499
ルクトゥ・ド・カントルゥ（LECOUTEULX DE CANTELEU, Jean-Barthélémy 1746-1818） *1805.7.19* 298
ルクレール（LECLERC） *1804.8.6* 103
ルクレール・ド・セットシェーヌ（LECLERC DE SEPT-CHÊNES ?-1788） *1804.6.24* 77
ルコント（LECONTE, Léon-Joseph） *1804.5.23* 61
ルジュウ（ROUJOUX, Louis de 1753-1829） *1807.7.16* 416
ルスラン（ROUSSELIN, Alexandre 1773-1847） *1804.11.10* 165
ルソー（ROUSSEAU, Jean-Jacques 1712-1778） *1805.1.19* 211

ル・トール夫人（Mme LE TORT, Sarah NEWTON　1789-?）　*1815.6.20*　599
ルニョー（REGNAULT ou REGNAUD DE SAINT-JEAN-D'ANGÉLY, Michel-Louis-Étienne 1761-1819）　*1804.6.21*　76
ルニョー夫人（Mme REGNAULT, Laura BONNEUIL）　*1805.4.15*　271
ルヌアール・ド・ビュシエール（RENOUARD DE BUSSIÈRE, Paul-Athanase　1777-1846） *1811.6.12*　454
ルブラマン（LEBRAMANT）　*1805.2.20*　234
ルブラン夫人（Mme LEBRUN）　*1804.8.1*　105
ル（・）メール（LEMAIRE ou LE MAIRE, Antoine-François　1758-?）　*1805.2.25*　237
ルメルシエ（LEMERCIER, Louis Jean Népomucène　1771-1840）　*1805.5.2*　283
ルモンテ（LEMONTEY, Pierre-Edouard　1762-1826）　*1804.8.3*　101
ル・レ・ド・ショーモン（LE RAY DE CHAUMONT, Jacques-Donatien　1760-1840） *1805.3.8*　243
ルロワ（LEROY ou LEROI）　*1804.6.15*　72
ルロワ嬢（Mlle LEROY ou LEROI）　*1804.12.26*　194

レ

レアル（RÉAL, Pierre-François）　*1815.5.10*　595
レヴェーク（LÉVÊQUE ou LÉVESQUE, Pierre-Charles　1736-1812）　*1804.7.27*　97
レーベルク（REHBERG, August Wilhelm　1757-1836）　*1813.11.23*　516
レカミエ［ジャック］（RÉCAMIER, Jacques-Rose　1751-1830）　*1805.11.17*　308
レカミエ夫人［ジュリエット］（Mme RÉCAMIER, Juliette BERNARD　1777-1849） *1804.12.31*　198
レスピナス嬢（Mlle LESPINASSE, Julie de　1732-1776）　*1813.2.23*　495
レッシング（LESSING, Gotthold Ephraim　1729-1781）　*1804.3.24*　30
レドレール（RŒDERER, Pierre-Louis　1754-1835）　*1804.2.29*　20
レネ（LAINÉ, Joseph-Louis-Joachim　1767-1835）　*1814.7.9*　536
レミ（RÉMY, Simon）　*1805.1.6*　203

ロ

ロイス大公（Prinz von Reuss, HEINRICH XIII　1747-1817）　*1804.1.26*　4
ロヴィゴ公爵（Duc de ROVIGO, René SAVARY　1774-1833）　*1815.4.7*　590
ロヴィゴ公爵夫人（Duchesse de ROVIGO, Marie-Charlotte-Félicité FAUDOAS-BARBASON　?-1841）　*1815.7.12*　602
ローゼンバッハ（ROSENBACH, Johann Anton　1769-1854）　*1814.2.28*　524
ローデ夫人（Fr. von RODDE, Dorothea von SCHLÖZER　1770-1825）　*1805.4.16*　272
ローモン（LAUMOND, Jean-Charles-Joseph　1753-1825）　*1807.3.6*　384
ロール・ダルラン（CAZENOVE D'ARLENS, Laure　1788-1867）　*1804.7.16*　91
ロザリー（CONSTANT, Rosalie de　1758-1834）　*1804.1.31*　7
ロシア皇后（ELISABETH-ALEXIEWNA　1779-1826）　*1804.2.15*　14

ロジェ夫人（Mme ROGER, Lydie VASSAL DE SAINT-HUBERT） *1814.5.1* 530
ロジャーズ（ROGERS, Samuel 1763–1855） *1816.7.14* 642
ロジャール（ROGEARD） *1804.2.24* 18
ロゼット・セニュ［通称ロゼット］（SEIGNEUX, Rose-Antoinette, Rosette 1785–1857） *1806.1.4* 313
ロッカ［通称ジョン・ロッカ］（ROCCA, Albert-Jean-Michel, John 1788–1818） *1812.5.7* 475
ロッテ（Ma liebe Lotte） *1807.7.1* → シャルロット
ロビンソン（ROBINSON, Henry Crabb 1775–1867） *1804.1.22* 3
ロベスピエール（ROBESPIERRE, Maximilien de 1758–1794） *1804.5.27* 63
ロマン夫人（Mme ROMAN, Louise ODIER 1763–?） *1806.6.27* 333
ロミリー（ROMILLY, Samuel 1757–1818） *1815.10.21* 617
ロミリー夫人（Lady ROMILLY, Anne GARBETT） *1816.3.17* 631
ロモニエ夫人（Mme LAUMONIER） *1806.9.29* 344
ロワ（LOYS DE MIDDES, Jean-Samuel de 1761–1825） *1804.5.31* 64
ロワ［二従妹］ → アントワネット，アドリアンヌ［アンドリエンヌ］
ロワ（ROY） → ルロワ
ロワ（ROY, Antoine 1764–?） *1804.7.19* 93
ロワイエ＝コラール（ROYER-COLLARD, Pierre-Paul 1763–1845） *1815.1.19* 574
ロワ夫人（Mme de LOYS, Pauline de CHANDIEU 1760–1840） *1804.4.8* 37

ワ

ワイマール公（Herzog von Sachsen-Weimar-Eisenach, Karl AUGUST 1757–1828） *1804.2.16* 14

参考文献

I. 全集・著作集

1. CHARRIÈRE, Isabelle de, *Œuvres complètes*, Amsterdam: G. A. Van Oorschot, 1979-1984, 10 vol.『シャリエール夫人全集』
2. CONSTANT, Benjamin, *Œuvres complètes*, Tübingen: Niemeyer, 1993-, 54 vol. 刊行中，既刊 22 巻『バンジャマン・コンスタン全集』
3. ——, *Œuvres*, Paris: Gallimard［Bibliothèque de la Pléiade］, 1957.『バンジャマン・コンスタン著作集』（プレイアード叢書）
4. STAËL, Germaine de, *Œuvres complètes*, Paris: Treutte et Würtz, 1830, 17 vol.『スタール夫人全集』

II. 個別作品

1. CONSTANT, Benjamin, *Ma Vie (Cahier Rouge)*.『我が生立』（赤い手帳）
2. ——, *Cécile*.『セシル』
3. ——, *Adolphe*.『アドルフ』　以上 3 点上記 I - 3『著作集』所収
4. ——, *De la Religion, considérée dans sa source, ses formes et ses développements*, Arles: Actes Sud［Thesaurus］, 1999.『宗教，その源泉と形態と発展』
5. ——, *Recueil d'articles 1795-1817*, Genève: Droz, 1978.『論文集』
6. スタール夫人『ドイツ論』（Madame de Staël, *De l'Allemagne*.）大竹仁子・梶谷温子・中村加津共訳，全 3 巻，鳥影社，2002.

III. 書簡

1. Constant, Benjamin, *Lettres à Madame Récamier (1807-1830)*, Paris: Klincksieck, 1977.『レカミエ夫人宛コンスタン書簡』
2. ——, *Lettres de Benjamin Constant à sa famille, 1775-1830*, Paris: Stock, 1931.『家族宛コンスタン書簡』
3. Constant, Benjamin et Lindsay, Anna, *Correspondance de Benjamin Constant et d'Anna Lindsay*, Paris: Plon, 1933.『コンスタン・リンゼー夫人往復書簡』
4. Constant, Benjamin et Rosalie, *Correspondance, 1786-1830*, Paris: Gallimard, 1955.『コンスタン・ロザリー往復書簡』
5. Hardenberg, Charlotte de, *Lettres de Charlotte de Hardenberg à Benjamin Constant*. In Revue des Deux Mondes, XXXI, 1934.『コンスタン宛シャルロット書簡』
6. Talma, Julie, *Lettres de Julie Talma à Benjamin Constant*, Paris: Plon, 1933.『コンスタン宛タルマ夫人書簡』

IV. 評伝

1. BERTHOUD, Dorette, *La seconde Madame de Benjamin Constant*, Lausanne: Payot, 1943.『第二番目のコンスタン夫人』
2. COURTNEY, Cecil Patrick, *Isabelle de Charrière (Belle de Zuylen), A Biography*, Oxford, 1993.『シャリエール夫人（ゼーレン小町）評伝』
3. DIESBACH, Ghislain de, *Madame de Staël*, Paris: Perrin, 1983.『スタール夫人評伝』
4. DU BOS, Charles, *Grandeur et Misère de Benjamin Constant*, Paris: Corrêa, 1946.『コンスタンの栄枯盛衰』
5. DUMONT-WILDEN, Louis, *La vie de Benjamin Constant*, Paris: Gallimard, 1930.『コンスタンの生涯』
6. FABRE-LUCE, Alfred, *Benjamin Constant*, Paris: Académique-Perrin, 1978.『コンスタン伝』
7. GODET, Philippe, *Madame de Charrière et ses amis, d'après de nombreux documents inédits (1740-1805)*, Genève: A. Jullien, 1973.『シャリエール夫人とその交友』
8. GUILLEMIN, Henri, *Benjamin Constant, muscadin, 1795-1799*, Paris: Gallimard, 1958.『王党貴公子《ミュスカダン》然のコンスタン』
9. HEROLD, Jean Christopher, *Germaine de Necker de Staël*, Paris: Plon, 1962.（原著 *Mistress to an Age*, London: Hamish Hamilton, 1959.）仏訳『ネッケル・ド・スタール夫人評伝』
10. KERCHOVE, Arnold de, *Benjamin Constant, ou le libertin sentimental*, Paris: Albin Michel, 1950.『コンスタン，或は自由感情主義者』
11. KLOOCKE, Kurt, *Benjamin Constant. Une biographie intellectuelle*, Genève: Droz, 1984.『コンスタン，その精神史の試み』
12. LÉON, Paul L., *Benjamin Constant*, Paris: Presses Universitaires de France, 1930.『バンジャマン・コンスタン』
13. LEVAILLANT, Maurice, *Les amours de Benjamin Constant*, Paris: Hachette, 1958.『コンスタン，その恋と愛』
14. WAGENER, Françoise, *Madame Récamier*, Paris: Jean-Claude Lattès, 1986.『レカミエ夫人伝』
15. WOOD, Dennis, *Benjamin Constant. A Biography*, London and New York: Routledge, 1993.『コンスタン評伝』

V. 研究（単行本）

1. BASTID, Paul, *Benjamin Constant et sa doctrine*, Paris: Armand Colin, 1966.『コンスタンとその主義思想』
2. CHAPUISAT, Édouard, *L'auberge de Sécheron, au temps des princesses et des berlines*, Genève: Éd. du Journal de Genève, 1934.『お姫様と箱馬車《ベルリーヌ》時代のセシュロン旅亭』
3. CHARRIÈRE DE SÉVERY, William de, *La vie de société dans le pays de Vaud à la fin du dix-*

huitième siècle, Paris: Fishbachez, 1911.『十八世紀末ヴォー州の社交生活』

4. DELBOUILLE, Paul, *Genèse, structure et destin d'*Adolphe, Paris: Les Belles Lettres, 1971.『アドルフ論——その成立・構成・運命——』
5. JASINSKI, Béatrice, *L'engagement de Benjamin Constant. Amour et politique (1794-1796)*, Paris: Minaud, 1971.『コンスタンの社会参加——恋と政治——』
6. RUDLER, Gustave, *La jeunesse de Benjamin Constant, 1767-1794*, Paris: Armand Colin, 1909.『コンスタンの青春1767-1794年』
7. THOMPSON, Patrice, *Les écrits de Benjamin Constant sur la religion. Essai de liste chronologique*, Paris: H. Champion, 1998.『コンスタンの宗教関係著作——年代目録試論——』
8. Turnell, Martin, «*Benjamin Constant and* Adolphe» In *Novel in France* (pp. 79-122), London: Hamish Hamilton, 1950.「コンスタンとアドルフ」(『フランスの小説』所収)
9. ツヴェタン・トドロフ『バンジャマン・コンスタン，民主主義への情熱』(TODOROV, Tzvetan, *Benjamin Constant. La passion démocratique.*) 小野潮訳，法政大学出版局，2003.
10. 城野節子『スタール夫人研究』朝日出版，1976.

VI. 論文・雑

1. DEGUISE, Pierre, «*Adolphe* et les Journaux intimes de Benjamin Constant» In *Revue des Sciences Humaines*, Lille, tome 82, avril-juin 1956.「アドルフとコンスタン日記」
2. DELBOUILLE, Paul, «Le code chiffré et la date de mise en œuvre du Journal intime abrégé» In *Annales Benjamin Constant*, 25, 2001.「符牒と略日記開始の時期」
3. ——, et WOOD, Dennis, «Le mariage de Benjamin Constant et de Charlotte» In *Annales Benjamin Constant*, 25, 2001.「コンスタンとシャルロットの結婚」
4. FROISSARD, Frédéric, «Madame Krudener d'après des documents inédits» In *Bibliothèque Universelle et Revue Suisse*, Lausanne, t. 24, oct-déc 1884.「未発表資料に拠るクリューデネル夫人像」
5. MAURIAC, François, «Notes en marge des Journaux intimes de Benjamin Constant» In *Table Ronde*, No. 38, oct. 1952.「コンスタン日記寸見所感」
6. ——, «Comprendre, c'est aimer» In *Figaro Littéraire*, le 31 janvier 1959.「理解するとは則ち愛することなり」
7. OLIVER, Andrew, «Existe-t-il un journal intime inédit de Benjamin Constant?» In *Revue des Sciences Humaines*, t. 31, avril-sept 1966.「コンスタンの未刊日記は存在するか」

VII. 事典・資料（人事・時事・政治・歴史・年表等）

1. *Journal de la France et des Français. Chronologie politique, culturelle et religieuse de Clovis à 2000*, Paris: Gallimard [Quarto], 2001.「フランス・フランス国民日誌―政治・文化史年表，自クロヴィス至二十世紀」

2. CHARRIÈRE DE SÉVERY, William de, «Les ancêtres de Benjamin Constant» In *Revue Historique Vaudoise*, Lausanne, t. 25, No. 5, mai 1917.「バンジャマン・コンスタン家系」

3. DELHORBE, Cécile-René, «La famille maternelle de Benjamin Constant» In *Revue Historique Vaudoise*, Lausanne, t. 75, No. 3, mars-juin 1967.「バンジャマン・コンスタン母方家系」

4. VERREY, Dominique, *Chronologie de la vie et de l'œuvre de Benjamin Constant, t. 1, 1767-1805*, Genève: Slatkine, 1992.「コンスタンの生活・作品日誌」

5.『フランス史』(2)（世界歴史大系）柴田三千雄・樺山紘一・福井憲彦編，山川出版，1996.

6.『フランス革命事典』(全7巻)（FURET, F., et OZOUF, M., *Dictionnaire critique de la Révolution française.*）河野健二・阪上孝・富永茂樹監訳，みすず書房，2000.

訳者紹介

高藤冬武（たかとう・ふゆたけ）

1939年東京生。1958年東京都立千歳高等学校卒，京都大学文学部入学。1963年同文学部卒（フランス文学専攻），続いて同修士から博士課程に進学，1年在籍後1966年退学。京都産業大学，大阪樟蔭女子大学を経て，1977年九州大学に移る（教養部助教授）。2003年同大学言語文化研究院定年退職，九州大学名誉教授。

主要論文

「なぜ別れか――近代フランス小説に現れた愛の逆説――」(『英米文学会誌』第10，13号，大阪樟蔭女子大学)

「『クレーヴの奥方』論，動詞「見る」（voir）をめぐって」(『独仏文学研究』第31号，九州大学)

「再読B. コンスタン『アドルフ』」(『独仏文学研究』第33-35，37，41号，九州大学)

翻訳・編註

「バンジャマン・コンスタン＝シャリエール夫人書簡」

(『ROMANDIE』第16-20号，スイス・ロマンド文化研究会)

Selected footnotes from *Œuvres complètes de Benjamin CONSTANT, tome 6, Journaux intimes (1804- 1807)*, and *Œuvres complètes de Benjamin CONSTANT, tome 7, Journaux intimes (1811- 1816)*, originally published by Max Niemeyer Verlag in 2002 and 2005.
Translated and reprinted with permission from Walter De Gruyter GmbH & Co. KG, Berlin, through Japan UNI Agency, Inc.

バンジャマン・コンスタン日記《にっき》

2011年6月30日 初版発行

著　者　バンジャマン・コンスタン
訳　者　高　藤　冬　武
発行者　五十川　直　行
発行所　(財)九州大学出版会
〒812-0053 福岡市東区箱崎7-1-146
九州大学構内
電話　092-641-0515(直通)
振替　01710-6-3677
印刷・製本／大同印刷㈱

ISBN978-4-7985-0046-1